S.F.
V.

Hubert Fichte

DIE PALETTE

Roman

S. Fischer

Neuausgabe: S. Fischer Verlag GmbH, Frankfurt, 1978

Umschlag Peter W. Schmidt
Satz und Druck Poeschel & Schulz-Schomburgk, Eschwege
Einband Ludwig Fleischmann, Fulda
Printed in Germany 1978
ISBN 3 10 020705 X

Die Palette

1

JÄCKI GEHT ÜBER DEN GÄNSEMARKT: Die Palette ist neunundachtzig bis hundert Schritte vom Gänsemarkt entfernt.

Zwischen der Koppelstraße in Lokstedt und dem Gänsemarkt gibt es die Haltestellen Stephansplatz, Dammtor, Staatsbibliothek, Rentzelstraße, Schlump, Schlankreye, Eppendorferweg, Heußweg, Methfesselstraße, Eidelstedterweg, Brehmweg – früher Löwenstraße; jetzt hält die Bahn auch am Radrennplatz, Kolonie Maiglöckchen, wo im Krieg die Flak stand.

Eine Station nach Koppelstraße – Endstation: Hagenbecks Tierpark. Die Straßenbahn braucht zwanzig Minuten.

Fünf Minuten zu Fuß von der Palette entfernt – das hängt von der Schrittlänge ab und von dem Verkehr an den Übergängen: Axel Springer, der Botanische Garten, Brockstedts Galerie. Wenn man langsam geht, weil man zuviel getrunken hat, wenn man nödelt, weil man jemanden überreden will, weil man wartet, daß einer nachkommt, weil man gammelt, nur so langsam geht, weil man jemanden beobachtet, braucht man fünf Minuten von der Palette bis zum Gänsemarkt.

Von der Palette aus erreicht man in einer Viertelstunde zu Fuß – mit der Bahn dauert es genauso lange, Warten und Kartenkaufen und so weiter gerechnet: den Hauptbahnhof, den Freihafen, Fürst, Starclub, die Universität, die Außenalster.

In einer Stunde ist man mit der Deux-Chevaux an der Ostsee, am Falkensteiner Ufer mit der S-Bahn, im Sachsenwald mit der Vorortsbahn, mit der Straßenbahn und dann ein langes Stück zu Fuß – im Niendorfer Gehölz.

In zwei Tagen mit der Deux-Chevaux oder auf Stop nach München, nach Paris, nach Stockholm – wenn man Glück hat.

In vier bis fünf Tagen kommt man in Pierrevert an.

Jäcki geht über den Gänsemarkt.

In einer Woche kommt man ohne weiteres nach Saint Tropez.

Jäcki will nicht nach Pierrevert zurück.

Außerdem stehen noch Casablanca, Athen, Formentera in einer Beziehung zur Palette.

Sesimbra nicht. Sesimbra liegt in Portugal.

Ich sitze in Sesimbra auf den spitzen Felsen.
Ich beobachte, was auf den Strand gespült wird.
Nachts gehen die Fischer zu Taschenlampennuttchen.
Ich nehme Korkstückchen und rundgespülte Fliesen mit aufs Zimmer. Ich fange an zu schreiben, verändre die Namen der Palettianer, tausche Namen aus, denke mir Personen aus zu den Namen.
Ich denke – während ein einzelner Fischer im Ruderboot mit gleichmäßigen Schlägen parallel zur Strandlinie entlangtreibt – an die Palette, sehe die Palette in Beziehung zu den Fischern am Strand, zu dem kindsgroßen schwarzen Fisch mit dem türkisfarbenen Glasauge am Strand.
Es ergeben sich Überschneidungen.
Zwei Jahre lang war Jäcki in Pierrevert und hieß Jacques, weil er Jakob heißt.
Beim Hinuntersteigen der Abhänge von Pierrevert, fürchtete er, der Widder würde ihm von hinten mit dem Kopf ins Nierenbecken stoßen.
Mit vier Jahren überquerte Jäcki den Gänsemarkt zum ersten Mal in der Straßenbahn.
Er hatte Flügel, gelbe Schnäbel, lange Hälse erwartet.
Es gab die Lessingstatue nicht mehr, aber es gab das Lessingtheater und ein Stückchen weiter den Ufa-Palast.
Jäcki war vom Jungfernstieg enttäuscht, denn er konnte keine besonderen Jungfern sehen, auch vom Adolf-Hitlerplatz war er enttäuscht. Adolf Hitler fehlte.
Adolf Hitler hatte für das Alsterhaus keine herunterrollenden Rolltreppen erfunden.
Mit elf Jahren ging Jäcki über den Gänsemarkt; wegen Stromsperre verkehrten keine Straßenbahnen. Er glitschte über die zugefrorene Alster.
Mit zwölf fuhr Jäcki jeden Tag über den Gänsemarkt – wenn er nicht am Stephansplatz umstieg und über die Lombardsbrücke abkürzte. Er kam aus der Oberschule Niendorf. Ränzel und Schulspeisungsgeschirr. Er stieg bei Schadendorf aus und aß im Gewerkschaftshaus Besenbinderhof. Oft Seezunge. Dann war es wieder günstiger, bei Frascati drei Fettheringe

zu essen, später entdeckte die Familie Seider am Hintereingang von Hagenbeck. Seider hatte Beziehungen. Es gab sogar Graupensuppe ohne. Zehn Jahre lang überquerte Jäcki den Gänsemarkt selten und in unregelmäßigen Abständen.
Der Großvater schrieb ihm nach St. Etienne-les-Orgues:
– Ein schwankes Rohr,
Das jeder Windhauch knickt!
Zwischen Forcalquier und St. Etienne wurde eine Lavendelbinderin von einem Widder getötet.
Alte Widder sind bösartig.
Sie stoßen von hinten auf den Schäfer zu, drängen ihn die Böschung hinunter. Sie trippeln ein paar Schritte rückwärts, stoßen zu, mit gesenktem Kopf.
Jäcki stürzte vorwärts die Böschung hinunter, hielt sich an einer Trüffeleiche, fiel nicht, wich aus, ehe der Widder nachsetzen konnte.
Jäcki geht von Szagun auf die Hauptfinanzkasse zu. Er bleibt in der Mitte der Straße stehen. Er überquert die Straße. Er dreht der Hauptfinanzkasse den Rücken. Er geht zu den parkenden Autos. Er überquert die Fahrbahn, wo die Taxen stehen. Er überquert die Straßenbahnschienen. Er geht auf die Stadtbäckerei zu. Er geht am neuen Ufa-Palast vorbei. Er überquert die schmale Straße vor Ehmke. Er dreht Ehmke und der Schrift an der Wand
– Seid nett zueinander!
den Rücken.
Die Leute stoßen Jäcki an, einer zieht seinen Ärmel mit. Jäcki dreht sich nicht um. Er glaubt, er würde sich viel zu langsam umdrehen. Er hat das Gefühl, wenn er nicht auf jeden, der ihn anrempelt, reagiert, werden es weniger.
Jäcki überquert den Jungfernstieg, geht am Zigarrenladen vorbei, überquert die Gerhofstraße, geht auf das Beerdigungsinstitut zu, geht am Campari-Treff vorbei, an den Antiquitätenläden vorbei, geht ungefähr hundert Schritte, steht vor einer Kellertreppe, er dreht um.
Warum geht Jäcki über den Gänsemarkt?
In Pierrevert ist trotz der provenzalischen Bauweise so viel Ab-

stand zwischen den einzelnen, nicht zusammengestürzten Häusern, daß keiner der siebzehn Bewohner von seinem Fenster aus dem anderen ins Fenster kucken kann.
Der Himmel über dem Gänsemarkt hängt voller Klunkern. Hinter den Klunkern ist es blau.
Eine dünne Schicht Himmelsblau, gerade entfernt genug, daß sie den Möwen, die der Sturm vom Meer ins Landinnere schlägt, und den Wolkenklunkern zum Kreisen Platz läßt.
Jäcki erscheint der Himmel über dem Gänsemarkt als eine Plastikbabybadewanne, umgestülpt. Drinnen in der Wanne fusselige Feulstücke.

2

JÄCKI GEHT VIER STUFEN HINUNTER: Vor Schafställen gibt es keine Stufen. Schafe steigen nicht gerne Treppen.
In Pissoirs geht man Stufen hinunter, in Bunker, in Krematorien, in die Pathologie, in Weinkeller.
Es lassen sich mythologische Beziehungen zum Hinabsteigen herstellen.
Jäcki braucht ungefähr drei Sekunden, um die vier Stufen zur Palette hinunterzugehen – daß er nach drei Jahren etwa sechstausend Sekunden vor der Palette verbracht haben wird. In der gleichen Zeit könnte er die sechsfache Höhe der Michaeliskirche erklimmen und würde bei günstigem Wetter einen unvergeßlichen Blick ins Alte Land und nach Schnelsen genießen, vielleicht sogar das eine oder andre Meer in der Ferne erkennen.
Wären es sechstausend Jahre, würde die Zeit von allem Rauf- und Runtersteigen Jäckis in die Palette die gesamte Entwicklung der menschlichen Zivilisation . .
Jäcki steigt also ein Dreitausendsechshundertstel der Entwicklung der menschlichen Zivilisation in die Palette rauf und runter. Jäcki steht vor der Palette.
Er sieht die ABCstraße hoch bis zu Axel Springer. Er läßt sie Springers Verlagsgebäude durchstoßen. Er führt sie weiter nach Heide, Holstein, wo es moderne Tiefställe gibt und altmodische Ställe von Schustern und Gelegenheitsarbeitern, hinauf nach

Järna und zu Järnas biologisch-dynamischen Ställen und zu Häusern voller zappelnder, schwererziehbarer Jungen, bis zum Nordpol, an der anderen Seite wieder herunter. Er läßt sie laufen durch Montlaux und Pierrevert, an Ställen aus dem Douzième Jahrhundert vorbei. Sie kommt an der Marne bei den Lumpensammlern und den Obdachlosen des Abbé Pierre-Groués an. Jäcki sieht die ABCstraße rechts von sich, vom Gänsemarkt her, heimkehren.

Das Hinuntersteigen über die vier Stufen dauert lange genug, um zu empfinden, daß es zwischen den zwei Klinkermäuerchen eng und niedrig wird und man nicht gern vor der Tür stehen bleibt.

Einige Schafe werden in einer heilen Fruchtblase geboren. Sie reißt bei dem engen Durchgang nicht immer kaputt. Der Kopf des Lammes hängt in dem Beutel. Der Beutel ist prall vom Fruchtwasser.

Jäcki denkt:

– Ich war nie in den Katakomben.

als er die Tür öffnet.

3

JÄCKI MACHT DIE TÜR WIEDER ZU: Alle wichtigen Türen, die Jäcki in den sechsundzwanzig Jahren, die er eine Klinke erreichen kann, geöffnet hat, geschlossen hat, nachdem er sie meistens vorher geöffnet hatte, lassen sich in zeitlicher Ordnung aufführen und in ihrer räumlichen Streuung schildern – aber der Aufzähler würde ermüden und nicht nur er. Tritt Jäcki an das Aquariumgeschäft, Lehmweg, wo früher das Straßenbahndepot war, wendet sich die Gruppe der Guppys um. Die streifigen Körper zucken herum, als wäre nicht das schwere Wasser auf ihnen, sondern etwas, das leichter ist als Luft. Zwischen den Muscheln zittern die großen blauen Scheiben; die kosten zweihundertfünfzig Mark das Stück.

Öffnete Jäcki die obere Hälfte der Stalltür, erstarrte die Herde in ihrer Stellung. Nur die Köpfe wendeten sich dem helleren Fleck Nachtdunkel bei der Tür zu.

Jäcki sah im Stall die runden türkisfarbenen Augen – der Fisch vor mir hat die gleichen Augen – wie die Glasmarmeln, mit denen er spielte zu der Zeit, als er das erste Mal über den Gänsemarkt fuhr. Einige Schafe wühlten sich im Hintergrund hoch. Im Kuhstall knipst man zuerst das Neonlicht an. Das blaue Licht flattert durch den Stall, bis es in jeder Ecke die Wände hell getüncht hat und an der Decke zur Ruhe kommt.
Die Kühe stehen auf. Sie schwanken. Die Ketten ziehen die Köpfe nach unten. Die Eisenglieder der Ketten knallen an die Aufstallungsvorrichtung. Im Tiefstall sinken die Kühe mit den Vorderbeinen ein.

4

JÄCKIS ERSTER BESUCH IN DER PALETTE: Jäcki geht über den Gänsemarkt. Jäcki geht vier Stufen hinunter. Jäcki macht die Tür wieder zu.
Der erste Besuch dauert fünf Minuten.
Das ist für die Palette nicht wichtig. Die fünf Minuten könnten neunundzwanzig Besuche sein oder neunhundert Besuche, von denen jeder zwölf Stunden dauert oder eine Sekunde – zwischen Entstehen und Schließung der Palette. In der Palette ist immer alles da.
Nur für die Beschreibung ist es wichtig, daß es die ersten fünf Minuten von so und so viel geschilderten Besuchen Jäckis sind und für Jäcki ist es wichtig, der erst in der Mitte seiner Besuche wissen wird, woran er ist, der sich nach fünf Minuten noch voller Dégoût abwendet. Voller Dégoût, weil man ihn französisch anredet und er denkt:
– Das ist dégoûtant!
Denn er kannte andre Clochards, echtere, wie er meint, weil er noch nicht begreift, daß es jetzt hier – Hamburg zweiundsechzig – die echtesten sind.
Besuch, das heißt, im zweiten Raum der Palette sitzen, den Durchgang bei der Music-Box beobachten und den Durchgang zum dritten Raum – mit dem Rücken am Kachelofen.

Es ist kurz vor Weihnachten.
Die Gäste erscheinen als Silhouetten mit hellem Rand.
Sie sind ohne Namen. Keiner geht auf den anderen zu und ruft:
– Hallo, Jürgen!
und keiner antwortet:
– Na, Loddl, wie gehts?
oder:
– Heidi, komm mal her!
und sie antwortet nicht:
– Ja, Schudl, warte, ich komme gleich.
oder:
– Guck mal, da kommt die Trippersusi und der Fensterputzerkarl und Mütze ist auch da.
Und wenn es wirklich geschieht, daß einer ruft:
– Hallo, Lolly, hallo, Arnim!
versteht Jäcki die Namen nicht genau, kann er die Namen mit den Gästen nicht zur Deckung bringen und wenn er den Jungen mit dem Regenschirm sieht und versteht, daß er Ramonita genannt wird, begreift er nicht, daß der Spitzname mit dem Mord an einem Hähnchenbratbetriebsbesitzer zu tun haben könnte. Die Gäste bewegen sich um Jäcki herum, der durch sie hindurch mit Kopfwenden, Blicken nach rechts und links, von der Decke auf den Boden, von einer Perücke auf die braunen Flecken unter den Strümpfen, Koordinaten zieht.
Während er rote Haare und lange Bärte sieht, lange Locken über Bärten, Ziegenbärte, Ärztebärte fin de siècle, während er sehr blonde und sehr schwarze Perücken sieht und verschiedene Arten von Brillen, Rundfunkstudiobrillen, mit dicken Fassungen, Omabrillen, rund, grüne Brillengläser auf brauner Haut – und vor Betrunkensein geschlossene Augen und geschlossene Augen in nach hinten im Schlaf gelegten Köpfen, eine Glatze, eine Tonsur – hört er, riecht er.
Was er trinkt, schmeckt er währenddessen.
Er riecht: Gerüche in Gerüchen, Bier in Korn in Patra in Schnee in Unterhose in Samen in Teer in Rauch, schmeckt er Bier in Rauch, hört er Wörter in Wörtern, deutsche Wörter in

der französischen Bitte um Fric in der deutschen Bitte um ein Bier in der deutschen Bitte um eine Miese, um einen Zwoling, hört er deutsche Geschichten in deutschen Geschichten, die Geschichte von der Bierflasche, die eine Schulter auftrennt in der Geschichte: Ich bin ein kleiner Vagabund! vor der Sitte – alles in Elvis und in Cliffy, Igors Rülpser in Elvis und das Geräusch des tropfenden Biers in den Wänden voller Knubbeln.
Die Wände sehen aus, wie am Meeresstrand die Quadern des Maurischen Forts unterhalb des großen Abflußrohrs bei Ebbe.
An den Wänden V's und Busen in Portraits, Portraits in Namen, Kilroy was here, Bilder in Bildern.

5

FAMILIENIDYLLE: Altjahrsabend holt Jäckis Oma aus dem rechten bedrechselten Turm des Buffets die Glogauer Gläser. Dazu hebt sie von dem schwarzen Säulchen vier – solange Jäckis Großvater lebte, hob sie fünf – schwarze Untersetzer ab. Die Lackuntersetzer sind mit goldenen Zeichnungen verziert: Kraniche, Dschunken, Trauerweiden, Tempel.
Jäckis Tante Else kommt vom Ausschläger Billdeich.
Die Kerzenreste auf dem Tannenbaum werden zum Ausbrennen angezündet.
Als der Großvater noch lebte, gab es Teepunsch.
Die Nachbarskinder klingeln. Sie grölen den plattdeutschen Vers. Sie schleifen mit den Rummelsäcken über die Stufen, stoßen an die hohle Geländerstange.
Sie warten.
Sie singen ihren Ärger auf plattdeutsch.
Sie laufen weg.
Jäckis Oma will, daß niemandem aufgemacht wird. Sie kann von den Liedern nichts mehr hören. Sie findet es viel zu umständlich, sich an der Tür mit den Sängern zu unterhalten. Sie fürchtet Verzögerungen. Sie kann es nicht ausstehen, daß ihr Plan vom Altjahrsabend gestört wird durch das Äpfelholen aus dem Keller – die Zwischentür ist schon abgeschlossen, der Besenstiel hinter die Klinke geklemmt, die Waschbalje gegen die

Leiter gelehnt – durch das Suchen nach dem Portemonnaie im Schlafzimmer hinter der Nähmaschine, durch Kekseholen.
Jäckis Oma hört kaum noch das Klingeln.
Jäcki läßt die drei alten Frauen allein.
Jäckis Oma, die sechsundachtzigjährige, betet den Tod herbei, wenn sie nachts nicht schlafen kann; Jäckis Mutter, die neunundfünfzigjährige, weiß nicht, wie lange sie es selbst überhaupt noch schaffen soll; Jäckis Tante Else fürchtet hilflos, hochoben über der Elbe zu sterben.
Jäcki läßt sie am Sylvesterabend allein anstoßen, allein hinausgehen unter das Vordach am Eingang, den roten Schein über der Stadt sehen und die Sirenen und die Dampfertuten und die Glocken hören.

6

JÄCKI TELEFONIERT MIT LIANA POZZI: Liana ist mehrmals da, als Telefonhörer und zwischen dem, was Jäcki sieht und Jäcki denkt.
– Bist du wieder hier? hört Jäcki.
Liana bückt sich neben Jäcki. Sie geht die Treppen neben Jäcki hoch. Sie bückt sich wieder.
Die Blätter der Zitterpappel liegen schwarz und matschig auf den Treppenstufen.
– Prost Neujahr, sagt Jäcki.
– Prost Neujahr, hört Jäcki.
Liana hebt neben Jäcki ein Espenblatt auf. Sie hält es gegen die dünnste Stelle in den Wolken.
– Wie alt ist Liana? denkt Jäcki.
– Was machst du heute abend? fragt Jäcki.
– Vielleicht gehe ich spazieren. Bei uns zuhause ist Konzert. Unter dem Strohdach werden Konzertkerzen angezündet. Draußen klappert die Blutbuche und drinnen wird was Seltenes auf dem Cembalo gespielt. Den italienischen Namen haben nur zwei aus dem engeren Bekanntenkreis schon einmal gehört.
– Ich kenne Liana zwölf Jahre.

Liana bringt Jäcki einen Kasten Pralinés aus der Schweiz mit. Es war die schlechte Zeit.
Liana faßt Jäcki an der Hand und wandert mit ihm durch Parks, am Fluß entlang.
Liana begleitet Jäcki zum Französischunterricht.
Liana erzählt von den Hamburger Malern der Zwanziger Jahre. Einer wollte es schnell im Nebenzimmer mit ihr machen.
Liana kommt immer zu spät.
Liana hat ein rotes Brokatkleid an. Die Herren in der Barzelona flüstern ihr Komplimente zu, obwohl es eigentlich keine Herren sind und die Damen der Herren, die nicht ganz richtig sind, sehen Liana lange in die Augen und die falschen Damen in der Barzelona flüstern Liana Komplimente zu wie die unrichtigen Damen und die uneigentlichen Herren.
– Liana ist siebzig oder achtzig oder vierzig. Ihr Freund, der Opernsängerschüler, sagt, sie ist vierzig.
– Feierst du nicht bei deiner Familie? hört Jäcki.
Jäcki sagt:
– Wenn wir Geld hätten, könnten wir nach Berlin fliegen. Aus ganz Deutschland kommen die Dichter nach Berlin geflogen. Die große Party wird nachher im Fernsehen gesendet.
Jäcki hört:
– In Blankenese gibt es auch eine große Party.
– Bei einem Architekten. Der holt die goldumrandeten Likörgläser raus und alle kommen und küssen ihn rechts und links, weil er so viel Einfluß hat und so viel Anzüge.
– Es gibt noch einen anderen Architekten in Blankenese.
– Da werden Miesmuscheln serviert, die der Hausherr im eigenen Kutter aus Sylt rangefahren hat. Da wollen wir nicht hin.
Liana bleibt stehen. Am äußersten Zipfel des Platzes das Häuschen mit dem spitzen Schieferturm. Am Hang trieft Bier durch die Tonnengewölbe. In den unteren Zipfel des Platzes mündet der Pinnasberg, wo die Zimmer Hunderte von Zuchthausjahren leerstehen, wo Hans Henny Jahnn in den Zwanziger Jahren eine Orgel gebaut hat, wo Alex in den Fünfziger Jahren vor Jäckis Schauspielprüfung soff. Jäcki redet, singt,

lacht. Er hat frei bis morgen früh zum Melken. Jäcki merkt nicht, daß Liana und Hanno stehengeblieben sind.
Ein Neger hält das Stück Einwickelpapier vom Fischmarkt mit den Füßen fest. Der Neger ist in der Mitte. Der Platz flattert um ihn herum. Der Neger zieht sein Glied – das hört sich an wie beim Puppendoktor – seine Rute – ein Neger ist kein Nikolaus – seinen Otto – seinen Julius, seinen François, seinen Juan, seinen Pablo Casals – seinen Schwanz – der sitzt hinten – sein Ding – was für eins? – seinen Dergl – in der Palette heißt das Dergl oder Prinz, so groß wie ein Prinzenbaby – seinen Lockenprinzen aus einer Frau an der Planke, zieht, zieht.
– Bei Brockstedt gibt es auch eine Party. Da sitzt die Jugend in Jugendstilsofas.
– Nein, da wollen wir nicht hin.
– Wir könnten auch aufs Land fahren in die Mühle. Dort gibt es Television zum Jahresende.
– Oder an der Elbe lang?
– Övelgönne lang. Im Südwester, mit Ölzeug – gelb wie Wespen. Etwas mit einem Fachausdruck zu Bezeichnendes klappert gegen etwas mit einem Fachausdruck zu Bezeichnendes. Wenn wir zu weit gehen, kommen wir nach Neuengamme. Da war früher ein KL. Wir gehen in die Palette, sagt Jäcki.
– Wir gehen in die Palette, hört Jäcki.
Liana verschwindet.
Der Telefonhörer bleibt übrig und schaukelt an dem verchromten Haken.
Die Telefonzelle wird zugemacht.
Jäcki wartet auf Liana.

7

ZWEITER BESUCH: DER STIEFEL. CHINESEN. PROSIT NEUJAHR! GENERATIONEN. JÜRGEN ALS GALIONSFIGUR VON VORNE UND HINTEN: Das erste, was Jäcki beim zweiten Besuch sieht, ist ein Stiefel. Im zweiten Raum der Palette sind rechts drei Séparées. Im mittleeren Séparée ist auf der vorderen Bank der rechte Platz frei.

Jäcki fragt:
– Ist der Platz belegt?
Jürgen, von dem Jäcki nicht weiß, daß es Jürgen ist, sagt nichts.
Das Mädchen neben Jürgen
– Das könnte später mit verklebten Haaren auf der Mole gefunden werden, denkt Jäcki.
sagt nichts.
Igor, der nicht weiß, wie der heißt, den er durchläßt, steht auf, den Stiefel in der Hand, läßt Jäcki durch.
Igor meint, daß Jäcki, wie alle wissen, weiß: Das ist Igor.
Jäcki weiß nicht, daß die Holzpantoffeln mit dem weißen Leder Igors Holzpantoffeln sind. Er weiß nicht, was Igor denkt, als der den Stiefel aus Glas leer vor sich hinstellt.
– Man muß zwei Liter Bier, den ganzen Stiefel voll, bezahlen, wenn man als vorletzter daraus getrunken hat.
Jäcki weiß nicht, daß Igor als erster den vollen Stiefel erhielt, daß Igor zwei Liter Bier auf einen Satz ausgetrunken hat, daß Igor, als er aufsteht, denkt:
– Nur einen ganz winzebinzekleinen Rülpser jetzt und was gäb das für eine Erleichterung!
Und Igor hält die Hand vor den Mund, damit man den kleinen Rülpser nicht so hören soll.
Die Haut um den Mund wird aufgepumpt. Igors Mund platzt auf und zwei Liter Bier platschen gegen die Hand, zischen über die Finger, bis zur Tür, an die Music-Box.
Mäntel schütteln. Die Geräusche von Stühlen, Armreifen. Beschleunigte Bewegungen von vielen. Die Kellnerin Ziffra. Hand- und Taschentücher.
Das hat Jäcki früher schon mal an anderen Orten erlebt.
Als Jäcki Barbara, deren Namen er nicht weiß, unter dem Schaum, in schwarzen Hosen, schwarzer Lederjacke, mit schwarzen Haaren, schwarzen Augen, Barbara unbeweglich unter der Bierfontäne, Barbara mit dem an der Tapetenleiste entlanggestreckten Arm, Barbara mit den Extralippen, Barbara nicht mehr ansehen kann, weil zuviel Bewegung wegen Igor entsteht, kuckt Jäcki zu Jürgen.

Jürgen kommentiert das, was geschieht, mit einem Schlenker in der Stimme.
Die Kellnerin heißt Ziffra.
Ziffra wird in die Séparées gerufen, an den runden Tisch gerufen, in den dritten Raum, zurück zum Tresen.
Sie wischt für Igor die Tischplatten und den Fußboden trocken.
Sie nimmt den leeren Glasstiefel mit – keiner will noch mal anfangen – und die Blonde hinterm Tresen schimpft, weil es so umständlich ist, den Glasstiefel blankzuputzen.
Jetzt nennt Igor Jürgen Jürgen.
Das Mädchen am Tisch schweigt.
Sie wird nicht angeredet.
Jäcki fängt an, in Jürgens Gesicht herumzuangeln.
In den Kleiegruben täuscht man die Fische nachts mit Laternen. Die Fische halten die Laterne für die aufgehende Sonne und kommen an die Wasseroberfläche.
– Halten die Fische die Laterne für die aufgehende Sonne?
Im Jutesack an Land beißt der Hecht dem Schlei in die Seite.
Mit einem Stab stochert der Junge links unter der Felsplatte, wenn er den Kraken rechts abfangen will.
Angelhaken sind so eingerichtet, daß der Fisch, stößt er nach vorn, um sich zu befreien, die kleinen Widerhaken spürt, und wenn er nach hinten reißt, treibt er sich den dicken Haken tiefer in den Kopf hinein.
Jäcki weiß von Jürgen nicht, ist das ein Krebs, Jürgen weiß von Jäcki nicht, ist das ein Lurch, eine Amphibie, eine Seeschlange, das Ungeheuer aus Loch Ness, von dessen Körper man immer nur eine Krümmung zu sehen bekommt.
Von Riff zu Riff gestikulieren sich beide im Wasser zu.
Liana Pozzi kommt rein.
Ziffra bringt Bier.
Zwischen den kleinen Gläsern Bier stehen Cocacolaflaschen, Flaschen Frisco, Halblitergläser Bier.
Alle kucken Liana an.
Lianas Jugend ist siebzig Jahre alt. Das Rot ihres Kleides ist nicht von hier. Auch der Stoff, der rot ist, paßt hier nicht rein – das kriegt Jäcki beim zweiten Besuch schon mit. Es ist das

Rot von Stoffen aus einer Zeit zwischen zwei anderen Kriegen.
– Die hier wurden im letzten Zipfel des letzten Krieges, beim Fronturlaub, zwischen Dauerwelle und Voralarm, bei Erika und Seemann nicht erschüttern – bei Erika werden sie heute ja schon wieder, denkt Jäcki.
– Jürgen nicht. Jürgen ist älter.
Auch Igor mustert Lianas Haare. Er denkt:
– Komische Haarfarbe.
Jürgen denkt:
– Eine interessante Haarfarbe!
mit einem Schlenker in der Stimme seiner Gedanken.
Jürgen holt Liana einen Stuhl.
Liana setzt sich an die Schmalseite des Tisches, in den Gang vor das Séparée.
Hugo – den Igor nicht mit Hugo anruft – geht durch den Raum, geht vom ersten Raum durch den zweiten bis an die Tür vom dritten, stellt ein Bein gerade neben das andre, springt auf eine der beiden Bänke des dritten Séparées, sieht durch die ölgemäldegroße Öffnung in der Wand vom zweiten Raum zu dritten durch. Hugo verdeckt die Öffnung.
Er springt von der Bank herunter.
Hinter der Öffnung hebt ein Mann mit Glatze ein Bierglas hoch.
Hugo geht durch den zweiten Raum zurück.
Jürgen sagt zu Liana:
– Gnädige Frau!
Und beim Lächeln darüber verwandelt sie sich in ein Kindergartenkind, das sich aufs Lätzchen gekleckert hat. Jürgen lächelt auf seine Hafenarbeiterkluft hinunter.
Das Mädchen neben Jürgen lächelt Liana an.
Hugo kommt aus dem ersten Raum in den zweiten zurück. In der ölgemäldegroßen Öffnung lehnt ein kleiner Mann – einen fischgrätgemusterten Mantel über seinem großen Buckel.
Was hat Hugo mit dem Buckligen zu erledigen?
Vielleicht bewacht der Bucklige Hugo oder umgekehrt.
Will Hugo den Buckligen täuschen?

Jäcki sieht Jürgen an, Jürgen sieht Liana Pozzi an, das Mädchen neben Jürgen sieht von Liana Pozzi zu Jäcki. Liana beobachtet Ziffra.
Hugo steht jetzt an der Music-Box. Er hängt seinen Kopf nach vorn in das Licht über den Schallplattentiteln. Er drückt auf die roten Knöpfe. Er zieht seinen Kopf in den Schatten des ersten Raums zurück. Er sieht zu der ölgemäldegroßen Öffnung hinüber. Er sieht auf die strahlende Schallplattenliste. Jürgen legt vor Liana Pozzi das Bürgerliche Gesetzbuch, Taschenausgabe, auf den Tisch.
– Ich trage es immer mit mir herum. Auch zur Schicht.
Neben dem Kachelofen ist ein Lautsprecher. Im dritten Raum auch.
Die Bilder in der ölgemäldegroßen Öffnung wechseln.
Eine Platte spielt nach der anderen.
Zwei Araber sprechen vor dem Kachelofen auf französisch vom Goetheinstitut.
Ziffra klemmt mit Bieren zwischen den Gästen.
Hinter der Wand des letzten Séparées dattelt einer. Im Türrahmen zum dritten Raum beugt sich ein Mädchenkopf über einen Jungenkopf. Die Haare fallen vornüber und hüllen ihn ganz ein.
Jäcki fragt Ziffra, ob mit Hühnchen was zu machen ist.
Ziffra schaltet. Sie will ihn fragen.
Gläser fliegen durch die ölgemäldegroße Öffnung. Die Gläser zerplatzen am Boden, am Kachelofen, an der Wand des ersten Séparées. Ziffra rennt von einem zum anderen und verlangt für jedes zerschmissene Glas eine Mark.
– Mit Hühnchen ist nicht.
Die Eingangstür fällt zu. Der herein will, zieht sie auf. Der drinnen stößt mit dem Fuß dagegen und geht raus, schiebt sie von außen zu. Einer von drinnen stößt sie wieder auf. Einer von draußen hält sie fest, kommt herein.
– Was hattest du mit Hühnchen vor? fragt Jürgen.
– Du willst doch nicht, sagt Jäcki.
– Wer hat das gesagt, sagt Jürgen mit seinem Schlenker in der Stimme. Jäcki denkt:

– Ich hätte nicht davon anfangen sollen. Ich kneife die Daumen für Liana. Es wäre das letzte Mal.
Jäcki läuft neben Barbara hinaus.
– Ich heiße Barbara, sagt sie.
Aber Jäcki stellt sich ihr nicht vor.
Die Glocken läuten. Die Dampfer tuten. Der Himmel wird fliederfarben von den Knallfröschen, den Knallkröten, den Flakgarben, den Knallbullen.
Aus dem gegenüberliegenden Haus drängeln zwischen den Karyatiden hervor Chinesen in verschiedenen Größen, besonders kleine, nicht so gelb, wie man sie sich seit Kaiser-Wilhelmszeiten vorstellt. Immer mehr Chinesen staffeln sich hintereinander vor den steinernen Veilchen des Etagenhauseingangs auf, mit flachen spitzen bunten Hüten und Gongs und Gabeln, Knarren, Triangeln, Tamtams und Schöpfkellen.
– Prosit Neujahr! rufen die Chinesen.
– Prosit Neujahr! die aus der Palette auch.
Jürgen faßt Liana an. Liana faßt Barbara an. Barbara faßt Jäcki an. Jäcki faßt Hühnchen an. Jürgen – der Kopf der Schlange – springt im Stechschritt auf den Peterwagen zu, das Bürgerliche Gesetzbuch in der Tasche.
Der Peterwagen fährt die Schlange auseinander.
Als der Peterwagen um die Ecke ist – Richtung Wache – fassen sie sich wieder an. Jürgen zieht Liana Pozzi zum Gänsemarkt. Liana fällt hin. Sie strampelt. Sie will gleich wieder hoch, ehe es zu spät ist – aber da wird sie schon fünfzig Jahre älter. Die anderen helfen ihr vergeblich. Barbara sagt zu Jäcki:
– Willst du denn nicht?
Jäcki sieht Jürgen an und läuft in den Qualm zwischen den Séparées zurück.
Ziffra legt ihr Gesicht auf die Tischplatte. Sie weint, weil sich ihr Mann vor einem Jahr zu Sylvester totgeschossen hat. Sie weiß nicht warum.
Jäcki nimmt Jürgen und Liana Pozzi in seinem Pritschenwagen mit. Im Rückspiegel beobachtet Jäcki Jürgen und Liana, die sich auf der Pritsche langstrecken.
Der Junge stochert nach, ob in den Mulden jetzt bei Ebbe ein

Krake zurückblieb. Hat er ihn, wirft er den Polypen mit der ganzen Wucht aus Ekel, Hunger und Urururururopa und -oma gegen die Felswand. Der Krake fällt von den Felsen ab. Die Saugarme bewegen sich über den Sand und den Stein, aber er kommt nicht mehr weg, er saugt nichts fest. Aus den Eimern der Fischer langen die Fangarme und kleben sich an den Henkeln fest. Im Eimer quellen die Tintenfische. Kraken, Polypen durcheinander. Sie werden durch das Gehen des Fischers zusammengerüttelt. Ich kann nicht mehr unterscheiden, welcher Arm zu welchem Tier zu welchem Auge gehört.
Die Nachgeburt der Kühe ist rot. An den Spießen der Forke hängt der Plazentahaufen, wenn er aus der Düngerrinne im Stall gehoben wird. Da liegt auch das ganz in Schleim eingehüllte Kalb, auf dem Beton, wenn der Vize nicht rechtzeitig einen Ballen Stroh geholt hat.
Jürgen und Liana Pozzi werden von den Neonlampen der Elbchaussee beleuchtet. Das Licht nimmt zu, klappt weg, nimmt zu, klappt weg.
Je schneller Jäcki fährt, desto genauer kann er die Einzelheiten von ihren Bewegungen im Rückspiegel beobachten.
Liana zeigt Jürgen und Jäcki ein großes Bett.
– Das kann nur aus Eichenholz sein.
– Ich will nicht länger stören, sagt Liana Pozzi.
– Da könnt ihr schlafen. Meine Familie ist weg. Die feiert woanders weiter.
Jürgen will Eier essen.
– Er hat Angst, das ist der Grund.
– Eier machen gar nichts aus.
– Aber Buttermilch.
– Buttermilch auch nicht. Die Spanier sagen: Feigen und klares Wasser.
–Spanische Fliege, in Südamerika, sagt Jürgen.
– Oder Kaktüsse. Bei mir genügt Pfefferminztee, sagt Jäcki.
Liana brät Eier. Sie essen fünf Spiegeleier. Mehr sind nicht da. Jürgen holt seine Hafenarbeitertasche, nimmt Zahnbürste, Waschlappen, Seife heraus. Jürgen will erst duschen. Jäcki seift ihm den Rücken ab. Er stellt fest, daß Jürgen mager ist.

Die alte Liana sagt:
– Ein griechischer Frühlingsgott.
Das niederdeutsche Bett aus den Zwanziger Jahren, selbst entworfen vom Gründer der Familie – und paßte zum Eßgeschirr und zum Klavierhocker. In vierzig Jahren sind die Zimmer zu niedrig geworden für dies Bett.
Jürgen sagt:
– Ich weiß nicht, ob ich das kann. Ich hab das noch nie gemacht. Das heißt, ich hab das nur einmal gemacht in Paris.
Jäcki denkt:
– Für Liana ist es noch schwieriger und seltener.
Er stößt Jürgen zu Liana Pozzi hinüber, in Lianas Siebzigjährigenkemenate.
Am Neujahrsmorgen kommt Jäcki in das Eichenbett zurück. Jürgen und Jäcki fassen sich gegenseitig hin. Aber Jäcki denkt:
– Jürgen denkt jetzt an Liana oder an die, an die er bei Liana dachte.
Er schickt Jürgen wieder rüber. Dann geht Jäcki nach. Er sieht Liana in der Stellung eines auf den Rücken gekippten Frosches. Lianas Beine sind die Beine von Fröschen.
– Mädchenbeine nennt man das.
Jäcki denkt an die gehäuteten Frösche in Lissabon.
Die Wirtin füllt sie mit beiden Händen von einer Balje in die andre.
– Garten der Lüste im Lissabonner Museum.
– Nicht Garten der Lüste. Versuchung des Heiligen Antonius. Das ist die ganze Versuchung.
Jürgen da drauf.
Sie könnte seine Großmutter sein. Sie sieht aus wie seine Tochter. Ihr Kopf preßt sich vom Kopfkissen hoch zu seinen Schultern hin.
Sie versucht sich an etwas zu erinnern. Eine Treppe hinunterzusteigen. Liana bleibt stehen.
– Sie muß sich verpusten.
Bald hat sie es zu fassen. Sie strengt sich an, sich zu erinnern. Sie könnte durchdrehen, weil sie sich noch nicht erinnert hat.

Mit siebzig Jahren runter zu ihren fünfzig Jahren, zu ihren dreiunddreißig Jahren, ihren siebzehn Jahren, ihren zwölf Jahren, ihren acht Jahren, ihren vier.

8

DRITTER BESUCH: DIE BLUME ZU SAARON UND REEDERSPROBLEME. IN HANS' WELT:

Wenn Jäcki und Hans sich begegnen, denken sie beide an den Körper des Schauspielers Alex, der nach neunundvierzig Lebensjahren nicht weit von der Elbe eine Männerlänge unter Begonien und Buchsbaum verfault. Jeder der beiden sieht ihn in einer andren Position verfaulen, jeder stellt sich die Fäulnis anders vor.
Hans reiste inzwischen nach Moskau, London, Prag, Budapest. Er arbeitete als Maurer und als Retoucheur.
Jäcki sagt:
– Komm mit mir in die Palette. Die kennst du nicht? Das ist das tollste Lokal der Welt. In der Palette gibt es alles. Die Palette ist das beste, was es in Hamburg gibt. Es lohnt sich wieder in Hamburg zu leben, weil es die Palette gibt.
Jäcki will Hans die Kellnerin Ziffra zeigen, die Pantomimin mit dem weißen Gesicht und dem biegsamen Silberfisch an der dicken Kette um den Hals.
Aber Ziffra kommt erst zur Nachtschicht. Der Araber Hammed hat jetzt die Kellnerjacke an. Da ist nichts zu bedienen. Im zweiten Raum sitzt einer, vor dem steht kein Glas. Als Hammed mal so durchgeht, bestellt er nichts. Er saugt an einer leeren goldenen Zigarettenspitze.
Im dritten Raum sitzt einer und schläft, den Kopf auf dem Tisch. Hammed rüttelt an dem Tisch. Der wacht auf, sieht Hammed an, sieht Jäcki und Hans an, fragt:
– Do you know Basel?
Damit bringt er Jäcki zum Lachen. Aber er bestellt auch nichts. Do you know Basel wird er für Jäcki bleiben, solange Jäcki die Palette besucht.
Jürgen, Galionsfigur von vorne und hinten, fehlt. Barbara ist

nicht da, Hühnchen nicht, Hugo nicht und nicht der Bucklige im Fischgrätmantel. Auch Igor nicht und zeigt nicht seine Holzpantoffeln mit dem weißen Leder, rülpst nicht in Fontänen.
– So was Modernes ist das hier. Zeichnungen wie auf dem Klo. So ein Kellerkünstlerlokal mit angestellten Gaunern und Gammlern. Ich wär mir zu schade, um hier zu kacken, sagt Hans.
– Französisch quatschen, sagt Hans, als Hammed Jäcki fragt, ob er was zu trinken will, ob er auf Jagd sei.
– A la chasse, antwortet Jäcki.
Die Eingangstür steht offen. Einer in Jeans und amerikanischen Militärdufflecoat schwebt draußen durch Lamettafäden von Tageslicht runter. Er bleibt einen Augenblick an der Schwelle zum geräucherten elektrischen Licht stehen, hebt die Hände, verschränkt sie hinter dem Kopf. Er stolpert einige Schritte nach vorn, gleitet in großem Abstand um die Music-Box, stolpert durch den zweiten Raum, treibt auf die Tür des dritten Raums zu.
Wieder zurück. Nahe an Jäcki und Hans heran. Jäcki erkennt ein Mongolengesicht.
– Ich bin eine Blume zu Saaron, denkt Jäcki und eine ganze Lübecker Abendmusik von Buxtehude zirpt in seinem Kopf los.
– Er hat dicke Beine, denkt Jäcki. Die Jeans sind damit angefüllt wie ein Zementsack mit Zement.
Die Blume zu Saaron stolpert die Treppe wieder hoch. Das Lametta schlägt hinter ihr zusammen.
– Ein Mongoloider. Das ist alles ekelhaft modern hier. Ich sag dir das. Laß uns bloß schnell raus hier.
Hans und Jäcki begegnen, ehe sie draußen sind, Herrn Bösig. Herr Bösig ist ganz anders angezogen. Er hat einen Hut auf und einen dezenten Schlips um. Herr Bösig ist mit Hans verwandt. Er kennt die Avantgarde der Welt. Er hält den Kopf schief, er knarrt, wenn er redet, wie die Jahrmarktsknarren neunzehnhundertneununddreißig auf dem Hamburger Dom, als der gelbe Luftballon wegflog und immer kleiner wurde, bis Jäcki ihn nicht mehr sehen konnte.
In der Palette mag Herrn Bösig niemand leiden.

– Du bist der Out-Cast of the out-cast der out-casts.
Das Mädchen hinter der Bar im ersten Raum, die immer da ist, während aller Besuche da ist, ohne daß Jäcki sie bemerkt, ohne daß Jäcki sagen könnte, heute war die Blonde da, abends ist die Rotblonde da, sonnabendnachmittags ist die mit der langen schwarzen Perücke da – die kommt hinter den Bierhähnen vor und sagt:
– Wenn ihr nichts bestellen wollt, dann könnt ihr auch rausgehen. Das ist keine Wärmehalle.
Schiebt sie ab und macht von drinnen die Tür zu.
– Gott sei Dank, sagt Hans.
Herr Bösig knarrt weiter.
Als er fünfzehn war, wurde er von seiner Mutter beim Uhraufziehen überrascht. Aber er machte ruhig weiter. Er störte Tees an der Außenalster, lief schreiend durchs Haus, wurde zu Professor Doktor Bürger-Prinz gebracht und geschockt.
Er wünscht seiner Mutter den Tod. Sie hat Brustkrebs. Er faßt ihr unter die Bluse und sagt:
– I gitt! Das ist ekelhaft!
Der Vater nahm ihn mit ins Geschäft. Jetzt fährt er zu Industrieausstellungen nach London.
Er schabt seine Zuhörer wie Fische. Die Schuppen fliegen ihm ins Gesicht.
Er lauert. Er lauert. Er knarrt.
Jäcki und Hans lassen ihn stehen.
– Natürlich meine Verwandtschaft. Ein Künstler, der nicht auf eigenen Füßen stehen kann, sagt Hans. Bloß weg von dem Loch! Jetzt fahren wir zu mir. Da kannst du sehen, wie gemütlich ich mich eingerichtet habe.
Hans führt Jäcki über die Treppen von Blankenese an Gaslaternen vorbei, hinauf zu einem rhododendronbestandenen Hang. Schnee bedeckt die schwarzen Blätter.
– Vorgestern bin ich mit einer ausrangierten Lokomotive von Holstenstraße nach Heide in Holstein gefahren, sagt Hans.
Über dem Eingang zu dem baufälligen Haus steht in weißem Feld: Dampfbad. Die Buchstaben sind auf Taille geschnürt und tragen Vatermörder.

– Das Wasser ist leider eingefroren, sagt Hans.
Im Treppenhaus gibt es kein elektrisches Licht. Mit dem Streichholz voran bis zum Gruppenbild aus der Kaiserzeit, die Husaren salutieren mit gestreiften Badetriquotschattenarmen – hinauf in den ersten Stock.
– Im Keller halten wir Sitzungen. Neulich wurde uns befohlen, einen Koffer mit einer zerstückelten Leiche wieder auszugraben. Aber keiner hat sich gewagt.
Oben dreht Hans eine Glühbirne an. Die Wände sind geflammt von Schneewasser. Der Kachelofen ist kalt. Photographien von alten Schlachthäusern, Waagehäuschen, Kailagerhallen, Wassertürmen, Hotels, Gemüsehallen, Strandpavillons hängen an der welligen Tapete. Auf dem Boden steht ein Grammophon mit Kapuzinerkressentrichter.
Hans bringt girlandengeschmückte Tassen. Er gießt Portwein ein. Er zeigt Kristallbonbonnièren mit Veilchendragées – von seiner Freundin.
Er lehnt ein Ölgemälde auf ein Guéridon.
– Das stellt Thedens Döns dar. Auch modern jetzt. Den Kachelofen haben sie rausgerissen und die Ledersofas und die Theke demoliert. Alles asymmetrisch jetzt, versaut, modern. So schick wie deine Palette, aufgeklärt, ohne Zucht, im Grunde ohne jedes Gefühl für Erziehung, verschandelt. Ich war in Prag. Da gibt es noch ganze Straßen. In London gibt es noch vollständig echt und geschmackvoll eingerichtete Lokale, mit Palmen und Wolkenstores und schöner, ausgewogener Schrift.
Hans zeigt auf Postkarten von glitzernden, umständlichen Theken, Wintergärten mit kleinen Kellnern im Gehrock.
Auf dem Tisch liegen Zeichnungen von Hans: Kleine Kellner in weiten Sepiaebenen, kleine, dicke Frauen im Reifrock, zylinder- und knotenstocktragende Galane vor Perspektiven aus verendender Sepia, vor Riesentaxus und Eisenbahnen, vor ausgelauchten Bahnhöfen. Zeilen von Tuscheschlachthäusern, die ertrinken und die aus den Wellen drohen.
Buchstaben. Wörter: Konrad! und: Ganzes! oder: Waldschloß. oder: Zur Gemahnung!
– Ich habe auch Filme gemacht. Aber es ist schwierig. Immer

kommt ein frecher, unpassend angezogener Mensch oder neben einer eindrucksvollen Fassade sitzt etwas Schiefes, Modernes. Die Leute haben keinen Respekt mehr. Sie reißen ein, kleben über. Sie bilden sich irgendeine Neuboheme ein. Dabei kommt dann so was wie deine Palette raus. Neulich haben sie mir zwei Korbstühle verbrannt, weil kein Holz mehr oben war, bei einer Party. Überhaupt diese Parties! Ich hatte mir die Laubenmöbel mühselig aus Eidelstedt hergeschleppt. Sie standen auf der Straße. Die Leute schmeißen ja alles raus. Erschießen sollte man sie. Meine Korbstühle verbrennen!
Hans dreht die Glühbirne aus. Er zeigt den ersten Film. Einen stummen Film. Flimmernd und schwarzgepunktet – Stanniolregen und Ascheregen.
Ein alter Raddampfer überquert zum letzten Mal die Elbe. Er fährt zum Verschrotten. Es ist Abend, kurz vor Einbruch der Nacht. Der Fluß aus Koks. Der Raddampfer legt vom Ufer ab und bewegt sich in kleinen Sprüngen über den Fluß. Aus dem hohen Schornstein fliegen Wolken von Ruß. Kurz bevor der Raddampfer wieder anlegt, ist der Film zuende.
– Jetzt kommt Prag. Aber wir brauchen stimmungsvolle Musik. Ich lege uns das Klavierkonzert von Schumann auf. Hans führt den Film aus Prag vor. Ascheregen fällt auf eine kohlschwarze Brücke. Eine Schramme auf der Platte erzeugt zu Prag und Schumann die vereinzelten Schüsse eines entfernten Pelotons. Die Brücke ist menschenleer. Eine leere, zum Ausrangieren fahrende Straßenbahn schiebt sich vor weiße, angekohlte Fachwerkhäuser, durchquert leere Straßenfluchten, flackert vor Wassertürmen auf – am Abend, ehe die Nacht anbricht.
Schlachthäuser ohne Rinder, Schweine, Schlächter.
Bahnhöfe ohne Wärter, ohne Reisende.
Schumann träumt dazu auf der rutschenden Kokshalde des Gaswerks im Freihafen mit verstauchten Fingern.

9

VIERTER BESUCH: NASSE SCHUHE UND SCHLAF: Am Eingang zum Botanischen Garten liegt der Schnee höher als die Sohle von Jäckis Sommerschuhen dick ist, hoch bis zum Leder über den Zehen. Zwischen den Schienen am Gänsemarkt, vor Szagun, vor der Hauptfinanzkasse ditschen die Füße absatzdick in den Schneematsch.

Zwei Striche aus Eis teilen die Pfütze auf vor dem Campari-Treff.

– Die Sterne funkeln besonders stark. Es wird frieren.

– Der Verkehr.

– Bei Sonnenaufgang sinkt die Temperatur am tiefsten.

Wenn Jäcki heimkam nachts, lag alles schwarz in blau in braun. Beim Ausmisten morgens waren die Geräte an den Mist gefroren und das tote Schweinchen.

In der Palette tropft das Wasser von Jäckis Schuhen.

Beim Trocknen bleibt ein weißer Streifen auf dem Leder zurück.

– Fluor? Jod? Brom? Das, was an den Küsten in der Luft liegt?

Viehsalz von der Stadtreinigung.

Als Jäcki geht, drückt das knorpelige Eis durch die Sohlen. Am Ende der ABCstraße gibt es ein großes Aquarium mit blauen Karpfen – Karpfen blau – einen klappernden Mühlradbetrieb.

Im Licht elektrischer Strahler wird der Speck von runden weißen Walen in dünnen Bahnen abgenudelt.

Die Karpfen schwimmen mit Öldosen einher und ölen die klappernden Mühlräder.

Die Mühlen malen die Meinung der WELT und des ABENDBLATTS, HÖR ZUS und des GRÜNEN BLATTS. DIE WELT gestanzt in das dünne Fett einer Herde von weißen Walen, die am Grunde des großen Aquariumbildes harren – das große, helle Pressespektakel – Speckstibbel – unter der turmhoch aufgepflanzten, vornanflatternden, angeleuchteten Fahne.

Gegenüber ein nachtweißer, schrebergartengroßer Parkplatz. Mitten auf dem Parkplatz steht Igors Blechente. Rechts neben der Blechente steht Igor und entfaltet eine Wolldecke. Links neben der Blechente steht eine von Igors Freundinnen und schüttelt das Kissen.

– Hallo!

– Hallo!

– Hallo! Hallo!

Igor und seine Freundin krabbeln schlafen in der Blechente vor dem Riesenwandbild Presseleben, Fischereibetriebe, Karpfen blau und weiße Wale.

Jäcki – der Schnee am Judenfriedhof häuft ein spitzes Hütchen vorne auf seine Schuhe – geht zum Altonaer Bahnhof. Dort schläft einer im Fotomaton. Der hat den Vorhang zugezogen. Nur seine Schuhe stehen ab.

10

ZWISCHEN JÄCKIS VIERTEM UND FÜNFTEM BESUCH VERWANDELT SICH UND WANDELT ZEIT UND GEFRIERT UND ERSCHEINT DIE ZEIT: – Es wird Zeit.

– Durch Zeit wird der Seeigel zum Beispiel.

– Es ist Zeit.

– Die Zeit in Schweden ist vorbei.

– Die eine Zeit.

– Die andre Zeit.

– Die Zeit in Pierrevert ist vorbei.

– Für die anderen in Pierrevert geht die Zeit weiter.

– Meine Zeit in Sesimbra ist noch nicht zu Ende.

– Kommt Zeit, kommt Rat, sagt Jäckis Oma.

Timelessness gibt es in der Encyclopaedia Britannica.

– Zeitlosigkeit.

– Wie?

Zur gleichen Zeit, als Jäckis Oma in Glogau geboren wurde, erschien in Leipzig eine Encyclopädie des allgemeinen Wissens.

– Ewigkeit.

– Die Verneinung der Zeit, zunächst vorgestellt als Zeit nach

und hinter der Zeit, dann auch als Zeit vor der Zeit, als anfangs- und endlose Zeit.
DIE ZEIT ist eine Zeitung. Sie erscheint jede Woche. In ihr werden Zeitfragen behandelt. Computer zum Beispiel.
Eine Zeitung enthält die Rubrik: Wandel der Zeit.
– Sich wandelnde.
– Wandelnde.
– Und Handel.
Die Zeit wandelt von der Elbchaussee zum Gänsemarkt und vom Gänsemarkt zum elterlichen Haus in Lokstedt.
Zeit ist vergangen – hat sich weggewandelt zwischen dem vierten Besuch mit den dünnen Sohlen und dem Besuch, den ich als nächsten aufschreiben werde. Eine ZEIT ist inzwischen erschienen. Im Schaufenster gegenüber von Springer gibt es eine Datenverarbeitungsmaschine.
Eine Datumsgrenze gibt es auf dem Grad.
In Berzay-la-Ville leuchtet die Sonne dem majestätischen Christus auf das Gesicht. Jäcki sah mit den Sonnenstrahlen Zeit verschwinden.
Jäcki dachte, daß er nie wieder neben Eberhardt Draheim sitzen würde und versuchen würde, während der Chemiestunde mit Eberhardts Zirkel die Zeichnungen für Matte zu erledigen.
In Berzay-la-Ville verlor Jäcki mit siebzehn seine Kindheit.
Kinderzeit.
Die nächst kleineren Zeiten: Foetuszeit, Embryozeit, Gastrulazeit, Furchungszeit.
Gegenüber dem Essohaus hält sich in der Straßenuhr eine andre Zeit, die acht vor fünf ist, wenn es am Stephansplatz siebzehn nach elf Uhr abends ist, das heißt: acht vor fünf Uhr morgens ist, wenn es siebzehn nach dreiundzwanzig Uhr ist oder auch acht vor siebzehn Uhr ist gegenüber dem Essohaus. Es ergibt verschiedene Differenzen. Volle Stunden und halbleere Stunden.
– Die Zeit ist ein Gelee in Jäckis Omas Bonzenschrank.
– Das kann man nicht behaupten, sagt Frau Schwerdtner.
– Warum kann man das nicht behaupten, sagt Guilleaume Schwerdtner, der einige Jahre in Japan gelebt hat.

– Das kann man nicht sagen, sagt der RockandRoller. Er studiert die Geschichte der Mathematik.
Die Quitte wächst seit Jäckis Geburt. Sie wölbt sich neben dem Rhabarber hoch. Spät brechen die Knospen an dem Baum auf. Rosa. Die Blütenblätter lösen sich vom Blütenkelch und schweben im Zickzack auf den Rasen herab.
Jäckis Opa pflückte die Quitten. Die Oma kochte Quittengelee. Das Gelee gefriert in Omas Bonzenschrank.
In St. Etienne-les-Orgues werden die Quitten blutrot gekocht. Quitten dauern.
Die Zeit glasiges Eis?
Die Zeit an der Holstenstraße ist beim Terrorangriff stehengeblieben auf viertel nach vier. Die Zeit brannte mit der Uhr und der Holstenstraßenkirche auf. Die Handwerker nehmen die Zeiger ab. Auf dem Zifferblatt bleibt gar keine Zeit mehr zurück.
– Timelessness.
– Ist die Ewigkeit die Kirchturmuhr an der Holstenstraße, nachdem die Handwerker, die Zeiger im Arm, wieder auf der Erde sind?
– Oder alle Zeit bleibt auf dem Zifferblatt zurück. Die ganze Zeit.
Auch eine Ewigkeit?
Kann man die Zeit in Scheiben schneiden wie Fische, fett machen wie die Säue, der Zeit mehr Milch abmelken oder weniger?
Eiweißhaltigere Zeit?
Die Zeit der Mutterschaft. Heidis.
In der ZEIT keine Todesanzeigen.
Zeit – ein Riff aus den Schalen der gestorbenen Augenblicke? Geschliffen um den Hals zu tragen?
Zeit – aus allen möglichen Toden?
Für jeden in der Palette, nach jedem Bier, jedem Rum, auch nach Cola, nach jedem Stoß, nach jeder Party, nach jedem Besuch jeder unversicherte Tod möglich.
Jäckis Opas Opas Achtzehnhunderteinundsiebzigertod.
Jäckis Opas miterlebte Neunzehnhundertvierzehnachtzehnertode.

Jäckis Vaters Ungefähr-neunzehnhundertfünfunddreißigertod, neben Hundertfünfundsiebzigertoden.
Neununddreißiger-bis-fünfundvierzigertode.
Nachfünfundvierziger.
Zeit aus den Kalkschichten zwischen den Knochen?
Nagasaki.
Ein Blitz.
Aus Zeit wird Ewigkeit. Aus Sonne wird Schnee.
Zeit geliert in Jäckis Omas Bonzenschrank.
Die HHA braucht in Lokstedt ihre Zeit, um mit dem Tunnel voranzukommen, auf Hagenbeck zu.
Es hat in Lokstedt seine Zeit gebraucht, bis die russisch-orthodoxe Kirche fertig war.
Wäre die Zeit wirklich ein Gelee in Jäckis Omas Bonzenschrank, könnte Jäcki sie herausnehmen, in die Palette tragen und verteilen. Er würde sie auf Brot streichen und Heide mit ihren Monaten Zeit im Bauch würde davon abbeißen können und sich vernünftig davon ernähren.
Wäre die Zeit kein Quittengelee, weil Frau Schwerdtner diesen Vergleich für unpassend hält, wäre Zeit das sich verstärkende Eis auf der Pfütze vor dem Campari-Treff, könnte Jäcki sie hochnehmen und als eine Fensterscheibe vor sich hertragen – an ihr kleben keine Halme und keine Algen.
Sie ist durchsichtig.
– Luft verdichtet sich zu Wasser. Wasser gefriert zu Eis.
– Die Anomalie des Wassers. Auf Grund der Anomalie des Wassers zerspringen die Steine in der Wüste.
Was ist die Zeit wirklich?
– Für einen Gefangenen dehnt sich die Zeit ewig aus.
– Im Flugzeug vergeht die Zeit wie im Fluge. Der zum Begräbnis abflog, kommt vor dem Tode des Vaters an.
Daten.
Guilleaume Schwerdtner fuhr über die Datumsgrenze. Er fuhr vom Sonnabend in den Montag. Die anglikanischen, die katholischen – die Pfarrer, die Pastoren, die Missionare wußten nicht, wo den Gottesdienst hintun für den Sonntag, wo den Sonntag hernehmen für die Messe.

Nachts, wenn die Plastikbabybadewanne über dem Gänsemarkt schwarz wird und die Sterne unter ihrer Kuppel glänzen, fällt das Licht auch vom Reiterchen – es benötigt seine Lichtzeit – und fallen die Tropfen auf den Quittenbaum und hüllen ihn in Eis.
Die Pfützen vor Jäcki sind zugefroren.
Die Ewigkeit ist die Verneinung des Quittengelees zunächst vorgestellt als Quittengelee nach und hinter dem Quittengelee, dann auch als Quittengelee vor dem Quittengelee, als anfangs- und endloses Quittengelee.
Zwischen den einzelnen Besuchen Jäckis in der Palette vergeht Zeit.
Jäcki beobachtete den Schaumstreifen hinter dem Schiff. Er versuchte den Punkt zu bestimmen, an dem sich das Schiff befand, als er ein Stück Brot mit echtem Lachs im Bauch des Schiffes aß. Er sah das Schiff unendliche Male zwischen sich und Malmö, sah sich selbst über den Schaumstreifen unendliche Male durch die Zeit vom Lachsbrot weg hochfließen an die fließende Reling des fließenden Schiffes.
Er beschließt: Zeit ist flüssiges eisernes Eis, ist unterschiedliche Entfernung, setzt sich aus unendlich vielen Fährschiffen zusammen – länger her, weiter weg.
Welche Breite? Höhe?
– Was für Zeit werde ich in der Palette verbringen, denkt Jäcki in Gedankenzeit.
– Was kann man mit seiner Zeit besseres anfangen, als in die Palette gehen? denkt Jäcki.
Zeit ist also der Gischtstreifen im Sund und das Passieren aller Besuche Jäckis, Eisnadeln um die Quitte, ein flüssiges Schiff.
Für die Leute in der Palette ist Zeit nicht, was danach ist.
Das Eis auf der Pfütze vor dem Campari-Treff.
In der ZEIT stand von Real Zeit.
Zwischen dem vierten Besuch mit den dünnen Sohlen, dem Weg zu dem Computerschaufenster und dem Besuch, den ich als nächsten aufschreiben werde, ist Handlung vergangen, Handlung von Handlungen.
Zeit gefriert in Frostzeit, in Schluckzeit, Stoßzeit, Furchungs-

zeit zeigerlos, zifferlos aufgeschichtet in den drei Palettenräumen.
Ort ist Palette.
Nach jeder Zeit kommt ein neues Stück Zeit – so groß, so dick – schmilzt in den Händen, rutscht gegen Durst über die Zunge – aber in der Palette gibt es kein Eis in die Cola – paßt dahin oder dahin beim Ablauf der Schilderungen der Besuche in den drei Palettenräumen, die einen Bruchteil ausmachen, von der Palette im ganzen.
Hier besteht Zeit aus Daten über die Palette.

11

FÜNFTER BESUCH: SO IST DIE PALETTE AUCH. MITTAGSPAUSE. REZENSION: In der Mittagspause – das berichtete Hans aus seinem letzten Rohrstuhl – geht einer aus dem Reklamebüro und rempelt Mädchen an und sucht sich mit ihnen einen unbelebten Hausflur.
Einer – das beobachtete Jäcki am Gänsemarkt – rempelt Bluejeansboys an, geht mit ihnen bei der Postreklame vor Szagun rein, das Treppenhaus hoch.
Willi Hanfschmitt stottert. Der neben ihm redet für Willi Hanfschmitt.
– Willi kriegt seinen Namen nicht raus, ohne anzuecken.
Nach der Feststellung,
– Du kommst doch sonst nicht.
nach der Frage,
– Was machst du so?
hört sich die Antwort
– Schmied.
an, wie die übers Durchgestrichene geschriebene Verbesserung aussieht: Schmitt – Schmied.
– Schmiede gibt es doch seit Kriegsende gar nicht mehr.
– er heißt Willi Hanfschmitt. Er arbeitet als Schmied.
Willi Hanfschmitt kuckt weg, zu den Mädchen, aber das hat er nicht nötig, die kucken ihn immer als ersten an, kuckt zu den Mädchen, um den nächsten Satz zusammenzukriegen.

Hundert Thunfischkonservendosen in Zeitungspapier einzuwickeln.
Der Aichacher Schmied. Der Huf zwischen den Beinen des Schmieds.
Der Geruch nach verbranntem Huf.
– So riecht verbrannte Menschenhaut.
Das Pferd von Willi Krohn in den ehemaligen Bahnhof zu den schwarzen Schmiedelehrlingen führen. Die Lehrlinge grätschen im Flackerschein reihum über den Amboß.
– Dicht hinter dem Pferd rumgehen, sonst hat der Schlag zuviel Wucht – wenn es schlägt.
Die heißen Hufe werden angepaßt.
Willi Hanfschmitt:
– Ich bin nur selten hier.
Ohne was fallen zu lassen und ohne Nägel im Gaumen.
Das nächste
– Wir . .
rennt erst in alle Ecken, sucht die Stemmeisen, rennt treppauf, treppab, durch Eßsäle und von Erzieher zu Erzieher.
Der neben ihm:
– Wir dürfen abends nicht weg. Wir wohnen im Jugendheim.
Willi Hanfschmitt – und die Linealschläge, die Faustschläge, Stemmeisen, Schraubenschlüssel zertrennen das letzte Wort:
– Wir werden sonst geprü-prü-prü-prü-geprügelt-glt.
Der neben ihm:
– Neulich hat der Erzieher Willi eine Steintreppe runtergeschmissen, weil Willi zehn Minuten zu spät war.
Jetzt springt Willi Hanfschmitt viel zu schnell, das hätte er gar nicht nötig, wie er aussieht, doch hinter dem blonden Zopf her, als wolle er reinbeißen, weil er nicht mal den Anfang des nächsten Wortes mehr rüberheben kann, weil keiner verstanden hat, ob der erste Buchstabe ein V oder ein F oder ein P werden sollte.
Das Mädchen verläßt den zweiten Raum der Palette. Im ersten Raum biegt das Mädchen nicht nach links, sondern nach rechts.

Willi Hanfschmitt verläßt den zweiten Raum der Palette. Im ersten Raum biegt er nach rechts.
Der neben Willi Hanfschmitt gesessen hat, läuft ihm nach, kommt zurück:
– Willi ist hinter dem Zopf her auf die Toilette gegangen.
Klaus Martin sagt nichts, saugt an seiner Pfeife.
Fensterputzerkarl und der Postbeamte aus Pinneberg treten gemeinsam mit Harald auf.
Fensterputzerkarl holt sein Notizbuch aus der Tasche, zeigt es Jäcki, sagt:
– Weil es sehr schwierig ist, sich lückenlos zu bilden.
Jäckis Petroleumlampe in den Alpen. Der französisch-lateinische Diktionär. Während der Lehrzeit in Holstein kein Geld, um Karl Krolow zu kaufen. Frau Schwerdtner gibt zwanzig Deutsche Mark monatlich. Schulkameraden und die Schwedenelke schicken Taschenbuchausgaben von moderner Dramatik – Theatrum Mundi, wie es in Deutschland heißt – nach Pierrevert.
– Ich schreibe mir wichtige Anregungen in mein Notizbuch, sagt Festerputzerkarl. Weil es so viel Lesestoff gibt. Allein über den Kommunismus zum Beispiel oder über die englische Literatur. Zuerst gab es nicht viel.
Reclamkataloge im Baldriangeruch. Und Und ewig singen die Wälder. Ferien vom Ich. Theodor Däubler – von Jäckis Mutters Künstlerfreundschaften her – aber davon war nichts zu verstehen; Jäcki tauschte es im Kriege um gegen Theodor Körner nach Schlangestehen vor der Fundgrube für Bücherfreunde. Velhagen und Clasing. Die Iphigenie auf Tauris. Die Jungfrau von Orleans. Torquato Tasso. Ein Kämpfer – eine Fichtebiographie. Es gab Hans Friedrich Blunck und Thomas Westrich und König Geiserich. Feldpostausgaben. Aphorismen der Lebensweisheit. Und die Marquise von O. Die wurde eingeschlossen.
Wenn sich die Familie im Bunker Friedensmenüs ausdachte, dachte Jäcki sich nach dem Reclamkatalog Friedensbibliotheken aus: Die Äneis. Vierdoppelter Band.
In der schlechten Zeit gab es von Herrn Lau Stollwerckschoko-

lademappen. Mit bunten Abbildungen von Ovid und Horaz, Max von Schenkendorf, Nietzsche, Schopenhauer.
Das erste Ostern nach Krieg gab es Ostern von Strindberg.
Dann Stücke aus dem Ausland, in denen sich die Schauspieler mit dem Publikum unterhielten – und Nathan der Weise. Der war auch Jude gewesen.
Für Gründgens in den Fliegen mußte regulär der dreifache Eintrittspreis bezahlt werden und auf dem Schwarzen Markt kosteten die Eintrittskarten Raucherkarten und Buttermarken oder tausend Mark. Es gab Schätze, Schatzkästlein, Kleinodien der Weltliteratur auf gelbem Papier unter dem Ladentisch neben Doktor Rudolf Steiner, der auch wieder erlaubt war.
Rimbaud gab es noch nicht.
– Wer ist denn das?
Dann besseres Papier – aber Jäcki hatte kein Papiergeld mehr.
Als Konkurrent von Doktor Rudolf Steiner trat jetzt Hans Henny Jahnn auf. Da gab es: Marlowe statt Shakespeare, Kleist statt Goethe, Büchner, Bang, Brecht, Joyce, Wedekind, Faulkner, Bernanos, wieder Strindberg.
In der Schule Wilhelm Tell und das Fähnlein der sieben Aufrechten. Bei Hans Henny Jahnn noch Jean Genet, der saß immer im Gefängnis und klaute bei seinen Bekannten die Luxusausgaben. Jean-Paul Sartre schrieb 600 Seiten als Vorwort zu einem Roman von Jean Genet. Mit dreizehn hatte Jäcki furchtbare Angst, im Gefängnis sitzen zu müssen und er hätte es auch nie gewagt, Luxusausgaben bei Hans Henny Jahnn zu klauen – wenn es da welche gegeben hätte.
Später überlegte er manchmal, ob er in den Buchhandlungen einen Band Brecht oder einen Band Perse einstecken sollte, weil er kein Geld hatte, sie zu bezahlen.
Bei dem Schauspieler Alex gab es neunzehnhundertfünfzig noch von vor dem Krieg George, Proust bis zur Herzogin von Guermantes, Baudelaire.
Bei Greta Stolterfoht gab es Walter Jens und Helmut Heißenbüttel und Wolfgang Weyrauch.
In Paris Camus und Cayrol, Schafskrankheiten, Die Lumpen-

sammler von Emmaus, Soziales, den seinem Diener den Koitus verargenden Gandhi, Weltpolitik des Hungers.
Vom Trecker aus sah Jäcki auf ein Meer von Schutzumschlägen. Bei Frau Schwerdtner gab es Henri Bosco, Jorge Luis Borges, Djuna Barnes.
Ackerbaulehre. Kunstgeschichte. Viehzuchtlehre. Betriebswirtschaft. Physik. Thomas Mann. Ernährungswissenschaft. Psychologie.
– Wo soll man anfangen, sagt Fensterputzerkarl. Es ist so viel. Alle die Gebiete und das eine hängt mit dem anderen zusammen. Das eine ist nicht zu verstehen ohne das andere. Entweder muß ich dumm bleiben oder ich werde verrückt, wenn ich alles gründlich studiere. Ich bin zu alt. Ich kann doch nicht mehr alles lesen. Vielleicht können mir die, die schon auf Vorrat gelesen haben, ein bißchen helfen. Deshalb hab ich mein Notizbuch immer dabei.
– Wir wollen es erst einmal mit unserer Wolfgang-Borchert-Gemeinschaft versuchen.
– Wir wollen mal versuchen, da Ordnung hineinzubringen mit Wolfgang Borchert.
Hans Henny Jahnn mochte Wolfgang Borchert nicht. Hans Quest las Wolfgang Borchert im Funk. Wolfgang Borchert starb an russischer Gelbsucht. Wolfgang Borchert beschrieb Bill Brook in Billbrook, während Hilde Krahl mit Löchern in den Strümpfen Theater spielte.
– Wer will beitreten, sagt der Postbeamte aus Pinneberg.
Fensterputzerkarl sagt:
– Wir wollen uns bemühen, Wolfgang Borcherts Werk in die Tat umzusetzen.
– Mütter, sagt Nein! sagt Harald, der noch immer nicht in die Akademie der Bildenden Künste, Jäckis Mutters Landeskunstschule, aufgenommen worden ist.
– Kommt Freitag alle zu mir. Es gibt Bier.
Igor hat das letzte Wort gehört, steht auf, verläßt das Séparée, stemmt einen Stuhl hoch, setzt ihn vor Harald nieder, setzt sich:
– Wo?
– Gärtnerstraße 17. Dritte. Freitag. Neunzehn Uhr.

– Wolfgang Borchert, sagt Igor. Die Stadt hinter dem Strom.
– Kasack, sagt Maximilian.
– Das ist ein Bekleidungsstück, sagt Jäcki.
– Was ist das, sagt Fensterputzerkarl.
– Die Stadt hinter dem Strom, sagt Maximilian.
Fensterputzerkarl schreibt es auf.
– Kinder, Wittgenstein, sagt der schiefe Inder und klopft auf ein gelbes Buch.
– Habt ihr euch wenigstens mal mit Camus befaßt, sagt Klaus Martin zwischen zwei Bissen in die Pfeife.
– Arno Schmidt nicht zu vergessen, sagt Halleluja. Ich habe Arno Schmidt in die Palette eingeführt. Ich habe der Palette Arno Schmidt nahegebracht. Wenn sie sich jetzt alle auf ihn berufen, ist das nur mein Verdienst.
Maximilian kommt aus dem ersten Raum zurück:
– Die Toilette kann nicht benutzt werden. Einer, der vor Stottern nicht besetzt sagen kann, spielt Henry Miller. Die Stelle mit den Schwestern. Wendekreis des Krebses.
Schudl gibt eine Erklärung ab:
– Für mich existiert nur: Die Göttliche Komödie. Der Faust. Geheul und Kerouac.
– Howl, sagt Heidi.
– Genet, sagt Igor – und als Jäcki nicht reagiert, nochmal:
– Genet.
– Moi, aussi, je lis Genet,
sagt Anne und sieht zu Wilfried.
Wilfried nimmt dem schiefen Inder den Wittgenstein aus der Hand, um anzudeuten, daß er nicht weiß, was er zu einem solchen Gespräch überhaupt beitragen soll – um Anne, die er wiedererkannt hat, anzudeuten, daß er sie auf Grund seiner Kurzsichtigkeit nicht erkennen kann. Je länger Anne zu ihm hinsieht, desto aufmerksamer blättert er im Wittgenstein, wird rot vom Blättern.
In Annes Gesicht passiert nichts weiter.
Willi Hanfschmitt sagt auf Maximilians:
– Benn und Bense, na, die dürfen wohl auch nicht vergessen werden.

– Ich stotter nämlich, weil ich als kleiner Junge auf den Hinterkopf gefallen bin.
Jäcki denkt:
– Willi hat sich auf der Palettentoilette beim Coite auf sein Ergo sum vorbereitet.
und sieht den Descartes von Tours statt Lessings am Gänsemarkt sitzen, voller Tauben.
– Der Satz kommt so glatt aus Willis Mund, daß er sich ganz und gar gelogen anhört.
– Und Peter Huchel darf im Westen auch nicht vergessen werden. Kurz bevor sie mich bei der Bundeswehr rausgeschmissen haben, ließ ich die Jungens immer selbstvertonte Huchelgedichte beim Marschieren singen.
Heidi möchte gern aus den Gedichten vorlesen, die ihr nach der Trennung von Schudl zu Dutzenden eingefallen sind, aber Wiebke, die mit Peter von Eyck geschlafen haben soll, kommt mit ihrer Story von dem Rundfunkredakteur dazwischen, der ihr bei einem Vierzeiler das Wort baumschwarz in samtschwarz geändert hat.
Heidi liest:
In Heidis Gedicht gibt es die Substantive Darling, Mimer, Mann, Antwort, Leben, Liebe, Hände, Love.
Das Adjektiv schrecklich.
Die Verben beginnen, wissen, beten, fassen, verlassen, verlieben, fragen, küssen, glauben, geben, spielen, denken, bitten.
Die Hilfsverben sein, wollen, können.
Die Adverbien alleine, so, damals, als, doch, nur, noch, auch, heut, wirklich, niemals, nie, wenn, an, in, falls, doch, denn, selbst – sind das alles Adverbien?
Die Personalpronomina ich, du, es.
Die Interjektion bitte – gibt es das überhaupt?
Jäcki würde schreiben:
– daß vielleicht jeder Chronist an der Palette scheitern muß. Eine Analyse der verschiedenen Schichten Wirklichkeit würde sich ins Uferlose verlieren. Jede bekannte Form schriftstellerischer Synthese klammerte aber eben gerade all das Inkoherente, Doppelzüngige, Alberne, Vielbewußte und die gleich-

zeitigen eingeschränkten Bewußtheiten aus. Die Schreibmaschine oder der Kugelschreiber –
in Jäckis Fall das Empiretintenfaß, mit Irma Poststraße gekauft und der von Irma entliehene Montblancfüllfederhalter der eingestippt werden muß
– wären gezwungen, eine kleingehackte, den Ereignissen und Personen nachhetzende Prosa zu erzeugen, die in dem Geschriebenen nicht den Eindruck der Vielfalt hervorrufen könnte, sondern auf die Dauer nur den Eindruck der Langenweile.
Jäcki würde also rezensieren:
– Es erscheint gleichfalls unmöglich mit Hilfe einer Collage, unter Hinzuziehung aller Sub- oder Superliterarischen Zitate, die in der Palette fallen, die Palette selbst deutlich werden zu lassen. In Heidis Gedicht allein –
würde Jäcki in der Kritik fortfahren, die er nie schreiben wird
– scheint mir – entgegen der Absicht des Gedichtes selbst – ein Ideogramm von der Palette vorzuliegen – und eben darum, denn gerade der Zwiespalt zwischen Absicht und Resultat verleihen dem Gedicht den entscheidenden Anlaß zu kritischen Reflexionen über die Palette selbst.
Wäre Jäckis Stil.
– Das Gedicht ist schlecht. Begann reimt sich auf an. Fassen auf verlassen. Küssen auf Wissen. Aber um ohne Bedeutung schlecht zu sein, gibt es sich nicht literarisch gut genug. Es ist so unter aller gewöhnlichen Schlechtheit, so ohne jede Bemühtheit, ohne schmückende Modernismen, die zur Hoffnung Anlaß geben, welches alles doch das ganz bedeutungslos schlechte Gedicht kennzeichnen, daß Heidis Gedicht im Grunde äußerst gut sein muß.
Die Frage: Bist du ein Mimer oder ein Mann – steht vor dem fünfmal wiederholten: Darling, ich bete dich an.
Eine solche Schrägheit bekommt der gediegene literarische Handwerker nicht hin. Zwar wurde diese Schrägheit nicht bewußt eingesetzt, aber muß etwas bewußt sein, um bedeutsam zu werden? Kann Schlechtes literarisch relevant sein, auch

wenn es nicht bewußt als Zitat von Schlechtem eingesetzt wurde?
Fehlt es dem Gedicht überhaupt an Distanz, an Ironie? Ist nicht von vorneherein auch der banalste Satz in der Palette distanziiert und ironisch? Wird hier nicht die Ironie ironisiert. Der allgemein bekannte Trick einfacher Ironie kann heute keiner schriftstellerischen Aussage mehr aufhelfen. Ironie ist ein Gemeinplatz geworden. Das Gedicht Heidis aber ist in seiner Situation so bedeutsam wie die Divina Commedia. Jäcki meint also, Heidi ist die Schwester von Dante, die Palette ist für Heidi genauso wichtig wie Inferno, Purgatorio und Paradiso zusammen und Heidis Gedicht ist die bestmögliche Aussage über die Palette, die verschrägteste, distanziierteste, voller Subtiligkeit im Verbrauchthaftigkeitesten.

12

LEXIKON: Lessing.
– O, Lessing!
Während Jäcki denkt, gibt er auf, darüber nachzudenken, wie er denkt, ob er das Gedachte hört, ob er es spricht, was er hört, ob er mit der Stimme eines anderen denkt – welches anderen?
Stimmen:
– Palädde.
– Köminge.
– Pallee.
– Palais.
– Pallädde.
– Ins Pallee.
– Je le lis.
– Je la lis.
– Lila.
– Den Panzen an die Wand quacken.
– Topflappen aufspannen.
– Da schnallst du ab.
– Da hab ich abgeschnallt.
– Da schnallt ihr alle ab.

– Er macht seinen Beugemann.
– Dergl. Harvey. Oymel.
– Eine Mütze.
– Kernig.
– Dufte.
– Ich habe keine Mütze auf.
– Pallädde.
– Wir haben keine Mütze gemacht.
– Viens!
– Das ist kernig.
– Da schnallst du ab.
– Pallädde.
– Schick mal einen Klaren durch.
– Link.
– Viens!
– Er schafft sich.
– Da schnallst du ab.
– Wo pofst du?
– Kernig.
– Lockenprinz.
– Dergleichen.
– Dergl.
– Feilen. Fegen. Hoppeln.
– Kernig.
– Da schnallst du ab.
– Schick doch mal ein Bier durch.
Lessings Fuß. An der Stirn fühlt Jäcki den violetten Marmor.
– Köminge.
Die Schienen glänzen.
– Kernig pofen.
Jäcki sieht über den Schienen kein Gesicht. Keine Bilder in Bildern. Er blickt zur ölfarbeweißen Wand hoch und liest:
– Seid nett zueinander!
– Beschäumen.
– Ich habe nicht beschäumt.
– Puddeln, pudern, pfeffern, Verben mit P. Knacken für schlafen.
– Schick mal einen durch!

– Schlafen heißt: Pofen, knacken, pennen, abhorchen.
– Gammeln, berbern bedeutet dasselbe.
– Er schafft sich.
– Gammeln.
– Det gamla huset.
– Das vergammelte Brot.
– Die vergammelten Typen.
– Dufte.
– Die Palette.
– Auf der Palette sitzen Farben.
– Die Pallädde.
Aus der Palette entsteht ein Palais. Durch das Loch für den Daumen des Malers treten die Gammler ein.
– Schick doch mal einen durch!
– Ein Rohr verlegen.
– Ein Rohr verlegen heißt oymeln. Mit eu oder oi oder oy?
– Auf dem Palais mischt der Maler seine Farben an.
– Da schnallst du ab!
– Szagun.
Jäcki liest Szagun. Dammtorlichtspiele. Ringo. Jäcki steht vor dem Gefallenendenkmal.
– Da schnallst du ab.
– Kernig! Wirklich dufte!
– Palädde.
– Zieh keine Schau ab!
– An der Matratze horchen heißt auch schlafen. Topflappen aufspannen heißt horchen.
– Aus dem Kreuz leiern.
– Schick mal einen durch!
– Wörter für Polizist: Senatscowboy, Blauer, Bulle, Polyp.
– Wörter mit B: Bestücken, beschäumen, Mücke bauen.
– Trabe machen.
– Auf den Kiez gehen.
– Mit Z: Zampeln, zügig.
– Eine Nuß knacken.
– Die Klöten, die Klunkers bedeuten die Eier, die Eier bedeuten die Hoden, das Geld bedeuten die Eier.

– Schick doch mal einen durch!
– Dufte, wirklich.
– Hokla hübi, glök, glök!
– Malochen.
– Achele.
– Glök mich nicht an! Seibel mich nicht an!
– Eine Aktei sind fünfzig Pfennig. Ich weiß auch, daß ein Heiermann fünf Mark . .
– Beugemann.
– Seibel nicht rum!
– Schnee.
– Stoff.
– Koks.
– Hasch.
– Mari.
– Zieh Marie!
– Den hab ich abgestaubt.
– Da schnallst du ab.
– Seibel mich nicht an.
– Wörter mit K: Knispeln, Kiez.
– Lampen offen haben.
– Knacken.
Mit den Gefallenen, die seit dreißig Jahren um den grauen Würfel marschieren, das Gewehr auf der falschen Schulter, wie der Kriegsdienstgegner Jäcki feststellt, trampeln andre Wörter durch Jäckis Kopf:
– Empor.
– Christlich-demokratisch.
– Verfremdung.
– Ritterkreuzträger.
– Axiom.
Das Wort kernig hat einen Stahlhelm auf. Das Wort abschnallen schläft über ihm. Andre Wörter kommen mit Kerze und Kreuz und Gasofen und wollen nach Ostland reiten:
– Entschlummern.
– Der Minderrassige.
– Feld der Ehre.

– .. den Segen für diesen Krieg.
– Unser lockiger Prinz.
– Kommunistenschwein.
– Judenschwein.
– Schwule Sau.
– Unser lockiger Prinz.

Einige Wörter kommen aus der Emigration zurück. Es gibt Wörter unter der Lupe. Ein Wort nimmt Schnee. Wörter mit roten Augen. Albinowörter. Wörter mit einer eingefärbten weißen Strähne im Haar. Zebrawörter. Wörter, die auf dem Kopf gehen. Wörter ohne Unterleib. Wörter mit einer Hand aus Leder. Wörter mit von unterm Knie an nix mehr. Wörter als Heilige Maria Magdalena. Mit dem Schiff bei Saintes-Maries-de-la-Mer. Dame mit Bart Wörter. Ein Warzenwort. Bukkelwort. Kinderlähmungswort. Die geschlechtskranken Wörter. Ein lachendes Ohr. Ein wandelnder Arm. Ein Wort macht es von hinten. Drei Wörter sind betrunken. Von einigen Wörtern ist nur der Vorname bekannt. Wörter leben unter falschem Namen. Ein Wort mit unehelichen Kindern. Eine Clique von Wörtern hat die Koffer schon für die Emigration gepackt.

Der Koks ist auf den Hund gekommen. Er handelt jetzt mit Kokain und die Mechaniker denken beim Rohrverlegen nur ans Feilen, die Raumpflegerinnen denken ans Fegen, die Köche ans Pfeffern, die Fünfkämpfer ans Stemmen, die Verteidigungsminister ans Bummsen, die Tischler ans Hobeln, die Hasen ans Hoppeln, die Statistinnen ans Pudern.
– Schick doch mal einen durch!
– Palädde.
– Pallee.

Die Fundgrube für Bücherfreunde. Der Dammtorbahnhof.

13

DIE ANGEZOGENEN UND DIE TOTEN: Fünf Minuten zu Fuß von der Palette entfernt – Brockstedts Galerie. Nicht mal fünf Minuten.

Vom Balkon aus:

An den Fensterscheiben reflektiert sich das Preußische Blau des Hamburger Himmels mit Spuren von Eisenschwämmen für Angebranntes – und reflektieren sich in den erleuchteten Fenstern die Häuser und die erleuchteten Fenster, die moosige Mörtelwand und die vom Hamburger Regen aufgeweichten Kartoffeln in Bronze. Schöpfungen der Arte Nova. Siegfried Poppe behauptet, man könnte die Ostereier gut dadrinnen verstecken. Hinter dem Fenster auf Glasscheiben gläserne Halsoymel aus Nancy mit eingebackenen Sülzblumen und Gelatinefarn.

Jäcki formuliert seine Kritik an:

– Geburtswehen einer neuen Zeit oder Wechseljahrserscheinungen einer alten?

Worauf er sehr stolz ist.

Hinter den Glasoymeln Hälse aus Fleisch, Hände, die Einladungen halten. Ein Mund, der sich bewegt und gähnende. Die Strümpfe jucken.

Zwei Füße aus der Palette. Eine Haarfrisur aus der Palette. Zwei Augen aus der Palette.

Die Eröffnungsansprache ist zuende.

Jäcki entdeckt sich in der Scheibe. Den Umriß von sich. Einen Umriß wie den romanischen in Carluc, neben dem mit Trekker gepflügt wurde, wie den vom frühchristlichen Montmajour oder den in Limoges – die kleineren Mönche – dreikleeblättrig oben. Den ausgemeißelten Mönchsumriß in Stein. Sich in der Scheibe. Örjan sprang zum Spaß hinein im Bischofsgarten. Jäcki sieht sich im Lüster, den das Blau und die unterschiedlichen Grauwerte auf den Fensterscheiben von Brockstedts Galerie erzeugen. Sieht sich wie einen Sarkophag aus dem Douzième, dem Onzième.

– Die Brüder und Schwestern aus der Palette meißeln sich ihr Grab nicht nach Maß in den vorgeschichtlichen Felsen von Carluc.

Jäckisarkophag mit Augen sieht durch die Lüster hindurch, an den Lüstern Gallés und Lötzes Witwe vorbei, durch die Jugendstilbegierigen auf das Plakat für die Wunderlichausstellung.

Da hängt der homo sapiens, nicht mehr ludens, in den kaputtgerissenen Proportionen von Albrecht und Lionardo, das Fetzchen, das Kadaverlein, nicht nach den anständigen Foltern der Romanik, der Gotik, der Renaissance, hängt der Häftling vor den Sammlern, der mit Starkstrom behandelte, der, dem das Gras in den offenen Rücken gedrückt wurde, Arnims und Annes, die aus der Palette raufgekommen sind, um die Gürtelschnallen der Neuen Kunst zu sehen, mögliches Avenir – ohne Kopf, ohne Arme, ohne Füße, Blasen offen, teilweise gepellt.
Die Haut, die Gewebe, die Drüsen – wässrige Buckel, die beim Auftrocknen Pigmente zurücklassen, Maserungen, die sich auf den Stein übertragen. Jäcki den Steindruck.
Jäcki geht durch eiterfarbige Gläser und Sektgläser in den Vorraum zur Garderobe.
Dort beschäftigt sich ein Herr. Er merkt nicht, daß Jäcki gekommen ist. Der Herr geht von Mantel zu Mantel, faltet die Mäntel auf. Er stiehlt nicht, nein, er sieht auf die Schilder, innen, neben den Gegenknöpfen, kontrolliert die Schilder, liest sie aufmerksam:
– Exclusive Model styled only for Mantel Boutique Hamburg. Topp und Franck. Schiaparelli.

14

FRÜHLINGS BLAUES BAND AM JUDENFRIEDHOF: Daß es einen Judenfriedhof in Altona gibt, ist plötzlich wieder neu für Jäcki, auf dem Weg zu Fuß in die Palette, den Halbjuden, der eben zurückkommt aus Pierrevert.
Eine Oma führt einen dicken, kleinen Jungen spazieren. Für den ist es nicht neu, der ruft:
– Da liegen sie immer noch!
Jäcki sieht sie nicht liegen, auch die Steine sieht er nicht mehr. Er geht auf den Wald zu, der vor elf Jahren kein Wald war, als er mit Alex vorbeiging. Alex hakte ihn ein im Suff und randalierte. Keiner wäre draufgekommen zu sagen:
– Da liegen sie immer noch.

Wer hätte hingesehen? Ein Gitter, dahinter Büsche und rübergeschmissene Dosen auf Schutt, Steinresten. Keiner mähte und forstete dran herum. Der Zaun schützte die Büsche, die wuchsen.

Nur wenn er drumherumgeht, nach der Tür suchend zum Wald, sieht Jäcki die Steine auf den Totenbetten, die Rollen voller Schrift, die er nicht lesen kann.

Alex erzählte den Witz:

– Madagaskar, das ist so weit.

Und den Witz:

– Und für die Gojems singt ihr.

Niemand hat den Wald angefaßt. Zwischen Bettenholm und frischem Kinderspielplatz steht er – schwarz und doppelt so hoch wie die Nachkriegsgeneration.

Auf die kleine Michaeliskirche wird ein glänzendes neues Dach gehandwerkert und die Königsstraße hinunter sausen die Autos und die Allee hinunter sausen die Autos, lassen kleine Gaswölkchen. Das Tageslicht wird trüb davon.

Ungejätet steht der Judenfriedhofswald gegenüber der kleinen Michaeliskirche und vielen gelben Backsteinen gegenüber, die Komfortwohnungen ergeben.

Altona um den Judenfriedhof riecht nach Frühlingsgasoil und Jäcki riecht von den schwarzen Stämmen her den Schleim der Blatterhullen und den neben den schräg tiefersackenden Thorarollen von den Würmern aufgelockerten Mutt.

15

FREITAG, SONNABEND, SONNTAG, MONTAG, DIENSTAG: Jäcki trifft Kapuzinerwilli und Bernhardt.

– Zum Bunkerer!

– In den Bunker.

In den Bunker hinauf neben Tchibo und Kepa? Blumenautomaten neben dem Eingang. Geranien unter den herausgesprengten Öffnungen. Ölgeweißte Fensterkreuze. Die Quellen rinnen nach Eis und Schnee über die Betonfront. Der Rost glänzt frischer am Bunker. Moos blüht auf an den Radar-,

Funk-, Horchgeräten oben außen über dem Hochbunker am Heiligengeistfeld.
Dort ist Dom. Auf die Tragflächen des Saturnkarussells ist das Eiserne Kreuz gemalt.
– Wolfgang wohnt immer in Bunkern. Nur. Erschrick nicht. Wenn er meine Stimme hört, beruhigt er sich schnell.
Hinunter gehts am Rande von Eimsbüttel. Fort Eimsbüttel. Jenseits des Burgenwalls, Etagenhaus Anno 1881, beginnen die Ebenen für den Hochbahnbau. Am Rande der Stadt gibt es eine Moschee. In den Schrebergärten stocken die Zwiebeltürme der russisch-orthodoxen Kirche auf.
Unter das erste Gras hinunter im Häusergeviert, wo kleistrig übermalte Putten Würstchenkränze hochhalten.
Im Winter, wenn man aus Lokstedt kommt, wird es wärmer unter den rotweißgekachelten Häusern.
Der Wind fuhr zwischen die Schreberhäuschen und die Behelfsheime. Keine russisch-orthodoxe Kirche wurde in Kalksandstein geplant. Jäckis Augen tränten vor Kälte und die Tränen gefroren auf dem schwarzen Stoff des Mantels, der vorher Jäckis Mutters Mantel gewesen war.
Das Eis auf der Schwärze sah aus wie angetrockneter Same, das wußte Jäcki noch nicht. Same war rund und länglich für ihn; man würde Samen, wenn die Alster wieder aufgetaut wäre und die Wasserleitung
– Wenn wir nicht überfallen worden sind wegen der Raucherkarte.
– .. wir nicht erschossen worden sind an einer Bahnunterführung.
– .. wir nicht verhungert sind.
– .. wir nicht erfroren sind.
auf den Beeten neben Bindfäden in kleine Erdlöcher zählen. Die Etagenhäuser am Stadtrand schützten vor Wind. Die Stadt war wärmer, wo sie keine Lücken hatte. Die Straßenbahnen fuhren nicht. Einige Autos fuhren, indem sie die Bäume aus den Parks vergasten und Kirschbäume und Quitten.
Bernhardt klopft.
Neben der braungerosteten Tür mit den zwei Hebeln, einer in

Fußhöhe, einer in Kopfhöhe, ist ein Loch in den Beton gesprengt worden, doch mit Ziegeln bis auf eine schmale Scharte wieder zugemauert. Von drinnen ein Schuhkarton reingeklemmt.
Bernhardt klopft noch mal:
– Ich bin das. Mach auf. Kapuzinerwilli auch. Kein Weib. Fagottwilli und Bernhardt. Und noch einer – Jäcki. Nichts Nachteiliges bekannt. Mach auf!
Der Schuhkarton fällt nach innen weg. Eine dicke Gardinenstange wird durch die Scharte geschoben, ein Röhrenknochen, ein Melkmaschinenrohr – in Richtung Jäcki.
– Nimm es rein, Wolfgang, das Ding. Jäcki, geh zur Seite, nachher drückt er ab. Er lebt seit zwanzig Jahren im Bunker, mußt du wissen. Zieh das Ding rein! Am meisten haßt er Frauen. Sei doch vernünftig. Ein abgesägtes Luftgewehr, mußt du wissen. Bernhardt und Fagottwilli. Dann noch einer. Der will dich nicht erschießen. Steck es rein.
Von drinnen hebelt Wolfgang die Tür auf, dreht ihnen den Rücken zu, schultert das abgesägte Luftgewehr, geht in den Bunkerlivingroom voran.
Kapuzinerwilli bläst Fagott mit der Kapuze über den Augen.
Wolfgang bläst Saxophon mit geschultertem, abgesägtem Luftgewehr. Bernhardt baut sein Schlagzeug auf vor der gemaserten Betonwand.
Während sie rumblubbern, rauf- und runtersäuseln – Jäcki spielt nicht mit, trampelt und klatscht nur rein in die Jazzerei – fragt der Bunkerer Wolfgang, der Kehrichter, am Rathausmarkt mit rotweißer Armbinde:
– Fertig mit der Arbeit jetzt?
Fagottwilli nickt in den Rhythmus hinein zum abgesägten Luftgewehr hin. Bernhardt nickt über seinen Schlagzeugbesen.
Der Kehrichter schafft sich, steht auf, der vorher am Boden saß, daß der Kolben an den fußkalten Beton stieß.
Dann werden in der Stille Schrauben angezogen, Abstände reguliert. Speichel abgelassen.
Der Bunkerer versucht es noch einmal, unauffällig, beim Speichelwegschütten:

– Feiern wollt ihr sicher jetzt?
Bernhardt verlängert den Spaß. Beginnt mit der Musik von neuem, schafft sich auch einmal. Er sagt nach ganzen Provinzen mit zitternden Spitzen von Wintergerste – und es soll sich nicht so anhören wie eine Antwort:
– Wir ziehen zum Feiern los. Erstmal in die Palette. Aber da halten wir uns nicht lange auf. Wir fahren an die Ostsee.
Nun weiß Bernhardt, daß der Kehrichter rausgekriegt hat, was er wissen wollte.
– Mit Weibern, sagt der Bunkerer Wolfgang, als er sie rausschmeißt. Mit Weibern an die Ostsee fahren. Im Zelt wahrscheinlich und eng nebeneinanderliegen, Menschenkinders! Er macht die Tür zu und schiebt das Gewehr in eine Ecke der Scharte: Ein drittes Auge zwischen den beiden abgesägten Luftgewehrläufen in seinem Gesicht.
Draußen klappern die Zweige.
Die Leute drehen sich nach Kapuzinerwilli um.
Die drei gehen die Osterstraße hinunter, an der Emelka, der Kepa, der Urania, der neuen Emelka vorbei auf den Eppendorferweg zu, zum Kaiser-Friedrichufer.
Bei der Schlankreye sehen sie zwei über die Straße laufen. Durch den Verkehr. Sie hören Bremsen. Im Zickzack über die Straße laufen. Die beiden nähern sich.
Die Häuser wackeln nicht im warmen Wind. Die Bäume kippen nicht um. An der Schlankreye, wo der Verkehr stockt, stehen die Verkehrsschilder schief. Das Vorfahrtsviereck ist über die Fahrbahn gebogen. Das weiße Mädchen mit dem Zopf im blauen Feld steht auf dem Kopf.
Die zwei laufen wieder durch den Verkehr, durch das Hupen, biegen auf der anderen Straßenseite das Vorfahrtsschild um, knicken den Emaillemann auf dem Fahrrad um, springen wieder auf die andre Seite, klettern in den nächsten kahlen Baum.
Jäcki, Bernhardt, Kapuzinerwilli erkennen die beiden Männer im Baum. Es sind Lydia und Loddl.
Lydia und Loddl, Jäcki, Bernhardt, Kapuzinerwilli gehen in Richtung Schlump. Rechts und links von der Fahrbahn, an der

Rentzelstraße, Staatsbibliothek sind die Verkehrsschilder umgeknickt.
Jäcki sieht Jürgen in der Palette. Beide erinnern sich aneinander und an Liana Pozzis Gesicht. Jürgen wohnte noch in Farmsen und arbeitete im Hafen. Jürgen arbeitet bei der Stadtbäckerei und schläft bei seinem Vater.
– Komm mit, Jürgen, wir fahren zum Falkenstein.
An den Parks vorbei. Dort stand Jäcki vor den Aufbrüchen, auch im Frühjahr mit Liana Pozzi unterm Regen, der Blasen warf. Jäcki, der Enthusiast. Jäcki, sechzehn. Jäcki, der Arme. Der Ungeprägte, wie Liana äußerte zu Alex. Leckten beide an den Bächen über dem Moos, an den Baumstämmen.
Falkensteiner Ufer suchen beide zwischen den Büschen nach einer dunklen Stelle.
– Wenn die Polizei kommt.
– Im Frühjahr kommt hier noch keine Polizei, glaube ich.
– Durch die Stämme kann man alles sehen.
Das Wäldchen ist zuende.
– Erst ein Bier.
Ein Schrebergartenlokal.
Jürgen trinkt ein Bier und dann noch ein Bier und ein Bier. Dies nach jedem Schluck wieder absetzen und über Gustaf Gründgens und Don Carlos reden.
Jäcki geht allein raus. Jürgen kommt schon hinterher, stolpert über die Steinplatten. Die Stiefel rutschen in den Krokus. Weiße Wege. Jürgen und Jäcki nähern sich dem Sandberg. Wegmuster. Dazwischen schmale Buschparzellen und immer wieder das gleiche Liebespaar, das sucht, wie Jäcki und Jürgen suchen.
Jäcki ist es jetzt unerträglich viel Frühlingsabend plus Amsel und Elbblick und er zieht Jürgen zwischen den dicksten Strauch, trotz der Bierfahne, die Jürgen auch zuletzt noch bedeckt, denkt:
– Das ist ein Mann.
über dem nackten Rücken. Jürgen hat seine Kleider in die Zweige gestreut.
Danach ist alles umgekehrt. Ein Farbnegativ aus Irmas Dun-

kelkammer. Für einen Augenblick wird der Himmel gelb und der Mond blau. Weiße Stämme und schwarze Sandwege. Blaugrau Jürgens Haut. Die Iris weiß im schwarzen Augapfel. Wieder in die Palette zurück.

Wer weiß, was es noch alles gibt.

Jürgen läßt sein Hemd durch die Sandgrube flattern. Er küßt Jäcki auf den Mund.

– So wedekindisch.

– Ich danke dir.

Jürgen, die Galionsfigur von vorne und hinten, legt sich in den jetzt weißen Sand neben eine Pineappledose.

– Ich bin der Frühlingswind.

– In die Palette, los!

Jürgen weiß eine Extraparty.

Jäcki soll halten Ecke Davidstraße, vor dem Brauhaus, wos oben dampft und Bier lagert in einem zwölf Stockwerke hohen Reservoir. Unten huschen die Päderasten vor den Peterwagen her. In einem Pavillon bellen tausend Hunde.

– Ich hab nie rausgekriegt, was da los ist. Ich hab mich auch nie danach erkundigt.

Jürgen führt Jäcki den schmalen Weg entlang, den Abhang vorbei, wo die Polizei Stacheldraht hin und her gespannt hat, um den Analkoitus, den Anilingus auf der schiefen Ebene zu erschweren, um den oralen Verkehr zu vereiteln und die mutuelle Masturbation und um die Verfolgung der Abartigkeit zu erleichtern.

– Aber Stacheldraht sticht auch Schäferhunde und Polizisten.

Film. Der Alligator nähert sich dem buntgescheckten Wasserhuhn. Keine Wasserlilie knickt.

Jäcki und Jürgen springen im Licht der Werften und der Militärflottille und der Leuchtbögen der Elektroden über zementverkrustete Bretter in die Bauarbeiterbaracke.

Die Krankenschwestern tragen zu ihrer Tracht Halbmasken.

Flaschenbier und Eierlikör.

Ein Gang. Sie finden den Lichtknopf nicht. Jürgen, der Frühlingswind, im Keller.

– Wir finden die Tür auch so.

Der Geruch verändert sich nicht.
Das Neonlicht springt auf das Laken, auf den Bauch der Mutter, auf die Finger des Babies.
Das bläuliche Neonlicht färbt die Schatten des bewegungslosen Bauches der Frau blauer, die Schatten in den Kniekehlen blauer
– Die tote Votze.
und darunter auf der gleichen Bahre das Kleine blauer.
– Als würden sie schlafen, sagt einer, wie immer, während Jürgen das mit Eierlikör untermengte Bier auf die Fliesen läßt, aber nicht wie Igor, nach oben frei hinaus, sondern von weiter unten hervor, bitter, im Krampf.
– Wir haben uns in der Tür geirrt, sagt der Bauarbeiter.
– Das kommt schon mal vor, sagt die Schwester mit der grünglitzernden Halbmaske.
– Wo wollten Sie denn hin, fragt Jäcki.
– Ich weiß es eigentlich gar nicht mehr, sagt der Bauarbeiter.
– Du brauchst es ja nicht aufzuwischen, sagt Jäcki.
– Ich bleibe hier nicht länger, sagt Jürgen und rührt sich nicht.
– Wir gehen jetzt in die Palette.
Jäcki sieht zum ersten Mal nackte Tote. Er kann nicht schnell genug denken, für alles das, was er empfindet, hört und sieht, riecht, nicht riecht.
–Vielleicht sehen sie wirklich aus, wie welche, die nackt schlafen. Es bewegt sich nichts. An keiner Öffnung bewegt sich was.
Auch die Haare starr. Diese Öffnung, die er bei Liana Pozzi beobachtete, als sie sich zu erinnern versuchte. Die eine Öffnung Irmas. Genauso – aber bewegungslos.
– Daraus kam eben noch das Kind.
– Wo wohnt die Seele jetzt, denkt Jäcki.
Sitzt sie in Gestalt einer unsichtbaren Amsel unter den Leuchtstäben und sieht Jürgens Kotzen zu? Von einem kleinen, unsichtbaren, nackten Amselchen begleitet?
Jäcki geht in die Palette. Jürgen holt ihn ein.

– Das ist nicht das erste Mal, daß ich Tote sehe. Einer starb mir in den Armen. Als ich bei der Bundeswehr war. Als ich bei der Samenprüfstelle arbeiten mußte. Wir fuhren alle im Taxi. Der Kopf prallte gegen den Brückenpfeiler. Er starb in meinen Armen. Mein ganzer Sonntagsanzug voller Blut.
Auf dem runden Palettentisch stehen neunzehn leere Bierflaschen. Loddl und Lydia tanzen, vom Antillenrum voll, von neunzehn Flaschen Beck's Bier – als das Faßbier ausverkauft war – voll, tanzen Südamerikanisches mit zuckenden Backen, daß ihnen der Dergl steht, daß ihnen der Oymel bald abfällt. Rumba. Schisch. Schaschascha.
– Loddl massiert Lydia seinen Arsch.
– Freitag nacht um zwölf haben alle deutschen Männer ihre schwule Minute, denkt Jäcki.
Mit vorwurfsvollem Kinn – Loddl. Die andern werfen die Arme in die Höh, sprechen Olé deutsch aus und kubakubanern. Zuckerrohrschnaps.
In der ölgemäldegroßen Öffnung lehnt wieder der kurze Mann, den fischgrätgemusterten Mantel über seinem großen Buckel.
Lydia reißt sich sein Hemd runter, zieht es in die Länge, nudelt es um die neunzehn Flaschen, zerrt sie klirrend zusammen, sie quietschen vor Enge, knotet die Arme des rundherumgenudelten, gezwirbelten Hemds, stellt das Flaschenrad aufrecht, daß es daraus zu lecken anfängt, hebt die neunzehn Flaschen hoch, hält sie sich an das Unterhemd, Brusthöhe, Lydia mit die Hose ausbeutelndem Dergl, auf den es aus neunzehn Flaschentitten tropft.
So geht Lydia durch den zweiten Raum, in den ersten Raum, wo die sich auf den Barhockern umdrehen, wo das Einwerfen in die Music-Box unterbrochen wird, schwabbert zurück in den zweiten Raum. Der Bucklige streckt seinen Kopf vor. Lydia betropft auch den dritten Raum.
Nacht.
Freitagnacht auf Sonnabend.
Keine Kinderbettnacht mit brennenden Tannenbäumen über Hagenbecks Tierpark. Keine Nacht vor dem Aufbruch mit dem

an der Mauer kratzenden Nußbaum. Keine Schäfernacht – Ratten hinterm Kopf im Stall von Cruis.

Palettennacht.

Im Meer steigt Plankton auf. Jäcki erinnert sich an den Film. Hochsteigen Glastierchen, schnellende Federn, pulsende Weihnachtskugeln. Die Silbermänner sammeln sie in feinen Reusen für die Unterwasserstation.

Halbschlaf in der Palette. Halbschlaf sitzend. Nicht sitzend vor Schloß Katrineholm im Frührosenlicht bei Nachtigallschall und Strindbergreminiszenz.

Halbschlaf in abkühlendem Rauch.

Der Kopf des Nachbarn ruht zwischen den Ellenbogen. Das Haar streift an die Flaschen. Die Nase und der Atem erwärmen das Furnier.

Andre Stellungen im Palettenlicht:

Zur Seite absinkend.

Im Séparée ausgestreckt. Die quer in den Gang kragenden Beine stören den Wirt.

Loddl und Lydia und die Psychologiestudentin trinken weiter am runden Tisch.

– Diesmal ist es noch nicht vorbei, denkt Jäcki.

Obwohl er im Bett schlafen könnte, gammelt er neben den Halbschlafenden weiter.

Gegen vier bringen ein paar Mann Leben in die Bude. Sie trinken stehend im ersten Raum ihr Bier.

– Schluß. Geschlossen.

Im unnatürlich gelben Morgenlicht die Treppe hoch.

– Es soll jeden Morgen so aussehen.

– Das ist nur eine Pause. Gleich geht es wieder los.

Gegen Morgen zieht sich das Plankton wieder zurück in tiefergelegene Wüsten, wo große Spinnen wohnen und Fische, die nur aus einem Maul bestehen.

In Bernhardts Zimmer wird nach Flaschen gesucht. Für die Flaschen gibt es das Pfandgeld retour. Für das Pfandgeld neues Bier.

Igor fährt mit der Blechente die Gaststättentür ein.

– Bier!

Die Wirtin will erst nicht wegen der Tür.

Bernhardt kauft in drei Apotheken drei Fläschchen achtundneunzigprozentigen Alkohol. Als der halb leer ist, laufen Igor, Jürgen, Bernhardt, Loddl, Lydia, Fagottwilli, Unterhosen an, in den Gartenanlagen des Häuserblocks rum.

Jäcki sieht von oben zu.

Igor holt eine sechs, sieben, acht, neun Meter lange Leiter, legt sie an das Fester im ersten Stock. Bernhardt, Loddl, Lydia klettern hoch. Die Leiter bricht.

Im Zimmer springen Igor, Loddl, Lydia, Bernhardt, Fagottwilli, Jürgen gegen den Verputz an der Dachschrägung. Der Verputz fällt in großen Placken ab. Sie springen weiter gegen das Stroh.

Dann sieht Jäcki alle in einer Baubude.

Die Bauarbeiter wollen sie einnageln. Die Bauarbeiter bedrohen sie mit einem Bagger, wollen die Bude anstecken, sie mit einem Frontlader in die Lehmgrube kippen. Aber aus dem letzten Spalt entweichen Jäcki, Jürgen, Lydia, Loddl, Igor, Bernhardt, Fagottwilli.

Kapuzinerwilli bläst in der Lehmgrube Verdammt in alle Ewigkeit.

Bernhardt findet zuhause die Nachzahlung vom Finanzamt.

Sie springen nochmal gegen den Gips und das Stroh.

Wolfgang, der Bunkerer, kommt. Er stützt sich im Gipsstaub auf das abgesägte Luftgewehr.

Keiner weiß, wie er raufgefunden hat. Er bleibt, weil keine Frauen da sind, legt sogar das Luftgewehr aus der Hand und springt auch mal mit gegen die Dachschrägung.

Als Grischa und Mirko mit Lausi eintreten, läuft der Kehrichter zu seinem Gewehr, reißt es sich im Laufen über die Schulter und weg, aus der Tür.

Das Luftgewehr, das neben den Gipsplacken wie ein Kinderspielzeug aussah, wird immer größer beim Hinauslaufen auf Wolfgangs Rücken.

Grischa und Mirko locken Jäcki, Jürgen, Lausi nach Neugraben. Im Alsterhaus ist das Grün sehr grünes Grün und das Gelb sehr grünes Gelb, das Blau sehr rosa Blau und das Rosa

rosa Rosa. Jürgen will einen roten Ball. Er zerteilt den Duft nach Brillantine und dänischem Holländer und französischem Schweizer, fährt vom Duft nach Antiquitätshändlersparfüm in einem Kubus Veilchenduft auf zum Sigelladuft, rudert durch Erbsensuppenduft, Duft nach künstlichen Blumen zum Couchenduft, taucht in den ganz neuen Duft der großen weiten Welt und strandet beim Spielzeugeisenbahn-, -tankstellen-, -polizeiautoduft.

Lausi, Mirko, Grischa, Jäcki hinterher.

Jürgen kauft ein Polizeiauto und bezahlt mit einem Hundertmarkschein:

– Er ist gefälscht. Ich habe ihn gestohlen. Außerdem bin ich ein Sittenstrolch und habe meinen Onkel ermordet, dessen letzter Rest vom Erbe meiner Großmutter dieser Hundertmarkschein war. Sehen Sie sich vor. Er ist längst ungültig.

– Nun halten Sie bloß mal auf. Wir haben Sonnabendstoßverkehr, sagt die Verkäuferin.

Jürgen kauft einen ziemlich duftlosen Plastikball, rot, mit eingepreßter Lederflechtimitation und einem Äquator aus überflüssigem Plastik, dünn, rosa, abstehend.

Jetzt gehts los:

Lausi steht bei den Spiegeln. Sie hat ihn. Jäcki hat ihn nicht und er ballert gegen eine Spielzeugeisenbahn. Mirko hat ihn auf den künstlichen echten Linoleumpersermustern. Grischa hat ihn. Jäcki hat ihn diesmal auch. Jürgen gibt ihn nicht wieder ab und läuft damit durch die herabgesetzten Couchen, die Liegen, die Mulpabetten, die zurückgesetzten Schlafzimmereinrichtungen. Lausi hat ihn in den Frisierkommoden. Jäcki hat ihn wieder nicht. Grischa hält ihn vor den Schirmständern. Bei den Stehlampen gibt Jürgen ihn nicht ab. Lausi nimmt ihn beim Fahrstuhl.

– Hastu!

Porzellanabteilung.

Mirko hat ihn über der Frau mit Hirsch. Grischa hat ihn vor Soir de Paris. Der Geschäftsführer hat sie nicht.

Gerhofstraße.

Draußen wartet der Bunkerer mit seinem abgesägten Luftge-

wehr und riecht schon von weitem nach Bunker und sieht nach Bunker aus und Lausi kann ihren Mund nicht halten:
– Da ist der ja schon wieder.
Doch der Bunkerer, Kehrichter, Sonnabend frei, bezahlter Urlaub, Krankenversicherung, Wolfgang läuft schon weg. Jäcki will ihm mal menschlich zureden, denn das hat bis jetzt noch keiner versucht:
– Bleiben Sie doch mit uns zusammen.
– Bleib man hier! – Lausi.
Grischa hält ihn am Arm fest.
Wolfgang legt an.
Lausi:
– Huhu! Entenschießen! Schieß mal du!
Der Bunkerer läuft weg.
Am Hauptbahnhof treten die Angestellten dem Wochenende entgegen. Die von der Kirchenallee kommen an den Strichern, den Berbern, am Blumenladen, Wartesaal erster, Wartesaal zweiter, am Schnellimbiß vorbei. Die vom Glockengießerwall gehen an den Fernfahrkartenschaltern, den Sperren, am Delikatessenladen, am Zeitungskiosk entlang.
Links überholen.
Am Eingang Glockengießerwall, während Lausi zu seinen Füßen das Spielzeugpolizeiauto kreisen läßt, aus der Taschenbuchausgabe des Bürgerlichen Gesetzbuches, aufgeschlagen auf dem gebückten Rücken Mirkos, zelebriert Jürgen eine Messe.
Es hallt lateinisch, fistelnd.
Er singt, segnet, blickt nach oben zur Glasuritreklame, zieht seinen Film ab, daß der Eingang zu den Tuntentoiletten versperrt wird, der Rechtsverkehr gestört wird, die Putzen, die Blauen, die Polente, die Bahnhofssenatscowboys kommen, Jürgen anwichsen. Jürgen hebt das Bürgerliche Gesetzbuch mit der rechten Hand hoch und weist mit der linken Hand auf das zu seinen Füßen kreisende Putzenautochen:
– Wir haben selbst unseren Schmierenwagen.
Die Bahnhofspolizei zerstreut die Kreise der Zuhöhrer, will den Ultramontansänger und die anderen Gammler verhaften.

Doch die gleiten dahin durch den sich wieder formierenden Rechtsverkehr, segnend, singend, trällernd, entwitschend unter Litaneien, avemariaen durch die Sperre in letzter Minute zu dem protestantischen Vorortszug.

Eine Kußhand für den Bahnhofspolizeivorsteher.

Jürgen, der Frühlingswind, girrt beim Entfahren:

– Ich bin eine Schneeflocke.

In der Bahn Kalinka tanzen, kopfunter, mit den Füßen am Gepäcknetz baumeln. Vom Bahnhof Neugraben durch Heidesand zur Villa. Jäckis Schulausflug mit Fräulein Leitl, Naziheideluft – heute rote Ampeln und versenkbare Verandafenster.

Im Keller, wo früher Wäsche gewaschen wurde, auch verkohlt wurde zu Baldriangeruch und Vaterunser – die Jugendkellerparty. Eine Doppel-, Trippel-, Quadrupelcouch.

Ein Ölbild.

– Malst du so was selbst?

– Interessant.

Radio. Schlitzplattenspieler. Eine stearinbetropfte Flasche mit Kerze.

– Hier soll bestimmt gleich eine Orgie veranstaltet werden. Wie das wohl wird? Ob wir es alle vorzeigen müssen?

Die anderen klatschen oder rufen: Buh!

Jürgen denkt an die Orgien, die er sich ausgemalt hatte, in Dämpfen, voller Lilien und Rosen, mit linden Kindern, Negerinnen und Negern, Römerinnen, wegen der Nase, Je reviens von Worth, Kanon und Gigue von Pachelbel und einem Buckligen.

Lausi sitzt auf einer Kiste. Mirko holt Bier. Jürgen liest in der Taschenbuchausgabe des Bürgerlichen Gesetzbuches – liegend. Mirko erzählt Jäcki von Bäckersfrauen aus Spanien. Sie hören Igors Blechente vor den Kellerfenstern schnattern. Igor bringt ein Mädchen mit, das beißt, bringt Schusch mit, auf den Mirko wütend ist.

Bier wird getrunken, über Grischas Ölbilder diskutiert.

Igor geht mit dem beißenden Mädchen hinter die Tannenverschalung zu einer Luftmatratze.

Jürgen sagt:

– Setz dich zu mir aufs Sofa!
Lausi sagt:
– Laß das.
Mirko erzählt von der dritten Bäckersfrau in Spanien. Jürgen läßt Melchior im Fischgrätmantel, mit dem Buckel rein. Lausi freut sich über Melchiors Ankunft nicht.
– Du bist doch der beste, sagt Lausi zu Jäcki.
Grischa legt die Hand auf Lausis Pullover und sucht den Busen.
– Du bist gemein, sagt Lausi.
Lausi sagt:
– Jäcki, ich möchte dich als Vater haben.
Melchior will Lausi küssen.
– Du bist gemein, sagt Lausi. Jetzt aber Schluß. Ich laß mich doch hier nicht von jedem!
Schusch guckt zu.
Plötzlich hat Grischa Lausi und sich selbst die Hose runtergezogen.
Lausi stöhnt nicht.
Grischa zieht Jäcki über seinen Rücken.
Jäcki geniert sich vor Jürgen.
Jürgen fummelt auch mit rum.
Dazu aus dem Schlitzplattenspieler Cliffy und von oben herunter durch die Kellerdecke Buxtehude und Telemann in Neugraben, Landkreis Harburg.
Schusch macht sich an Jäcki ran und Jäcki weiß:
– Das ist einer von den nach einundzwanzig Uhr Schwulen à la Familienvater, der sich am Baumwall einmal die Woche verholen läßt. Einer von den Feuerwehrballschwulen, den Bürovorstehern, die nach zwei Flaschen Apfelsekt den Büstenhalter der Auslandskorrespondentin anlegen, den Putzen, die kurz nach ihrer Runde sich im Gebüsch bücken, dabei nach rechts sehen und nach links, am liebsten Augen auch noch hinten hätten, einer von den Abteilungsleitern, die beim Geschäftsjubiläum den Kassierer küssen, einer von den Herzensgrundschwulen, die den linken blasen und den rechten verpfeifen – so einer Schusch.
Knutscht sich an Jäcki ran, leckt ihm das Gesicht ab, stöhnt.

drückt Jäcki einen nassen Sittendezernatskuß auf die Backe. Tropft wirklich Speichel auf Jäckis Mund?
Hat der offene Wunden am Mund?
Jäcki hat keine offenen Wunden am Mund.
Vivaldi.
Grischa hat einer von denen, die auf ihm liegen, weh getan. Er schüttelt sie ab. Dann faßt er aber Jürgen an den Schlitz. Lausi kratzt sich, bleibt liegen, bis sie alle von ihr runter sind.
Jetzt will Schusch. Aber Lausi will sitzen bleiben. Schusch flüstert ihr ins Ohr. Lausi legt sich hin. Schusch hat etwas Riesieges, Schlappes zur Verfügung. Er droht Lausi, knufft sie. Schaffts nicht. Droht ihr wieder:
– Wenn du jetzt nicht bald!
Jürgen, Mirko, Grischa wollen zu Igor sehen.
Melchior hat sich ausgezogen.
– Nun schnall man den Buckel noch ab!
Grischa schreit:
– Schusch kann nicht. Schusch ist kaputt! Schusch ist schwul!
Schusch knufft Lausi noch einmal:
– Wenn du nicht gleich! Du weißt doch, was ich dir versprochen habe.
Jäcki drängt die andern von der Couch weg:
– Ihr lenkt Schusch bloß ab.
Der Fischgrätige, der Bucklige, der Beulenfisch, der Mann mit der verbogenen Gräte, setzt sich an die Füße von Lausi, die Schusch weiter versuchen läßt.
Igor erzählt dem Mädchen, das biß, Geschichten aus Tanger. Alle gehen zurück ins Lausikabäuschen. Da fliegt Schusches Arsch, Mond mit Pickeln, hoch in Richtung Grischagemälde und runter in Richtung Stearintropfenflasche, Grischagemälde, Stearintropfenflasche.
Grischa drängt Schusch runter. Aber Lausi will nicht weiter. Als es klopft, denkt Jäcki:
– Das ist Wolfgang.
Stellt sich vor, wie der reinkommt mit abgesägtem Luftgewehr, Kellerluft mit der Kellerluft an seinen Kleidern befruchtend. Albinoni jetzt.

Es treten ein die Eltern von Grischa und Mirko. Wollen bringen eine Flasche Wodka und für die Alkoholgegner und die Leberkranken Johannisbeermost von eigenen Johannisbeeren aus dem Garten, sehen, wies geht hier beim jungen Volk, ob man sich gut amüsiert.
Igor macht einen Diener, sich vorstellend, was rauskäm dabei: Verführung Minderjähriger, Kuppelei, unzüchtige Handlungen, Abartigkeiten, Erregung öffentlichen Ärgernisses, Führung, Führung, Zucht, Zucht, Zucht, Keit, En, Lei, Lei, Heit. Und die Eltern bitten von der Tür aus alle nach oben.
Es ist anders.
Einer geigt nicht schnell und verspielt sich oft. Langsam geigt er. Nickend. Sauberer. Ganz stimmungsvoll. Das Kinn auf einer zu hohen Mauer.
Im Hintergrund küßt einer ein Rohr, das zu einer überlebensgroßen Flöte führt. Sehr lange Finger auf weit auseinanderliegenden Löchern. Rein. Genauso langsam wie die Geige, weniger wehmutsvoll und im Klang feuchter.
– Cis, denkt Igor.
Auf einem roten Teppich knistert das Cembalo.
Igor zwinkert Jäcki zu und zeigt zwischen seine Beine.
Jäcki denkt:
– Igor meint: Hier oben geigen die und unten geigten wir. Aber Igor zwinkert immer weiter. Dann wird Jäcki rot, ehe ers denken kann. Kuckt zwischen seine Beine und sieht den Schlitz offen und einen weißen Zipfel Hemd hochstehen.
– Frescobaldi, Titelouze, Couperin, Monteverdi, denkt Jäcki, bewegt zu den Triolen aus dem Silberröhrchen die Hand, bändigt zur Fermate der Bratsche den Hemdenschlippel, faßt beim Da Capo den Reißverschlußnippel, halb gehts hoch, dann hakts, Unterhose dazwischen, das Cembalo raschelt so leise, daß man alles sieht. Tutti dann und hoch ist er. Zu!
Frau Lieselotte stellt sich in die Mitte der Eßecke und sieht sich mehrmals um. Frau Lieselotte schreit auf. Der erste Ton ist ganz falsch. Sie sucht ihre Brille und kuckt wild hinter dem Blatt raus. Frühling bei Frau Lieselotte.
Natürlich kommt jetzt wieder Frau Bergner aus dem Takt.

– Noch einmal von sechzehn.
Im Maigeschrei von Frau Lieselotte sieht Jäcki sich um, sieht die verklebten Haare ihrer Söhne Grischa und Mirko, Igors weißes Leder an den taktwackelnden Holzpantoffeln, sieht Reserveoffizier Schmitt die Augen mit der Hand überschatten, sieht Lausi, an deren Pull noch Federn hängen, sieht Melchior reinkommen, sieht im Flackern der gelbgefärbten Wachsstearinkerzen Blut um Lausis Mund.
Schusch sagt zu Jäcki:
– Mir ist das Bindsel gerissen dabei. Aber da konnte ich keine Rücksicht drauf nehmen. Weiterkauen sollte sie. Dann war es angetrocknet und weil die Eltern von Grischa und Mirko kamen, haben wir es vergessen abzuwischen.
Als alle zuende geklatscht haben, entschließt Schusch sich, nach Ibiza abzureisen.
Jäcki riecht es draußen, im Bahnhof und an den Stangen im Zug, Lombardsbrücke, riechts wofür es im Deutschen nur den Ausdruck gibt, der sich nach Molkereigenossenschaft Ostrohe und nach Spreckelsenkatalogen anhört.
Verschieden dick, durchsichtig, dünnflüssig, dicker, weißer, riecht nach Fisch und nach Teer und nach Salz und nach Euter, nach Mandeln, nach Nüssen, nach der Hose des Mechanikers, nach Jod, nach Schwefel, an den Gittern der Lombardsbrücke kommt dieser Geruch nach Hundefell, nach Tonic-Water, nach Rauch, nach nassem Hemd runter vom erleuchteten Glasglobus, den Atlas trägt auf dem Atlantik-Hotel, riecht nach frischen Eingeweiden vor dem Hotel Vier Jahreszeiten, riecht nach Druckerschwärze, nach Rouge in der Palette, wo Bernhardt über die Theke reihert, sagt:
– Was wollt ihr denn, da ist es auch hergekommen.
Im dritten Raum, unter der ölgemäldegroßen Öffnung, sitzt ein Blödmann vor Nina der Herrlichen, ein richtiger Blödmann, mit krummen Beinen, Wasserkopf, Leckaugen,
– Mit Plüschohren, Gumminase, Leckaugen, hieß es in Lokstedt.
– Lebensunwertes Material.
gelegentlich in Deutschland verbrannt, im schwedischen Heim, wo Jäcki pädagogisch molk, gehütet,

– manche müssen in Schüsseln leben, im Wasserbad, sagte Jäckis Lehrherr!
sitzt vor der herrlichen Nina, die im kleinen piafschwarzen Kunstseidenkleid, dem großen roten Pferd Nina, dem Regenbogenstern des Gänsemarkts Maklerglück, Paletten der Liebe im Schoß.
– O, du, Nina, Hüftenweib, Arschmädel, du Schenkelprachtkerl, du Tittentüte!
Nina mit hochgeschlagenen roten Haaren, Fischmädchennuttenteint, weiß überpudert, Augen, wie der rote Fisch, den sie in Sesimbra Peixe Pisse nennen.
Kalle sitzt vor Nina. Er hat einen Sonntagsanzug an.
Arnim sagt:
– Du mußt es ihr beweisen!
Bernhardt sagt:
– Du mußt ihn rollen!
Arnim sagt:
– Nur wenn du ihn rollst, weiß sie, daß du sie wirklich liebst.
Bernhardt:
– Wenn du sie wirklich heiraten willst, mußt du ihn dreimal in Bier tunken.
Arnim:
– Rollen dann, bis er trocken ist.
Der dritte Raum ist voll von Palettlern in Sonntagsanzügen.
Kalle sagt:
– Und wenn der Ober kommt oder die Polizei?
– Wir passen auf.
Bernhardt sagt:
– Wenn du sie liebst, mußt du ihn rollen.
Arnim sagt:
– Ihn erst einmal in Bier stecken.
Bernhardt:
– Wenn du sie heiraten willst.
– Los!
– Rollen!
– Wir passen auf.

Kalle zittert.
Hammed kann nicht hinein in den dritten Raum.
Die ölgemäldegroße Öffnung ist mit den Gesichtern der Zukucker angefüllt.
Dicke, fliegende Finger Kalles zupfen die Sonntagshose auf. Er holt raus das Lockenprinzchen, das Eheglück, den Ehefisch.
Der spaddelt in der Luft um sein Leben, reißt sein eines Auge auf, läuft vor Angst dunkel an.
Zitternd stippt Kalle ihn in den halben Liter Bier, rollt ihn. Gottes Sohn auch – wenn es Gott gibt – Kalle, auch für ihn ist Christus der Bruder, selbst wenn er in der Schüssel oder im Pißpott leben müßte, auch für ihn starb Christus am Kreuz.
Kalle rollt ihn zitternd, bis er nicht mehr zittert und die Mädchen quietschen.
Kalles Bierdeckelparadies.
Die Kreuzigung von Kalles kleinem Mann.
Und Kalle sich beruhigt.
Schudl führt alle in die Materialbeschaffung des Eppendorfer Krankenhauses. Dort gibt im Dachjuchhe der schwarze Joe eine Party.
Erinnerungen an das Eppendorfer Krankenhaus:
Masern. Nachts unter dem Glasdach draußen schlafen.
Den Schlauch im Bauch, weil Jäcki die Wand abgeleckt hatte.
Der Weihnachtsmann. Der Kaufmannsladen.
Jäckis Oma und Opa weinen hinter der Hecke.
Alex in der Abteilung von Doktor Bürger-Prinz. Soir-de-Parisduft und einer war aus dem Fenster gefallen. Die Krankenschwestern gaben Jäcki Wurstbrote, wenn er Alex besuchen kam.
Jäcki auf dem Fahrrad. Er fuhr täglich an den roten Häusern vorbei.
Februarfrühlingsluft.
Die Lampen schaukelten vor den Stationen.
Der Duft nach Hagenbecks Tierpark, nach den Windsbergen, nach dem Veilchenweg, wo Frau Apfelbach überfallen wurde, als sie schwanger war, deshalb kann die Tochter nicht sprechen,

der Judenfriedhofsgeruch und auch damals schon, der Geruch nach dem, dem.

Jetzt verfault der Schauspieler eine Männerlänge im Humus, im Lehm oder was in der Tiefe an der Elbchaussee ist. Hans, der Altmodler, weiß das wie Jäcki. Hans ist heute nicht dabei. Er will mit der Palette nichts zu tun haben

Roch in den Stationen nach Frühling, um die gestreiften Männer herum, die Halbirren, die Tuberkulösen.

– Haben die Leichen unter dem weißen Tuch von der Transportabteilung noch die gestreiften Pyjama an?

Die schwankenden elektrischen Frühlingsbirnen wieder.

Alex ist tot.

Riecht nach allen Krankenhäusern.

Nach Lagny, voller epidemischer Gelbsucht. Jäcki übte sich im Kreise des Abbé Pierre, Jeanne d'Arc à la Barbe, im Sozialen. Das gelbe Kind lag in feuchten Lumpen hinten im Wohnwagen.

Nach Uppsala, wo für die Irren im Föhrenwald Hühnerausläufe angebracht sind.

In der Fischstadt Lissabon mit dem afrikanischen Garten gehen weiße Pfauen spazieren.

Hier also die Station der Schließmuskelkranken – Endstation von Alcipiades und der Barzelonamichelangelos – dies unter sich lassen ohne Kontrolle, eine ganze Station füllt sich aus dem Bohème und der Wilfredobar; Champagnerkorken am Gürtel werden ihnen angemessen. Willy erzählts. Seine Verlobte hat da als Schwester gearbeitet.

Wo liegen die Leichen im Eppendorfer Krankenhaus?

Wer stirbt in der Frühlingsnacht?

Das Ostberliner Krankenhaus. Kein Taxi, um schnell hinzukommen.

Der Mann sitzt halbhoch vor dem Sauerstoffapparat. Schläuche zur künstlichen Ernährung. Der Urin wird in einen kleinen Plastikbeutel abgesaugt. Die Pathologie in Westberlin. Irmas Cousin. Einmachgläser voller zerfransender Organe. Wo wurde Kleist seziert?

Das Eppendorfer Krankenhaus ist das zweite Krankenhaus auf dieser Sause.

Der schwarze Joe mit der weißen Krankenpflegerhose von der Transportabteilung. Als er die Arme hebt, sieht Jäcki den Schweiß als violetten Schatten in den Achselhöhlen.
Es kommen immer mehr: Anna, Ziffra, Lausi, Barbara.
Barbara steht an der Tür, den Arm die Wand entlang gestreckt. Der immer gleiche Mund, der die nicht ungebildeten älteren Herren in Büchern über griechische Kunst nachblättern läßt, von welchem Trumpf Barbara sich ihre Lederjacke übersparte. Lolly, Nina die Herrliche – ohne Blödmann, Hilde, Helga, Rosi, Britt, Jürgen die Schneeflocke etc., Bernhardt, Hammed, Mirko, Grischa, Kapuzinerwilli, Lydia, Klaus Martin, L'Allumeuse Maximilian, Arnim, Loddl, Halleluja, Reimar, Renaissancefürstchen, die Blume zu Saaron, Igor, Schudl, Wilfried, trotz Annes Gegenwart, Bernd, Raschi, Jimmy, Jäcki.
Igor nimmt eine brennende Kerze, schreibt in Rauchschrift an die Decke:
– Dergln ist die schönste Jahreszeit!
– Wie ein Stein, sagt Arnim.
Joe sagt:
– Wenn es nur nicht an zu brennen fängt.
– Wie ein Stein, sagt Arnim.
Der Fischgrätenmann mit dem Buckel läuft schon wieder nackt im Zimmer hin und her.
Britt wirft ihren Büstenhalter an die Decke.
– Los, Bernd, sei kein Frosch!
– Wie ein Stein, sagt Arnim.
– Ich kann nicht, ich hab Tripper.
– Wie ein Stein, sagt Arnim.
– Schon wieder? Das brauchst du vorher nicht anzumelden.
– Ein schöner, runder, nackter Negerarsch, sagt Schudl, der in Libyen groß geworden ist.
– Wie ein Stein, sagt Arnim.
Schudl legt seine schwarzen, silberknöpfebesetzten Jeans ordentlich über eine Stuhllehne und rollt den Gürtel mit der silbernen Schnalle auf.
– Licht aus, sagt die nackte Lausi.
– Wie ein Stein, sagt Arnim.

Lausi drückt die Kerzen aus.
Vor dem Fenster hängt eine nackte elektrische Birne. Das Licht schaukelt herein.
– Zieh die Hose runter, sagt Schudl.
– Wie ein Stein, sagt Arnim.
Der Mann mit dem Buckel läuft im schaukelnden Licht von einer Gruppe zur anderen.
– Faßt mich, sagt Britt.
– Wie ein Stein, sagt Arnim.
Lollys Busen.
– Licht, sagt Nina.
– Wie ein Stein.
Jäcki sieht Schudl und Joe.
Das Licht erreicht die Beine nicht. Er sieht ihre Oberkörper wie die Kiefer des Krokodils auseinanderklaffen, gähnend oder würgend.
Joe sagt:
– No, no!
– Wie ein Stein.
Jäcki sieht Jürgen neben Igor neben dem beißenden Zahn. Der Zahn streichelt Igor, aber Jürgen fühlt das Streicheln und als Igor aufsteht, streichelt sie immer noch den liegenden Igor, denn Jürgen steht nicht auf. Der beißende Zahn streichelt Jürgen, bis sie merkt, daß Igor Jürgen ist. Sie streichelt Jürgen nicht weiter.
Lissabon am Strohmeer. Versuchungen im Museum. Kalzium. Natrium. Salz und Fussel am Nabel.
– Wie ein Stein.
In den Felsbrocken am Strand von Sesimbra tragen die Puten ihre Kunden Huckepack beim Mondschatten. Schubkarre. Das feiste Weiblein mit dem Regenschirm und der Wolldecke und den weißen Beinen – der auf sie gekeilte Kerl, die sich beide umsehen, wenn ein Tourist am Meer längs geht. Die anderen lehnen an die Felsen unterm Regenschirm, Zeitungspapier in der Tasche. Fuchspelzbesetzte Jacken. Hinterher wischen sie es ab mit Zeitungspapier oder Sand.
Halbangezogene und Ganzausgezogene trinken auf dem Linoleumfußboden Bier, Rum, Cola, Fanta, Korn, Bluna.

Hier werden keine Erdbeeren aufgepumpt und zerplatzen nicht. Die schwarzen Vögel erscheinen nicht in perspektivisch verkleinerten Schwärmen am Fenster der Materialbeschaffung. Alex' elektrische Birne wackelt.

Jürgen hängt sich Joes Trottelbettvorleger um, hebt einen Federhelm vom Nagel, setzt sich die Erinnerung an Joes Schauspielerfreund auf und geht mit Jäcki in die Palette.

Die Amseln singen acht Uhr morgens.

Der Rauch ist kalt. Der Kellner schläft. Eigentlich ist gar nicht auf. Im dritten Raum sitzt der Bunkerer ohne abgesägtes Luftgewehr.

– Haben sie ihm das konfisziert?

– Vielleicht hat er es weggeworfen.

Der Bunkerer wundert sich über Jürgens Trotteldecke und daß er einen verbronzten Papphelm mit Federn aufhat.

– Aber wenigstens bringst du kein Weib mit.

– Kein Glück damit gehabt, fragt Jürgen.

– Schwul werden, sagt Jürgen. Im Freihafen in die Bretterpißbuden gehen.

– Ich komm ja überhaupt wenig raus aus meinem Bunker, sagt der Kehrichter. Ihr werdet alle noch reinkommen. Dann hab ich meinen Platz schon sicher. Um Jazz zu machen, kommen sie ja sowieso schon rein zu mir.

– Ich habe auch immer Schwierigkeiten mit dem Wohnen. Muß immer umziehen, sagt Jürgen.

– Gelegentlich, sagt der Bunkerer. Es geht so leicht. Es verändert sich nicht viel. Mein Gefühl dem Wohnkomfort gegenüber ist immer das gleiche.

Jäcki sieht den Bunkerer an, die spitze Nase, die glühenden wasserfarbenen Augen und die weiße Haut, die übergeht in den bröckeligen weißen Anstrich von rötlich gestriemten Betonwänden. Dann kommen wieder alle, deren Namen für Jäcki noch austauschbar sind, deren Bewegungen ausgeführt werden können mit den Armen, Beinen, Hüften, Lidern, Hälsen des anderen – der anderen, viele, wahrscheinlich alle, die vorher schon da waren und sicher einige neue dazu.

Motorroller.

Knätternd. Abgestützt mit Spitzenschuhen. Mädchen auf dem Sozius. Blaue Wolken Gas. Der Handgriff wird gedreht. Knättern. Puffen. Achten auf der ABCstraße. Geduckte Rücken. Abstoppen. Durchstarten. Das Vorderrad dreht sich in der Luft – kinnhoch. Hupen. Nach Dahme. Aufgesetzt.
– Schokolade mitnehmen! Komm! Nach Dahme!
Den Soziussen und den Soziussinnen werden die Gesichter vom Wind eingedrückt.
Die aus der ABCstraße abgefahren sind, haben folgende Sorten Schokolade mitgenommen – nicht Tobler-O-Rum, sehr neu, noch unprobiert, desgleichen Feodora, die Jäcki an seine Mutter erinnert, nicht; Sarotti ist billiger geworden; keine Nußschokolade wegen der Stücken: Cadburry, die alte Schulspeisungscadburry, wenn der Unterricht wegen mangelnder Kohlen ausfiel und Hausaufgaben verteilt wurden für vierzehn Tage: Was die Schneeflocke Sisi erlebte. Jäcki, der die Schuhe seiner Mutter trug, blieb im Modder stecken. Die ganze Klasse grub. Besonders Lottchen Huger. Ein Damenschuh kostete hundertfünfzig Mark auf dem Schwarzen Markt. Der Biologielehrer sah im Schummrigwerden zu und sagte:
– Geh nur auf einem Schuh nach Hause.
Da grub Lottchen Huger den Schuh aus dem Modder!
Und nach Dahme mit auf dem Motorroller alle die Sorten drei zu einer Mark. Milkana und so weiter.
Der Sozius, die Soziussin, bricht im Fahren eine Schokoladentafel in zwei. Sie, er steckt die eine Hälfte in die Tasche zurück, die andre aber in den Mund. Kaut weich. Der Motorrollerfahrer beschleunigt die Fahrt auf ein Zeichen seines Sozius, seiner Soziussin.
Der Motorradfahrer, Motorrollerfahrer, Rolls-Roycefahrer, Austin-Healyfahrer davor merkt, daß er überholt werden soll und versucht durch ein zügiges Einreihen nach links den Überholvorgang zu erschweren.
Dem aus der Palette abgefahrenen Mopedfahrer gelingt es, den halb links vor ihm beschleunigenden Verkehrsteilnehmer zu überholen. Während dieses Vorganges erhebt sich der Sozius, die Soziussin, von ihrem Sitz, macht einen Beugemann und

entlädt den Schokoladenfluß hinter sich in die Luft. Der Fahrtwind treibt ihn in mehr oder weniger großen Tropfen an die Scheinwerfer, Kotflügel, Kühlerhauben, Scheibenwischer des Rolls-Royce beziehungsweise auf den Motorradscheinwerfer et cetera, den Motorradanzug et cetera, des Motorradfahrers et cetera und die Frisur et cetera des Soziusses, der Soziussin. Der Sozius, die Soziussin, des überholenden Fahrzeuges macht einen Beugemann, ehe er, sie, die Ausgangsstellung wieder einnimmt, das heißt, sich setzt. Neunundzwanzig Tafeln Schokolade bis Dahme. Cadburry und drei zu einer Mark.
Bisweilen überholt ein Überholter einen, der überholt hat. Das ist das Meer. Es ist blaugrau und unermeßlich weit. Später wird die Sonne hineinsinken. Man kann lange am Strand spazierengehen und der gleichmäßige Schlag der Wellen erinnert an die Ewigkeit. Die Luft in der näheren Umgebung soll Jod enthalten. Es gibt welche, die müssen wieder abreisen, weil sie wegen des Jods nicht schlafen können. Andre sind ununterbrochen spitz.
Noch ist es kalt am Meer.
Aber gebräunte Herren, die im Winter zum Feenteich gehen mit dem Beilchen und ein Loch ins Eis hacken oder auch mit Sägen sägen und, nur Badehose an, untertauchen, während die Jungens am Rande in Pudelmütze, Trainingsanzug und Wollsocken mit den Zähnen klappern – Männer mit faltenlosen Gesäßen und krumpeligen Gliedern und weißen Locken auf der Brust promenieren durch den Strandhafer. Einer besteigt einen Berg und läßt Wasser mit dem Wind. Es gehen junge Burschen umher in sehr weißer Haut und mit vor Kälte eingelaufenen Säcken und freundlichen blauen Gesichtern. Einige Damen haben violette Zitzen und eine blonde Strähne fällt in ihre gebräunten Gesichter. Eine hält ein weinendes nacktes Kind an der Hand. Ein nackter Mann trägt ein nacktes Kind auf dem Rücken.
Die da alle durchgehen: Angezogen. Unsauber. Unrasiert. Ungesund. Besoffen. Ungekämmt. Mit Tripper. Nach Palette riechend. Bleich. Mit Schokolade und Blut am Mund und süßem Geschmack an den Kleidern.

Igor legt den beißenden Twen auf die Düne, was die Nackten herbeirennen läßt, sich im Kreis herumstellen und wegrennen, kaum haben sie sich rumgestellt.
Die in der Palettenkluft laufen hinter den gelüfteten Damen her, versuchen sie zu kneifen, zu umschlingen von vorn oder hinten. Über die Dünen entlangwandern sieht Jäcki den Kehrichter Wolfgang. Er hat jetzt Knickerbocker an und eine Baskenmütze auf und trägt einen Knotenstock und über der linken Schulter das Stumpengewehr, folgt der Klopperei zwischen Freikörperkultur und Palettianern. Wälzt sich der Klüngel dem Meer zu, verschwindet der Bunkerer in einer Senke und kommt wieder hoch auf der letzten Düne vorm Strand, rutscht der Klüngel ins Innere der Dünen, läuft Wolfgang bis zu den ersten Rauschelbeeren, legt sich platt in den Strandhafer, steht plötzlich mitten drin auf, die nackten Damen taumeln um ihn herum, denken an den Mitschnacker wegen des Knotenstocks, den er im Kreis schwingt. Er reißt das abgesägte Luftgewehr herunter, heulend vor den nackten Damen, trampelnd, seine Baskenmütze fällt in den Sand, Wolfgang lädt durch:
– Iiiioaaa! Bong! Bong! schreit der Bunkerer.
Bernhardt, Lausi, Igor, Kapuzinerwilli haben die nackten Damen wiederentdeckt, rutschen die Dünen hinunter.
Die Damen weg!
Die Palettianer hinterher, beachten den Kehrichter gar nicht, der nicht abschießt, nur hinterherruft:
– Iiiioaaa! Bong! Bong! Bong!
Ehe die Nackten die Polizei verständigt haben, sind die Palettianer weiter ins Nachbardorf.
In der Gaststätte stehen schicke Jungens an der Theke, die zur Ostsee fahren im MG. Das ist zu Lausis Zeiten ein Schikker Wagen. Das war zu Bunkerers Zeiten ein Maschinengewehr.
– Ihr seid fabelhaft.
– Wir nehmen euch mit in den Bungalow meiner Eltern.
– Da gehts dann erst richtig los.
– Hauptsache, ihr habt Mädchen dabei.

– Kasten Bier?
– Zwei Kasten Bier.
Was ist mit Jäcki?
Das ist neu für ihn. Neu wie die ABCstraße und die Palette. Die schicken Jungs im MG. Der Bungalow der Eltern, in dem es nach eingeweichten Brötchen riecht. Auch die Freikörperkultur.
Ich kann das Wort Körper in den Nominativ setzen oder stellen und das Wort Kultur in den Genitiv und umgekehrt. Das ergibt vier mögliche Positionen für das Adjektiv frei. Was denkt Jäcki? Hat er abgeschaltet? Nimmt er nichts mehr auf? Nimmt er alles hin? Sitzt er und wartet, beobachtet, um dann aufzustehen und das Seine zu äußern? Um den Rücken zu kehren? Aufgespannt ist Jäcki zwischen nicht geschlafener Nacht und nicht geschlafener Nacht, unkapabel zum Festhalten, zu müde, um zu sagen:
– Gut! und:
– Schlimm!
– Nicht! und:
– Ja!
wach genug, um nicht wegzulaufen, Brummen im Bauch, trotzdem gespannt, was kommt dann, wenn es auch zu schnell geht, um sich dafür oder dagegen zu entscheiden.
Jäcki: zwischen beidem, zwischen alt und neu, zwischen bekannt und neu, Urteil und Abwehr.
Aber der Autor?
Ich schreibe auf, was ich über die Palette weiß und führe Jäcki rum.
Die schicken Jungens werden totgesoffen. Der Eisschrank wird leergemacht. Ilse liegt in ihrer Kotze. Igor zieht sie aus, spült sie ab. Die Fensterscheiben werden kaputtgeschlagen. Das Alpenglühen von der Wand gerissen. Die Türen eingetreten. Die Reifen des MGs aufgeschlitzt.
– An den Strand!
Mit dem Zeug ins Wasser.
Gregor, der Maler, hat einen Eimer voller Bohnerwachs aus dem Bungalow mitgenommen und ein Stück von der Wäsche-

leine abgeschnitten. Fädelt die Wäscheleine unter dem Henkel des Bohnerwachseimers durch. Knotet die Wäscheleine zusammen. Legt sich die Wäscheleine um den Hals, trägt den Bohnerwachseimer in der Hand nebenher. Der Maler Gregor läuft den Bootssteg entlang, schleudert den Bohnerwachseimer ins Meer. Er wird mit runtergerissen.
Die Palettianer retten den Maler. Er schwamm oben. Die Wäscheleine war von seinem Hals geglitten.
Zurück ins Seestädtchen. Triefend. Im Kurpark rauf auf die knospenden Magnolien. Es dämmert. Pissen von oben herunter auf die ersten kartenspielenden Rentner.
Zementsäcke, abgepumptes Öl in Dosen – sie zünden mit dem Gasfeuerzeug die Strandkörbe an.
Mirko sagt zu Lausi:
– Weißt du, daß Schusch einen Siff hat? Schusch hat ihn von Erna, denn Erna hat ihn auch Wilhelm abgegeben. Bei Wilhelm merkten sies im Krankenhaus, als er mit seinem Verkehrsunfall reinkam.
Lausi sagt nichts.
Jürgen und Bernhardt versuchen immer noch mal, die klammen Strandkörbe in Brand zu stecken, werden festgenommen und in die Ausnüchterungszelle gebracht.
Mirko sagt:
– Ein Siff, daß ist schlimmer als ein Einbruch.
– Wie ist das, fragt Lausi. Krieg ich jetzt alles voller Pickel?
– Einen am Mund wahrscheinlich und dann kommt die Kette der Weisheit.
Igor streichelt über seine Brust.
Hat Schusch mit seinem Tuschi Jäcki angesteckt?
Jäcki geht zum Strand, setzt sich in einen Strandkorb. Ein Stück weiter brennt ein Strandkorb.
– Das Halsband der Venus.
– Da oben zieht jetzt der Engel des Sifftodes vorbei.
In den portugiesischen Lesebüchern steht viel von Engeln – Anjos.
Auch für Hans Henny Jahnn existierten Engel.
Aus Gelatine und Kochplattengeflimmere.

Jäcki fühlt den verbrannten Finger eines Engels auf sich gerichtet.
Jäcki sieht sich selbst. Seine Haut verwandelt in ein Kraterfeld. Zwischen seinen Brägenritzen sieht er Kristalle von Penicillin funkeln, die seine Erinnerungen zertrennen und die Gedanken verstopfen, wie der Sand in seines Opas Garten die überjährigen Walnußhälften verstopft.
Er sieht sich die Straße entlangzittern.
– Sucrer les fraises mit fünfunddreißig.
– Wenn es den lieben Gott gibt, ist es eine Strafe. Er hat es mir auferlegt. Ich brauche mir keine Vorwürfe zu machen. Wenn es ihn nicht gibt, ist es ein Zufall und ich brauche mich nicht zu schämen. Und was ändert sich, wenn mans hat? Es gibt doch heute genug Mittel. Fällt Weihnachten auf einen anderen Tag? Schmeckt Ente nicht mehr nach Ente? Ich kann doch dann nie mehr so happy sein wie vorher. The happy high! Riecht Rosenöl nach Löwenzahn?
Jäcki fühlt sich angefaßt von einer überirdischen Hand aus dem grünen Plastikhimmel, der plötzlich viel höher ist, als Jäcki es sich vorgestellt hat.
– Wenn es ihn gibt, ist es eine Strafe, aber es war vorherbestimmt.
Jäcki hat Angst – ob durchsichtige Hand und Strafflügelrauschen oder nicht.
Spucke von Schusch!
In der Ausnüchterungszelle holt Bernhardt zehn Flaschen Bier unter seinem Lammpelzmantel hervor.
Igor, Bernhardt, ein wegen seiner Karriere ängstlicher Finanzanwärter, trinken in der Ausnüchterungszelle Bernhardts Bier.
Jäcki, Schusch nicht, Schusch fährt nach Ibiza, Gregor, der Maler, naß, Mirko, Grischa, Kapuzinerwilli mit der Kapuze über den Augen am Strand.
Bunkerer Wolfgang, Kehrichter, Anne, Arnim, Halleluja, Ziffra, Lolly, Karl Engelhardt Telemann, Fensterputzerkarl, Nina die Herrliche, Reimar Renaissancefürstchen, Lausi in den letzten Strandkörben.

Stimmung à la La Notte, gegen Ende, wenn die Moreau Mastroianni den Brief vorliest.
Der Himmel ist weiß.
Die Vögel singen im Strandhafer, in den Rauschelbeeren, in den Bäumen des Kurparks.
Es regnet ein bißchen.
Der Kehrichter spielt auf dem Saxophon. Daneben Fagottwilli läßt den Speichel aus dem oberen Teil des Fagotts auf den klammen Sand laufen. Knallt das Fagott wieder zusammen. Schafft Töne, blaue Noten, neben dem abgesägten Luftgewehr, das an der Mauer der Kurpromenade lehnt.
Es wird heller. Die Möwen und die anderen Vögel schreien lauter. Die Sonne geht auf. Keiner kuckt hin. Die Vögel hören auf.
Bernhardt muß morgens die Ausnüchterungszelle reinigen. Er kippt fünfzig Eimer Wasser in die Ausnüchterungszelle und sucht nach dem Stöpsel für den Ablauf.
Es gibt keinen Ablauf.
Bernhardt schöpft Eimer um Eimer in den Ausguß. Feudelt nach. Jäcki, Lausi, Jürgen, Mirko, Grischa, Kapuzinerwilli, Anne, Arnim, Halleluja, Ziffra, Ramonita, Hammed, Fensterputzerkarl, Karl Engelhardt Telemann, Lolly, Ilse, Gregor der Maler, trockner, Nina die Herrliche, Reimar Renaissancefürstchen, Britt fahren nach Hamburg zurück. Sie kommen in den Berufsverkehr. Der Kehrichter Wolfgang geht nach Eimsbüttel zu seinem Bunker. Igor und Bernhardt verabschieden sich von dem Finanzanwärter und fahren nach Hamburg zurück.
Morgens gehen schlafen: Ramonita, Hammed, Bernd, Karl Engelhardt Telemann, Fensterputzerkarl, Wilfried, L'Allumeuse Maximilian, Klaus Martin, Hühnchen, die Blume zu Saaron, Lydia, Nina die Herrliche, Helga, Inge, Rosi, Lolly.
Schusch ist auf der Reise nach Ibiza. Er steht bei Harburg im gelben Morgenlicht. Es regnet.
Mirko sagt zu Igor:
– Es ist nicht wahr, daß Schusch Lausi angesteckt hat. Ich habe es nur so erzählt, um Lausi ein bißchen Angst einzujagen.
– Stimmt das, was Mirko jetzt glökt?

Jäcki, Bernhardt, Loddl, Schudl, Melchior, Mirko, Grischa, Lausi trinken achtundneunzigprozentigen Alkohol.
Schudl begegnet auf der Straße prominenten Persönlichkeiten: Adolf Hitler, Thomas Fritsch, Mao Tse Tung, Marlene Dietrich, de Gaulle, Augstein, Soraya, Adenauer, Eichmann; Loddl auch, andren: Willy Brandt, Gustav Gründgens, Gina Lollobrigida.
– Die Toten kommen. Die Welt geht unter!
– Gustaf Gründgens ist noch gar nicht tot.
– Adenauer auch nicht.
Halleluja erinnert Bernhardt an die Vorlesung bei Professor Friedrich Freiherr von Weizsäcker.
Bernhardt und Halleluja gehen in den Philosophenturm.
Loddl, Schudl, Melchior, Mirko, Grischa, Reimar Renaissancefürstchen treffen Tonio, packen Tonio und schmeißen ihn von der Empore im Campari-Treff am Gänsemarkt.
Bernhardt und Halleluja ärgern die Reinemachefrauen im Philosophenturm.
Halleluja grölt während der Vorlesung:
– Kokoschka hat die Thermopylen der Universität nur geschenkt, weil niemand anders sie haben wollte.
Jäcki, Hammed, Nina die Herrliche, Reimar Renaissancefürstchen, Bernhardt, Halleluja fahren nach Rellingen – an blühenden Schlehenbüschen vorbei.
– Reeddächer, denkt Jäcki, der eben Heimgekehrte. Aber Gefühl für Proportionen. Schützen am Abend. Laternen blinken drunter raus. Mäuse piepen. Aus den jahrhundertedrächtigen Reeddächern ist gut fahren an die Front. Proportionen an der Marsch. Der Blick über den Rotkohl. Der Blick über die Lager.
Nach Rellingen zum Twistschuppen.
In den blauen Birnen glühen violette Drähte.
Hinter den Hecktoren wird jetzt gemolken.
Die weißen Hemden der Melker legen sich im Rellinger Twistschuppen wie Zahnpastaschlingen um den Hals und die Handgelenke.
An der Alster prügelt Ferdinand im Abendgrauen vom Montag Britt:

– Kau!
Sie schüttelt den Kopf. Er schlägt ihr mit der Faust in die Zähne:
– Kau!
Sie schüttelt den Kopf nicht.
– Kau!
Sie geht in die Knie und knöpft die Hose auf.
Reimar Renaissancefürstchen versucht vergeblich unter dem Springerlicht in der ABCstraße eine Gaststättentür zu öffnen. Er tritt die Tür ein. Er ruft nach dem Wirt. Der Wirt kommt nicht. Reimar Renaissancefürstchen zapft selbst Bier. Trinkt Halbe. Ruft den Wirt. Prost! Der Wirt kommt nicht. Reimar Renaissancefürstchen trinkt Schiefe.
Sechs Peterwagen halten vor der Tür und drei Polizeimotorräder.
Fünfzehn Polizisten nehmen Reimar Renaissancefürstchen fest.
Jäcki – ob Schusch schon in Ibiza ist? – Jürgen, Igor, Arnim, Barbara, Ziffra besuchen Tonio im Krankenhaus.
– Ich bin euch nicht böse, daß ihr mich runtergeschmissen habt. Ich bin euch nicht böse, daß ihr mich runtergeschmissen habt. Ich bin euch nicht böse, daß ihr mich beim Campari runtergeschmissen habt. Ich bin euch nicht böse . .
– Danke schön. Nun hör man auf.
–. . daß ihr mich runtergeschmissen habt.
Erst geht Jürgen raus. Beim neuntenmal gehen Igor, Arnim und Barbara raus. Ziffra bleibt als letzte. Tonio sagt immer noch:
– Ich bin euch nicht böse, daß ihr mich runtergeschmissen habt.
Ziffra läuft aus dem weißen Zimmer.
Fensterputzerkarl, Mirko, Grischa, Schudl, Loddl, Klaus Martin, Nina die Herrliche, Ziffra, Barbara, Heidi, Lolly, Arnim, Anne, Jürgen, Igor, Jäcki stehen früh um vier vor der Palette.
Auf der Gabelung bei dem karyatidengeschmückten Haus liegt ein nackter Mann: Lydia. Der Milchwagen kommt die

ABCstraße hoch. Er fährt sehr schnell. So früh am Morgen ist sonst niemand auf der Straße zu sehen. Der Milchwagen bremst vor dem nackten Mann. Die Milchflaschen zerspringen. Die Milch spritzt auf über das Pflaster. Lydia schwimmt in Vollmilch. Lydia steht auf und sucht seine Sachen.

16

ZWÖLFTER BESUCH IN DER PALETTE. ABSTAUBEN. BERLIN – LIEBESNEST: Do you know Basel fragt Jäcki:
– Hast du fünfzig Pfennig für Musik?
Jäcki gibt Do you know Basel fünfzig Pfennig. Do you know Basel geht in den ersten Raum der Palette, beugt sich über die Music-Box. Sein Gesicht wird blau angeleuchtet. Er drückt die Tasten. Er drückt mit dem ganzen Körper nach.
Die Palettenmusik fällt aus dem Lautsprecher im zweiten Raum. Do you know Basel kommt zurück. Er trägt seine ganz weiße Kellnerjacke. Er kellnert bis um fünf. Er fragt Jäcki:
– Gibst du ein Bier für mich aus?
Jäcki hört Do you know Basels Frage nicht.
Palettenmusik:
Mädchen, die aussehen wie Marios Freundin, öffnen ihre zusammengepreßten, bleichrosagefärbten Lippen und reihern was raus über Liibäh, Liibäh. Sie haben violette Stiefelchen an und treten ihren Pudel damit und auf dem Kopf tragen sie den Turm zu Babel aus Haaren.
– So schnell Wärterinnen, denkt Jäcki.
Es singen dicke Jungen mit enganliegenden Lederärmeln auf frischgespritzten Motorrädern. Eine dicke Locke fällt in ihre Stirn. Sie singen verheißungsvoll. Sie haben eine tiefe Stimmlage und ihre Stimmen beben verheißungsvoll. St. Pauli-Portiers:
– Kommen Sie mal herein, Herr Generaldirektor!
Die Kunststoffplättchen für die Metallsaiten der elektrischen Guitharren schrammen über die Saiten in Jäckis Ohren.
Dann à la Bach.

– Seit dem Bachjahr, denkt Jäcki. Wo Thomaskantor Günther Ramin aus der Ostzone kommen durfte und jeder die Liebe unter dem Wohltemperierten Clavier erlebte.
Bachwischiwaschi aus dem Palettenlautsprecher. Schnell und eins, zwei, drei, vier. Bach für Außenstehende.
Smetana – seriell gezupft aus dem Palettenlautsprecher.
Und wieder Elvis und Cliffy mit den verheißungsvollen Stimmen und Freddy mit anständigem Spargroschenmund von Weiter Ferne und Komm bald wieder.
Der Palettenrauch dringt in die Ohren. Er sinkt auf den Schaum des Bieres und hüllt die Laute ein über der Zunge.
Aus dem Rauch leuchtet Do you know Basels Kellnerjacke.
– Gib mir ein Bier aus!
Jäcki nickt.
Do you know Basel geht ab, kommt wieder, hält kein Tablett in der Hand, nur ein einzelnes Glas, hebt es hoch, sieht rundherum, setzt es an im Rauch – Hepp! – das Bier sinkt in ihn hinein. Nun ist alles drin. Do you know Basel hebt das leere Glas hoch und geht damit weg.
Lausi kommt.
– Lause kommt, denkt Jäcki.
– Sie sollte zum Arzt gegangen sein.
– Warst du beim Doktor?
Lausi reibt sich die Augen:
– Ich geh nicht zum Doktor.
Egon kommt aus dem dritten Raum, setzt sich neben Lausi. Do you know Basel sagt:
– Egon ist ein Spitzel!
– Da mußt du gar nicht hinhören, sagt Egon zu Lausi.
– Gib du jetzt mal einen aus, sagt Do you know Basel zu Egon.
– Kommst du morgen mit nach Berlin? Ein schönes Wochenende mit mir verleben, sagt Egon zu Lausi.
– Nun gibt Egon eine Lokalrunde aus!
– Du gibst jetzt eine Lokalrunde aus, sagt Egon zu Do you know Basel.
– Ich geh schon bestellen. Wie viele sollen es denn sein?

– Du bist ein richtiger Schmarotzer, sagt Egon.
– Du bist ein Spitzel, sagt Do you know Basel.
– Wenn du das noch mal sagst!
– Was dann? Gib mir ein Bier aus!
– Du hast noch nie mal jemandem ein Bier ausgegeben.
– Das stimmt, sagt Lausi.
– Wir sitzen alle auf dem Trockenen, sagt Do you know Basel und sieht Jäcki dabei an.
Jäcki paßt auf, daß Egon es nicht sieht, nickt, dreht mit dem Zeigefinger einen Kreis, der alle einschließt, Jäcki selbst, Do you know Basel, Lausi, Egon.
– Kommst du morgen mit nach Berlin, fragt Egon Lausi noch mal.
– Du sollst zum Arzt gehen, sagt Jäcki.
– Ich geh nicht nach Hause zurück, sagt Lausi.
Do you know Basel beugt sich vornüber. Das weiße Kellnertuch hängt von seinem Arm herunter. Er stellt ein Bier vor Lausi hin, vor Egon hin, vor Jäcki hin, nimmt sein Bier, richtet sich hoch, sagt:
– Auf den Spender Egon!
– Das stimmt nicht, sagt Egon zu Do you know Basel, der das Bier in sich hineinsinken läßt.
– Auf Egon, der die Runde geschmissen hat, sagt Jäcki.
– Ich bezahl mein eines Bier und sonst gar nichts, sagt Egon.
– Mein Bier kannst du wenigstens bezahlen, sagt Lausi.
– Du bist ein Spitzel, sagt Do you know Basel zu Egon. Zu Lausi:
– Gib mal was für Musik.
Lausi gibt ihm fünfzig Pfennig.
Marlene Dietrich schwebt mit den Beinen ihrer Stimme durch alle drei Räume der Palette.
Jäcki bezahlt mit einem Fünfmarkstück.
– Danke.
– Den Rest brauch ich zurück, weil ich nichts anderes mehr habe.
– Gleich.
Egon sagt zu Lausi:

– Treffen wir uns morgen um zwei am Flughafenbus. Hotel Reichshof.
– Bezahl erst mal eine Runde Bier.
– Morgen. Ich lad dich nach Berlin ein. Ich bezahl dann auch alles, sagt Egon.
– Gib mir den Rest Geld wieder. Ich hab nichts weiter, sagt Jäcki zu Do you know Basel.
– Gib mir endlich raus. Ich will los, sagt Jäcki an der Außentür im ersten Raum.
Do you know Basel gibt Jäcki das Geld heraus.

17

DREIZEHNTER BESUCH: WIEDERERKENNEN. KEIN KALEIDOSKOP MEHR: Jäcki zählt die Stufen nicht mehr beim Hinuntersteigen. Jäcki bemerkt nicht, daß er die Stufen nicht mehr zählt. Jäcki stößt nicht mehr an die Music-Box. Sie steht neben dem Eingang im ersten Raum der Palette. Jäcki hört Elvis nicht, als er an dem Lautsprecher im zweiten Raum vorbeigeht. Elvis singt King Creole. Jäcki sieht, daß im dritten Raum kein Platz ist.
Er wird erkannt. Einer hebt seinen Dufflecoatarm.
– Ich habe ihn schon mal gesehen.
Einer ruft:
– Hallo, Jäcki!
– Ich erinnere mich nicht an seinen Namen.
Jäcki dreht sich um, nachdem er die eine Hand zur Begrüßung hochgehoben hat,
– Hallo! gerufen hat und geht in den zweiten Raum zurück, setzt sich in das erste Séparée neben den Flipperkasten.
Lausi kommt.
– Das ist Lausi.
– Hast du Egon gesehen?
– Nein.
– Er wollte mit mir nach Berlin fahren. Er hatte mich eingeladen.
– Vielleicht ist er ein Spitzel.

– Der ist kein Spitzel. Der da ist ein Spitzel.
Lausi zeigt mit dem Kinn auf Melchior.
– Das ist Melchior. Er hat wieder seinen Fischgrätmantel an. Er war mit an der Ostsee.
– Woher weißt du das?
– Egon ist nicht gekommen zum Flughafenbus.
– Egon würde nie für jemanden was ausgeben.
– Das glaub ich nicht.
– Warst du beim Doktor?
– Ich geh auch nicht zum Doktor.
Im dritten Raum fassen sie Do you know Basel an, kriegt er ein Paar vor den Latz, vor die Nuß, hauen sie ihm mal ordentlich in die Fresse.
– Das ist Do you know Basel, mit den blonden Locken, der einen halben Liter Bier im Stehen austrinkt, ohne die gelbe Flüssigkeit zurückschwappen zu lassen.
Er heult. In der weißen Kellnerjacke trampelt er am Kachelofen vorbei und trocknet sich mit dem Serviertuch die Augen ab. Er schimpft beim Naseputzen. Rotz und Tränen und Speichel tropfen auf seine Kellnerjacke.
Hammed lehnt sich an die Sperrholzwand zwischen erstem und zweitem Séparée und sagt zu Jäcki:
– Tu vas à la chasse?
In Pierrevert jagen die Bauern, wenn im Regen nicht gearbeitet werden kann und wenn der Schnee die Weiden der Schafe verdeckt, Eichhörnchen, sie jagen Rotkehlchen, Finken, wahrscheinlich auch Nachtigallen, ziehen sie auf eine Schnur und tragen sie zum Markt. Die Eulen setzen sich nachts auf die Chausseebäume. Sie erkennen die Mäuse im Scheinwerferlicht auf dem Asphalt. Die Eulen werden, wenn sie die geblendeten Mäuse greifen wollen, von den Autos plattgefahren. In einem Film über Alligatoren schwimmt der Alligator lautlos zwischen den Pflanzen auf das Wasserhuhn zu. Der Vater lauert auf die Jungen, wenn sie aus den Eierschalen zum Fluß wandern.
– Hammed fragt mich zum zweiten Mal, ob ich auf Jagd gehe.
– Comment va Irma?
– Elle va bien.

– Elle ne s'ennuie pas?
– Non.
– Tu es alors bisexuel?
– Si tu veux.
– Das ist Arnim. Ich kann mir sein Gesicht vorstellen, wenn ich nicht in der Palette bin. Ich weiß, was für ein Braun er in den Augen hat, wie eng seine Jeans sind, daß er sich bucklig hält und seine Schultern etwas abfallen. Er hat hellblonde Haare zu seinen braunen Augen, das gilt als besonders hübsch. Ich finde ihn hübsch. Ich finde, daß er intelligent aussieht. Er bewegt die Augen sehr schnell und wenn er abstaubt, dann macht er es brutaler als Do you know Basel und er nimmt sich nicht so ernst dabei.
– Los, gibt ein Bier aus.
– Hast du eine Miese für Musik?
– Ich muß nach Pinneberg. Los, eine Aktei, Fahrgeld. Wird es bald.
Reimar Reinaissancefürstchen ist wieder da.
Jürgen wohnte in Farmsen und arbeitete im Hafen. Jürgen wohnte bei Liana Pozzi und arbeitete im Hafen. Jürgen wohnte bei seinem Vater und arbeitete in der Stadtbäckerei. Wo wird Jürgen das nächste Mal wohnen? Und arbeiten? Jürgen steigt wieder in Jäckis Pritschenwagen, wo er mit Liana Pozzi lag, ehe er sich in die Galionsfigur von vorne und hinten, in den Frühlingswind und die Schneeflocke verwandelte.
Jäcki macht noch mal ein bißchen mit Jürgen und Jürgen hat aus Gewohnheit nichts mehr dagegen.
Jäcki bemerkt, daß die Personen, nachdem er angefangen hat, sie mit einer Gruppe von Wörtern oder einem ganzen Satz oder mehreren Sätzen in sich zu bezeichnen, dicker werden von Besuch zu Besuch, wie die Weißbuchen im Laufe von Jahrhunderten um die Bergerie von St. Etienne-les-Orgues oder wie Baumkuchen bei jeder Umdrehung des Spießes, daß sie mit jedem Besuch weniger in einem Blick unterkommen mit allem, was sie für Jäcki bedeuten, sich die Vorstellungen von ihnen bei geschlossenen Augen aus mehreren Bildern zusammensetzen, Bilder vor und hinter den Bildern und daneben.

Anne ist auch da. Die bleich wurde vor Wilfried, zu der Wilfried vor lauter Blättern in dem Wittgenstein nicht rübersehen konnte. Französisch redet sie Jäcki an.

Hallelujas goldene Zigarettenspitze erkennt Jäcki wieder und das weiße Leder an den Pantoffeln des zweiliterrülpsenden Igors. Barbara lächelt wieder ihr Lächeln aus der griechischen Kunstgeschichte.

Im Zug an der spanischen Grenze oder auf dem Mittsommernachtshügel von Tuna, auf Dampfern, wo immer bildet sich das Gefühl von:

Das war schon einmal.

Es ist falsch. Es stimmt nicht. Der Ort, an dem dies Gefühl gefühlt wird, ist neu. Der Fremdarbeiter an der Tür stieg eben ein. Der Seeoffizier macht seine erste Fahrt auf dieser Fähre über den Sund.

– Geträumt habe ich es auch nicht.

– Ich kann es nicht genauso geträumt haben.

Jäcki fühlt jetzt nicht: Das war schon einmal – und muß sich überzeugen, daß es noch nie gewesen sein kann, sondern er fühlt: Den hab ich schon einmal gesehen. Das habe ich schon einmal gemacht. Diesen Namen habe ich schon einmal ausgesprochen – und er merkt bei seinem zwölften Besuch, daß es stimmt, daß er elf Mal schon hier war, daß die Gesichter und Handlungen Spuren in seinem Gedächtnis zurückgelassen haben, die so ähnlich sind wie die Erlebnisse bei seinen elf vorhergehenden Besuchen.

– Diese Anne ist die Anne von vor drei Wochen?

Er empfindet das Wiedererkennen so wie das Wiedererkennen des Seeoffiziers und des Fremdarbeiters, von dem er wußte, daß es kein Wiedererkennen war, sondern eine Einbildung.

Reimar Renaissancefürstchen,

– Hätte ich ihn doch nie gesehen und bildete ich mir nur ein, ich wäre ihm schon einmal begegnet!

der einen fuchsroten Manchesteranzug trägt und aussieht mit dem Vollbart wie ein Renaissancefürstchen, setzt sich zu Jäcki und Jürgen.

Er löst sich auf ein Wort oder einen ganzen Satz hin von dem

Brokathintergrund, Jürgen hat sowieso keine Zeit mehr. Jäcki und Reimar fahren zusammen zu Jäcki an die Elbchaussee.
– Warum sollte ich denn nicht, wenn ich ein bißchen Geld damit verdienen kann.
– Wieviel muß ich dir denn anbieten.
– Von dir will ich doch keine Mäuse. Es ist gemütlich bei dir.
Jäcki denkt:
– Also nur, weil er nicht weiß, wo er schlafen soll. Manchmal ist es eine Art Kompliment, wenn man dafür bezahlen darf. Andre wären sicher doppelt befriedigt, wenn sie nicht dafür zu bezahlen brauchten.
Jäcki lädt Reimar Renaissancefürstchen am nächsten Mittag in die Dammtorgaststätten erster Klasse ein.
– So dufte habe ich noch nicht wieder gegessen, seit ich aus dem Knast bin.

18

VIERZEHNTER BESUCH: ANNES MONOLOG. FRANZÖSISCH: Anne wieder. Die französisch spricht und bleich wird, wenn Wilfried vor ihr steht und im Wittgenstein blättert.
Anne nennt Maximilian eine Allumeuse und Jäcki stellt sich bei dem Wort eine Lötlampe vor. Aus der Düse schlagen röchelnd die blauen Flammen. Aber das wollte Anne nicht ausdrücken, eher etwas Wärmflaschenartiges; Maximilian, der anwärmt mit Blicken und Händedruck, Anne anheizte
– Il a un beau corps.
und Jäcki anheizte:
– weißt du, auch ich hatte meine homosexuelle Krise.
Dann aber püntklich von seiner Freundin erwartet wird oder sich in der Bibliothek wegwendet und zu Lenau greift; viel liest.
– C'est une allumeuse.
– Moi, j'étais tentée par les femmes.
Anne, reitend im veilchenfarbenen Licht, versucht, einer Frau

zu erliegen. Wo? Wie liegen? Warum? Die Hindinnen – les biches – mit zitternden Augen und ohne Harvey.
– J'étais tentée . .
Anne auch eine Allumeuse – Igor würde beim Lesen denken:
– Eine Alu-Möse!
die Maximilian L'Allumeuse so gut versteht, weil sie selbst allumiert oder weil bei ihr angesteckt worden ist, angebrannt, abgebrannt – die lockenprinzenlosen Umarmungen vorziehend, weil da nichts festklebt?
Anne will von Jäcki mitgenommen werden:
– Tu ne pourras pas me ramener?
Jäcki hat Angst, nicht mehr draußen vor zu bleiben, sondern, nachdem er schon anfängt wiederzuerkennen, hineingezogen zu werden in Zweiundzweis. Etwa eine Freundschaft mit Jürgen, der Schneeflocke? Oder Anne, die anfängt, ihm die Knöpfe an die Hemden zu nähen?
– Tu étais tentée par les femmes?
– Oui, il y en avait, qui auraient pu me faire perdre.
Perdre: Rebhühner fliegen auf vor den Augen des eßlustigen Königs. Der gestiefelte Kater nimmt einen Sack und spreizt die Öffnung mit einer Gerte. Er streut Weizen und fängt die Rebhühner.
– C'est depuis mon aventure avec Wilfried. Je ne peux plus faire l'amour. Peut-être avec une femme. Là on ne risque rien. Je ne ressens plus rien. Je deviens raide et froide comme de la glace.
Die ABCstraße hinauf, um Springer herum, zum Stadtcasino, wo sich Liana Pozzi wohl fühlte. Dann hat links die Vorfahrt. Der Pritschenwagen kommt an der Ampel beim Bismarck vorbei. Auf der Bühne des St.-Pauli-Theaters fiel Jäcki durch die Schauspielprüfung. In der Davidswache diente Jäckis Opa.
– Tu veux savoir pourquoi? Je vais te raconter. J'étais liée avec Wilfried avant qu'il aille à Tübingen. On s'est connu à Paris où il faisait le trafic de la drogue ou je ne sais pas quoi. Peut-être qu'il se prostituait aussi. Je crois qu'il a un penchant pour les hommes. Enfin, je ne sais pas.
Über die Elbchaussee weht es den Dunst vom Fluß. Das Licht

der Neonlampen fällt von oben auf Annes Gesicht und dreht an ihrer Nase und verschiebt ihre Augen.
Jäcki fällt der Filmtitel In jenen Tagen ein.
– On s'est revu à Hambourg. Finalement j'étais enceinte de lui et avant que j'accouche il voulait me ramener auprès de mes parents à Paris. A la gare du Nord il m'a laissée disant qu'il avait fait ce qu'il pouvait et que maintenant je devais me débrouiller toute seule.
Das ist die ganz bekannte Geschichte, geäußert auf Französisch, während man an der Hanseatic vorbeifährt, Rauhreif über dreisternigen Purpuraufbauten, funkelnd voller Glühbirnen. Jetzt kommt der Selbstmordversuch der Hochschwangeren.
– Je rentrai. Je cachais tout à mes parents. J'étais très nerveuse.
– Du bist so nervös?!
Schumann war sehr nervös. Hans, der Altmodler, erzählt, daß Schumann selbst in die Irrenanstalt ging. Schrieb noch auf einen Zettel: Ich brauche Schuhbänder und ein bißchen Papier.
– Irgend so etwas.
– J'ai fait une tentative de suicide. Mais en vain.
– Ich bin von der Brücke gesprungen und schrie Hilfe. Ein Kohlenarbeiter rettete mich aus dem eisigen Wasser.
– J'ai fait une tentative de suicide. Mais en vain.
– Ich drehte den Gashahn auf, aber meine Pflegemutter kam eine halbe Stunde eher aus der Stadt zurück.
– J'ai fait une tentative de suicide. Mais en vain.
– Der Schuß ging nicht los.
– J'ai fait une tentative de suicide.
– Ich erhängte mich über der Tür.
– J'ai fait une tentative de suicide.
– Im Krupphoiz. Dahinten war die Autobahn.
– Wilfried ne m'a pas donné de l'argent.
– Von Wilfried bekam ich kein Geld.
– Des amis m'ont payé un médecin.
– Freunde haben mir den Doktor bezahlt.
– Le docteur m'a ouvert le fruit.

Die Frucht: An den Bäumen hängt die Zitrone und wird grün abgepflückt. Auf den Furchen – das Unkraut wurde weggehackt – liegen die Auberginen und die Suppenmelonen. Meeresfrüchte werden bei Cölln auf schwarzen Lacktablettchen serviert.
– Puis le docteur m'a laissée avec quelques comprimées que je devais prendre au cas de fièvre. Les amis avaient un cabanon dans un petit bois. Dans la banlieue. Il faisait froid. Il avait neigé pendant la nuit d'avant. Là j'avortai.
Dort ging es ihr ab. Die Nacht zuvor hatte es geschneit. In einem Schreberhäuschen im Lokstedt von Paris. Die Freunde stellten ihr die Laube zur Verfügung. Der Doktor schickte sie fort nach Öffnung der Fruchtblase mit Tabletten gegen das Fieber. Das Fieber kommt. Im Krankenhaus wird Anne ausgekratzt.
Anne arbeitet in der Villa eines Jugendstilsammlers. Sie klaut die Schlaftabletten der Gnädigen.
Sie findet allein den Weg am Elbhang.
Jäcki konnte es vermeiden, sie zu begleiten.
Er überlegt, wer die Geduld haben wird, sie unter sich auszucken zu lassen, zur Ruhe zucken – immer wieder, bis sie die Schlaftabletten aus dem Fenster wirft.

19

FÜNFZEHNTER BESUCH: JÄCKI IST ALS ERSTER DA: Die Tür ist noch zu.
Er geht zu Pauls Schaschlikbude hinüber.
Dort essen Araber im weißen Hemd Würstchen. Ramonita füllt Pommes Frites in einen Drahtkorb.
– Hier arbeitest du?
– Ist sie noch nicht auf? Du bist als erster da. Willst du Schaschlik, Knackwurst, Bockwurst, Wiener?
– Ich hab schon.
Die Araber reichen sich Senfgläser voller Curry und Paprika und Cayennepfeffer zu.
– Die essen das Zeug eßlöffelweise.

Jäcki geht wieder rüber zur Palette. Die Tür ist immer noch zu.
– Ich bin der erste. Vier Monate wieder in Hamburg und als der erste an einem bestimmten Ort.
Draußen haben sich die Gesichter und die Mäntel dem Frühlingsgrau angepaßt. Die Backen sind gerötet. Die Handschuhe sitzen farblich an der richtigen Stelle. Aber Arnims Dufflecoat einen Tick zu gelb – Kamele im Schnee, Hagenbecks Zoo – seine Jeans sind für das kühle Wetter einen Tick zu durchlöchert, seine Schuhe sind für einen Guß einen Tick zu unsolide gearbeitet, unzwiegenäht, stoffig.
Seine braune Iris glitzert, nicht von der Sonne, nicht das Glitzern der arabischen Augen. Nur Arnims Augen haben dies Glitzern, Funkeln, Schimmern wie Austernschalen, trocknes Stroh, wie Öl im Hafenwasser, wenn ich von hoch oben darauf runterkucke.
Von drinnen wird aufgeschlossen. Wie immer, wenn von drinnen eine Viertelstunde zu spät eine Tür aufgeschlossen wird, nachdem man schon zweimal von draußen angebummert hat – in der Vorwährungszeit bei Gemüsegeschäften wegen Salzgemüsen – sieht der Aufmacher nach unten, legt die Fußmatte erst noch grade, grüßt nicht.
Jäcki geht als erster hinein.
Die Music-Box ist aus. Der zweite Raum ist kleiner geworden. Im dritten Raum bewegen sich die Inschriften über die Wände. Das Tageslicht kleckert dickflüssig durch die beiden Kellerfenster herein. Arnim kommt noch nicht. Jäcki wollte ihn erst hier drinnen begrüßen. Jäcki setzt sich in das letzte Séparée des zweiten Raums, der ölgemäldegroßen Öffnung in der Wand gegenüber.
Arnim kommt durch den zweiten Raum. Mit dem kleinen Finger hakt er den kleinen Finger Annes ein, zieht Anne an der Music-Box vorbei.
Jäcki drückt sich ganz in die Nische.
Sie gehen in den leeren dritten Raum.
Der Wirt weiß, daß Jäcki und Arnim und Anne noch nichts bestellen.

Jäcki hört, daß Arnim und Anne nicht sprechen. Er hört die Knöchel von Arnim an den Tisch stoßen. Die Stoffe reiben sich gegeneinander

Jäcki drückt sich mit dem Rücken an der Séparéewand hoch, hält sich aufgerichtet, aber daß er nicht ins Licht kommt, sieht in den dritten Raum hinüber. Er sieht Anne und Arnim, eingerahmt von den Buchstaben und Herzen und Oymels auf der knubbeligen Wand. Anne und Arnim haben die Köpfe nach hinten gelehnt. Jäcki sieht die beiden Kehlköpfe, die sich bewegen wie beim Trinken. Anne hat ihre Hand an den Stoff über Arnims Bite gelegt. Arnim hat seine Hand unter Annes Rock geschoben. Sein Handgelenk, der hervorstehende Knochen an der äußeren Linie des Handgelenks, stüplt den Rock etwas auf. Anne bewegt ihre Hand mit den lose in der Mitte von Arnims Körper liegenden Fingern nicht.

Jäcki rutscht an der Séparéewand wieder herunter.

– Der Traum vom glattgeschliffenen Holz in den verschiedenen Händen, gemeinsam. Die Rillungen der Haut finden ihre Entsprechung in den Masern der Oberfläche des Holzes. Das ist die Seligkeit, die der arme Schusch nicht kennt.

Bernhardt begrüßt Jäcki aus der Entfernung. Bernhardt stellt sich in die Tür vom dritten Raum, dreht sich zu Jäcki, sagt:

– Der Liebeskaspar. Arnim spielt den Liebeskaspar.

Kaspar hat Wurstarme und knickt mit den Beinen ein. Kaspars Kopf ist zu schwer. Der fällt vornüber. Kaspars Arme sind zu lang. Er hat es zu eilig. Kaspar hampelt. Kaspar ist immer da. Er ist überall. Er ist krall und drall. Kaspars Nase ist zu lang. Kaspar macht zu tiefe Verbeugungen. Kaspar leckt die Töpfe aus. Kaspar trägt die anderen nach Haus.

– Spielt den Kaspar, denn sie glaubt, er ist nur ein Kaspar und fällt auf ihn rein, weil sie glaubt, er ist nur ein Kaspar. Er betrügt sie weiter, weil er meint, daß sie auf so einen Kaspar hereinfallen würde.

Bernhardt hat zu kurze Zeit hingesehen.

20

SECHZEHNTER BESUCH: Am nächsten Tag ist Jäcki schon wieder da. Früh am Nachmittag. Er fürchtet, daß die Tür wieder zu ist, daß er wieder als erster kommt.

Vom Rennbüro am Gänsemarkt sieht er den Leuchtkasten, aber gegen das Sonnenlicht kann er nicht erkennen, ob er leuchtet, sieht die violetten Mäuerchen rechts und links, sieht aus dem Loch des Eingangs hoch, an der Fachwerkhäuserwand entlang Qualm aufsteigen, sich um den Leuchtkasten ringeln.

Die Palette brennt.

Die Palette brennt nicht. Die Palette ist schon auf.

Der Rauch zieht aus den Mündern, Filtern, Zigarettenspitzen ab auf die Straße.

Der erste ist er heute nicht.

Anne nahm Arnim in die Elbhangvilla voller Jugendstil mit. Arnim zog seine Schuhe aus und schlich an der Jugendstilgarderobe vorbei, rauf in das Mädchenzimmer, karstadteingerichtet, mit dem gelben Fleck auf der Ausziehcouch. Der Bruder des vorigen Mädchens hatte zuviel getrunken.

Arnim sah sich, ohne daß Anne etwas zu sagen brauchte, mit der Bettwäsche vor. Aber Anne hätte gar nichts gesagt.

Anne ließ Arnim ins Gästebad und er badete hinter dem Jugendstilparavent.

Und wenn es ihr die Kündigung einbringen sollte und sie ihre geklaute Sammlung von Schlaftabletten in der großen Gallévase aufgeben müßte.

Die Gnädige kam aus dem Klo, als Arnim aus dem Gästebad kam. Sie grüßte ihren unbewußten Gast nicht und sprach auch später nicht mit Anne darüber.

Der bei der Sause an die Ostsee einen Tripper hatte, hat schon wieder einen, erzählt er Jäcki.

21

SIEBZEHNTER BESUCH: MEERESSEHNSUCHT

EICHENSTRASSE: Jäcki soll Arnim um zwei nachts zur Oma in die Eichenstraße fahren, weil kein Zug mehr nach Pinneberg geht.

Arnim sieht bei der Theke die Beine von Nina der Herrlichen.

– Melker haben solche Haut wie Nina und Fischaugen. Einige sind mondsüchtig oder epileptisch.

– Stehst du auf sie?

– Die Sifflecken an den Beinen.

– Ist es aus mit Anne?

– Nein.

Das Autogespräch:

– Schläfst du öfter bei deiner Oma?

– Hast du auch noch eine Oma?

– Aber du schläfst nicht mehr bei ihr?

– Die alte Haut kernig ausnutzen.

– Kannst du denn so spät noch kommen?

– Morgens gibt es immer selbstgemachte Marmelade.

– Die klingel ich schon raus.

– Wie alt ist deine?

– Wie alt ist deine?

– Sechsundachtzig.

– Neunundachtzig.

Er ist eigentlich schon seit langem ausgestiegen.

– Jetzt muß ich aber raus. Ich bin müde.

– Manchmal denk ich, ob ich nicht mal zur See fahren soll.

– Was wird dann mit Anne?

– Du lebst auch mit einer Frau zusammen?

– Ich weiß nicht, was dann mit Anne wird.

– Ich reise viel mit ihr. Ich komme gerade zurück. Ich war ein paar Jahre draußen. Wenn es dir dann draußen auch nicht paßt, weißt du gar nicht mehr, woran du bist.

– Das beknackte Germany.

– Ich stelle mich manchmal bei Blankenese in die Büsche. Neuenfelde gegenüber. Kuck auf die Elbe.

– So ein richtiger Hamburger Junge.
– Vielleicht in zehn Jahren fahr ich noch mal los. Nach Brasilien.
– Weniger wohin. Japan höchstens. Überhaupt das Wasser
– und weg!

22

ACHTZEHNTER BESUCH: ARNIM SCHLÄGT ANNE: Im dritten Raum der Palette schlägt Arnim Anne. Sie steht mit dem Gesicht zum Kamin.
Der Kamin liegt voller Cocacolaflaschendeckel, Schals, Papier, abgebrannter Streichhölzer, Zeitungen.
Arnim steht hinter Anne. Er schlägt mit der rechten Hand. Arnims Handfläche streift Annes Haar, schiebt die Haare bis zum Mund. Einige Haare bleiben an den Lippen hängen.
Arnim schlägt jetzt mit der linken Hand. Er boxt. Er trifft das Ohr, das Ohr reißt ein. Er trifft mit dem Handrücken auf Annes Backe. Er schlägt mit der Handkante zwischen die Kiefer. Blut läuft aus Annes Mund. Die Haare verkleben. Arnim boxt in die Haare. Anne fällt auf den Kamin zu, sinkt runter, stützt sich mit der Hand auf. Arnim boxt weiter auf Annes Haare ein. Arnim sagt:
– Anne.
Anne ruft nicht um Hilfe. Anne sieht ihn an. Arnim boxt weiter, von vorn in ihr Gesicht.

23

NEUNZEHNTER BESUCH: NICHT: ALLES GUT! WETTER UND WIND; HIN- UND HERFLEDDERN: Im Kellnerdreß sieht Arnim bucklig aus.
Vorne am Tresen sitzt die Geldkundschaft. Im Ulster doppelte Whiskies spendieren.
In schlechter Haltung muß Arnim hinten seine müde Mark machen. Vor dem Regen schützt die Palette. Im Qualm trocknen die zwei unteren Drittel der Jeansbeinlinge, auf die her-

unter die Rinnsel aus den Falten des Dufflecoats liefen und in den Kniekehlen die Jeans weichpanschten.
Am Mitteltisch, an der Außenwand, im dritten Raum sitzt Anne. Arnim kommt in den dritten Raum und sagt eben nicht jetzt:
– Alles glatt? oder:
– Alles dufte?
Er stellt vor Anne das Bier hin und richtet sich etwas auf dabei und sein Gesicht drückt das aus, was es ausdrücken würde, wenn er Annes Atoll im Salzwasser verschwinden sähe. Er sieht es wieder hochtauchen und die Wellen abrinnen in weißen Bändern und es versinken, auftauchen, muschelbesetzter, und schließlich beim Auftauchen ganz voll, wie ein Brokatkissen voll von Muscheln und Glashemisphären mit bunten Schnecken in den Raritätenshops.
Vorn wird es laut.
– Ich bin Dschingis Khan.
Beim Bezahlen der vierzig Mark zuviel – und die behandschuhte Linke packt zu und die Rechte, drei Ringe, blättert den Hunderter hin und den Fünfziger aus dem Portemonnaie. Am Schal tütern später, in der Mitte stehen, den roten Kopf nach vorn, nach unten.
Hacke, Hacke, Spitze, Spitze. Kann nicht ruhig stehen. Immer das Pendeln und der Schal geht nicht übereinander, der Ulster will nicht zu. Die blonde Hannelore springt hinter dem Tresen vor. Da ist Raschie schon dran und fingert die Knöpfe ins Loch und tastet rauf, hin zur Brieftasche, aber er tastet an der falschen Seite, fühlt sie nicht. Raschie genügt die Gewißheit des aufklappbaren Portemonnaies in der Manteltasche.
– Der Schal sitzt doch nicht richtig, sagt Rolf und streift mit seinen gefärbten, noch mal so hoch wie sein Gesicht toupierten Haaren dem Dunen an die Ohren, im Nacken rum, unterm Kinn längs, bis er festgestellt hat, was Raschie festzustellen nicht glückte.
Da kommt der Wirt. Dem wird das zuviel:
– Hannelore ruft jetzt ein Taxi.
– Ich bin Dschingis Khan. Ich will kein Taxi!
Die große Handbewegung.

Der Wirt steckt die Brieftasche, die bei der großen Handbewegung und bei dem drauffolgenden über die Music-Box-Kippen rausgeglitten war, zurück, sieht auch nach, ob der Schlüssel noch in der Hosentasche steckt und ein Taschentuch und das auseinanderklappbare Portemonnaie mit den vier blauen Scheinen, die er genauso flink gesehen hat wie Rolf und Raschie vorhin beim Bezahlen.
– Wenn er kein Taxi will.
Raschie:
– Ich bring ihn erstmal an die frische Luft.
– Ich will kein Taxi. Vierzigtausend Tataren stehen bereit, loszuschlagen.
Raschie hat ihn schon eingehakt.
– Du läßt ihn los!
Williboxer:
– Du kannst dem hilflosen Mann doch Rolfs Hilfe nicht verweigern.
– Oder ich hol den Peterwagen.
Der Dschingis Khan raus. Auf allen Vieren die Treppe hoch, die ihm entgegenfließt.
Rolf, toupiert, besetzt den Barhocker des Dunen. Nina die Herrliche stützt sich auf seine Schulter. Helga, der Klempner aus Eimsbüttel, im Pelzmantel, unter schwarzer Perücke, stellt sich mit Magrit neben Nina und Rolf.
Raschie, Williboxer, Bensdorf setzen sich an den einzigen Tisch im ersten Raum.
Die drei bewachen die vier. Hören, wie draußen die blauen Scheine weggeschleppt werden.
– Jetzt ist es zu spät.
Als die drei, Raschie, Williboxer, Bensdorf, bei Arnim bezahlen, lassen die vier, Rolf, toupiert, Magrit, Nina die Herrliche, Helga, der Klempner aus Eimsbüttel, sie ruhig gehen.
Aber draußen steht er wirklich noch, mitten auf dem Parkplatz, grölt:
– Die ganze Kompanie halt. Die Tataren an die Front!
Der Ulster offen. Die Jacke offen. Jeder kann jetzt die Brieftasche vorstehen sehen.

Der Peterwagen kommt. Die Polypen fahren eine Runde auf dem dunklen Parkplatz. Raschie knöpft schnell den Ulster wieder auf und steckt die Brieftasche wieder zurück.
In dem Regen steigt die Schmiere nicht gerne aus.
Die Scheibe herunter:
– Was ist mit dem Mann?
– Wir bringen ihn gerade nach Hause.
Weg die Putzen und da kommen die Damen. Rolf hängt das Toupet von den paar Schritten im Regen schon über die Ohren.
Helga, der Klempner, haut Williboxer den Pfennigabsatz auf den Kopf. Nina fällt in die Pfütze. Magrit beißt Bensdorf. Raschie und Rolf treten sich gegenseitig in die Klunkers.
– Links herum. Tataren schwenkt. Ich bin Dschingis Khan, und verschwindet hinter einer Holzplanke.
Bei Springer haben Bensdorf und Helga ihn eingeholt. Da ist es zu hell. Auch zum Ausschalten Helgas durch Bensdorf oder Bensdorfs durch Helga vor den Rotationsmaschinen zu hell.
Der Tatar wählt nicht den Weg rum zum Kinderspielplatz. Er geht zur WELT; aber dann bei der dunklen Straße rein.
Helga kann schneller, läuft schließlich ohne Hochfrisur und mit zwischen den Beinen gewrungenem Abendkleid und mit Scheitel, pickt ihm die Brieftasche weg, ohne anzuhalten. Bensdorf, aus der Puste, stellt sich vor den Mann. Helga kommt zurück, vermutet mehr.
Abprügeln wollen sie ihn sich gegenseitig. Bensdorf fürchtet Helgas Pfennigabsatz. Raschie kann nichts für den blutenden Williboxer tun und kommt zickzackwettrennend mit Magrit nach.
Magrit boxt Bensdorf in die Milz.
Raschie knallt Helga die Haut an der Braue auf und das Blut verklebt Helgas Wimpern.
Raschie nimmt Helga die Brieftasche ab. Der Dune ist schon weiter, Richtung Polizeiwache Neuer Pferdemarkt.
Nina hat sich erholt und rennt an dem Klüngel vorbei und findet kurz vor der Polizeiwache in der Tatarentasche das aufklappbare Portemonnaie mit den vierhundert Mark.

Von den dreien blutet Williboxer immer noch auf dem dunklen Palettenparkplatz. Von den vieren ist Helga, dem Klempner, die Sicht verschorft. Raschie von den dreien hat die Brieftasche, aber keine Zeit, um reinzukucken. Nina die Herrliche hat das aufklappbare Portemonnaie.

Der Dschingis Khan aus Winterhude, der – Warum? – mit drei Ringen und vielen in mehrere Behältnisse verstauten Blauen in die Palette zu seinem Sonnabendsüffchen vor der lesbischen Hannelore ging, der macht keine Anzeige bei der Polizei. Er überquert den Neuen Pferdemarkt und geht auf den großen Wirbelwind zu, der sich um die frei- und hochstehende Michaeliskirche entwickelt und der einkreist in den anderen Wirbelwind bei dem neuen Versicherungsgebäude.

Die Granitfliesen vor dem Tataren sind aufgeweicht. Der Regen tropft von der Kopfhaut hinter die Ohren, rinnt über das Rückgrat, von der Jacke in die Kniekehlen. Der Wind platscht dicke Tropfen in seine Schuhe.

Jäckis Duffle hat sich schwarz gesaugt. Vom Ausweichen – schnell durch Pfützen in einen Hauseingang springen, wenn sie vorbeigerannt kamen oder plötzlich anhielten oder sich beim Kämpfen zu ihm hindrehten – sind seine Schuhe durch naß und geben Töne und Wasser von sich, wenn er auftritt.

Jäcki fürchtet, daß der Sturm um das Versicherungshochhaus, verstärkt durch die Böen vom Hafen hoch, die nassen Kleider noch kälter macht und sieht den Rest nur von weitem zwischen triefenden Feulen: Den besoffenen Prokuristen oder Brausefabrikanten, der wieder die Vierzigtausendtatarengeste macht, bis der Sturm ihm den Mantel hochhebt und der Regen gegen den gestreiften Anzug klatscht. Nochmal der Kampf. Sonst ist die Straße leer. Raschie, Bensdorf gegen Helga, der wollte sich die Augen mit den nassen Händen auswaschen.

Williboxer kommt, den Zeigefinger auf der Wunde am Kopf.

Rolf, Magrit, Nina die Herrliche, Raschie, Bensdorf, Helga der Klempner, Williboxer, der nur rumsteht und noch mehr kriegt auf die Nuß, um den Brausefabrikanten rum.

– Wo so viel war, da muß noch mehr sein!

Sie ihn gemeinsam umstoßen und sie fischen in jeder Tasche und hinter den Nähten bohren. Er immer noch nicht schreit. Am Ende der blindgeblutete Klempner Magrits Kopf gegen den Kantstein tritt und ihre Hand weich wird, er ein paar grüne und blaue Scheine rauszieht. Ein paar nasse zerreißen.

24

ZWANZIGSTER BESUCH IN DER PALETTE. DER AUTOR LÄSST JÄCKI SEIN FAZIT ZIEHEN IM FREIHAFEN: – Ich hole Jürgen aus der Palette. Ein paar neue Wörter in meinem Kopf. Aber ich sage ich zu mir selber und ich denke in kurzen Sätzen. Ich komme aus Pierrevert zurück und war eben zum zwanzigsten Mal in der Palette. Ich gehe nicht in das Neue Werk, wo von Webern gespielt wird, wo Manuel sitzt. In das Alte Werk auch nicht trotz Buxtehudes und Rosenmüllers. Ich war nicht in der Hamburger Staatsoper. Ich besuche sonntags nicht die Studienmatinéen im Kunst- und Gewerbemuseum wie früher mit Jürgen Rühl in der schlechten Zeit. Wir hörten, das Blau auf den europäischen Porzellanen erblaßte, wenn die Handelswege nach China unterbrochen waren. Ich nehme an keinen Führungen durch die Kunsthalle teil und an keinen Diskussionsabenden in der Universität. Ich lese Hegel nicht und keinen Wittgenstein. Befasse mich nicht gründlich mit der Neuen Sachlichkeit. Nur das Nachschlagen fürs Business. Ich sitze täglich in der Palette. Die Palette ist alles das nicht. Die Palette ist alles, habe ich zu Hans in seiner Welt gesagt. Ich gehe, ohne zu reden, mit Jürgen durch den Freihafen. Er wartet nicht auf die Barkasse am Sandtorkai. Er hat sich entschlossen, mit mir zu Fuß zum Schuppen zu gehen, wo er Zuckersäcke entladen muß. Er spricht zur anderen Richtung hin in den Wind. Vielleicht singt er auch nur. Er hat eine Zuckerklatsche. Mit der wird er in die Sackleinwand schlagen. Er zerrt den Sack vom Stapel. Es gibt keine Geschäfte und keine Kirchen im Freihafen. Es schneit. Hinter den Fenstern der Häuser sind Bohnen oder Fässer voll Harz. Der Schnee fällt auf die grünlichen Bäume. Die Meisen sehen schmutzig aus. Neue Wörter aus der Palette: Dibbern. Liebeskaspar. Nun ist alles kaputt. Honkey-Tonkey. Geknackt. Brüche. Vor allem: Dibbern. Liebeskaspar. Der Schnee taut am Boden. Die Erde ist schon zu sehr erwärmt. Auf den Helgen bleibt der Schnee liegen. Er isoliert die verschiedenen Töne der Ölfarben voneinander. Ich sitze jeden Tag in der Palette. Ich greife nicht ein. Ich beobachte die Bewegungen anläßlich Raubüberfällen und Parties. Ich beobachte, wie geschwiegen wird. Ich sage nichts und werde erst begrüßt, wenn es unplötzlich geworden ist. Ich begrüße erst nach dem zweiten Anlauf. Ich sage das Wort nicht. Denn was sagte das Wort schon? Ich sage, was ich meine, andersherum. Jeder weiß doch alles sowieso. Ich sitze Stunden und versuche festzustellen, wie es ist, nichts zu denken. Ich mache mich nicht lustig über die anderen. Niemand wird bei mir eingreifen und käme ich im Taucheranzug oder im Abendkleid. Jürgen will Geld von mir leihen. Ich bin täglich in der Palette und gehe hinterher mal mit einem durch die Stadt in der Stadt ohne Menschen auf der Straße den Freihafen und beobachte. Ich greife nicht ein, wenn Jürgen mir erzählt, daß er gestern mit Sibylle verabredet war und sie nicht gekommen ist. Er macht es falsch, wie ich auch. Er zeigt den Mädchen, daß ihm an ihnen gelegen ist. Das darf er nicht. Warum soll ich es ihm sagen? Er tut es doch immer wieder. Wie könnte ich Jürgen helfen? Er will sein Abitur nachmachen. Er will studieren. Er will eine Leerwohnung haben und sie sich einrichten. Er wird wieder bei seinem Vater wohnen oder bei Liana Pozzi und im Sommer an der Alster. Der freie Jürgen. Arbeit wechseln und Übernachtungsmöglichkeiten. Soll ich in der Palette das Gewürge anfangen von Abhängigkeit und Verpflichtung und Fortdauer? Alles ist alle Augenblicke anders. Jürgen will Geld von mir leihen. Ich liebe Jürgen nicht. Ich leihe Jürgen Geld. Oder acht Mark? Oder mehr, weil er heute des Schnees wegen nicht an der Alster schlafen kann?

25

IRMAS TRAUM: Irma steht mit Jäcki in einem Hotel und wartet. Es kommen Leute.
Einer fragt Jäcki:
– Sind Sie Gynäkologe?
Jäcki sagt:
– Ja.
Das wundert Irma.
– Er sagt einfach: Ja!
Dann geht Jäcki mit Irma auf eine Party. Jäcki führt eine Maus an einem langen roten Seidenband.

26

PASSIONSMARSCH: Jäcki kommt aus der Johannespassion, saß mit Irma in der weißen Honoratiorenkirche, fühlte den Hafen rechts zu seiner Disposition, im Rücken den Kiez und vor sich Johann Jehosiam Bach.
Eine weithergeholte Geschichte wird kontrapunktisch verarbeitet – Parfüm, Fußwaschen, Küsse, auch Ysop wird erwähnt, Bohnenkraut – einige Sätze aus dem Zusammenhang gerissen und von einem älteren Alt ewig wiederholt. Es zerreißt der Vorhang im Tempel, dazu werden alle Streicher benötigt und das greift Jäcki doch an.
Stehen zwei Frauen und eine, die anschaffen ging, die eine Tischlerfrau, die einfache Frau, Eimsbüttel.
– Siehe, das ist dein Sohn.
– Siehe, das ist deine Mutter.
Schöne Worte. Sehr fremdartig. Sehr großartig. Und Cembalo. Da wirbelt einer rum in der Palette, sieht aus wie Camille Desmoulins, als Erich Schellow ihn spielte, Besenbinderhof. Der verteilt auch Flugblätter.
Das Gleiten aneinander vorbei in sauerstoff- und kohlenstoffdurchkribbelten Räuschen wird gestört.
Die meisten ziehen mit, weil es mal was andres ist. Jäcki, der nicht gerne mitzieht mit mehreren, sagt nicht nein, weil er sich auch dieser Palettennummer unterwerfen will.

Übern Jungfernstieg erzählt der pazifistische Camille Desmoulins, daß er überwacht wird
– Wer träumt in der Hansestadt nicht davon, ein überwachtes Telefon zu haben? Wer würde nicht gern einen Heiermann mehr bezahlen, um einstreuen zu können: Mein Telefon ist überwacht?
und daß Heidi unvorsichtigerweise in einen Atombunker eingebrochen sei.
Und sie stahl alle Pläne und wurde gefunden und festgesetzt und am dritten Tage ermahnt und wieder entlassen.
Er aber, Camille, würde beobachtet und seine Familienangelegenheiten seien Höheren Orts bekannt und seine Verhältnisse.
Durchsucht wäre bei ihm worden vom Verfassungsschutz. Und als sie streikten an der Pier, kamen die Senatscowboys und drohten mit Inhaftierung und faßten an ihre Knüttel. Worauf sie Mücke machten, die Lampen offen hielten. Nun aber gehe es zum Ostermarsch, der diesmal nicht gerichtet sei nach Bergen-Hohne, das war Bergen-Belsen, wo das KL, heute der Truppenübungsplatz mit Honest-Johnraketen, dorthin nicht, sondern an die dänische Grenze.
Jäcki hat was gegen das Wort und die Tätigkeit Marsch. Aber er geht erst mal mit bis zum Gewerkschaftshaus Besenbinderhof.
In der Kantine im fünften Stock gab es Seezunge während der schlechten Zeit. An die Schauspieler wurde im Garderobenkeller unter dem Saal eine Suppe verteilt, die war dünner als die Schulspeisungssuppe.
Das war der zweite Theatersaal nach dem Krieg. Lange wurde parallel gespielt. In der Sparkasse Altona Nathan der Weise und im Gewerkschaftshaus Ein Glas Wasser und Liliom. Jäcki und Jäckis Mutter mußten zwischen Sparkasse und Gewerkschaftshaus hin und her. Statieren.
Es war die Zeit der Leichenhaufenfotos in den Zeitungen.
Der Ostermarsch der Atomgegner
– Das heißt Atomwaffengegner.
kostet was. Für die, die nicht bezahlen können, werden Paten-

schaften übernommen. Privatleute stellten Busse zur Verfügung und Personenkraftwagen.

Und warum fährt man mit?

Camille Desmoulins glaubt wohl daran und will etwas ändern durchs gemeinsame Marschieren und Volkswagenbusfahren. Er muß wohin dem Guten dienen im unwirschen Wetter.

Igor, weils was zu saufen gibt und vielleicht zu stoßen.

– Marschieren die Nüchternen mit? denkt Jäcki und läßt sich reinstopfen in einen gestifteten Personenkraftwagen.

Los gehts, hält ein mit den Gerüchen von fremden Leuten und bei Schlaflauten in einer Scheune an der dänischen Grenze.

Heidi meint es ernst.

Heidi wird mit einem Mal eine Revolutionärin wie Edith Piaf in dem Versaillesfilm von Sacha Guitry.

Dann stoßen unsere dänischen Freunde zu uns und das Händeschütteln und alle sind Individualisten und viele tragen Bärte und die Vegetarier haben nichts gegen die Fleischesser.

Alles stockt nachts in der Scheune, wo ein Schwede Wache hält. Seine Taschenlampe wirft einen Lichtstrahl auf den Scheunenboden. Der Schwede sitzt in einem Kartoffelberg. Links vom Lichtstrahl schlafen die Mädchen, rechts schlafen die Jungen. Wer den Lichtstrahl überquert, kriegt eine Kartoffel an den Kopf.

In der Ferne bellen die Hunde leise von Hof zu Hof und die Kühe reißen an den Ketten und in der Ferne spielt einer noch Guitharre und eine singt dazu und einer erzählt Witze oder aus der Ferne – eventuell Konstantinopel. Es ist gemütlich im Atomgegnermarschstroh. Gemütlich wie im Stroh vom Mötzener See bei den Pfadfindern, wie das HJstroh war oder das Werner-Helwig- oder Stefan-Georgestroh gemütlich.

– Und fürchtet ihr denn nicht, daß was Schwules geschieht, rechts oder links im Dunkeln, fragt Jäcki Camille Desmoulins.

– Das ist mir noch nie zu Ohren gekommen, antwortet Camille. Ich habe mich auch nie darum gekümmert. Das interessiert mich eben gar nicht.

Denkt Jäcki:
– Wenn sie Erfolg hätten mit der traditionellen Klampfenwanderung, ihrer Gewaltlosigkeit, ihrer haschischverstärkten Atomgegnermarschiererei und wenn die Erde frei wäre von taktischen oder sonstigen Atomwaffen, dann würden die Tunten immer noch ausgelacht, wenn sie beim Regen im Gebüsch stehen am Dammtorbahnhof und sich gegenseitig die Uhr aufziehen.
Am nächsten Tag der Marsch von Gegnern des Marschierens durch Grenzdörfer. Die Bauern stehen an der Straße. Sie sind aufgesprungen vom Karfreitagskaffee, einige haben schon das Zeug zum Melken an und vor den Blicken der Bauern, die ihre Scholle verteidigen würden mit dem Frontlader oder den Melkmaschinenaufsatz in der Hand, sehen die nicht ganz tausend Märschler doch erwägenswerter aus für Jäcki.
Einer einen Witz:
– Judas wünscht Jesus am Gründonnerstag ein schönes Wochenende.
Später die Schnellfeuergewehre, die deutschen Deutschen Schäferhunde mit den Grenzschutzsoldaten.
Keiner beißt. Keiner schießt.
Aber dies Blitzblanke und die gepflegten Hunde.
In Hagenbecks Tierpark Wölfe.
Winter.
Jäcki kürzte über die Alster ab. Es fuhren keine Straßenbahnen zum Besenbinderhof.
Zerfledderte Uniformen auf dem Eis und die erfrorenen Hunde.
Immerhin haben es Igor und Schudl fertiggebracht, im Citroën für die gehbehinderten Omas an der Spitze des Atomgegnertrecks nach Hamburg zurückgefahren zu werden.
Dort kehrt man nach Hamburg zurück, wo man mit dem Bus aus den Schülerheimen zurückkam, von der See, in der schlechten Zeit.
Die Atomgegnerabzeichen
– Die umgekehrte Lebensrune, sagt Hugo.
werden den Verkäuferinnen aus den Körben gerissen.

27

DER AUTOR DENKT SICH DAZU WAS AUS: Die WELT und die ZEIT würden zusammengefallen sein. Mädchen in Jeans, langhaarige Jungen fingen in einem Lager, wo Gammlères konzentriert werden, in Grasse zum Beispiel, an zu singen, milde Lieder und durch diesen Gesang entstünde ein Wirbelwind, der die singende moralische Aufrüstung hochhöbe, entführte die Verteidigungsbudgets und die Anführungsstriche, hoch die Tassen und die Generäle und Mohnbauer, die Studenten hinrichten lassen, weil man sie nach Befragungen nicht mehr vorzeigen kann, hoch die Empfehler von Entlaubungsverfahren, hoch manchen Blätterzaren – niedersänken sie alle, sanft zusammengestreichelt von den nonweihohlenzigen Tönen, nicht ohne Köpfe, nicht hinter Panzern hergeschleift,

– Seid nett zueinander, strahlte von unten herauf.

niedertrampelten sie sich gegenseitig vor dem karyatidengeschmückten Haus, durch die violetten Mäuerchen würden sie sanft hineingepustet in das entvölkerte Lokal, verwiesen auf den Platz der Penner, der Seibelfreier, der Kitzlertrinen.

Sie könnten glöken und wenn sie eine Miese dafür hinlegten, die Biergläser an die Wand ballern. Die große Stadtstreicherendlösung könnten sie planen, aber mehr nicht, denn Cartacalo/la aus der Roxy würde im Hauptbahnhof zu The President of the United Berbers of Europe ernannt werden, damit die Schwulen, die sowieso kein Minister mag, auch mal öffentlich repräsentiert sind.

Ertrinkend im schwarzen Tüll käme Cartacalo/la durch den Eingang Glockengießerwall.

– Ich will nicht viele Worte machen, erklärte The President. Ich bin sehr bewegt. Ich hätte das schon nicht mehr für möglich gehalten, weil ich gerade wieder so viel Ärger hatte in der Kolonie Maiglöckchen wegen des fliegenden Samens und weil sie dachten, mit einem zu Unrecht entmündigten Damenimitator kann man umspringen wie mit einem Floh. Ich danke Ihnen also und möchte Ihnen noch einmal den Tango Notturno vortanzen, den ich in der Roxy-Bar vierundvierzigtausendmal im Laufe von zehn Hungerjahren vorgeführt habe. Pour vous tous!

Vierzig Meter schwarzen Tüll hinter sich schwenkte The President an den Herrentoiletten, den Wartesälen erster und zweiter Klasse vorbei hin zu den Schließfächern:

– Was die Liebe wirklich ist, das hab ich erfahren.
  Wenn der Tango d'Amore erschallt, mes chers électeurs.

The President stünde auf den Spitzen, zitternd, fiele hinunter zum Sterbenden Schwan.

– Auch ich wollte die wahre Liebe kennenlernen.
  Auch ich habe alle Höhen und Tiefen erfahren,
  Denn die Männer wollten nur immer wieder das eine.
  Mais maintenant, vous m'avez racheté,
  Mon Prince, Votre Majesté, mes électeurs distingués
  Et mes charmantes électrices!
  Und so bleibt mir das Lachen,
  Sondern das Weinen.

The President wehte hinüber zum S-Bahneingang.

– Aber wozu weinen?
  Hahaha! Hoppla! Hahahaha!

In Deutschland hätte sich etwas verändert. Aber so würde es nicht bleiben. The United Berbers sind nicht die Welt und kein Sänger hat soviel Atem, um die Leute immer wieder von der Eskalationsleiter runterzublasen. Selbst Cartacalo/la könnte die Bizarren Krisen nicht aufhalten.

Dort kehrte man nach Hamburg zurück, wo man mit dem Bus aus den Schülerheimen zurückkam, von der See, in der schlechten Zeit. Die Elbe zwischen Kranz und Blankenese wäre verstopft von Kähnen, Schuten, Schleppern. Die Bunte Kuh, Bürgermeister Petersen und Richard Wagner lägen dazwischen. Die Schiffe trieben, zu einem vielschornsteinigen Floß verkantet, in Richtung Stadersand. Sie trieben langsam, denn die meisten in der Frontlinie hätten sich quergelegt. Toni, Grischa, Jürgen sprängen von Schute zu Schute, hangelten sich an Relingen hoch, ließen sich auf Zwischendecks fallen. Die Ladung der Schuten wäre mit einer dünnen Kalkschicht bedeckt. Ziffra nähme Heidi an der Hand, spränge mit

ihr, Camille Desmoulins spränge, Erich Schellow nach Blankenese hinüber.
Schudl, Arnim und die dänischen Freunde und die Labourabgeordneten sprängen schiffauf, schuteab. Anne, Alfred Wöbke, der rohe Frösche aß, Madeleine Marcheix, mit den geborgenen Emaillen aus Limoges. Neben den Schiffen eingekeilt, am Ende des Schiffschutenfloßes, vor den Bugen, in Elbeseen mitten in den Fahrzeugen schwämmen schräg ins Wasser hängende Tote mit. Aus Hamburg trieben die Leichen so dick raus, daß die Palettler, wenn sie mal danebensprängen, nur bis zum Knie naß würden.
Vom Fischmarkt bis nach Wedel, zwischen dem Floß, nebenher, davor und danach, von Estebrügge bis nach Glückstadt.
In den Vorgärten von Blankenese wäre der Krokus verbrannt, über die Besucher der Johannespassion würde Kalk gestreut.
Pauls Schaschlikbude stünde noch.
Der Fallschirm bewegte sich von Axel Springers Druckerei her.
– Das ist der bekannte Blitz.
Jürgen sähe, wie Irma sich die Haut vom Arm zöge. Die Haut hinge als Handschuh herunter von Irmas Fingern. Die Scheibe aus dem Teppichgeschäft faltete sich um Jäcki. Im Dunkelwerden sähe Jäcki auf den sich schwarz verfärbenden Arnim:
– Mit neun wolltest du nicht nach Brasilien zurück ohne ein eigenes Pferd und als deine Eltern dir das Pferd versprochen hatten, gingst du noch nicht aus Eimsbüttel weg, weil dir deine Spielkameraden so gut gefielen. Nicht mal für tausend Mark wärst du mit einem Mann gegangen. Japan ist dein Liebesparadies. Da hast du dir den Siff geholt. Das ist ja auch egal. Sobald er ausgeheilt war, wolltest du wieder nach Japan.
Die Verwandlung des Menschenschreis in den Rattenschrei. Der Schrei risse die Lippen weg.

28

BUMMS, BI UND DRÜCKERPHYSIOGNOMIEN: Pauls Bude, Schaschlik, Würstchen und so weiter, ist in die Luft geflogen. Bei Brockstedt oben haben die Wunderlichs gewackelt und in die signierten Gallévasen regnet es hinein. In der Bildzeitung steht was von Gasexplosion. Fensterputzerkarl behauptet:

– Ein Sprengstoffattentat.

Jäcki kann nicht richtig Kartenspielen. Sechsundsechzig konnte er im Waisenhaus. Auf den Moorhöfen wollte er Skat lernen, nach dem Kartoffelsetzen, vor dem Schlafenlegen im klammen Stroh mit der tickenden Taschenuhr von Onkel Emil. Bei Durands lernte er Belotte mit Simones zweitem Freier. Belotte spielt niemand in der Palette.

– Vielleicht Hammed?

Igor nicht und die anderen kennen es nicht einmal dem Namen nach. Oder Taboué mit den Brüdern, voller Angst aus Pierrevert weggewiesen zu werden.

Künstlerquartett mit acht, neun an Geburtstagen. Das ist kein Kartenspiel.

– Typische Drückerphysiognomien, sagt Raschie am Ostersonntag, die drei Skatspieler umkreisend.

Hammed sagt:

– Du bis auf Jagd?

– Du hast gut Deutsch gelernt in der Zwischenzeit.

– Et ta femme, qu'est-ce qu'elle dit?

Irma, was sagt Irma?

Der Anfang eine Mischung aus Parfüm und Seife in Verbindung mit frischen Seidentüchern und eine andre Art von Haut und die sehr angenehme Temperatur des Körpers.

Als Mann seine gleichaltrige Mutter?

Ein Dietrich, ein Bruchbaum zu den Müttern?

Die Drücker mit ihren typischen Drückerphysiognomien ziehen die Karten aus dem Fächer und knallen sie auf den Tisch.

– Reizen sie jetzt?

Im Gegensatz zu der Weichheit die Chasse, wie Hammed voriges Mal sagte, der Jahreszeit entsprechend in Gebüschen

oder in Hauseingängen, die nicht von der Wach- und Schließgesellschaft kontrolliert werden. La Chasse. Zittre du! Der Schuß geht nach rückwärts los. Den Jäger jagt man.
– Du bist also bi?
– Du kannst ganz gut deutsch.
– Bin ich bi?
Mit vierzehn, als Barlach en vogue war und noch billig in der Galerie der Jugend im HHAhaus oben gehandelt wurde, an den Busen von Barlachs Kuckerinnen dabei gedacht, dann an Helga Fuchs Pullover.
Lianas Mann kam und sagte:
– Fiftyfifty.
Er versuchte es vergebens.
Das Gespräch vor Sörensens Haus. Jäcki hatte gewettet:
– Ich werde Vater auch ohne solche Schweinereien.
Die Mutter sagte:
– Warum mußte auch immer gleich wetten!
Traf das alles zusammen? Dazu die Absicht:
– Ich will es auf mich nehmen, was meine Mutter hat ausstehen müssen von dem gräßlichen Mann, der war mein Vater.
Oymeln und geoymelt werden als Opfergang? Lag es in der Familie? Das erste Mal mit einem im Kohlenkeller. Es kam lange, blutvermischt. Hinterher schwor Jäcki:
– Nie wieder.
Und der sagte:
– Das sagt man immer das erste Mal hinterher.
Beim zweiten Mal:
– Gott hat mich so gemacht. Bist doch wiedergekommen. Wirst schon wiederkommen.
Jäcki denkt sich selbst als ein Modell, dem periodisch oben zwei Dellen hervortreten, wofür unten was abfällt und wenn die Dellen wieder verschwinden, stülpt es sich unten heraus. Immer gegen Sommer hin, wenn es in Hamburg zu regnen anfängt und in Pierrevert die Kirschen reif werden, beim Mittsommernachtsreigen – Sehnsucht nach Titt, weg von dem querstehenden Lockenprinzen. Interdits. Überhaupt, ein Schwuler kann nicht mit einer Frau. Ging doch mit Irma.

– Und du?
Hammed würde höchstens mit einem gehen, der ihm das ganze Leben bezahlte und ihn auch noch auf die Kunstschule schickte.
– Frauen. Des femmes.
Er muß seine Frau vom Doktor abholen. Er weiß einen Doktor, ders wegmacht.
– Fausse Chouche.
– Avorter.
Jäcki fühlt sich als Vertrauter.
– Die Angst und die Schmiererei gibts unter Männern nicht.
– Das ist aber auch der einzige Vorteil.
Die Drücker spielen.
Klinken niederdrücken. Klinken putzen. Bedrückte Gesichter. Gedrückte Gesichter. Drückende. Mit Großvaters Kolonne im Opel von Klinke zu Klinke fahren. Nordrhein-Westfalen.
– Ist Irma glücklich? Nur den halben Ehefisch jedesmal.
Jäcki behauptet, doppelt zu sein. Nicht zweimal halb, sondern einmal zwei. Doppelt läge er über ihr. Jäcki Mann läge über ihr, während Jäcki Frau ganz klein auf seinem Rücken säße, in den Mond guckte. Und trotzdem auch der Strindbergkampf, von dem Jäcki in schwedischer Sprache zwischen drei Mittsommernachtstanzereien las,
– Wann kommst du wieder?
– Wir sollten eine Matte in den Flur legen.
– Ich habe gerade Mittag gekocht.
– Gehst du weg?
gemildert nur dadurch, daß Jäcki dann der Tante die Tante zudreht und sich zwei Vakuums staubsaugergleich in der Wohnung gegenüberstehen, bis der Mann Jäcki auf Männerjagd trabt.
– Arme Irma also?
Aber das Baumhexengesicht, das Gesicht der großen Urtante, der alte Spitze Riesenzahn, die nistet auch in Irma zur Bestrickung des armen Jäcki, wenn der kleine Mann groß an ihm ist und das Jäcki-Weibchen klein.
Hammed sagt:

– Raus ist es nicht. Werde vielleicht auch bald Pédé. Ich weiß nicht, was die Frau dabei denkt. Man weiß nicht, was sie denken. Sie liegen unter einem und machen die Bewegungen mit und stöhnen und hinterher sagen sie alle zu mir: So gut war noch keiner. Ein Freund von mir behauptet, das sagt jede, jedesmal. Und wenn man sie fragt: Was denkst du jetzt? Dann sagen sie: Gar nichts. Vielleicht denken sie wirklich an nichts. Kucken nur so vor sich hin. Aber stundenlang. Man denkt doch immer was. Sie sagen einem nicht, an was sie denken. Das könnte mich dazu bringen, Pédé zu werden.
– Ihr Drücker! Drückerphysiognomien, sagt Raschie zu den Kartenspielern.
– Klar. Drücker. Gnädige Frau. Westermanns Monatshefte für die Frau Gemahlin? Soll ich sie aufschreiben? Die Quick? Oder die Hör zu? Na, dann nimm wenigstens mir zuliebe die Bildzeitung. Ernst macht auf die Mitleiderregende und Pörgel drückt nur noch im High, weil er sein eigenes Geseibel nicht mehr hören kann. Welches Gesicht willst du sehen?

29

VON SUSI BIS LERMONTOV: Jäcki sitzt an dem runden Tisch gegenüber der Theke. Einer kommt rein. Mit Vollbart und Frack.
Fragt:
– Ist Susi da?
Das Mädchen hinter der Theke:
– Nein. Warum denn?
Der Mann im Frack:
– Nur so.
Und er geht wieder raus.
Rar wie drei Grazien am Strand – Matte, Philo, Physik – kommen die drei Studenten von Professor Friedrich Freiherrn von Weizsäcker rein in die Palette.
Zu dritt auf einem Haufen hat Jäcki sie noch nie gesehen, den RockandRoller, den zweiten, der sicher Cello spielt zu Hause, den dritten, aus der Hamburger Familie, an die man nicht

herankommt. Der Cellospieler hat nach allen Seiten viel braunes Haar und der aus der Hamburger Familie sieht so gut aus, daß er Jäcki nicht interessieren würde, wenn er nicht Physik und Mathematik studierte. Jäcki überlegt. Er kann sich nicht einmal mehr an den Unterschied erinnern zwischen Mathematik und Physik. Zwischen Physik und Mathematik schon – aber zwischen Mathematik und Physik?
– Wozu neuneinhalb Jahre in Lokstedt und Niendorf und Scheyern und in der Ahlsenstraße?
Er hätte lieber rohe Raben essen sollen wie Alfred Wöbke.
– Mathematik ist das Höhere, der die Physik gehorcht, der die Mathematik gehorcht.
– Der aus der Hamburger Familie, das ist ein Genie, sagt der RockandRoller.
Und wenn Jäcki ihn ansieht, gibt er ihm keine halbe Stunde an einem Abend mit Whisky oder Campari. Jäcki behauptet das oft und von vielen. Er hat es nie ausprobiert.
– Mit Alkohol oder sagen: Ich habe auch eine interessante Bibliothek. Sie interessieren sich auch für französische Literatur. Was halten Sie denn von André Gide?
Nie.
Der mit den vielen braunen Haaren sieht die Music-Box und Jäcki und den ersten Raum der Palette gründlich an.
– Das ist auch ein Genie, sagt der grünredende RockandRoller.
Aber der aus der Hamburger Familie würde einmal den Gang der Welt bestimmen.
Der grüne Gedichte schreibende RockandRoller was macht der auf der Uni?
Auf Russen fußt er und über die Wahrscheinlichkeit rechnet er was und bereitet sich auf seinen Doktor vor. Und wenn ihr Professor nach Erlangen geht, müssen sie alle drei mit, weil kein andrer ihnen in ihrer Spezialität mehr was vormachen kann. Bei Weizsäcker hören sie nur zum Spaß.
– In dem Alter, wo die genialen Entdeckungen gemacht werden.
Das kann sich also unter Jäckis Herrn Noelles, Professor

Noacks, Fräulein Heydorns herausentwickeln: Drei Heilige, die rosarot, violett, crème à la Fra Angelico in hohen Sphären schweben, mit Zungen reden, die in der Palette keiner versteht und außerdem, wie der RockandRoller, sich Haare über den Kragen wachsen lassen und Trompetenhosen über Samtschuhen tragen und zwei Akteien nacheinander in die Music-Box werfen.
Schudl kommt von draußen rein:
– Susi hier?
Das Mädchen hinter dem Tresen:
– Nein. Was willst du denn von ihr?
– Ich hab nämlich einen Tripper.
Reimar Renaissancefürstchen:
– Ist Susi da?
Igors Freundin hinter der Theke:
– Hast du auch einen?
– Nein. Was denn?
– Susi ist nicht da.
Mirko kommt:
– Ist Susi da?
– Nein.
Wilfried ist von Tübingen nach Heidelberg gefahren, ein paar Amerikaner führen, die das Schloß besichtigen wollten.
– Er sollte mich irgendwo hinfahren, wo es interessant ist. Fährt mich auch über den Neckar – wenn da der Neckar fließt, also über den Fluß und dann am Fluß längs. Es wird immer dunkler die Gegend. Biegt hoch. Einen Hügel rauf und hält vor einer Gaststätte – irgendwas mit Hirsch. Hier ist es interessant, sagt er. Historische Gaststätte. Ich bezahl und steig aus und seh couleurtragende Studenten rauskommen. – Ach, ein Verbindungshaus? – Nein, auch ein Hotel, sagt der Taxichauffeur. Gehen Sie mal in den ersten Stock. Ich geh rein und finde keine Gaststube. Doch. Gaststube steht links und rechts an der Türen. Ich gehe weiter geradeaus. In dem Gang hängen Bilder und Zeichnungen und Kupferstiche. Büchnerzeit. Ganz feinsinnig. Die Mützen von Chorstudenten, sehr rhythmisch – wie Opart – Wiederholungen von Beinen

und Mützen und Händen. In der Mitte zwei wattierte Männer. Mensur im Walde steht drunter und denen in der Mitte sekundieren zwei Kürzere mit Degen oder wie das Zeug heißt. Über den Köpfen schweben kleine Zahlen und unter den Füßen stehen die Zahlen noch mal mit den Namen. Irgendwelche Urgroßväter von unseren Professoren namentlich. Historische Gaststätte steht auch irgendwo. Ich gehe die Treppe hoch. Oben sind Fenster auf einen Innenhof und dort unten so eine Zeichnung als lebendes Bild. Die rhythmischen Linien in natura. Viele rauchen. Frische, große Bandagen um den Kopf, rote Flecken dran. Ganz langsam bin ich die Treppe runter und auf den Hof, wie ich war, angezogen wie ein Berber in Lederjacke und Jeans. Die bemerkten mich gar nicht. Ich dachte mir bloß: Wenn sie dich fragen, sagst du: Ich will auf die Toilette gehen. Sah zur Toilette runter. Da wuschen couleurtragende Studenten, solche mit lustigen bunten Käppis, schwarze Binden aus, von denen das Wasser rosa ablief. Dann roch ich es erst: Über dem ganzen Hof lag so ein Dunst nach Wurstkocherei. Ich ging eine Holztreppe hoch und kam in einen Saal. Keiner hielt mich auf. Alle starrten in eine Richtung. Ich konnte durchgehen bis zu dem Punkt auf den alle starrten. Hinter mir kamen welche von draußen rein. Schon zuende, sagten sie. Ich sah in der Mitte eine kleine schwarze Figur, der wurden schwarze Binden abgewickelt. Welche schlugen ihm tröstend auf die Schulter. Er stand auf und hatte ganz dünne kleine Unterstufenoberschenkel, keine Haare drauf. Schwarze Turnhose hatte er an und stolperte ein paar Schritte vorwärts. Hatte gar nicht mitgekriegt, was eigentlich los war. Das war vielleicht seine erste Mensur und die hatte, nach den Äußerungen der anderen, nicht lange gedauert. Die Binden dampften. Man hatte ihm wohl während der Stecherei viel Kübel warmes Wasser über den Kopf gegossen, damit er nicht an zu brüllen fing, wenn es ihm aus den Adern leckte. Er drehte sich ganz langsam um. Er war jetzt ganz ausgewickelt. Sein Gesicht war gestreift von hellrotem Blut. Einer redete mich an: Sie gehören hier wohl nicht rein. Ich sagte bloß: Nein. Mehr fiel mir nicht ein. – Ich will nicht mehr in

Deutschland studieren. Ich studiere in Paris weiter. Am nächsten Tag sieht man dann weißverbundene und braunverkrustete Köpfe in ganz Heidelberg.
– Glaubst du, daß es in Paris besser ist? Proust hat sich auch duelliert.
– Proust! Lermontov auch.

30

IM HIGH. STRASSENBAHNSCHAFFNERINNEN. MÄNNER ON THE ROCKS. TANGO NOTTURNO. DEUTSCHLAND, DEIN BLUT: Reimar wieder. Schon fast freundschaftlich:
– Wie geht es dir denn?
Das Vergleichen von Gesichtsausdrücken:
– Du siehst aber gut aus.
oder:
– Schlecht aus.
– Es geht besser.
oder:
– Schlechter als das letzte Mal.
– Sollen wir wieder . .
das oder das?
– Wieder im Dammtorbahnhof essen gehen?
– So gut hab ich noch nicht wieder gegessen, seit ich aus dem Knast bin.
Jäcki erinnert sich an das Schlafen, an die Veränderung des Renaissancefürstchengesichts. Das Fehlen der Beweglichkeit. Das Aufquellen der Nase. Das unregelmäßige, leise Schnarchen.
– Die Augen waren zu. Daran lag es.
Das Gesicht war weißer im Schlafen. Die Haut hatte keine Spannung und sackte nach den Seiten weg.
– Aber als er aufstand und ging und lachte, denkt Jäcki.
– Aber als er lag und laut durch die Nase atmete.
– Weißt du, meine eine Hälfte ist kleiner. Kürzerer Arm und kleinere Finger. Kinderlähmung. Ich bin schief.

– Das macht nichts, wenn er sich bewegt. Es ist enttäuschender, wenn er zugedeckt liegt und nur so laut atmet.
Der, an den sich Jäcki erinnern kann – und diese Erinnerungen aufzuzählen, braucht eine empfindliche Zeit – steht vor Jäcki, sagt:
– Ich bin im High.
Das ist also der High, der Hohe, der Hallo-Hai, der den lieben Gott sichtbar macht und die himmlischen Heerscharen und die Ordnung der Engel, von der sonst nur Jäckis Mutter etwas weiß aus ihren mit Kaliko eingebundenen Büchern von Dornach, Schweiz. Warum geht Jäcki nicht ein in den großen High, den lieben Gott sehen und die Hamburger Michaeliskirche aus Opal und Achat und das Unileverhaus aus Rubinen? Jäcki könnte doch auch drankommen. Nicht nur in Paris oder in Gamla Staden.
Reimar Renaissancefürstchen entwickelt eine ganze Theorie.
– Man kann ungeheuer philosophisch denken dabei und alles fällt einem zur rechten Zeit ein und man kann ganz schnell reden.
Bei Jäcki doch ein Rest:
– Reinbleiben!
– Natürlichbleiben!
Aber in Maubec hatte er eines Nachts geträumt von dem Allesaussprechenkönnen:
– Ich werde jetzt alles sagen. Ich muß jetzt reden, reden und jetzt dies noch und das noch und noch eine ganze Passage und schnell noch alle Einwände, erstens – dann habe ich alles zu diesem Punkt gesagt – zweitens . .
Wellen von Worten. Die eine ist noch nicht ganz zurückgeflutet, da schlägt die nächste schon drauf.
Ob Reimar Renaissancefürstchen es regelmäßig nimmt? Dauernd hoch oben ist?
Aber auch Jäcki will sich nicht langweilen. Ist da so ein Rest:
– Nur durch Mühe zum Genuß!
– Saure und dann heitre . . !?
Nicht gerne schwerelos im Schwerelosen – Angst, daß er die Kontraste nicht mehr klarkriegte.

Doch, einmal hat Jäcki es ausprobiert – wider Wissen, als er noch Theater spielte: Tote ohne Begräbnis. Schule und Konfirmationsunterricht hatte nebenbei,
– tsibaudbliegc?
Geheimschrift mit Tüdellütkends.
gab der Dicke ihm
– Welcher Dicke?
– Nicht dran denken.
Colanuß. War frei im Freihafen zu kaufen. Stärkungsmittel.
– Die Neger kauen es, wenn sie Lasten über lange Strecken zu tragen haben.
– Eine Messerspitze voll.
Wirkte nicht. Jäcki nahm einen Teelöffel mehr. Dann wirkte es, nachdem er in dem Stück von dem Dicken totgewürgt worden war. Durch Eimsbüttel schweben und Tränen über den Kosmos weinen, der bestand in dieser sich dehnenden Sekunde aus den Foltern von Jean-Paul Sartre, dem Stutenhahn von Hans Henny Jahnn, Pastor Roagers rothaariger Bergpredigt, ein bißchen König Ödipus, der engen Manchesterhose des Dikken, der Erinnerung an den Kohlenkeller mit Blut und Sahne, Josquin und Ockerengeln aus der romanischen Baukunst. Kosmos, dessen kleinster Tautropfen einer ist und das Licht des entferntesten Sterns spiegelt und das ist die Welt unserer Sinne, hatte Jäcki gelesen.
Aus Angst vor Langerweile will Jäcki keine Prelus und keinen Schnee und kein Pervitin.
Mit Liana Pozzi im Stadtcasino.
Der eine Stricher schläft immer ein.
Der andre:
– Mensch, nimm Pervitin.
Aus Angs vor Abhängigkeit von einem Teelöffelvoll.
Auch: Selbstmachenwollen.
– Ich kann das allein.
– Wenn ich mir den lieben Gott vorstellen will, brauch ich keine Hilfe.
– Wenn ich oymel, ist das tausend Kaptagon wert.
– Meine Angst vor der Langenweile fünftausend Kenortin.

– Wie ich mich selbst hin und her fietscher – fietschert mich nicht der glatteste Schnee.
Reimar sagt:
– Ich bin im High.
– In der Palette im High oder im Down aneinander vorübergleiten.
– Hei!
– Hei!
– Hallo!
Der bleibt in seinem High unangeglökt, der in seinem Down. Trotzdem umgeben jeden welche. Man kann ihnen wieder entkommen. Dem Hamburger Feulwetter gemäß, dem babybadewannenplastiküberwölbten Gänsemarkt.
Aber Jäcki ist abhängig von der Palette. Jetzt fängt er schon an, sich einzufühlen, bemüht sich, mit Reimar Renaissancefürstchens Augen zu sehen.
– Wie sieht Reimar den Springerkomplex?
Deutschlands Meinung in amethystenen Häusern, seidenglänzende Bildzeitungen, die Schrift aus Onyx und die wertvollere WELT aus silberner Folie mit Goldlettern im orangenen Licht – und aus den Möwen, die der Sturm ins Landinnere drückt, werden Albatrosse, Vogelgreifs, die auf den Krähenbaum lossteuern im Niendorfer Gehölz.
Bei Fürst ist nichts los. Ein Mädchen hinter der Theke – kennt Reimar – die sich wichtig hat mit einem Loddl. Die Transvestiten kommen erst gegen vier. Leer, leer Fürsts. Wie drückt sich das kanonenofenbesetzte Fürst aus, hoch oben, wo Renaissancefürstchen schläft, für uns hier unten schläft, für die himmlischen Heerscharen oben wacht, jauchzet und jubiliert? Ist Fürst, das Trinenlokal, eine Ebene aus Porphyr, in die große, vierflügelige Engel, wie Jäcki sie sah in Clermont-Ferrand, Notre Dame la Grande, de la Garde, du Puits, Namen vergessen, Samen säen aus Carneol? Der Kanonenofen die Arche Noah von Saint-Savin-sur-Gartempe, auf der gleichen Reise, wo die Engel sich rundbogenhoch verneigen, schwungvoll im High, Engel, die sich höherheien zum Christ en Majesté? Jäcki behauptete vor Alex, als ihm noch kein Bart wuchs, der

Christ en Majesté aus Toulouse ist ein Verwandter vom König Ödipus. Jetzt könnte er es ihm beweisen auf Grund von Ikonographien, Alex verfault im Lehm, während der lehmfarbene Christ en Majesté immer weiter majestätisch ist und dem Stein in Toulouse immer noch kein Bart wächst.

– Bier, sagt Reimar Renaissancefürstchen. Ich möchte jetzt in Bier baden. Kasten voll Bier. Vierhundert Flaschen Bier. Und geht hinaus aus Fürsts in der Haltung des Mannes im Wind auf den Halligen. Ihm treiben Bierflocken an die haarige Brust und in den Bart.

Auf der Fahrt nach Lissabon erzählt der zweite: Die Inselstrände entlang fuhren die Viktualientanten, -brüder mit Kutschen, die travestiert waren zu Segelschiffen mit Segeln und Positionslampen. Die Käpt'ns in den stocknormalen Schifflein draußen sollten denken:

– Dahinter fahren auch noch Schiffe.

und von der Fahrtrinne abweichen und auflaufen, damit die in den Fummelkutschen sie pillierten.

– Wie erscheint Reimar Renaissancefürstchen die katholische Barockkirche mitten auf der Freiheit? Die erscheint einem doch nüchtern schon wie im High.

– Die neue Band im Starclub.

– Daran erinnert er sich doch noch.

– Erst waren sie fünf. Aber einer ist gerade in Hamburg gestorben. Koks oder Lunge. Der Schlagzeuger ist nicht gut. Vier Typen, die aussehen wie eben konfirmierte Loddls. In Pierrevert konnte man sich das nicht ausdenken.

– Sehr streng komponiert. Madrigalisten aus dem Seizième. Renaissancesound für Reimar. Dazwischen jodeln sie wieder.

Jäcki bestellt Cola für sich und einen Tropfen Bier für Reimar. Er gewöhnt sich an die elektrisch verstärkten Schwingungen, mit denen die schwerarbeitenden Jungen ihm im Ohr rummachen.

– Die Töne bringen das Gehirn zum Schwabbern. Räusche durch Vibration.

Einer schläft da drinnen. Sein Kopf zieht die Plastikstrohhalme an. Die zum Tanzen gehen, bringen ihren Strohhalm vorbei, knicken ein Stück um, haken ihn in die Locken des Schläfers.

So vervollständigt sich seine Röhrenaura, die sinkt mit dem Kopf zwischen die leeren Flaschen auf der Tischplatte und zittert vom Stampfen der Tänzer. Bis einer das Festhaken zu ungeschickt anfängt, der aufwacht, den Kopf hochhebt, mit beiden Händen die Aura wegwischt, die Plastikstrohhalme aus seinen Haaren reißt. Er ist noch nicht ganz da und hält sich die weißen Grashalme zu dicht vor die Augen.
Was fällt Reimar Renaissancefürstchen nun ein?
Er geht die Freiheit zuende, kommt auf die gewundene Straße, die man immer nur überquert, biegt in die ungemütliche Straße ab, ein Stückchen Hein-Hoyerstraße, in die Straße mit der Aussicht auf die Totale Mobilmachung. Zur Max-und-Moritzbar.
– Da kommen wir nicht rein.
– Ich komm da rein.
Ob er nicht weiß, was das für eine Bar ist?
Ob er sich eine lustige Kneipe darunter vorstellt?
– Schneider, Schneider, Meck, Meck, Meck!
– Wofür sie besonders schwärmt.
– Welche Highs kannte Busch?
– Und ein heißes Bügeleisen auf den kalten Bauch gebracht, das hat alles wieder gut gemacht, oder so ähnlich.
In der Polizeiwache Davidstraße oder in der Glocke des Untersuchungsgefängnisses wird den Kranken ein heißes Bügeleisen auf den Bauch gestellt.
– Erstens stimmt das nicht und zweitens werden nicht nur in Hamburg die Gefangenen zu Tode mißhandelt.
– In Sesimbra nicht.
– Nein.
– Und schon gar nicht mit einem heißen Bügeleisen.
– Wenn ich an das Ende sehe, wehe, wehe, wehe, oder so ähnlich.
Oder Reimar weiß, was das für eine Bar ist und er denkt, sie halten ihn für ein Mädchen und lassen ihn rein – ein Mädchen, dem die Verwandlung besonders gut geglückt ist.
Jäcki und Reimar werden in die Max-und Moritzbar reingelassen.

Vorne stehen ein paar Männermänner zwischen den Frauen, den Männerfrauen, die aussehen wie Straßenbahnschaffnerinnen im Weltkrieg zwei. Aber Reimar geht nach hinten durch. Er kennt sich hier aus. Was will er hier?
Er setzt sich an die Bar, wo Ingrid, der Kumpel, der gut reitet, die immer da ist und den Schnaps verträgt, die auf Bäume klettert, die nicht ganz magere Inge ihre Geschichten erzählt, erzählt, daß keine Frau mehr loskommt von ihr,
daß ein Mädchen zehn Jahre nach einem Kuß zu ihr zurückgefunden hat,
daß sie einer Freundin zwanzig Rosen zur Entschuldigung mitbrachte und daß Inge ein paar Minuten später von einer dritten fünfundzwanzig Rosen geschickt kriegte,
– Also fünf Rosen Differenz.
daß ihr ein goldener Käfig angeboten wurde von einer sechzigjährigen Straßenbahnschaffnerin, die von Inge dafür verlangte, daß sie drei Doggen zweimal täglich ausführte und nur Herrenanzüge trüge.
– Wo kauft sich Inge Herrenanzüge, die sitzen? Jedes Paar Schuhe wird zur Weltanschauung. An Bally, Jungfernstieg, nicht mehr vorbeigehen, ohne das Jahrhundert herauszufordern – C&A, Mönckebergstraße, das Feld der Ehre vierer Geschlechter.
Entfalten sich die schütterhaarigen Straßenbahnschaffnerinnen für Reimar wie japanische Wasserblumen und werden Ophelias mit kreisrunden Brüsten und dem Lächeln von Melkerinnen oder werden Herren mit feuchtglänzenden Augen in Allongeperücken – Allonge – Stephansplatz – Schillerlocken – Ingrid als Ingraban in dem Film, Kurbel, Große Bleiche, auf deren Bühne früher der Dicke
– Nicht daran denken.
Jäcki den Hals umdrehte – Ingraban in dem dänischen Film, dessen Standfotos mit Keuschheitsstreifen überklebt sind – Inge, ein dicker Filmdäne mit Zottelfell.
Ein Mädchen setzt sich an die Bar und weint und auf plattdeutsch tröstet Inge die jeden Abend Kommende, um Inge Weinende und eine Straßenbahnschaffnerin weint mit und

auch bei Jäcki, der bei Siegerehrungen und Paraden leicht weint, werden Tränen locker.
Reimar rennt schon wieder raus. Willi ins Bohème.
– Möchtest du anschaffen?
– Ich kann nicht im High. Bier trinken.
Im Vorraum zwei pummelige Bedienerinnen, echte, echte Wechseljahre. An der Bar fünf Männer on the Rocks.
– Männer, die destilliert sind und alt geworden in Fässern oder mit hohen Schößen auf Felsbrocken stehen. Wermutmänner, harte Puschkinmänner, harte Puschkinsauerkirschentunten.
Reimar hat das Bier schon aus, steht schon wieder an der Tür.
– Wo willst du denn jetzt hin?
– Ins Roxy.
– Wir kommen doch eben von St. Pauli.
– Jetzt gehen wir mal nach St. Pauli.
Einen anderen Weg an den Fundamenten des Unileverhauses vorbei, wo früher Brahms, nach Aussage von Hans Henny Jahnn, den Nutten Brötchen bringen mußte und aufgeigen.
– Mon Prince, sagt Cartacalo/la. Ich komme gleich.
– Cartacalo/la sieht von vorne aus wie eine Hugo-Wolffsängerin mit aschblonden Dauerwellen und von hinten wie die Giraffe von Dali, heißt Otto Bröckelmann, wohnt Maiglöckchenkolonie in Lokstedt und kommt jeden Tag mit Fahrrad zur Arbeit, Baskenmütze auf.
– Tatata, sagen die Damen oben im Weingärtlein und vermachen weiter den Sekt und die Herren.
Dolores, die Zweimeterspanierin mit Haaren an den Fesseln, nimmt die Bestellung an und zwinkert Jäcki zu.
Reimar Renaissancefürstchen findet sie sehr reizvoll.
– Mon Prince, Otto Bröckelmann klappert mit Ringen und Ketten.
– Das sind meine Hexenmeisterketten. Das ist der Hexenmeisterzahn, darf ich mich setzen? Und was trinken wir denn?
Das Licht wechselt. Die Hemdenkragen und die Manschetten werden wie im Rellinger Twistschuppen zu Pepsodent.

Cartacalo/la muß ansagen:
– Sie sehen jetzt Miss Jacqueline aus London.
Die springt zwischen den Tischen rum.
– Die Wildkatze.
Der Busen ist noch nicht ganz gelungen.
Beißt in die Nylonstrümpfe.
Otto Bröckelmann:
– Ich verfluche diese Stadt. Entmündigen wollten sie mich und aus meinem rechtmäßig erworbenen Eigenheim bringen. Ich verfluche den Bürgermeister, hab ich gesagt, wie ich den Raben verflucht hab und die Ratte, die mir die Taube aufgefressen haben, das arme Tier. Hatt ich sie gepflegt, mon Prince. Ich war Maître de Ballet unter Serge Lifar. War mir zugeflattert gekommen, das arme Ding, mit gebrochenem Flügel und wie ich abends heimkomm, lags mit ausgefressene Augen und konnte keine Luft mehr kriegen. Hatte die Ratte zum Raben während meiner Abwesenheit gesagt: Du fliegst rauf! Weil ich die Taube nach oben gelegt hatte. Und ich lauf die Beine vom Bett hoch. Und du stichst ihr die Augen aus und ich beiß ihr das Genick durch. Wollte die Ratte gerade durchbeißen und ich hab sie gestört. Aber der Rabe, die Krähe hatte die Augen schon ausgehackt aus Eifersucht. Nein, hab ich gesagt. Ich bin noch rechtzeitig gekommen. Ich hatte euch aufgenommen. Du mußt weg. Ihr müßt hinaus. Ich bin der Hexenmeister. Du sollst sterben. Und hab die Ratte gefesselt und den Raben und Feuer gemacht und sie verbrannt und als das Feuer wieder aus war, lagen sieben nackte Rattenkinder da, die hatte die Ratte beim Verbrennen geboren. Aber haben dann doch sterben müssen, wegen der mißbrauchten Gastfreundschaft und der Taube hab ich von meiner Hexensalbe auf den Rücken geschmiert und jetzt geht es ihr schon wieder einigermaßen. Wie ich den Raben und die Ratte verflucht habe, verfluch ich den Bürgermeister.
– Cala!
– Jetzt kommt Dolores von Sevilla, Mesdames, Messieurs, mit einem original spanischen Tanz, mon Prince.
Dolores tanzt. Zwei Meter Spanien, senkrecht. Haare an den

Fesseln und den Fingern. Auf dem Rücken die eingebrannte KLnummer.

– Was tut ihr mir in meinen Hexenbeutel?

– Ich hab eigentlich kein Geld mehr.

– Das stimmt, sonst würd er was geben, sagt Reimar.

– Ich hab noch eine Mark, sagt Jäcki.

– Ich auch.

– Gut, für zwei Mark den Tango Notturno. Aber ohne Umziehen.

– Cala! rufen die dicken Damen von der Bar.

Otto Bröckelmann muß ansagen. Er springt klirrend auf:

– Und nun, Messieurs, -dames, Aranja da Sparada mit La Cocaine!

Ist das Reimar Renaissancefürstchens Zukunft?

Eine kleine, faltige Alte mit Accrochecœurs und Ohrringen, mimend Abstinenzerscheinungen, findet die Spritze, verpaßt sich einen, blüht auf und beginnt den horrenden Strip Tease. Nuttenbeine, das Lächeln der Colette Willy, schwarzer Büstenhalter, der aufknallt und die Perücke, die mit Accrochecœurs wegfliegt und nachbleibt ein Untertassenjongleur, dem beim Baden im Krupundersee die Kleider geklaut wurden, Scheitel und alte Rosinen. Schnell läuft er raus.

– Und nun, pour vous, mon Prince, le Tango Notturno!

– Ach, du liebe Zeit! die Damen an der Theke.

– Leg die Platte auf!

Der Tango Notturno aus der Music-Box.

– Was die Liebe wirklich ist, das hab ich erfahren.

Hinten ist das Changeantkleid bis über die Kniekehlen hoch ausgeschnitten.

– Wenn der Tango d'Amore erschallt

Cartacalo/la steht auf den Spitzen, fällt hinunter zum Sterbenden Schwan.

– Auch ich wollte die wahre Liebe kennenlernen.
  Und ich habe alle Höhen und Tiefen erfahren.
  Denn die Männer wollten nur das eine!

Cartacalo/la. Sterbender Schwan im Changeant, Otto Bröckelmann hält sich an den Schoß die Hand, knickt die Finger so,

daß es aussieht wie ein dünner Dergl und bewegt ihn hin und her.
– Während ich die wahre Liebe kennenlernen wollte.
Und so bleibt das Lachen –
Auf die Spitze.
– Sondern das Weinen.
Im Kreis gehüpft.
– Hahahaha!
– Hör doch bloß endlich auf, du Trine, die dicken Damen an der Theke.
– Hahahahaha!
Sie waren immer nur auf die sexuellen Dinge eingestellt.
– Hahahahaha! die Damen an der Theke.
– Aber wozu weinen?
Das Leben hat doch auch seine guten Seiten!
Hahahaha!
Bricht zusammen, Otto Bröckelmann. Die dicken Damen drehen den Tango Notturno ab und knipsen das Licht wieder an.
Isabella da Branco tritt auf, ein Traum aus Goldlamellen, ein Seestier mit wehendem Mantel.
– Wäre ein Handlungsreisender mit Halbglatze und schwitzigen Fingern im braunen Anzug oder Abteilungsleiter – hier Isabella da Branco.
– Aus Dijon!
Federt im Kreise, pfeffert den Goldmantel in die Menge.
Aus den Knien hintenüber.
Goldhandschuhe bis an die Ellenbogen.
– Messieurs, -dames, beachten Sie bitte diese Schenkel, ruft Otto Bröckelmann.
– Halt bloß das Maul, Isabella da Branco.
– Wieso, hast du Angst wegen die Falten an dein Arsch?
Cartacalo/la
– Na, holn doch schon raus, du kannst es ja gar nicht mehr erwarten, deinen Penis! Isabella da Branco.
– Penis? Meine Vagina, sagt Otto Bröckelmann.
Isabella da Branco hat sich ihre Dessous abgewiegt und will,

in der einen Hand den Spitzenkram, sich mit der anderen Hand den Goldmantel leger über die Schulter werfen. Klappt nicht. Zu Cala:

– Alte Pflaume, hast mir die ganze Nummer versaut!

Ab, großer Applaus. Alle klatschen, die dicken Damen an der Theke, die Matrosen von dem französischen Zerstörer, die Herren, die auch mal wissen wollen, was ein homosexuelles Lokal ist, die Ehefrauen und Reimar Renaissancefürstchen klatschen.

Reimar sieht Otto Bröckelmann verliebt an, der Jäcki erscheint wie eine freundliche Schwiegermutter.

– Was tut ihr mir in meinen Hexenmeisterbeutel? Dann mach ich euch noch das Atom.

– Wenn wir nichts mehr zu trinken brauchen, noch eine Mark. Ich kann noch eine Mark ausgeben.

– Ich auch. Ich muß dann zu Fuß nach Hause gehen. Aber wenn du dich ganz umziehst für das Atom.

– Gleich bin ich wieder da. Hoppla, hopp! Gleich kommt der berühmte Star. Der Oberhexenmeister, umgezogen auf besonderen Wunsch pour vous.

– Der Atomweltuntergang.

Cartacalo/las mildes Schwiegermuttergesicht, ertrunken in schwarzem Tüll, weiß zu Wochenschaumusik. Erdbeben. Die Reihen der Gefallenen. Die Opernsängerin ist gestorben und wird beigesetzt. Cala geht in zitterndem schwarzen Tüll reihum.

– Der Atomweltuntergang, meine Damen und Herren,

Dabei Pirouetten, sie fällt in den Hofknicks, kippt gegen den Pfeiler.

– wird nicht mehr lange auf sich warten lassen. Das hab ich auch dem Bürgermeister geschrieben, als er mich raussetzen lassen wollte und meine Viecher. Das Blut wird über sie kommen, das Atomblut, denn, meine Damen und Herren, mon Prince, wir vergessen doch immer wieder das Notwendigste. Aber warum wollen wir heute abend nur von so unangenehmen Dingen reden? Es gibt doch Heitres genug. Aber Deutschland wird untergehen, absaufen in seinem eigenen Blut, das

hab ich auch dem Bürgermeister geschrieben, als er mich und meine Katzen und die Taube raussetzen lassen wollte durch den Gerichtsvollzieher, wo die Taube sowieso schon halb tot war von dem Haß von dem Aas die Krähe und die Ratte, die ich verbrannt habe. Deutschland hat nicht genug mit dem alten Blut und mit der KLnummer von der Dolores, nein, auch der Bürgermeister sucht überall neues Blut. Es stinkt nach Blut in den Schrebergartenkolonien und beim Ballett. Und deshalb wird die Atombombe kommen und alles verbrennen, wie ich die Ratte verbrannt habe, daß sie sieben nackte junge Ratten auf dem Scheiterhaufen geboren hat. Das sage ich Cartacalo/la, der echte Hexenmeister. Ich wollte mal die wahre, die geistige Liebe kennenlernen und lernte nur die käufliche Liebe kennen. Hahaha, hoppla. Aber nun wollen wir von etwas Angenehmerem reden . .
Das Licht geht wieder an. Die Wochenschauplatte ist zuende.
– Darüber wollen wir doch den Sekt nicht kalt werden lassen. Meine Damen, meine Herren, mon Prince, also, wie ich hoffe, bis zum nächsten Mal gesund und heiter!
– Kommst du mit zur Elbchaussee?
– Ich bin high. Da wird man impotent. Ich geh noch ein Bier trinken.
– Ihr fahr nach Hause.
– Fahr ruhig los. Ich zieh dann allein weiter.

31

BEI HALLELUJA OBEN: Halleluja, den einige Mantelhalleluja nennen, weil er früher Mäntel abgehängt haben soll,
– Kameradenraub!
Halleluja grinst nur zu solchen Anschuldigungen, lädt Jäcki zum Schachspielen ein – Halleluja mit der Goldspitze, der Arno Schmidt in der Palette durchgesetzt hat.
In die kleine ABCstraße einbiegen. An der Ecke wohnt der siebzigjährige Rentner, bei dem die minderjährigen Mädchen schlafen, wenn sie von zuhause weggelaufen sind, an dem ein-

stöckigen, vorwährungsreformigen Antiquitätengeschäft vorbei, wo eine Gallévasenimitation auf einem Extrasockel im Fenster steht, dahinter rein ins Etagenhaus, zwei Treppen hoch.
Halleluja hat Schluckauf.
– Komischen Schluckauf.
Der Flur ist dunkel. Rechts glimmt was hinter einer Mattglasscheibe.
– Ich bin es, Mutti, sagt Halleluja.
– Das ist deine Mutter?
– Meine Wirtin. Neunzig Jahre ist sie alt und ganz blöde. Aber sie hört genau, wenn jemand kommt.
Hallelujas Zimmer: Würfelförmig. Gegenüber der Tür ein kleines Fenster. Kohlenschüttengroß, kohlenschüttenoben. Darunter eine Liege. Links von der Tür, angelehnt, eine zweite Tür, wieder zu Muttis Zimmer. Hinter der glimmt es. Rechts ein altmodischer Waschständer.
– So was sollte Irma mal aufnehmen für die Wohnseite in der Hör zu!
Titel: Unsre Gammler richten sich mit Großmutters Hausrat ein.
Um das Kohlenfenster herum hängen Bilder.
– Von dir gemalt?
– Ja.
Jäcki geht näher heran und während er kuckt, sieht er es schon auf der stillen Seite in der WELT:
– Der junge Halleluja hat zu ganz tiefen Schichten der Figuration zurückgefunden. Unbekümmert von den Moderichtungen drückt er in schroffen Pigmentierungen vorgeburtlich anmutende Komplexe aus, die mit barem Surrealismus nichts zu tun haben, da sie über dessen Unnaivität nicht verfügen – und andererseits mit der Kinderzeichnung oder der Krankenzeichnung ebenso brechen auf Grund eines unverbrauchten Formwollens; so sind sie Abwendung von jeglicher epigonaler Künstlichkeit und Wegkehrung vom krankhaften Ich in die Kunst hinein gleichwohl.
Das ungemachte Bett unter der Kohlenschütte. Die geblümte Steppdecke. Kein Laken auf dem roten Inlett. Bücher im Bett.

Vor der angelehnten Tür zu Mutti rein steht ein Tisch. Im Waschständer gegenüber das flockige Wasser vom Morgen.
Halleluja holt noch mehr Bilder. Packpapier. Drei verschiedene Violetts umgeben ein weißes Feld, in dem weißen Feld taubenhalsgrau ein Umriß wie der von Carluc, wie die Grablöcher von Montmajour. Auf dem Grau schwarze Lippen und Augen – das Embryo einer Fledermaus auf weißem Muschelinnern im Tulpenflor.
Das Packpapier hat sich von dem Aquarellierwasser gewellt.
Neben dem Waschständer ein Paravent, über dem hängen Jeans und eine Jacke mit Wappen und eine graue Hose mit Bügelfalte. Vor der Liege ein elektrischer Heizer.
Beleuchtet wird der Würfel, in dem Halleluja wohnt, von einer Nachttischlampe. Die steht auf dem Tisch vor der angelehnten Tür zu Muttis Zimmer.
Halleluja dreht das Transistorradio an.
Sie spielen mit einem Taschenschachspiel, das kleiner ist als Hallelujas Bilder. Die Königin und die Pferde und die Bauern gehen auf kleinen Stelzen und werden im Pappboden in Löchern befestigt.
Das ganze Spiel wackelt, wenn man sie rauszieht.
Mitten in der Nacht geht Halleluja zu Mutti rein und kocht Tee. Sein Schluckauf wird immer stärker. Halleluja zeigt Jäcki zwischen den Partien Zahlungsbefehle und Räumungsklagen und Fragebögen für ein Meinungsforschungsinstitut. Er nimmt eine Pille. Er fängt an mit den Lippen zu zucken und überspringt halbe Wörter. Er zeigt Jäcki Bücher aus den staatlichen Bücherhallen: Desjardins. Traven.
Dann hört das Zucken
– Wie die von Haaknäss vor dem Hinfallen.
auf.
Drei Partien. Zwei für Halleluja. Eine für Jäcki. Jäcki geht. Er läßt sich das rosaweißgrauviolettschwarze Blatt schenken.

32

GEH DU VORAN, GEH DU VORAN, DU BIST JA DOCH DER BESTE MANN: Jäcki hat den zweiflammigen Gasherd in Hallelujas Zimmer nicht gesehen. Es brannte nur die kleine Lampe auf dem Tisch vor der angelehnten Tür.
Halleluja ging in Muttis Zimmer, um Tee zu machen. Er hätte ihn doch auch in seinem Zimmer auf dem zweiflammigen Gasherd machen können. Vielleicht hatte er nicht mehr genügend Tee oder er wollte Mutti noch mal sehen oder er wollte Mutti stören.
Der Gasherd steht rechts am Bett, vom Paravent verdeckt. Auf dem Gasherd kocht Wasser. Das Wasser kocht über. Es löscht die Gasflamme aus. Das Wasser hört auf zu kochen. Barbara nimmt die Hand von Hallelujas Hals.
Im zweiten Stock kommt aus dem Lichtschacht durch das kohlenschüttengroße Fenster genug Licht, um die Farben auf den Papieren an der Wand zu erkennen, um die Rümpfe und Fratzen aus bröckeligen Ölkreidestrichen zu unterscheiden, um klarzukriegen, ob die blaue Flamme unter dem Topf brennt oder nicht.
Es ist hell genug.
Barbara und Halleluja können hören: Das Wasser kocht nicht mehr:
Sie sagen nichts.
Er denkt vielleicht an Mutti nebenan und an die Eier, die er hätte in das Wasser tun wollen, wenn es noch am Kochen gewesen wäre. Barbara denkt an eine Freundin oder daß sie jetzt bald aufstehen muß, denn sie hat ein Rendez-vouz mit einer Freundin und dann gehen beide zu einem älteren Herren und spielen dem was vor. Halleluja denkt, daß es in letzter Zeit immer besser mit ihm gegangen ist, daß er regelmäßig die Pillen genommen hat und er nicht einmal mehr den großen Schluckauf hatte, das Lippenflattern, wobei halbabgeschnittene Wörter rumflogen, bis er mit Reden ganz aufhören mußte. Barbara denkt, daß es eigentlich doch nicht lohnt, daß jedesmal die Sekunde danach genauso ist, wie ihr die Männer sagen, daß die Sekunde danach sei – und, wenn sie es lange

genug nur mit Frauen gemacht hat, es keine Sekunde danach gegeben hat, sie doch in irgendeiner Bar hinter einen Vorhang rennt mit einem, auf zusammengerollten Teppichen liegt mit einem Mann und das lächerliche Wort ruft, mehrmals, das Wort, das ganz etwas andres bezeichnet als bei Pferden.
Die Mädchen sagen zu ihr:
– Deine Haare sind wie ein Pferdeschwanz.
Und der Mann später von ihr erzählt:
– Sie nahm eine ordentliche Pulle voll!
und daß sie ihn nicht wiedererkennt, zwei Tage später.
– Was ich besonders dufte fand, sagt Loddl.
Halleluja denkt, daß er bis gestern auch der Versuchung widerstanden hat, die Pillen nicht weiterzunehmen, um wieder zu sehen, wie es ist, wenn die Lippen wackeln und die Wörter kaputtgehen und er fällt und sich stößt und er vielleicht aufgehoben werden muß mitten in einem Krinken Leute und nicht mehr weiß, wo er ist und aufwacht und bereuen kann, er seine bespuckten Kleider wieder waschen muß und er dicke, helle, weitsichtbare Pflaster an die Schläfen und die Fingerkuppen geklebt kriegt. Einmal hat er ausgesetzt mit der Dosis, bevor Jäcki zum Schachspielen kam, aber sie dann doch schnell nachgeholt und alles ist wieder gut geworden und er wird nicht mehr fallen, nie mehr fallen und er wird immer der Versuchung widerstehen, fallen zu wollen und Barbara denkt, daß es in dem Zimmer keinen Luftzug gibt. Das kohlenschüttengroße Fenster kann nicht geöffnet werden. Sie denkt, daß es ihr egal ist und Halleluja sieht für einen Augenblick in der Luft den Kranz von Düsen des Gasherdes, hört das Geräusch des Gases, das an den Düsenrändern rauscht, erinnert sich, wie er Barbara mit hochgenommen hat, denkt, daß es wieder genauso war, wie er es immer wieder liest und im Kino sieht: dicht und eng und einfach und Wärme und Unausweichlichkeit und Verschmelzen und Hingabe, als wäre er kein Epileptiker mit Goldzigarettenspitze aus dem Kontor des Vaters, Halleluja, von dem der Palettenklatsch behauptet, daß er eine Zeitlang, um sich zu ernähren, die Mäntel seiner Kameraden abhängte und versetzte und der die neunzigjährige Alte aus-

nimmt und als wäre Barbara nicht das Mädchen mit den Mädchen und den Nummern vor sechzigjährigen Väterlichen. Barbara überlegt, ob sie mitgegangen ist, weil er die glattste Figur hat in der Palette oder weil sie die weinenden Friseusinnen, Verkäuferinnen und Straßenbahnschaffnerinnen nicht mehr ausstehen kann oder weil sie vielleicht, wie im Film oder in einem modernen Roman, ein Kind haben möchte, heiraten und eine Housewarmingparty geben.

Es fängt an zu riechen.

Halleluja:

– Willst du nicht das Gas abdrehen?

– Geh du doch.

– Ich auch nicht.

Das ist noch für Bock.

Dann denkt Halleluja:

– Aber sie macht es nur für Bock, und weil sie denkt, ich mein es ernst. Sie will mich nicht davon abbringen.

Sie denkt:

– Vielleicht will er gar nicht und möchte nur nicht feiger dastehn als ich.

Darum antwortet sie auch:

– Oder soll ich hingehen und es ausdrehn für dich?

auf seine Frage:

– Soll ich es ausdrehn? Hast du nur keine Lust aufzustehen?

Barbara denkt:

– Ist das nun wirklich eine dumme Spielerei mit dem Tod, so was unter Teenagern wie in dem französischen Film: Der Junge holt die Katze vom Sims.

Halleluja:

– So eine Geschichte wie in den Falschmünzern: Einer will vor Glück sterben.

Das kann Halleluja nur auf deutsch lesen.

– Es ist kernig, mit Barbara auf dem Bett zu liegen. Es ist eine Art Höhepunkt.

Aus Glück will Barbara nicht sterben. Das Wort Glück kann Barbara mit nichts in Zusammenhang bringen. Das Glück,

das, ohne die Sekunde danach, das beim Tanzen anfängt, bei ausführlichen Gesprächen mit einigen Berührungen, das, ohne Kaltwerden und ohne Abreißen, das dann, wenn sie Glück hat, noch zwei-, dreimal von vorne angefangen wird, dies Glück hat sie ganz vergessen, es blieben eben nur Hände und Gummi und Girlslippen und das andre, Glück nennt sie das auch nicht, so glücklich war sie dabei nie, daß sie sich nicht doch wieder nach Girls und Gummi und Straßenbahnschaffnerinnen gesehnt hätte.
Halleluja:
– Liegenbleiben, weil es doch das Beste war, jemanden in den Armen zu halten. Aber der meinte ja Jungens. Liegenbleiben, weil alles keinen Sinn hat. Weil es im Untersuchungsgefängnis eine Glocke gibt, in der Gefangene umgebracht werden oder weil ich mit meinem Vater verkracht bin oder weil man im Grunde zu sensibel ist, um das Leben überhaupt zu ertragen oder weil ich Mutti ausnutze.
Beide denken dasselbe, daß sie liegen bleiben, weil sie ziemlich gut zueinander gepaßt haben und keiner den anderen durch das Aufgespringe stören will und daß es überhaupt keinen Grund gibt, zu leben, wenn man auch sterben kann und ich erzähl es, weil Jäcki, als er hereinkommt und sagt:
– Bei euch riecht es aber nach Gas!
die Flurtür aufreißt
– Hoffentlich ist dieser Mutti nichts zugestoßen.
zwischen zwei Besuchen in der Palette – ich erzähl es, weil Jäcki eingreift und es klarkriegt, daß er eingegriffen hat, als die beiden im Bett zu lachen anfangen und einer sagt:
– Das kommt nicht aus Muttis Zimmer. Das ist hier bei uns.
Barbara oder Halleluja dreht den Hahn zu. Sie ziehen sich die Steppdecke über.
Jäcki setzt sich auf das Bett:
– Ich hab euch gestört.
Er versteht, daß er jetzt nicht hingehen kann und den Gashahn wieder aufdrehen und die Flurtür schließen und sich in die Palette setzen.
– Ich habe immer geschworen, ich würde nie der Polizei Be-

scheid sagen, wenn es wo nach Gas riechen sollte. – Aber Odette in Paris?
– Sie wäre ja nicht dran gestorben. Sie hätte nur zu kotzen angefangen und die Kinder gezwungen, Brei zu kochen. – Ich habe nicht gemerkt, was los war. Aber sie haben doch herein gesagt. Also wollten sie doch, daß ihnen einer den Hahn wieder zudreht. Wenn ich es nicht getan hätte, wären sie gestorben.
Jäcki geht wieder weg, aber nicht in die Palette. Er geht zum Mittagessen.
– Poststraße. Finkbetriebe. Rumpsteak.

33

SCHON WIEDER REIMAR RENAISSANCE-FÜRSTCHEN: Immer noch im High?
– Nein, heute überhaupt nicht.
Er will mit nach Hause zu Jäcki.
– Neulich hattest du gar keine Lust.
– Klar.
– Du bist doch im High.
– Nein. Komm, ich will bei dir schlafen.
Jäcki, der doch wieder in der Palette sitzt, obwohl er gestern gerade Barbara und Halleluja gestört hat, will lieber hier bleiben und nicht gestört werden zwischen hoch und down.
– Oder können wir nicht rumfahren ein bißchen?
– Du weißt doch, was dabei herauskommt. Dann ist es dir unangenehm.
– Nein. Hinterher gehen wir wieder schön essen, wie damals, als du mich eingeladen hast, als ich gerade aus dem Knast kam.
Im Wagen:
– Komm, wir fahren zu dir nach Hause und ich schlaf oben bei dir, Elbchaussee.
– Ich bin pleite.
– So mein ich das nicht. Ich freu mich, wenn ich bei dir rumsitzen kann und rauchen und quatschen. Es ist nämlich sehr gemütlich bei dir.

Sie fahren die Elbchaussee hoch und die Liana-Pozzilampen leuchten auf Reimar Renaissancefürstchens Gesicht.
Das Spätjugendstilaltersheim, das abgerissen werden soll, das kurz noch vermietet wurde, aufgeteilt zwischen dem Gebrauchsgrafiker und dem Handlungsreisenden und dem Versicherungskaufmann und dem jungen Paar aus der DDR und Irma und Jäcki, riecht nach Schwamm.
Der Vermieter heizt nicht, der sich als Vermieter vorgestellt hat, der Autoverkäufer. In Wirklichkeit ist der Besitzer der Vermieter. Der Autoverkäufer hat die Verträge nur unterschrieben, damit sie vor Gericht keine Gültigkeit haben. Der Besitzer hat sich ihnen als Besitzer vorgestellt, weil er schnell noch ein paar Monate Miete rausschinden will und dann die ganze Bagage fristlos auf die Elbchaussee setzen. In Wirklichkeit ist der Besitzer ein Fuhrunternehmer aus Harburg, den nicht einmal der Autoverkäufer zu Gesicht gekriegt hat. Dieser Fuhrunternehmer muß immer ganz schön abgestaubt haben, sonst könnte er sich an der Elbchaussee kein Grundstück kaufen – da darf nichts parzelliert werden und planen, ein schiefes FilmundFrauarchitekturbeilageklinkerhaus draufsetzen, nachdem er das Spätjugendstilaltersheim hat abreißen lassen.
Jäcki macht oben den elektrischen Heizer an.
Dann kommt es genau so, wie Jäcki gesagt hat. Reimar sagt auch nicht nein. Als Jäcki fertig ist:
– Das ist jetzt deine Tour, Reimar.
Reimar:
– So, ist das jetzt meine Tour.
Ihm macht es doch Spaß.
Reimar Renaissancefürstchen beim Waschen beobachten. Die Waschbecken sind noch von den alten Frauen drin.
– Man sieht es gar nicht, daß sein rechter Arm kürzer und magerer ist und daß seine Finger an der rechten Hand kürzer sind.
Schlafen.
Am nächsten Morgen begegnet Reimar Irma.
Jäcki stellt vor. Er geht schnell Kaffee machen in der Küche,

wo der Gebrauchsgrafiker schon sein Mittag vorbereitet mit der Frau aus der DDR.
Irma läßt Jäcki und Reimar einen Augenblick am Frühstückstisch alleine. Reimar sagt:
– Sie ist sauer, weil ich bei dir oben geschlafen habe.
Als Reimar mal raus muß, fragt Jäcki:
– Wie findest du ihn denn?
Sie findet ihn wirklich ganz hübsch und sehr sympathisch.
– Wenn du nun nicht mit mir zusammen wärst, könntest du dann mit ihm?
– Das kann ich mir nicht vorstellen.
Reimar Renaissancefürstchen kommt wieder rein. Jäcki sagt:
– Jetzt brauchen wir nicht länger mehr auf die Teller zu kucken.
Die beiden anderen müssen lachen.
Irma läßt Jäcki das gebrauchte Geschirr doch nicht raustragen.
Reimar sagt:
– Deine Frau ist kernig. Ich versteh dich nicht.
Manuel steht am Fenster, kein Stäubchen hat er auf der Elbvorortsjacke; wie aus dem Ei gepellt, nennt Jäckis Mutter das.
Manuel kapiert und lächtelt sich ein zwischen Irma und Jäcki.
Reimar Renaissancefürstchen zeichnet drauflos.
Jäcki fürchtet Manuels Urteil über die dreieckigen Atomgegnergesichter, über die Mutter mit Kind im Trümmerfeld à la In jenen Tagen und über Reimars abstrakte Kompositionen. Aber Manuel ist ganz geduldig und lobt sogar den einen Strich da und findet die Ecke ganz schön und findet es ganz aufschlußreich, wie das zu dem stößt.
Als Irma wieder hereinkommt und Reimar Renaissancefürstchen und Manuel doch zu Jäcki sehen, fragt er sich in den Blick der beiden hinein, ob das lange weitergehen kann mit dem Gleiten, den Hochs und Downs, der Schasserei und dem Geschaßtwerden.
Jäcki denkt an Irmas flatternde Lider am Altonaer Bahnhof und an das Taschentuchweiß über dem Grau des Mantels und

an die Entfärbung von Irmas Haut und daß man irgend etwas, wofür Irma weiter keine Worte hat, mit Liebe bezeichnet – körperliche Liebe, geistige Liebe, heftige Liebe, Liebelei, die geistliche Liebe zu oder von dem Herrn, denkt, daß Liebe anfängt mit Kennenlernen, wie weit lernt man sich kennen, was hat er getan, um sie kennenzulernen, was hat sie getan, um ihn kennenzulernen?

– Liebe als Pensum? Hörsäle?

Sie bildet sich ein, ihn zu lieben.

– Wie weit kennt sie mich?

Sie weiß, daß er gelegentlich abends mit Males nach Hause kommt und sie liebt ihn so sehr, daß sie nichts dagegen einwendet, trotzdem wird sie jedesmal ganz bleich davon, wie bei dem Abschied für kurze Zeit auf dem Altonaer Bahnhof und am nächsten Morgen beim Frühstück ist die Kaffeetasse die Welt mit allen ABCstraßen und Paletten, die sie ein paar Mal vergeblich anhebt, Jäcki denkt, daß sie alle hier, Irma, Manuel, Reimar Renaissancefürstchen und er selbst, auf das, was sie Liebe nennen – er sagt:

– Eigentlich liebe ich dich, wie ich nie . .

schlechter vorbereitet sind als die Apothekeranwärter auf ihr Apothekerstudium, wenn sie mit Abitur abgehen oder mit der Mittleren Reife.

Jäcki sieht Irma kleiner werden und runder. Ihr Rücken wölbt sich, ihre Beine schrumpeln zusammen, ihre Brust bläht sich auf und nachbleibt das Dordogneweibchen, daß er mit Örjan in Les Eyzies sah. Kurz vorher hatte Örjan sich in das Mönchsgrab gelegt – das war in Limoges, Irma nahm schwer von Jäcki Abschied zu dieser Reise am Altonaer Bahnhof.

Wieder einmal sieht Jäcki sich als das komische Plastikmodell, dem ein Busen wachsen kann, wofür ihm unten was abfällt und umgekehrt. Er sieht sich stehen in den kleinen Parks am Ausgang der fremden Stadt im Dunkeln, ehe noch die Bewohner alle im Bett sind. Immer ähnlichere Greisinnen reiten auf Mauleseln vorüber, immer wieder geht links ein schmaler von Steinmauern gefaßter Weg zu den Feigenpflanzungen hinauf und die Fischer mit den umgestülpten Gummischäften

kommen jedesmal vorbei und die Gruppe der drei Soldaten kommt, aus der sich einer löst und mit Daumen und Zeigefinger die Geste vollführt: Zaster, Mäuse, Lobi bedeutend – in Sesimbra Dinheros. Jäcki sieht sich im Laufe der Jahre die Fähigkeit verlieren, das Geschlecht zu unterscheiden. Immer mehr kleine Zitzen setzen sich an seinem Körper fest und immer mehr Öffnungen gruppieren sich in seinem Schoß und Oymel neben Dergl. Jäcki sieht sich mit achtzig, eine kreisrunde Leiche in einem KL, das von irgendeiner siegreichen Armee befreit wird.
Irma will fotografieren gehen.
Reimar Renaissancefürstchen fragt, ob er mit in die Stadt fahren kann.

34

DIESMAL STEHEN DIE MEISTEN: Es ist noch nicht die Zeit, wo man im Sitzen trinkt, wo man im Sitzen schläft. Sie stehen so dicht im ersten Raum, daß Jäcki sich durchwühlen muß. Im zweiten Raum auch. Da ist weniger Platz wegen der Séparées und des Kachelofens. Im dritten Raum stehen die meisten in der Mitte. Leere Stühle drumrum. Die Biergläser werden vor dem Hinausgehen auf den Tischen abgestellt und beim Hereinkommen wieder hochgenommen. Die Stehenden nehmen den Sitzenden nicht die Gemütlichkeit weg. Die sitzen sowieso auf dem Sprung, müssen gleich noch mal ins Büro oder Geschäft. Jäcki drängelt aus der Mitte im dritten Raum wieder weg, durch den Schlauch durch, an der Music-Box vorbei. In der Tür stehen zwei. Auf den Stufen stehen welche hoch. Die von der Treppe sagen was zu denen in der Tür runter.
Ein blondes Mädchen mit klarem Gesicht
– Kalendergesicht der Väter.
sagt es Jäcki auch, daß Reimar Renaissancefürstchen verhaftet worden ist.

35

ABENTEUER ZWISCHEN HANDRÜCKEN UND HANDFLÄCHE: – Warum ist Reimar Renaissancefürstchen verhaftet worden? denkt Jäcki, denkt, daß also hinter der Palette eine Gesellschaft wartet, die einfach Reimar Renaissancefürstchen verhaften kann in seinem Samtanzug und mit seinem Bart.

Jäcki sitzt schon wieder in der Palette.

– Ich bin überhaupt nicht frei.

– Das ist eine Sucht.

– Ich bin süchtig nach dieser Art von Unabhängigkeit.

Barbara trinkt in einem Séparée neben einer Bubikopfblonden.

Jäcki will Barbara grüßen. Dann läßt er es doch sein.

Barbara schiebt ihre Lippe vor, als sie Jäcki sieht. Das ist auch alles.

– Was sollte sie denn sonst machen? Sie würde mich mißverstehen und ich sie. Und all das Gemähre.

Igor setzt sich neben Jäcki. Erzählt was von Arbeit beim Fernsehen.

– Hast du mal eine Mark für mich. Gib mal einen Halben für mich aus.

Warum ist Reimar Renaissancefürstchen verhaftet worden? Hat er einen Mord begangen nach einem Satz wie:

– So, das ist jetzt meine Tour?

Einen Querelle-de-Brestmord? Und sitzt jetzt in einer Brestwestwallandschaft, wo die kleinen Tucken ihn bewundern?

Paul, Würstchen, Schaschlik, erscheint mit Ramonita.

Nach der Gasexplosion machte drüben ein Modengeschäft auf.

– Wo verkauft ihr denn jetzt euren Kram?

– Grindelallee.

– Arbeitet ihr immer noch zusammen?

– Ja, freilich.

– Reimar haben sie verhaftet.

– Ich weiß, sagt Ramonita. Er hakt den Schirm von seinem Arm ab und hängt die Krücke über die Séparéewand.

– Warum?

Vielleicht Spionage, Waffenschmuggel? Vielleicht hat er was mit dem Algerienkrieg zu tun? Er war oft in Frankreich. Oder er hat tatsächlich was mit seinem Bruder gehabt und das ist rausgekommen? Oder er hat ein paar Zähne laufen und sie sind aufgeflogen? Schnee vielleicht? Vielleicht hat er einen schwulen Rentner ans Tischbein gefesselt oder einem Grafen, der beim Türaufschließen war, einen Jutesack von hinten über den Kopf geschmissen und der Graf ist an seinem Gebiß erstickt?
Paul und Ramonita verabschieden sich. Ramonita windet sich noch mal durch. Er hat den Regenschirm vergessen.
– Warum hat Ramonita so wenig geredet?
Igor trinkt den Halben auf Ex, aber rülpst nicht. Rülpst später ein bißchen. Diesmal gibt es keine Fontäne.
Das blonde Mädchen mit dem klaren Gesicht geht vorbei.
– Bleibst du hier jetzt! sagt Igor.
– Hierher!
Sie stellt sich vor ihn hin.
– Kuß!
Sie gibt den Kuß.
– Heute abend bist du pünktlich bei mir, sagt Igor.
– Er muß was geahnt haben. Er wollte partout aus der Palette weg. Er hätte bei uns wohnen können. Ich hätte ihn noch über die Grenze gefahren. Aber er sagte nichts und wollte morgens mit Irma wieder in die Stadt. Da mußten sie ihn finden.
– Warum behandelst du sie so?
– Ich will dir was sagen. In meinem Leben mußte ich mich mal entscheiden zwischen schwul oder abgebrüht. Mit schwul meine ich sensibel und mit abgebrüht meine ich auf die Sadistische. Ich habe mich für abgebrüht entschieden.
– Das sagen die Abgebrühten immer: Ich bin nämlich sehr sensibel. Das Sehr fliegt wie ein Schwarm von Meerschwalben drei Runden durch die Palette und aus der Tür raus. Die Versuchungen Igors im Garten der Lüste. Igors Gesicht bleibt zurück, weiß, ohne die Schatten von den Flügeln.
– Wahrscheinlich stimmt das sogar, was er von sich behauptet.

Bin ich immer der Ganz-Sensible? Eh ich ihm seine Taschenentscheidung ankreide, sollte ich an ein paar Frauen denken in Lokstedt zwischen sechzig und neunzig. Ja, wenn man da nicht ein bißchen auf die Abgebrühte – wie sollte man denn überhaupt weiterleben? Igors Gesicht –
– Du Bock!
es paßt nicht zwischen Tschako und Uniformkragen.
– Das ist doch schon was.
Jäcki in der Palette: Zwischen Sensibilität und Abgebrühtheit. Die Palette ist jetzt seine Mittsommernachtshalde und sein Amazonas, seine Pariser Emmausbrüderschaft und seine New Yorker Untergrundbahn – in der Palette sitzen und gegen vier Uhr morgens zum Dammtor gehen und vor der Polizeiwache die taumatten Tunten gurren hören neben den Amseln – Abenteuer zwischen Handrücken und Handfläche.
Enoch fragt:
– Stimmt das, Reimar ist verhaftet worden?
– Ich war nicht dabei.
– Dann bin ich auch bald dran.
– Hast du Bewährung?
– Ja. Wenn sie mich jetzt hier finden, brumm ich eine halbe Ewigkeit. Bis das neue Fahndungsbuch raus ist, kann ich noch über die Grenze.
– Ich fahr dich über die Grenze. Kannst mich anrufen, wenn es losgehen soll, sagt Jäcki, der nicht wieder zu spät kommen will.
Dreitripper oder Viertripper – beim Wievielten ist er jetzt?
– rennt durch den zweiten Raum:
– Die Bullen! Razzia!
Enoch bei Jäcki unter die Bank.
Igor hat keine Zeit mehr, sich zu Jäcki rüberzusetzen, um Enoch besser zu decken.
Die Udls kontrollieren die Personalausweise, nehmen die Minderjährigen mit und kucken im dritten Raum unter jede Bank. Bei Jäcki im zweiten Raum nicht. Jäcki sitzt so alleine auf einer Bank, die für drei, vier bestimmt ist. Was sollte er denn mit seinen zwei Jeansbeinlingen verbergen können.

Barbara muß mit auf die Wache.
Als die Puzzen weg sind, ist Egon mit mal da:
– War hier eine Razzia?
– Wieso, wolltest du ein Bier ausgeben? sagt Igor und Egon haut ab in den dritten Raum und Enoch kann in aller Ruhe unter der Bank raus.
Auch Melchior, der Buckelmann im Fischgrätmantel, der es bei den Orgien immer so eilig hat mit dem Ausziehen, ist plötzlich da. Jäcki sagt noch einmal zu Enoch:
– Also, wenn du mich anrufst, fahr ich dich über die Grenze.
Jäcki geht. Das Gesicht des bubikopfblonden Mädchens ist immer noch naß. Die anderen mußten sie festhalten, sonst hätte sie Putz angefangen mit den Puzzen, wegen Barbara, ihrer Freundin, die abgeholt worden ist.
– Warum hat Reimar Renaissancefürstchen nichts gesagt? Vielleicht wollte er sich fangen lassen? Vielleicht wollte er eingesperrt werden?

36

WELSCH LIEDLEIN: Enoch ruft Jäcki nicht mehr an. Heidi hat ihn nach Kranz zu ihren Eltern gebracht. Er hing morgens unrasiert und mit einem blauen Auge vor der Palette rum.
In der Nacht gegen drei hat die Palette für Jäcki was Rabelaisiensisches. Etwas von Mettwurst meint Jäcki damit auch. Alles schwer und rauchig und baxig – die Wände, die Kleidung. Auch die Typen mettwurstartig.
Engelhardt Telemann, den Jäcki Raskolnikow nennt, von dem Reimar Renaissancefürstchen sagt:
– Er macht alles, was er will, ohne Rücksicht. Seine Mutter ist tot und sein Vater ist in der Lungenheilanstalt.
Jürgen Frühlingswind und Engelhardt Telemann sollen sich ganz plötzlich gegenseitig einen Schluck aus der Pulle genommen haben; Jürgen, die Schneeflocke, erzählt es voller Ergriffenheit – auch Raskolnikow Telemann erzählt es, aber nicht ergriffen, sondern peinlich berührt und um die Schuld auf

Jürgen abzuschieben – Engelhardt Raskolnikow Telemann ruft die Mettwürste auf:

– Wenn wir jetzt mal alle in den Botanischen Garten – fischen?!

Um drei Uhr morgens schläft der Stephansplatz im vorigen Jahrhundert – eine Postkarte aus Jäckis Omas Fotoalbum und Jäckis Opa macht als einsamer Polyp die Runde. Er und Jäcki warten auf Kutschen und Einbrecher mit Chapeauclaque. Des Altmodlers Hans Welt.

Am Drahtzaun des Botanischen Gartens spielen die geilen Igel.

– Sehr vorsichtig.

Urwald aus den Gründerjahren. Regendicke Blätter.

Arnim, Heidi, Viertripper, selbstverständlich der bucklige Fischgrätenmann, Do you know Basel, der immer dicker werdende, Halleluja, ohne Schluckauf, Barbara, Bernhardt.

– Nous étions vingt ou trente.

Engelhardt Raskolnikow Telemann führt sie.

– Brigants de même bande.

Das Liedchen, gerührt sur place gehört und dann mit Mühe während der norddeutschen Landwirtschaftslehre in Abschrift besorgt.

– Nous étions vingt ou trente
  Brigants de même bande.

Die Fische springen im Botanischen Garten.

Die Fische sprangen aus dem Fluß morgens. Die Lastwagen fuhren, fahren zu den Gemüsehallen, den Halles.

Vor dem Louvre weißer Nebel.

Zwischen den beschilderten Exoten des Botanischen Gartens weißer Nebel.

– Nous étions vingt ou trente
  Brigants de même bande
  Tous habillés de blanc
  A la mode des – vous m'entendez?

Aus der Seine, auf der die Kackbrocken an der Schaluppe vorübertrieben, sprangen die Fische. Jäcki wohnte drei Wochen auf dem Fluß, mit einem Flüchtling aus der DDR, der beim Terrorangriff auf Hamburg Kirschen im Alten Land gespach-

telt hatte. Jäcki veranstaltete Lampionbordfeste. Sie dekorierten das Deck mit Abfallnelken aus den Hallen. Regis Pector kam und Daniel Durieux und der dreizehnjährige Schlagersänger, den Edith Piaf einmal gelobt hatte, holten Jäcki ab und sangen, rahmten ihn singend ein, die Nacht hindurch, den Boulevard Raspail hinauf.
Nebel um die Palettler, deren schwere Kleider in das Weiße hinein ausfransen.
– Nous étions vingt ou trente
Brigants de même bande
Tous habillés de blanc
A la mode des – vous m'entendez?
Kamen im Morgenrouge zurück. Die Fische sprangen aus der Seine. Sie standen auf der Brücke und sahen das Schiff, vorne Nelken im Zinkeimer.
Oder der nächtliche Fischzug in Hennstedt zu den Kleiegruben, mit Stallaterne, um die Fische an die Wasseroberfläche zu lokken oder um die an der Wasseroberfläche schlafenden Fische zu blenden, wenn sie aufwachen, wenn der Kätscher eintunkt. Karauschen, Karpfen und ein Hecht. Im Expellersack an Land biß der Hecht die Karauschen. Dann versuchen Barbara und Halleluja im beschilderten Schilf vor dem europäischen Rasengras – das auch einen lateinischen Namen hat und Buchstaben mit einem Punkt dahinter und Müller, Meyer oder Krax an einer unpassenden Stelle – einige Zierenten zu fangen.
– La premiere volerie
– Voler heißt fliegen und stehlen.
Que je fis dans ma vie,
Die Enten fliegen vor dem Stehlen weg. Auch Jäcki kann keine halten. Die Gewächshäuser – Fleurop Metropolis – ragen noch von der Gartenbauausstellung her. Da wird die Flora verwaltet und die Samen rollen für den Sieg.
Heidi und Barbara schlagen die Scheiben der Mistbeete ein, nehmen von der Pimpinelle Abraxas und vom Rhabarber Abakadabra, Kerbel und Schnittlauch. Vier- oder X-Tripper will helfen und Jäcki denkt:
– Hau bloß ab. Zu Villons Zeit wäre dir das Ding längst abge-

fault und du müßtest dir die Radieschen von unten ankucken. Arnim schneidet Schnittsalat. Anne fehlt. Anne ist in Paris an der Seine emprès Pontoise.

Do you know Basel hat einen Kätscher und siebt den Botanischen Gartenteich durch.

Engelhardt Raskolnikow und Melchior tragen einen toten Schwan an einer Stange.

– Ich habe einen Schwan geschlachtet, sagt Telemann.

– Du Mörder! sagt Heidi. Du Mörder! Einen Schwan schlachten!

– Der Schwan ist auch grausam, sagt Engelhardt Telemann. Ich hatte Lust, mal Schwan zu essen.

– Geht ihr mit dem Schwan schon voraus. Wir treffen uns alle im Honkeytonkey, sagt Bernhardt.

– C'est d'avoir goupillé
  La bourse d'un – vous m'entendez?
  C'est d'avoir goupillé
  La Bourse d'un curé.

Barbara und Halleluja fangen statt Zierenten eine Schildkröte.

– Je l'ai porté pour vendre
  A la foire en Hollande.

Weg von den Lehrlärchen!

– Les Messieurs de Grenoble
  Avec leurs longues robes
  Et leurs bonnets carrés

Die Tunten sind zwischen Polizeiwache und Fundgrube für Bücherfreunde müde geworden, nachdem die Amseln geschluchzt haben zur aufwachenden Stadt. Spielen Haschmich nicht länger mit den Udls.

Am rotvioletten Horizont das Geräusch nach Sommermorgen. Ganz weit hinten, unten, werden Messer abgebrochen, Wagenladungen voll.

Jäckis Geräusche nach Sommermorgen:

Vier Jahre alt neben den tropfigen Hortensien stehen, auf Onkel Bruno warten zur Elbtunnelfahrt. Der ganze Hafen klirrt weit weg dahinten.

Oder mit acht: Die Tausende Flugzeuge und Vaueinsens und Vauzweis rauschen von unterm Horizont herauf – oder mit zehn das Gebrummel und Geboller der einrückenden Panzer, Kaiserfriedrichstraße. Der Horizont war aus Panzern mit weißen Sternen zusammengesetzt.

So früh am Morgen schon der Geruch nach heißer Dachpappe.

– M'eurent bientôt – vous m'entendez?

Arnim, Heide, X-Tripper, Do you know Basel, Barbara, Halleluja, Bernhardt und die Schildkröte warten auf die Bahn.

Die Nummern der Straßenbahnlinien sind geändert worden.

– Wann kommt die nächste Bahn?

Ein Mann mit Blumen im Papier.

– Bitte beeilen beim Einsteigen!

– Dritte Zone!

Maria-Louisenstraße.

Die Schildkröte macht Hallelujas Schoß naß.

– M'eurent bientôt jugé!

– Wird mein Hals wissen, was mein Arsch wiegt, so ungefähr.

– A pendre.

– Et aux gisans soubz les estaux
  Chascun sur l'euil une grognée.

– Du haut de ma potence.

Der Maulesel geht mit salzigen Haaren ins Gebirge, zu den Palmen und Mandeln und Feigenbäumen hoch. Er trägt Seebarsch und Kabeljau. Die Katzen laufen ihm nach, nachts. Ich höre die Hufschläge von weitem. Asphalt, dann Pflasterstein, dann Kalkfelsen. Der Fischgeruch im Milchgeruch.

– Villon: Den Verendenden, Sterbenden, Stöhnenden unter dem irgendwas – Schraubstock, mit Daumenschrauben an, eins auf die Augen geben. Fang nicht an. Laß!

– Du haut de ma potence
  Je regardai la France.

Die Fische sprangen vor den weißrosa Tuilerien aus dem Fluß. Im Honkeytonkey läuft die Schildkröte durch die gekachelte Küche. Halleluja will schlafen. Die Schildkröte bleibt klemmen zwischen Gasherd und Wand. Kratzt an den Kacheln. Halleluja kann nicht pofen. Igor kocht den Schwan dreimal. Er wird nicht weich.

Die Schrebergartenwege um das Honkeytonkey gehen gerade hoch in den Himmel.

Halleluja vorher noch in einer Kneipe. Da wurde morgens um fünf roter Sekt gesoffen. Ordentlich abgestaubt. Die Schildkröte unterm Arm. Halleluja schlachtet die Schildkröte und trennt sie mit Engelhardt Telemanns Rasiermesser aus dem Panzer.

Bernhardt kocht angebrütete Drosseleier und serviert sie vor der Schildkrötensuppe mit Ruß drauf. Igor hat kastenweise Bier rangeschafft.

Halleluja und Barbara lassen sich bedienen.

37

PALETTENABC: Do you know Basel wird immer dicker. Er reißt den weißen Rand von der Bildzeitung ab und sagt zu Jäcki:

– Jetzt spielen wir ABC. Ich brauch erst um fünf bedienen. Für jeden Buchstaben schreiben wir ein Wort auf. Zum Beispiel: A – Anus.

– Nicht Anus. Quatsch! Arsch.

– Alpha Romeo.

– Arsch.

– Gut. – B.

– Bunzlau.

– Brille. Baller. Borsche. Buick.

– Bigamie. Bütel. Bistro.

– Bummsen. Ballerina.

– Berenice.

– Was ist denn das?

– Theaterstück. Bügeln.

– Bummsen.

– Gut.

– C.

– Canaille.
– Cadillac.
– Auch ausländische Wörter?
– Klar. – Cadillac.
– Con.
– Cadillac. D. Dergl. E.
– Eumel.
– Schreibt sich, glaube ich, mit O. Erektion. Einbruch. Erektion.
– F.
– Findelkind.
– Fips.
– Was Unanständiges.
– Fliederbeere. G. Gonorrhoe.
– Gamla Staden.
– Group Sex.
– Goethe.
– Goebbels.
– Gorilla.
– Goreng.
– Das ist mit N. Nasi.
– Geschlechtsverkehr.
– Günther.
– Guadalquivir.
– Keine Erdkunde. Meinetwegen. Guadeloupe.
– Guadalquivir. H.
– Homosexuell.
– Austin Healey.
– Hortensie.
– Homosexuell.
– I. Introduktion.
– Was?
– Einführung.
– Introduktion. J.
Jäcki:
– Jäcki.
– Gut.

– K.
– Klistier. Klitoris.
– Konstantinopel.
– Kitzler.
– Kleopatra.
– L.
– Lakritze.
– M. Möse. Mercedes.
– N.
– N.
– Nittribitt.
– O.
– Oymel.
– P. Porsche.
– Qu.
– Qualle.
– Quasselwasser. R.
– R.
– S.
– Sack.
– Syphilis.
– Seibeln.
– Seibeln.
– Seibeln ist gut.
– T.
– Tonic.
– R ist noch offen.
– Riemen.
– T. Trippelfuge.
– Toilette. Tarnkappe.
– U.
– Uterus.
– V.
– Vaganten.
– W. Wally.
– Wagner.
– X.

– Xantippe.
– Xerxes.
– Wer?
– Oder der verliebte König. Musikhalle. In der schlechten Zeit. Als die Oper noch nicht wieder funktionierte.
– Xiss, xiss.
– Y.
– Ypern. Z. Zaster. Zampelbütel.
– Zarathustra.
– Zack, zack. Finish.
– X, Y, Z ist immer schwer. Auch wenn man für Kühe Namen finden soll. Jedes Jahr müssen die Namen von den Quiegen mit einem anderen Buchstaben anfangen. Die heißen dann Lauterkeit, Litanei, Obrigkeit, Xylophon.
– Für P könnten wir auch Preser nehmen.
– Gut, Preser.

38

ZUR GESCHICHTE VON JÄCKIS MITLEID: Gegen Abend, zwischen Gänsemarkt-Espressozeit und Lokstedtabendbrotzeit, in einem Raum, der nicht knollinternationaleingerichtet ist, auch nicht jugendstilig oder à la Halleluja mit Waschwasser in einem ölfarbengestrichenen Waschschüsselständer.
Ein hellgrau gestrichenes Bücherregal, Kerouac, Rühmkorf, Play Bach, Rechtsanwaltsstühle am zweiten Mittwoch im Dunkeln von der Straße geholt und neu überzogen, Bastteppich – dazwischen die Typen, außer den Palettianern auch andre, ein paar Verkäuferinnen und Lehrlinge, vielleicht raucht einer eine Mari, keine Orgie, zum Tee.
Es explodiert was.
Das denkt Jäcki nicht zuerst. Er denkt:
– Die Teekanne! oder:
– Ein Knallfrosch.
Aber die Stimmung hat aufgehört und es hat keine neue angefangen und Jäckis Gefühle beim Teetrinken und beim Reden

über das Schweigen von Ingmar Bergman werden abgelöst von den verlangsamten Beobachtungen der Schrecksekunde.
Gips flattert von oben runter. Die drahtbefestigten Strohmatten der Zimmerdecke. Das Gurgelgeräusch neben dem Bücherregal. Die Schnitte in der Hand. Der Gips im Tee. Das Blut am Henkel. Das Feuerzeug auf dem Boden. Paul fällt um. Die silbernen Strahlen in der Fensterscheibe. Das Umkippen des Tisches. Die rote Mahagonifärbung an den Borsten des Tischbeins. Sich den Bauch halten. Das Hochundniederhüppen.
Jäckis Mitleid ist fünfundzwanzig Jahre alt.
Hatte er Mitleid mit dem Herrn Jesus Christus am Kreuz? Mit Herodes, als er sich wälzte und schrie:
– Nicht auf mich!
Mit den Kriegsgefangenen, die durch eine Bandsäge gedrückt wurden?
Oder nur Angst?
Ihm tat der Grashüpfer leid. Die stumme Tochter von Apfelbach sperrte ihn unter einem Blumentopf ein. Sie hielt den Blumentopf etwas schräg, der Grashüpfer streckte seinen Kopf heraus. Sie klappte den Blumentopf wieder runter. Der Kopf des Grashüpfers war ab.
– Warum ist die Tochter von Apfelbachs so böse?
– Weil sie stumm ist?
– Kopf ab.
– Hüpft nicht mehr.
Weiteres Mitleid mit Tieren; mit einer Maus auf Sardinien, die in Benzin getunkt worden war.
Mitleid?
– Ich bin eine Maus.
– Ich werde in Benzin getunkt.
– Aber du weißt doch gar nicht, was für Nerven eine Maus hat.
– Und wenn sie dich in Benzin tunken?
Sie versuchte wegzulaufen. Dann wurde sie angezündet. Ein Zickzackblitz am Boden.
Mitleid beim Schweineschneiden, als Jäcki zusah, um festzustellen, ob er umfallen würde.

Mitschmerzen. Er fühlte selbst Schmerzen an den Eiern, als sie dem Ferkel rausgeschnitten wurden.
Vorher noch andre Mitleide:
Bei Fotos von Leichenhalden und von Erschießungen.
Mit der Tante, als der Onkel sie schlug. Die beiden sitzen beim Mittagessen. Der Onkel steht auf und geht an den Kleiderschrank und holt seine zweiten Hosenträger heraus und haut die Tante, bis sie Striemen hat.
– Die arme Tante.
– Der wütige Onkel.
Mitleid mit dem Zwerg bei Thomas Mann, dem die Zunge herausgeschnitten werden soll und dem aus Gnade nur die halbe Zunge herausgeschnitten wird. Mitleid mit Ilse Steppat in dem Film Ehe im Schatten.
Auf der Tramptour vor Kaiserslautern sah Jäcki zwei gelbe Füße unter einer Wolldecke herausstaken.
– Nur ein Lastwagenanhänger, dachte Jäcki und setzte sich voller Mitleid zwischen zwei Autostopversuchen an den Wiesenrain.
– Selbst, stellte er fest. Selbst für sich leiden. Ich sehe mich selbst liegen mit zwei gelben Füßen nach dem Aufprall des Lastwagenanhängers.
– Leid gegen andre. Für mich selbst.
Beim Geruch des Heus in Pierrevert. Der Mond über dem Val. Drüben töten die Bauernjungen von hier die Ziegen und die Schafe, um die Dörfer, bei den Babies beginnend auszuhungern, im Namen der Douce France. Binden den Arabern Drähte an die Klöten. Die Soldaten machen Erinnerungsfotos.
Andres Mitleid in Paris – mit Odettes Leid – mit der schwarzen Griet Odette leiden. Ihr Leid vor Beklopptsein. Das Mitleid mit dem Beklopptsein unter den Rouletten der Pomponette.
– Sensationsgier?
– Furcht auch einmal bekloppt zu werden?
– Que faire du social?
Oder einfach nur so Sensibilität, zu der Igor sich nicht entscheiden konnte?

Hier jetzt, bei den Rechtsanwaltsstühlen, die Jacke vom Tee naß, noch kein Mit- oder Gegenleid.
In den Rillen des Fußbodens fließt über die Plüster von Staub und Bröckel vom Fußbodenlack Blut.
– Nächste Woche wirst du tot sein. Auf bald, dein Mörder!
– Die krickeligen, verstellten Kinderhandschriften:
– La tua morte!
La main rouge, as ashes in my hand, in Algier in Taormina, in Chicago. – Der Bumms in Pauls Bude – auch so was?
Versickern in Grachten, neben den Häusern wo die Kaffeebohnen wohnen, im Freihafen blinken Gewehre, Schiffsladungen voll für Libre, Free, Lipp, Lieb, Pré.
Wer stellt es denn, Gott sei Dank, Gott verdammt noch mal her? Wer denn? Es geht in Weltkriegen raus über die Schweiz nach England oder von England über Finnland nach Rußland oder von Amerika über die Schweiz nach Deutschland oder von Deutschland über Spanien nach Marokko oder von Algier über Deutschland nach Amerika, nach England, nach Rußland nach Südafrika, nach Spanien, nach Algier.
Dingsdas Mutter getötet wurde und der Sohn des ermordeten Dingsda. Ein Bombenattentat auf Dingsda. Dingsda ein Beauftragter von Dingsda. Hans Henny Jahnn beschrieb das so schön mit dem Holzschiff und den Waffen in Särgen nach Afrika und Tutein hieß der Matrose und war in Angoulême gebürtig, wo es eine romanische Kuppelkirche gibt, die Violet-le-Duc verhunzt hat.
Stoff für Romane, wie die algerienfrequentierte, Pauls Schaschlikbude in die Luft fliegt auf Grund einer undichten Gasleitung – Gallévasen und Wunderlichs erschütternd, Konterspionagen, Kontrapunkte, Kunst der Fugen, Kunst der Ritzen, voller Blut – Moskau, Paris?
Palette mit den vielen Farben.
Der Arm des Plattenspielers bricht ab.
Warum trägt der Autor in die Palette das Heu aus Pierrevert und das in Wasser und braune Flocken geschiedene Blut der Toten, die fotografiert rotierten, bis sie dem zehnjährigen Jäcki zu Gesicht kamen in Lokstedt – trägt es in die Keller-

piesel nahe Hamburg Reeperbahn? Aber ist das nicht drin in der Schelmenpalette, zwischen Bierfontänen und Ninas, Platten, Jeans? Der Autor, der Erzähler und Aufzähler braucht nur eine Plastikfüllung etwas länger zu beobachten, der Aufschneider, und ein Gesicht etwas länger anzukucken.
Das Gesicht füllt sich mit Blut. Die schwarzen, gefitteten Locken an der Stirn werden gedoppelt von Blutaccrochecœurs, die Ohrringe kriegen tropfende rote Perlen, auf die eingedrückten Brillengläser spritzt Blut, Blut kreist die Augen ein, zeichnet neue Linien auf die Stirn, den weißen Blitz über den Knochen deckt das Blut zu, über die rote Schminke fällt das Blut, die Nase ebnet das Blut ein und das Gesicht wird zu einem Stumpf, Schenkelstumpf des Athener Bettlers, als man ihn amputierte, Kopf des Kalbes, als Arvid es mit der Forke erschlug, Kopf des Studenten im wilden Mann oder wilden irgendwas, den Wilfried beobachtete, als man ihn ausbandagierte und er sich erstaunt umkuckte und aus sich heraus alle Vertiefungen in seinem Gesicht mit Blut anfüllte – wie Jäcki es sich vorstellt, daß es bei den Folterungen aussieht, weswegen ihn der Duft des linden Heus in Pierrevert nicht freute, wie er sich die Folterungen vorgestellt hatte, als er das Stück spielte, in dem ihn der Dicke umbrachte, wie er sich die zugeknüppelten Gesichter in der Hamburger Glocke vorstellt – verschont bis jetzt er. Haut, Blut, Knorpel, ein Klumpen, der von innen heraus röter wird, ein Klumpen Tintenfisch mit weißen Wundrändern, wenn die Fischer die Mitte des lebendigen Tieres auftrennen und umstülpen, daß der Saft überquillt, während die Extremitäten sich rühren.

39

JÄCKI GEHÖRT DAZU: Jäcki geht beruflich vom Kunsthaus zum Künstlerklub Die Insel durch das Taghamburg.
Noch ist Ebbe am Hauptbahnhof.
– Um zwei zirka erscheint das Abendblatt.
Liebe gibt es bei den Zeitungsständen noch nicht und auch

draußen vor dem Eingang noch nicht, wos die Treppe runtergeht.
Um zwei ist die Mittagsstunde der Vorgesetzten zuende.
Der, der mit Bluejeansboys die Hausflure hochgeht oder der, der Mädchen nach dem Nachtisch anrempelt, den beiden ist es egal, ob sie von den gesättigten Prokuristen auf der Straße bei der Jagd entdeckt werden. Aber das sind auch Ausnahmen.
Es gibt sogar welche, die gehen schon vor dem zweiten Frühstück in die Herbertstraße zu den Damen in Glas.
Sonst wenig Jagden in der Schauspielhausgegend am frühen Nachmittag aus Angst vor dem Abteilungsleiter.

Jäckis Aichacher Mann mit dem weißen Bart häuft einen fetten Juli auf Hamburg. Die Plastikhemisphäre schwingt herum, das Wasser mit den Feulen schwappt im April heraus und dann füllt der liebe Gott Buttercrème hinein und kippt sie über den Hamburgern aus. Am Philosophenweg sitzen nachmittags die Berber neben dem Rentner, arbeitslos.
– Das war früher der Babyteich.
– Da schwimmen die Babies. Da hast du auch einmal geschwommen, sagte Jäckis Mutter.
Jetzt ist der Babyteich zugeschüttet und auf ihm tollen die Bernhardiner und die Schott'schen Schäferhunde und die Deutschen Schäferhunde, die Putzentölen, die Pinscher, die Spitze.
Die Berber unterhalten sich mit den Rentnern über die Rente.
Die ältere Frau setzt sich neben sie, weil sie im Augenblick nicht weiterkann.
– Es ist so drückend.
Jäcki geht an dem chinesischen Restaurant vorbei. Steht an der Fahrbahn, sieht den ungestatteten Weg über den Mittelstreifen, den nachts die tausend Tuntenfüße – Lombardsbrücke hin, Philosophenweg her, J.-F.-Kennedybrücke her, Babyteich hin – scharren.
Drüben bräunen die Hauptbahnhofstypen, die Akutotrinker und die Sanoligäng, spielen auch Ball und bemühen sich um

Raumpflegerinnen und Berber holen neben den violettfüßigen Schwänen den Schlaf nach, krank unter ihrer Bräune. Jäcki geht die Treppe bei der alten Lombardsbrücke hoch und die andre Treppe wieder runter, den Kachelgang längs, bei dem nackten Knaben von Künstler Fleer oder Scharff, auf dessen nackten Dödl es im Winter schneit.
An der Binnenalsterseite – vor der Esso flaggert die ganze Welt aus bunten Stoffstreifen auf hohen weißen Stangen – sitzen in- und ausländische Studenten. Die Oma und der Enkel füttern den schönen Schwan aus einer spitzen Tüte. Angler angeln Fische, die sich wer weiß wovon ernährt haben. Auch an diesem Rain gammeln sich die Stricher die für ihr Nachtschattenhandwerk wichtige Bräune an.
Studenten liegen in weißen Hemden wie in Heften, mit Heften. Die alte unordentliche Frau, die sich bis an ihre beige Unterhose sehen läßt, hockt auf einer zerknitterten Tragetasche. Schauerleute. Eine MitdenHändenarbeitenTasche. Das Paar aus der Palette, der Nilsholgersontyp und das Mädchen à la Beckmann. Nils und sein Engel leben von Tabletten und wohnen im Zelt in Bismarcks Sachsenwald. Beide spähen zum Rathausmarkt rüber, frisch high und dürr mit schimmernden Augen.
Dahinter Heidi, hebt den Kopf etwas an, sagt zu Jäcki:
– Tag!
Der Bergamottebirnenklang.
– Hast du welche, sagt Heidi.
– Was?
– Du hast doch sonst immer welche.
– Ich hab immer was?
– Ich dachte.
– Welche denn?
So gehört er schon dazu, daß sie sich ihm gegenüber nicht einmal mehr deutlicher ausdrückt, ohne Übergang gleich sagt:
– Tag! sagt:
– Hast du welche?
– Bonsoir, bonne pêche.
Dazugehören!

Jean Santeuil wird von den Fischern als Fischer begrüßt.
Der Décadent in der Bretagne.
Die Nachbarn in Hennstedt grüßen Jäcki auf dem Trecker – auf Treckern vorüberfahrend.
Dazugehören als Hilfspädagoge, als Kunstkritiker, als Vize, als Fischer in Sesimbra dazugehören wie Proust in der Bretagne.
So sehr gehört er dazu, daß sie sagt, weil sie es schon lange annahm:
– Du hast doch sonst immer welche.
– Was soll ich denn haben?
– Mensch, ich brauch ne Prelu. Ich hab keine mehr. Ich bin im dritten Monat.
– Ich hab überhaupt nie welche gehabt.
– Ich dachte.
Den Schaufelstiel fester packen, den Südwester ins Gesicht drücken, geradeaus sehen, mit Prelus an zu handeln fangen.
Sie dachte also, er kommt jeden Tag in die Palette, sitzt stundenlang, weil er eine gute Beziehung zu Apothekern hat oder zu einem sicheren Lieferanten aus der Schweiz, hielt ihn für süchtig oder nach Süchtigen süchtig wegen Geschäft oder aus Sucht, der nach dem Downhigh süchtig ist, ohne die Palette nicht mehr kann, von der Unabhängigkeit dort abhängig, nicht wegen Pillen, nicht mal wegen Bluejeansboys, nur süchtig nach dieser runden, schillrigen Kugel, der Sphäre Palette. Und jetzt hat die wegen ihres schwarzen Dresses und ihres ehemaligen Erscheines mit dem silberbesternten Schudl noch immer von Dekorateuren und Kindergärtnerinnen bewunderte Heidi ihn dazu gezählt, dazuer als er sich selbst, nous étions vingt ou trente.
Er sieht sich die Bewegungen des Dazugezählten machen.
– Proust in Langschäftern.
Das hört sich nicht nur an nach habillés de blanc und Messieurs de Grenoble und du haut de ma Potence reimend auf France, sondern auch nach Steingriff und Gigbande und Orden oder nach Thorwarts Bande Karlstraße 1943 noch vor dem Terrorangriff, nach Klassenkloppe und HJ, die Freude

der Mutter über den dazugehörigen semisemitischen Sohn, im Ortsamt dazugehören, im Tusculum, in der Emilienstraße.
– Bonsoir, bonne pêche, ganz schön, weit weg, lange her. Bretagne achtzehnhundertundkrug, Marcel Proust, Léon Daudet.
Jäcki verzeiht Proust sogar das Duell.
Heidis Wörter hören sich so nach einer Achselklappengemeinschaft an.
Jäcki an der Alster in den Early Sexties gerne der Weniger-Dazue.

40

BEI RAMONITA: Ramonita kommt, die gelbe Krücke des Regenschirms über dem Unterarm, auf Jäcki zu:
– Ich soll dir was aushändigen. Nicht jetzt. Ich hab es bei Oma Wimpel oben.
Sie gehen am Eingang zu Hallelujas Gasetage vorbei, beim Bohème um die Ecke, in einen kleinen Hof rein. Ein Hinterhofkrankenhaus, eine Kapelle, ein Luftschutzbunker, der mannshoch, Mülleimer vor der drucksicheren Tür. Gegenüber, im Herzen von Hamburg, drei Schritte von der Hauptfinanzkasse entfernt, eine Zeile Chaplinstummfilmslums. Dazu ein regnerischer Nachmittag. Die Fensterscheiben in den grauen Wänden spiegeln das kalte Blau des Himmels, das stählerne Blau, das eiskalte, das englische, das des Himmels.
– Warum hast du das denn nicht in die Palette mitgebracht? Was ist das überhaupt?
– Ich wußte nicht, ob ich dich treffen würde.
– Ich bin doch jeden Nachmittag da und bleibe wenigstens zwei Stunden.
– Ich wollte, daß du mal zu mir raufkommst.
Bei Oma Wimpel. Was ist denn das? Hinter jeder Tür ein Gammler oder zwei. Wenn man vorbeigeht, sieht man die Kluft und die Seesäcke. Nur bekannte Gesichter. Pennerheim Wimpelia?
Ramonita berichtet ausführlich von den staatlichen Briefen,

den farbigen, Unstatthaftigkeiten halber, betreffs Alimentationen, falschen Parkens, geplatzter Wechsel, Vorladungen, Pfändungen, Ausweisungen, zwangs . ., halber . ., den ganzen Briefkasten voll im dritten Stock bei Charly Chaplins Großmutter.

Oma Wimpel drückt den kaseinfarbenen Ramonita mit der seidigen Lordlocke an sich, um ihn rumzukriegen, Kohlen vom Dachboden zu holen. Er läßt sich drücken

– Meine liebe Oma.

– Du, Oma Wimpelchen, dazu äußernd, zwecks Mäuseleihens. Er braucht zwanzig Mark.

Sie will ihm Saft einschenken, das lehnt er ab. Sie kann sich nur schwer rühren.

Er holt ihr die Kohlen. Sie leiht ihm die zwanzig Mark.

– Hier wohn ich jetzt also. Ich bin ja noch nicht lange aus dem Knast. Soll dich übrigens grüßen von Reimar.

– Weißt du, warum er drin ist?

– Er hatte Bewährung wegen Einbruch. Neulich bei einer Fete vom Araber hat er ein Bandgerät abgestaubt. Der Araber war noch nicht high und blau genug, hats gemerkt. Gleich die Polizei alarmiert. Zwei Tage hat er sich noch halten können. Morgens um vier haben sie ihn aus dem Hansabuffet geholt. Er ist ohne weiteres mitgegangen. Meinen Fotoapparat haben sie auch kassiert.

– Warum?

– Weil ich Aktaufnahmen damit machte. Das darf ich doch nicht mehr.

– Warum warst du drin?

– Erpressung. Notzucht. Ich machte den Liebeskaspar. Nach einer Woche mußte ich dann jedesmal verreisen und wollte gerne zum Abschied ein Aktfoto von ihr mitnehmen. Wenn sie sich einmal hatte fotografieren lassen, mußte sie auch weitermachen, sonst hätte ich das erste Foto kursieren lassen. Das Ganze feiner und unauffälliger, als ich es dir jetzt erzähle.

– Ich dachte immer, du seist schwul.

– I wo, nicht die Bohne. Hier ein Brief für dich. Deswegen solltest du mit raufkommen. Übrigens, wenn du mal einen

interessanten Auftrag für mich hast. Ich kann mir jederzeit eine Kamera von Bekannten besorgen.
Kein Kassiber.
Kassiber hört sich nach dem Klicken von Gewehren an und nach Hafen, nach Schachteln.
Ein Brief mit Adresse. Steht Elballee drauf statt Elbchaussee.
– Ist er nicht von hier?
Ein lindgrüner Umschlag. Lindgrün – eine der Briefumschlagfarben der Freien und Hansestadt Hamburg.
– Die Einladungen zum Empfang des diplomatischen Korps sind weiß, rotgefüttert. Das Wappen der Hansestadt ist in den Umschlag gepreßt.
Dubout zeichnete Villon mit Champignons auf den Knien.
– Was man in Blois und Amboise zu sehen bekam, war nicht sehr einladend. Meistens nur für Gebückte. Sie haben sich die Haut von den Armen gefressen vor Hunger. Ein Cachot in Honfleur.
Jäcki war nie drin.
Neujahr. Widerständler aus der Hitlerzeit. Die warfen Flugblätter vom Kirchturm der Kleinstadt. Keiner, der nicht schon mal im Cachot gewesen war – außer Jäcki.
Was für ein Schock wäre es für die Mutter und die Oma, die betet für sein Wohlergehen.
Ob die Gebete helfen?
Die Frau, die ihn mitnahm, Lagny, Richtung Strasbourg, sagte:
– Die Welt besteht nur fort, weil es einige Menschen gibt, die beten.
Jäcki nur fortlebend, gehalten von den Fäden aus Stimme der Gebete seiner schwerhörigen Großmutter?
Die Schrift auf dem lindgrünen Umschlag ist sehr gerade.
– Eine Ufapalastschrift.
Hinten: Reinhold Behrends.
Nur große Buchstaben.
Zu früh aufgestandene Buchstaben reiben sich die Augen, stolpern zum Klo neben der Pritsche, zur Tür. Guckloch. Unter dem Guckloch am Dergl puhlen.

Im lindgrünen Umschlag ein gelblicher Bogen. Liniiert. Die Linien aus kleinen Punkten.
Unten Zahlen.
Die Nummer hat die Abstände an den falschen Stellen.
Das L von Lieber stößt an die Decke. Die Schrift hält sich gerade, aber sie ist nicht mehr richtig ans Gehen gewöhnt. Beim J ein Versuch, aus dem Fenster zu springen.
– Leider kann ich dir nicht, Komma, wie ich es eigentlich, die kleinen Punkte gehen weiter, neue Zeile, vorhatte, aus München, Komma, sondern nur aus Hamburg, neue Zeile, schreiben. Punkt. Aber hier bin ich gut aufgehoben, Punkt. Ich, neue Zeile, sitze nähmlich, mit h, mit h? im großen U, großes G, Punkt. Absatz. Ganz dünn und kleiner – der Kugelschreiber wollte nicht: Es ist furchtbar hier, Punkt. Man sitzt den ganzen Tag hier herum, Punkt. Absatz. Wunderbares Essen, Komma, träumt von Frauen. Punkt. Absatz . . viele große Leute schon, Absatz . . kleiner Gammler, Punkt. Absatz. Absätze . . dufte . . schreiben . . daß die Briefe vom Richter gesehen werden . . Enoch . . Absatz . . Punkt . . Enoch . . Absatz . . auch deine Frau . . Reinhold, kein Punkt.
– Er heißt also gar nicht Reimar.
– Hast du erwartet, daß er Renaissancefürstchen heißt?
– Reinhold Behrends, neue Zeile, Hamburg sechsunddreißig, neue Zeile, Holstenglacis
– Glacis!
drei bis fünf.
– Könnte ein zweistöckiges Vierfamilienhaus sein, das als Konsulat dient.

41

JÄCKI HAT EINEN BAMMEL VOR DER NÄHE DER GLOCKE: Reinhold Behrends, Holstenglacis 3-5.
Draußen. Hinten.
Aus dem Vierfamilienhaus mit Wintergarten der zweite lindgrüne Briefumschlag.

Vorne die Adresse. Elbchaussee diesmal. Jäckis Name verschnörkelt mit Stangen, Seilen, Schlangen, Ringen aus gewünschtem Zigarettenrauch.
Auf dem gelblichen Bogen oben noch einmal die Adresse und das Datum.
– Lieber Jäcki, hab vielen Dank für Deinen lieben Brief. Ich habe mich sehr darüber gefreut. Du bist der einzigste, der mir bis jetzt geschrieben hat. Nicht einmal meine Eltern haben mir geantwortet. Aber ich mache mir nicht viel daraus. Ich bin ganz froh, wenn ich mir diese Moralpredigten nicht anhören muß. Du möchtest wahrscheinlich wissen, weshalb ich hier bin. Ich bin im Herbst zu einem halben Jahr Jugendstrafe verurteilt worden. Diese habe ich gebrochen, weil ich nicht beim Bewährungshelfer erschienen bin. Pech gehabt. Besuchen kannst Du micht jetzt leider noch nicht, weil Du nicht mit mir verwandt bist. Später, wenn ich in der Strafanstalt Hanöversand, kannst Du mich sehen. Ich freue mich jetzt schon. Leider kannst Du Bücher und Zeichenmaterial auch noch nicht schicken. Das einzigste, was Du für mich tun kannst, ist, daß Du mir ein paar Zigaretten schickst (schlechtes Deutsch). Ich habe am 3. 9. Geburtstag und darf ein Paket mit Zigaretten und Lebensmitteln empfangen. Es wäre sehr dufte, wenn Du mir
Die gleiche Zahl unten wieder, die Sieben, die Zweiundsechzig, die Fünfzig, die drei Nullen, die Tausendsechsundachtzig.
– ein kleines Paket mit drei Packungen Stuyvesant oder noch besser zwei Packungen Rothmans King Size schicken würdest. Du mußt dann aber das Päckchen am selben Tag abgeben, an dem Du den Brief von mir bekommst. Thomas Manns Werke sind hier tatsächlich auch vorhanden. Überhaupt hat die Bibliothek hier ziemlich große Auswahl. Ich habe gerade Pasternaks Doktor Schiwago gelesen und bin jetzt an einem Buch von Gottfried Keller (Die Leute von Seldwyla), welches auch sehr gut ist. Mir schwirrt jetzt so viel verrücktes Zeug im Kopf herum, daß man bestimmt ein Buch daraus zustande bringen kann. Nun, mein lieber Jäcki, sei gegrüßt und laß bald wieder von Dir hören. Es grüßt Dein Freund Reinhold.

Leg bitte keinen Brief ins Päckchen. Nur eine Inhaltsangabe.
Die Palette riecht diesen Nachmittag nach Sott und Hafer und Papier. Nach kaltem Schornsteinfeger und nach der Spucke von Pferden und nach Büschen, unter denen Zeitungspapierstücke im Regen aufweichen. Nach den Schloten von Pinnasberg und den Flammen der Ölraffinerien Rosengarten gegenüber und den Raffinerien Moorkoppel, Hemmingstedt, nach den schaukelnden Bierfässern, mit Ketten am Wagen befestigt, die Wagen von Hannoveranern gezogen und nach den Frühstücksbrotpapieren Moorkoppel und Ostrohe.
– Wie riecht es jetzt im Untersuchungsgefängnis?
Jäcki bringt keine Zigaretten, wo Rudolf Augstein saß und wo die Gefangenen in der Glocke Dresche kriegen.
– Festgemauert in der Erden
  Steht die Form aus Lehm gebrannt.
  Heute muß die Pumpum werden,
  Frisch, Gesellen, seid zur Hand!
  Von der Stirne heiß . .
Raschie erzählt, auch im Fuhlsbütteler Gefängnis gibt es eine Glocke.

42

EIN BRIEF ANNES: Über Zeit noch einmal.
Die Fische, einer neben dem anderen, den Strand entlang, auf kleinen Wülsten, die mit der Hand glattgeklopft werden, aus Sand.
Der erste, der zweite, der dritte.
Die ZEIT jede Woche. Einundfünfzig Mal die ZEIT. Auf eine ZEIT sechs WELT. Wieviel Mal seit Jäckis erstem Besuch in der Palette?
Arnim hat einen Brief von Anne aus Paris bekommen.
Anne früher jeden Tag bemerkt.
Annes Abwesenheit täglich bemerkt.
Im Gesicht Arnims die täglich neue Abwesenheit Annes nicht mehr bemerkt.

– Kannstn mir übersetzen.
Wie viele Bildzeitungen gelesen zwischen diesem Brief und den letzten Gedanken an Anne?
Die Maschen aus Welt und Zeit.
– Weitmaschiger, möchte Jäcki denken. Denkt:
– Das ist falsch. Mehr Maschen gehen vorbei, ehe der neue Fisch kommt.
Die dicken braunen Fäden unter den Kiemen. Fische haben keine Lider.
Er erinnerte sich nicht mehr an das Melken vom Vortag. Wie der Melkmaschinenaufsatz montiert worden war.
Die Gänge in die Palette.
Wieder der. Wieder eine Lesbierin. Wieder eine Explosion. Wieder eine ZEIT. Wieder Reimar. Wieder Reimar Renaissancefürstchen nicht mehr. Wieder ein Brief von Anne zu übersetzen. Wieder Arnim. Noch immer Arnim. Noch immer nicht Reimar Renaissancefürstchen wieder. Wieder:
– Je t'aime toujours.
Wieder noch nicht ein neuer Selbstmordversuch. Wieder:
– Dis mon bonjour à Jäcki.
Wieder:
– Mein Liebling. Ich lerne Deutsch. Bald habe ich genug gespart. Lernst du auch Französisch, wie du mir versprochen hast?
Wieder:
– Comment vas-tu mon chéri?
Wieder:
– Ich umarme dich, heißt das.
Wieder übersetzen.
Palettenwieders wie der Sommer-Schnee.

43

ERST JÜRGEN, DANN IGOR: Oft beginnt das In-die-Palette-Müssen schon am Nachmittag, wenn die Büros noch nicht einmal zu haben und auf den Werften noch gearbeitet wird, wenn es noch nicht zwischen sechs und sieben ist und die

Prouststunde aufzieht, von der herabsinkenden Klunker Sonne über Hamburg gespannt, vor dem nachmittagsoffenen Gemüseladen, zwischen Wirsing und Mineralwasser entwickelt sich das Nachtschattengefühl und Jäcki fängt an zu laufen, kauft eine Hin- und Rückfahrkarte, steigt Sternschanze aus, sich einredend, daß St. Pauli am Nachmittag gemeint sei:
– Weil St. Pauli am Nachmittag aussieht wie Paris. Das meinte Alex auch.
Weitertrudeln mit absinkender Sonne näher ran an die Palette.
Die Einzeller steigen von unten hoch.
Noch ist es heiß.
Die Kömbuddel steht zwischen den beiden auf der Bismarckwiese und oben an den kantigen Genetmauern, wo die Exhibitionisten tagen, wacht Jäcki über die Polypen, die über die nach Zuguckern ausguckenden Exhibitionisten wachen.
Hüpfen, Husche! Haschen! Rausholen, zeigen, wackeln, reinstecken! Huhu! Kuck mal! Bei dreißig Grad im Schatten. Unter dicken Wolken. Kein Zephir.
Das Auge des Gesetzes rutscht auf Nachtwächtern aus.
Zeitlupenhuschhusch! Keine Blätterlein rascheln. Ui! Au! Der Zweig im Gesicht. Psst! Psst! Kein Fräulein. Hinterm Bismarck steht der Putz. Da steht Stefan George. Hu! Ps, ps! Pißt. Unten der Stacheldraht. Psst! Leise! Viel zu hell. Guck, kuck! Lautlos. Kein Fräulein geht mit einem für alle Fälle eingesteckten Regenschirm hier spazieren.
Stefan George bei der Hitze im Gabardinemantel.
– Einen Exhibitionisten Stefan George nennen. Für Alex war Stefan George das Ein und Alles.
Ein neuer Putz.
Stefan George weg.
Die losen Steinchen auf dem Asphalt der parkigen Anlagen knistern, wenn der Peterwagen vorüberschleicht.
War gar nicht Stefan George. Einer von den Akutotrinkern. Einer von der Sanoligäng.
Sch!
Der Senatscowboy reitet durch den Wald. Die Jasminblätter

fallen in die Schäfte seiner Stiefel. Der Akutotrinker kuscht nicht, winkt, glökt.
– Den kennst du, Frühlingswind.
– Ich bin der Frühlingswind.
– Nein.
Doch Stefan George.
Aber:
Jetzt wetzt der Letzt gehetzt, entsetzt, des Messers flitz'ge Spitz –
Stefan George wie der Onkel Schauspiellehrer.
geritzt, gewitzt, Wurflatz ge – ich weiß nicht mehr was!
der den Mädchen die klammen Kleider kleinlich klauen wollte, wenn welche Wicken weigerten.
– Auch so ein Asketenzug zwischen Mund und Nase.
Aber der Akutotrinker ist früh genug durch die Zweige davon, daß die Blätter nicht mehr klappern, als der Putz sie betrachtet.
Jäcki geht langsam hinterher, denn eine Razzia gegen Exhibitionisten fürchtet er nicht und nach dem Stacheldrahtslalom am Hang.
– Hier sind wir ja längs zu der Party im Hafenkrankenhaus.
trifft Jäcki auf Jürgen, die Schneeflocke, die Galionsfigur von vorne und hinten.
Jäcki ist es wegen Jürgens peinlichen Berührtseins peinlicher als Jürgen.
– Traust du mir einen Einbruch zu, fragt Jürgen.
– Nein, bestimmt nicht.
Jetzt ist es Jürgen schon wieder peinlich; aber Jäcki nicht mehr:
– Ich habe ihm doch gesagt, ich traue ihm keinen Einbruch zu.
– Ich stehe nämlich in der Verbrecherkartei – mit Foto.
– Das ist doch nicht weiter schlimm. Es gefällt mir sogar, daß du in der Verbrecherkartei mit Foto stehst. Bestimmt. Aber auf Anhieb würde ich dir keinen Einbruch zutrauen. Mundraub vielleicht. Einen Einbruch, weil du nicht weißt, wo du schlafen sollst, das auch. Du würdest höchstens einen Einbruch

begehen, um das neue Strafgesetzbuch zu bekommen. Nicht jeder ist in der Verbrecherkartei. Vielleicht ist es eine Ehre, drinzustehen, wenn du bedenkst, wer alles nicht drin ist wegen Amtsmißbrauch, Mord, Lüge, Raub, Folter, Massenmord, Meineid, Mißbrauch des Richteramts, Mißbrauch des Lehramts. Es ist wirklich eine Ehre, wenn du drinstehst, weil du einen Einbruch begangen hast.

– Ich habe nicht eingebrochen, sagt Jürgen.

– Warum fragst du mich denn, ob ich dir einen Einbruch zutraue?

– Weil ich wissen wollte, ob ich mich mit einem Einbruch herausreden kann, wenn mich welche aus der Palette in der Verbrecherkartei entdecken.

– In dem Zusammenhang traue ich dir natürlich auch einen Einbruch zu. Wem traut man keinen zu? Überleg mal!

– Gott sei Dank, sagt Jürgen.

– Würdest du mir schließlich keinen Einbruch zutrauen?

– Dir nie?

– Nur was Schlimmeres?

Aber Jürgen freut sich so über das Zutrauen von Jäcki, daß er gar nicht zuhört.

– Weshalb stehst du denn in der Verbrecherkartei?

Das hört Jürgen:

– Wegen Uhraufziehens.

– Wegen was? – Dann müßte ja die halbe Welt in der Verbrecherkartei stehen.

– Nicht einfach so.

– Wie denn?

– Im Freien. An Denkmälern. Am Falkenstein. Wie der Wind. Husch, husch, sagt Jürgen mit einem Schlenker in der Stimme.

– Kannst du mir mal zwei Mark leihen, sagt Jürgen, weil ihm das im Moment weniger peinlich ist.

Jäcki geniert sich und überlegt, was er antworten soll:

– Ich bin schlecht bei Kasse. – Aber er entschließt sich zu dem Plumperen, Hilfreichen, Verletzenden:

– Hier hast du Zehn Mark und hängt auch noch dran:

– Du brauchst sie mir nicht wiederzugeben.
– Doch, du kriegst alles wieder, was du mir geliehen hast! sich ausrechnend, daß er von Zeit zu Zeit zehn Mark ganz gut von Jäcki, dems besser geht, gebrauchen kann.
– Wo wohnst du denn jetzt?
– Ich wohne wieder bei meinem Vater. Neulich war die Kripo da. Ich arbeite nicht mehr. Ich warte auf meinen Prozeß. Ich streune durch die Parks. Wenn ein schönes Mädchen vorbeigeht: O, Fräulein, hallo! Dann stell ich mich an den Baum. Guck mal! Huschdibusch! Am Falkensteiner Ufer hat mich die Kripo festgenommen. Ich wurde an den Tatort zurückgeführt. Das Fräulein war die Tochter eines Landgerichtsrats. Ich mußte mich da hinstellen, wo ich gewesen war, als sie vorüberging. Dann untersuchte die Polizei die Blätter an den Bäumen und den Boden. Die Polizei fand nichts, was mich hätte belasten können. Ich war frech und behauptete, das Fräulein hätte sich immer nach mir umgedreht, als ich beim Urinieren war und hätte herausfordernde Bewegungen gemacht und ich hätte mich immer in eine andre Richtung drehen müssen, um ihrer Aufdringlichkeit zu entgehen. Ich sollte der Polizei noch einmal genau die Stelle angeben. Aber ich sagte frech, ich hätte an verschiedenen Stellen mein Wasser lassen müssen und deshalb sei die jeweilige Urinmenge sehr gering gewesen. Ich gab ihnen vier oder fünf Stellen an und auf allen Vieren tasteten die Beamten den Boden ab und der eine sagt: Verdunstet oder gelogen. – Dann nahmen sie mich mit zur Wache und ich mußte meine Hose ausziehen und sie untersuchten den Stoff und die Haare an den Schenkeln und auch die Eichel und den Hodensack – wie war mir das peinlich – und obwohl sie nichts Belastendes finden konnten, wurde ich fotografiert und nun bin ich in der Verbrecherkartei – hallo, hallo! – Ich habe immer wieder alles abgestritten. Ich habe Blasensteine und so weiter. O Gott, wann kommt mein Prozeß. Und Globke kriegt Pension.
– Aber Augstein hat gesessen.
– Es wird immer schlimmer.
– Wenn du sagst, du hast uriniert, können sie dir nichts wollen.

– Gehst du in die Palette?
– Ich kann dich ja in die Palette begleiten, sagt Jäcki, als hätte er gerade eben die Idee.
Igor kommt vom Blutspenden aus dem Eppendorfer Krankenhaus. Es hat mit der Arbeit beim Fernsehen draußen nicht geklappt. Erstens kriegt er für das Blutspenden ein gutes Essen. Zweitens machen sie ihm einen Wassermann umsonst:
– Ich meine, daß ich den Siff noch nicht gehabt habe, das ist ein reines Wunder.
Drittens:
– Wächst das Blut ja nach.
und viertens verdient er genug Geld damit, um Tannenholz für eine Wand in seinem Atelier zu kaufen.
Jürgen fragt Igor.
– Traust du mir einen Einbruch zu?
Igor – trauen? Warum Jürgen etwas zutrauen? Jürgen einen Einbruch zutrauen? Jürgen einen Einbruch nicht zutrauen? Gerade Jürgen nicht? Gerade anderen außer Jürgen einen Einbruch nicht zutrauen? Igor? Durch seine Antwort zu verstehen geben, daß er Jürgen nichts weiter als einen Einbruch zutraut? Ihm schon am ehesten einen zutraut?
Igor antwortet was wie:
– Na ja!
oder:
– Dufte!
Jürgen erkennt nichts daran.
Igor würde das Bild sehen, würde vielleicht denken:
– Dufte, Jürgen! Einbrecher Jürgen. Jürgen, der Loddl. Jürgen, the Ripper. Wer hätte ihm das zugetraut! Verführer Minderjähriger. Überfaller Jürgen.
nicht gleich:
– Jürgen, der Büschepischerer.
– Vielleicht erkundigt sich Igor und die geben ihm dann Auskunft. Usch, wie würde Jürgen sich genieren.

44

RASCHIES SCHLAF: Jäcki geht über den Gänsemarkt. Beachtet an der Ecke die echten Gallévasen. Signierte. Die immer höher im Wert steigen. Beachtet gegenüber der Palette das neue Teppichgeschäft und das Modengeschäft über der Palette. Geht zwischen den violetten Mäuerchen, die er nicht mehr beachtet, vier oder fünf Stufen herunter. Jäcki hat sie nie gezählt und wenn er sie einmal gezählt hat, dann ist die Zahl längst wieder in seinem Kopf verkramt. Öffnet die Tür. Vergißt, daß er sie geöffnet hat, ehe er sie schließt. Grüßt Kitty hinter dem Tresen.

– War gestern Kitty da?

Die Music-Box steht an derselben Stelle.

Raschie schläft an dem Tisch vor dem Kachelofen.

Jäcki weiß nicht, ob Fische schlafen. Fische können die Augen zumachen. Wenn sie tot sind, legen sie sich mit offenen Augen zur Seite oder schwimmen mit dem Bauch nach oben. Nachts bewegen sie sich weniger im Aquariumwasser. Wenn die Tür aufgeht und das Licht angeknipst wird, schwimmen sie weiter, ohne aufzustehen oder an den Ketten zu reißen wie Kühe.

Haben Kühe Lider?

– Pferde schlafen mit offenen Augen. Ich habe nicht darauf geachtet.

Hunde träumen. Hunde haben Lider. Hunde winseln im Schlaf und bewegen die Beine.

Träumen Kühe?

Kühe haben drei Mägen oder vier Mägen. Jäcki wußte das alles genau und jetzt hat er schon so viel davon wieder vergessen.

Die Frisur Raschies verändert sich durch das Schlafen nicht. Die Haare fallen wie sonst, gestrählt, gefittet. Das angestaubte Blond. Die Haare kleben in Bündeln zusammen. Der Taschenkamm hat Löcher.

Der Atem ging unregelmäßig beim wachen Raschie.

Das Stück Gesichtshaut des schlafenden Raschie.

Um die Augen die Haut – aufgeweicht vom Schlaf.

Ob Fische träumen?

Jäcki erinnert nicht, ob die Schäferhündin die Haut im Gesicht verkrampfte während des Schlafens oder lockerte und beim Aufwachen wieder verkrampfte.
– Ich will keine Zyklen. Nichts wiedererkennen und erinnern. Gerade eben das tägliche Palettegehen. Im Übrigen abgelöst. In den Alpen die Wiedersehensträume. Die Vorwegnahme des Abschieds von der Hündin und die Träume vom Wiederkommen nach vier Jahren und die Hündin erkennt ihn wieder.
– Die Hundewiedersehensgeschichten sind immer rührender als die Menschenwiedersehensgeschichten.
Jäcki tritt ein in das Teleplasma seines Dösens, setzt sich zur halben Ruh in der Lissabonner Boscherbse seines Dösens. Um ihn herum wuchert der Palettengarten. Er aber ausgespannt zwischen High und Down, ohne Schmerz und Schnee ruht lidoffen – so viel wacher als halbschlafend, daß er den Schlafenden neben sich als Schlafenden sieht und über die gallertige Sphäre, in der er sitzt und Raschie ankuckt, fliegt Marlene und hält geschwänzte, gotische Majuskeln zwischen ihren Händen, aufgereiht zu der Zeile:
– Sag mir, wo die Männer sind.
Raschie wirft sich hoch im Schlaf, lehnt sich nach hinten an den Kachelofen. Dies Schlafgesicht, Raschie der Konfirmand, Raschie mit der Babynase und dem Kalbslid. Abgefallen ist von ihm der Drogist, von dem der Räuber abgefallen war. Raschie ohne seine Witze, der Dummie Raschie, Raschie von weither – die Nase mit bißchen Schnodder, der das Atmen hindert, die geschlossenen Augen, die halbgeöffneten Lippen. Jäcki sieht Raschie früher einmal durch die Sphäre des Dösens, sieht Partikel herunterrieseln, den Rauch fallen auf Raschies Haar, hört die Stimmen von der Wasseroberfläche her, sieht auch den Glasfutterring oben. Mit gemusterten Schuppen schwimmen sie an ihm vorüber. Jedes Kleid schließt an das vorhergehende. Große blaue Scheiben legen sich unter dem Geäst der Korallen zur Ruhe. Schräg fächern sie sich ein in die Höhle aus der toten Muschel. Schwimmende Augen aus Schuppenmustern. Die großen Schmetterlinge unter Wasser falten die Flügel zusammen und schlafen, ohne sich auf den Sand des Aquariums zu

stützen, Lehmweg, wenn Jäcki aus Lokstedt kommt und zum Bahnhof Holstenstraße geht. Die Uhr an der Kirche Holstenstraße hat immer noch keine neuen Zeiger. Raschie sitzt in seiner eigenen Höhle, deutlicher als der weiße Fingerfisch oder der Wels, der den Finger abbeißt, wenn die kleine Schwester die Hand in das kostspielige Salzwasseraquarium hält. Als Raschie aufwacht, wird er zuerst der Drogist, dann der Drogist am Freitagabend im Top-Ten, dann der, der einmal einen Knebel befestigte, dann der durch den Strafvollzug geläuterte – bim, bam, bum – festgemauert in der Erden, steht die Form aus Lehm gebrannt, heute muß die Pumpum werden flink, fest, schnell, feste, feste – dann der, dem es schlechter und schlechter geht:

– Wenn man am Sonntagmittag aufwacht mit noch drei Mark und weiter nichts zu essen. Damals noch Chance. Ich begegnete einem, der hatte gerade einen Automaten geknackt. Zwei Konservendosen. Ich sag: Komm mit, kannst bei mir pennen. – Wir haben die Konservendosen geteilt. Der knackt immer weiter Automaten. Dabei arbeitet er. Damals hatte ich noch die Wohnung von meinem Bruder. Gib mir mal ne Mark. Jetzt geht es mir schlechter. Jetzt hab ich auch die Wohnung nicht mehr.

Jäcki macht das Fenster in der teleplasmatischen Erbse auf und langt zwei Mark heraus, wobei er sich fragt, ob der Gefallen, den er Raschie damit tut, wirklich doppelt so groß ist wie seine eigene Befriedigung über die Wohltätigkeit. Jäcki ist froh darüber, daß Raschie sich nicht bedankt.

45

OFF: – Anne hat sich in Paris mariiert. Mariée. Irgendwas. Arnim zeigt Jäcki den Brief nicht.

– Verheiratet.

– Wußte ich auch so. Ich zisch jetzt los.

Arnim haut ab.

– Tschüß!

Hat die Lampen offen. Blaue Jungens von de Woderkant –

Zitter, Zitter – Junge, komm bald wieder.
Mit seinem Kellnerbuckel durch die Tür. Die paar Stufen hoch. Ahoi! Räumt Karl-Muckplatz einen Süßigkeitsautomaten aus. Bei Konkret um die Ecke.
– Taxi!
– Schuppen 19.
– Do ist mol . .
– Mariée!
– to Californio – io – io!

46

CARTACALO/LAS BESTANDTEILE: Ganz spät, als es sich schon entschieden hat, wer hinten schläft, wer vorn, weil er Mäuse hat, säuft, wer mit welcher im Elektrizitätslichtschatten in dem dritten Séparée knutscht, als Jäcki allein am ersten Tisch im dritten Raum sitzt, unisexuell, kommt Leuleu mit dem langen Schal.
So kam er das erste Mal, Jäckis Dream von großmütiger Violence, mit dem langen Schal, der weiße Neger und intelligent, als er seine Geschichten erzählte:
– Wenn mein Vater unten ins Haus kam, konnte ich es oben in meinem Zimmer nicht mehr aushalten.
– Ich sprang aus dem Zug, weil sie mich als Kriegsdienstgegner an der Grenze verhaften wollten.
Filme.
– Auch so ein sensibler . .
Und Jäckie aus seinem Herzen keine . . und Leuleu das Bier von Jäckie nicht ausgegeben haben wollte, er es nur trank unter der Bedingung, daß Jäcki nicht glaubte, ihn durch das Bier zu . . Jäcki sagte, daß er wüßte, für ein Bier . . und er Leuleu überhaupt nicht für Geld. Und Leuleu nach dem fünften Bier gestand, daß er schon mal für Geld, als er nichts zu essen hatte. Jäcki sagte, daß er das nie von ihm gedacht . . und er es eigentlich von Leuleu . . Leuleu von sehr großer Kälte sprach.
– Trotzdem, sagte Jäcki. Wenn ich dich auch gerne getroffen hätte, ich einen großen Schein in der Tasche und du ohne Man-

tel und ohne was zu achelen und ich dich nicht und niemanden deswegen verabscheue, im Gegenteil – trotzdem verabscheue ich es, daß du für bestenfalls zwanzig Mark und weil du nichts zu achelen hattest. Hast du es denn noch mal?
Und Leuleu nein sagte und Jäcki wußte, daß er den einzigen weißen Neger nie kriegen würde, daß er ihm nie begegnen wird ohne Mantel, im Winter und nichts zu achelen und bereit, für zwanzig Mark . . wenn Leuleu auch zugab, daß es ihm nicht besonders unangenehm war und er sich nur gewundert hat, daß man keinen Durchfall . .
– Den, der kein zweites Mal wollte, kriegt man nie.
Und Jäcki doch Leuleu jedesmal wieder die doofsten Pirouetten vorflattert, ihn antastet:
– O, was hast du für schöne Beine, Schultern, Hüften, Ohren, Lippen, wie ein Neger.
Bei der zweiten Begegnung saß Bruno in der Palette, haute Jäcki auf die Schulter, wollte ihn zum Bier einladen. Jäcki floh vor Bruno, wegen dem er nachts stundenlang mit schwarzen Schiffen die Elbe längs um die Wette gelaufen war – schneller an das Kellerfenster kommen, hinter dem Bruno schlief. Bruno machte nicht mehr auf.
Jäcki saß zwischen Bruno und Leuleu und Bruno haute ihm auf die Schultern und das eine Elend hob das andere auf.
– Komm mit, Leuleu, geh mit mir ein Bier trinken, woanders.
Jäcki hätte es zu jedem anderen auch gesagt, denn er wollte sich nicht länger von Bruno auf die Schulter hauen lassen. Und Leuleus Gegenwart würde ihn daran hindern, wieder in die Palette zurückzulaufen.
Jäcki erzählte Leuleu nun einen Film von sich. Den Brunofilm.
Leuleu sagte nicht viel dazu.
– Vielleicht ekelt er sich davor.
Jäcki denkt jetzt, als Leuleu mit dem langen Schal wieder vor ihm steht:
– Vielleicht war er eifersüchtig.
Die dritte Begegnung.

Leuleu:
– Neulich hätte ich dich beinahe angerufen.
Jäcki:
– Weshalb?
Leuleu:
– Weil sich Ulrike nicht um mich kümmert. Ulrike kümmert sich nur um Mädchen. Ich steh vor einer Mauer, die ich nicht sehen kann, weil Ulrike sich eben nicht um mich kümmert.
Dann kam Leuleu doch mit. Lächelte sogar ein bißchen verdrängt, jibberig vor sich hin, als sie bei Springer rumgingen, ältlich, der noch nicht zwanzigjährige weiße Neger.
Die dritte Begegnung war die mit dem vor Leidenschaft klappernden Sprungfederrahmen, daß Jäcki immer Angst hatte, die Flüchtlinge aus der DDR würden etwas merken.
Wenig Bewegung in Leuleus Gesicht. Wenig Bewegung danach.
Vorher wollte Leuleu noch Schach darum spielen. Darauf ließ Jäcki sich nicht ein.
– Vielleicht auch nur, weil ich eigentlich nicht gerne Schach spiele.
Sie schenkten sich hinterher was. Eine Kindheitsmarmel oder ein Buch oder was. Eher um die Lücken zu füllen.
Jäcki will Leuleu diesmal Cartacalo/la zeigen.
– Nicht in einem Zimmer mit ihm allein. Bitten. Und innen drinnen tut alles weh. Und die Spucke nicht runterkriegen und die gebildeten, humanen, innerlichen Erpressungen, die feinen vom Mysterium der Liebe. Die Ungenauigkeiten.
Nochmal den St. Pauliweg ins Cartacalaland mit dem gewaltigen Leuleu, der seinen Schal draußen über den Duffle geschlungen hat, der Jäcki herausfordert die St. Paulientfernungen anzufüllen mit zusammenhanglosen Gesten im Zwitterlicht.
Der ganze Abend voller Einfälle:
– Wollen wir zu Pitt rauf?
Die Nutten lassen sie nicht durch.
– Doch, wir besuchen einen Freund, der hier sein Atelier hat.
Aber Pitt ist nicht da.

St. Paulihinterhöfe. Klo im Souterrain.
Leuleu muß mal.
– Ein Mann pinkelt nie allein, sagte Harald.
Harald ist tot.
– Komisch, morgens, wenn ich aufwach, muß ich immer einen sausen lassen, sagte Harald und ließ einen sausen.
Nicht an Harald denken neben Leuleu, der seinen Lockenprinzen abschirmt.
Vor dem Kuriositätengeschäft hebt Jäcki Leuleu in die Luft und Leuleu hebt Jäcki in die Luft und Jäcki Leuleu und fühlt Leuleus Body hinter Schal und Duffle und die Dampfer tuten zu der Chagallgeste und den Alligatoren fällt der Staub nicht von den Glasaugen.
– Besichtigung des Schrumpfkopfes fünfzig Pfennig.
Drüben sprühen die Elektroden.
Jäcki will Leuleu mit Cartacalo/la zusammenbringen.
– Sie tritt heute abend nicht auf. Krank. Oder sie hat Schwierigkeiten mit ihrem Haus.
– Wann kommt sie denn wieder?
– Weiß ich nicht.
Leuleu sieht Cartacalo/la als einen Zwilling zu seiner Ulrike, die ihn nicht ranläßt. Mit kurzgeschnittenen Haaren und Haut, von der er nicht weiß, ist es Männerhaut oder Frauenhaut. Mit Ulrikes Augen, die Leuleu
– Du hast Krokodilsaugen, Leuleu, sagte Jäcki.
anstarrt, bis Ulrikes oder Cartacalo/las Augen sich öffnen und Leuleu hereinlassen und weißbrausend über ihm wieder zusammenschlagen.
Cartacalo/la als Ulrike, in der Leuleu, ein weißer Neger, wohnt. – Was nicht wie Ulrike an dieser Cartacala ist, das könnte wie Jäcki sein. Einfach so wie Jäcki!
Jäcki sieht in Cartacalo/la die große Schwiegermutter.
Als Schwiegermütter erschienen ihm die Transvestiten, wenn er zwischen Abendmelken und Abendmelken mit Liana Pozzi in der Barzelona saß.
Jäcki, Leuleu, Ulrike, Cartacalo/la überschneiden sich.
Alle enthält Cartacalo/la:

Jäcki, der vergeblich Leuleu anfaßt. Leuleu, der vergeblich Ulrike anfaßt. Ulrike, die jeden Tag viel zu viele Orangen vor der Kassiererin des Supermarktes in der Osterstraße einpackt. Und Irmas Schrei, den Jäcki aus ihr rausgeoymelt hat, den Mordsschrei, der sich anhört wie der Schrei von Lauterkeit oder Munterkeit auf der Weide, wenn sie kalben sollen, der alle die Wirtschaftswundermieter im Altersheim an der Elbchaussee erschreckt. Sie drehen sich auf die andre Seite und denken beim Wiedereinschlafen:
– Der Jäcki, also der.
Jäcki denkt:
– Ich dergl eine Frau!
Jäcki sieht Cartacalo/la in einer Villa in Stellingen sitzen mit grauem, onduliertem Haar, neben sich einen Setter. Sie ruft den distinguiert aussehenden Gärtner.

47

DER AUTOR DENKT SICH NUN NOCH ETWAS ÜBER DAS UNKONVENTIONELLE EIGENHEIM AM RANDE DER STADT AUS: Ich sehe, wie Cartacalo/las Eigenheim am Rande der Stadt zwangsgeräumt wird. Den Vormund, den Obmann der Kleingartenkolonie Maiglöckchen, den Amtmann aus dem Ortsamt Stellingen, die Psychologin von der Gesundheitsbehörde, den Vollstreckungsbeamten, den Peterwagen und die Peterwagenbesatzung, nein! die sechs Peterwagen und die vierundzwanzig Mann Peterwagenbesatzung und den Mann vom Abendblatt, von der Bildzeitung, vom Stern, vom Spiegel.
Und nun wird vollstreckt.
Wie wird vollstreckt?
Mit Anruf, wie bei Hirschen?
Mit Trommelwirbel?
Gesenkten Köpfen?
– Wir fordern dich auf, Ballettoman Otto Bröckelmann, dit Cartacala beziehungsweise Cartacalo, dieses dein unrechtmä-

ßig ständig bewohntes Behelfsheim Parzelle 237, Kolonie Maiglöckchen zu räumen!
Das Fenster ist mit schwarzem Tuch verhängt. Vor der großen, kaputten Scheibe – Holzbarren. Cartacalo/la öffnet nicht. Klopfen. Die Tür aufstemmen. Die Bewohner der Kolonie Maiglöckchen stehen im Krinken herum.
Cartacalo/la liegt im Bett. Nackt und dünn.
– Der Fakir.
Wie die Heilige Mutter Gottes vom Schwertfisch in Sesimbra.
Der Vollstreckungsbeamte und ein Senatscowboy aus dem Peterwagen tragen die sich nicht bewegende Cartacala durch die Märzluft.
Die Stare klappern mit den Schnäbeln.
Beim Aufbrechen der Tür tritt den Senatscowboys Cartacalo/la als Cowboy, als Zigeunerin, als Giraffe – springt vom Dach den Bullen als Atomtod entgegen, hinter sich vierzig Meter schwarzen Tüll. Cartacalo/la schreit zehn Jahre Briefe, Nachzahlungen, Zwangsausweisungen, gerichtskräftige Urteile, Entmündigungen heraus.
Cartacalo/la ist peinlich und nimmt keine Vernunft an und die Mitbewohner der Kolonie Maiglöckchen müssen wegsehen, da sie/er keine Vernunft annehmen will und auf die beruhigenden, sachkundigen Worte der Diplompsychologin nicht hört, die dann auch nichts weiter vermag.
Dann müssen eben leider letztenendes doch mal die Gummiknüppel herhalten. Das war der letzte Ausweg und in vierzig Meter blutigem Tüll wird Cartacalo/la zum Peterwagen gezogen, zum Ortsamt Stellingen transportiert, in die Ausnüchterungszelle gesperrt und ihre/seine Zwangseinweisung – wohin? – muß jetzt in aller Eile betrieben werden, da sein/ihr Zustand keine Einweisung in eine Heilanstalt rechtfertigt.
Cartacalo/la fügt sich.
Als Jäcki auf das Zelt an der Marne zuging, um den dicken Neffen und die dünne Tante umzuquartieren nach Plessis-Trévise, sammelte die dünne Tante einen schwarzen Lumpen in der Ecke des Zeltes auf und legte ihm zusammengefaltet zu der Milchkanne und dem Kamm. Jäcki schob den schwarzen

Lappen beiseite. Die dünne Tante sammelte ihn wieder auf. Jäcki versteckte den Lumpen im Gebüsch.
– Wanzen. Flöhe. Läuse. Milben. Schaben.
Sie stieg in Plessis-Trévise aus, trug ihren einzigen schwarzen Lumpen über dem Arm.
Aber soweit ist es ja noch nicht.
Warum sollte Irma nicht für die neue Wohnzeitschrift oder für Schöner Wohnen oder für Film und Frau fotografieren Cartacalo/las? Und es nicht gedruckt werden unter dem Titel:
Ein unkonventionelles Eigenheim am Rande der Stadt?!
Wie werden wir morgen wohnen? In Siedlungen unter dem Meer? In gigantischen Luftschlössern, die als Wohntürme ins Land ragen? Die Pläne werden immer verwegener. Die Wirklichkeit wird bescheidener sein. Wie sieht das Haus der Zukunft aus? Vielleicht steht es schon auf dem unkonventionellen Wohnhügel bei Stellingen. Etwa fünf Kilometer vor der Stadt entstand hier vor achtundvierzig Jahren die Kleingartensiedlung Maiglöckchen. Ein kühner Versuch. Doch wie wohnt man darin?
Cartacalo/las Garten hält noch Winterschlaf. Auf den folgenden 22 Seiten schmiedet er aber schon Frühlingspläne mit Ihnen.
Oben rechts: Auf dem großzügigen Rasen ist Platz für die ganze Familie. Eine unkonventionelle Anlage für den Ballettomanen Otto Bröckelmann, der Bewegungsfreiheit braucht und ein origineller Malplatz für Irène Meyer, die Herrn Bröckelmann ohne sexuelle Bindung absolut hörig ist.
Unten: Mit kleinen Einfällen werden oft verblüffende Wirkungen erzielt. Eierbecher und Weinpokale aus Großmutters Rumpelkammer stehen mit Sand und Asche gefüllt auf den originellen Gräbern der Ratten und Krähen. Die Staffelung in der Tiefe nimmt der Anlage die Langeweile üblicher Gärten.
Unten links: Eine unkonventionelle Reklame für Ambre Solaire, Matten und Flechtteppiche schieben sich kulissenartig vor die selbstgefertigte Gartento. Sie wirken dekorativ und sind praktisch.
Oben: eine rustikale Plastik von Irène Meyer schiebt sich pfle-

gefrei ein. Die gelben Pilze auf dem Rücken bieten einen reizvollen Kontrast zu den bräunlichen Farbtönen des verfaulten Holzes.
Mitte: Den Eingang bewacht ein grüngefaulter Teddy auf Dreirad vom Dach aus.
Unten: Die grünbemooste Plane bildet einen originellen Hintergrund für die funkelnden, strahlenden Habseligkeiten aus Straß, Pailletten, Glas und rustikalen Kordeln in hellen Farben. Die ca. 8 m^2 Wohnfläche sind ganz anders als üblich angeordnet.
Oben: In der Kernzelle des Hauses liegt die Küche.
Mitte rechts: Wer nur einen Raum hat, muß ihn gut nutzen. Deshalb steht hier kein gewöhnlicher Schreibtisch, sondern eine originelle Kombination.
Unten: Ein winziges kleines Extrazimmer . .
Mitte: Der Raum dreimal besser genutzt, mauserte sich zu einer Privatgalerie mit dem großzügigen Frühwerk von Irène Meyer, das in hellen Farben an der Decke und den Wänden verschimmelt.
Oben: Die Franzosen wissen es seit eh und je, Cartacalo/la und Irène Meyer, die in dieser Beziehung spartanischer gelebt haben, stellen jetzt auch begeistert fest: Auf Diwanbetten liegt sichs viel bequemer.
Oben links: Die bei der geringen Stromspannung nur leicht glimmende, unkonventionelle Heizsonne steht auf dem Volksempfänger, der schwarzlackiert ist wie der großzügige Rahmen des Künstlerspiegels.
Mitte: Auf dem niedrigen Schränkchen neben dem Bett ist Platz für allerhand Schnickschnack, das altmodische Flugzeug z. B. mit dem Hakenkreuz, eine Erinnerung an die Kollegin Isabella da Branco, die nach der Befreiung aus dem KL mit ihrem ehemaligen Wärter in Berlin herumzog – und vieles andre Originelle mehr.

48

ZWEITES PALETTENABC: – A. Adenauer. Ausschnittling. Anchovis. Achelen.

– Arsch. Arcimboldi.

– Arsenik.

– Arsch.

– Das hatten wir schon mal.

– Armut, Auster.

– Achtung. Abtreibung.

– Auster.

– Auster. B. Bummsen.

– Hatten wir schon. Beans.

– Bohnen.

– Berber. Baisse. Blech.

– Balletti. Bier. Beutelratte. Bartholomäus.

– Bartholomäus. Cäsar. Cinzano.

– Cadillac.

– Hatten wir voriges Mal.

– Camembert.

– Coitus.

– Dergl.

– Hatten wir auch voriges Mal. Duckmäuser.

– Was?

– Duckmäuser.

– Ach so! Dromedar.

– Danzig. Drainage.

– Dollbaby.

– Dufte.

– Dörflich.

– Dumpf.

– Doppeln.

– Distichon.

– Dauerwelle.

– Dallas.

– Dallas.

– Esechshundertfünf.

– Erbsen. Erektion. Hatten wir schon. Erbse.

– Erbse.
– Einbruch wäre auch gegangen.
– Freud.
– F.
– Firmament. Franzosen. Foltern.
– Fatima.
– Fatima.
– Glöken.
– Glöken.
– Harvey. Hoppedi Balletti.
– Homosexuell.
– Hatten wir schon voriges Mal. Ham and Eggs.
– Homos.
– Homos. Inder.
– Inder.
– Juden.
– Judenfriedhof.
– Israel.
– J.
– Jaffa.
– Knacken.
– Kochemer. Kiez.
– Kies.
– Kiez.
– Kiez.

Schudl säuft am Tresen. Dreht sich rüber zur Music-Box, wo Do you know Basel das zweite Palettenabc neben Jäcki aufschreibt.

– Habt ihr Sissi gesehen?
– Nein. Bist du nicht mehr mit ihr zusammen.
– Aus ist der Goldtraum, tanderadei! Sie hat bei mir zuhause alle meine Platten geklaut. Weißt du, Bird und so, seltene. Bekommst du heute gar nicht mehr. Aber wenn ich sie zu fassen krieg, brech ich sie durch, Sissi, mein ich!
– L.
– Lobi.
– Lobi.

– M. Moos.
– Maskulin. Mord.
– Motorrad.
– Nee! Mafia. Makrele. Maquereau.
– Makrokosmos.
– Makrokosmos. Nadja.
– Nathalie.
– Nittribitt.
– Hatten wir schon.
Jäcki ruft zu Schudl rüber:
– Bist du immer noch im Krankenhaus?
– Ich bin nicht mehr im Krankenhaus. Prozeß gehabt.
– Pillchen? Zu nahe an den Schränken?
– Wohl auch. Hatte mal einen mit Herzgeschichten aus der Aufnahme Bier holen lassen.
– Ist er tot?
– Aber deshalb nicht.
– Pillchen?
– Sie haben mir aber nichts nachweisen können.
– Nikotin.
– Naphthalin.
– Nathalie.
– Nathalie.
– O.
– Oymel.
– Oymel.
– P. Proust.
– Prost.
– Proust.
– Quien.
– Ragna.
– Oymel hatten wir das vorige Mal schon.
– Macht nichts. Saufen. Schnee.
– Schnee. Tallimann.
– UG.
– UG. Ok.
– V. Vagina.

–Waldmann.
– Xantippe.
– Yverdon.
– Gut. Zocken.
– Zocken.

49

DER NACHWUCHS. DIE MÜTZE: Die Gerüche: Nach den Trümmern. Nach den rosa Ziegeln – naß. Nach der kalten, nassen Holzkohle über den Schlafzimmern. Nach der Trümmerblume. Nach Zeitungspapier. Nach den aufgetrockneten und wieder naßgewordenen Pfunden ohne Knochen.
Jäcki weiß nicht mehr, wie die Leichen unter Kalk riechen. So stellt er sich es vor: Nach nassem Zeitungspapier, nach Holzkohle.
Jäckis Sehnsüchte:
Das Geräusch der Ketten zu hören, der Zungen über dem Beton der Futterrinne, des Schnaufens gegen den Berg von Silofutter, zu riechen Milch, Dünger, Expeller, Ameisensäure, Ammoniak der Pferdeboxen, Heustaub.
Jäckis Herbstsehnsucht: Beim abendmantelblauen Himmel ins Theater zu fahren. Auftritt zweiter Akt.
Nun hat sich eine seiner Sehnsüchte in die Palette gewöhnt. Eine nach Binnenrauch, nach schützenden Sperrholzwänden. Das Gefühl der Langenweile. Erst die Sehnsucht. Die Enttäuschung. Die Langeweile. Und es langweilt Jäcki, wieder aufzubrechen, wie er sonst aus den Langenweilen aufbrach. Aus der Oberschule in die Kammerspiele, aus der Theaterspiellangeweile nach St. Etienne-les-Orgues, aus der Schafhütelangeweile nach Assisi, nach der Abwechslungslangenweile zum Geburtstag nach Lokstedt, dann ins nasse Stroh, nach Svearikets Wäldern, Saunas, der Wanderer verbrennt sich den Fuß, Provincia und aus der langen Weile vor einem Aufguß – Nous sommes l'SS – heim ins langweilige Reich, in die Wiederholungen aus erster Hand.

Auch Aufbrüche werden langweilig.
Die Palette als delikatere Form der Langenweile unter allen möglichen Zeiten.
Dosenleben. Die Palette – eine Form voll Krabben in Gelee.
Wilfried ist wieder da. Nun ergäben sich Bezüge von dem neudeutschen Heidelberger Blut zu Jäckis Kalk – Holzkohlenassoziationen, Bezüge zu Anne, die in Paris verheiratet ist, wo sie einmal Wilfrieds wegen vergeblich schwanger eintraf und vergeblich ihr Leben noch dazu aufgeben wollte, Bezüge zu Arnim, der Anne zu neuem Geschmack daran verhalf, nicht nur wegen Meeressehnsucht Anne ins Gesicht schlug, sondern ihr auch zu verstehen gab:
– Mit mir nicht. Ich nie. Nicht mal nur die Standesamtliche.
Anne dann aber doch etwas Ständigeres einschließlich Staubsaugers wünschte.
Vielleicht ein Vergleich zwischen Wilfried und Arnim?
Von Anne ausgehend Maximilian l'Allumeuse einbeziehen. Vergleich der drei Liebhaber Annes.
Oder Bildungsschnitte durch L'Allumeuse, Wilfried und den schiefen Inder in Projektion auf die Bemühungen der gescheiterten Wolfgang-Borchertgemeinschaft.
Zwei Damen und zwei Herren gehen durch den ersten Raum der Palette. Sie sehen sich im ersten Raum um. Einer der Herren geht auf die Toilette. Der Rest geht durch den zweiten Raum und späht in den dritten.
Igor:
– Wieder eine Familie, die ihren Heinzi sucht.
Nachwuchs tritt auf. Einen Kopf kleiner und noch ohne Bartwuchs. Der eine englisch aussehend, der andre niederländisch, der dritte französisch – wie Jäcki sich das vorstellt, der erste Scheitel, der andre Pony, der dritte Beatlefrisur, der erste eine giftmischende Jungfrau, der zweite verführt Lehrerinnen, der dritte ein Bruder Toulouse-Lautrecs, der den Querschnittgelähmten in Paris suchen soll, der erste der Mitläufer, der andre der Bundeswehrführertyp, der dritte der Typ, den sie in Ruhe lassen. Im Handumdrehen ist die Palette wieder anders.
Es geht weiter.

Die suchende Familie verschwindet. Sie hat keine Auskunft über Ingeborg erhalten können.
Die drei vom Nachwuchs trudeln durch die Palette. Wilfried und Jäcki trudeln ihnen nach. Trudeln umeinander herum: Stefan, Werner, Sänti, Jäcki, Wilfried. Motorroller. Jäckis Pritschenwagen. Sänti führt und sie landen beim Nissenhüttenlager Eidelstedt, in der Nähe der Windsberge, wo vor dem Krieg Leuchtkugeln hochgeschossen wurden.
Nach Eidelstedt riecht es, nach Fischmehl, Jäckis Pubertätsfrühlingsgeruch.
In dem Nissenhüttenlager wohnen die, von denen Frau Schwerdtner sagt, daß sie es nicht anders wollen.
Hier möchte der Klassenkämpfer in Jäcki aufwachen:
– Nissenhüttenlager in Hamburg?
– Hunderttausend leben in Nissenhütten in Hamburg, sagt der Busfahrer von Hamburg laut.
– Hamburgs Pomponette.
Hier wachte der das einfache Leben Liebende in Jäcki auf:
– Eine Hymne für den Lastwagenfahrer, der zwischen Gartenzwerg und dem romantischen Halbrund des Wellblechs seine nach Haselnüssen riechenden Haare auf der Brust kämmt.
– O Mitschnackerlied!
– O Regenmordlied!
– O Fischmehlfabrikgeruch! Und die Geruchsfilter nützen immer noch nichts. Die anliegenden Grundstücke sinken im Preis.
– O Männer, die in zu langen Regenmänteln durch den Regen gehen.
Knicktragödien!
Der Nachwuchs zieht zu Fuß weiter und kommt zurück mit einer Nissenhüttentante und zu sechst gehen sie nach den Winsbergen. Sänti hält ihr eine im Mondschein glänzende Armbanduhr vor das Gesicht und nachdem sie die Leihhaussumme taxiert hat und
– Alle fünf?
gefragt hat
– Wir nicht, sagt Wilfried für Jäcki mit.

– Nur wir drei, sagt Sänti.
und die Leihhaussumme durch drei geteilt hat, nickt sie.
Es ist Herbst.
Jäckis rostiger Infantilherbst, Eidelstedt. Drachensteigen über Scherbenhalden. Der Nebel weht durch den Volkspark. Die Blätter der Kastanienbäume werden in die Konservendosen gestopft. Die Räucherlaternen qualmen Achten in die Luft.
Die Minderjährigen gehen im Mitschnackerwetter Laterne. Der Herbst, wo die Haare wachsen. Kurt Schietzel geht mit Heidi Ellermann eingehakt vorbei.
Der Kohlenkellerherbst.
Blut und Sahne auf der Hand.
Zwischen Konfirmationsunterricht und »Tote ohne Begräbnis« kippt das Familiengefühl in den Ausguß. Jäcki bewältigt die Mutti nicht, die ihn mit den Laken kriegt.
Herbstgänge – über die Windsberge gerilkt, gebrechtet, gejahnnt, gemillert, gegenetet, getollert.
Damals schon Nissenhütten und die Fischgerüche um den Riesenoymel der Fabrik. Erinnerungen an Pastor Roagers Stimme.
Sänti gibt auf den Windsbergen der Nissenhüttentante die Armbanduhr. Sie streift sich das Zickzackarmband übers Handgelenk, läßt das Uhrglas im Mondlicht blinkern. Stefan hat Angst und geht ein Stück weiter in den Schatten. Sänti faßt sie schon an.
Werner würde gern als erster.
Die Mütze ist ein Bekleidungsstück. Eine Kopfbedeckung. Es gibt Schirmmützen, Pudelmützen, Zipfelmützen, Hausmützen, Bettmützen. Manche sind versteift. Pudelmützen sind dehnbar. Im Eidelstedter Nissenhüttenlager werden von den Männern hauptsächlich Mützen und keine Hüte getragen.
Eine Mütze kann ausgeliehen werden. Wenn sie zu klein ist, weitet sie sich leicht. Zu groß, rutscht sie bis auf die Nase.
Eine Mütze geht von Kopf zu Kopf.
Der schwedische Witz mit den drei Köpfen:
– Kukhuvud.
Die Mütze kam in der Palette auf den Hund wie der Schnee.

Dazu trug bei:
Das Zipfelige, die Ausleihbarkeit, die Dehnbarkeit, vielleicht auch die Vorstellung des Weiterwerfens unter jungen Männern. Sie kriegte in der Palette Arme und Beine und wurde männlichen Geschlechts.
Die Mütze in der Palette bringt mehrere unter einen Hut. Wilfried erinnert noch eine Szene aus Heidelberg. Die feine, mensurierte, blutige, gotische Heidelberg.
Nicht weit vom Bahnhof stieß er nachts in Schrebergärten zwischen Rangiergleisen auf einige Männer.
Still!
In eine Richtung sehen!
Dort ein bißchen Gewimmer und Gerangel. Im Matsch, etwas tiefer unten.
Weiter hinten kreisen Autos und leuchten Frauen auf einem großen, leeren Parkplatz an und kreisen weiter. Zwanzig kreisende Autos leuchten. Der ganze Platz ein Scheinwerfergewalze und wenn der Mann am Steuer seinen Typ gefunden hat, steigt sie zu ihm rein und beide brausen ab für eine Nummer.
Die unbeschäftigten gehen in die Schrebergärten, wo die Fremdarbeiter warten.
– Das geht immer schnell. Die stoßen nur einmal feste zu und dabei Wimmern sie ordentlich und dann hast du sie auch schon abgecremt.
Mütze heißt es nur mit mehreren.
– Bei Sänti dauert es länger.
Kippen, Kipploren, Kippmoment.
Ausgekippt und dann ist alles anders. Der Franzose im Witz bezahlt dann die fünf Mark mehr nicht, die er während des Kippens versprach.
Jäcki denkt hinterher gleich an alles Ende, vorher war es der Anfang von allem. Unterschied wie Tag und Nacht.
Der Mann mit dem langen weißen Bart versprach was und hielt es nicht.
Kippen.
– Beziehungsweise die Evolution ist da noch nicht richtig mit zu Rande gekommen.

Unter einer Mütze mit mehreren soll man sparen. Und Sänti denkt, nachdem sie gekippt haben, an seinen Vater und an die Entziehung von Taschengeld wegen fehlender Taschenuhr mit versilbertem Armband und reißt der Nissenhüttentante, die vor fünfen – von denen ihr wer helfen würde? – gar nicht erst an zu meckern fängt, das elastische Armband mit der Uhr dran wieder vom Handgelenk.

50

FINGERNÄGEL: – Au weh, wer jetzt noch im Sachsenwald schläft wie Leila und Madschnun! die Jäcki beim Rausgehen sieht. Sie wärmen sich vor dem Schlafengehen am Kachelofen.

Jäcki wurde von Klaus angeseibelt. Klaus legte seine Belesenheit, seine Tätigkeit als Schauspieler, sein Medizinstudium vor Jäcki auf den Tisch wie Nieren, Lungenschlag und Nackenstück.

Und Klaus will ein Theaterstück inszenieren und einen Film schreiben und seinen Hals-Nasen-Ohrendoktor bauen und malen und seine Filmmusik selbst komponieren.

– Wovon lebst du?

– Ich statiere im Thalia Theater.

Natürlich wohnt Klaus mit einem Mädchen zusammen, wollte ihn aber trotzdem neulich ein – na, du weißt schon oder weißt du wirklich nicht – auf der Straße . .

– Eine Sprotte angelt keinen Bückling, denkt Jäcki.

Auf der Alster Novembereis und blöder Novemberschnee sohlendick auf dem Jungfernstieg.

– Taut bis zum ersten Advent wieder weg und Weihnachten blühen die Rosen.

Momentan keine Witterung, um im Sachsenwald zu übernachten. Der Rotz gefriert an der Nase.

Claes kommt Klaus und Jäcki entgegen. Mit Fürst Keglowitschmütze, englischem Mantel, italienischen Schuhen.

– Ist dein Auftritt schon vorbei? fragt Klaus.

– Du mußt dich ranhalten, sonst verpaßt du deinen Auftritt.

Heute ist eine sehr schnelle Aufführung, antwortet Claes.
Klaus, der vor Jäcki den ganz geschickt Werbenden spielte, den mit den vielen Einfällen, den ganz Netten, dem mans nicht übel nimmt, schwirrt ab zu seinem stummen Auftritt ins Thalia.
– Schon dreißig Jahre abonniert. Guck schon gar nicht mehr hin.
– Schon dreißig Jahre abonniert. Immer die gleiche Klosettfrau. Immer sauber und reinlich.
Hamlet zweiter Akt:
– Bis jetzt noch kein Sinn in.
Giesela von Collande:
– Schön ist sie ja nicht. Aber wenn sie spielt, holt sie ja bannig auf.
Alex' Dönjes.
Die neunzehnhundertsiebenundvierziger Giesela von Collande.
– Ein Schuh.
Sie weinten alle, wenn sie vom toten Liliom sprach, zu Gustav Knuth, der den toten Liliom spielte, als Jäcki, elfjährig, statierte.
– Ein Schuh lag noch auf der Autobahn, als Giesela von Collande abtransportiert war.
Jäcki las es in Pierrevert, Schäfer probend.
Alex auch tot.
Nachwelt.
Mimenschuh voller Blut.
Beim Zurückgehen über den Jungfernstieg spielt Jäcki vor Claes Klaus, der vor Jäcki Jäcki spielte.
Jäcki denkt neben seiner Rolle:
– Geigergesicht. Darf man einfach Geigergesicht denken? Was ist unter dieser Schicht Csardasfürstin?
Und während die Alster planscht im Novemberwind – das bißchen Eis – steigt ein Geschichtlein auf unter der Oberfläche des Geigergesichts. Geschichtlein neben Bekenntnissen, in denen die Anzahl allabendlich konsumierter Kurzer und Klarer und Schiefer eine Rolle spielt und Gesten Rollen spielen gegenüber älteren Partnerinnen.
Eine Sylter Kindergeschichte. Apostrophiert:

– Das letzte Mal folterte ich neunzehnhundertfünfzig in Puan Klent.
Jäckis Vorwährungsreformsylt. Viele Rosinen in der Brotsuppe.
– Wie foltertest du?
– Es war in einem Wäldchen. Die Sylter Partei, stumpfe Bauerntölpel, hatten zwei Gefangene, mich auch, mit Brennesseln ausgepeitscht. Dann machten wir drei Gefangene. Einer davon wurde gefesselt. Die Hand mit einem Lederriemen und Nägeln auf dem Tisch befestigt. Unter die Nägel – unter die Fingernägel – nicht unter die Nägel, mit denen die Hand befestigt worden war – unter die Fingernägel Streichhölzer getrieben und die Köpfe angezündet.
Vor dem Weichwerden Jäckis Knie der kleine Faszinationsdruck im Zwerchfell.
– Wie reagierte der?
– Er brüllte. Die ließen uns dann in Ruh. Abschreckungsverfahren.
– Wo hattest du die Idee her?
– Aus einem Abenteurerbuch. Da taten es die Chinesen. Typisch. Ich habe es nur ein einziges Mal angewendet.
Es stand in der Bildzeitung, daß in Brasilien zwei Millionenräuber in einen Nebenfluß des Amazonas geworfen wurden.
– In wenigen Augenblicken fraßen die Raubfische diejenigen Teile ihres Körpers, die unter Wasser hingen, bis aufs Skelett ab.
Die Körper drehten sich langsam.
Jäcki möchte im Bett nicht von Piranhas liebkost werden.
Jäcki liebt Drillich nicht.
Auf ein gewisses Geräusch von Stiefeln hin fallen alle Schleier und Pleureusen und Jäckis Nachahmung von Klaus, der Jäcki nachahmte, hören auf. Nachbleibt der Jäcki, der sich zwingen muß, an Gruppen von dreien und vieren ohne Stolpern vorüberzugehen, nicht schneller und schneller und schneller zu gehen, wenn vier ihm folgen, der sich zwingt, daheim zu bleiben, zuzuhören über Folter, Piranhas, Polizeieinsätze, Disziplin, Jugendherbergsordnung, Razzien.

Er steht nicht länger auf Claes.
Er stand nie auf SA-Mützen und Lederonkels. Hinter all dem Tuntengepokere wünschte ers im Grunde friendly und Soyez aimable puisque vous êtes aimé, möglichst gewaschen, warum nicht auf platt:
– Ik hev di lev.
Stadersand.
Claes erzählt weiter von Verbaltorturen an Einnachtgespielinnen. Bittet Jäcki rauf.
Wieder bei Halleluja vorbei. Beim Bohème rum. Auf das kleine Plätzchen, aber nicht zu Mutti Wimpel rauf. Ein Haus weiter. Im Treppenaufgang erzählt Claes, daß einige Mädchen weglaufen, wenn man ihnen vorfilmt, daß man sie anschließend mit dem spitzen Kris tötet.
– Einige werden nur noch schärfer.
Er erzählt auch, während er den Schlüssel sucht, von Bestsellerlektüre. Abgezogene Haut. Aufgeschlitzte Lider.
Ameisen rein. Unersättlich. Titten als Tabaksbeutel.
Im Flur erzählt er, daß er den Kriegsdienst verweigert.
Ein römischer Krieger, heimgekehrt, von seinem Freund getadelt:
– Der Krieg verdirbt die Fingernägel.
Claes führt Jäcki in sein Studio. Violett überwiegt auf Kistenholz und Rupfen.
Auch Claes arbeitet an einem Drehbuch.

51

STEPHANSPLATZ: Der Stephansplatz ist älter als alle Empfindungen Jäckis, als alle seine Sehnsüchte und Gesten und als alle Geschichten, in denen Jäcki vorkommt, als alle Situationen, in denen Jäcki sich befand. Jäcki erinnert sich nicht, in welchem jäckigeschichtlichen Augenblick der Aufstieg des Stephansplatzes in ihm begann. Vererbt wurde er ihm von seinem Opa, der dort Verkehrsschutzmannsdienste tat um die Jahrhundertwende, verwaltet wurde der vererbte Platz von Jäckis Mutter, die dort umstieg in den Zwanziger Jahren.

Jäcki selbst begann ihn auszuüben Weihnachten zusammen mit seiner Oma, noch vor dem Krieg, als er auch den Gänsemarkt und den Jungfernstieg und den Adolf-Hitlerplatz in seine Macht nahm.
Der Stephansplatz blieb der Hauptplatz in seinem Reich und wurde mit zehn nicht abgelöst vom Steintorplatz oder mit neunzehn von der Place de la Concorde, mit dreiundzwanzig nicht vom Kungsträdgården, mit achtundzwanzig nicht vom Rathausmarkt alias Adolf-Hitlerplatz.
Der Stephansplatz ist der Platz aller wichtigen Umsteigungen in Jäckis Leben. Der Stephansplatz ist der Anfangsplatz. Der Gänsemarkt ist der zweite oder der Endplatz.
Wessen Stephans Platz? Der Gänsemarkt ist der Markt der Gänse, die nicht da sind. Aber der Stephansplatz ist nur seiner selbst Stephans Platz. Nicht des Heiligen Stephan. Nicht Stephans irgendwas oder Ludwig Emil Richard Anton Stephans. Nein. Der Platz des Stephans Opas. Stephan ganz in sich und aus sich, weil Botanischer Garten, Explanade-Hotel, Linie Sechs, Sechzehn, Drei, Zweiundzwanzig, Zwölf, Achtzehn, Gefallenendenkmal, Dölle, Hofbräuhaus – das ist das Stephanliche dran. Botanischer Garten, Esplanade-Hotel, Linie Sechs, Sechzehn, Drei, Zweiundzwanzig, Zwölf, Achtzehn, Gefallenendenkmal, Dölle, Hofbräuhaus – nicht für Jäcki nach dem benannt oder nach dem – selbst Stephan genug, um Stephans Platz zu sein. Der vollkommene Namensplatz für Jäcki, nicht an Gänse erinnernd, die nie da sind. Der vollkommene Name für den Platz.
Vom Gefallenendenkmal kommend, wartet Jäcki bei Rot dem Postgebäude gegenüber. Zwei Parteien warten einander gegenüber. Orange, Grün. Jäcki geht schon bei Orange los. Geht aber schräg über die Fahrbahn. Da prallt einer auf ihn zu, mit der Wucht seines Raschaua-Schrittes, sagt:
– Rechts gehen!

52

REIMAR REINHOLD RENAISSANCEFÜRSTCHEN BEHRENDS IST WIEDER DA. STRINDBERG UND BRUT: Begnadigt.

Oder Bewährung.

Reimar Renaissancefürstchen Behrends ist wieder da.

Das Wiedersehen:

Nicht das mit Akkoladen, wobei Jäcki den Geruch röche aus dem Hemdenkragen und über die Gründlichkeit der Rasur Bescheid wüßte und über die Temperatur der Haut nach der Füße-in-Merde-verkrustet-Zeit und über die Pickel, die Schorfe in den Augenbrauen, über den Grind an der Schläfe nach der festgemauerten Zeit, über den Grad der Schwammigkeit an den Backenknochen nach der Zeit aus weißen Gittern auf der Netzhaut – durch den Druck der Lippen auf den Hals, den Druck der Backenknochen an die Backenknochen.

Nicht das Schreiwiedersehen. Durch zwanzig bis hundert Dichtstehende stürzen auf den Wiedergesehenen der Wiedersehende hin, zu.

Nicht das große Highwiedersehen, taumelnd, umstoßend.

Nicht das understatete mit dem akzentuierten Kurzblick, Kurzhanddruck, Kurzachselklopfen, unter denen sich die ganze Differenz verbirgt.

Nicht das Downwiedersehen. Die Verlangsamungen des Gewöhnlichsten. Das Vorstrecken der Arme. Das Wackeln der Hände. Tunken in die Bierlache. Ausziehen der entgegengesetzten Worte – wie das Bier auf dem Tisch, Männchen und Sonne und Busen ziehen aus der Bierlache auf dem Tisch.

Das Hamburger Palettennovemberwiedersehen. Ohne Berührungen. Ebensogroß wie das leichte Erstaunen darüber, daß es nicht das große Reimar-Reinhold-Renaissancefürstchen-Behrends-Wiedersehen wird.

Reimar danach auch gleich wieder weg.

So vieles geschieht also nicht. Die Bewegungen und die Gedanken hinter der unbewegten Haut.

Aber der Blick ist scharfgestellt und sieht nicht nur den reinkommenden und wieder abhauenden Reimar Reinhold, sieht

auch seine Kumpels. Näher an Jäcki ran werden die Konturen unscharf.
Jäcki döst nicht. Denkt nichts nebenbei. Sieht und denkt das, was er sieht nicht hinter Wasser, wenige Luftgestalten über dem, was er sieht, Luftgestalten wie sich selbst, Jäcki sich selbst, teleplasmatisch mit Renaissancefürstchen Behrends Reinhold.
Reimar Reimar weg.
Jäckis Luftgestalt wieder aus Jäckis Augen.
Die Kumpels weg.
Jeder Knubbel des dritten Palettenraumes ist scharf.
Sein Bewußtsein, meint Jäcki, setzt sich dort zusammen, wo die beiden Strahlen aus seinen Augen zusammentreffen:
Cocacolaflaschendeckel. Schuhe. Graugesprenkeltes Hosenbein. Heller Gabardinemantel. Weiße Haut. Weißer Nacken. Eines seiner Gegenüber.
Jäcki fühlt sich selbst gleiten auf seinen feuchten, runden Augen. Der Mann gegenüber hat ein vom Tränenwischen rotes Gesicht und das Bierbekenntnis fängt an:
– Ich bin wieder schwach geworden.
– Ich bin ein Schwein.
– Ich bin unnütz.
– Aber schwul bin ich nicht.
Der, der neben ihm sitzt, muß alles glauben, darf seinen Arm nicht abrupt wegnehmen, der andre läßt aus den Augen und aus dem Mund auf den Arm runtertropfen und faßt den Arm an.
– Du bist nett.
– Aber schwul bin ich nicht.
Erzählungen von Chef, aus der Schule, von Britt.
– Britt, die ist anständig zu mir.
Runtersacken in die Knüllpapiere und die Verschlüsse.
– Die sagen immer: Du bist bestimmt schwul. Aber das stimmt nicht.
Sich lehnen an die Schuhe des Arm- und Beinhinhalters.
– Du bist so nett zu mir und ich hab das gar nicht verdient.
Britt kommt von vorn, vom Tresen. Schöner Wuffiwuffigang. Hacken und Bluse und Hochfrisur. In sie legt einer am Tresen glatte zwei blaue Scheine an.

– So ist es jeden Abend. Komm jetzt mit mir nach Hause, Erwin.
– Nein, ich will nicht nach Hause. Aber ich bin nicht schwul.
– Das hat doch gar keiner gesagt.
– Nein. Bestimmt nicht.
– Ich bin bei dir. Ich bin doch deine Britt.
– Ja.
– Komm mit nach Hause. Du verträgst nichts mehr.
Von Britts Träne, Hochfrisur, Hacke, Hüfte, vom Arm des anderen, von Erwins Tränen, Gabardinemantelknopfloch, gesprenkelter Hose, Schuh gehen zwei Pfeile in Jäckis Augen und hinter den Augen, im Nacken, im Gehirn, am Zwerchfell kreuzen sich die Pfeile. Britt streicht Erwin über das Gesicht. Ihr Freier kommt an den Durchgang zum dritten Raum und geht wieder weg. Der andre wischt seinen Arm ab.
Nichts ändert sich. Nur leichtes Weinen vom Bier ins Bier. Ungefähr Strindberg.
Alex mit vierzig zu Jäcki, dem Funkheini und Kinderstar, fünfzehn:
– Wir spielen Strindberg.
Neunzehnhunderteinundfünfzig spielte Jäcki Tote ohne Begräbnis, als Alex Fräulein Julie inszenierte:
– Nach oben.
– Nach unten.
– Nichts verändert sich – sagt André Gide, sagte Alex.
Etwas mehr als fünfzehn Jahre später – was spielen?
Claes spielt im Hotel Norge Haute Surveillance von Genet. Er soll im Jungen Theater Die Geißel spielen.
Palette spielen?
Hinter den dreien liegt Do you know Basel, den keiner beachtet. Sie setzten sich nicht gerade auf ihn. Er schlief.
Er wacht auf. Von der Stille zwischen dem Weinen und den in größeren Abständen aufeinanderfolgenden Beteuerungen von Nichtschwulität.
Immer verändert sich noch nichts.
Do you know Basel setzt sich im Schlaf hoch, schiebt die Tische mit den dreien dran auseinander, schwimmt durch das Bier

hoch, krault zwei Tischlängen nach vorn, öffnet den Hosenstall und Jäcki, der eine Meise erwartet, entdeckt einen Papageien, etwas Nacktes, Krächzendes, Flatterndes und Do you know Basel pißt, worauf die im Strindbergdämmern ihre Hormone Sortierenden den Mantel und den Rock und die Hose wegziehen und vor den Spritzern die Träne stockt und sie schnell rauslaufen.
Dann kommt aber der Wirt und faßt Do you know Basel, der immer weiter pißt, am Kragen und Jäcki kriegt auch noch eine Dusche und Do you know Basel wird rausgeschmissen.

53

COLLOQUIUM ZWISCHEN JÄCKI UND SEINEN CŒURS: Während die Bande durch die drei Palettenräume geht, versucht Jäcki über Reinhold Reimar Behrends Renaissancefürstchen nachzudenken.
Jäcki sitzt an dem runden Tisch vor dem Kachelofen im zweiten Raum.
Er denkt, er stellt sich vor, er empfindet, fühlt, empfindelt, imaginiert, magaziniert Imaginationen, Vorstellungen an von Reimar Reinhold Renaissancefürstchen Behrends.
Eine Stimme in seinem Kopf sagt:
– Reimar.
Dann sagt sie – sagt schon nicht mehr gänzlich, flüstert nur ein paar Laute an und das in Jäckis Kopf, was das Geflüsterte hört – bei Villon Cœur genannt – schaltet auf die paar Laute hin schon:
– Warum hat Reimar nichts gesagt? denkt Jäcki.
– Er heißt Reinhold Behrends, denkt Jäcki.
– Er wurde wegen eines Raubes eingelocht und nicht, weil er die Besuche beim Bewährungshelfer verschwitzt hat.
Jäcki sieht in den Hofweg. Seine Augen sind auf die knubbelige Palettenwand gerichtet und trotzdem sieht er ganz deutlich den Hofweg in seinem Kopf. Villons Herz sieht in Jäckis Kopf den Hofweg. Jäckis Kopf ist ein Kino. Jäcki ist der Vorführapparat. Seine Augen sind die Leinwand, auf die von

drinnen was projiziert wird, während sie selbst die knubbelige Palettenwand ansieht. Villons Herz sitzt im Zuschauerraum.
– Nachmittagsvorstellung. Für Rentner.
– Goethe. Beim Schildern vom Oymeln: Obwohl das Herz keinen Teil daran hatte, denkt Jäcki.
Jäcki denkt, ohne daß er was aus dem Lautsprecher hört und auf der Leinwand was sieht: Er holt ein Jahr lang Gerd Wilhelm aus dem Hofweg ab zu den Proben von Morts sans Sépultures. Er wagte ihn nicht anzukucken. Er wagte ihn nicht anzufassen. Jäcki kuckte Gerd Wilhelm an die Manchesterhose. Mehr nicht.
Manchmal kamen sie zu früh. Dann wurde da, wo heute die Kurbel ist, noch ein britischer Aufklärungsfilm über ein deutsches KL gezeigt. Gerd Wilhelm und Jäcki saßen dicht hinter der Leinwand auf der Bühne. Hörten den englischen Text, den Jäcki nur mit großen Löchern dazwischen verstand, denn er hatte vor Theaterspielen keine Zeit, im Englischunterricht aufzupassen. Von den Leichenbildern auf der Leinwand kriegten sie nur verschieden dicke, helle und dunkle Flecken mit. Jäcki sah die gleichen Flecken auf Gerd Wilhelms Gesicht.
– Das war die Pubertät.
Nachdem er auf der Probe ein paarmal erwürgt worden war, weil er den siebzehnjährigen François spielte, der in dem Stück erwürgt wird, lag er zuhause und spielte sich in seinem Kopfkino farbig einige Großaufnahmen von Gerd Wilhelms Körper vor. Jäcki seinem Cœur.
Jäcki sieht Bier auf dem Tisch gegenüber. Verlangsamt die Andeutungen von Lauten in seinem Kopf, flüstert seinem Cœur zu:
– Warum hat Reimar einen anderen Namen genannt?
– Reimar spielt Renaissancefürstchen.
– Claes spielt Kriegsdienstverweigerer.
– Hättest du auch den Kriegsdienst verweigert, wenn du kein blinder Jahrgang gewesen wärst, fragt jetzt Jäcki sein Cœur, oder in Jäcki das Denkmal von Villons Cœur Jäcki?
– Blindgänger.
– Non Violence.

– Lagny.
– Abbé Pierre-Grouès.
– Bier.
Jäcki sieht das Bier, das Hammed bringt.
Jäcki sieht in seinem Kopf die Holilichtspiele. Kurt A. Jung. Kinder und Hochbunker und Bademäntel im Gewitterregen. Eine Holztaube auf dem Punkt C sitzend des Dreiecks des Daches vom Nachbarhaus.
Zwischendurch schmeckt Jäcki etwas Cocacola. Den Rauch riecht er nicht. Sein Cœur nimmt den Rauch nicht wahr, der in seine Nasenlöcher dringt.
Dies Cœur oder sein villonartiges Cœur riecht vielleicht den gleichnislosen Geruch von Doktor Rosenkreutzer, der vorübergeht – nicht Brombeergeruch nach Sänti, auch nicht nach Schlechtgewaschensein wie Do you know Basel oder Schminkgeruch von Jäckis Mutter oder Pierrevertgeruch in Irmas Achselhaaren.
Er fühlt seine Strümpfe, Schuhe, seinen Kragen, seinen Gürtel nicht, während er sich zwingt, an Reimar Renaissancefürstchen zu denken,
– Villon ist ein schlechtes Beispiel für Nonviolence:
  Et aux gisans soubz les estaux
  Chascun sur l'euil une grognée.
während die Bande durch die drei Palettenräume geht.
Die Band geht geschlossen voran.
– Geschlossene Gesellschaft.
– Huis Clos.
– Geschlossene Abteilung.
– Geschlossene Kolonne.
– Ich werde darüber nachdenken.
– Wann?
– Quand seray hors d'enfance.
– Infantilismus. Hab ich deshalb nichts gesagt, bei der Mütze zum Beispiel?
Jäckis Mutters roter Mantel in Lokstedt.
Aber die gehen geschlossen voran. Schieben die anderen weg. Treten gleichmäßig vor sich hin.

– Meinte ich das?
– Sinds Camille Desmoulins oder Gangster? Haben ihr Establishment im Schatten, aber sind formiert, wie die oben im Licht?
– Bist du für Zuhälter und Ringvereine?
– Gigbande in Steingriff?
– Hitler-Jugend mit Lederkordeln?
– Du hast deine Nachkriegsskrupel. Du sitzt immer noch mit dem Abgründigen in Herrn Gerstenberg herum. Das ist eine schlechte Kopie von amerikanischen Originalen. Du willst es gerne sauber und anständig und du willst auch mitbauen.
– So brutal hättest du es nicht gerne. Der Nutten Heulen und Zähneklappern, wenn sie wegen verpaßter Tripperspritze eine Woche verspätet wieder antreten.
– Besser die als die im Lichte.
– Die im Lichte sind im Schatten.
– Die im Schatten wären im Lichte genauso wie ihre Vorgänger.
– Besser das bißchen Rummel.
– Wenigstens Hefe.
– La lie.
– Le lit – das Bett.
– Das Bett tritt im Fummel auf als Witwe Hefe.
– Bleib ernst.
– Nachkriegsernst.
– An Auschwitz denken – an Algerien.
– Du bist Kritikenschreiber.
– Denk an Guilleaume Neun von Aquitanien, fuhr ins Heilige Land, ließ seine Armee killen und zog zuhause lustige Liedlein darüber ab. Wer regt sich noch über seine Armee auf. Guter Dichter – Guilleaume.
– Zartheit.
– Die Gangsterzartheit. Die Nelke im Mund. Die Hand auf der Schulter des Copains. Genet mit achtzehn, abgedruckt auf dem Umschlag von L'Enfant Criminel.
– Sind nicht zart. Trinken Bier, wie die im Rathaus Sekt und die in Eimsbüttel Eierlikör. Deine Palettler. Die Grünzeug-

klauer. Würden stramme Saalwächter abgeben. Deine Schwänekiller. Die Brigands goupillierten wenigstens noch die Beutel der reichen Curés, die hier hängen sich gegenseitig die abgeschabten Mäntel weg.

– Wie sollten sie sich denn geben? Fackeln in der Hand? Vor Springer sitzstreikend, der sie doch immerhin die Zeitungen packen läßt, in denen sie mies gemacht werden.

– Was soll ich machen? Reden? Zeugen? Angreifen? Aufstehen? Zwischen Luther und Bach? Fichtes Reden an die deutsche Nation? Kotzt mich an. Mouches en let.

– Fliegen in Milch.

Jäcki holte sie raus beim Nachmelken. Harald spritzte sie runter in den Eimer.

– Harald deshalb schlechter?

– Harald ist sowieso tot.

– Harald kerniger?

– Ich weniger kernig?

– Warum hat mir Reimar Renaissancefürstchen nichts gesagt? Wollte er eingelocht werden?

Jäcki will jetzt rübergehen zu Reimar Renaissancefürstchen und ihn fragen. Aber er kommt nicht durch.

Die Bande, die neuen Kumpels von Reinhold

– Da kommt Reimar nicht wieder raus.

– Jetzt ist es entschieden. Jetzt wird er auch so einer mit kurzen, festen Tritten.

werfen Stühle gegen die Wand, werfen Tische um, werfen Mäntel in die Luft, fangen an, sich über Jäckis Gesicht zu unterhalten. Reimar wird bleich, steht auf.

– Die Knarre.

In den Bauch treten. In Gesichter mit Aschenbechern. Messer.

– Was solltest du jetzt machen mit deinen Nachauschwitzprinzipien? die Jäcki nicht nur im Munde führt, sondern auch ausgestanden hat ein paar Monate, bis er umkippte in einem Lager für obdachlose Familien nicht weit von Lagny.

– Hast dich auch nie gekloppt, nie jemandem ins Gesicht geschlagen, hast eher gelacht.

– In der Palette sind deine Standpunkte durcheinandergeraten.

Du verdienst auch mehr Geld als damals und wohnst an der Elbchaussee.

– Aber wie wohn ich denn an der Elbchaussee? Mit Pilzen in der Wand. Auf Abruf. Ungeheizt trotz der kühlen Jahreszeit. Doch nicht ernsthaft, sondern aus Gag.

Jäckis zweites Prinzip:

– Nie die Polizei rufen.

– Auch so ein Prinzip.

Und schreien möchte Jäcki auch nicht gerne:

–Hilfe! Hilfe! A l'aide!

Mit Messer im Bauch.

– Übrigens tut es weh.

Aber die gehen geschlossen wieder raus, ohne ihn angefaßt zu haben. Jäcki ist heilfroh, daß sie nicht lange über sein Gesicht diskutiert haben. Viel Glassplitter. Hammed mag sie auch nicht zurückhalten oder auffordern, den Schaden zu bezahlen.

Blut auf dem Boden.

Jäckis Villoncœurs, Goetheseelen, Abgründe in Herrn Gerstenberg räsonieren, projizieren weiter zwischen Bier, Scherben, Blut, abgebrochenen Tischbeinen.

– Ist hier die Grundausbildung für Saalwächter und Parachutisten: Nous sommes l'SS. Hier eher als dort, wo der Altmodler Hans arbeitet?

– Oder in den verschiedenen Hamburger Behörden. Festgemauert in der Erden und so weiter.

– Und wären die Pumpen, die Nägel, die Elektrisierapparate nun das Salz des Lebens? Thomas Manns blutüberströmte Sklaven als Counterpoint im Garten Eden im Schnee? Aus der Misere von Genet das gepriesene Ausschwitz als Ausweg? Schick und in Leder. Sade und Gruselkamine mit Knabenknochen?

– Das darf man nicht denken.

– Du mit deiner Sensiblerie, du mit deinen Skrupeln, die dich zur Love der Cruauté treiben.

– Und der Mann mit dem weißen Bart? Und unsere Philosophie- und Physikprofessoren? Im nicht mehr fernen Weltfrieden Kunstrevolutionen um die Agressionen abzulassen.

– Träum deinen Idealgängster, nicht in Leder und Tschako,

denn du stehst nicht auf das Militär. Träum ihn mit Eau de Victor, ganz zart und ganz stolz, mit unregelmäßigem Einkommen, geduscht und anarch.
– Sie klauen wenigstens noch Schildkröten und martern nur Schwäne.
– Nicht mehr rumgammeln.
– Ist die Palette überhaupt noch die Palette?

54

JÄCKI VERLIERT DIE ÜBERSICHT: Im Winter zur Palette hin!
Die meisten jeden Tag, weil es warm ist. Ein Rauchmantel gegen die Kälte.
Wie sich der Vize im Winter auf den Stall freut, er sogar das glitschige Silofutter, dessen Säure ihm in den Nacken tropft, gern rausschmeißt, er gräbt sich im Heu ein. Im Sommer nur weg vom Heuboden, raus aus dem Grasstaub. Pauline melken. Sie diarrhoet bis an die Decke, wenn sie hustet. Freundlich raspelt die Steckrübenmaschine. Schutz gegen November durch Melkmaschinenpuckern, Expeller, Silobeton, Heutrockenanlage.
Schutz gegen November durch Schiefe und Klare, Hasch und Maris und Schnee, Rauch, Cola und Rum.
Die Palette ist gerammelt voll.
Draußen auf der Treppe zum Modegeschäft sitzt eine und weint. Zwei, die zu Bei Willi streben, das sieht Jäcki ihnen an, bleiben stehen und trösten in der Flennenden die Dame, ihre Mutter, fragen:
– Warum weinen Sie?
– Weiß nicht.
– Das müssen Sie doch wissen?!
– Nein. Die erzählen da drinnen so Geschichten.
– Wo?
– In der Palette.
– Was für Geschichten?
– Nur so Geschichten.

– Nichts Besonderes?
– Nein.
– Und deshalb weinen Sie?
– Ja.
– Ach, wenn wir wegen Geschichten weinen wollten.
– Ich bin nämlich heute das erste Mal in der Palette.
– Dann gehen Sie man nicht wieder rein.
– Nein.
– Und stehen Sie hier auf. Sonst holen Sie sich einen Wolf.
Der Pole kommt Jäcki entgegen.
– Tschüß!
– Tschüß! Gehst du schon?
– Ich reise jetzt ab.
– Mit einem Mal?
– Ja, jetzt.
– Wohin?
– Im Jeep um die Welt.
– Das hast du doch schon lange vorbereitet?
– Ja. Heute ist es soweit.
– Halt dich!
Hammed sagt zwischen zwei Tabletts voll Biergläsern:
– Tu vas à la chasse? Ça va?
– Et toi?
– Ça va. Tu es toujours bisexuel?
– Toujours.
Hammed will einen rausschmeißen, der im mittleren Séparée des zweiten Raums eingeschlafen ist. Hammed, der Arrivierte, stört den Gammler im Schlaf. Aber der Gammler läßt sich nicht rausschmeißen:
– Hast du noch nie geberbert?
Igor sagt zu Jäcki:
– Eigentlich müßte ich traurig sein. Meine Freundin ist heute im Feenteich an Darmverschluß gestorben.
Igor rollt hin und her. Kann sich gar nicht wieder beruhigen vor Geschichten, Bieren, neuen Mädchen, Reisen, Piepen, seiner Tannenwand für das Atelier, das er eigentlich nur wegen seiner Freundin einrichten wollte.

– Wegen ihr wollte ich ganz solide werden. Mit Atelier Igor und Aufträgen und so.
Jäcki mit seinem Verweile-doch-du-bist-so-schön Elbchaussee wird das Gerolle zu viel. Er setzt sich an einen anderen Tisch.
Vorübergehen Amor und Psyche oder wie sie heißen, verpackt für das Schlafen im Sachsenwald. Jäcki gibt ihnen schnell etwas Geld. Sie bedanken sich, daß ihm ganz komisch davon im Magen wird.
Da ist auch Werner Hildebrand vom Seidnettzueinander. Der zur einen Hälfte im Überich des Abendblatts Kunst beschreibt und zur anderen Hälfte im Unbewußten des Abendblatts Zeitungen packt, um die Gören und die Alte durchzufüttern.
Über den Tisch gebückt welche neben dem Kachelofen. Die ZEIT wird ausgebreitet mit dem Artikel über die Palette.
– Das ist alles falsch.
– Der Macker war hier zweimal drin und hat sich von Igor ordentlich was erzählen lassen.
– Ich hätte das man schreiben sollen, sagt Werner Hildebrand. Aber sie haben mich ja immer noch nicht als festen Redakteur eingestellt. Ich muß immer noch unten meine eigenen Artikel mitverpacken. Wer fängt damit an?
Weswegen fängt wer dahinten irgendwo damit an, das Wort, dem die Tüttel fehlen, zu rufen?
Wie klänge es, wenn sie riefen:
– Schwüle raus!
im November?
– Schwule raus!
lachend. Jäcki mit:
– Schwule raus!
Öfter lachend.
Jäcki einmal, um durch die größere Silbenzahl Verwirrung zu stiften:
– Lesbierinnen raus!
Lachen.
Lauter.
Dann sieht Jäcki das etwas angespannte Lachen unter zwei Augen, die ihn zum Blickpunkt haben.

– Was denken die eigentlich von mir? Hammed: Der spinnt. oder: Der versteht mich. Einer, der reichlich Trinkgeld gibt. Zweitens weiß man ja wirklich nie, was die Frauen dabei denken. – Was denkt Hugo von mir, dem Halbjuden, dem Halbgammler? Hugo sagte: Hitler hätte die Kanacker man auch gleich noch mit vergasen sollen. – Die im Sachsenwald Schlafenden: Er hat ein schlechtes Gewissen. Er ist dumm genug. – Würden sie mir was tun? – Igor hält mich für einen, den er immer ausnehmen kann. – Heidi dachte, ich hätte welche. – Würden sie mich auslachen? Sich alle zusammen gegen mich stellen? Rufen: Schwuler raus!? – Sollen sie doch. Hauen dürfen sie mich nicht. Und wenn sie es trotzdem tun? Die würden sich noch nie – alle gegen einen. Die alten von der Palette nicht. Aber der Nachwuchs? Wie würden sie mich in der Glocke behandeln?

55

DIE BLUME ZU SAARON IST WIEDER DA: Einfach auf ihn zu kommt die Blume zu Saaron im Dammtorbahnhof. Kommt mit dem Mongolengesicht nicht geschwommen, nicht geflogen, wie das erste Mal, sagt:
– Hallo, wie gehts? Lange nicht gesehen.
– Du kuckst heute ganz anders aus der Wäsche.
Antwortet die Blume zu Saaron:
– Ich war ein halbes Jahr im Jugendgefängnis. Ich bin gerade eben entlassen worden. Das ist mein Entlassungsschein.
Jäcki sieht die Buchstaben auf dem Entlassungsschein.
– Weswegen?
– Rauschgift.
– Ach so, sagt Jäcki.
– Kommst du mit, durch die Stadt gehen?
Jäcki denkt:
– Was willst du jetzt ansehen? Hast du auch Mädchen an die Gefängnismauer geritzt?
– Hast dus dir schöner vorgestellt?
– Hast dus dir schlimmer vorgestellt? Hast du gedacht, daß du dich gar nicht mehr würdest anpassen können?

– Hast du dich darauf gefreut, nicht mehr geschont zu werden vom Gefängnis – sozusagen wieder für dich verantwortlich zu sein?
– Wolken. In Pierrevert sah ich auch viel an die Wolken. Die freien Wolken kuckst du an. Frau Buhmann sah im letzten Kriegsjahr einen schwarzen Mann aus Wolken, der sich über ein Mädchen aus weißen Wolken beugte und es verschlingen wollte. Man kann sich begeistern und erfrischen an den Wolken über dem Gänsemarkt.
– Den Mädchen siehst du gar nicht nach.
– Da ist bei mir nicht mehr viel, weißt du. Nach dem Schnee, da ist gar nichts mehr mit mir los da. Ich bin so impotent, mein ich.
– Hast du gedacht, ich kann nicht mehr über die Straße gehen, gleich sind die Autos da! Es ist gefährlich, über die Straße zu gehen. Daß die meisten heil rüberkommen?!
Sie hören bei Steinway Mozart aus dem Telefon.
– Eine der Verkäuferinnen kenne ich von früher. Sie erinnert sich wohl nicht mehr an mich.
– Mozart, das stimmt. Jupiter und Prager und eine heißt nach einer Torte. Man kann also ein halbes Jahr weggeschlossen gewesen sein und sich nach Mozart sehnen. Heiter quasi. Theos und so weiter.
Die Blume zu Saaron nimmt Jäcki mit in die Ehrenfriedstraße. Er klingelt im dritten Stock, niemand öffnet.
Zwischendurch sieht die Blume zu Saaron an den Bäumen hoch:
– Die Bäume sind viel schöner im Winter. Wenn die Blätter die Form von den Zweigen nicht stören.
– Du siehst Bäume und Büsche. Wie man es sich vorstellt. Nach dem Kerker die Wunder der Natur in der wiedergewonnenen Freiheit. Weniger die Menschen. Dachtest du im Gefängnis nicht: Den wirds geben und den und die und die und die – immer noch einen und alle wolltest du besuchen und dir Zeit nehmen für jeden und nicht unaufmerksam sein und freundlich und hilfsbereit sein.
Königsallee: In der Sparkasse trat Jäcki das erste Mal auf nach dem Zusammenbruch, der Kapitulation, dem neuen Anfang,

der Niederlage, die Sparkasse wird eingerissen mit allen NathanderWeiseerinnerungen.

– Palmaille. Da wohnt der Bürgermeister.

– Dein SanktPaulivordirhabenGefühl. Das gibts also wirklich immer wieder. Mit glänzenden Augen blicken auf das heilige Tripperbütol, Siffstätt, Nutten-Heulen-und-Zähneklappernhausen, Bierfeld, Kornburg, Sankt Prelubek, singend niederschweben auf Pinnasberg und den krönenden Grünspan vom Hafenkrankenhaus. O, schä liö de luee, juchhee! Heimweh nach St. Pauli. O, St. Pauli, du bist meine Welt. Hamburg Reeperbahn. Wirklich aller Welt Hefe noch? Das Schwellen davon spüren im Busen. Mehr noch als nur eine Puddelkaserne, eine Lustbarkeitszapfanstalt mit Cellophanmädchen und verdorbenen Konservendosenjungs? Deine große Hoffnung also wieder? Der Wind voller Patra und Qualster. Das Heilige Sanktus Paulus Village mit den aufgerichteten Oymeln. Sanktus Michaelis Oymel, Bismarcks Oymel, Sanktus Hans Henny Jahnnus Oymel.

– Ach, du bist impotent geworden vom Schnee. Du hast gar keinen mehr high?

– Sonst Schamhänge am Venusberg. Kuriositäten aus aller Welt. Das heilige Pennyglück. Loben, loben, Lobi. Lobst du mir, lob ich dir. Ich kanns dir nicht mehr loben, preisen. Preis du mirs und lern ich das Preisen dann wieder. Preisend über die Reeperbahn ziehen! Kurz vor der Palette begegnen sie Jürgen. Jürgen wohnt jetzt in der Requisitenkammer vom Thalia Theater. Er schläft auf einem künstlichen Empiresofa. Er darf erst nach der Abendvorstellung anschleichen.

– Das ist Jürgen. Ihr kennt euch. Du erkennst ihn wieder. Er erkennt dich nicht einmal wieder. Pörgel und Grischa haun dir von hinten auf die Schulter. Das sind sie. Du betrachtest sie einzeln und du möchtest gut zu ihnen sein, dich jedem widmen. Sie würden sich dir widmen.

– Jetzt so viel los hier. Oder ist die Palette unbewegt und rührt sich nicht besonders, um dir die Welt zu bedeuten am Tage deiner Entlassung aus dem Jugendgefängnis? Bist du selbst nur so hibbelig, daß du alles mit zum Wackeln bringst?

– Ich glaubte auch zuerst, es lohnte sich, in Hamburg zu leben, weil es die Palette gibt. Lohnt es sich, aus dem Jugendgefängnis zu kommen, weil es die Palette gibt? Hier versuchen sie noch das Miöseste daraus zu machen?
Hast du dazu Lust?
– Merkst du jetzt, daß das Einzige eintritt, was du dir nicht vorgestellt hast: Es ist alles, wie es immer war?
– Ich sollte dich jetzt trösten. Ich sollte mir was einfallen lassen. Aber ich habe nicht mal den Vorteil. Ich bin nicht mal eine Zeitlang weggewesen oder eingeschlossen gewesen, um hier wieder was dran zu finden.
– Vielleicht wäre es besser, wenn der Jasmin blühte und man sich beim Promenieren an der Alster einen Ast knicken könnte und nicht so genau beobachten würde, weils riecht. Der Jungfernstieg ist immer noch leer abends um zehn.
– Tun dir die Beine weh vom langen Laufen?
– Das Schienbein tut unten ziemlich weh vom Laufen.
– Wahrscheinlich auch Hunger.
– Möchtest du was essen?
– Nein.
– Ich lad dich ein.
– Nein. Ich hab gar keinen Appetit.
– Oder was trinken?
– Nein. Ich bin ganz zufrieden.
– Vielleicht sind es chemische Vorgänge im Blut. Die Luft in der Großstadt trägt dazu bei. Das Gehen über Asphalt oder Plattenboden.
– Das Novembereis. Die wenigen Leute. On the Rocks auch die. Filmen sich gegenseitig den Männlichen, den Eleganten, den Rasanten, den mit Anträgen Überhäuften, den Knackfrischen vor. Hamburg in dem Film Das Tor zur Welt. Das sag ich ihm nicht.
– Bleibt dir was nach? Bei uns allen hast du eine Chance von fünf Minuten, die Zeit, die Pörgel braucht, um den Hausfrauen – im High, weil er sein eigenes Geseibel sonst nicht mehr aushalten würde – ein Abonnement für die Hör zu! anzudrehen.

– Ich sollte dich trösten. Dir Hummelreisen vorschlagen, nach Portugal oder Rumänien.
– Und wenn du nun keine Lust hast, das Beste daraus zu machen? Und keine Lust, die Ritzen sorgfältig genug zu verkleben oder zu warten, bis es kalt genug ist und dir einen abgelegenen Winkel zu suchen mit Ballerum und Phanodorm oder die Haken auf Beständigkeit zu prüfen oder dir ein Luftgewehr zu leihen oder eine Beschreibung über den Verlauf der Adern im Handgelenk zu studieren und wenn dir das Wasser zu kalt ist?
– Ich könnte dir besser was sagen, wenn wenigstens Bäume vor Karstadt rauschen würden. In so einer dunklen Juninacht mit Kindereinschlafassoziationen, mit den lauten Blättern nach dem Regen vielleicht, während des Temperatursturzes.
– Und wenn du nun, anstatt diese Handlungen an dir selbst auszuprobieren, was mit den anderen anrichtest? Die Welt hört auf. Ich will die Welt nicht mehr. Aber andersherum. Und du so was Böses tust, über lange Zeiträume, geheim, was man, wenn es herauskommt, gerade noch erklären kann, aber nicht nachempfinden, mit Blut und Quälen – aber die anderen, nicht dich, und was dann mehrere Tage lang in der Bildzeitung steht und im Abendblatt und vielleicht sogar in der nächsten Ausgabe der ZEIT und im übernächsten Spiegel?!

56

DER AUTOR DENKT SICH DIE SCHEMATISCHE LEGENDE VON DER GUTEN BLUME ZU SAARON AUS: Die Blume zu Saaron hört bei Steinway Mozart aus dem Telefon.
– Und alle wolltest du besuchen und dir Zeit nehmen für jeden und nicht unaufmerksam sein und freundlich und hilfsbereit sein.
Die Blume zu Saaron entschlösse sich, gut zu sein. Vorerst einfach so:
Gut.
In der Palette käme ihm die Idee zwischen den Pofern. Und:

– Ich will es durchführen. Ganz und gar.
Warum käme ihm diese Idee?
Weil es ihn langweilte, noch mal so anzufangen?
Weil ihm die Typen leid täten?
Weil er Angst hätte, selbst so ein Typ zu werden?
Weil er nicht noch mal in den Bau wollte?
Weil er gründlich ist?
Weil er die Frites nicht richtig verdaut hätte?
Miese Gründe also? Selbsterhaltungstrieb, unbewußt? Um sich ein Recht auf ein gutes Leben zu verschaffen?
Doch die miesen Gründe bewirken nichts Mieses, sondern produzieren von irgendwoher – von woher? – das Mióseste: Gutseinwollen. Gutsein, weil es sich so gehört? Weil Oma und Opa es gut fanden? Weil es in der Schule und beim Konfirmationsunterricht ziemlich gut angeschrieben war, gut zu sein?
Weil alles immer so mies war?
Aus Ur und Archä – Urunterstem bewußt bon, genausogood wie mies?
Und was stellte er sich darunter vor?
Nie wieder Schnee!
Aber warum?
Weil der Richter ihn deswegen verurteilt hat?
Um dem Richter zufolge gut zu sein?
Was ist denn schlecht daran, Schnee zu nehmen?
Er schwächt das Bewußtsein.
Schwächt das Bewußtsein?
Ist ein ungeschwächtes Bewußtsein gut?
Und Oppenheimer?
War Dr. Rascher wegen eines geschwächten Bewußtseins schlecht?
Er schwächt die Zeugungskraft.
Aber die Heiligen haben nicht und im Kloster dürfen sie nicht und Gandhi ließ seinen Diener nicht und Gandhi war gut?
Also wäre Schwächung der Zeugungskraft gut?
– Beziehungsweise, wenn ich enthaltsam lebe, ist es gar nicht gut, sondern der böse Schnee, denn ich kann ja deswegen gar nicht mehr.

Ist Gutsein, wenn man sich anstrengt?
– Dann gut, wenn ich mich anstrenge, keinen Schnee zu nehmen?
– Anstrengung nur gut, wenn ich mich für das Gute anstrenge?
– Wenn sich nun aber einer anstrengt, Schnee zu bekommen, weil der Schnee gut impotent macht, wie die Heiligen macht?
Schnee macht in bestimmter Hinsicht unsozial.
Verbrechen sind nicht gut.
– Wenn ich gut sein will, darf ich keine Verbrechen begehen.
Wenn es nun aber einen gibt, für den es eine große Anstrengung bedeutet, ein Verbrechen zu begehen, um Schnee zu bekommen, um wie ein Heiliger zu leben?
Verbrechen also nicht.
Keinen Mord.
– Das ist klar. Das heißt, keinen umbringen.
Der menschliche Körper ist heilig? Oder ist es einfach böse, jemanden umzubringen?
– Der menschliche Körper ist nicht heilig. Im Gegenteil. Stehlen und Raubüberfälle sind Verbrechen.
– Ehebrechen ist ein Verbrechen. Das kommt für micht nicht in Frage, weil ich eben impotent bin. Also ziemlich gut für Gutsein.
Die zehn Gebote.
Die katholische Kirche wußte, daß die Nazis die Juden umbrachten.
– Obwohl sie die Beihilfe zum Mord abstreitet, weiß sie, daß in Portugal gefoltert wird.
Und die Democracy: Das kleine Böse tun, um dem großen Guten zu dienen. For Black ones! For White ones!
– Nicht so. Ich darf keinen Schnee mehr schlucken, weil das meine Mutter betrübt.
Was Mütter betrübt ist böse.
Auch was böse Mütter betrübt?
– Nimm nicht immer Schnee in den Mund!
Damals noch.
– Hat sich nicht um mich gekümmert.

Ist es gut, zu bösen Müttern böse zu sein?
– Gut für mich, Schnee zu nehmen, weil das böse für meine böse Mutter ist?
Der demokratische Staat ist gut.
Gut sein, wie unser demokratischer Staat gut?
Nicht denken. Das Denken ist böse.
April ist Nagasaki . .
Gerade nicht genug denken ist böse.
Ganz dumm sein – ganz gut sein. Einfältig.
Die Democracy veruntreut Gelder. Ist schlecht zu den Schwächeren. Bildet zum Guerillakampf aus. Leistet auf St. Pauli Zuhälterdienste. Kuppler. Und verurteilt die kleinen Kuppler.
Heuchelei ist böse.
Also nicht heucheln.
Gut sein wollen Heuchelei?
Die Kirche hat Leute gefoltert, um ihre Seele zu bessern.
Der Zweck heiligt die Mittel – böse?
Die Mittel heiligen den Zweck – gut?
Also graziöse Verbrechen gute?
Verweigerung der Babypille gut?
Absolut gut sein wollen – böse?
Schlecht, schlimm, böse das Gleiche?
Gibt es nur ein Gutsein?
So gut sein wie nur irgend möglich besser?
Mal so, mal so?
Die Heiligen waren Sünder?
Fehler besser?
Also wieder Schnee nehmen – aber es hinterher bereuen?
Schnee deshalb vorher nehmen?
Du hast das Gute in dir.
– Woher?
Da kann sich jeder herausreden.
Tun.
Blinde gut?
Immer noch gut sein wollen?
Warum?
– Wie gut?

Die Blume zu Saaron säße in der Palette und Heidi, deren Hose wegen des dicken Bauches nicht mehr zugeht, käme und sagte:
– Hast du welche?
Er hätte noch welche von vor seinem Entschluß. Er sagte:
– Ja
– Was nimmst du?
– Ich schenke sie dir.
Heidi würde auch an diesem Tag nicht arbeiten, nichts essen. Er löge:
– Nein.
Und Heidi ginge weiter und holte sie sich bei einem andern. Er sagte die Wahrheit:
– Ich habe noch welche. Aber ich gebe sie dir nicht, denn dadurch wirst du nur noch abhängiger und arbeitest nicht und ißt nichts.
– Wenn ich davon abhängig sein will?
Und Heidi ginge weiter und holte sie sich bei einem anderen. Er sagte die Wahrheit.
– Was nimmst du?
Er nannte einen zu hohen Preis, damit sie die Prelus nicht kaufen kann.
Sie holte sie sich bei einem, wo sie billiger sind.
Er versuchte, Heidi zu überzeugen:
– Weil ich keine Lust habe zu arbeiten. Es ist mir egal, ob ich ein beschädigtes Kind bekomme. Ich hab es mir nicht gemacht. Aber es geht nicht weg.
Er sie in Ruhe ließe.
– Das Gutsein ist meine Angelegenheit. Ihre nicht. Ich weiß nicht genau, wie es ist. Ich habe es selbst noch nicht lange genug ausprobiert.
Was täte er aber? Heidi stünde vor ihm.
Ihr seine letzten Prelus schenken.
– Ist das Gute Schwäche?
– Ist das Gute ungefällig sein?
Raschie brauchte dringend eine Mark. Er hätte den ganzen Tag noch nichts gegessen. Die Blume zu Saaron gäbe ihm eine

Mark. Enoch brauchte auch eine Mark. Die gute Blume zu Saaron gäbe ihm auch eine Mark. Igor möchte gerne einen ausgegeben haben.
Sollte er Igor kein Bier bezahlen?
Enoch würde sich ein Bier kaufen.
Raschie wollte das Geld für eine Erbsensuppe mit einem Würstchen – aber er wird sich Zigaretten oder Bier oder Prelus dafür kaufen.
– Güte nur zur Beschaffung von Kohlehydraten und Vitamin B12.
Die Blume zu Saaron gäbe Igor ein Bier aus.
Das sähe Do you know Basel und wollte auch einen ausgegeben haben.
– Eine Lokalrunde schmeißen aus Güte?
– Marlene Dietrich drücken aus Güte?
– Sag mir, wo die Männer sind – aus Güte?
Die Blume zu Saaron hätte kein Geld mehr nach zwei Tagen. Nach den vielen Akteien und Miesen für Bier, Cola und Prelus oder ein bißchen Schnee haute ihn Heidi noch mal an.
– Mark für Frites. Schon seit Tagen nichts Vernünftiges.
Im fünften Monat.
Und der die Silberlinge verstreute, ginge jetzt rund und versuchte sich eine Miese zu leihen.
Keiner liehe ihm eine Mark.
– Vierzig Pfennig. Die brauch ich selbst, um nach Hause zu fahren. Jäcki, der meistens was gibt, wenn man keine Regel daraus macht, könnte gerade noch seine Cola bezahlen, Enoch, Raschie kämen nicht in Frage, Halleluja, Do you know Basel, Erwin gäben nichts, Camille Desmoulins hätte heute nichts, Sänti gäbe ein geknacktes Paket Zigaretten.
Nichts.
Anne glaubte ihm nicht und für Rauschgift wollte sie sich nicht ausnutzen lassen.
Arnim würde böse.
Die Blume zu Saaron beschlösse, arbeiten zu gehen.
– Geduld haben mit jedem.
Denn das ist nicht gut sein? Nicht hinhören auf das, was der

andre sagt, lächeln, aber an ihm vorbeisehen, das Ohr hinhalten, aber an etwas andres denken. Oder: Vorbeigehen an dem, der dem Guten etwas sagen will. Oder zuhören und genau aufpassen, wann man Tschüß sagen kann.
In der Palette:
Die Begrüßung erst vornehmen, wenn sie unplötzlich geworden ist und der andre sie nicht mehr erwartet.
Die Freude über den aus dem Gefängnis Entlassenen aussparen.
Die Blume zu Saaron säße in dem zweiten Raum der Palette neben dem Kachelofen und sagte zu Barbara freundlich:
– Guten Tag.
Barbara antwortete nicht.
– Wie geht es dir, Barbara?
Aber ehe er bemerken könnte, daß Barbara ihm auch darauf keine Antwort geben wird, haute Raschie ihm auf die Schulter und ehe er ihm Guten Tag, mit Betonung auf Guten sagen könnte, drängte Do you know Basel Raschie weg:
– Bier gibst du mal aus!
Die Blume zu Saaron müßte jetzt langsam und deutlich Barbara noch einmal fragen:
– Wie geht es dir?
Und da sie ihm noch immer nicht antwortete:
– Willst du nicht mit mir sprechen?
Oder – da das ja zu merken wäre:
– Willst du nicht mit mir sprechen, weil es dir so schlecht geht?
Dann:
– Hab Vertrauen zu mir. Erzähl mir, was los ist.
Verlangsamungen gut?
Böse – Hetze?
Was aber mit Raschie, der ihm hungrig vor fünf Minuten auf die Schulter gehauen hätte?
Wenn er Barbara einfach sitzen ließe, bewiese er ihr, daß ihm seine Fragerei gar nicht ernst gewesen wäre. Jeder Versuch, von ihm abzukommen, beweise ihr, daß sie Recht gehabt hätte mit ihrem Schweigen.

– Ich komme gleich noch mal wieder. Vielleicht magst du mir dann etwas erzählen.
Obwohl er dächte:
– Dumme Kuh, kannst die Klappe nicht aufmachen.
Nicht gut. Unverständig.
Verständlich böse?
– Ich verstehe, du willst lieber nicht reden.
Würde Barbara denken lassen:
– Warum hast du das denn nicht gleich gemerkt und glökst erst noch lange rum?
Barbara will also keine Güte. Oder die gute Blume zu Saaron nicht.
– Kann sie sich das einfach aussuchen?
Oder solche Güte nicht.
Welche Gutheit denn?
Schnelle, glatte, dufte Güte?
– Alles das ist doch nicht zu machen ohne Vernachlässigung.
Jetzt Do you know Basel und Raschie:
Er stünde auf, streckte Raschie die Hand hin und sagte langsam – Gründlich! –:
– Guten Tag, Raschie!
Vielleicht schnell zu Do you know Basel:
– Warte, gleich!
Daß er nicht so dumm an der Wand lehnte, bis die Blume zu Saaron Raschie geduldig gefragt hat und zuende angehört hat.
Die Blume zu Saaron entweder wie in Schweden die Leiterin eines Heims für schwererziehbare Kinder in pädagogischer Verlangsamung mit geduldiger Betonung Guten Tags, Guten Abends, Wie geht es Dirs äußernd, Pausen zwischen den Worten einlegend, mit schräg geneigtem Kopf die Antworten, mit der kribbeligsten Geduld, mit der kribbelig machenden Geduld bis zu Ende anhörend, inzwischen – computerlike – Do you know Basels Bierwünsche, Heidis prelusverlangendes Gesicht, die Wünsche der Vorbeistoßenden nach Miesen speichernd, dann im richtigen Moment abbrechen und zu Do you know Basel sagend:

– Sieh mal, Do you know Basel, wenn ich dir ein Bier bezahle, kann ich der armen, oder tapferen, oder lumpigen, oder kernigen Heidi keine Frites mehr ausgeben.
Oder die Blume zu Saaron vibrierender:
Barbara auf die Schulter klopfen und nicht erst fragen, was er sowieso schon weiß! Ihr das durch Schulterklopfen zu verstehen geben! Dazwischen:
– Gleich, Do you know Basel!
rufend!
– Guten Tag, Raschie, wie geht es dir?
– Lauf nicht weg, Sänti!
– Enoch, ich hab dich nicht vergessen!
– Du hast immer noch keine Wohnung, Raschie?
Zehn rechte Hände zum Schütteln und sieben linke, um Schultern zu klopfen.
Einen Strahlenkranz von Augen zum Blinzeln, eindringlich kucken, verständnisvoll, um jede Aufforderung an ihn zu erspähen.
Die Palette, die Börse für die Blume zu Saaron, Güte makelnd. Er hätte unter dem Risiko wieder ins Gefängnis zu kommen, Prelus und Schnee für Heidi gekauft, teurer, als er sie damals, zwischenhandelnd mit Profit verkaufte.
Früher half die Blume zu Saaron einem nur, wenn der ihn richtig darum bat, sagte:
– Kannst du mir eine Miese leihen?
– Darf ich bei dir in Farmsen schlafen?
Die Blume zu Saaron reagierte früher nicht darauf, wenn einer nur sagte:
– Ich weiß nicht, wo ich pofen soll. Ich hab schon ein paar Nächte nicht richtig gepoft.
Ist das Gutsein?
Heute forderte er Jürgen auf, denn er sähe Jürgen an, daß der ein paar Nächte nicht geschlafen hat.
Reimar Renaissancefürstchen und Lausi schliefen schon draußen bei ihm. Jetzt brächte er Jürgen noch mit, ginge dann einkaufen, Margarine und Brot.
Um vier müßte die Blume zu Saaron aufstehen, wenn die Pen-

ner noch pofen, daß er rechtzeitig zur Schicht kommt. Er hätte sich als ständiger Hafenarbeiter anstellen lassen. Gelegentlich machte er noch die zweite Schicht. Um elf wäre er dann fertig.
Anschließend zu den Tablettentreffs. Er schaffte es gerade noch, einen Teil des verdienten Geldes in die Palette zu bringen, solange er Platz hat, einige zum Schlafen einzuladen und die Tabletten zu verteilen.
Er hätte keinen Platz mehr.
Auf ihn zu träte der ganz müde Typ, mit den Bartstoppeln und den trüben Augen, hustend, der nicht mehr grade ginge vor Erschöpfung.
Mehrere.
Am Hauptbahnhof und auf dem Kiez verbreitete sich der Blume zu Saaron Ruf und wo er erschiene, flüsterte es auf ihn ein:
– Hast du mal eine Miese?
– Kann ich nicht bei dir pofen?
– Hast du welche?
– Jetzt muß ich hart sein, um gut zu sein.
Unbarmherzig um der Barmherzigkeit willen.
Die Blume zu Saaron machte von sich aus nichts. Wenn er kein Geld mehr hätte, ginge er schweigend vorbei, ließe sich am Duffle ziehen und bedrohen. Die in die Bude in Farmsen nicht mehr reinpaßten, schliefen draußen vor.
Räumliche und pekuniäre Begrenzungen der Güte der Blume zu Saaron!
Wie sollte er die für ihn ständig steigenden Schneepreise bezahlen. Er wollte auch den Zwischenhändlern gegenüber gut sein. Auf der Arbeit hätte er es nicht leicht. Um die anderen zu entlasten, arbeitete er williger als sie und würde Streber geschimpft.
Dem, der ihm sagte:
– Heute bin ich ganz zerschlagen!
wollte er helfen.
Die Blume zu Saaron würde nicht durch den Pfahl im Fleisch abgelenkt, denn der ist kein Pfahl.

– Ist das nötig, könnte ich nicht ebensogut gut sein, wenn das trotz Rauschgift noch funktionierte? Oder will ich nur gut sein, weil es nicht funktioniert?
Sind die anderen nicht gut, weil es bei ihnen funktioniert?
Müßte für eine bessere Welt es bei allen nicht funktionieren?
Dachau und Vietnam, weil es nicht funktioniert?
Keine Pfähle im Fleisch in der ganz guten Welt und Samenkonserven. Zuchtmänner.
Die brauchen nicht gut zu sein – nur gut essen und gut feilen.
Und die Mütter?
Frauen nicht so gut, weil die wegen des Gebärens müssen?
Und Jäcki wiederholte sich, daß er vor der Blume zu Saaron versagt hat, den er trifft, als er aus dem Jugendgefängnis kommt, mit ihm herumgeht durch die neue Stadt, den freien Mozart durch die Telefone bei Steinway im Keller hört.
Jäcki will den Pfahl im Fleisch nicht an den Nagel hängen und versucht die Blume zu Saaron rumzukriegen.
In Jäckis Augen könnten die Blume zu Saaron und ich keine Güte entdecken, in seinem Gesicht nicht die wachsame Müdigkeit, nicht den empfindsamen Zug des ehemals Guten, aber die Blume zu Saaron wäre wirklich gut und entdeckte in Jäckis Augen Hunger, Jäckis bisexuellen Hunger, Hunger nach Body, nach nonviolenziger Violence, nach alle achtstündigem Kippen.
Aber er machte nichts mit Jäcki. Er hätte aus Güte keine Zeit.
Jäcki ist ansehnlich und hat Geld. Er kann es sich noch leisten, nicht auf das Mitleid angewiesen zu sein.
Aber am nächsten Abend. Am Dammtor an der Brücke, der Rentner mit der hängenden Jeans, der schon für eine Viertelstunde gemeinsam Rumseibeln ohne Anfassen ein halbes Pfund hinlegt, sähe ihn an:
– Auch mir steht das Ding noch wie ein Pfahl mit achtundsechzig und ich möchte sterben an dir, bevor ich sterbe. Apollon und so weiter. Ach, deine Haut. Jetzt streichel du mich.
– Wo bleibt die Güte vor dem Rentner mit den Hängejeans.
So weit darf die Güte nicht gehen.
– Wie weit darf die Güte gehen?
Er soll sich mal beherrschen.

– Warum soll er sich beherrschen?
Das ist Schwäche.
– Braucht diese Schwäche keine Güte?
Aber andre.
– Welche?
Ablenkung. Halbtagsbeschäftigung. Heimarbeit.
– Wenn er sich nach der Schönheit sehnt. Nach dem schönen runden Arsch, dem Tode schon anheimgegeben ist?
– Soll er nicht hinter dem BAThaus in die Büsche gehen, sondern sich einen Piperdruck an die Wand hängen.
– Der Piperdruck riecht nicht nach Junge.
Mit achtundsechzig. Zur Not operieren.
– Wenn dabei die Güte erst richtig anfinge?
Ekelt dich denn das nicht?
– Und die Leprakranken?
Du stehst wohl darauf?
– Ich steh auf nichts.
Du hilfst ihm nicht, wenn du lügst und dich ekelst, wenn du ihm die Uhr aufziehst.
– Ich kann mich anstrengen.
Ist nicht nur das grazile Gute gut?
– In der Staatsoper üben sie ziemlich.
Die Blume zu Saaron ginge mit dem Rentner hinter den Busch und zöge ihm die Uhr auf und ließe sich auch überall hinfassen und dann wollte er küssen
– Die Heiligen und Gandhi sind ja nicht der Meinung, daß es zum Heiligsein dazugehört.
und er küßte den Rentner mit Zungenschlag auch und der Rentner hätte Tränen in den Augen, was die Blume zu Saaron an einen dummen Operationswitz erinnerte und die Blume zu Saaron wollte den Schein nicht, was den Rentner fast enttäuschte, denn er steht eigentlich auf Bezahlen.
– Der Präses Scharf sagt: Nehmt euch der Gastarbeiter an in geduldigem, selbstlosem Opfer.
– Ich nehme mich der Rentner an in geduldigem, selbstlosem Opfer?
– Stinkende Güte.

Aber es gibt ziemlich viele davon in Hamburg und alle sind nicht glücklich zu machen nur mit Hinhalten, wollen die Stärke bewundern des jungen Mannes. Du Hengst! zum Beispiel.
– Der Schnee hat mich impotent zu einer Art von Güte gemacht. Um nicht nachzugeben, versuchte die Blume zu Saaron es mit anderen Pillen, die den Effekt der ersten Pillen aufheben sollen.
– Ich: Die hintere Hälfte eines Stieres.
Es gäbe auch welche mit Siff.
Und die Rentner, auch die unglücklichen, in die Sitte Gezwungenen, ältere Schauspieler hingen ihm an. Der Engel der Klappen. Und vom Arbeitsamt Admiralitätsstraße über den Kiez, wo er Prelus und Okasa einsackte, ginge es nach Farmsen, er bezahlte auch das Fahrgeld für einige, auf das große Gütelager.
Auch Mädchen litten.
Daß der Siff schließlich im Kreis liefe, von vorn nach hinten, von hinten nach vorn, von vorn nach vorn.
Die Blume zu Saaron hinter den Rentnern herrennte, die ihn zu meiden anfingen, scheckige Engel weniger gefragt, und er die möglicherweise Infizierten auf seine Kosten zum Spritzen schickte.
Auch der Blume zu Saaron Großmutter lebt gottgefällig.
– Lebe ich gottgefällig?
– Heißt gottgefällig leben, gut sein?
Die Blume zu Saaron wäre blaß, ginge in das Schreberhäuschen – rotangestrichene Leisten und blauangestrichene Dachpappe, Portikuschen vor dem Eingang – drinnen lägen die Rentner, denen die Penicillinkur nicht bekommt und die übrigen Beherbergten kochten sich Makkaroni von der Blume zu Saaron Makkaroni. Andre rauchten an der Pfeife, warteten, daß die Blume ihnen Kraut bringt. Die Blume zu Saaron legte die Hand auf die Stirne dessen, der ihn wegen vergangener Güte anklagend ankuckt, gäbe Kraut denen, die es von ihm erwarteten und mehr, gäbe Heidi Mittel, fragte sie:
– Ist es nicht die Hölle?
Sie antwortete:

– Du weißt doch, daß wir ohne diese Hölle nicht mehr leben wollen.
Einer beschwerte sich: Das Gartenklosett wurde nicht ausgeleert.
Die Blume zu Saaron baute den Komposthaufen und leerte das Gartenklosett drauf und wischte den Rand ab.
Die Blume zu Saaron verhinderte, daß eine Rattenmutter mit sieben kleinen in Benzin getunkt und angesteckt wird.
Die Blume zu Saaron legte sich schlafen:
– Haben die Tiere eine Seele? Haben die Mücken und die Fliegen eine Seele?
– Ist es nicht gut, eine Ratte zu töten?
– Ist es schlecht, eine Ratte zu töten, wenn sie keine Seele hat?
– Empfindet eine Ratte es, wenn sie in Benzin getunkt wird und angesteckt?
– Es wäre gut, wenn wir Fliegenfänger kaufen würden.
Die Fliegen ließen die Blume zu Saaron nicht schlafen. Die Läuse bissen ihn in den Achselhöhlen. Ameisen und Fischchen laufen zwischen den Schlafsäcken rum.
– Warum habe ich Mitleid mit den Ratten. Warum streue ich kein DDT? Bin ich besser als die DDTstreuer? Ich finde Ratten ekelhaft. Ich fürchte sie rumlaufen zu sehen und schreien zu hören. Mir tut es an den Stellen weh, wo ich sie brennen sehe. Warum?
– Warum den anderen nicht?
– Was fällt mir ein als Erklärung?
– Ich leide mit der Ratte mit.
– Ich will nicht, daß sie mich anstecken.
Steckt die Ratte nicht an! aus Furcht, selbst brennend zwischen den Beeten rumzulaufen.
– Aber warum habe ich denn Mitleid mit mir selbst? Mitleid so und so.
Und wenn der Gedankensprung gar nicht stimmt und ich doch mit der Ratte allein Mitleid habe?
Warum?
– Beide Male warum.
– Güte um der Güte willen?

– Was soll ich tun. Die Ratten fressen die Teewurst?
– Wo komm ich hin, wenn ich die Ratten und die Kakerlatschen und die Spatzen füttere und nicht nur die Singvögel und die unkrautvertilgenden Igel?
Heidi ließe nicht locker.
Immer mehr kommen und holen sich ihre Armenprelu. Der Blume zu Saaron Geld reichte nicht aus, um jedem Rentner mit zwanzig Mark für einen Berber vom Hauptbahnhof auszuhelfen. Zum Schlafen kämen immer mehr.
Er finge an zu organisieren. Böden entrümpeln – eine Geldquelle. Die Lumpensammler von Farmsen.
Drei Baracken: Kokser, Schwule, Penner. Krankenabteilung für die Siffis, die unter dem neuen Regime weniger werden.
Keine Frauen wegen Schwangerschaft und Messern.
Schließlich unter Heidi und Omi Wimpel ein Frauenlager.
Kampf mit den Behörden.
Versuche, Stadtstreicherregistrierungen ungültig zu machen. Papierkrieg.
Skandal in der Bildzeitung.
Fotos in Konkret.
Vorträge.
Die Blume zu Saaron kaufte sich einen Motorroller und ein Bandgerät mit Stereoanlage.
Aufnahmeformalitäten. Anschläge. Singabende. Entlausung.
Er würde die resche Dame in der Bahnhofsmission werden.
Zwölf Stunden Güte abzüglich der Mittagspause. Ein anstrengender Tag.
Die Blume zu Saaron ekelte sich vor sich selbst.
– Wird etwas geändert dadurch? Den Akutotrinkern helfe ich durch den Winter. Im Mai liegen sie doch wieder bei den Ankern Admiralitätsstraße. Um die Aushaltegüte ging es mir nicht. Jedem sein Teil. Mir ging es um die extreme ganz gute Güte von der Laus bis zum Sexualmörder. Aber ich kann mich doch nicht umbringen lassen, um allen zu gefallen.
– Ich bin eine Nonne geworden mit Lambretta und listigem Lächeln. Jetzt will ich sie erziehen. Morgen haben wir unseren wöchentlichen Kunstabend. Die Penner diskutieren über Polia-

koff und rezitieren Celan. Es gibt eine politische Arbeitsgemeinschaft.

– Würde meine Geduld ausreichen, um in eine oppositionelle Partei einzutreten. Im Untergrund arbeiten und die Verhältnisse ändern wollen? Plastikladungen an Klaviere hägen und nach der Reüssite Kulturminister werden, damit ich schweige und vergesse? Oder eine Karriere in Bonn beginnen? Ich bin jung. Heiliger Franziskus spielen in der Bundestagsfraktion?

– Ist Gutsein opportun sein?

– Güte als Zünglein an der Waage?

– Nicht lügen.

– Zornlos sein.

– Geduld haben.

– Ohne Sex – oder mit. Das hab ich schon mal gedacht.

– So bin ich. Ich lächle über die fahrlässig kaputtgemachte Zementmixmaschine. Aber ich bring es nicht fertig, meine Mutter einmal am Wochenende zu besuchen und Kaffee mit ihr zu trinken und sie nicht aufzuregen und ihr nicht zu widersprechen.

– Ist der Guteste der Gemüsemann bei der goldenen Hochzeit seiner Eltern?

– Ist die Guteste die Verkäuferin in der Schirmabteilung bei Karstadt?

– Nicht ungraziös sein?

– Englische Erziehung?

Die Blume zu Saaron verließe das Pennerheim Saaronia.

Er ließe die Güte nicht fahren, weil er denkt, das Leiden ist nötig wie das Backpulver für die frischen Brötchen.

Er hieße den Krieg nicht gut, weil es das schöne Lied vom Roi Renaud gibt, der mit dem Darm in der Hand aus dem Krieg zurückkommt.

Die Blume zu Saaron überlegte nicht weiter:

– Gut sein ist leicht. Nicht lügen. Keinen Mord begehen. Es ist so leicht, daß es schon nicht mehr ganz so gut sein kann.

– Lügen müssen ist schwer. Einen Mord begehen ist schwer. Zu foltern ist schwer. Einen Blinden mit seinem Ständer in der Hand stehen lassen ist schwer.

– Ist gut sein – böse sein?
– Also ordentlich links sein – gut sein?
– Also Gandhi böse?
– Eichmann der bessere?
– Übertreiben böse?
– Liegt es an den Wörtern?
– Ist das Böse das Folgerichtige?
– Ist das Gute das Folgerichtige nicht?
– Was ist das Gute – das Bessere?
– Das Gute, den Preluhandel besser organisieren?
– Gibt es das Gute nicht? Gibt es nur das Schlechtere? Also alles besser?
– Das Gute: Nicht über das Gute nachdenken?
Die Blume zu Saaron würde sich weigern, aus Güte schlecht zu sein. Er würde sich in der Situation befinden, daß einer vor seinen Augen zusammengeschlagen wird, er nicht eingriffe und er würde sich nicht trösten mit der Überlegung, daß er nicht anders handeln konnte, daß es konsequent war, so zu handeln, daß er seine Vorstellungen von Gewaltlosigkeit in die Tat umgesetzt hat, als er nichts tat, er würde sogar glauben, daß inkonsequent sein in diesem Fall besser gewesen wäre für die Güte und nicht wissen, wie er sich das nächste Mal verhalten würde.
Ich begegnete der Blume zu Saaron im Old Vienna. Jäcki glaubte noch immer, er hätte versagt, er hätte am Tage der Entlassung der Blume zu Saaron Platten kaufen sollen und diskutieren und helfen, der Blume zu Saaron ein neues Leben aufzubauen. Die Blume zu Saaron säße unter den elektrischen Heizstrahlern auf der Veranda, könnte Jäcki und mich nicht unterbringen. High und Schnee. Vergammelt. Die Blaue Blume zu Saaron. Bei der Korrektur setz ich jetzt ein: Requiem für die blauangelaufene Blume zu Saaron.

57

SCHÖNER WOHNEN: Gläseremil ist Rausschmeißer in einem Lokal um die Ecke von der WELT. Gläseremil war wirklich Walfänger in der Nähe von Grönland.

– Er sieht auch aus wie so ein Skorbutsiegfried.
In Berlin malt er den Napoleon im Gewitter von Géricault aufs Pflaster. Wenn es regnet, zerrinnt das Gewitter aus Kreide. Gläseremils Jeans sind enger als eine Haut. Er läuft mit angetrocknetem Blut auf den Jeans durch den Neuen Wall.
– Dabei kriegt er bei jeder Klopperei ein blaues Auge ab. Dann sitzt er heulend in der Palette. Ganz hinten und macht mit seinen dicken, kaputten Fingern ganz kleine Rehe aus dem Weichen von Brötchen.
Jäcki, Claes und Klaus treffen Gläseremil Ecke Große Bleichen Poststraße, am Alsterhaus, wo Jäcki früher mit dem Dicken reinging, um Tote ohne Begräbnis zu proben.
Gläseremil lädt alle zum ersten Advent ein, Hühnchen zu essen, in das Haus, Rübenkamp, das der Schwester der Besitzerin des Lokals gehört, wo Gläseremil Rausschmeißer ist.

In der Palette sieht Jäcki Arnim wieder.
– Von der Weltreise zurück?
– Prost!
– Du trinkst Cola?

Emil, Jäcki, Klaus, Claes, der Kriegsdienstverweigerer, fahren in eine Gegend mit Kanal, Gasbehälter, Lauben. In einigen Lauben brennt Licht. Die sind ständig bewohnt.
– Ob Cartacalo/la immer noch in seiner Laube drin ist?
– Habt ihr keine Angst hier, sagt Gläseremil und erschrickt, als der Schreber mit dem Schäferhund aus dem unbeleuchteten Schrebergartengang kommt.
Gläseremil ist jetzt ruhig, bis sie aus dem Haus sind, das der Schwester der Besitzerin des Lokals gehört, wo Gläseremil Rauschmeißer ist.
– Ich darf eigentlich niemanden einladen. Das ist die Bedingung.
Gläseremil hat alles in der Laube vorbereitet: eine Vase mit Tannengrün, Lametta, Engelshaar und kleinen weißbeklekkerten Tannenzapfen, auch verschiedene moderne Bestecke und Porzellanteller, mayonnaisefarbene, karamelfarbene, zitronen-

cremefarbene. Das Hühnchen ist schon vorgekocht. Der Reis wird gar in der Kochkiste.
– Ich erinnere mich. Graupen in der Kochkiste. Auf den Ofen wurde eine Hexe montiert, um Kohlen zu sparen in der schlechten Zeit.
Gläseremil faltet Papierservietten zu Schwänen.
Als sie mitten im Zadderkauen sind, klopft es.
Gläseremil:
– Teller untern Tisch!
Die Schwester der Besitzerin des Lokals, wo Gläseremil Rausschmeißer ist, kommt gar nicht erst rein. Sie schmeißt Gläseremil von der Tür her raus.
– Jetzt kann ich hier nicht mehr pofen.
– Heute nacht kannst du bei mir pofen, sagen Klaus und Jäcki fast synchron.
Sie machen mit dem Hühnchen schnell Rest. Claes muß auch los, zu seinem Auftritt im Thalia. Gläseremil wäscht noch ab, Klaus trocknet ab. Gläseremil packt seinen Zampelbütel, löscht die Kerzen aus, steckt den Schlüssel wie verabredet unter die Regentonne.
Jäcki lädt Klaus und Gläseremil zum Weiterfeiern in die Elbchaussee ein.
Er erzählt ihnen nun den Film von seinem Elbchausseewohnen, wie der Makler, Langereihe, was Extras anbot, sie dann ankamen in dem Altersheim, von dem feschen Autoverkäufer empfangen:
– Ich bin der Vermieter.
Zu einem Dicken:
– Das ist der Besitzer.
Die Frau des Dicken:
– Ich bin die Besitzerin.
Was gar nicht stimmte, nur inszeniert wurde, um ungültige Mietverträge abzuschließen, denn der Besitzer war längst der Fuhrunternehmer aus Harburg und das Haus sollte eigentlich schon längst abgerissen sein, denn der in Harburg will nicht nur seine Mäuse anlegen, sondern auch in einem neuen Haus mit schmiedeeiserner Laterne wohnen. Um sie von einem Tag

auf den anderen wieder rauszukriegen, wenn die Ramme kommt und der Bagger, wurden auch kleine Tischchen und Hocker in die Leerzimmer reingedrängt. Dann heißt es nämlich teilmöbliert und weder der Gebrauchsgrafiker noch das Ehepaar aus dem Osten, noch der Vertreter, noch der Versicherungskaufmann und komischerweise auch nicht der fesche Autoverkäufer genießen Mieterschutz.

Eines Sonntagsmorgens stand ein gediegen gekleidetes Ehepaar vor der Tür, als der Dicke und seine Frau den Autoverkäufer als Vermieter längst abgesetzt hatten und ihren Sohn heizen schickten, weil die Wundermieter in den pilzigen Elbvororten froren und nicht kuschten wie die Vorwohner über neunzig.

– Ich bin der Besitzer. Ich bin Besitzer in Harburg-Wilhelmsburg.

Das glaubte ihm keiner.

Der Dicke und seine Frau und der Autoverkäufer führten die gerne in den Elbvororten-wohnen-Wollenden rum.

– Hier ist ein gemütlicher Kamin.

– Ein wundervoller Ausblick auf den Garten.

– Die Küche . .

– Der Keller . .

– Gemütliche Parties . .

– Die Heizung ganz einfach . .

– Geschenkt . .

Ein Jugendstilknusperhäuschen.

In jedem Zimmer saß eine Alte und zeigte ihre Knöchelchen vor. Von der Küche aus, wo die Sohlen festklebten, wurden die Alten rationiert.

Welch Lebensabend unter Buchen für talerschwere Admiralswitwen aus dem letzten Drittel des vorigen Jahrhunderts. In Klebezimmerchen mit Klebkraft entbehrenden Suppen – so erzählt Rouidi, der Klimatechniker, der dort mal eine Nacht pennte.

Das nächste Mal wurden die Alten schon rausgeschafft. Ein Herr mit grauen Schläfen holte seine Mutti ab. Die konnte die Treppe nicht so schnell runter, aber er hatte es eilig, sagte:

– Mach doch, liebe Mutti!
und schob sie von oben und zog dann von unten an seiner Mutti.
Aber ihr wurde das zuviel. Ihr wurde ganz schwach und sie sagte:
– Herbert, ich kann nicht schneller.
Schließlich hatte er sie im Auto.
Über die Omis und die Muttis weg, die noch auf der Treppe saßen,
– Wissen Sie, wie alt ich bin?
– Nein.
– Raten Sie mal.
– Fünfundsiebzig.
– Falsch. Sechsundneunzig.
– Das sieht man Ihnen aber nicht an.
stürzten die neuen Mieter ihre Möbel hoch in die teilmöblierten Zimmer, das lot of uncomfortable eighteenth century french furniture. Der ledermantelgleitende Gebrauchsgrafiker. Überklebten die Wände mit Rauhfasertapeten und froren und oymelten oft synchron. Jäcki Irma unten, das Ehepaar aus dem Osten hinten, der Gebrauchsgrafiker ein kurzes Mädchen aus den Elbvororten oben, der Vertreter oben vorne. In der Mitte der Autoverkäufer, der gelegentlich einen indischen Teehändler mit zur Hilfe nahm – und morgens das immer andre Mädchen seifte vorm Abschied fürs Leben noch den decapottablen VW. Nachts schrie der Versicherungskaufmann:
– Anhalten. Anhalten.
und andres im Schlaf, was man nicht verstehen konnte.
– Ich träume immer noch vom Krieg.
Er geht im Bademantel über den Flur und hat den Gebrauchsgrafiker zum Schachspielen eingeladen, was Jäcki, der den Gebrauchsgrafiker gebadet hat, als der sich eingekotzt hatte, allerhand vermuten läßt.
Irma sitzt und sortiert Fotos.
Über Irmas Wohnen liegt ausgebreitet Deutschlands und Europas Wohnen. Auf dem Bücherregal liegen die Kamine, auf dem violetten Teppich, der noch von den Omis her drinnen ist.

liegen die Regale. Im Korbsessel liegt was für den sozialen Wohnungsbau, am Fenster das Atriumhaus aus Finnland, auf der Couch liegen die Schlafzimmer. Irma nimmt nun die Serie Kamine, die die Praline vor einem halben Jahr gedruckt hat, die bei Schöner Wohnen gedruckt werden soll und bietet sie der Wohnbeilage der WELT an und nimmt die Schlafzimmer, die die WELT und die Praline und Für Sie und Schöner Wohnen und Gutes Wohnen gedruckt haben und bietet sie der Architekturecke des Seidnettzueinander an. Natürlich dürfen es für Gut Wohnen nicht zu teure Kamine sein und in Schöner Wohnen nicht zu billige Kamine und im Abendblatt kein Betonbett aus der Wohnmaschine von Le Corbusier, während eins mit Rüschen in Hör zu! gut ankommt.
Bei allen mit Schmiedeeisen. Allein bei domus nicht. Es gibt ein Haus, das drucken alle. Alle Häuser, die wie das eine aussehen, drucken alle. Ziemlich alle sehen aus wie alle. Das gerade Haus mit den großen Fenstern, mit dem Knolltisch, Regal, Bett, Lampe, dem finnischen Geschirr, dem dänischen Belag, der afrikanischen Blattpflanze, Korbstühlen, der alten Uhr, dem Janssen an der Wand, der Holzverkleidung, der unverputzten Ziegelwand, aus Braunschweig, Sesimbra, Athen, Tapiola, Bovington, Vällingby, Madrid, Le Touquet, das druckt die WELT, Film und Frau, Schöner Wohnen, Hör zu!, das Abendblatt, domus, Arkitekti, Architectoniki, Elle, Praline, Für Sie, Annabelle, Gut Wohnen, Gutes Wohnen, Das Haus.
Nun glauben Sie vielleicht, verehrte Hausbesitzer, Mieter, Untermieter, möblierte und teilmöblierte, Sozialwohner, Penner, Pikassler, Berber, daß Irma mit Serien wie Der Spiegel ist ein besonderes Möbel oder über den sozialen Wohnungsbau oder Trabantenstädte, die so dünn gebaut sind, daß Abel jeden Stoß von Kain zählen kann, deren Klos so klein sind, daß der nicht reinpaßt morgens, der vom Schlafen noch seinen Ständer hat, deren Büroräume so große Fenster haben, daß die Angestellten schwitzen, daß sich Taifune, Hurrikane, Windhosen entwickeln in den Großraumbüros, wenn einer ein Fenster aufmacht und das Husten ist die Folge – Gläseremil und Klaus meinen, Irma müßte sich dumm und dämlich verdienen mit

dem Fotografieren des immer einen Hauses, des immer gleichen Kamingeschirrs und der zwischen Hustenanfällen Lächelnden und der Garagen, durch die das Wasser des Kunstbassins sikkert und der Glasbanken und der Glaskunsthäuser, in denen die Piepen braten, in denen schnell vor jeder Ausstellungseröffnung die Rolläden heruntergelassen werden müssen, weil sonst kein Besucher vor Licht, Luft und Sonne mehr atmen und kucken kann.
Nein. Hat man denn je einen reichen Fotografen gesehen? Da hat es Berufsvissicitüden. Die Redakteurin für ganze Farbserien von der Praline sitzt nämlich jetzt bei der Hör zu! für die Abteilung Boutique und verhandelt mit Schöner Wohnen, um dort die Inneneinrichtung zu übernehmen. Der von den Inneneinrichtungen in Schöner Wohnen macht ab nächsten Ersten die ganzen Farbserien in der Praline. Bei der WELT wird der, der nichts von Architektur versteht, ersetzt von einer, die nichts von Architektur versteht. Er macht jetzt die Reiseseite bei der ZEIT –
– Verräter, sagten die von der WELT, als er zur ZEIT ging. Die bei Film und Frau früher alles machte und von allem nichts verstand und Irma nicht ausstehen konnte, wird von einer ersetzt, die was von Architektur versteht.
Es versteht sich von selbst, daß die Personen frei erfunden sind und daß der von der WELT in Wirklichkeit bei der Constanze das Shopping machte und als Chefredakteur zu twen ging und daß die, die nichts von Architektur versteht, bei Schöner Wohnen sitzt und nicht bei der WELT.
Trotzdem besteht immer die Gefahr, daß Irma die Serie Der Zauber des offenen Feuers einem Redakteur von Schöner Wohnen anbietet, der sie in der Praline schon unter dem Titel Der Kamin ein besonderes Möbel und in der Annabelle unter dem Titel der Zauber des Kamins gedruckt hat.
Außerdem beschwört der Chefredakteur von twen bei der Constanze Irma, unscharfe Bilder zu liefern, als Redakteur für ganze Farbserien aber will er für einen briefmarkengroßen Abdruck ein Negativ von einer Plattenkamera mit vielen Menschen drauf.

Oft erscheinen zwei Häuser unter dem gleichen Titel oder das gleiche Haus unter verschiedenen Titeln zur gleichen Zeit. Dann gibt es Ärger. Dann ist die Fotografin mit der Redaktion verkracht. Oder ein freundlich eingestellter Redakteur blokkiert eine ganze Serie mit hundertfünfzig Fotos zwei Jahre lang und wenn sie nicht mehr up to date ist, druckt er einen Ausschnitt unter der Rubrik Journal und bezahlt fünfundzwanzig Mark dafür – denn hätte es je einen freien Journalisten gegeben, der es wagte, sich aufzulehnen gegen seinen Redakteur?
Deshalb also breitet Irma, die lieber vom Fliegen träumte und in Parks mit weißen Pfauen spazierenginge, geduldig das Soziale über die Couch und den nächsten Tag über den Korbstuhl und den übernächsten über das Bücherregal wie alle Architekturfotografen, die mehr oder weniger schön wohnen jeden Abend ihr Soziales, ihre Kamine, ihre antiken Möbel in neuem Dekor – das ganze deutsche Mieser Wohnen – als Jäcki, Klaus und Gläseremil von der unterbrochenen Adventsfeier kommen.
Gläseremil fischt sich den Ringelnatz aus Jäckis Bücherständer, raucht dicke Zigarren, trinkt Kümmel, liest Ringelnatz vor mit S-T und rollendem R.
Jäcki hat Angst, daß später das ganze Jugendstilaltersheim kaputtgehen wird. Gläseremil erzählt die Geschichte von der Party in Eimsbüttel. Er geht Bier holen in Eimsbüttel und als er zurückkommt, irrt er sich in seinem Suff in der Etage und klopft und klingelt. Aber keiner macht auf. Und er haut die Tür ein und geht den Flur lang und kommt in das Schlafzimmer, wo eine fremde Familie schläft.
– Entschuldigung, hab ich gesagt.
Vor Jäckis Zimmer steht der Spiegelkleiderschrank des Gebrauchsgrafikers. Gläseremil rüttelt daran und Jäcki sieht die vielen zu engen Hosen aus Düsseldorf und die Wildlederjacken und die Schlipse schon zerschnitten im Flur liegen und Gläseremil sagt:
– Soll ich?!
Aber er tut es dann doch nicht.

– Du kannst übrigens hier schlafen, sagt Jäcki ganz unauffällig.
– Bei mir läßt es sich auch einrichten, sagt Klaus, der es voriges Mal vergeblich bei Jäcki versuchte.
Später am Abend erzählt Klaus, um zu beweisen, daß er in der Anatomie aufpaßt, noch die Geschichte von dem Frosch, dem sie den Kopf abgeschnitten haben und Salzsäure auf den Bauch tröpfelten. Der Frosch ohne Kopf wischte sich mit einem Arm über den Bauch und als sie ihm noch mehr Salzsäure auf den Bauch tröpfelten, nahm der Frosch den zweiten Arm zur Hilfe.
Das wäre eine Geschichte für Claes gewesen, der den Kriegsdienst verweigert wegen seiner Fingernägel, der Streichhölzer auf Sylt unter die Fingernägel der Gefangenen trieb. Aber Claes ist weg zu seinem Auftritt im Thalia.
Gläseremil geht mit Klaus zum Bahnhof.

Am nächsten Morgen ruft Gläseremil an:
– Gut geschlafen?
– Gut. Ich komm gleich mal längs.
– Hast du was?
– Lieg ich gerade neben Klaus im Bett, fängt er an, mir den Rücken zu kratzen.
– Das hättest du auch bei mir haben können.
– Kann ich heute nacht bei dir pofen?

58

RECHTS GEHEN UNTER LÜSTERN: Jäcki erhält einen Brief von der Stadt Hamburg.
Keinen grünen oder blauen, wie die Gammler im Pennerheim Wimpelia, aus dem UG, von der Steuer oder vom Amtsgericht – nein, einen weißen, büttenen, Edelhadern, gehämmert, gefüttert mit eingepreßtem Wappen der Freien und Hansestadt Hamburg – einen richtigen Schahindschahbrief.
Jäcki geht nun doch in die Oper. Da wird ein achtzigjähriger Avantgardist gefeiert und anschließend gibt es einen Empfang

im Rathaus. Da ist das andre Hamburg versammelt, das von Horn und Lemcke, vom Poloclub und von Michelsens Frühstücksstuben. Keiner als Transvestit, Schneevertreiber, Klotante, Loddl, Brüchebauer, Akutotrinker. Wenn auch um den Prima Ballerinus von der Oper, der unter dem größten Kronleuchter einen Extraempfang gibt, eine große Prozession stattfindet im Rathaussaal, wo halbe Brötchen angeboten werden – rechtsgehend umkreisen alle Ballettomanen, außer Otto Bröckelmann, den sie in der Kolonie Maiglöckchen vergessen haben, der Bundesrepublik den magisch überhöhten Trikot, die Philharmoniker, die Melophilen.
Zwischendurch wird gemunkelt von der großen Privatfestivität, zweitausend Orchideen, weißer Frackzwang, die Wunderlichs und die Janssens sind neu gerahmt worden und ein kunstsinniger Malermeister hat für Rabatt noch schnell den Flur gemalt. Der Besucherschinken wurde ordentlich dünn geschnitten.
Zweitausend Orchideen.
Hundertfünfzig Tulpen sind der Fall.

59

BERUFSKRANKHEITEN: Arnim trinkt Cola.
– Du trinkst immer noch Cola?
– Ich habe mir aus Japan einen Siff mitgebracht.
So nahe der Siffengel, leitet Arnim aus Annes Armen, die verheiratet ist in Paris – Arnim:
– Ich möchte Annes Ehe mal dufte stören!
hin nach Panama:
– Ich habe in Panama Balleritis gehabt, wie sie das nennen.
und zu den Freudengirls nach Tokio:
– Befund: Harter Schanker. Ich zur Heilung ins Krankenhaus. Der Ausschlag kam wieder. Arnim ging noch mal zu dem Mädchen, von dem ers hatte, oymelt, sagt:
– Nun mußt du dich aber auch mal dufte untersuchen lassen.
Arnim wurde von der Reederei nach Deutschland geflogen:
– Berufskrankheit. Wir hatten einen, der fuhr schon acht Jahre und hatte noch nie was gehabt. Das ist für mich kein See-

mann. Der Beste war vier Monate auf See und kriegte vier Tripper und einen Hodenschwund. Japan ist ein Paradies der Liebe. Wenn ich nicht mehr zur Nachuntersuchung brauch, sail ich gleich wieder ab – hin!

60

LOBLIED AUF DIE PUTZEN MIT ECHOWIRKUNG: Vor der Palette in der dünnen gelben Hose und der grünen Jacke steht der, der die Putzen liebt. Schnee fällt auf das Gelb und das Grün. Die aus den Büros stellen sich der Rushhour in dezembergrauen Mänteln.

Er tönt was von der Wache soundsoviel und der Wache Budapester Straße und wie er

– Hallo Jungs! zu ihnen sagte und sie

– Hallo Jung!

zu ihm sagten.

– Man muß sie doch auch verstehen, möchtest du in so ein Treppenhaus rein, wo einer mit dem Ballermann auf dich wartet – möchtest du die alten Leute unter der Straßenbahn rauskratzen oder die Schwulen auf den Klos verhaften? Die Jungs sind in Wirklichkeit kernig. Die haben Verständnis für mich und ich hab auch Verständnis für ihre harte Arbeit. Es sind Menschen wie du und ich. Man darf sie nicht über einen Kamm scheren. Schwarze Schafe gibt es überall.

Nein, Jäcki möchte nicht in das Treppenhaus hinein, wo einer mit dem Ballermann auf ihn wartet, er möchte keine Schwulen auf dem Klo verhaften.

– Aber warum sollte ich gegen die persischen Studenten, die Exhibitionisten, die heimlichen portugiesischen Auswanderer, die Stadtstreicher Argumente vorbringen. Ich weiß, zuhause spielen alle Polizisten Cellosonaten von Bach. Ich weiß, sie sind nicht schuld. Mehr auch nicht.

– Wie du auch.

Jäcki läßt, den er ganz aufregend fand, in der gelben Hose unter dem Schnee draußen stehen und runterkucken zur Wache, den, der Verständnis hat.

61

VATER. PSYCHOLOGIE: Camille Desmoulins hat sich mit Sänti befreundet. Camille übt an und für sich einen guten Einfluß auf Sänti aus. Sänti verbringt Wochenenden mit Camille in der Heide, geht auf Pirschen, sieht Rehe im Bruch, im Nebel, in der Morgensonne, im Tau, im dampfenden, im befreienden . .
Keine Mützen in den Windsbergen mehr.
Camille Desmoulins und Jäcki holen Sänti ab.
Was geschieht dann?
Eine der Fragen:
– Du willst heute abend noch mal weg?!
– Wann kommst du wieder?
– Hast du deine Schularbeiten schon gemacht?
Oder einer der Befehle:
– Bleib nicht so lange weg!
– Du kommst mir nicht mehr weg!
– Du bleibst da!
Oder nur:
– Bind nicht diesen Schlips um!
– Zieh die andre Jacke an!
– Das ist ein Vater, denkt Jäcki. Einer, der nach Lux oder Palmolive riecht und nach Danziger Goldwasser. Der schlägt. Mit der Hand oder mit der Peitsche.
Jäcki sieht seine Väter.
Der erste war sein Opa. Der schlug seine Töchter mit dem Ledergürtel. Polizist erst. Zuletzt Zollinspektor. Er bedrohte seine eine Tochter, Jäckis Mutter, mit dem Beil. Er war cholerisch und hatte Coronarsklerose. Kein richtiger Vater. Der zweite war Gottvater. Aber nur wegen des Wortes und weil er auf einigen Abbildungen so vaterig aussah. Auch mochte Jäcki den weißen Bart seines alten Gottvaters nicht und den Korkenzieherbart nicht von Gottvater in jüngeren Jahren.
Ludwig den Zweiten aus dem Stollwerckalbum von Herrn Lau hätte Jäcki gerne zum Vater gehabt und auch Friedrich Schiller. Adolf Hitler war sein Vater, der Führer, und Horst Wessel, bis sich alles als Schummel herausstellte, weil er das deutsche Volk ins Unglück gestürzt hat.

Herr Müller wäre beinahe ein richtiger Stiefvater geworden. Er sägte 1947 in einem fremden Vorgarten einen Baum ab und brachte ihn zum Verheizen im Trudelwagen nachhause. Da war er mit Jäckis Mutter schon verlobt. Er hatte Opas Trudelwagen genommen, war die Julius-Vosselerstraße hinuntergefahren, die damals noch Graf-Gertstraße hieß, am Schloß vorbeigefahren, wo heute das Fernsehen ist, noch weiter geradeaus. Er war mit Jäcki über einen Gartenzaun gestiegen, hatte gesägt, bis die Kirsche oder Magnolie umfiel. Die Äste abgehackt. Alles auf den Trudelwagen geladen und wieder weg. Auf dem Rückweg sagte Guschi Müller, Dostojewski gehört ins Irrenhaus. Das fand Jäcki nicht richtig, denn er wußte, daß seine Mutter Dostojewski sehr gerne las. Müller wollte Jäcki später jeden Sonntagmorgen an die Ecke zum Bierholen schicken, anschließend hätte Jäcki ins Kino gedurft. Was für ein Vater! Aber daraus wurde nichts. Sie hatten sich im Kino verlobt. Olga Tschechowa oder Heli Finkenzeller sagte zu Hans Söhnker:

– Was Gott zusammenfügt, das soll der Mensch nicht scheiden.

Es ging wieder auseinander wegen eines Weckers, den Jäckis Mutter August Müller geliehen hatte und den er ihr wieder zurückschickte mit dem Verlobungsauflösungsbrief zusammen.

Außerdem hatte er ihr auch nicht beigestanden, als sie die handgenähten Puppen ablieferte und von der Besitzerin des Kunstgewerbegeschäftes angeschnauzt wurde.

Der Opa war wieder eine Art Vater.

Dann Liana Pozzis Mann, der wollte Jäcki auch adoptieren und in die Schweiz für vierzehn Tage mitnehmen. Aber er hatte sein Versprechen gebrochen und seitdem glaubte Jäcki ihm nichts mehr und adoptieren lassen wollte er sich auch nicht mehr.

Alex wollte, daß Jäcki ihm eine Uhr aufzog. Ein Vater läßt sich von seinem Sohn keine Uhr aufziehen.

Jäcki fragte Charles, der Karl hieß und ein Altkommunist war, der die Flugblätter als Widerstandskämpfer von dem Kirchturm geschmissen hatte:

– Willst du mein Vater sein?
während sie in der Provence rumhikten mit einem Sack Birnen. Aber da war auch so was mit Uhraufziehen und Charry nahm alles so leicht. Außerdem war er Architekt und deshalb Steinbock. Auch nichts.
Testanière war ein Teiresias Vater à la Helmut Gmelin 1946, Besenbinderhof. Testanière las ihm sein Leben aus der Hand und aus den Linien des Gesichts. Die Prophezeiungen trafen natürlich ein und durch die Luft, nachts, half Testanière ihm von Ort zu Ort, bis nach Finnland hinauf, weil Testanière Jäcki hatte schreien hören in St. Etienne-les-Orgues.
Aber als richtiger Vater zu alt, verheiratet, mit Kindern und Enkelkindern.
Jäckis Lehrherr vielleicht noch. Aber kann ein Halbjude mit zwanzig Jahren einen Sturmführer der Leibstandarte Adolf Hitler zum Vater haben?
Verwandte und Freunde und der Düngemittelvertreter hielten Jäcki auf den ersten Blick sowieso für seinen Sohn. Der Sturmführer der Leibstandarte Adolf Hitler klärte nichts auf, lächelte bloß, er wußte, daß Jäckis Vater, der Jude, auf der Flucht nach Schweden verschwunden war.
Wie ist Vatersein?
Wie der Sturmführer sein? Der Jäcki beibrachte, zu hacken und zu mähen und zu melken. Immer geduldig, freundlich, die Belohnungen im psychologisch richtigen Moment einsetzte.
Der bei Gespächen neben Zuckerrüben nicht nur zugab:
– Das mit den Juden hätte er nicht machen dürfen.
sondern auch die Blödmänner, die Schwachköpfe, die Taugenichtse am Leben lassen wollte und das auf eine sehr feine Art ausdrückte, nach dem Streitgespräch: Er fing an am Reihenende die mickerigsten, gelben, kleinen Zuckerrübenpflanzen zu umhegen und umstreicheln mit der Hacke und murmelte:
– Die kleine, die schwache, die ganz mickerige.
Jäcki war sicher, daß er ihn nicht kastrieren würde und ihn auch nicht in der Glocke totschlüge.
Jäcki dachte, wie schwer es ist, einen Vater zu bekommen, der

einem etwas beibringt, der einen nicht kastrieren ließe und nicht in der Glocke kaputthaute, der nicht verlangt, daß man ihm die Uhr aufzieht und der nicht Sturmführer in der Leibstandarte Adolf Hitler war.
Später wollte Jäcki keinen mehr.
Von seinem richtigen Vater kannte er kein Bild und den Namen vergaß er immer wieder.
Sänti hat einen Vater. An den Wochentagen und zu den Abendmahlzeiten, mit einem Beruf und einem Stock und Socken und ehelichen Verpflichtungen.
Sänti prügelt seinen Vater.
Das kommt so:
Als Sänti und Camille Desmoulins und Jäcki gerade aus der Haustür wollen, erscheint Säntis Vater oben auf der Treppe.
Er sagt nicht zu Camille:
– Bonsoir, Sieur des Moulins, quelle surprise de vous rencontrer au seuil de ma porte.
Auch nicht:
– Herr Jäcki, ich bin ein richtiger Vater.
Er ruft von oben runter:
– Wo wollt ihr denn schon wieder hin?!
Das ist es also zwischen Sohn und Vater auf die Dauer.
– Du gehst mir nicht wieder in die Palette.
– Du hast mir gar nichts vorzuseibeln.
Wäre Jäcki unter solchem Vater nicht auch ein Mützenbauer und Automatenknacker geworden, der plötzlich durchdreht, auf die Treppe zuläuft, was brüllt.
Schmeißt den Vater die Treppe runter und tritt mit seinen sexigen, etwas zu dicken Beinen auf dem Brustkorb des Vaters rum, tritt ihm in den Bauch, tritt auf die Knie des Vaters und ins Gesicht. Gleichzeitig zum Treten – ich muß es hinter dem Treten aufschreiben, eins nach dem anderen; zur Not kann man zwei Wörter nebeneinanderlesen und begreifen, wie man brüllen und trampeln kann zur gleichen Zeit, der Aufzähler kann immer nur ein Wort zur Zeit schreiben – brüllt Sänti:
– Da, für deine Anständigkeit!
– Da, für deine Sauberkeit!

– Da, für unsre Zukunft!
– Da, für deine Bundeswehrbibliotheken!
– Da, für dein menschliches Verständnis.
Säntis Mutter ruft:
– Vatel, hör doch endlich auf!
und als sie sieht, daß es umgekehrt ist, telefoniert sie den Hausarzt an.
Jäcki und Camille Desmoulins halten Sänti fest.
Der Vater steht auf. Er blutet nicht.
Er geht auf Sänti zu und haut ihm rechts eine runter und will ihm auch links eine runterhaun, da lassen die beiden Sänti wieder los. Mit Fäusten und Knien schlägt Sänti auf seinen Vater los, bis der umfällt.
Camille Desmoulins sagt:
– Wir haben ihn nicht festgehalten, damit Sie ihm ein paar Ohrfeigen hauen können.
Sänti reibt mit den Schuhsohlen auf dem Gesicht seines Vaters hin und her, sagt dabei:
– Du Demokrat, du Familienvater!
Die Mutter geht wieder weg:
– Reg den Jungen nicht immer so auf.
Der Arzt kommt. Jäcki und Camille Desmoulins halten Sänti noch einmal fest. Sänti soll eine Spritze kriegen. Die Nadel bricht ab. Es wirkt doch. Sänti wird schon ruhiger. Der Vater wäscht sich das Gesicht ab.
Der Doktor sagt:
– Das ist zu verstehen. Es hatte sich angestaut. Das mußte einmal zum Ausbruch kommen. Es ist besser so. In geringerem Maße kannte ich das auch in meiner Jugend.
Sänti wiederholt die Sätze in der Palette.

62

TRIPPERORATORIUM: Jäcki geht mit dem dunklen Anzug für die Michaeliskirche in die Palette.
Dreitripper windet sich.

Do you know Basel sitzt draußen auf der Treppe zum Modengeschäft und heult wieder mal. Zwischen dem Rotz und den Tränen kommt:

– Ich habs geschafft. Ich geh mit einer nach Paris und dann weiter an die Côte d'Azur. Ich wußte, daß so was mal passieren würde. Das ist die glückliche Zeit, von der ich immer geträumt habe.

Dreitripper liegt mit Blinddarmentzündung im Krankenhaus. Ihm wird der vierte oder fünfte Tripper gleich mit kuriert.

– Einen Siff habe ich immer noch nicht geschafft.

Aber Dreitripper ist nach der Operation gleich wieder auf und davon.

– Ich hab eine Verabredung mit einer Frau.

Windet sich. Schiebt das Hemd hoch. Drückt an der Operationswunde herum. Die Naht ist vereitert. Er fällt um. Aber er will nicht in das Krankenhaus zurück, ehe er mit der Frau zusammen war.

Jäcki trifft Irma, die einherfliegt, der blaue Star. Sie bringt mühsam genug Schwere auf, um am Boden zu bleiben.

Das ist sein Honoratiorenerlebnis. Mit dem weißen Ziertaschentuch, einer der Kunstkritiker seiner Stadt, an den braunhölzernen Rahmen der Eingänge vorbeieilen.

Jäcki geht mit Irma ins Weihnachtsoratorium.

Strindbergempfindung: Der Schwarzgekleidete im verschneiten Stockholm.

Telemannempfindung: Der in der Kutsche herumfahrende, von Hauptkirchenportal zu Hauptkirchenportal, der Lauschende.

Jäcki als der Geachtete.

Jäcki als der Doppellebig.

Der von Weithergekommene à la Rilke, beziehungsweise à la Testanière, der ihm die Achtung der Hansestadt aus den Handlinien prophezeite.

Sitzt mit der Frau in blauer Seide und hält ihre Hand vor den vergoldeten Akanthusblättern – alles nobelweiß und schwarze Tafeln – die Gefallenen von 1813 bis 1814.

Die feengläubige Irma strahlt, weil alles um sie strahlt und

weil es gleich von oben herunter losgehen wird mit Pauken und Trompeten.
Viertripper fällt um, während er auf seine Frau wartet.
Und da ist es auch schon ganz erhaben.
In Irmas Kopf klappen die Nußknacker zum Takt das Maul auf und zu und Bach trägt in der Leipziger Thomaskantorei einen Zylinder, aus dem er das Agnus Dei zaubert.
Bachtrompeten: Der Stolz von Viertripper, wenn er trotz Kur und Operation umkippt und, wenn er wieder aufgestanden ist, um sie zu begrüßen, er über seiner Frau ganz fertig geworden ist und ins Krankenhaus zurückgeht durch den Schneematsch.
Morgengrauen.
Auf den Tannenbäumen im Michel blaken elektrische Kerzen.
– Als der Michel brannte.
Ein Bild aus Hans' Welt: Zimmerleute in ihrer Tracht. Hummelhummels dahinter. Der Turm von Sankt Michaelis mit etwas Ausfluß – einem kleinen Wölkchen.
Jäckis Opa vor der Davidswache.
– Als mans sah, war es zu spät. Drinnen das Gebälk war schon in Flammen aufgegangen.
– Wie wurde Tripper damals geheilt?
Im Zweiten Weltkrieg mit kleinen, regenschirmähnlichen Instrumenten, zum Aufspreizen, schälten innen das entzündete Gewebe ab, sagt Doktor Rosenkreutzer.
Arme Polenfeldzügler, Rußlandfeldzügler.
Die Freudenmädchen wurden wie Schleierschwänze in Aquarien in Käfige gesperrt, schrien, wenn der Doktor morgens kam, rund ging mit der Zinkspritze, wenn sie nicht artig waren, kriegten sie ihre Spritze nicht, dann dauerte die Kur eine Woche länger und es gab Trouble mit den Loddls.
Die Zollenkopf zittert auf der Empore:
– Bereite dich Zion mit zärtlichen Trieben
  Den Schönsten, den Liebsten bald bei dir zu sehen.
Schneller, schneller:
– Wie soll ich dich empfangen, o meiner Seele Zier?
– Ist der Herr auch für Viertripper zwischen Ochs und Eselein

– Als ein Kindlein klein?
Mit Chor alternierend:
– Er ist auf Erden kommen arm.
– Die unser Heiland für uns hegt.
Baß.
Tripperengel.
– Warum Engel?
Jäckis Mutter las ihm, als er noch nicht lesen konnte, über die Ordnungen der Engel vor.
– Angeli. Arcangeli.
Im Waisenhaus leitete ihn ein Schutzengel.
Seiten und Seiten steht in den portugiesischen Lesebüchern über Schutzengel.
Der Kampf des Herrn vor den goldenen Akanthusblättern mit den kaffeebohnenförmigen Engeln, den schwarzen, beflügelten Gonokokken, Heerscharen der resistenten Stämme, aus Asien, vom Fuß der Akropolis, die Schar der Analtripper, die triefenden Augentripper, die Gelenktripper flattern einher.
Während der Sinfonia, Hirtenmusik, findet der Kampf der Tripperengel statt mit den Engeln der reinen, der himmlischen Liebe.
– Brich an, o schönes Morgenlicht
  Und laß den Himmel tagen.
Steigt Jesus mit Professor Thielicke und seiner blutgetränkten Fahne hinunter in den Höllenkreis der Gonorrhoe?
Dort wohnen die Angestellten, AOKversichert, sie kriegen nur ein Drittel der Penicillinration für Privatpatienten und sie müssen ihren juckenden Oymel dem Arbeitgeber deklarieren.
Drüben steht ein Mann auf, geht alle Windungen der Sankt Michaeliskirche entlang, kommt nach ein paar Minuten in der Nähe von Jäcki und Irma durch. Hinter ihm geht ein Junge, angezogen wie die Sänger aus dem Sankt-Michaelischor. Einer der Kleinsten, noch nicht fett vom Vorstimmbruch, ganz schmal und dünnblond und schämt sich.
– Ist ihm schlecht geworden?
– Muß er mal?

– Muß er brechen?
– Ist seinen Angehörigen was zugestoßen?
Der Mann geht ein Treppchen hoch in eine Nische. Der Junge hinterher. Der Mann schließt eine Tür auf. Der Junge holt seinen Mantel raus. Er ist ganz rot, so schämt er sich, durch das Publikum zu gehen.
– Vielleicht muß er eine Partitur holen?
Der Junge kommt wieder von draußen rein mit dem Mann. Er senkt den Kopf, weil er noch einmal durch das ganze Publikum muß. Er läßt seinen Mantel in der Nische und geht – in der schwarzen kurzen Hose und dem weißen Oberhemd – zur Empore hoch.

63

DER FRIEDE-FÜRST: Am Heiligen Abend fährt Irma zu ihrer Familie. Jäcki geht über St. Pauli. Ein paar Italiener reden ihn an:
– Schweinemaria, sagt ein Italiener.
In Lockstedt warten Jäckis Mutter, Jäckis Tante Elisabeth, Jäckis Großmutter.
Es rascheln und klappern die Weihnachtsgeschenke. Jäckis Oma klingelt mit einer dünnen, glasgeblasenen Weihnachtsbaumglocke. Ein verrosteter Draht mit einer Glasperle – der Schwengel.
Jäcki erwartet in der Ecke des Wohnzimmers den großen dürren schiefen Weihnachtsbaum, der zu Jäckis Opas Zeiten voll hing mit verschiedenförmigen Kugeln, überschneiten Glocken, vielen roten Zwergen aus Wolle, gedrechselten Winterhilfswerksfiguren und an der Spitze den buntbedruckten, gestanzten Engel.
Den großen dürren schiefen Weihnachtsbaum erwartet Jäcki nicht so glänzend und glitzernd wie zu Jäckis Opas Zeiten. Dünner behängt – viele Kugeln sind kaputtgegangen und die Winterhilfswerksfiguren wurden beim Einmarsch der Amerikaner weggeschmissen und Jäckis Oma kann auch nicht mehr so lange auf der kleinen Trittleiter stehen, auf dem umgedreh-

ten Küchenstuhl, der noch aus ihrer Aussteuer stammt, sie kann ihre Arme mit neunundachtzig nicht mehr so lange hochhalten und die Töchter läßt sie nicht ran. Das elektrische Licht in Jäckis Großmutters Wohnstube brennt immer weiter. Kein Zeitungspapier auf der Erde, kein Tannenbaum in der Ecke über dem Nähtisch.

Die Schokoladenkringel liegen im elektrischen Licht. Im elektrischen Licht Jäckis Mutter und Tante Else mit den Paketen.

An der Pappwand, beim Durchgang zum ehemaligen Herrenzimmer, in dem die Großmutter jede Nacht alleine schläft, auf dem Nähtisch steht ein schuhkartonhoher Kunsttannenbaum, mit roten, gelben, weißen Glühbirnen.

Jäcki soll sich von seiner Oma noch das Du weißt schon vom Juli rechnen. Von der Summe, die Tante Else sich von Jäcki geliehen hat, die sie ihm nicht zurückgeben braucht, will sie sich eine weiße Bluse kaufen.

– Die Bluse rechne ich mir dann von dir.

Jäckis Mutter hat sich Handschuhe gekauft, die sie sich von ihrer Schwester rechnet. Tante Else hat sich eine Tasche gekauft, die sie sich von Jäckis Mutter rechnet.

Zum Schluß meint Jäckis Mutter, Tante Else ist doch sauer, weil sie nicht noch genug dazu bekommen hat.

Jäckis Mutter mag das Buch nicht leiden, das sie von Jäcki kriegt und fragt ihn, ob er es nicht lieber wieder zurückgeschenkt bekommen will.

– Du bekommst es schon im voraus von mir zum Geburtstag.

– Übrigens brauch ich zum Geburtstag ein Paar Schuhe, sagt Jäckis Tante Else.

– Ich brauch einen Hut, sagt Jäckis Mutter.

– Dann kauf ich mir den Hut und du kaufst dir die Schuhe. Dann kann sich jeder aussuchen, was ihm am besten paßt, sagt Tante Else.

– Nun wollen wir alle etwas singen, sagt Jäckis Oma.

Jäckis Mutter dirigiert, weil ihre Mutter nichts mehr hört, aber es nützt nichts. Die Großmutter ist doch später mit der ersten Strophe fertig.

Jäcki redet sich ein, daß ihm alle drei etwas schenken würden, auch wenn er gar nichts schenken würde, sich freuen würden, wenn er ihnen nur etwas ganz Kleines gäbe, nur wegen der Freude – wenn sie die Bücher auch nicht leiden mögen, die er ihnen schenkt.

– Aber Oma mag sie.

In der S-Bahn berichtet eine steifbeinige Frau von einer Tante, die meistens den Heiligen Abend versaut.

– Aber diesmal ging es ja einigermaßen.

Am Tresen betrinkt sich der Lange in der neuen Lederjacke.

Auch Igor ist zuhause gleich wieder weg. Seine Mutter liegt seit neun weinend im Bett. Er hat sich schnell das Geschenk abgeholt.

Jäcki und Irma tauschen zwei Bücher gleichen Formats.

Von der Gans schöpft Jäcki einen halben Liter Fett ab.

64

EINE PALETTENWOCHE IM NEUEN JAHR: Am Freitag ist viel los in der Palette. Das ist der Tag der Fetenanfänge. Die tippenden Zähne und die Cocacolafahrer im festen Angestelltenverhältnis können ausschlafen am Sonnabend. Am Sonnabend ist noch mehr los in der Palette. Die meisten haben bis Mittag gepoft und können noch einmal am Sonntag auspofen. Auch der Sonnabend ist der Tag der Feten. Der Sonnabend ist wie Hochwasser zwischen dem Ebben und dem Fluten. Am Sonntag ist gar nichts los. In Jäckis Omas Glogau wurde bis Sonntagnachmittag gearbeitet. Der späte Sonntagnachmittag war frei.

Am Sonntagabend ist die Palette leer und wird um eins geschlossen. Am Montag ist schon wieder viel los, denn die meisten sind über Sonntag ungeduldig geworden.

Der Dienstag ist nicht der Freitag und nicht der Montag.

Der Mittwoch ist wenigstens der Mittwoch. Niedrigwasser quasi.

Und der Donnerstag ist der Tag vor dem Freitag.

F I L M E, F I L M E: Der Bulle taucht unter. Das Wasser ist hellgrün. Gischtkreise bilden sich um die Hörner. Eine Welle läuft auf – das Rückgrat entlang. Der Bulle streckt den Kopf aus dem Wasser. Es rinnt ab. Beim Atmen stößt er Gischt aus. Algen hängen ihm übers Maul, Quallen, Goldfische, Nylonfäden, Seesterne.

Der Bulle geht wieder unter.

– Der Weihnachtsbaum fällt mir auf den Rücken. Mit Kerzen, Lametta und Kugeln. Ich seh aus wie ein Igel, sagt Igor. Die Tante mußte mir die Tannennadeln aus dem Arsch ziehen.

Wenn an den Landungsbrücken die Rinder aufgetrieben werden zur Verladung. Einer bricht aus. Springt über die Kaimauer. Schwimmt zwischen den Barkassen und Cuxhavenfahrern. Der Bulle rettet sich bei Blankenese an Land. Strandet bei Hanöversand mitten in der Jugendkriminalität. Der Bulle ertrinkt vor Lühe.

– Vor uns in der Reihe saß einer und schlief und wachte gelegentlich auf. Er schlief das ganze Aktualitätenprogramm durch, wachte beim Zeichentrickfilm auf und sagte: Schon wieder die Dackels. Heute morgen kommt eine dreizehnjährige Tante aus Stade mit zwei Netzen voller Klamotten und sagt, sie will Gammlerin werden, sagt zu mir: Du bist kein richtiger Gammler, denn du kellnerst ja. Und du siehst auch nicht so aus. Fragt, ob sie bei mir pofen kann. Wohl weniger pofen.

– Da schlaf ich lieber draußen. Ich habe zwei Unterhosen an und zwei Pullover. – Ich hab die Polizei angeläutet, damit sie nicht dem letzten Penner aufläuft. Ihr Cello hat sie am Dammtor gleich für drei Tage aufgegeben. Ihre Mutter sollte auch mal sehen, daß sie über Nacht wegbleiben kann.

Igor spreizt die Arme. Igor faßt sich an den Bart. Igor langt mit der linken Hand nach vorn und zieht sie wieder zurück. Igor stemmt die Linke auf den linken Schenkel. Igor legt den Kopf schief. Igor hebt das Kinn hoch. Igor spreizt die Arme auf der Lehne im dritten Raum der Palette und kuckt von rechts nach links. Igor rückt den Tisch ab. Igor sitzt jetzt nach vorne gebeugt:

– Ein Typ in Paris brachte den Spruch: Dergln ist die schönste Landschaft. Das war der gleiche Typ, der in Lyon in zwei Tagen tausenddreihundert Miese zusammengekreidet hat. Kauft sich ein Moped, fährt nach Hamburg zur Palette, wieder zurück, schmeißt das Ding in die Seine: Jetzt hab ich Hämorrhoiden.

– In Paris brachte einer die Wette: Fünf Liter Bordeaux in einer halben Stunde: Tot.

– Ich habe es nie geschafft und keiner hat es geschafft: Eine Flasche Burgwallbronn auf Ex.

– Weiter: Das war die zweite Reise nach Paris. Bei meinem Vater hatte ich gerade zwanzig Mark abgestaubt, weil er hoffte, daß ich NPD, nee, DNP wähle, hätte mir gerne LSD dafür gekauft.

– Sechzehn Mal in der Deux-Chevaux. Die Typen standen draußen vor und zählten mit. Dazwischen auch mal in der Rotonde saufen. Dann der Rutsch mit Rosenkreutzer, Äskulapschlange an der Windschutzscheibe. Von Paris zum Bernkastler Weinfest, dann zum Jazzfestival an die Côte. Wollte im High Soft Ice schlecken. Drei Kilometer zu Fuß nach Soft Ice. Als ich ankam, hatte ich das Geld vergessen. Hab so lange auf der Straße die Mütze hingehalten, bis ich für zwei Portionen die Mäuse zusammenhatte. Eine für mich und eine für Rosenkreutzer. War ganz aufgeweicht die Portion, als ich zurückkam. Oder ich wollte Apfelmost im High. Dann zum Zigeunertreffen in der Camargue. Der Zigeunerking empfängt uns: In der Tonne ist das Bier und auf dem Feuer steht immer was zu achelen. Nachher die große Klopperei mit dem Dorf. Gammlères. Die Polizei hat uns auf Lastwagen geladen und alle zwanzig Kilometer zwei abgesetzt. Verbot zurück! Rosenkreutzer kam mit dem Wagen nach. Wir zum Frankfurter Jazzfestival. Wenn ich daran danke.

Polizeigeschichten.

Der Dicke setzt sich hoch:

– Dann wollten sie mich gerade vermachen. Da kommt Ede.

Ein Schrank und sagt zu mir in dem dunklen Gang: Brauchst du einen Zeugen? – Die aber schnell die Gummiknüppel wieder rein.
– Eine Selbstmordgeschichte: Susi, nachdem sie von Enoch weg war, wurde ja lesbisch und saß immer mit anderen Tanten zusammen. Es gab Trouble und Susi wollte sich umbringen und rennt auf die Straße und wirft sich vor einen Wagen. Der Fahrer steigt aus. Will den Personalausweis sehen. Die Sitte. Nimmt Susi gleich mit, denn sie wurde wegen Diebstahl gesucht.
– Muß sie sich ausgerechnet vor den Wagen der Sitte schmeißen.
– Enoch war schon lange vor der Ehe ihr Loddl.
– Aber leben konnte er davon nicht.
– Warum eigentlich Trippersusi?
– Weil sie in einer Nacht auf einer Party mal sechs, sieben Typen einen verpaßt hat. Die kamen dann nacheinander hier rein und fragten immer: Ist Susi da? Ich hab nämlich und so weiter.
– A propos Augentripper: Wenn früher auf See einer einen hatte und konnte einen nicht ausstehen, dann wischte der dem mal ans Auge, sagte so nebenbei: Du hast da ne Wimper sitzen.
Lehnen sich nach vorn. Stützen die rechte oder die linke Hand auf. Legen sich in der Pause zurück. Einer bleibt ohne Bewegungen sitzen.
Fuchteln.
Geschichten werden nebeneinanderher erzählt:
– Im Gefängnis rasierte uns immer ein Friseur, der hatte seine Frau mit dem Rasiermesser ermordet. Jeden Freitag.
– Die Wohnung verwandelten wir in Pop. Käse an die Wand genagelt, angebissene Schallplatten rumgeschmissen.
– Caffamacherreihe haben sie mir in die Schublade gekotzt und reingeschissen. Binden in den Seesack. In meinen Rucksack eine kleine blinde nackte Ratte gestopft und eine große schwangere.
– Die behaupten ja auch, du bist ein Kameradenräuber.

– Er fing mit einem Cocastand an. Kaufte sich dann einen Gemüseladen, lieh sich auf den Gemüseladen zehntausend Mark. Heute fahren sie mit sieben Mann elf Wagen.
– Ich kenn einen, der ist Fensterputzer, der fährt drei Wagen und einen Sportwagen.
Grischa erzählt:
– Er erzählte bei den Vokabeln Patria und Virtus immer den Film von seinem Sohn, der im Zweiten Weltkrieg gefallen war. Ich hab dann mal einen Regenschirm aufgespannt, von wegen der vielen Spucke. Da wurde ich aber schnell von der Schule gebeten.
– Ich hab sie nach einem selbstvertonten Lied von Peter Huchel marschieren lassen.
Niemand lacht, als Reimar Renaissancefürstchen aus der Ostfeldstraße erzählt:
– Gegen Wollust haben wir ja nichts, aber daß sie nachts beim Beischlaf immer um Hilfe rufen, das geht denn doch zu weit.
Mirko kommt in das elfstöckige Hochhaus in München. Auf jeder Etage befindet sich ein Müllschluckervorraum. Einssechzig breit, zwei Männerbreiten lang. In den zehnten Stock mußte Mirko hoch, bis er einen Müllschluckervorraum zum Übernachten fand, wo nur ein Penner schlief.
– Als wir immer in dem Haus mit dem doppelten Treppenhaus, Poststraße, schliefen. Wenn der erste Mieter runterkam und die Polizei morgens holte, rannten wir schnell über die zweite Treppe weg.
– Bringt auf der Brücke von Lyon den großen Film: Sie haben diesen Jungen blutig geschlagen. Wir leben unter einer Polizeidiktatur. Das kann ich nicht mehr ertragen! – Ehe der Polyp ihn zurückhalten kann, springt er in den Fluß und taucht unter weg und kraucht am anderen Ufer im Gebüsch wieder an Land. Keiner bemerkt das. Der Putz gleich hinterher. Rettung. Suchaktion. Stundenlang – ohne Resultat.
Igor bringt jetzt wieder das Zurücklegen. Spreizt die Arme. Legt den Kopf ganz nach hinten über. Jetzt fehlt nur das Gurgeln und das Spaddeln.
Der Frachter hat Schiffbruch. Er bricht auseinander. Die Bul-

len schwimmen durch den Krill. Dann verwandelt er sich in tausend Haie. Ein Hai schwimmt mit seinen Hörnern ab.

– Kennst du die anderen Selbstmordversuche von Gregor, dem Maler. Den ersten hast du selbst miterlebt. Den Bohnerwachseimer um den Hals und so weiter. Der zweite ist auch nicht übermäßig interessant. Beim dritten schneidet er sich die Pulsadern auf, nimmt Schlaftabletten und legt sich auf die Schienen. Abstellgleis. Pech gehabt. Aber Schnupfen und zwei gelähmte Finger. Das dritte Mal. Das war widerlich.

– Das vierte Mal.

– Haben sie mich angerufen. Er soll nackt auf der Straße rumgelaufen sein. Er soll gewiehert haben. Selbstentmannung gemacht haben. Ich bin in sein Zimmer gegangen. Mir ist ganz übel geworden. Der Spiegel war ganz voll Blut. Er hat sich wieder die Pulsadern aufgeschnitten und während das Blut in der Gegend herumspritzte, sich vor dem Spiegel das letzte Mal vor der Selbstentmannung die Uhr aufgezogen. Es war alles voll Blut. Auch der Spalt zwischen den Matratzen. Vorher hatte er noch den reinsten Vandalismus geübt und mit dem Besenstiel auf allen seinen Tuben rumgehauen, daß die Farbe in Makkaronis von der Decke hing. Das Radio auch kaputt. Nicht mehr zu gebrauchen. Das lag alles so rum. Röhren und Hülle und Drähte. Das Telefon mit Blut vollgeschmiert. Da hatte er noch telefoniert.

Igor lehnt sich wieder zurück:

– Wahrscheinlich hat Ramonita das Blatt rausgerissen und den Tausender von der Bank abgehoben. Wenn sich der Verdacht bestätigen sollte, bring ich ihn zwei Jahre ins Zuchthaus. Ich weiß genug über jeden in der Palette. Ich könnte jeden für längere Zeit ins Loch bringen.

66

DER AUTOR WILL MEHR VON IGOR WISSEN: Igor hat gerne seine Lebensgeschichte auf Band gesprochen. Der Bandspieler war im Gerümpel von seinem Atelier. Der Bandspieler ist schedderig. Es geht los:

Partymusik.
Was man sagt, wenn bei einer Party ein Bandgerät angestellt wird:
– Los.
– Läuft es denn schon?
– Bier.
Igor fängt an, sein Leben auf Band zu sprechen:
.. kleiner Bankangestellter. Mutter im Arbeitsdienst, als er sie kennenlernte. Sie war wohl noch Kneipwirtstochter. Rentzelburg. Nebenan die SA-Kasernen, wo mein Vater diente. Ich verstehe nichts mehr. Während Igor spricht, löscht das Gerät die vorige Aufnahme nicht ganz. Der Hintergrund prostet und summt rein.
Wieder deutlicher:
– Es war zum Teil mit den Wölfen heulen und zum Teil irgendwas tun für das deutsche Volk oder so. Ich wurde streng nationalsozialistisch erzogen. Nach dem Krieg genau so wie vorher. Jetzt eher ein nationalsozialistischerer Trend als vorher. Deutsche Reichspartei wählen und so weiter. Was ich sage ist richtig. Er stand oben auf dem Komposthaufen und brüllte und wir waren unten am Laubkarren bei seiner Villa an der Alster.
Igors Stimme wird leiser. Ich gehe ganz nahe ran an den Dekkel. Auch von der Party ist nichts mehr zu hören.
– Mein Urgroßvater hatte eine Gärtnerei und Champignonzüchterei auf der Veddel und mein Großvater war Schreiber bei der Hapag.
Igor weg.
Igor wieder da.
– Ich wurde mit fuffzehn getauft.
Die Party wieder lauter. Ich kann einige Wörter verstehen:
– Bier.
Igor nebenbei unverständlich.
Lauter:
– .. von Sachsen aus nach Wunsiedel evakuiert. Es kam da zum Beispiel vor, daß ich versuchte, die Korken in die Bierflaschen zu stecken, daß die ganze Kneipe schwamm und man

mich auf den Boden sperrte, wo ich dann munter das ganze Mehl von oben runterkippte, was ja nun reichlich teuer damals war. Ich muß so vier Jahre alt gewesen sein. Reichlich oft Protest damals.

Ich pule mit dem Schraubenzieher am Tonkopf rum. Igor wird wieder lauter:

– . . hausten wir nun alle munter in diesem Wochenendhaus. Mit Betten übereinander und Babies im Waschkorb. Vierzig Kaninchen und Brennesseln. Mein Vater mußte nun erst, weil er ja nun Nazi war, hat anderthalb Jahre Steine geklopft. Und kam dann zum Ohlsdorfer Friedhof, Gräber ausschaufeln und Leichen vergraben und im Krematorium. Aber da er gut im Rechnen war, wurde er Schachtmeister und hatte dann wieder eine gute Stellung intus.

Der Schraubenzieher rutscht ab. Igor wieder so leise, daß ich ihn nicht mehr verstehe. Ich suche die richtige Stelle am Tonkopf.

– . . und dann hat mein Vater irgendwie nach der Währungsreform von einem Sohn einer Frau, die nun Kriegerwitwe war, und von einer Tante in Wellingsbüttel ein Haus erbte und diese Person wollte Bargeld haben. Und da hat mein Vater dann für zehntausend Mark das Haus gekauft, weil ja im Augenblick kein Mensch D-Mark hatte und mein Vater konnte in dem Augenblick schon bei seiner Bank einen großen Kredit aufnehmen . .

– . . mit der Nachbarstochter, die nun irgendwelche Sachen über den Zaun geworfen hatte, meinte ich nun, einmal den Rock. .

– . . für die Oberschule den Zweitbesten, blieb dann aber prompt in der achten . .

– . . etwas ganz Großes oder gar nichts.

– . . das erste Mal nach Paris gefahren. Reichlich gedrückt und gesoffen und hatte den Jazzfimmel. Irgendwann auf einem Jazzerball traf ich eine Tante, die war irgendwie aus Schleswig-Holstein und irgendwo dachte ich: Das wird dein erster Schuß. Und sie sollte den nächsten Tag zu mir kommen und trat denn auch pünktlich mit ihrer Freundin auf und als ich meinte: Was

soll denn die? Und der Spruch kam denn gleich: Die wartet solange. – Runter an den Alsterwanderweg. In das nächste Gebüsch. Weltmann, wie ich war, hatte ich den Preser in der Tasche. Fragte dann: Soll das mit sein oder ohne? – Sie meinte: Ohne. – Mittendrin kriegte ich es mit der Angst zu tun. Das Ding raus! Den Preser über und weiter. Das war der erste.
– . . wahrscheinlich etwas mehr erwartet von der Sache. Von diesem Augenblick an war mein Sinnen und Trachten . .
– . . wir konnten als Jazzer so jede Frau kriegen und später kam dann die Entscheidung für mich: Soll ich schwul werden oder Sadist oder das Ganze überhaupt nachlassen. Da ist dann eben die Entscheidung gefallen für den Sadismus.
– . . Partykeller . .
– . . große Liebe . .
– . . hat mich nun reichlich vorgeführt.
– Das einzige Mädchen, hinter dem ich hergelaufen bin. Seit ich dich sah, ging eine Wandlung vor und deine Vision ist mir so nah, da ich nun alles und alles verlor und deine keusche Gesinnung, dein Lächeln schon. Eine zarte Empfindung . .
– . . Auf Lastwagen durch Belgien . .
– . . Trümmergrundstück. Da waren die Trümmer noch nicht ganz weggeräumt. Da haben wir gezeltet. Im November.
– Ich habe damals viel von der Stadt gesehen. Immer zu Fuß in die Stadt rein. Eiffelturm. Notre Dame.
– . . Viehfahrschein nach Hause . .
– Ich kannte die Palette schon ganz gut.
– Und ich bin nun munter jeden Morgen in die Palette geschoben, kam mittags dann nach Hause und hab pro forma Schularbeiten gemacht und Arbeiten geschrieben und die selber zensiert und hab einen herrlichen Tag gelebt.
– . . Privatschule Jessen. Kunstschule . .
– . . Stockholm . .
– . . Springer. In der Hauszeitung stand dann: Und stieg hinab in eine Stätte, die genannt wird die Palette, wenn das mein Sohn wär – Au!
– . . wegen grovt egenmäktig handling . .
– . . deutsche Schlafwagen . .

– . . noch bei der Post Eilbote und dann wurde ich Kellner in . .

– Ich wohnte dann in der Deux-Chevaux bei Springer gegenüber.

– Das ging nun so lange gut, bis das Haus abbruchreif war und wir mieteten dann zusammen eine Bude am Rathausmarkt. Außerdem wohnte dort ein Italiener, der hatte eine Verlobte und ein Sudanese, der kriegte von zuhause immer Kisten mit Gnufett . .

– . . der immer in seinem großen Bottich kochte.

– . . mit seiner Geliebten. Kostete hundertzwanzig Mark und konntest tun und lassen, was du wolltest.

– . . irgendwo mitgefahren. Damals war ich das erste Mal im Popoff, da gammelten die jugendlichen Gammler rum. Man hatte uns die Karre am Eiffelturm geknackt und wir mußten die Nacht irgendwo rumhecken. Wir schliefen in den Blumenrabatten vom . .

– Erstmal reichlich die Kohlen versoffen. Dann blieb ich erstmals reichlich da hängen. Die Tante ist dann reichlich auf den Strich gegangen. Sie meinte ja nicht. Aber irgendwoher mußte das ja alles . .

– . . nichts mehr . .

– . . Meter und Meter. Autos fahren. In der Ferne Lieder . .

– . . stockhigh . .

– Ich hatte in der Palette nur davon gehört. Es war ja sowieso wenig zu kaufen damals.

– . . reichlich die Pfeife gequalmt und das war so eigenartig. Ich hatte mir nun den Boulevard St. Michel angekuckt mit der Tante und nach dem Rauchen habe ich eine vollkommen andre Straße gesehen. Wir standen eine halbe Stunde vor dem Schuhgeschäft und haben uns die schönen Schuhe angesehen.

– . . Gammler . .

– . . Wien . .

– . . Engel . .

– . . Wien . .

– Das war die Sache.

– . . Schmerzen . .

– . . Scheiße . .

– . . Magen . .

– . . Nieren . .

– . . Strumpfhosen und Hemdchen unter den Wagen . .

– . . Nebelstrecke . .

– . . Schmerzstrecke . .

– . . pennen . .

– . . war das Ganze.

– . . Dosis . .

– . . fünfzehn Grad minus . .

– . . eine Frau in einem grünen Cocktailkleid . .

– . . und einen Typ, der sich hinter der Bar Whisky-Sodas ausschenkte.

– Ich nun, besoffen wie ich war, sammelte mir immer die russischen Kaviarbrötchen aus der Reihe raus.

– . . Kaviartante . .

– Ich hatte einen Frack, der zu klein war.

– . . zweieinhalb Jahre . .

– . . Paris . .

– Tous les jeunes allemands en France sont voleurs. C'est la même chose avec . .

– Camus . .

– . . Rauschgift . .

– . . Terry an . .

– . . drehte einen Film über die Gammler.

– Mit dem Kerl von der Television wurde nun ein Gammlertreffen am Strand organisiert.

– . . und dann hatte ich erst den Sarg in St. Anschar. Zwei mal zwei Meter. Eineinhalb Meter hoch. Bei Frau Wimpel oben. Dann kam Margritt. Die ist gestorben. Wegen Margritt hatte ich ja das Atelier angefangen.

– . . bürgerlich geworden . .

– Margritt starb an Darmverschluß, nachdem sie erst in der Finkenau auf Eierstock behandelt worden war.

– . . Eilenau . .

– . . ihr wurden fünf Liter . .

– . . Kontrolle beim Saufen verloren.

– Musterung. Geschlechtskrank. Tripper. Wollte da mit der Öse ankommen. Ich ihm den Oymel auf den Objektträger geknallt. Veränderungen am Nierensystem. Untauglich.
– So viel Kohlen, wie der in einer Nacht auf St. Pauli ausgegeben hat, konnte er in seiner Schaschlikbude gar nicht . .
Die Party wird wieder lauter.

67

JÜRGEN. GESTAPO: Mit dem Bandgerät geht es nicht.
Während Jürgen redet, schreibe ich mit:
– 30. 3. 37 in Hamburg. In Barmbek. 1943 ausgebombt. 1943 starb die Mutter. Nach Bernburg an der Saale. Dort eingeschult. Nach Ostpreußen. Östlich der Weichsel. Großkrebs. Kreis Marienwerder. Mutter starb in Bernburg. Zu Großeltern nach Großkrebs. Mutter 36. Herzbeutelentzündung auf Grund von Rauchvergiftung beim Bombenangriff. Dorfschule 1943. Herrlich gelebt. Schönste Kinderjahre. Wald und Feld. Treibjagden. Einzelhaus am Bahndamm. Gehörte zu Bauernhof. Ställe. Großeltern Rentner. Vater kaum gesehen. Baustoffkaufmann. 1939 eingezogen. Bis zum Leutnant. Terrorangriff. Brandbomben in Schrank mit Kunstdrucktafeln. In Ostpreußen nichts vom Krieg gemerkt. Vater auf Urlaub. 20. Januar 45 brach der Russe durch. Halb drei morgens kamen die Russen. Ans Fenster geklopft. Bahndamm längs. Östlich Himmel rot. Die Erde zitterte von Artillerie. Ganz kalte Nacht. Knackte. Leiterwagen. Pferdewagen. Westen. Bis an die Weichsel. Brücken gesprengt. Vom Wagen runter. Über Eis. Schießen ging los. Russen auf Fersen. Armee auf Rückzug. Deckte den Treck. Wo Russen Trecks überholten, in die Menschen gefahren. Jürgens Füße angefroren. Mußte getragen werden. Herberge. Katholische Familien hatten Christus, Maria und Josef an der Tür. Plötzlich konnte er wieder laufen und betete. Beide Eltern waren katholisch. Flucht mit Großeltern. Treck aufgelöst in Gothenhafen. In Gothenhafen starb Großmutter. Altersschwäche. Dort begraben. Jürgen hatte furchtbaren Durchfall bis April. Ins Kinderheim. Führerbefehl. Alle Flüchtlinge nach Däne-

mark. Schlachtschiff Lützow. Verlor den Großvater. Abhanden. Nicht der einzige. Lützow drei Wochen unterwegs. Fettes Essen. Noch mehr Durchfall. Kopenhagen. Mit Zug nach Jütland. Lokomotive explodiert. Dänische Widerstandskämpfer. Drei erste Wagen vom Damm gerissen. Jürgen, Gott sei Dank, hinten. Deutsche Marine, Infanterie, Artillerie. Militärisches Gelände. Kinderheim. Notwendig, da Dänen böse. Jürgen wurde bewacht, Stacheldraht. Tausendjähriges Reich zuende. Deutsche Soldaten ab. Internierungslager. Meer durch Stacheldraht. 1947 im April ins Krankenhaus. Deutsches Kinderheim des Internierungslagers. Schlechtes Essen. Dänen gaben Magermilch, verfaulten Käse. Dänische Kinder steckten zum Necken Schokolade durchs Gitter. Schneeballschlachten mit Steinen über den Stacheldraht. Nach Hamburg zu Vater nach Lurup. 47. Vater erwarb nach dem Krieg das Grundstück und ließ ein Häuschen hinbauen. Zur Schule. In Dänemark Lagerschule. Jetzt Rudolf-Steiner-Schule. Wandsbek. Aus Snobismus. Vater kein Anthroposoph. Auch wegen der Unmöglichkeit, sitzen zu bleiben. Fast zwei Stunden Schulweg. Bis 15. Große Katastrophe. 1948 heiratet Vater. Währungsreform neue Mutter. Bis 21 zur See. Dann Bundeswehr drei Jahre. Freiwillig. 59 fing Gammelei an. Hafenarbeit. Gänsemarkt-Bäckerei. Fliesenleger. Kuppelei für seine Königliche Hoheit Prinz Suleiman von Saudi-Arabien. Vater kein Nazi. Mit neunzehn die erste Frau. In Hamburg. In Paris von Mann verführt. Während der Gammelei und neben der Bundeswehr Statisterie im Schauspielhaus. Vater sehr geliebt. Verhältnis trübte sich seit der Heirat des Vaters. Als zur See gefahren – kaputt. Zur See. Floh im Ohr. Fremde Länder. Mit sechzehn. 1953 das erste Mal in die Palette. Als von der Bundeswehr zurück, schmeißt der Vater ihn raus. Krach. Beruflich. Wollte was, was Jürgen nicht wollte. Bauschule. Krach mit Stiefmutter. Zum Einkaufen geschickt. Was Verkehrtes geholt. Den Krempel vor die Füße geschmissen. Er war ein christlicher Seefahrer. 1953 das erste Mal in der Palette. Wollte Bier trinken. Lag mit Schiff in Hamburg. Hinten ein Sofa. Sah anders aus und gepflegter. Die ersten Jazzer. Vielleicht ein paar Kunststudenten. Abgestoßen. Kannte Atmosphäre nicht als ehemaliger Rudolf-Steiner-Schüler. Fühlte sich nicht wohl. Das nächste Mal in Hamburg wieder einmal hin. Niveau sank leicht während der fünf Jahre Seefahrt. Auf dem Schiff haben sie einem Schwulen zur Strafe mit Fäustlingen aus Leder einen abgewickst. Mehr miese Typen in der Palette. Früher war geistiges Niveau höher. Leute waren nicht so primitiv. Gespräche über Philosophie und Literatur. Damals Bacchanten, lustige Zecher. Geistreich. Stimmung.

Eine Lampe. Ein Stativ mit einer Scheinwerferfassung, wie Irma es zum Fotografieren braucht.
Während ich schreibe, blendet mich das Licht nicht. Bei
– Bacchanten, lustige Zecher.
zwei Schlenker in Jürgens Stimme.
Jürgen sagt:
– Es ist wie bei der Gestapo.
Der Jürgen, der am Bismarck und am Falkenstein husch-husch macht, endet er vielleicht als ein Strolch mit Lederkleidung und SA-Mütze und Peitsche oder als einer, der vor einem in SA-Mütze in die Knie sinkt, Gnade fleht und zwei Pfunde dafür bezahlt?
Der Jürgen, der alles nachliest, der mit dem Bürgerlichen Gesetzbuch in der Aktentasche, der für Augstein manifestiert und die Diskussionen in der Universität besucht?
Ich?
Wie bei der Gestapo?
Das Krächzen der Raben?
– Art. Art.
Die Lampe grell ins Gesicht? Die Lampe wieder weg? Wieder grell ins Gesicht? Wieder weg?
– Reden Sie?
– Gestehen Sie?
Das war Jürgens Lebensbericht, soweit ich ihn mitgekriegt habe. Ich kann nicht stenographieren.

68

WERNER HILDEBRAND, DER ES GERADE BEI SPRINGER ZU WAS GEBRACHT HATTE, LAUT SEIDNETTZUEINANDER: Gestern morgen . .
Auf dem Wege . .
Auto erfaßt . .
Man brachte . .
Schweren Kopfverletzungen . .
Alle Bemühungen . .
Jedoch vergebens . .
37 Jahre alt . .
Drei kleinen Kindern . .
Ohne das Bewußtsein wiedererlangt . .
Einige Jahre . .
Bei uns . .
Freier Mitarbeiter . .
Vor wenigen Tagen . .
Feierten wir seinen Einstand . .
Einer von den Stillen . .
Glücklich . .
Den Platz gefunden . .
Wünschte . .
Ihm zustand . .
Schnell . .
Einen Namen gemacht . .
Zeichen . .
Was immer er auch . .
War es . .
War es . .
Die begnadete Begabung . .
Journalistischen Glanz . .
Noch am Abend vor seinem tragischen Ende tippte er sein letztes . .
Liegt wie ein letzter Gruß . .
Nie leicht gemacht . .
Da . .
Oberfläche . .

Da . .
Hineinhorchen in die Menschen . .
Zu spüren . .
Sachliche Fundierung . .
Als Sohn eines . .
Von der Schulbank weg . .
Nach dem Krieg . .
Oberschule St. Georg . .
Damals ahnte er noch nicht . .
Welche Weichen . .
Schicksal zum Erfolg stellen . .
Ausbildung als Betriebskaufmann . .
Aber das befriedigte ihn nicht . .
Suchte schon damals den Kontakt . .
Zu . .
Zu ihren Schicksalen . .
In verschiedenen Ländern Europas . .
Befaßte er sich mit der Durchführung freiwilliger . .
Führten ihn im Auftrag . .
Nahm . .
Auf . .
Und da er nebenbei einen Job brauchte . .
Heuerte er . .
Als sein Name als . .
Schon lange einen guten Klang . .
Auch dort seine Freunde gefunden . .
Stellte sich dem Leben überall . .
Denn . .
Lebensfreude . .
Außergewöhnliches Talent . .
Stets . .
Hellwachen . .
Geistes . .
Voller . .
Hinter . .
Schauen . .
Wir . .
Freund verloren.

69

JÄCKIS IDEAL: – Kaputt, denkt Jäcki, bin ich unter Kaputten. Halbehalbe. Keinen Sohn, kein Haus, kein Buch, keine Ehe, keinen festen Freund, keinen Opel Kadett. Aushilfskunstkritiker.
Aber er möchte doch auch einen Traum, auch einmal roter Pressezar sein, Sebastian Fischer sein, etwas Tahiti, Droit de l'Homme, Blitzen in den Augen – also doch Oper und Deutsches Schauspielhaus.
– Man wird schließlich älter.
Klaus Martin sitzt ihm gegenüber.
Während Jäcki ihn ansieht, fühlt Jäcki, wie Jäcki sich verwandelt in einen Mann, der mit Dänenhästen die Biscaya pflügt und Seeweizen anbaut.
Klaus Martin raucht ruhig seine Pfeife. Er malt in Ruhe seine Bilder zuhause und hat es nicht eilig, sie zu zeigen. Er hat breite Schultern und einen musikalischen Hinterkopf. Er hört wachsam zu und hält sich auf den Parties die Schwulen mit breiten Händen vom Leib, ohne grob zu werden und dann macht er nicht doch brav seinen Militärdienst, wie die anderen alle, sondern er verweigert den Dienst an der Waffe und als die von der Komission ihn fragen:
– Wenn Sie nun von vier Russen überfallen werden?!
antwortet er ruhig, kein Speichel leckt ihm aufs Kinn, seine Stimme zittert nicht:
– Es gibt ein chinesisches Sprichwort: Gewalt mit Gewalt erwidern, heißt, das Feuer mit Heu löschen.
und als sie ihn fragen:
– Wenn Ihr Vater erschlagen wird und Ihre Mutter vergewaltigt – von Russen, Chinesen oder Polen, meinen wir, würden Sie nichts tun?
antwortet er klar und deutlich:
– Das Ganze ist eine Hypothese. Es müßten auf jeden Fall mehrere sein, da kann ich gar nichts tun.
– Und wenn Sie doch etwas tun könnten? Wenn Sie zu wählen hätten?
antwortet Klaus Martin, was Jäcki nie zu antworten wagte –

– Aber das ist natürlich das einzig Richtige. In jeder Beziehung.
– Dann würde ich meine Mutter eben vergewaltigen lassen.
– Denn die Wahrheit kann man nicht sagen, da hätten die von der Kommission einen gleich bei der Büx, sagt Klaus Martin.
Und da hängt Jäcki, der Kaputte, sich an den reinen und starken und listigen und gütigen Klaus Martin und singt ihm eine Hymne vor von Buddha und Achill, preist ihm die Nonviolence und das zweistimmige Oymeln, nicht Halbehalbe, sondern doppelt doppeln.
– The Eastern and the Western World.
– Griechenland und L'Essence de la Pensée Orientale.
Jäcki, der eben noch auf Bildung wickste, fängt nun doch an, das klassische Altertum wieder zu zitieren.
– Eine sexige Güte. Lieber und guter Dergl in jeder Richtung. Gandhi mit den Beinen vom Blauen Engel.
Jäcki meint es ernsthaft Kaiser-Wilhelmstraße, Abendblatt, Hör zu!, Das grüne Blatt, konkret, Kristall, die WELT.
Jäcki läßt sich von Klaus Martin die Adresse geben, denn dies Gespräch muß fortgesetzt werden. Das ist zu wichtig. Das ist das Größte:
– Du malst. Du bist kräftig. Du bist nonviolent. Wenn du jetzt noch bi wirst, bist du der King der Könige. Mann und Zahn. Athen und Benares.
Klaus Martin sagt seltener etwas. Nur:
– Na!
– Möglich.
– Mag sein.
– Wenn du meinst.
Er sieht ein, daß es nicht unwichtig ist, für Jäcki das auszusprechen und gibt ihm die Adresse.
– Ich weiß es, sagt Jäcki. Ich spreche aus Erfahrung. Halb tot bin ich gewesen vor Nonviolence. Ich hab es praktiziert. Lagerleiter in Paris. Obdachlose und Verrückte und Gängsters. Brunnenbauen und Elektrizitätsmasten aufstellen und mit Jodflaschen rumlaufen und darauf achten, daß das Klo jede Woche

gesäubert wird. Und dann las ich Gandhi. So gütig und so wahr. So straight. Und so grausam und kleinlich und engherzig zu seinem Servant, den er wegjagte, weil er in Gandhis Haus nach der Arbeit puddelte. Und für die Tunten ist Gandhi nicht gestorben. Und die Griechen? Dieser ewige trojanische Krieg. Ein Quarteron von verrückten Generälen. Das reinste Algerien. Aber Achill und Patroklos. Ich bin kaputt. Ich hab nicht schönen und starken Body genug. Aber du kannst es alles. Du kannst der vollkommene Mensch sein.

Am Neuen Pferdemarkt. Nicht weit von der Stelle entfernt, wo sie dem besoffenen Tataren die letzten Scheine abgefleddert haben.

– Wenn ich mit dir in die Federn steige, werde ich der vollkommene Mensch.

– Ja, sagt Jäcki und meint es auch so.

Talstraße verabschieden sie sich voneinander, der möglicherweise vollkommene Mensch Klaus Martin mit der Pfeife und Jäcki, der ganz Kaputte. Jäcki fragt, wann er ihn mal besuchen kann, weiterglöken.

Klaus Martin sagt:

– Ich heiße nicht Klaus Martin und meine Adresse ist falsch. Der Feigenbaum ist morsch. Der Weizen ersäuft. Der Delphin stinkt auf der Hofstelle.

– Falsche Vornamen und falsche Adressen haben sonst nur die Stricher. Aber die sagen es nachher nicht. Komisch, daß die Leute mit der indischen Weisheit immer leicht mal lügen. Mein Freund beim Abbé Pierre-Groués auch. Und Liana Pozzis Mann.

70

ZWEI ALTE HERREN: Der eine sieht aus wie ein Wärter im Wartesaal zweiter Klasse, Hauptbahnhof. So einer mit der grünen Armbinde. Er hat einen weißen Scheitel. Unter den grauen Haaren guckt die weiße Kopfhaut durch. Eine gerade weiße Linie teilt die Haare in die längeren und die kürzeren. Die langen Haare laufen parallel zu den Falten auf der Stirn

Die Haarenden wurden mit dem Kamm – eins gegen das andre – nach hinten gebogen, was beim ersten Haarstrahl eine graue S-Linie ergibt. Bei den kürzeren Enden auch eine S-Linie.
Der Herr ist mager. Hat keine breiten Schultern. Ist groß. Die Hände sind dünn. Weiß. Der Nacken ist rund. Nicht dünn.
Aber der Anzug hat keine Bügelfalten und braune Flecken an den Knien. Und die Sohle und die Brandsohle seiner Schuhe klaffen auseinander.
Er sieht über weg.
Auch über die Längsten. Er dreht seinen Kopf. Zwei Falten unter seinem Kinn wabbeln hin und her. Die Köpfe der Palettler schwimmen am Rande seines Blickfelds rum.
– Wie kommt der hier rein?
– Warum hat der so einen Scheitel und so einen Anzug?
– Warum kuckt der so blöd nach oben?
– Na, du alter Puter, hat der andre alte Herr gesagt.
Der zieht sich keinen geraden Scheitel. Seine Sohlen klaffen nicht auseinander. Sein Anzug ist auch grau und an den Knien ausgebeult. Schlipse haben sie beide um. Zwei weiße Hemden mit bräunlichem Schweißstaubrand.
Wie kommen hier zwei solche auf einmal rein?
Von der Sitte sind sie nicht, dann hätten sie keine dreckigen Hemden an.
Der mit dem Scheitel hört den Anwurf gar nicht. Er sieht darüber hinweg. Es ist ihm schon unerträglich genug, daß er in einer solchen Umgebung seinen Schnaps zum Aufwärmen, zum Anregen, zum Prickeln, wegen des Herzens trinken muß.
Dem ohne Scheitel ist es ziemlich unerträglich, daß er seinen Schnaps in einer solchen Umgebung trinken muß.
– Kuck bloß nicht noch so wie ein Penner. In deinem Alter in der Palette, um einen Schnaps zu trinken. Dein Hemd hättest du auch mal waschen können. Wovon lebst du eigentlich? Von deiner Tochter? Der mit dem Scheitel antwortet immer noch nicht. Er bestellt einen neuen Schnaps, setzt an, kippt ihn.
– Du hast es wohl gar nicht mehr nötig, sagt der ohne Scheitel.

Der mit dem Scheitel sagt zu Kitty:
– Warum wird man in Ihrer Bar eigentlich andauernd von solchen Tippelbrüdern belästigt?
Kitty hört die Frage nicht und spritzt den Korn in das Glas.
– Tippelbruder, sagt der ohne Scheitel. – Der Stadtstreicher, der, der nicht mehr dran kam. Pikassler, Sanoligäng, Akutotrinker.
– Was sagen Sie? sagt der mit Scheitel.
– Du bist ein ganz mieser Berber, der nicht mehr kann. Aus. Stadtstreicher mit siebzig.
– Kommen Sie doch her, wenn Sie was wollen, sagt der mit Scheitel.
– Mit dir hau ich mich doch gar nicht erst.
Der mit dem Scheitel stellt sein Glas ab. Zieht die Luft ein. Die Schultern gehen hoch. Der Brustkorb wird dick. Er geht langsam die paar Schritte vom Tresen zu dem runden Tisch im ersten Raum und beim Gehen hat er vom Knie abwärts einen Schlenker, wie Jürgen manchmal einen Schlenker in der Stimme hat.
Der ohne Scheitel steht auf und sagt zu Jäcki:
– Also ich hab nicht angefangen. Aber wenn ich angegriffen werde, da muß ich mich verteidigen.
Der mit Scheitel hat eine Faust gemacht und stößt den Arm nach vorn in das Gesicht von dem ohne Scheitel. Als die Faust auftrifft, zittert sie. Der ohne Scheitel stolpert zurück und fällt um und keucht dabei. Er will wieder hochkommen, stützt sich auf, verzieht das Gesicht, ruckt.
Der mit Scheitel ist in die Knie gegangen, hält sich dabei an der Music-Box fest und faßt den ohne Scheitel am Schlips.
– Jetzt aber Ruhe, sagt Kitty. – Aufstehn! Los!
Sie zieht den mit Scheitel an der Jacke hoch. Der hat Angst, daß seine Jacke zerreißt und stützt sich schnell an der Music-Box wieder hoch.
– Ich habs ihm gezeigt, sagt der mit Scheitel. Bestellt sich einen neuen Korn.
– Der soll nur noch mal herkommen. Sie haben selbst gesehen.

– Ich hätte ihn umgebracht. Ich hätte mich vergessen, sagt der ohne Scheitel. – Mit so einem schlag ich mich gar nicht ernsthaft.
Der mit Scheitel sagt dann was von Paulus und von Scharfschießen.
– Was, bist du noch nicht ruhig. Der hat noch nicht genug. Komm bloß noch mal her.
Der mit Scheitel sagt jetzt was von Kiew und Verrücktgespielt.
Der ohne Scheitel läuft an die Theke und reißt an dem Arm von dem mit Scheitel.
– Sie haben gesehen, daß er mich angegriffen hat.
Eine Hand von Ohnescheitel hat jetzt den Nacken von Mitscheitel zu fassen. Die Hand ist mager. Braune Flecken. Dicke Adern.
– Das macht mir doch nichts aus. Ich rufe, Leichen so hoch, sagt der mit Scheitel und streckt seine Hand aus.
Der ohne Scheitel rüttelt weiter an dem Nacken:
– Ich bring dich um!
Mitscheitel holt aus. Ohnescheitel hält seine blaubraune Hand vors Gesicht, kippt um, weil er über den Barhocker stolpert. Mitscheitel kippt vom Barhocker runter. Ohnescheitel steht auf und macht Muskelreiten bei Mitscheitel und sagt:
– Ich habe noch einen Lungenstreifschuß. Entschuldige dich bei der Dame!
Ohnescheitel würgt Mitscheitel. Die Hautfalten unter der Hand zittern, die zittert.
Der mit Scheitel nickt dreimal. Der ohne Scheitel faßt an ein Barhockerbein, um sich beim Aufstehen zu stützen, hangelt sich an der Tresenstange hoch.
Der mit Scheitel sagt:
– Ich hab einen Leberschuß. Monatelang beurlaubt, wegen Scharfschießen.
– Ich habs ihm gegeben, sagt der ohne Scheitel.
Als er sich verpustet hat, steht Mitscheitel auf und geht an den Tisch von dem ohne Scheitel:
– Entschuldigen Sie, sage ich. Entschuldigen Sie!
– Ja, ja, entschuldigen Sie man auch.

– Ich sage Ihnen, Haufen so hoch.
Er macht seinen Scheitel mit angespannten Händen wieder ordentlich.
– Du bist schön blond, sagt der mit Scheitel zu Jäcki. – Du hast auch schöne klare Augen. Sechstausend. So hoch. Messer in Bauch und rumgedreht!

71

LETZTE GESCHILDERTE BESUCHE JÄCKIS IN DER PALETTE: Für Bock hatte Jäcki zu Irma gesagt:
– Wenn ich wieder nach Hamburg ziehe, dann nur an die Elbchaussee.
Als Gammler zwischen Mercedessen und goldenen Wasserhähnen. Aber geheizt wird in dem Jugendstilaltersheim immer noch nicht ordentlich. Die Pilze an den Wänden vermehren sich, jeden Tag können die Abbrucharbeiter mit der Ramme und dem Bagger kommen. Die Mietverträge sind ungültig. Der falsche Besitzer hat den falschen Vermieter schon auf die Straße gesetzt. Das Ehepaar aus dem Osten besteht nicht unbedingt auf der Elbchaussee. Wenn der Mann zur Arbeit ist, liest die Frau die Wohnungsanzeigen im Abendblatt. Jetzt hat sie eine große Wohnung in Othmarschen entdeckt. Für ein kinderloses Ehepaar.
Aber der Vermieter läßt mit sich reden und nacheinander jubeln sie ihm Jäcki und Irma und den Gebrauchsgrafiker und einen Freund unter, mit dem haben sie früher Flüchtlinge über die Grenze gebracht.
Die verkrachen sich später und das Ehepaar aus dem Osten kündigt dem Freund.
Mit dem Gebrauchsgrafiker gibt es auch Krach.
Jäcki kracht sich mit dem Ehepaar aus dem Osten.
Jäcki übernimmt ein Zimmer nach dem anderen.
Jäcki hat sich in Othmarschen eingelebt. Hamburg ist wieder nichts Neues mehr für ihn. Gelegentlich geht er ins Museum für Kunst und Gewerbe.
Die Palette bietet Jäcki keine Überraschungen mehr.

Jäcki bietet in der Palette keine Überraschungen.
Die ganze Zeit Beatmusik. Die Stimmen. Der Rauch. Die Bewegungen.
Jürgen wohnt nicht mehr bei seinem Vater. Er darf auch nicht mehr in der Requisitenkammer vom Thalia schlafen. Neulich wußte er nicht wohin und legte sich in den Vorgarten seines Vaters die Nacht über. Er hat ein Zimmer in Aussicht. Nicht weit von dem Haus seines Vaters entfernt.
Jäcki geht mit zu einer Party bei Igor. Anschließend begleitet er Grischa und Mirko. Er stützt sie. Sie sind voll. Breitenfelder Straße neben den Straßenbahnschienen alles Matsch. Es regnet. Grischa fällt in den Matsch. Sucht seine Brille. Mirko soll ihm raushelfen. Mirko fällt auch in den Matsch. Jäcki hat gutes Zeug an. Er läßt sie liegen und versucht ein Taxi anzuhalten. Aber die Taxifahrer haben Angst, ihren Wagen schmutzig zu machen und fahren durch.
Jäcki geht noch mal in die Palette zurück. Er setzt sich neben Pörgel. Er hat Pörgel schon oft gesehen. Aber sie haben nie miteinander gesprochen. Pörgel sitzt im dritten Raum der Palette, daneben ein Freund und daneben Mutti Wimpel. Mutti Wimpel hört nicht mehr gut und sieht gar nichts mehr und während der Freund von Pörgel mit ihr rumknutscht, weil er zwanzig Mark braucht, erzählt Pörgel, daß er achtmal die Woche ins Kino geht und Prelus nimmt, wenn er drückt, weil er das Geseibel von den Hausfrauen nicht mehr hören kann und sein eigenes Geseibel über die Grüne Mappe und Hör zu! und Bild und Kristall und die Praline und Für Sie und Film und Frau und das Grüne Blatt und Quick und Schöner Wohnen und Merian und die Elegante Welt und Konkret und den Stern und Pardon.
Der Freund von Pörgel geht mit Mutti Wimpel raus. Sie hakt ihn ein. Aber die zwanzig Mark will sie nicht rausrücken. Pörgel und Jäcki gehen hinterher. Sie kann ohne Stütze nicht mehr weiter. Der Freund von Pörgel führt sie beim Bohème rum und auf den kleinen Platz vor dem Krankenhaus. Da ist eine große Pfütze. Der Freund von Pörgel führt sie mittenrein und läßt sie stehen.

– Weil du deinem Mann, als er tot war, den Finger mit dem Goldring hast abschneiden lassen, sagt Pörgel am Rande der Pfütze.
Pörgels Freund macht sich jetzt an einen Blinden ran. Der will gerade ins Bohème. Der Freund von Pörgel winkt ihn auf den Platz und knöpft ihm den Schlitz auf.
– Schön Uhr aufziehen, Opa! Komm, schnell, schön die Uhr aufziehen.
Aber der blinde Opa hat auch keine zwanzig Mark dabei. Pörgels Freund läßt ihn mit seinem Ständer und seinem Stock stehen und springt in Pörgels Austin Healy.
Der Mann mit der gelben Binde und dem Ständer läuft auf dem Platz rum, stößt an Mutti Wimpel, fragt:
– Wo ist denn der reizende junge Mann von vorhin geblieben?
Jäcki fährt mit Pörgel und seinem Freund in die Teestuben. Mirko steht im Heizungsraum und reihert den Betonfußboden voll.
– Wie kommst du denn hierher?
– Ich habe zuviel Retsina getrunken.
Jürgen fragt, ob Mirko nicht bei Jäcki pennen kann. Jäcki gibt Mirko zwanzig Mark und sagt, er soll ins Hotel gehen knacken. Jäcki weiß, daß kein Hotel den angereiherten Mirko nehmen wird. Jäcki geht alleine zum Hauptbahnhof.
Kauf dir einen Opel, Jäcki. Spar für die Eigentumswohnung. Du hast Angst, Flecken zu bekommen auf die Hose. Wann wirst du mit Mutti Wimpel und Pörgel und Pörgels Freund und dem Alten mit der gelben Binde und den drei schwarzen Punkten drauf nicht mehr an einem Tisch deine Frisco trinken wollen?

72

EIN ANDRER GESICHTSPUNKT. DIE ENTWICKLUNG DES EMBRYOS, SPÄTEREN FOETUS IN HEIDI VOM AUGENBLICK DER ZEUGUNG BEI KRANZ – MIT ZITATEN AUS LEHRBÜCHERN

DER GYNÄKOLOGIE, ÄUSSERUNGEN VON HELGA, LODDL, JÄCKI, JÜRGEN, THOMAS VON AQUIN, LESEFRÜCHTEN JÜRGENS – BIS ZUM DATUM DER NIEDERKUNFT, DER ZUFLUCHT IN DIE WILFREDO-BAR UND DER VERSTEINERUNG: Als es anfängt, ist es nicht. Halb nicht. Doppelt halb nicht. Zweimal nicht die kleinste Form dessen, was es sein wird und was wissen wird: – Das bin ich.

Zweimal ein Ganzes andres. Jedes in Verbindung mit dem anderen eine Hälfte. Eine halbe Lollobrigida, was Loddl wünschte. Oder für Heidi, ein halber Thomas Fritsch.

Jäcki erinnert sich, daß Thomas von Aquin behauptete, das kleine gelbe, kleiner als ein Heringsrogenei kleine Ei von Heidi habe noch nicht eine Seele. Aber Jürgen, der so etwas genau nachliest, weiß, daß in dem gelblichen, mit bloßem Auge kaum sichtbaren Ei in Heidi – welches ihr keine Schmerzen verursachte, als es reif wurde und sprang – und wenn es ihr Schmerz verursachte, wußte sie nicht, daß es von dem Ei herrührte, welches reif wurde und sprang – Jürgen hat sich notiert, daß in dem Ei schon der Leberfleck an Heidis Hals enthalten ist, auch die Taubheit ab sechzig, wenn Heidi sechzig wird und wenn aus dem Ei etwas werden sollte, was sechzig Jahre dauert. Und Jürgen weiß, daß in den reifen Kernen von Loddl, die im Nebenhoden gespeichert werden – das weiß Loddl nicht, das überrascht Schudl – Loddls Nacken, den Jäcki nicht ausstehen kann, Loddls Augenfarbe enthalten sind.

Jürgen liest so was nach. Zwischen zwei Schichten träumt er vom Abitur und von der Robe. Deshalb sitzt er manchmal mehrere Stunden täglich über Kriegstagebüchern und den Protokollen der Ärzteprozesse, über Embryos in Schnitten, auch als Ersatz, er will wissen, wie das ist, wie es anfängt, fühlen will er am liebsten, wie es sich austrägt; und eigentlich ist er es, der eins zeugt und austrägt, denn als Loddl, nachdem er sich entschlossen hat, Geld zu verdienen, um seine Schulden bei Hilde zu bezahlen, anheuert und bis nach Rotterdam schaukelt und in Rotterdam an Land geht, viel zu viel trinkt und zu lange, daß der Dampfer weg ist mit der zweiten Hose und der

Zahnbürste und den frischen Papieren und Loddl sich heimschaffen lassen muß, er nach Kranz übersetzt, ärmer, das bedeutet reicher an Schulden als vor der Ausfahrt und er bei Heidi und ihrer Familie unterkriecht und neben der Jagdflinte von Heidis Onkel Heinz auf dem zu kurzen Sofa Heidi beiwohnt, wie es in der Leihbücherei Kohlhöfen heißt, Loddl Heidi oymelt, wie Enoch sagen würde, über Heidi wegsteigt, wie Lydia oder Ramonita sich ausgedrückt hätten, und damit Gottes Werk, Jäckis Omas Überzeugung nach, das Wunder des Lebens, Jäckis Tante Elses Überzeugung nach (fünf Monate später Loddl:
– Die größte Kacke meines Lebens!)
anhebt, einsetzt, beginnt et cetera, weiß Loddl nicht, daß er das macht, was neu nach neun, zehn, zwölf Monaten – Dr. Rosenkreutzer zitiert einen Fall von sechzigjähriger Dauer – als Steinkind einen Majolikagegenstand anschlagen könnte oder nach zehnmal achtundzwanzig Tagen als unsere Tochter Valeska das Neonlicht des St. Georgskrankenhauses erblicken wird – Heidi weiß nicht, wie sie es getragen haben wird, weiß nicht, daß sie das macht, sie würde sich nicht einmal fürchten, wie sie sich fürchten wird, wenn sie in der Wilfredo-Bar viel zu früh vergeblich auf die Wehen hofft – Jürgen weiß genau über den Anfang Bescheid.
Er liest weiter, notiert weiter, legt Zettel hinein, manchmal kann er einen Zettel einen Tag später nicht mehr entziffern. Er verliert drei Zettel.
Heidi erinnert sich an Satzfetzen, an gedachte Schreie, die sie bei den anderen lächerlich gefunden hätte, auf den Festen, die Heidi nicht mehr unterdrücken kann – auch ist es das erste Mal wieder nach einer Woche – sie haben nicht einmal gerechnet vorher und sogar wenn sie gerechnet hätten, wäre es ihnen, wie sonst auch, egal gewesen – Brüllen:
– Du Räuber!
– Ordentlich!
– Fick mich!
während Loddl denkt:
– Hoffentlich merkt sie es nicht zu früh. Sonst fängt sie gleich

an zu zappeln. Dann ist es noch nicht ganz zuende und es wird zu früh kalt.
Aber es geht gut.
Oder tatsächlich Gott?
Gott fädelt die Gene auf wie Stockfisch auf das Netzgarn, wie die Gärtnerin in Pierrevert die grünen Bohnen.
Oder er schickt seinen Engel, damit er im Teich von Heidi mit Loddl Kaulquappen um die Wette schwimmt. Ergreift er die richtige – Gottes Engel aus Gelatine – sortiert er die Kaulquappen wie der Fischer die Fische am Strand, wenn das Netz eingezogen ist, stopft sie hinein in den Muttermund?
Das ist der Anfang?
Aber, wie der RockandRoller behauptet, Gott ist schon abgeflogen, als die Zeit noch nicht angefangen hatte, ehe der Raum sich krümmt. Nach der Timelessness die Gottlosigkeit?
Loddl hat genug damit zu tun, sich aus Vorsicht schnell über dem Eimer in der Küche zu waschen, in Kranz. Heidi legt sich auf den Bauch, um an der gleichen Stelle, wo Loddl sich kaltes Wasser hinplatscht, die Wärme etwas länger zu halten.
Wenn es dann eins ist, ist es einfacher, denn mit der Genetik will Jürgen nichts zu tun haben, die ist ihm zu schwierig. Da ist jetzt also das befruchtete Ei der Mutter.
Jürgen kann es vor sich sehen: Einen Globus. Die Erde quasi und der Gewinner, die Kaulquappe, ungefähr lang wie vom Gäsemarkt bis zur Palette – mehr. Die anderen nicht. Hüllen die Erde nur ein. Fünfhundert Meter lang. Eine Erde, bewohnt von zuckenden Kaulquappen, kreist, ein Gestirn, bedeckt mit einer halbkilometerdicken Schicht von Samentierchen.
Einfacher.
Jürgen versucht drei Tage lang, den Namen der Säure zu behalten. Als er sich erinnert, erinnert er sich falsch.
– Aber weiß man in diesem Punkt schon ganz Genaues?
Jürgen bezweifelt das.
Loddl zieht sich an.
Heidi zieht sich an.
Sie kann es sich ebensowenig erklären wie Loddl, was sich hin-

ter ihren langsamen Bewegungen und ihren langsam ausgesprochenen Wörtern
– Jetzt müssen wir das Bild an der Wand wieder gerade rükken. Es ist zu groß. Ich kann es nicht allein.
– Seh ich sehr verpudelt aus?
verbirgt, was sie fühlt, ohne es zu empfinden, daß sie eigentlich ganz kaputt ist, daß der Mann ihr gegenüber weiter weg ist und aus fremderer Haut als das weißfettige Rindsviertel bei Kaulmanns, daß ihr nichts helfen kann, daß ihr Loddl nicht helfen kann,
– Es ist alles ok. Du befriedigst mich immer prima. Du bist kernig. Du bist der beste für mich.
wenn er sie auch auseinanderbiegen würde, auseinanderbrechen würde, er, jetzt, irgendeiner, irgend etwas, irgendwann einmal, wenn er eine Frau wäre – daß es immer so ist, sein wird, immer so ein Rest sein wird. Sie will nicht schreiben, sich nicht zwischen den Ducdalben und dem Dampfer runterfallen lassen, sie wird ihm nichts tun, keinem andern was tun und ganz deutlich ist es ihr nicht.
– Fünfunddreißig Stunden kann der Vereinigungsprozeß dauern, sagt Geraldine Lux Flanagan.
Heidis Vater kommt inzwischen aus der Werkstatt.
Heidis Mutter kommt vom Einkaufen zurück.
Heidis Mutter beschwert sich, daß Heidi keine Bratkartoffeln fertig hat.
Loddl schläft auf dem Sofa.
Heidi schläft oben mit Cliffy an der Wand.
Heidis Vater ist längst weg in die Werkstatt, als Heidi immer noch nicht hoch ist.
Heidis Mutter denkt nicht daran, für Heidi und Loddl
– Schon dieser Name!
auch noch den Frühstückstisch zu decken. Sie geht die Buscherbsen lockern.
Loddl sucht nach Bier. Loddl findet überhaupt kein Bier. Er eignet sich die letzte Dose Thunfisch an.
Heidi packt die Schallplatten und die Kaninchenfelljacke zusammen. Sie essen gemeinsam die Eier und trinken den Kaffee.

Loddl muß sich auch noch eine Brühe aus Hühnerbrühextrakt aufgießen.
Sie hinterlassen das Sofa und die Küche, ohne aufzuräumen. Sie fahren mit der Fähre über die Elbe. Sie gehen zu Fuß bis zur ABCstraße, da sie über kein Geld für die S-Bahn mehr verfügen. Sie schlafen in der Palette.
Während sie schlafen, sind die fünfunddreißig Stunden voll. Jürgen findet es nicht schwer. Die Furchung zum Beispiel:
– Zwei. Vier. Acht. Sechzehn. Zweiunddreißig!
Die langen Furchen des Maisfeldes würde Jäcki sehen, wo die Konservendosen voller Pisse stehen gegen die Dachse.
Jürgen denkt an die Runzeln auf der Stirn des Neugeborenen, die Stirnfurchen des toten Babies zwischen den Schenkeln der toten Mutter bei der Party am Hafenkrankenhaus.
Jürgen liest hastig weiter.
Die nächste Woche trinkt Loddl gleichmäßig gleich viel.
Die erste Woche lang pendelt Heidi zwischen Alster und Palette hin und her. Das hängt von den Öffnungszeiten der Palette ab und von der Witterung.
Im Trockenen schreibt Heidi Gedichte. Von Regen, Asche, Schuld, leeren Straßen, Sehnsucht, Ekel.
Es regnet selten. Sie schreibt viele Regengedichte.
Sie raucht. Sie trinkt Cola, weil sie die nicht mag. Sie ißt Frites gegenüber, Currywurst, Schaschlik.
Pauls Bude ist noch nicht in die Luft geflogen.
Meistens wird sie nur zu Schaschlik eingeladen.
Nun ist es was. Eins. Nicht mehr zwei andre. Ein einziges, das sich festbeißt in Heidi – Heidi merkt es nicht – sich festsaugt, wie die Blutegel an Jäckis Beinen vor zwanzig Jahren im Wallgraben, wie die Polypen in Sesimbra. Blut tritt aus. Von dem Blut ernährt es sich.
Es wächst, ohne daß einer es weiß. Heidi nicht. Loddl nicht. Jürgen nicht. Ole nicht. Vielleicht der liebe Gott, zu dem Jäckis Oma um Jäckis Gesundheit betet.
Hat der liebe Gott alles eingerichtet, daß es ganz mechanisch abläuft?
Oder liegt es an der Säure, deren Namen Jürgen nicht richtig

behalten kann. Wie mit Stempeln geht es vor sich, hat Jürgen in der ZEIT gelesen.
Jürgen weiß, was Heidi und Loddl auch nicht wissen, daß man das Alter des Fifis vom ersten Tag der letzten Blutung an rechnet. Aber auch das ist nicht richtig. Keiner weiß, wann es anfängt – es sei denn der Mann mit dem langen weißen Bart.
Die andre Zeitrechnung ist Dr. Rosenkreutzers. Zwei Zeiten.
Jürgen liest in der ZEIT über Zeit. Computer-Zeit. Real Zeit.
Was das Embryo anlangt – widersprüchliche Zeiten.
Der Fifi erinnert sich nicht, wann er sich festfraß.
Der Fifi strengt seinen Grips nicht an. Selbst wenn ers könnte. Er braucht ihn nicht, um rund und dick zu werden. Dr. Rosenkreutzer half einem heraus, der hatte alles wie alle, nur kein Gehirn.
Das geht also auch. Vater unser!
Oder die Gelatineengel? Damit sie auf die Sekunde genau die Seele einfüllen können, auf die Sekunde der Sekunde genau, was wiederum Thomas von Aquin sehr beschäftigte.
Heidi nimmt am Ostermarsch der Atomgegner teil. Es sind vorhanden – außer den übrigen Gegnern – Bier, Guitharren, Abzeichen, Wagen. Auf den Abzeichen was, das sieht aus wie die umgekehrte Lebensrune, äußert Hugo. Es ist eine Gemeinheit. Er wollte früher schon alle Kanacker vergasen lassen.
Reimar Renaissancefürstchen regt das Zeichen zu einer Reihe aufrüttelnder Zeichnungen an, seine Zukünftige, die einmal mit Peter van Eyck geschlafen haben soll, zu einem aufrüttelnden Gedicht über den Atomtod und Erbschäden.
Nachdem es sich festgefressen hat und sich streift, gibt Jürgen auf.
Es stülpt sich nämlich um und ordnet sich zu einer Keimscheibe. Die Keimblätter werden aneinandergeheftet.
Jürgen blättert noch einmal um.
Die Zeichnungen werden komplizierter. Zu viele Kreise drehen sich um Kreise. Die Wülste sind numeriert, Tortenstücke aus den Wölbungen geschnitten, auch eins, zwei, drei, vier bezeichnet.
Gestrichelte Linien, kreisen um Wabenfelder – und das ist nicht alles. Das ist nur die Morphologie.

Während Jürgen liest und nichts mehr begreift, erledigt der Fifi, ohne zu zögern, viel mehr, als Jürgen lesen könnte.

Was ißt Heidi eigentlich?

Ostern – vor dem Atommarsch und nach dem Atommarsch – ißt Heidi zu Hause in Kranz, schläft sich zu Hause aus, kriegt Cognaceier, wenn sie auch nicht sehr gesprächig ist, nur vor sich hinstiert eigentlich, den Kerl im Kopf hat, der ihnen nicht wieder ins Haus kommt, im Kopf hat die verdammten Platten, ihre verdammte Gammelei, ihre Arbeitsscheuheit – und wir müssen von morgens bis abends wurachen, schenkt uns einer was? – auch einen Schokoladenosterhasen, von dem Onkel Heinz behauptet, daß er Weihnachten ein Schokoladenweihnachtsmann war, und einen Lauf vom Kanickelbraten – Ostern.

Sonst Cola und Bier. Jäcki lädt sie weiterhin zu Frites ein. Einmal lädt sie Ole ins KB ein. Die rote Suppe mit dem weißen Reis heißt Tomatensuppe. Später gibt es Kartoffelpüree, das beim Verquirlen geklunkert hat – und ein sehr duftes hartes Stück Ochsenbraten mit wenig Soße, die – obgleich es schädlich ist oder so und zu einer Zersetzung des Eiweißes, und die Fettsäuren . . – dreimal aufgewärmt worden ist. Heidi schläft bei Lisa, Werner, an der Alster, bei Günther, Susi, Trippersusi, an der Krugkoppelbrücke, einmal mit Loddl, an allen Tischen der Palette. Sie wird von der Sittenpolizei aufgegriffen und wegen Stadtstreicherei verwarnt. Wer ohne feste Arbeit in der Palette schläft, stadtstreicht.

Loddl trinkt in der gleichen Zeitspanne einige Hektoliter Bier mehr, schluckt einige zwanzig Tabletten weniger als Heidi. Im übrigen geht es ihm so ähnlich.

Aber Loddl ist unwichtig, das erkennt Jürgen im Gegensatz zu Äschylos. Loddl liefert das einige zigtausendmal als das weibliche Ei kleinere Schwanztierchen, hat kürzer was davon, mehr nicht – Jürgen muß das wissen.

Die Bäume werden grün.

In der dritten Woche sieht es aus, findet Jürgen, wie ein Wasserfloh. Das Gehirn besteht aus zwei Hälften. Das Herz pumpt. Eine Daphnie im Bauch genügt und alles wird anders.

Dem Fifi – wie Igor es nennt – fehlen die Arme und die Beine. Trotzdem: Er hält alles an, dirigiert alles um, nichts wird mehr reif in Heidis Bauch und springt.
Heidi fehlen die Kopfschmerzen.
Sie hat Angst. Eigentlich müßte sie Kopfschmerzen haben vom Rauch, vom Tau, von der Kälte in den Dämmerungen, vom Wenigessen, von den Maris, Pervis, Prelus, Captagon, Perviconotrol, Kenortin, vom Thomapyrin im Bier, von der geriebenen Muskatnuß im Bier, vom Schnee, vom unregelmäßigen Schlafen. Heidi fehlen die Kopfschmerzen.
Zwar unterscheiden sich die einen Kopfschmerzen von den anderen Kopfschmerzen. Aber weil beide Kopfschmerzen andauernd fehlen, weiß sie es für den kleinsten Teil eines Augenblicks, für die Zeit, die es braucht, vom A in Kilroy was here auf den Bierschaum an Hugos Lippen zu sehen, den Anfang des Tons zu hören, den die ausgelaufene Cocacolaflüssigkeit erzeugt, wenn sich ein Tropfen von der unteren Kante des Tisches löst, weiß sie, daß sie nicht in einer der nächsten Nächte mit Blut zwischen den Beinen aufwachen wird.
Heidi fühlt etwas in sich anwachsen von den Ausmaßen einer Babypuppe.
Aber zweitens hat Heidi gar nicht regelmäßig vorher Kopfschmerzen. Manchmal traten im Anschluß daran Kopfschmerzen auf. Dann war es besonders heftig gewesen. Gewöhnlich traten die Kopfschmerzen vorher auf.
Aber vielleicht verschiebt es sich. Das Jucken an den Lidrändern, das Stechen im Hals, die Müdigkeit, das Aufräumenmüssen, das Waschenmüssen, die Träume vom Meer.
Am fünfundzwanzigsten muß es spätestens eingetreten sein. Vom neunundzwanzigsten Mai an weiß Heidi, was sie am dreiundzwanzigsten schon für den kleinsten Teil eines Augenblicks wußte:
– Ich krieg ein Kind. Loddl hat mich angestochen. Loddl hat mich dick gemacht. Loddl hat mich fett gemacht.
Schudl meint, als er Heidi sieht, die ihn, schon als sie noch zusammen waren, zusammen Lederstiefel trugen und schwarzes Zeug und Gürtel mit silbernen Sternen, andichtete:

– Wenn es auch dann sicher wegbleibt, ist es für euch wohl so, als wenn wir dann mit Bestimmtheit wissen, daß wir uns angesteckt haben.
Nun muß Heidi zum Doktor.
– Du mußt jetzt zum Doktor.
– Zu welchem Doktor mußt du?
– Ich weiß einen Doktor.
– Der Doktor weiß von nichts.
– Er weiß einen anderen Doktor.
– Ich kenne einen Medizinstudenten im dritten Semester.
– Er weiß einen Gynäkologen.
– Herr Doktor, ich weiß gar nicht, was mit mir los ist. Ich habe allerdings, das muß ich gestehen, schon immer Schwierigkeiten mit der Regel gehabt und das macht mich ganz nervös, daß ich keinen Mann mehr, daß ich keinen Mann mehr sehen kann, daß ich nur kotzen würde, wenn mir ein Mann zu nahe treten würde, das schwör ich Ihnen, Herr Doktor. Seit Monaten nicht. Und mit einem Mal kommts unverhofft, daß es mir die Beine herunterläuft und auf die Treppen und wieder mal kommts pünktlich und ganz wenig. Bei den vielen Doktoren, Frauenärzten, Medizinstudenten und -studentinnen, Gynäkologen.
– Da müssen wir eben eine Spritze nehmen. Aber billig ist die nicht, mein kleinen Fräulein.
Turnlehrer. Musiklehrer. Konfirmationsunterricht. Der Drogist. Der Fifi hört nichts.
– Das macht nichts. Die bezahlt mein Verlobter.
– Verlobt sind Sie auch?
Heidi lacht auch.
Aus dem Wasserfloh ist inzwischen ein Lurch geworden oder ein weißer watschelnder Finger, einer aus den Höhlen drüben – unten – in Mexiko. Axolotl. Mexiko. Max und Moritz. Loddl. Ein grüner vorsintflutlicher Salamander auf dem Hügel von Pierrevert, von dem die Bauern sagen, daß er Widerhaken an den Zähnen hat und nicht mehr abgeschüttelt werden kann, wenn er einmal zugebissen hat.
Das stimmt nicht, wie es nicht stimmt, daß der Fifi vorher ein Wasserfloh war.

Aber Jürgen glaubt, auch wenn er nicht weiterliest übers Embryo, und wenn er vorher gelesen hat, das ist falsch, daß der Fifi ein Infusorium ist, später ein Fisch mit Kiemen, ein Axolotl mit Schwamm, ein Vogel mit Flaum, ein Kalb, ein Affe und dann erst der faltige Fifi.
Jürgen glaubt auch, obwohl Doktor Rosenkreutzer ihm das Gegenteil durch den Lebendgeborenen ohne Gehirn geborenen bewiesen hat, daß der Fifi denkt.
Jürgen glaubt, daß der Fifi im Hafenkrankenhaus gestorben ist vor Angst und Schreck, vor Verstand, hat Lessing gesagt, wie Hans Henny Jahnn in einem Vortrag über Klopstock behauptete.
– Es ist eine Sünde, denkt Heidi, als der Doktor die Spritze gegen das Fenster hält.
– Was kommt jetzt heraus? Ein Fisch? Eine Forelle? Eine Karausche? Ein Schlei? Jürgen sagt, ein Fisch mit Kiemen und Flossen.
– Wenn Heidi bei Kranz ins Wasser geht, schwimmen später Fische durch ihren Bauch.
– Die blaue Leiche mit dem blauen Baby im Hafenkrankenhaus.
Heidi denkt:
– Am Jüngsten Tag muß ich ihn vorzeigen. Den Fisch mit den Gräten. Der liebe Gott ruft mich nach vorn. Alle sind sie da: Mutti, Onkel Heinz, Vati, Schudl, Herr Dr. Bahlmann, Kaulmanns beide, Thomas Fritsch. Der liebe Gott ruft: Wo hast du deine Valeska? Dann hol ich ihn aus der Tasche, meinen Hering. Die Gräte mit dem dicken Kopf. Hoffentlich verblut ich mich nicht. Wenn es beim Abgehen schreit, muß ich es auch noch ersticken. Vielleicht sieht es aus wie ein Mensch.
Aus einem Quergel, etwas Kitt, aus einem augenlosen Raupenkopf, aus einem Schleierschwanzgesicht ist ein grinsender Fifi geworden, der festsitzt.
Jürgen liest nicht mehr. Es wäre verhältnismäßig übersichtlich gewesen. Vorne zum Beispiel:
Bau und Schicksal der beiden Stammzellen des neuen Organismus.

Die Geschlechtszellen.
Die Befruchtung.
Die Bestimmung des Geschlechts und die geschlechtgebundene Vererbung.
Und im zweiten Hauptteil:
Die Entwicklung des befruchteten Eis bis zur Ausbildung der Primitivorgane.
Die Gastrulation. Die embryonalen Hüllen und Anhangsorgane.
Determination und Differenzierung der Keimblätter.
Die Plazentation.
Die Abschnürung des Keimlings vom Dottersack und die Bildung der äußeren Körperform.
Mehrlings- und Mehrfachbildungen.
Die Umstellung des weiblichen Organismus' während der Schwangerschaft.
Normale Schwangerschaftsdauer.
Geburt und Wochenbett.
Aber dann: Entwicklung. Eins entwickelt sich neben dem anderen. Tabellen. Durch das andre hindurch. Entwickelt sich, während das andre noch nicht ganz entwickelt ist, in seiner Entwicklung einhält, seine Entwicklung beschleunigt. Skelettsystem, Muskelsystem, Gefäßsystem, gastro-pulmonales System, Urogenitalsystem, Nervensystem, Sehorgan und seine Hilfsorgane. Das Gehör- und Gesichtsorgan. Die Entwicklung des häutigen Labyrinths. Die Ganglien des häutigen Labyrinths. Das Epithel des häutigen Labyrinths. Die perylymphatischen Räume. Das knöcherne Labyrinth. Die Entwicklung der Haut und ihrer Anhangsgebilde.
Nicht nur lesen hatte Jürgen es wollen, sondern sich vorstellen, lückenlos, austragen im Kopf, nachvollziehen, wollte es machen mit Wissen, beides, alles.
Aber wenn er an die Metallregale tritt, kommt er sich vor wie der Hamster in seiner Trommel, tritt, tritt, kann plötzlich nicht mehr heraus aus seiner Drahttrommel, doch nicht eine Trommel allein, eine, aus der er in eine andre treten würde, die sich zu drehen beginnt, beide Trommeln in einer dritten, die sich,

weil sie sich durch das Treten drehen, dreht, nicht aus Draht – Röhren, Pumpen, Ballons, Schwämme, Sümpfe, zwischen Vergammeln und High, pendelnd, schwankend, Jürgen im Schwankenden schwabbend, wie das Embryo schwabbt und rollt zwischen Heidis erstem und zweitem Abtreibungsversuch.
Heidi denkt:
– Hoffentlich geht alles raus. Aber es ist noch früh. Da hat es sich noch nicht festgesaugt. Hoffentlich muß nicht geschabt werden und mit dem Kratzer gekratzt werden.
Heidi kneift die Augen zu. Heidi preßt die Hände zusammen. Sie preßt eine Hand in ihren Schoß.
Jürgen hat sich die Illustrationen zu einer medizinischen Festschrift herausgerissen. Die Abbildungen erinnern ihn an die Fotos in den Zeitungen kurz nach Kriegsende. Jäcki hat sie auch gesehen. Er war acht. Auch Wunderlich hat sie gesehen. Wer hat sie nicht gesehen? Alle waren überrascht. Jürgen und Jäcki und Wunderlich haben sie nicht vergessen. Jürgen wollte die Festschrift nicht verschandeln. Er will nur immer etwas bei sich haben in der Westentasche, griffbereit:
– So sah es aus. Und tausende davon auf einem Bild.
Auf den Bildern zur embryologischen Festschrift sind Lurchlein abgebildet – ohne Hände und Füße, mit Pellen und Knorpeln statt der Gesichter, mit einem spitzen Schwanz. Glatte Scheiben wachsen von Bild zu Bild, werden Henkeltopfarme ohne Hände, Zipfelchen statt der Beine, Säcke an Stellen der Augen, halboffene Münder von Ermordeten auf Polizeifotos, dann Patschehändchen, Entenfüße. Immer dick die durchschnittene Nabelschnur vorn. Jäcki würde es an den Korbvoll Gedärm erinnern auf den Fotos aus Algier in Pierrevert.
Auf einem anderen Blatt der Fotos aus der Festveröffentlichung ist eine Reihe von abgeschnittenen Foetusköpfen abgebildet: Delphinköpfe, weinende Gnomenköpfe ohne Pupillen, Köpfe mit dem Ausdruck von Sittenpolizisten, Köpfe mit kalkigen Ringelnatteraugen, Köpfe, deren Ohren an den Backen sitzen – dazu abgeschnittene sternförmige Händchen, abgeschnittene Entenfüße.
– Ein Foetus von hinten mit einem halbzusammengewachse-

nen Sack. Die Zweieinhalbmonatealten mit dem hämischen Blick – auch als lächelten sie. Die feinen Farnhände zittern in Jürgens Hand. Die Zehen liegen gegeneinander. Jäcki heult, als Jürgen sie ihm zeigt. Das erinnert ihn an Neuengamme, Oran in Pierrevert, Södertälje, Lokstedt – auf jedem Foto der durchschnittene Nabel. Die abgetöteten Fifis alle in einer Reihe.

– Schon ganz wie ein Mensch und gar nicht menschlich, sagt Jürgen mit seinem Schlenker in der Stimme.

Die nicht verwesen dürfen in ihren Glaszylindern, deren Fotos gedruckt werden und verbreitet in alle Welt wie die Fotos von Gina Lollobrigida und Thomas Fritsch – mit den Froschbeinen, die aussehen, als enthielten die paar Wochen vor ihrem Exitus und dem Knipsen schon alle möglichen Hungersnöte und Gewehrkolbenschläge, elektrische Schläge, Wasserproben, Versuchsimpfungen, künstliche Unterkühlungen und Erwärmung mit menschlicher Wärme, Peinen, die ihnen, wenn sie nicht auf der Pelliküle gelandet wären, hätten zustoßen können.

Heidis Regel bleibt trotz der ersten zwei Spritzen ein zweites Mal aus.

Sie erhält ein zweites Mal zwei Spritzen. Auch die bewirken nichts. Heidi muß sich entscheiden, ob sie den Fifi auf andre Art abtreiben will, ob sie ihn austragen will.

Der Fifi weiß nicht, in welcher Gefahr er ist.

Austrocknungsgefahr. Vergiftungsgefahr. Weiß er es nicht? Hat er nichts von den zwei mal zwei Spritzen gemerkt? Hat er nicht gezappelt in den Giften wie das haarige Äälchen, das Wassertausendfüßlein, -flöhlein zappelt im Austernwasser, wenn der Zitronensaft ihn erreicht? Würde er nicht zappeln, hin und her, aussehen wie ein Fragezeichen und wie ein großes S und wieder wie ein Fragezeichen, würde er nichts merken von der Seifenlauge, die Loddl, der jetzt noch mit den Achseln zuckt, Heidi mit hochgekrempelten Ärmeln, schwitzend in den Körper pumpen müßte? Dann würde es sich nur noch um Wasserdruck, Pumpkraft handeln und um die Reinigungskraft der Seife, um die Ätzwirkung auf Grund der Reinigungskraft, die Häute zerfrißt, die Eihäute zerfrißt, das Wasser läuft, Fruchtwasser läuft, der Fifi verreckt.

Merkt er nichts? Ist es kein Mord?
Geraldine Lux Flanagan sagt, es hat den Umriß aller lebenswichtigen Organe und sein Herz schlägt und sein Nervensystem sendet Impulse aus.
Hier würde Thomas von Aquin, hätte er Geraldine Lux Flanagan gelesen wie Jürgen, die Ausgießung der Seele durch Gottvater, Gottsohn und den Heiligen Geist angesetzt haben. Merkt er nichts?
Jürgen fragt sich, wann das Merken anfängt. Woher das kommt. Ob das Merken aus der Säure, deren Namen er inzwischen behalten hat und wieder vergessen hat, aufblüht oder ob das Merken eingeimpft wird vom Allerhöchsten oder im Auftrag desselben von einem Gelatineengel. Wobei man sich über das Datum mit Thomas streiten kann – nicht mit dem Thomas!
Jürgen meint, der Fifi merkt es. Und der Fifi weiß auch, daß ers merkt und weiß, daß er sich nicht wehren kann: Zwei bis fünf Stunden Seifenlauge – Sunlichtlauge oder Rotwein mit Nelken oder Lebensbaum oder, das Rezept stammt von Igor aus Schweden, mit dem Motorroller auf den Bahnschwellen entlang oder die Stricknadeln, Stricknadeln der Engelmacherinnen, wenn überhaupt Engel, Igor mit Nelken und Lauge, Loddl mit Draht. Rechts vorbei, links vorbei. Rechts eine Perforation, links eine Perforation. Danns Thermometer. Doch ins Krankenhaus. Blaulicht! Merkt er nichts? Vom Zuhören tut es Jäcki und Jürgen zwischen den Beinen weh.
– Ich werd es nicht zusammensetzen. Nicht im Kopf. Selbst wenn es zusammensetzbar wäre, denkt Jürgen.
– Der Schmerz, denkt Jäcki. Irmas Schmerz am Altonaer Bahnhof. Das Verfärben der Lider. Das Hin- und Herschlagen der Hände. Das Geschütteltwerden von Merkstes. Aber wann greift Gott ein? Wann kleckert der Engel auf die Stirnen das Öl, das nicht ranzig wird, das wächst und Ich zu sich selbst sagt und auf den Bahnhöfen die Tempotaschentücher feucht werden läßt und das Individuum in jeder Situation seiner Umwelt mehr oder weniger gut anpaßt. Werden die Menschenaffen auch von Engeln gesalbt?

– Und wenn er nun nicht eingreift und kann auch ich nicht die Maschine bauen, die auf den ausfahrenden Zug mit Nässe und Winke-Winke reagiert, denkt Jürgen quasi weiter und sich selbst Ich nennt und auf die taktischen Atomwaffen nicht viel anders reagiert als auf den Pfeil von La Madeleine – einer würde sie bauen können, könnte sie ohne die Hilfe des Mannes mit dem langen weißen Bart gebaut werden. Wär sie dann noch transportabel? Wären an ihr nicht alle Menschen beschäftigt, die auf der Erde leben? Wäre der Künstliche, er, der auf alle Eventualitäten eingerichtet ist, nicht so groß, daß er die ganze Erdoberfläche bedeckte, womit alle Eventualitäten wegfielen. Also: Ob er gebaut werden kann einschließlich Monteverdi und Blitzkrieg.

Irma behauptet etwas von Träumen, von Sägeträumen, Nägelträumen, Scherenträumen, die eine Elisabeth oder Anna gehabt haben will bis sechzehn, weil ihre Mutter sich, als Elisabeth oder Anna noch schwamm, mit dem Satz Hegastifte, Größe eins bis zwanzig – Größe eins Stricknadeldicke, fünfzehn Zentimeter lang, Hega zwanzig wie ein Oymel dick, wie ein Oymel lang, bearbeiten ließ, von einem guten Bekannten den Muttermund aufsperren ließ, um dann mit Draht der kleinen Anna zu Leibe zu rücken. Aber dem Bekannten wurde es schlecht und so war er in doppelter Hinsicht oder in zwei Hinsichten mehr der Grund, daß Anna oder Elisabeth bis zu ihrem sechzehnten Jahr spitze Träume träumte – wenn es stimmt.

Jäckis Mutter behauptet, jeder Mensch kommt öfter und sucht sich selbst sein Schicksal aus.

Das würde Jäckis und Jürgens Überlegungen verhältnismäßig überflüssig machen, auf jeden Fall würde der Fifi auch etwas merken, er dürfte sich nur nicht beklagen.

Merkstes also.

Vielleicht war er dankbar dafür, daß Loddl und Heidi – Loddl kümmert sich erst mal noch gar nicht darum – es nur mit Spritzen versucht hat, wenn er verständig ist, was das Denkmal auf dem Gänsemarkt von seinem Sohn behauptete. Aber vielleicht haben die Cyren-B den Fifi sehr unangenehm gekitzelt, vielleicht hat er sich ausgerechnet, daß, wenn noch ein bißchen mehr davon, er ausgetrocknet würde, spaddeln, hing wie der Goldfisch schon am Wasserspiegel oder Arbeitern in der Grube vergleichbar, denen das Wasser bis an die Nase steigt, die Luft reichert sich mit Gas an – Mord. Heidi will nicht.

Heidi hat Angst vor dem Kratzen innen. Und wenn nur ein Quadratmillimeterchen bleibt, wuchern Polypen, strecken die Arme aus, saugen Blut. Wenn zuviel gekratzt wird, kratzt der Onkel Doktor Heidis Schleimhaut ab. Heidi schlägt mit dem Kopf hin und her. Aber es geht erst richtig los zu dem Thema:

Ranoriva also knöpfte sich im dritten Monat und im dritten Raum der Palette den Strumpfbandgürtel ab, schlüpfte aus dem Slip, setzte sich auf die Bank an der Wand, zog die Knie in Kinnrichtung, ließ Reimar Renaissancefürstchen nicht ran, Igor nicht, sondern, den Puderdosenspiegel in der Hand, stieß mit der anderen Hand den Plastikstrohhalm rein, stieß, stieß, stieß so lange, wie es gedauert hätte, wenn einer der Herumstehenden, die den Strohhalm beneideten und nicht beneideten, sie gestoßen hätte.

– Heidi will nicht.

Oder Heidi saß daneben. Heidi will nicht wie Rosi mit einem Schraubglas in der Schultasche zurückkommen. Rosi klappte die Tasche auf, stellte das Glas auf den Tisch, schraubte den Deckel ab.

Jürgen sagte:

– Ist das deiner?

Jürgen und Rosi sahen in das Schraubglas hinein.

– Darf ich ihn herausholen?

Jürgen sagte kein Wort weiter. Er näherte seinen Mund dem durchsichtigen Fifi. Er blies ihn trocken, blies mit der Flüssigkeit die dunkelroten Fibern von den Schultern und Zehen weg. Jürgen spaltete ein Streichholz in vier Teile. Er nahm zwei der vier Streichholzviertel und hob die Arme des durchsichtigen Fifi damit an, zählte die Finger und die Zehen nach.

Rosi sagte:

– Er hat schon einen Dergl und einen Sack.

Jürgen sagte nichts dazu.

Jürgen setzte den Streichholzspan am Kinn an, richtete den kleinen Kopf auf und sah ihm in die schwarzen leblosen Augen. Jürgen sagte mit seinem Schlenker in der Stimme:
– So schön und wunderbar und vollkommen ist der Mensch. Jetzt lese ich wieder weiter über das alles. Ich hatte mir nie vorstellen können, daß es so erhaben ist. Das muß doch einmal gesagt werden.
Als nächstes liest Jürgen, daß nur der Vater das Ypsilon produziert, nicht die Mutter, daß nur der Vater das hat, was den Sohn macht, das Ypsilon, daß jeder Sohn das Ypsilon nur von seinem Vater bekommt, daß nur, wenn der Sohn es weitergibt, der Enkel ein Enkel wird und keine Enkelin. Das Ypsilon geht von Adam bis zum Untergang der Welt – im Geschlechte, direkt – so wie der Name geht vom Vater auf den Sohn, gleichbleibend, wie das Ypsilon. Jürgen fragt sich, wieso die früher schon, lange vor der Beobachtung der Erbsen, ihm, der das Ypsilon produziert, den Namen gelassen haben. Er nimmt der Frau den Namen weg, von der der Sohn nicht hat, daß er Sohn ist und der aus dem gleichen Grund seiner Frau den Namen wegnehmen wird. Ahnten sie was? Wie die Trüffeln im Boden um die Trüffeleichen einen kräuterfreien Platz bewirken, zeichnete das Ypsilon sich ab durch den Namen des Vaters. Vielleicht doch der Heilige Geist oder ein Gelatineengel, der es ihnen einflüsterte in der Dordogne, in Peking – doch Gott?
Und Gott hätte also die Zeit in sich und den gekrümmten Raum wie Jürgen einen Rülpser und Wind und in ihrem Wissen damals wäre schon enthalten gewesen das Wissen vom Ypsilon wie Rülpser und Wind.
Und den Tag darauf entdeckt Jürgen die Ordnung der Welt durch Lektüre.
Nicht mehr verdammt und ausgestoßen kommt er sich vor, weil er als Galionsfigur diente von vorne und hinten. Sondern ganz in Ordnung. Nicht in der Ordnung, aber dran an ihr, denn er liest, daß es die Ämms und Äffs gibt und klappt es nicht wie vorgeschrieben, dann wird das Ypsilon ein Icks durch viele Äffs oder das Icks ein Ypsilon durch viele Ämms und

solchermaßen entsteht daraus der wirkliche Hermaphroditus verus, der einen Oymel hat mit allem Zubehör und eine ganze Punz oder entsteht der wirkliche Pseudohermaphroditus, der gar keiner ist, das heißt, drinnen ein Mann und draußen eine Frau oder umgekehrt, bei denen man es überhaupt nicht merkt, die Frauenfleisch haben mit allem Drum und Dran vom Mann und stoßen auch wie ein Mann und es klappt – oder umgekehrt.
Jürgen erinnert sich. Jürgen lacht:
– Es war einmal ein Hermaphroditus verus, war schwanger und gebar eine Tochter, mit dieser Tochter zeugte er eine Tochter. Will sagen: Der Tochter Gatte ist ihre Mutter. Die Tochter der Tochter ist ihre Stiefschwester. Die Großmutter ist ihr Vater. Sie ist ihre eigene Nichte.
Jäcki:
– Mon père est mère à ma mère et mon frère est ma sœur.
Jürgen liest wörtlich:
– Das häufigste Vorkommnis ist der Pseudohermaphroditus masculinus externus und zwar verhält sich die Anzahl der bearbeiteten männlichen Scheinzwitter zur Anzahl der weiblichen Scheinzwitter wie zehn zu eins, daraus ergibt sich die praktische Regel, daß, wenn auch die genaueste Besichtigung der äußeren Geschlechtsteile eines neugeborenen Zwitters keine Entscheidung über das Geschlecht erlaubt, dieses Kind den Angehörigen gegenüber und für die standesamtliche Anmeldung zweckmäßigerweise als männlich bezeichnet wird, damit hat man die größere Wahrscheinlichkeit für sich, das Richtige zu treffen. Auch ist es für den Zwitter im späteren Kampf ums Dasein günstiger, wenn er als Mann und nicht als Weib durchs Leben geht.
Jürgen hat für sich die Ordnung der Dinge entdeckt.
Der Flieder blüht zur richtigen Zeit. Pfingsten ist genau fünfzig Tage nach Ostern. Es regnet auf die hellgrünen Blätter des Ahorns. Was ißt Heidi jetzt?
Immer mal wieder in Kranz. Hauptsächlich Bier, Prelus, Frites.
Igor hat was Neues aus Paris mitgebracht. Ein Entwöhnungs-

mittel für Opiumsüchtige. Ohne Opiumsucht verschafft es den schönsten High.
Heidi ißt wenig Nahrhaftes.
Dem Ebryo machts nichts. Es kommt nicht zu kurz. Es krallt sich, was es braucht. Je dicker Heidi wird, desto magerer wird sie. Auch die Magersten, die nur aus Knochen und Pergament – für die Pergamentlampenschirme – bestanden, das weiß Jürgen, die Jäcki, Wunderlich auch, mit zehn Jahren zu Tausenden auf Haufen in der Zeitung abgebildet sah, die Allermagersten, deretwegen Jürgen die Abbildungen von Köpfchen und abgeschnittenen Händchen aus der Festschrift riß und sie in der Westentasche mit sich herumträgt – die Äußerstmageren vor dem Tod brachten vollgewichtige Babies zur Welt oder fast vollgewichtige Babies zur Welt nicht. Der Foetus innen drin ißt quasi Schwetzinger Spargel mit Schinken, aber er macht es nicht mit Absicht, er weiß es nicht, was er tut, laut Dr. Rosenkreutzer, getrüffelte Gänseleberpastete, Hummer, portugiesische Austern, Caviar, Rehrücken, Chateaubriand, Himmelbeeren mit Schlagsahne – alles frisch oder auch nicht ganz so frisch von Cölln oder Michelsen, trinkt verschieden dicken Wein und läßt den Pfropfen knallen, Klaren aus einer krummen Flasche, vier verschiedene Gläser, Austern auf Lacktablettchen, Kalk zwischen den Zähnen, Meerwasser.
Der Fifi fängt an, Heidi den Bauch nach unten zu ziehen.
Warum arbeitet Heidi eigentlich nicht?
Hat Heidi eigentlich überhaupt je gearbeitet?
Eine Zeitlang hat sie gearbeitet als Hausangestellte, Hausgehilfin, Kindermädchen, Raumpflegerin – nicht lange.
Hat Heidi sich sehr erschrocken, als ihr, neben dem Nabel, die Faust des Fifis den Bauch ausbeulte?
Als sie Jäcki fragt, ob er nicht welche habe, Jäcki erst nicht versteht, dann begreift, daß Heidi ihn mit dazu rechnet, er nein sagt, er habe noch nie welche verscheuert, nehme selbst keine – hinter Heidi der schwarzhaarige Dekorateur und sein Freund mit den gefärbten schwarzen Haaren – berichtet Heidi, daß sie Loddl heiraten muß. Sie will es austragen. Aber wenn sie ihn nicht heiratet, kommt sie ins Arbeitshaus.

Gibt es Hamburg neunzehnhundertdreiundsechzig ein achtzehnhundertzwanziger, siebzehnhundertdreiundvierziger, sechzehnhundertzehner Arbeitshaus? In Farmsen?
In der Max- und Moritzbar erzählt Herta, daß im Krieg die arbeitsscheuen Mädchen aufgelesen wurden und nach Farmsen gebracht mit dickem Bauch. Das Kind wird ihnen später weggenommen. Die minderjährigen Mütter, wenn sie mucken, werden entmündigt, wurden von den Nationalsozialisten entmündigt, sollen entmündigt werden am einundzwanzigsten Geburtstag. Herta sagt, aber wenn sie auskneifen und sich das Bäckerbuch anschaffen am einundzwanzigsten Geburtstag, dann kann der Staat sie nicht mehr entmündigen, weil sie als Strichmädchen schon unter Kontrolle stehen.
Der Fifi in Heidi also in einer zu entmündigenden oder regelmäßig auf Tripper oder Schanker et cetera zu kontrollierenden beziehungsweise einer bald gezwungenermaßen heiraten müssenden, jetzt Jäcki, der nie eine hatte, um eine Prelu anhauenden Mutter.
Soll ich etwas über Rauschgift in Hamburg sagen?
Über den reiselustigen Schah von Persien?
Kiff, Schnee, Maris, Streichholzschächtelchen zwischen zehn und zwanzig Mark. Davon kann Heidi nicht träumen.
Die Familie des Schahs solls kofferweise in die Rathäuser rein- und rausgeschleppt haben.
Pervitin zwischen einer und fünf Mark. Nicht für Heidi. Heidi erwartete Captagon oder Kenortin von Jäcki, der nichts hatte.
Die Lokale verschweig ich, wo die Ernte des Schahs verschoben wird. Daß die vornehmen Sorten aus Persien kommen, verschweigen die Polypen. Nur Bertrand Russell weist darauf hin, daß der Schah Mohnfelder pflegt.
Doktor Rosenkreutzer sagt:
– Der Fifi merkt nichts davon. Ist kein Contergan. Sind keine Atomstrahlen schließlich.
Für einen Augenblick sieht Heidi das, was sie im Bauch hat, was sie nicht mehr ist, den Fifi als flimmernde Wand vor ihren Augen, in der sich, wie Rostflecken auf den Eisenschaufeln der Bagger, Flecken abzeichnen.

Jürgen sieht eine Tafel vor sich mit fotografierten Stacheldrahtstacheln.
– Das sind die Fifis der Fifis, die bestimmen, wie es zu gehen hat.
Heidi sieht Flecken auf der flimmernden Wand sich ausbreiten. Aufgelöste Schlafpillen, die feuchten die flimmernde Wand an. Aus den Wolken rieselt es auf die Wand herunter. Krusten bilden sich. Löcher werden in die flimmernde Fläche gefressen: Einäugige Enkel. Beinlose Enkel der Enkel. Keine Enkel der Urenkel mehr.
Rostflecken auf Flimmerinseln. Risse zwischen leuchtendem Flaum.
– Was hab ich da drin? Ist es kein Fisch mehr? Eine Kugel mit einem Fuß, der im Bauch strampelt? Ein Klumpfuß mit einem Sack und Augen?
Aber Valeska wächst. Heidi hält von draußen ihre Hand drauf.
– Ist es ganz? Wird es zur Strafe nur ein Steinkind?
Jäcki sieht sie mit Ole. Auch mit dem Dekorateur wieder und dem falschen Schwarzhaarigen. Ole hat einen lackierten Regenmantel an. Jäcki sieht Heidi in der Wilfredo-Bar.
– Wie geht es Loddl?
– Loddl säuft in den Drei Weisheiten.
– Heiratest du?
– Wenn ich ihn nicht heirate, komme ich ins Arbeitshaus.
– Das kann ich mir nicht denken.
– Früher klappte das andre wenigstens noch gut mit Loddl. Ole.
Ole und Heidi im Oktobersachsenwald. Die ersten gelben und roten Blätter fallen auf Heidis angestrengten Bauch, auf die in die Höhe gerissenen Knie, die Beine, die Füße, die nebenherflattern, auf Oles weißen Rücken. In der gleichen Stellung in entgegengesetzter Richtung verdient Ole sich sein Apothekerstudium.
Aber Fifi, der Foetus, der, wenn alles klappt, Valeska heißen soll oder Kai, Valeska heißen wird, weiß nichts davon, daß Ole mit aller Gewalt und unter Stöhnen, der Fifi weiß es nicht am

hundertdreiundachtzigsten Tag seiner Existenz, seines Daseins, seines Nachweisbarseins, daß Ole immer wieder im Sachsenwald dort hineinzugelangen versucht, bedauert, nicht weiter hineinzukommen, am liebsten mit Haut und Haar dadrinnen verschwinden würde, wo Valeska in zwei Monaten herausflutschen wird.

Der Fifi fängt an zu wiegen. Er reißt an den Bändern, treibt Heidi süßliches, schleimiges Wasser aus der Brust.

In der Palette haben sie sich daran gewöhnt.

– Heidi holt ihn sich nicht vorher raus.

– Kein Kratzekratze.

– Hat Heidi noch nicht geworfen?

– Heidi wird bald kalben.

Die Maskenbildnerin hat sich nicht daran gewöhnt – Helga, Schloßparktheater Celle.

– Laß mich mal sehen.

Helga nimmt Heidi mit in das Zimmer bei ihren Eltern.

– Du wohnst noch bei den Alten?

Heidi soll sich ausziehen, sich hintenüberlegen. Helga tastet den Bauch ab und horcht. Helga zieht sich aus.

– Ich hab das noch nie gemacht, sagt Heidi.

Aber Helga zieht sich aus.

Heidi sieht Helgas dünnen Bauch an, kann gar nicht wieder wegkucken, denkt:

– So ein dünner Bauch! und:

– Schlank und rank.

Helga geht zur Kommode, holt einen Schminkkoffer, holt aus dem Schminkkoffer Strümpfe und unter den Strümpfen ein Ding hervor, ein Stück rosa Gartenschlauch oder dergleichen, einen Dergl an einer dreieckigen rosa Gummiplatte, auf der krauses, schwarzes Puppenhaar wächst.

Heidi will nicht, daß Helga sich den umbindet. Helga darf ihn eigentlich auch nicht nahe an Heidis Bauch halten, während Heidi auf das Dreieck von angewachsenen Haaren starrt unter Helgas Bauch, denkt:

– Bei mir wirds bald ausleiern.

während der Fifi, bei dem es kein Ypsilon gibt, das verkehrtherum aussieht wie ein Atomgegnerabzeichen, wie ein hochtrabender Dergl, eine Lebensrune verkehrtrum, sagt Hugo, der Fifi, bei dem die Ickse neben den Icksen liegen und die Ämms neben den Ämms und die Äffs überwiegen und alles zusammenhält, daß es ein Weibchen wird, kein Pseudo und kein Verus – der Fifi lutscht, vor dem Gummiding und seinen Gurtbändern durch die Häute von Heidis Bauch abgeschirmt, auf dem Daumen.

Das Mädchen im Mädchen vor dem Mädchen sieht nicht den rosaroten Gummiprinzen.

Valeska kann sich nicht an den Lockenprinzen Loddls erinnern, ihres Vaters, und selbst wenn sie es könnte, könnte sie es nicht, denn als sie anfing, war sie nicht sie, sondern zwei andre.

Dann sieht man deutlich, daß Heidi ein Kind kriegt. Eigentlich hat sie es schon. Sie schleppt es vor sich her wie das Känguruh das seine in Hagenbecks Tierpark.

Am Dammtor. Im Regen. Loddl besoffen hinterher. Auf der Fußgängerbrücke bleibt er an jeder dritten Tralje stehen. Knickt mit den Beinen ein. Eins. Nachts. Valeska zieht an Heidi. Heidi schleppt Loddl in den Dammtorbahnhof. Jäcki kommt hinterher. Loddl will Zigaretten. Loddl brüllt durch den Dammtorbahnhof:

– Schwule und Regenschirme. Aber keiner hat Zigaretten.

Am Gänsemarkt. Tag. Loddl und Heidi haben sich neu eingekleidet.

Loddl trägt eine karierte Jacke und einen quergestreiften Schlips.

Heidi hakt Loddl ein. Ihr volkswagengrüner Mantel.

Zur Hochzeit leiht sich Igor einen Frack. Er poliert das weiße Leder auf seinen Holzpantoffeln blank und knickt die Ecken seines Hemdenkragens um.

Das Embryo in Jürgens Kopf sieht aus wie eine verlassene Sprungfedermatratze in Jäckis Lokstedt, wo die HHA die Wochenendhäuser zusammenschiebt.

Jäcki sieht: Wurzeln liegen voller Lehm nach oben gekehrt. Baljen. Zwerge. Amselbecken. Unkenröhren werden mit den Gartenklosetts zusammen weggeschoben.

– Ist Cartacalo/la schon enteignet?
Nägel wachsen. Daumen lutschen. Nieren funktionieren. Denken auf jeden Fall nicht.
– Ja.
Valeska wird noch dicker. Sie dreht sich. Ihre Augen gehen auf und zu. Sie pißt zur Übung. Sie kratzt sich.
Hui! waren wir an der Alster, wird Valeska in zehn Jahren schreiben. Hui! war Weihnachten.
Wann die Seele, Thomas von Aquin? Lollobrigidas Seele? Wann? Ich bin ich? Wann: Ich will nicht? Irmas Hände am Altonaer Bahnhof? Heidis flatternde Füße im Sachsenwald? Wann Lessings Sohns Verstand?
Ein neues Buch erscheint. Mit mehr Fotografien das.
Jürgen besucht den Weihnachtsdom: Der Mensch das unbekannte Wesen.
Ein nackter Mann aus Plexiglas mit Druckknöpfen und Taschenlampenbirnen. Embryos in Glassärgen. Schneewittchens Skelett – viermonatig.
Leise rieselt der Schnee. Still schweigt Kummer und Weh.
Jürgen blättert das neue Buch durch. Zwillinge. Einem hängt der Bruder zum Hals raus. Einer trägt seinen Bruder auf der Stirn. Einem sitzt sein Bruder als Gekrös auf der Zunge. Jürgen schlägt das Buch zu. Achtundachtzig Mark!
Valeska läßt Heidi nicht mehr schlafen, wühlt die ganze Nacht.
– Lieg ruhig!
Liegt nicht ruhig.
Es dauert länger. Vielleicht doch ein Steinkind.
Dann noch der Besuch in der Wilfredo-Bar. Jäcki besucht Ole. Heidi im Dreß aus der Zeit mit Schudl. Der breite Ledergürtel voller Silbersterne geht nicht zu.
– Was suchst du denn hier?
– Ich suche Ole. Und du?
– Heute kommts.
– Und was suchst du hier?
– Ich warte.
– Glaubst du, daß die dir helfen? Die laufen weg. Die haben

mehr Angst als du. Kennst du nicht den Witz: Ach, der Tod? Du mußt ins Krankenhaus.
– Ich will hier bleiben. In Kranz haben sie schon ein Bett reserviert.
– Fahr nach Kranz.
– Ich hab kein Geld.
– Wenn ich dich hinfahr.
Jäcki versucht sich Geld zu leihen. Jäcki versucht sich in der Wilfredo-Bar einen Wagen zu leihen. Der Regisseur leiht ihm den Wagen nicht. Jäcki ruft Frau Schwerdtner an:
– Haben Sie Ihren Beruf gewechselt?
– Fahr mit der Bahn.
– Das Gerüttel.
– Hier ist es nicht sauber genug.
– Loddl kommt nicht mit. Er trinkt in den Drei Weisheiten. Wie sieht das aus. Ich will Loddl vor meiner Familie nicht bloßstellen.
Stille Nacht . . Lockiger . . immer noch nicht.
Rummel, rummel rögen . . immer noch nicht.

Vielleicht bleibt es noch lange drin. Vielleicht kommt es nicht heraus bei der Bahnhofsmission oder im St. Georgkrankenhaus oder jenseits der Elbe in Kranz, sondern kalziniert aus Wut und Gemeinheit oder wird zu Papier und ist hart und schlägt schließlich Emaille an und die Fliesen, und bleibt nach, wenn man es wegscharrt, wie eine Schriftrolle mit Haaren, wenn die Bagger das Terrain für eine neue Häuserzeile vorbereiten:
Das kam dabei heraus. Mehr war nicht drin. Kalt mit Kratzern.

73

SYNOPTISCHE SPLITTER: Timelessness.
Die Verneinung der Zeit, zunächst vorgestellt als Zeit nach und hinter der Zeit, dann auch als Zeit vor der Zeit, als anfangs- und endlose Zeit.

Dann schafft Jäckis Omas lieber Gott Himmel und Erde und die Erde sieht aus wie der Zobden in der Nähe von Breslau und die Engel haben so niedliche Kniekehlen, daß Jäckis Oma ihnen hineinküssen möchte.
Währenddessen schwimmt auf der Alster der große Oymel solo und Venus steigt neben dem Alsterpavillon aus, wo wir uns bei Ahrweiler treffen. Die Sahnegeborene.
Oben in Finnland passiert zur gleichen Zeit was mit der Ente.
In Kiel entsteht Gieselhers Welt: Wikingerfilmsäcke und blond und blauäugig und viel Leder an und die Syphilitiker – die in Mittelamerika mit über den Wolken Nektar schlürfen – werden in den Sumpf gesteckt.
Hoffentlich kriegst du keine Berufskrankheit, Gieselher!
In der Arsalangegend: Marduk.
Junger Büffel der Sonne.
Büffel der Büffel des Himmels der Büffel des Mondes.

Als Jäckis Oma in Glogau geboren wird, erscheint der achte Band einer Encyclopädie des allgemeinen Wissens in Leipzig.
Gottland – Holar.
Der werthvollste G. findet sich auf den Chinainseln an der peruanischen Küste und bildet hier Schichten von 7-30 Meter Mächtigkeit. Dieser G. besteht fast nur aus den Exkrementen von Vögeln, welche den Ordnungen der Ruderfüßler, der Langfüßler und der Taucher angehören. Die untersten Schichten der Guanolager bestehen meistens aus Exkrementen und Knochen von Seehunden, Seelöwen; auch sind im G. zahllose meerbewohnende Diatomeen etc., versteinerte Eier, Federn und in Mumien verwandelte Vögel aufgefunden worden. Der G. erscheint als braune, pulverige Masse, gemengt mit festen, ziemlich harten Klumpen; er riecht stark eigenthümlich und deutlich ammonikalisch.
Jäckis Oma wird nicht im Stehen geboren. Frau Wudke hat alles vorbereitet. Der Arzt wird nicht gerufen.
Jäckis Oma in das dritte Kind von Ernst und Dorothea Linke.

Hermann ist sechs und muß Wasser an der Pumpe Kupferschmiedstraße holen. Emilie steht im Wege.
Als Jäckies Oma in Glogau geboren wird, einverleibt sich Hamburg die Vorstadt St. Pauli mit ihren Volkstheatern, Cirken, Karoussels, Thierbuden. Immer mehr wird es Sitte, daß die Geschäftsleute außerhalb der Stadt und zwar Winter und Sommer hindurch wohnen und nur zu den Geschäftsstunden (etwa von 10–4 Uhr) in der Stadt sind,
sind die chilenischen Vorräte an natürlichem Nitrate nicht mehr erheblich genug, um im Falle eines größeren Krieges eine ausreichende Munitionsherstellung zu ermöglichen,
wird die Urgroßmutter Enochs nicht in die Kirchenbücher aufgenommen, weil sie aller Wahrscheinlichkeit nach Zigeunerin ist,
züchtet Igors Urgroßvater Champignons auf der Veddel,
sind die peruanischen Guanolager erschöpft,
erkennt Robert Koch das Milzbrandbakterium, was für die Palette direkt nicht wichtig ist, denn kein Hafentransportarbeiter hat sich mit Milzbrand infiziert und Gerber und Bürstenmacher gibt es nicht mehr in der Palette.
Aber drei Jahre nach Jäckis Omas Geburt in Glogau entdeckt Neisser in Breslau den Erreger der Gonorrhoe.
Als Jäckis Oma in Glogau geboren wird, sind die Häuser an der Südseite der ABCstraße nicht mit Nummern, sondern mit Buchstaben gekennzeichnet.

Als Irma geboren wird, zuhause, denn es ist unstandesgemäß, im Krankenhaus niederzukommen, vierzehn Tage zu früh, ohne Nägel, blau, häßlich, zu wenig Haare, die Mutter schämt sich, denkt auch, es ist ein Junge, weil die Nabelschnur zwischen den Beinen hängt – der Hausarzt kann sich keine Gefälligkeitszange verdienen, denn Irma ist eher da als der Hausarzt –
füsillieren die Bolschewiki Claes' Vater, er kippt um, wird später von den Verwandten unter den Toten rausgezogen und ins Krankenhaus gebracht,

gründet man in Hamburg die Vereinigung Eimsbütteler Kleingärtner von 1919 e. V.
Igors Großvater ist Schreiber bei der Hapag.
Jäckis Oma versorgt eine Vierzimmerwohnung in Hamburg-Eimsbüttel Tegetthoffstraße.

Jäckis Oma wird Jäckis Oma. Sie hat sich die graumelierten Haare von Frau Mook machen lassen. Sie trägt ein feines Haarnetz. Sie kommt mit Jäckis Opa aus der Beethovenallee mit einem Sträußchen von ersten Veilchen. Der Zollinspektor, der Parteimitglied und Jäckis Opa geworden ist, kauft Osterglocken und fünf rote Tulpen am Bahnhof. Sie gehen den Flur des Krankenhauses runter und klopfen an die Scheibe. Vorsichtig. Falls er schläft. Da liegen zwei Mütter und stillen. Erster ist zu teuer. Jäckis Oma weint, auch weil sie trotzdem glücklich ist. Jäcki kann schon lachen. Jäckis Opa verzeiht seiner Tochter. Jäckis Oma verzeiht ihrer Tochter auch. Sie ist glücklich, daß es ein Junge ist und daß sie Jäckis einzige Oma ist.

Wohin auch das Auge blicket
Moor und Heide nur ringsum.
Vogelsang uns nicht erquicket,
Eichen stehen kahl und krumm.
Wir sind die Moorsoldaten
Und ziehen mit dem Spaten
Ins Moor . .

Eineinhalb Jahre nachdem Jäcki von einer unehelichen Mutter als Sohn eines Juden geboren wurde, wird Dankwart Drewes in Hamburg von einer unehelichen Mutter als Sohn eines Juden geboren.

Morgens ziehen die Kolonnen
Durch das Moor zur Arbeit hin,
Graben bei dem Brand der Sonnen,
Doch zur Heimat steht der Sinn.
Wir sind die Moorsoldaten
Und ziehen mit dem Spaten
Ins Moor . .

Stuckart = Globke
Kommentare
zur
deutschen Rassengesetzgebung
Band I
Reichsbürgergesetz
vom 15. September 1935
Gesetz zum Schutze des deutschen Blutes
und der deutschen Ehre
vom 15. September 1935
Gesetz zum Schutze der Erbgesundheit des
deutschen Volkes (Erbgesundheitsgesetz)
vom 18. Oktober 1935
nebst allen Ausführungsbestimmungen
und den einschlägigen Gesetzen und Verordnungen
erläutert von
Dr. Wilhelm Stuckart und Dr. Hans Globke
Staatssekretär Oberregierungsrat
im Reichs- und Preußischen Ministerium des Innern

Auf und nieder gehn die Posten,
Keiner, keiner kann hindurch,
Flucht wird nur das Leben kosten,
Vierfach ist umzäunt die Burg.
Wir sind die Moorsoldaten
Und ziehen mit dem Spaten
Ins Moor . .

Häftlingsbestand: 65 850. Zugänge: 20 % 13 200. Todesopfer: 10 %
7 900. Zu- und Abgänge: + 5 300.

Doch für uns gibt es kein Klagen,
Ewig kann nicht Winter sein.
Einmal werden froh wir sagen:
Heimat, du bist wieder mein!
Dann ziehn die Moorsoldaten
Nicht mehr mit dem Spaten
Ins Moor . .

Jäcki wird das Lied lesen, der jetzt, während es gesungen werden muß, in den weißen Laken liegt und seine Hände öffnet und wieder zumacht auf der Welt.

Jäckis Oma kocht in dem Waschtopf die Schattmorellen. Die Sprengbomben haben sie von den Bäumen geweht. Jäckis Opa holt den Trudelwagen aus der Laube. Sie ziehen mit drei Koffern zum Bahnhof Elbgaustraße. Jäcki ist acht. Dankwart Drewes ist sechs. Beide sehen gekachelte Wände oben in den Ruinen hängen.

Als Jäcki evakuiert wird, wird Hammed in Susa evakuiert. Er ist sechs. Hammeds Familie stopft nach dem ersten Bombardement von Susa Decken und Matratzen in den alten Peugeot. Sie vergessen die Küchengeräte. Einer à la Roi Renaud steht in der Medina von Susa und hält seinen Darm in der Hand,

als Maximilian L'Allumeuse zwei Jahre alt ist, die Sirenen hört in Neusalz an der Oder,

als Dr. Rosenkreutzer, sieben Jahre alt, in Gotha von einem Soldaten aus dem Afrikakorps mit Gelbsucht angesteckt wird und die Bomber über das Haus fliegen,

als der einjährige Claes aus Hamburg evakuiert wird, sein Vater bleibt drei Tage verschüttet, weil er noch was rausholen wollte, das Jahr drauf stirbt er in Kulmbach,

als der sechsjährige Jürgen aus Barmbek evakuiert wird, von einer Rauchvergiftung bekommt die Mutter Herzbeutelentzündung und stirbt im gleichen Jahr in Bernburg an der Saale.

als der Flüchtling aus der DDR, mit dem Jäcki zusammen in einem Boot auf der Seine wohnte, im Alten Land Kirschen ißt und die Rauchwolken von Hamburg sieht.

Der Altmodler Hans zeichnet mit sechs Panzer und Flugzeuge. Er sitzt auf dem Kinderwagen. Seine Schwester liegt in dem Kinderwagen. Irma schiebt sie durch Leipzig. Die Toten sind noch nicht aus den Kellern geholt worden.

Igor ist vier und kippt in Wunsiedel Mehlsäcke vom Boden runter.

Häftlingsbestand: 375 100. Zugänge: 70 % 260 550. Todesopfer: 25 % 159 400. Zu- und Abgänge: + 103 150.

A. Aufgabenstellung:
Es ist zu untersuchen, ob die Erwärmung unterkühlter Menschen durch die animalische Wärme, d. h. durch tierische oder Wärme ebensogut oder besser ist als die Erwärmung durch physikalische oder medikamentöse Maßnahmen.
C. Ergebnisse:
Eine Ausnahme machten vier Versuchspersonen, welche zwischen 30 und 32 Grad den Beischlaf ausübten. Bei diesen Versuchspersonen trat nach dem Koitus ein sehr schneller Temperaturanstieg ein, welcher verglichen werden kann mit der Erwärmung in einem heißen Bad (Siehe Kurve 2 und 3).

Jäckis Oma und Opa ziehen zum Schlafen nach unten. Der Durchgang zwischen Eßzimmer und Herrenzimmer wird dicht gemacht. Jäckis Mutter kriegt oben ein Zimmer zu.
Häftlingsbestand: 569 100. Zugänge: 20 % 113 800. Todesopfer: 40 % 275 150. Zu- und Abgänge: – 159 350.
Maximilian nimmt einen kleinen Rucksack voller Spielsachen mit und einen Elefanten, der mit dem Schwanz wackeln kann. Die Großmutter fährt auf dem Schlitten. Maximilian vergißt den Rucksack beim Bauern im Heu. Er darf nicht zurück und ihn holen.
Jürgens Füße erfrieren. Jürgens Großmutter stirbt unterwegs. Jürgen findet seinen Großvater nicht wieder.
Heidi ist vierzehn Tage alt und wird im Kinderwagen von Pommern nach Cloppenburg geschoben.
Dr. Rosenkreutzer sieht das Theater von Gotha zwei Tage lang brennen.
Der Altmodler Hans zeichnet den David von Michelangelo aus dem Kopf und fährt mit den Amis auf einem Panzer durch die Kornfelder. Er kriegt Schokolade.
Hammed und seine Familie ziehen nach Susa zurück. Das Haus ist ausgeplündert worden.
Dankwart Drewes weiß nicht, daß er Halbjude ist.
Jäcki weiß jetzt, daß er Halbjude ist.
Die beiden Mütter bringen beide in der HJ unter. Dankwart

und Jäcki gehen zu den letzten HJ-Appellen. Sie sollen kochendes Wasser auf die Tommies gießen.
Cartacalo/la tanzt für Prof. Romans Varietéschau in Salzburg den Spanischen Tanz.

Es hat kein Zweck,
Die HJ muß weg,
Die Louis müssen her,
Das wirkt viel mehr.

Back in April Nagasaki was all flowers
August in Nagasaki there 'll be flame showers.

Ich versuchte den Strom zu überqueren, indem ich auf allen vieren über die Leichen hinwegkroch. Als ich ungefähr das erste Drittel hinter mir hatte, begann eine Leiche unter meinem Gewicht zu sinken und ich fiel ins Wasser und meine verbrannte Haut wurde naß. Ich konnte nicht weiter, denn es war ein Loch in der Leichenbrücke. So kroch ich ans Ufer zurück.
Igors Vater muß Steine kloppen.
Werner Hildebrand kommt auf die Oberschule St. Georg. Arnim wird in der Klinik Eichenstraße geboren. Zwei Monate zu früh.

Jäckis Oma steht jeden Morgen um vier auf und stellt sich bei Remmel nach Brühe an. Sie trägt zwei Liter warme Brühe nach Haus. Sie läßt die Brühe in der Speisekammer kalt werden und hebt die Fettschiefer mit der Gabel ab in eine Tasse.
Am 17. Februar 1947 schloß unsre liebe Muttl, deine liebe Schwester Emilie, für immer ihre Augen.
Sie bekam in letzter Zeit, besonders nachts, wenn sie aufgestanden war und wieder ins Bett ging, so schlecht Luft, klagte auch oft über Schwindelgefühl. Sonntag, den 9. Februar, hat sie noch mit uns am Tisch gegessen und es schmeckte ihr auch, doch merkte ich, daß sie sich sehr schwach fühlte, sie wollte aber nicht im Bett bleiben, nachdem sie sich nach dem Mittagessen immer einige Stunden zur Ruhe gelegt hatte. Am Montag ließ ich sie aber nicht mehr hinaus. Die Fußgelenke schwollen mehr an, sie bekam schwerer Luft, am Dienstag fing sie an komisch zu reden, abends holten wir einen Arzt, der zufällig hier bei

seiner Mutter war, sonst haben wir hier keinen mehr. Ein Jahr lang war ein Arzt hier, der ist aber am 1. Februar des Jahres wieder weggemacht und seitdem sterben hier alle zwei Wochen zwei Menschen, während sonst hier alle halben Jahre mal jemand starb. Der Arzt meinte bei Muttel Kreislaufschwäche, sie solle die nächsten 5-6 Tage nur mit Milch ernährt werden. Ich habe auch die Milch besorgen und ihr mal ein rohes Ei quirlen können. Sie hatte viel Durst, durfte aber nur mit Maßen trinken. Sie fantasierte nun Tag und Nacht ohne Pause. Alle Augenblicke wollte sie aus dem Bett heraus, damit sie den Zug nicht verpaßt, sie könnte doch nicht so schnell laufen wie wir. Sie war in Liegnitz, fragte, ob das die Haynauerstraße wäre, auf der Jauerstraße möchte sie nicht mehr wohnen. Dann war der Rudi gekommen, ein Mann hatte ihn gebracht.

Am schlimmsten war es meist nachts. Wir schliefen ja gleich ihr keine Nacht mehr. Sie meinte nachts immer, es wäre Tag, fragte alle Augenblicke, wie spät es ist und glaubte es nie, was wir ihr als Zeit sagten.

Donnerstagvormittag gelang es ihr noch einmal, scheinbar unter Aufbietung aller Lebenskräfte, mit Blitzesschnelle aus dem Bett zu kommen und auf einen an der gegenüberliegenden Wand stehenden Stuhl zu eilen. Ich rief schnell nach Alfred, der auf dem Flur war, da schimpfte sie, daß ich ihn gleich rief, sie könnte sich doch ein bißl draußen hinsetzen, sie käme schon allein wieder ins Bett. Freitag wurde sie stiller und schlief endlich ein, sprach nur noch ab und zu, auch hatte sie keine Atemnot mehr, die Füße waren auch nicht mehr so geschwollen, dafür aber die Hüften, wenn man sie fragte, ob ihr was weh tut, sagte sie »alles«. Sonnabend sprach sie leiser, Sonntag mußte ich ihr die Antworten schon vom Mund abhören. Aber da sie immer wieder so ruhig schlief, glaubten wir nun, sie schlafe sich gesund. Und so ist sie im Schlaf Montag früh hinübergegangen in eine hoffentlich bessere Welt. Gott, der Herr möge ihr ihre Liebe und Treue lohnen und vergeben, was wir ihr im Leben Leides getan haben.

Recht schmerzlich ist es für uns, daß wir sie hier auf diesem katholischen Friedhof zur letzten Ruhe betten mußten und wir

sie hier lassen müssen, wenn es einmal heim nach Schlesien gehen sollte oder wir doch woandershin übersiedeln sollten. Gerade unsre Muttel, deine Schwester Emilie, die ihr ganzes Leben nur für uns lebte, sorgte und in selbstloser Liebe alles für uns tat, hätte sich die schönste Beerdigung verdient und gerade sie mußte am schlichtesten in die Erde gebettet werden.
Der Sargschreiner macht die Särge hier alle einheitlich nach Maß, doch hatten wir besonderer Verhältnisse wegen Glück, daß uns ein andrer Schreiner den Sarg für Muttel machte und er länger und etwas höher, als hier sonst üblich, war. Farbe gibt es keine und so war er nur gebeizt. Ich habe von Tannenspitzen eine Girlande auf den Sargdeckel gemacht, obenauf von Tanne ein Kranz mit Zapfen und am Fußende einen Waldstrauß mit einer Schleife. Das hat allen recht gut gefallen. Sonst ist es hier nämlich »Mode«, wie sie sagen, daß man vier Kränze über den Sarg legt, zwei zu beiden Seiten. Die Toten bahrt man hier auf dem Totenbrett auf, der Sarg wird dann erst kurz vor der Beerdigung gebracht und etwa 1/4 Stunde vorher legt man die Leiche hinein und nagelt den Sarg zu und trägt ihn fort. Wir hatten nun unsre Muttel, deine Schwester Emilie, am Beisetzungstage früh im Sarg in der Wohnung aufgebahrt und die Tür offengelassen. Den Pfarrer, der aus Fürth auf Skiern kommen mußte, hatten wir gebeten, der großen Kälte wegen, die Feier im Hause zu halten und auf dem Friedhof nur die Einsegnung vorzunehmen. Es war alles recht feierlich. Außer den Flüchtlingen waren dazu auch viele Einheimische erschienen. Sie standen auf dem anschließenden großen Flur im ersten Stock, auf der Treppe herunter und unten im Flur. Vom Hause wurde sie unter Glockengeläut zu dem kaum 5 Minuten entfernt liegenden Friedhof getragen. Und nun ruht sie schon 14 Tage und alle Sorgen und Ängste haben für sie ein Ende. Sie folgte unserem Vater nach vier Jahren in die Ewigkeit.
Hammeds Mutter verkauft ihren Schmuck.
Werner Hildebrand lernt Betriebskaufmann.
Gieselher wird in Bad Harzburg als uneheliches Kind eines in Bad Homburg internierten SS-Mannes geboren.

Dr. Rosenkreutzers Mutter holt die Sachen in zwei Waggons aus der Ostzone. Die Sachen werden als Umzug von Gotha nach Magdeburg geschickt und als Umzug von Magdeburg weiter nach Ostberlin. Von Ostberlin werden die zwei Waggons irrtümlicherweise nach Westberlin geschickt und von dort, als Gefrierfleisch, durch die Zone nach Westdeutschland.
Igors Vater wird Schachtmeister in Ohlsdorf.
Jäcki und Dankwart Drewes glauben ihren Vätern, den Juden, zu begegnen.
Jäcki kommt aus der Schule Ahlsenstraße und kürzt durch den Gang bei der Stresemannallee ab, die vor zwei Jahren noch Horst-Wesselallee hieß. Ein fremdländisch aussehender Herr mit vielen Goldzähnen, schwarzem Kräuselhaar und grauen Schläfen fragt ihn nach einer Straße – Jäcki denkt:
– Das ist mein Vater.
Dankwart Drewes kommt aus der Schule und sieht vor dem Haus in der Eichenstraße einen großen amerikanischen Wagen stehen. Dankwart Drewes denkt:
– Mein Vater ist aus Amerika gekommen. Er wartet oben in der Wohnung auf mich.
Dankwart Drewes geht nicht rauf. Er lungert erst noch um den Wagen herum und sieht von draußen durch die blaugetönten Scheiben auf das Armaturenbrett.
Dankwart Drewes geht nach oben. In der Wohnung ist niemand.

Als Jäcki in die Rudolf-Steiner-Schule in Wandsbek eingeschult werden soll, besucht Dankwart Drewes die Rudolf-Steiner-Schule in Wandsbek,
macht der Onkel von Hammed in Susa in einer Bretterbude die neue Konditorei auf und liefert Kuchen und Eis für die Nachkriegsbälle in den Salles des Fêtes,
bekommen Dr. Rosenkreutzers Eltern in Peine vom Onkel ein Zimmer dazu,
wird Maximilian L'Allumeuse in die Rudolf-Steiner-Schule in Wandsbek umgeschult,
kauft Igors Vater, der inzwischen wieder bei seiner Bank ange-

stellt ist und als erster an DM rankann, eine Villa in Wellingsbüttel,
kriegen Enochs Eltern in Hamburg eine Wohnung,
läßt Jürgens Vater auf sein Grundstück ein Häuschen bauen und heiratet wieder,
zieht Irma mit den Kindern in eine größere Wohnung,
Hans, der Altmodler, findet Dürer ganz gut und malt Gras und Pflanzen aus dem Park,
besucht Jürgen die Rudolf-Steiner-Schule in Wandsbek.

Jäckis Oma wird achtundsiebzig.
Tante Else, die mir ja half, ist vorhin abgefahren. Große Wäsche hatte ich ja auch gleich anschließend u. da ist es immer schön, wenn man etwas Hilfe hat. Ich bin von allen Seiten sehr geehrt worden. Keiner von unseren lieben Bekannten und Verwandten hat mich vergessen. Von Vatel bekam ich ein Unterkleid, von Else einen schönen Schirm, von dir und Muttel eine schöne Nadel, du kennst diese Schmucknadel wohl auch, richtige Blätter, mit Gold überzogen, sieht sehr hübsch aus. Von Frau Meyer ein Paar Strümpfe und Schoko, von Frau Buhmann eine schöne Schürze, von Frau Wannig einen großen Karton Konfekt u. Blumen, von Tante Wilhelmine dito u. von Willi ganz langstielige Nelken, von Muttel auch noch Schoko u. einen Ableger von ihrem Baum oben, den ich immer so gerne leiden mag u. dann noch verschiedene Blumen. Von Frau Prinz ein Einholenetz u. Blumen. Meine Gedanken sind so viel bei dir. Abends bekommst du den letzten, morgens den ersten Gruß von mir u. bitte Gott, er möge dich schützen auf allen deinen Wegen, bei allem Thun und Lassen segnen. Vatel und ich sind immer noch im Gang. Herr Rauh hilft treu die Ernte bergen u. auch bei sonstigen Arbeiten.
Claes wird zwölf. Er macht drei Gefangene. Einer davon wird gefesselt. Die Hand mit einem Lederriemen und Nägeln auf dem Tisch befestigt. Unter die Fingernägel Streichhölzer getrieben und die Köpfe angezündet.
Maximilian L'Allumeuse wird von der Rudolf-Steiner-Schule Wandsbek in die Goetheschule an der Elbchaussee umgeschult.

Er bekommt den ersten Preis für ein Gedicht:
Tau/Au//Zopf/Kopf/
Er hört Hans Henny Jahnn auf dem Rathausmarkt, vor zehn Jahren noch Adolf-Hitlerplatz, gegen die deutsche Wiederbewaffnung reden.

Cartacalo/la erwirbt in Hamburg-Stellingen, Kol. Maiglöckchen, Parzelle 237, ein massives Wochenendhaus zum Preise von 2 500 DM, als Jäcki in Langenhagen auf dem Trecker sitzt,
als Dr. Rosenkreutzer in die schlagende Verbindung Suebia Straßburg zu Marburg eintritt, er ficht fünf Bestimmungsmensuren,
bei der ersten wird die Schnittwunde mit vier Nadeln geheftet,
bei der zweiten mit zwei Nadeln,
bei der vierten mit einer Nadel,
bei der fünften mit zwei Nadeln,
als Hammed in Paris von Nordafrikanern, die er nicht kennt, Papiere kriegt und sie zu Nordafrikanern, die er nicht kennt, hinträgt, er fürchtet sich, gefoltert zu werden,
La Magneto,
Drähte an die Brustwarzen und die Klöten,
La Baignoire, Kopf in die Badewanne,
Nous sommes l'SS,
einen Mann auf eine Flasche setzen und sie ihm reinstopfen, um ihn zu erniedrigen,
Mein lieber Jakob!
Nun ist mein Geburtstag auch wieder vorbei und ich habe ihn so sehr schön verlebt und dazu hast du, liebes Kind, besonders dazu beigetragen mit den lieben Zeilen erst u. dann mit den wunderschönen roten Nelken, es sind auch ganz besonders schöne Exemplare, 12 an der Zahl, sie stehen vor mir auf dem Schreibtisch und erfüllen die Luft mit ihrem köstlichen Duft. Von Muttel und Tante Else bekam ich Teerosen, von Frau Wannig welche in Rosa, von Frau Wieber gelbbraune Chrysanthemen, von Frau Prinz solche in Lila u. von Vatel ein rotes

Alpenveilchen u. einen gemischten Strauß aus dem Garten, so daß sämtliche Farben vertreten sind. Außerdem noch viele Geschenke und schriftliche Gratulationen. Ich lade jetzt meine Bekannten einzeln ein, man hat mehr voneinander u. Vatel hat keinen Rummel, den er ja nicht mehr gut vertragen kann. Hoffentlich kannst du nun alles lesen, du weißt, die deutsche Schrift ist mir geläufiger. Sei von Herzen bedankt, gesegnet, geliebt, gegrüßt und geküßt

von deiner alten
Großmutter.

Als die Palette geschlossen wird, sitzt Jäckis Oma mit dem Seidnettzueinander und sieht auf die Julius-Vosselerstraße. Ich habe mich schon so nach dir gesehnt. Du mußt den Flieder schneiden, sonst kann ich nicht mehr drüberkucken.
Hans, der Altmodler, malt die Gaststätte in Seestermühle.
Als die Palette geschlossen wird, heiratet Reimar Renaissancefürstchen Wiebke, die mit Peter von Eyck geschlafen haben soll.
Reinhold Behrends kommt zwei Stunden zur Hochzeit zu spät – voll.
Als die Palette geschlossen wird, heiratet Schudl Elke, die ein Kind mit in die Ehe bringt. Schudl ist bei der Bundeswehr und kriegt nun dufte Lobi, weil er verheiratet ist und ein Kind hat. Fein raus. Immer Messerschnitt. Sanitäter.
Enoch heiratet Trippersusi.
Hammed heiratet Uschi.
Albert heiratet, als die Palette geschlossen wird.
Bernhardt ist schon verheiratet und holt sich was bei Lausi, das ärgert ihn.
Als die Palette geschlossen wird, heiratet Halleluja die Kindergärtnerin. Sie sind beide wieder kuriert von dem, was Halleluja sich in dem Waschbecken holte, da wo Ole wohnt. Der Gebrauchsgrafiker heiratet. Beide arbeiten wegen der vielen Abzahlungen. Das Kind geben sie zur Großmutter und nehmen es übers Wochenende zu sich.
Ziffra war mit einem Schauspieler verheiratet, der hat sich dann umgebracht; als die Palette geschlossen wird, heiratet sie

wieder und tingelt auf Westerland. Was sie da tingelt, sagt sie nicht. Als die Palette geschlossen wird, heiratet Maximilian L'Allumeuse – aber nicht aus dem Grund.

Günter Sauerwein heiratet, als die Palette geschlossen wird und bringt sich mit Pflanzenschutzmittel um.

Heidi sagt:

– Die meisten heiraten, um es Loddl und mir nachzumachen.

Gieselher besteht seine Gesellenprüfung als Patissier.

Dr. Rosenkreutzer entbindet das Jahr 1000 Säuglinge.

Das Jahr werden in Deutschland 90 Kinder von ihren Eltern umgebracht.

74

ANGENOMMEN, DAS WUNDER DES LEBENS IN DER WILFREDO-BAR: Sie wären alle schon da, ehe Heidi eintritt, zu ebener Erde und im Keller, um die Bar – hinter der Bar der Kellner, dem das Gesicht in eine Schaufensterscheibe gedrückt worden war und das heilt jetzt ab und der Pächter, der hinter Ole her ist – um die Bar rum, in Verlängerung von der Bar und vor der Bar, an den Tischen und zwischen den halbhohen Wänden der Séparées, unten im Keller also auch, hinter der Tür, die nicht abzuschließen geht, wo man das Handtuch vor das herausgeschlagene Fenster hängt und zwei oder drei vor der Rinne, alle Älteren, der im Motorradleder, der furchende oder donnernde, vielleicht sogar im Gerichtssaal, der Opa mit der Glatze, der das doch gar nicht einsieht, der zurückhaltende ältere Angestellte, der Ältere, der schließlich nicht jeden mitnimmt, der liebe Opa, der liebe Onkel, der Garderobier, bevor er drüben anfangen muß oder weil er heute frei hat, die Damen als Freier, bevor sie sich ins Changeant schmeißen und gefreit werden wollen, alle die nicht mehr ganz jungen Jungen mit toupierten rotschwarzen Haaren, der siebenunddreißigjährige Junge, der achtundzwanzigjährige Junge, der in den letzten drei Jahren zu einer reizenden kleinen Verkäuferin in der Drogerie fast geworden ist und alle die richtigen Jungen, die noch was vertragen können und auch einen

Stoß mitnehmen können und auch mal einen Stoß austeilen, die netten Jungens,
– Mensch, hast du einen Daumen!
und auch die dummen Jungs und die jungen Jungs und der wirklich nette kleine Junge und Ole.
Dann würde Heidi reinkommen – unlesbischer denn je. Die schwarzen Jeans gehen über dem Bauch nicht mehr zu. Sie hat einen Fallschirmfaltenrock an. Als sie den braunen Wolldekkenstoff hinter der Tür auseinanderschlägt, sehen sie alle hoch, hin zur Tür.
Kommt jetzt endlich der Mann? Kommt jetzt endlich der noch nettere kleine Junge? Kommt jetzt endlich der Freier, der Nettste, der Schönste, der Reichste, der Anspruchvollste, der Dickste, der Schickste, der Längste, der Toffste?
– Die ist es also.
– Wer ist die?
– Die kommt immer.
– Auf die steh ich.
– Laß die man rein.
– Das ist ein Kerl.
– Kriegt die nicht bald mal ein Kind?
Nach einem Augenblick Schweigen und Angucken, Sichgegenüberstehen, die mit dem dicken Bauch und die hinterm Rükken Liebenden, klappen die Wörter ineinander und Heidis
– Abend!
das Bergamottebirnenabend von Heidi hört keiner und als sie durchgeht in den Raum neben der Bar, an den Tisch, sehen die meisten ihr an die Haare und nur einige von den Berbern sehen ihr an den Bauch. Jäcki würde nicht kommen und ihre Geburt würde sich nicht verschieben. In jeder Beziehung ist es ein starkes Stück, daß Heidi da überhaupt hineingeht – würden auch die sagen, die Heidi in jeder anderen Bar gerne treffen, im Rattenkeller oder in der Washington-Bar, im Sahara oder bei Kaffee Keese. Da erscheint Heidi aber noch nicht.
Es ist ein starkes Stück, daß Heidi da überhaupt hineingeht, würden die sagen, auch bevor sie auf ihren Bauch gekuckt haben und auch ohne zu wissen, daß sich Heidi gerade an dem

Abend hier hereinsetzt, den ihr Dr. Rosenkreutzer ausgerechnet hat.
– Denn wir kommen hierher, um anzuschaffen, obwohl wir ja eigentlich ganz normal sind und haben selbst unsere süßen Blonden laufen zwei Straßen weiter und die kommt hier rein – in Hosen sonst – und wir müssen dann vor ihren Augen in die Nischen mit Opa oder in den Keller mit Opa für einen Heiermann oder, wenn wir Glück haben, für einen halben Schein. Das war einmal.
Und die wären sehr unangenehm berührt, die sich die Haare leicht auftoupieren und deren Hände schon hinübergeschlüpft sind in die Hände des anderen Geschlechts, wenigstens in die Ringe und Armreifen des anderen Geschlechts, in die Haut des dritten Geschlechts, in das Geschlecht des hintüberstürzenden Oymels.
– Es berührt uns sehr unangenehm. Natürlich sind wir viel schöner als sie und wir bieten den Männern etwas viel Besseres als sie. Aber wir sind sehr unangenehm berührt.
Dann würden sie zögern, denn sie möchten sagen:
– Denn sie riecht nach Votze.
Aber das würden sie nicht zu sagen wagen. Darauf könnte sie ja antworten:
– Ihr seid nur neidisch. Warum tut ihr denn erst so, als hättet ihr selbst eine?
Oder sie würde antworten können:
– Wonach riecht ihr denn, daß ihr mir das vorwerft.
– Die Tante soll raus, würden die älteren sagen, die, die sich nicht lassen, selbst gerne möchten, aber schon fürs Hinfassen bezahlen. Und die ganz alten Opas, die schon für nur Unterhalten oder für nur Hinhören dem netteren Jungen ein halbes Pfund hinlegen, lachen mit, würden nicht einmal mehr zu denken wagen:
– Wie unangenehm!
Oder:
– Die Tante soll rausgehen!
Oder:
– Wonach das hier mit einem Mal riecht.

Oder:
– Alle Weiber sollte man vergasen!
Unbemerkt von denen hat Heidi ihren Bauch mitgebracht.
Warum geht sie da überhaupt rein? Was hat sie da überhaupt zu suchen? Ganz abgesehen davon, daß sie heute das Kind kriegen soll?
– Wegen Ole gehe ich da rein, würde sie antworten.
Aber das war doch nur mal eine Ausnahme. Mit Ole ist das jetzt vorbei.
Seit Ole ganz so ist, wie sie ihn möchte, mag er sie doch ganz nicht mehr.
– Ich geh da rein, weil ich nun mal auf Schwule steh!
Und was sollte das heißen?
Steht also auf das, was sie nicht kriegen kann. Braucht das zum Leben: Neben den Halbparfümwarenverkäuferinnen sitzen, halbangestaunt von ihnen zu werden, auch beneidet, weil sie einen kräftigen Kerl hat, der hier aber nicht gerne kommt,
– Dann hatte sie auch mal so einen ganz schicken Freund, der lief in Schwarz mit ihr in Schwarz rum und hatte silberne Sterne auf sein Hemd gestickt!
wird auch von denen ein bißchen veräppelt, denn wegen der Hosen reicht es nicht zum Mutterkomplex oder wie eine Dame. Sehnsucht also! Provence. Wie Jäcki las – Minnesängerhomosexualisierung der Frau führt Heidi hintenrum mit den Typen auf.
Miquel de la Tour:
– And for desire of woman he went forth from the monastery.
Warum würde sie ausgerechnet heute hingehen, mit dem Risiko?
– And for desire of queer she went forth from the pantry.
Ihr Mann hat sich noch immer nicht an die Ehe gewöhnen können und sitzt die ganze Woche schon nach der Schicht in den Drei Weisheiten und säuft.
– Sie könnte schließlich zu ihren Eltern nach Kranz.
Die Hebamme weiß bereits Bescheid, in Buxtehude, glaube ich, ist ein Zimmer reserviert.

– Wo die Hunde mit dem Schwanz bellen.
– Das mußte ja kommen!
Sie sagt, sie will Loddl nicht bloßstellen.
Vielleicht geniert sie sich auch und mag nicht alleine bei ihren Eltern ankommen.
Sie sagt, daß sie das Geruckel von der Bahn nicht mehr aushalten würde.
Sie müßte eventuell bei der Bahnhofsmission niederkommen – oder im Abteil.
Da ist das doch verständlich.
Alleine zuhause hat sie vielleicht Angst zu verbluten.
Jäcki wäre nicht da, der versuchen könnte, sich den Wagen von dem Regisseur zu leihen oder Frau Schwerdtner. Aber er kriegt keinen Wagen und Geld genug für Taxi nach Kranz über die Elbbrücke hat er nicht.
Sie könnte selbst mal was unternehmen, sich überlegen, in welcher Gefahr sie ist.
– In Deutschland stirbt jede dritte Mutter sowieso an Kindbett – oder sind es drei Prozent Mütter, denkt Jäcki.
Aber der wäre nicht da.
Sie sollte sich darüber im klaren sein.
Sie würde wahrscheinlich hoffen, von den Queens am ehrerbietigsten und am schonungsvollsten behandelt zu werden. Die stellen keine Fragen und verlangen nichts, beurteilen sie nicht kühl, bewundern hoffentlich, daß eine Frau noch frauer ist als sie und das auf eine so unangenehme und anstrengende Weise.
Loddl versteht gar nichts davon und hat jetzt bloß Angst und geht deswegen in die Weisheiten und säuft. Deswegen hat es nämlich keinen Zweck, ihn da rauszuholen und ihn nach Kranz mitzuschleifen.
Und eine richtige Frau: a) eine, dies erlebt hat, die weiß alles besser und b) eine, dies nicht erlebt hat, die weiß es besser, ohne es zu wissen und die Väter ekeln sich nur davor, wie Heidi sich selbst davor ekeln möchte und Mutti?
– Ach, für Muttis Tochter bin ich selbst zu lesbisch angehaucht.
Bleiben auf ersten Anhieb nur die Anrainer in der Wilfredo-Bar. Aber nicht die

– Ich bin normal, Mädchen, und komm hier doch nur rein, um anzuschaffen!
diese Doppelmänner weniger als Loddl. Nein, die Bewunderten, nur BisdreiSchrittvorsBettMänner. Am ehesten die noch. Es würde losgehen.
– Du hast Schüttelfrost, sagt Ole,
– Du weinst.
hört, wie Heidi antwortet:
– Ich weine nicht. Ich hab gar keinen Grund zum Weinen.
– Aber du hast Fieber. Auf jeden Fall sind deine Augen naß und du bist auch bleich.
– Ich glaube, ich habe Rheumatismus. Der Rücken tut mir plötzlich so weh. Ich hab einen Hexenschuß.
– Zieh doch meinen Mantel über.
Heidi sitzt lange in der Wilfredo-Bar. Sie trinkt nicht von der Cola. Sie sieht die Cola an und es kommt ihr vor, als wäre was weggedunstet.
Die Wilfredo-Bar wird leerer, wird wieder voller. Einige von den Freiern sind fertig und zufrieden weggegangen. In dieser Zufriedenheit weggegangen:
– Das war es also. Jetzt häng dich auf, leg dich unters Taxi oder vor die S-Bahn. Dreckig auch noch und nur mutuelle Onanie. Da unten. Ist das alles, was du noch vom Leben zu erwarten hast. Du – der Vorname oder eine Berufsbezeichnung oder ein Zitat aus der Wochenendausgabe.
– Hättest ja ein Pfund drauflegen können und Hotelzimmer nehmen. Er kriegt ja nicht einmal einen hoch. Ich steck mich an. Er klaut mir die Brieftasche. Er erpreßt mich. Er schlägt mich tot. Ist es nicht auch was Schönes, auf die Schnelle und so eine kräftige Gestalt?!
Einige gehen mit Gefreiten und die kommen zufrieden wieder und warten auf den nächsten Freier.
Keiner beachtet Heidi, als sie das erste Mal schreit.
Sie wollte nicht schreien.
– Ich gehe hin, aber schreien tu ich nicht.
Ganz bestimmt mit einem Messer schneiden sie da rum, wo der Gürtel sitzt.

Niemand schneidet mit einem Messer rum, wo dein Gürtel sitzt.
Aber sie pumpen mir Wasser in den Bauch und alles platzt kaputt, bestimmt.
Schlafen.
– Was schreit die denn so?
– Ein Anfall.
– Einen Herrn für die Dame.
– Einen Kübel kaltes Wasser.
– Sie kriegt das Kind, sagt Ole.
– Mädels, in die Hauben, wir machen eine Entbindungsanstalt auf.
– Holt die Polizei!
– Kein Mensch holt die Polizei.
– Mir wird das hier ekelhaft. Ich geh raus hier, sagt der, der ja sowieso nur hier drinnen ist, um anzuschaffen.
– Aber das sag ich dir, Bernd, wenn du mir die Polizei wegen der Dame und ihren widernatürlichen Regungen auf den Hals holst, kommst du hier nie wieder rein.
Heidi wacht wieder auf. Hört nichts. Fühlt Schläuche und Messer.
– Stöhn nicht, das wird noch viel schlimmer.
Einer sagt:
– Ich geh jetzt auch. – Aber geht nicht.
Stehen auf, schieben sich langsam zusammen, wies bei Herden im Afrikakulturfilm zu sehen ist, gucken hin, auf die, die stöhnt, ganz nahe dran, in der ersten Reihe, die Frauen vom anderen Ufer, die eine Umdrehung noch ferneren Männer.
– Stell dich nicht so an!
Richtig unanständig hört sich das Gestöhne an.
Weiß sie nicht, was sie tun soll vor Schmerzen. Alle kleinen Dekorateure und Parfümwarenhändlerinnen haben ihre weißen feinen Dergl zusammengeschmolzen zu einem großen Messer, das Kladderadatsch mit Heidi macht.
Die dicken grauen Falten verziehen sich. Zulachen.
– So stöhnen wir auch. Das wär ja noch schöner. Mehr ist das nicht. Dafür bist du die Priviligierte für das Bißchen?

Ole reißt ihr den Rock herunter.
– Wenn sie nun anfängt zu sterben!
– Wir haben sie nicht aufgefordert, hier ihr Bier auszutrinken.
– Sie kann sich infizieren.
Blutet.
– Auch bei uns blutet das. Bei uns darf es aber immer nur via Lieferanteneingang. Auch wir möchten eine Dame sein.
– Gott hat uns diesen Trieb gegeben.
Jäcki wäre nicht da.
Er könnte eine Geschichte erzählen, die er von Frau Doktor Pardella aus Argentinien hat, von dem Mann, der auch das Messer fühlen wollte und sich eine Selterflasche hineinpraktizierte, so groß brauchte ers, um da ranzukommen, an etwas Wehenähnliches und die Selterflasche ging in Splitter und Frau Doktor Pardella mußte das wieder in Ordnung bringen.
Hammed erzählte, die OAS setzte in Paris einen auf die Flasche, bis er sie drinnen hatte, um ihn zu entehren.
Das Blut schreckt die dickhäutig gewordenen Semidamen nicht.
Auch sie unter Kirschbäumen hätten gern konzipiert und von Uwe oder Heinzi dann in Wehen ein Kleines mit Blut an der Wunde erwartet.
Wie der Garderobier vom Thalia sagt, der jetzt manchmal in der Wilfredo-Bar am Wochenende aushilft:
– Dir ein Kind zu schenken ist mir verwehrt.
Eigentlich ein Probenwitz. Aber wenn mans sich nun vorstellt in Hölderlinübersetzung, von Maria Wimmer gesprochen, Inszenierung Koch, Schauspielhaus Besenbinderhof, in der schlechten Zeit.
Starren alle dahin und Heidi weiß, daß sie alle gezwungen hat, dahin zu starren. Vor allen Schwulen der Wilfredo-Bar liegt sie mit breiten Beinen.
Aber es tut so weh und die lachen nicht mehr. Trotzdem hört es sich an wie im Hotelzimmer.
Fremder noch, als ihnen das Unbekannte sowieso schon fremd sein würde.

Mondlandschaft oder Tiefseefisch – das Guckloch, das Medaillon, angefüllt mit den nassen braunen Haaren auf der Schädeldecke des Neugeborenen.
Haß.
Was nicht alles versucht. Die Corsagen der Mutter, der Schaumgummiunterrock der Schwester. Die Flacons. Leichnerschminke. Busencrèmes. Schaber, die Haare an den Schenkeln schabend. Die Spritzen und der Titt will nicht rund werden. Die empfindungshemmenden Crèmes. Die zusammenziehenden Crèmes. Die Operationen: Abbenitten, Loch gebohrt, zugeneiht.
Aber in ein paar Jahren will der Doktor in Casablanca ja Eierstöcke einsetzen können.
Wehe kommst du an den falschen Doktor. Dann schimmelt dir der Oymelstumpf und die Nähte gehen wieder auf und statt der duften Vagina hast du eine Odelgrube und statt Schaum kommt nur noch Eiterschaum. Auch den ganz Männlichen, den Männern on the Rocks in the Wilfredo-Bar klopft es ganz unten.
Wer hätte nicht davon geträumt, seinem Freund, dem Ruderer, dem Radsportler, dem Eisverkäufer, dem Schienenleger, ein Kind zu schenken, sich ihm unterzuordnen, eine anständige Familie gemeinsam mit ihm darzustellen, Pfirsichmelba zu bereiten, ehe er abends nach Hause kommt.
Die darf es ungestraft und ohne Vereisungsvorgang kriegt sies rein plus Schonzeit und plus Kinderzulage gehts ihr raus, Patenonkels sogar, auf Grund jenes ungerechterweise von Jäckis Mann mit dem weißen Bart, der Evolution verteilten Organs. Jäcki würde noch die andre Geschichte von Frau Doktor Pardella zu berichten wissen, die er andeutungsweise schon aus Malapartes Haut kennt, die von Italien bis Argentinien aufstößt, doppelt gewickelt in Argentinien herauskommt, deshalb erwähn ich sie hier: Von dem Hering, den zu Mysterien sich der Schwulste hineinstopft unter Ach! und Weh! und der unter fummeligen Wehen wieder herausgeht. Schuppen splittern und echtes Blut fließt und das Weh! Weh! wird echter. Das Wunder: Der Mann wird Frau nicht nur zum Spaßvergnügen.

Er hats geschafft. Er kann sich verdoppeln. Das Kind ist da! Ausgeschlossen ist er nicht mehr. Freue dich! Teil hat er. Dar bringt er seine Fortpflanzung aus Liebe, das Kind. Es tut so weh.
Der ganze Darm ist kaputt. Das Wunder! Das Fischkind. Der unbewegliche Hering.
Harald merkt, daß es jetzt bald soweit ist und nimmt Heidi das Silberkettchen mit der umgekehrten Lebensrune ab und die dicke Silberkette vom Arm, wie sie alle Queeren tragen, wie die Soldaten. Haraldine deponiert sie in der Schublade mit dem Geld unter der Theke.
– Es soll mir keiner nachsagen können, daß ich mich an einer werdenden Mutter bereichere.
Heidi stößt es jetzt raus – blau, mit der blaueren Schlinge um den Hals.
Da würde Harald in Action geraten, Hosen an, unten noch Harald, oben schon Makeup und Perücke, die Gräfin:
– Eine Blaugeburt! Einen Klaps müßt ihr ihm geben auf den Arsch.
– Verschluck dich bloß nicht an dem Wort.
– Schreien muß es!
– Haraldine als Gebärmutter!
Haraldine würde klapsen, schütteln, würde es retten oder wenigstens vor der Enzephalitis bewahren.
– Ein Junge.
– Da guckt sie natürlich zuerst hin.
oder würde schreien:
– Ein Mädchen!
– Eine Leidensgenossin.
Haraldine würde es abnabeln.
Würde nun endlich den Krankenwagen anrufen, nachdem Heidi ihr Fett gekriegt hat. Denn alle wie sie da sind, könnten vielleicht eines Tages Eierstöcke ihr eigen nennen vom Onkel Doktor in Casablanca und dann würde die Wilfredo-Bar in ein Müttergenesungsheim umgestaltet werden. Aber alle Geburten der Welt, alle Schaugeburtsnummern mit allem Hotelzimmergeschrei würden Heidi nichts nützen, um den rumzu-

kriegen, auf den sie steht und riskierte sie zehnmal eine Sepsis und den Tod von Loddls Kind – den süßen Friseur, Dekorateur, Sänger mit den gepflegten langen Händen und den ausdrucksvollen Augen, den geschwungenen Augenbrauen, dem schmerzlichen Augenaufschlag, den zarten Handgelenken, der flinken Zunge, den enganliegenden Hosen, die unten über den kleinen Füßen etwas schwippen. Er lächelt, er schäkert so. Seine Haare glänzen und er hat sie zu einem wundervollen birnenförmigen Helm toupiert.
Wie seine gefärbten Haare zu der gepuderten Stirn passen.
– Wie du gehst.
– Tanz auf mich runter. Jetzt mußt du dir das mal ansehen bei mir. Hol ihn her, deinen kleinen Weißen, nach Aqua di Selva duftenden.
Nun wäre alles vorbei.
Heidi würde sich besser fühlen und einschlafen beim Hinausgetragenwerden. Die Peterwagenbesatzung würde sich wundern, würde an ein Wunder glauben, würde einen Augenblick wirklich glauben:
– Das ist der Notstand. Jetzt bricht das bolschewistische Chaos über uns herein. Jetzt vermehren sich die in den Männerlokalen schon untereinander.

75

AM DONNERSTAG, DEN 19. JANUAR 1967, FÜNF UHR DREISSIG –

das ist halb sechs für Jäckis Oma –
schläft Jäcki,
schläft Irma,
schläft Cartacalo/la in dem massiven Wochenendhaus,
schläft Arnim in einem Keller in Barmbek.
Heidi schläft, wacht vom Wecker nicht auf.
Loddl schläft, hat eine Morgenlatte. Der Wecker geht genau um halb sechs.
Enoch schläft um halb sechs unten im Keller von Loddl und Heidi ein.

Gieselher schläft mit gefärbten Haaren, das Parteiabzeichen in der Tasche, am Tresen der Wilfredo-Bar ein.
Willi Hanfschmitt schläft.
Igor trinkt mit Dr. Bublitz die letzten sechs bis acht Whisky.
Hammed schläft in seiner Dreizimmerwohnung in Rönneburg.
Maximilian L'Allumeuse wacht verfrüht auf.
Dr. Rosenkreutzer schläft in Ahrensbök.
Am Donnerstag, den 19. Januar 1967, halb sechs, stirbt Jäckis Oma im Elisabeth-Krankenhaus, in Los Angeles wird James Bedford eingefroren, liest Jäcki.
In der DN vom 20., die man am 19. schon morgens am Hauptbahnhof kaufen kann, liest Jäcki ein Lied von Freddy. Das Wort wir kommt fünfzehn Mal darin vor und zweimal das Wort ihr. Das gegen die Gammler.
Zum Aufbau der morgigen Welt.
Jäcki hatte geglaubt, seine Großmutter würde nie sterben.
Auf jeden Fall hätte er ihr eine Niere gegeben, damit sie noch nicht mit einundneunzig stirbt.
– Hätte ich sagen sollen, ich gebe dir die Niere nicht.
Am 18. brachte Jäcki ihr langstielige rote Nelken mit. Er gab ihr Wasser zu trinken. Er legte seine Hand, die kalt war, auf ihre Stirn und sie drückte von unten den Kopf dagegen und sagte:
– Ist das schön.
Er fühlte ihr Herz schlagen.
– Ihr Herz füllte den ganzen Brustkorb an, sagte der Professor zu Jäckis Mutter.
Sie fragte, ob das Fenster auf sei.
Jäcki sagte ja.
Die Handgelenke waren blau von den Einstichen.
– Die Adern ließen das Blut bei der Transfusion gar nicht mehr rein.
– Das Blut kam schon fast geschieden aus den Adern, wenn eine Blutprobe gemacht werden mußte.
– Man habe unmittelbar vor Eintreten des klinischen Todes mit dem Einfrieren begonnen.

– . . sei künstlich beatmet worden und man habe das Herz massiert, um die Gehirnzellen so lange wie möglich am Leben zu erhalten. Drei Wissenschaftler entzogen dem Körper alle Flüssigkeit und ersetzten sie durch eine chemische Kühllösung. Damit kein Verfall einsetzt, soll der Körper in einen Stahlbehälter gelegt werden, in dem die Temperatur konstant auf minus 91 Grad gehalten wird.
– Oma, deine Stirn ist kalt.
– Du hast ein bißchen Blut auf den Lippen, das seh ich doch.
– Die Hände konnten sie nicht mehr falten.
– Die Haut ist gelb.
– Dann werden die Heinzelmännchen kommen mit den Dreispitzen und dich nicht weit von der Fuhlsbütteler Rollbahn in keinem durchsichtigen Sarg tragen und du wirst nicht aufstoßen und kein Apfelgriebsch wird dir aus dem Mund fallen und du wirst nicht mehr sagen: Danke, danke! Wasser. Wasser. Wie schön. – Und du wirst nicht wieder aufwachen und durch die Julius-Vosselerstraße gehen wie der James Bedford vielleicht in hundert Jahren.
Aber, wenn es nun immer kälter wird, denkt Jäcki sich, keine Sommer mehr, minus 91 Grad, die Welt so kalt wird wie der Sarg von James Bedford und auch die Sonne den Wärmetod stirbt, unser Sonnensystem so kalt wird wie der Sarg von James Bedford, alles Eis ist und alles am absoluten Nullpunkt und es immer noch kälter wird, was es nicht gibt, und neben dem Sarg von James Bedford einfrieren Cartacalo/la – die es nie besonders warm hatte – und Igor und die Blume zu Saaron und Hans und Do you know Basel und Barbara und Heidi samt Familie und Schudl samt Familie und Bernhardt samt Familie, einfrieren und der Schnee in ihren Taschen einfriert und das Quittengelee in Jäckis Omas Bonzenschrank, die Zeit einfriert – dann, denkt Jäcki, explodiert das Eis vor Kälte und die Timelessness hört wieder für eine Zeit auf.

76

NACHWÖRTER: St. Pauli loben auf St. Pauli!
Drei Jahre sitz ich jetzt dran.
Ledig leiht mir im Monat so viel, wie Loddl im Hafen fest verdient. Dafür spare ich den Weg, denn ich kann es in Heimarbeit machen, und ich bin ein freier Schriftsteller in der Freien und Hansestadt Hamburg und habe einen Bart und einen bunten Schlips und ein violettes Hemd und werde beneidet um die 3 mal 12 mal achthundert Miesen – von Köppen sicher nicht und vom lieben Konrad über der Plastikbabybadewannensphäre sicher auch nicht (Bayer).
Bei zweihundert Stunden im Monat macht das Stundenlohn vier Mark.
– I gitt!
– Ein junger Dichter rechnet!
– Wohlfahrtsstaat!
– Konsum! Konsum!
– Hallo! Der Schreiber der Seher bei Madame Récamier, die David so schön in Rots gemalt hat, der Heuschrecken frißt und salzwasserresistentes Wüstengras?
Also:
– Kauft, Leute, die Palette, kauft! Kauft!
Aber sie ist doch gar nicht fertig. Ich bin ja erst dabei, den Schluß zu schreiben.
Ich soll jetzt vorlesen.
– Starclub! hab ich gesagt, damit nichts draus wird.
Ich säße lieber über meinen Zetteln, setzte Austern an die Wände, kratzte Miesmuscheln ab, verwandelte das Zimmer in Hamburg in die Felsen von Sesimbra mit den Zetteln von meinem Buch.
Zettel abnehmen. Neue Zettel annageln.
Stoff aus Wörtern.
Schnee aus Wörtern.
Wörter aus St. Pauli.
Aber an Ort und Stelle möcht ich lieber nicht.
Was soll denn nun werden mit dem schönen vielen Material? Ganze Sesimbrastrände voll Material. Kohlenhalden hoch. Und

kein unbezügliches, x-beliebiges Seid-nett-zu-einander-Material, sondern das echte, Ordnungen ergebende, als Tangente vorbeischießende, so duftes Descortmaterial.
Oder einen zweiten Roman?
Jeder Besuch in der Palette ist ein Roman.
Jedes Jahr meines Lebens einen neuen Palettenroman?
Warum schreib ich nicht einen, der anfängt:
Die langbeinige Britt brachte Unruhe in das kleine portugiesische Fischerdorf?
Im Starclub.
Merwick machts möglich.
Wo Ray Charles singt mit Maris.
Der Stoff ist mein Kiff.
Schnee.
Sind die Wörter nicht selbst schon so kernig, dufte, glatt, bewegen sich wie der Primus Ballerinus aus der Staatsoper unter dem Kronleuchter beim Empfang im Rathaus: Ganz natürlich im historischen Rahmen stilisiert – oder wie der nackte Fischgrätmantelmann im wackelnden Licht von Jäckis Eppendorfer-Krankenhauslampen; Jürgens Wörter über sein Leben.
Und die Vorgänge wie sie wirklich vorgingen, wie wirklich ich sie erlebt habe und erzähle – Jürgen bei der sich schwer erinnernden Liana Pozzi.
Nachdem ich drei Wände des Zimmers ruiniert habe, wie Hausmakler Sübbe durch einen Schriftsatz von Rechtsanwalt Mager klagt, schmeiß ich körbeweise Einfälle weg und Vorgänge und Wörter.
Schlechten Stoff.
Siebzig Romane.
Einen Roman über die Palette in Katalogform:
Was essen die Gammler?
Was haben die Gammler für Krankheiten?
Was ziehen die Gammler an?
Welche Empfindungen haben die Gammler?
Einen Roman nur aus Empfindungen.
Einen Roman nur aus Erzählungen der Gammler über Gammler.

Einen nur aus ausgedachten Vorkommnissen.
Einen Roman, der die Dinge nicht benennt und die Vorkommnisse, sondern ersetzt:
Heidi und Barbara als Wörter selbst.
Nichts über Halleluja und Barbara berichten. Sie nachmachen in Wörtern.
Gegenstoff. Metawörter. Antigrammatik.
Für eine Metabuchmesse.
Wirtelme Oma schwört durch den Grundstock!
riefe im Leser hervor, drückte aus, ersetzte, stellte das, wäre wörtlich:
Barbara poft mit aufgelösten Haaren.
So wie der Satz:
Barbara poft mit aufgelösten Haaren.
bei einem Leser nichts anderes hervorruft als das Bild von einer verrosteten Tonne, die im Regen überläuft.
Barbara poft mit aufgelösten Haaren stellt nichts anderes dar, als die verrostete Regentonne, die im Regen überläuft, ist nichts anderes in Wirklichkeit.
Aber Irma stellt sich bei den Wörtern Der Fänger im Roggen einen Reiter in Australien vor und ich mir ein Heimchen aus Glas.
Wirtelme Oma schwört durch den Grundstock – plötzlich bin ich unsicher; auch würde es sehr lang, die ganze Palette. Vielleicht ruft es bei den Lesern auch nur das Bild von Pfefferminzmarmelade hervor.
Namen also. Bekannte. Ideogramme. Übereinkünfte.
Welche?
Beitragende? Sandige?
Le Livre – das Fietscher?
Wer wählt aus? Wer springt? Wer trägt bei? Hält zu oder hin?
Der nicht die Ausdauer hat für eine Karriere als Bundestagsabgeordneter?
Der den zweiten thermodynamischen Hauptsatz verstanden hat?
Dessen Nerven oder Leber für einen Sanitäterposten in Indien zu schwach sind?

Auswählt:
Der die Puschkinkirsche trinkt. Dessen Männerdurst Becks Bier löscht. Der den Groschen in die Music-Box steckt, der den April in Portugal verbringt und den Juni in Amerika. Studiert den neunten Guilleaume von Aquitanien und Quirinus Kuhlmann ohne das Sengelgefühl nachzuvollziehen.
Showman.
Der Mann aus dem Turm im Scheinwerferlicht, der aufzählt, was er erlebt hat. Monsieur Ouine. Herr Bi.
– Ich stehe also vor euch und lese aus meinem Buch.
Nur wegen Merwick ist es auch nicht. Es kitzelt.
Als ich Starclub sagte, wußte ich, daß der sogenannte Schläger Weißleder nicht auf einer Zensur bestehen würde und auch nicht wegen Erwähnung des Schahs oder Mekongerwähnung zu einem Essen nicht erscheinen könnte, Kommunalpolitik halber.
Ich möchte auch mal die fünf Beatles sein:
– Hier ist mein Sound. Ich steh vor euch. Das mach ich.
Zweitausend Menschen. Auf St. Pauli, die nie sonst ein Buch in die Hand nehmen.
Der Mythos des einundzwanzigsten Jahrhunderts.
– Muß es denn unbedingt das Fußballstadion von Sesimbra sein?
– Tor!
– Pfui!
– Sesimbra!
– Sesimbra!
– Die Sesimbrensen sind wie ihre Fußballmannschaft!
– Würdest du nicht lieber zuhause sitzen anstatt hier vor dem zweiten und dritten Fernsehen und siebzehn Mikrophonen und Duvinage, der dich von vorne und hinten fotografiert?
Einen Gammler wollen sie der langen Haare wegen nicht reinlassen. Weil ich der Dichter bin und an der Kasse Bescheid sage, lassen sie ihn doch rein.
Weißleder fragt, ob wir Hortensien an der Rampe längs haben wollen. Der Saal wird voll.
– Wenn es wenigstens in Sesimbra wäre. In Hamburg hast du immerhin zwanzig Jahre zugebracht.

Meine Kindheit kommt an, die Nachbarn, die Schulkameraden, die ersten Buchhändler, zwei Lehrer, Spielkameradinnen, Zeugen meines Sexlife, auch mit denen man verschiedenen Ärger hatte, Kollegen vom Theater.
Und Heidi und Do you know Basel, denen ich von Heidi und Do you know Basel vorlesen werde.
Ferre Grignard und Compagnie sehen völlig umwerfend aus und ich mit meinem Bammel würde am liebsten sagen:
– Glauben Sie ihm. Glauben Sie mir nicht. Ich brauch gar nicht zu lesen.
– Sesimbra! Sesimbra!
– Palette raus!
– Aufhören! Aufhören!
– Strafstoß.
Da fängt Ian aber schon mit meiner Auftrittsmusik an: Jäcki dee Jack!
Ich steh draußen und hab nur die Wörter an, ich bins für alle sichtbar und auf Magnetofonband und Pelliküle und wenn meine Wörter versagen, dann schneidet der Hessische Rundfunk das mit und die Wochenschau hat es als Dokument und ich stürz ab mit meinen Wörtern über das, was ich erlebt habe, vor meinem Überich und vor meinem leibhaftigen Unbewußten in der ersten Reihe, tanzt zur Musik, wenn ich nicht lese. Öffentlich fällt meine Kindheit durch vor den Zeugen meiner Kindheit.
Beim Schreiben kann ich den Namen Heidi vorschützen oder Cartacalo/la oder Jäcki. Was ich rede, bin ich.
Jetzt kommen die Wörter von mir hier über den Atomgegnermarsch und über die Uhraufzieher.
Aber Frau Herms klatscht doch.
Beim Schreiben jetzt ist es wieder gleich das alte Fictionich, wenn ich ich schreibe, das jede Augenfarbe haben kann.
Und wenn ich schreibe, Manfred und Haakon und Uta und Mac waren wirklich da, so glaubst du es mir nicht mehr und nicht weniger, als wenn ich schreibe, Jürgen und Enoch und Heidi und Loddl waren da – Loddl war übrigens gar nicht da.
Wir fragen uns beide, ob es eine Bedeutung hat, wenn ich

schreibe: Aber es ist ganz bestimmt wahr. So ist es gelaufen, als ich im Starclub gelesen habe. Es ist bestimmt das Moorsoldatenlied. Es ist wirklich der Bericht aus Nagasaki.
Rechtskräftig beweisen kann ich es dir nicht mit dem Film und dem Magnetofonband und der Platte.
Die Kilius zum Beispiel soll nicht selbst gesungen haben.
– Haben Sie diese Dinge nun alle selbst erlebt?
– Hat sich Ihre Kindheit in einem katholischen Waisenhaus abgespielt?
– Meine Fiction ist nicht ganz ohne Non-Fiction.
Trotzdem kann ich mich auf den Kopf stellen, solange die Palette nicht in Rowohlts Deutscher Enzyklopädie erscheint oder im Springer Verlag wie meine Embryologie, bleibt es eben doch bloß eine Novel. Fiction! Fiction! Fantasie!
Man weiß eben nichts Genaues.
– Das weiß doch jeder, das ich drei Jahre jeden Tag in der Palette gesessen habe. Da können Sie jeden fragen.
– Die es nun nicht wissen im Starclub?
– Die es nun nicht hören als Quellenmaterial oder als Psychogramm?
– Wissen Sie, Ihre Gedichte über die Palette – fabelhaft!
– Die stellen sich Heidi brünett vor.
Aber Heidi ist blond.
– Und Loddl sieht aus wie Burt Lancaster.
– Und Enoch wie Picasso in jungen Jahren.
Und mein ganzes Buch ist hin und dafür hab ich drei Jahre gearbeitet.
– Du hättest es ja genauer aufschreiben können.
Wörter. Namen. Fantasien – die Fantasien auslösen.
Wirtelme Oma schwört durch den Grundstock.
Sollte ich es noch mal versuchen? Anders?
Siebzehn Seiten, die kein Buch ergeben, sondern die Palette selbst als Extrakt?
– Bei Wirtelme Oma schwört durch den Grundstock, denke ich an Pfefferminzmarmelade.
Dabei sollte es sein der wörtliche Fleischextrakt von Barbara, die mit aufgelösten Haaren pennt.

Eine neue Veranstaltung. Merwick anrufen. Weißleder macht bestimmt noch mal mit. Ian auch und Ferre.
Ich verkleide mich. Schminke mich. Lasse mich in einem Gerüst von der Decke baumeln und zu den Wörtern laufen Filme an allen vier Wänden. Ferre singt das Laudate Dominum und Ian spielt Jäcki dee Jäck.
Zu dem Wort Wirtelme gibt es Muscheln zu essen. Bei dem Wort Oma werden nach Lavendel duftende Eisblöcke durch den Saal getragen. Bei dem Wort schwört blitzt es.
– Die Gedanken sind frei, wer kann sie erraten . .
– Art Art, krächzen die Raben aus dem vorigen Jahrhundert. Wer kann es verhindern, daß Barbara und Halleluja selbst an dem neuen Abend im Starclub bei nach Lavendel duftenden Eisblöcken nicht an das gemeinsam eingeatmete Gas denken, sondern an Eisbomben, an Fürst Pückler Eis. Dabei sollten sie es doch wissen.
Das war nun also ein großer Erfolg im Starclub.
Die Idee mit dem zweiten Abend hab ich wieder fallengelassen. Ich müßte jetzt unters Auto kommen oder an Tb eingehen. Dann wäre es richtig zuende und meine dreiviertel Palette wäre die genaueste mögliche Dreiviertelpalette.
Nun kann ich selber Schluß machen. Aber ich habe keinen Grund.
Heidi hat Heidi akzeptiert und Do you know Basel Do you know Basel. Und mein Unbewußtes und mein Überich klatschten in die Hände. Ferre Grignard und Ian and the Zodiacs haben mich nicht von der Bühne gepustet. Ich soll ihnen ein Exemplar schicken. Ich mich umbringen aus Glück? Weil man nicht mehr erreichen kann – das Innerste öffentlich und das Öffentlichste innerlich. Und weil ich Angst habe, mit dem Buch Schluß zu machen.
Wo hört es auf?
Bei Jäckis Omas Tod, als James Bedford eingefroren wird? Als Schudl auch nach Othmarschen zieht.
Igor in Bremen eine Bar eröffnet?
Bücherschreiben als Harakiri – auch ohne die Schulden bei Ledig.

Das Buch als Selbstmord.
Nicht weil ich nicht weiter weiß, bring ich mich um.
Ich wollte aufschreiben, was ich über die Palette weiß und was mir zur Palette einfiel. Die Palette ist zu. Aber mit den Palettianern geht es immer weiter. Unter einem anderen Namen hat auch das Lokal in der ABCstraße wieder aufgemacht. Erst gab es sich seriös als Weinstube, aber im Laufe der Zeit würde es immer palettenähnlicher. Verkehrten auch dieselben Typen. Es gibt andre Lokale, die der Palette ähnlich sind.
Ich bring mich um, weil es nicht weitergehen soll und weil es der beste Abschluß für den Roman wäre.
Jäcki, der ich bin, welche Gründe hätte Jäcki, sich umzubringen? Aus Geldmangel würde er nicht.
Ich nehme an, wenn er einen Siff hätte, würde er keine Schlaftabletten, sondern Antibiotika schlucken.
Vielleicht weil er das Hin- und Herfietschern nicht mehr schafft.
Wenn ich jetzt am Abend nach dem Starclub Selbstmord begehe, schreiben die Zeitungen an der Palette weiter und ich wäre da, wo ich angefangen habe.
Oder Selbstmord begehen, nun nicht mehr direkt wegen des Buches, sondern weil das Leben aufhört, wenn ich mit dem Buch Schluß mache.
Jetzt sind alle Zettel von den Wänden.
Warum soll ich jetzt nachmittags noch im Casablanca II sitzen?
Wen soll ich seine Lebensgeschichte auf Band sprechen lassen?
Warum mit Maximilian L'Allumeuse über den Möbeltransport aus der DDR sprechen? An der Alster längs gammeln?
Nachts durch die Bars, um Bewegungen zu sehen, Kinne zu vergleichen? Wozu St. Pauli, wenn das Buch gleich zuende ist?
Jetzt braucht Irma keine Abbildungen von Embryos aus einer Festschrift mehr zu kopieren. Warum soll ich jetzt noch mal nach Sesimbra fahren?
Der, den ich Jäcki nannte, ist Pate. Ich bin Pate. Die ich Heidi nannte, die ich bin, kriegt ihr drittes Kind. Ich kriege also mein drittes Kind, das ich bin.
Jäcki ist der Pate von Heidis erstem Kind und kauft ein Silberbesteck.

Halleluja bittet Jäcki, der Pate von seiner Tochter zu werden.
Hallelujas Tochter wird in der Kirche von Elmshorn getauft.
Jäcki soll zum Kirchenamt wegen Patenpaß. Aber er geht nicht hin. Dann schickt ihm die Gemeinde Elmshorn einen Patenbrief:
– Das Patenamt zu übernehmen bedeutet: Als erwachsener Christ Verantwortung für heranwachsende Glieder der Christlichen Gemeinde zu tragen.
Den ich Jäcki nenne ist sauer auf den ich Halleluja nenne, weil der ihm solchen Behördenkram aufbuckelt.
Vorne drauf ist das Foto von einer modernen evangelischen Kirche. Heidi nimmt zwischen ihren Geburten Karateunterricht und reist einem Ringer nach. Einem mit blauem Mantel und goldenen Stiefeln. Er behandelt sie in Wanne-Eickel sehr schlecht – wo sie drauf steht.
Heidi will in die neue Partei eintreten.
An den Buchstaben NSDAP fehlen nur die Buchstaben SA.
Heidi entdeckt den deutschen Osten in sich und die Heiligkeit des Lebens und die Sauberkeit und die saubre Zukunft für ihre Kinder und:
– Die müßte man ja vergasen!
und:
– Die Palette war die Hölle!
nachdem sie Maciste in Wanne-Eickel hat einen abkauen dürfen – die ich Heidi nenne.
Ich protestiere.
Jäcki protestiert.
Wir sagen:
– Du hast einen Vogel.
– Warum bist du damals in den Atombunker eingebrochen?
Sie meint eben, das eine schließt das andre nicht aus und sitzt wieder in der Wilfredo-Bar.
Heidi und Loddl lassen den ich Enoch nenne unten im Keller übernachten.
Enoch, der ich bin, hat nun ganz andre Vorstellungen als Heidi.
Er sucht den Redakteur einer kryptokommunistischen Zeitung.
Der eigentliche Leiter ist in der DDR

Enoch wäre beinahe in die Partei eingetreten.
– Wann!
– Wo?
Enoch würde als Spion eventuelle . .
Enoch glaubt an den Fortschritt.
Bald die Klassenlose Gesellschaft.
Den ich Enoch nenne, wäre bereit, jeden zu bekämpfen, der sich reaktionär . .
Ihn gegebenenfalls lebenslänglich einbuchten.
Die Klassenlose Gesellschaft wäre vorurteilsfrei.
Auch wilde Ehen.
– Meine Ehe mit Susi war stinkbürgerlich.
Auch Kiff erlaubt.
Enoch möchte nicht in der Diktatur des Proletariats leben. Er wollte nie die Früchte der Revolution genießen. Er will die Revolution vorbereiten, nicht einmal mehr ausführen.
Den ich Enoch nenne, der Vorbereiter.
– Würdest du die ich Heidi in meinem Buch nenne, liquidieren?
– Ich kenne Heidi zu genau. Aber so ein neues Parteimitglied, das sagt: Juden raus.
– Warum tust du es nicht?
– Weil er sich noch dekuvrieren soll.
– Wenn du die Macht hast und du begegnest dem, würdest du ihn nicht ein bißchen – ich meine, foltern? Mit deinen Freunden zusammen?
– Dann würde ich meine Freunde erschießen, denn sie würden tun, wogegen ich bin.
Ein Haus in der Langen Reihe Mitte der Sechziger Jahre: Kartoffelkeller der Molotowcocktail und im vierten Stock ein noch nicht ganz wieder durchdachter Gaswagen.
Der, den ich Jäcki nenne, der ich bin, geht in die Wilfredo-Bar und sucht den ich Gieselher nenne und der ich bin – bin ich Gieselher? Der beim ersten Gespräch das alte Parteiabzeichen rausholt. Sagt:
– Leder, das war einmal Haut.
Steht auf Sadismus. Jemanden schlagen. Scheiße fressen lassen.

Findet Dachau dufte.
Er hat in Lübeck einen Kunden, für den muß er die SS-Uniform anziehen. Aber sie ist zu groß für Gieselher. Hängt ihm in Falten um die Beine. Die SS-Hose geht ihm bis unter die Schultern.
– Stört das den Freier denn nicht?
– Das stört ihn nicht. Hauptsache, es ist eine SS-Hose und ich trete ihn und er darf an der Hose winseln.
Jäcki, der ich bin, will wissen:
– Wie wird einer so?
Fragt ihn aus, wie ich Jürgen ausfragte, den die Fragerei an die Gestapo erinnerte:
– Wann bist du eigentlich geboren?
– 47 in Bad Harzburg.
– Was war dein Vater?
– Ich bin unehelich. Mein Vater war in einem Internierungslager. Obersturmbannführer. Totenkopfverbände.
– Mutter?
– Dolmetscherin. Russisch. Polnisch. Meine Mutter war dabei, als in einem alten Schwimmbad in Westpreußen Russinnen und Polinnen, Jüdinnen erschossen wurden.
– Warum war deine Mutter dabei?
– Meine Mutter war Bademeisterin.
– Woher weißt du, daß deine Mutter dabei war?
– Sie hat es selbst erzählt. Als eine Dokumentation im Fernsehen lief. Ich war in der Pubertät. Sie sagte, die Judenweiber hätten ihr selbst leid getan. Aber Judenweiber nannte sie sie doch.
– Wann hat deine Mutter das erzählt?
– Als wir gerade Fernsehen bekommen hatten. Mutter hat immer gedrängelt: Vater, kauf Fernsehen. Wahrscheinlich 1961.
– Da warst du vierzehn.
– Mein Vater heiratete meine Mutter erst nach meiner Geburt. Da war die Amnestie gewesen. Während des Krieges hat er Marokkaner erschossen. Gleich nach dem Krieg war er erst noch in der Fremdenlegion.
– Woher weißt du das?

– Vater war besoffen, als er es erzählte. 1960 ungefähr. Mein Onkel kam auch besoffen in die Stube. Mutter sagte: Das hat er mir ziemlich zu Anfang schon mal erzählt. – Er sollte Gefangene bewachen. In den Sand gesetzt. Sprecht ihr Französisch? Sie kucken ihn an. Einer hat so einen hypnotischen Blick. Kuck weg. Aber der kuckt nicht weg. Da hat mein Vater ihn erschossen und gesagt: Zur Strafe buddelt ihr ihn ein. Als sie damit fertig waren, hat er alle erschossen.
– Sogar mir ist ein Schauer über den Rücken, als er das erzählte. Sonst macht mir so was nichts aus. Mit fünfzehn bin ich nach Unna gefahren. Ein Motorradfahrer war verunglückt. Sein Kopf ab. Ich hab den Kopf getragen. Das hat mir nichts ausgemacht. Erst eine Viertelstunde später gekotzt.
– Bist du 53 in die Schule gekommen?
– In der Schule war ein komischer Mischling, mit dem durfte ich nicht spielen. – Du weiß doch, sein Vater war in der SS. – Wir hatten auch noch die Eßbestecke von der SS.
– Wann hast du das Wort zum ersten Mal gehört?
– Ganz früh. 1947. Der Vater wurde abgeholt. In der Schule war ich immer der Obermacker. Malen, Deutsch, Geschichte gut. Ich habe unheimlich früh Onkel Doktor gespielt. Richtig kennengelernt habe ich es durch den Minderrassigen, mit dem ich nicht spielen durfte. Ich hatte immer Interesse für das Militärische. An Kasernen gestanden. Zigarrenkiste mit Abzeichen gefunden.
– Hast du die Prüfung zur Oberschule gemacht?
– Bei Prüfungen bin ich immer der Erste. Bei der Gesellenprüfung war ich Bester. Bei der Führerscheinprüfung Bester.
– Bist du mit Mädchen gegangen?
– Mit dreizehn zum ersten Mal. Gleich mit zwei. Einer hat es mir vorher gezeigt. Der sitzt jetzt im Zuchthaus. War achtzehn, als er es mir zeigte. Auf die Sadistische. Ich hab darauf bestanden. Er hatte immer Geld.
– Wie lange bist du auf die Oberschule gegangen?
– Mit dreizehn bin ich rausgeflogen. Ich habe die Lehre angefangen als Patissier. Machte keinen Spaß. Am liebsten zur See. War schon alles klar. Seemannsschule Hamburg. Vater sagte:

Kommt gar nicht in Frage. – Im letzten Lehrjahr fing der Meister mit mir an. Alle wußten, daß er war. Aber sie konnten ihm nichts beweisen. Am andern Tag kotzelend. Kein Spaß.
– Wann hast du die Gesellenprüfung gemacht?
– Hab ich doch schon gesagt: Mit siebzehn. Dann getrampt. Ins Rheinland. Anderthalb Jahre als Patissier gearbeitet. Ab Februar ließ ich mich nicht mehr zu Hause blicken. Großer Streit. Hab zwei Autos kaputtgefahren. Nach Frankreich. In Le Lavandou bis August gearbeitet. Wenn ich nicht genug Geld hatte, bin ich zum Bahnhof gegangen. Die ganze Côte längs. San Remo. Pisa. Rom. Bari. Neapel. Sizilien. Florenz. Große Überschwemmung. Letzte Woche vorm Oktoberfest nach München. Von da ins Rheinland. Jetzt ist alles klar und ich geh nach Südafrika.
Welche Fragen noch? Welche Antworten nicht?
Jäcki findet es sehr unhöflich, sich von einem Berber nur was erzählen zu lassen, dessen Arbeitszeit zu vergeuden. Jäcki hat gerade was für eine Besprechung vom Funk gekriegt und mehr als ein Pfund will Gieselher auch nicht und man kann rauf zu seiner Pofe, Steindamm, es kommt also nichts dazu für Hotel. Nun mal ausprobiert.
Gieselher macht dabei ein sehr sadistisches Gesicht.
Jäcki hat sich immer vorgestellt, daß ein arischer Vater seinen arischen Sohn so bestrafen müßte.
Jäcki will Gieselher nun mal bestrafen. Dem SS-Mann tut es sehr weh.
– Ich könnte mich jetzt rächen, denkt Jäcki. Er hört bald wieder auf.
– Hättest du KL-Wärter werden wollen, fragt Jäcki Gieselher.
– Ich hätte nicht die Möglichkeit dazu gehabt. Als KL-Wärter wurden nur Sexualverbrecher eingestellt.
– Und wenn du die Möglichkeit gehabt hättest? Würdest du die Öfen abgeschlossen haben?
– Warum nicht?!
Das nächste Mal will Jäcki ihn fragen, ob sie ihn als Stricher denn nicht auch umgelegt hätten. Aber er kommt nicht mehr. Vielleicht ist er schon nach Südafrika.

Joes Freund schreibt aus Amerika:
– What is the matter with you in Germany. Are the Nazis fockin' you or are you fockin' these fockin' Nazis?
– Drinking urine from the prettiest uniform ever designed by the dirty hand of man.
– I wanted to kiss the ass of their pants. I want to worship the material not the flesh.
I'll be brief now:
He opens my shirt, rips my t-shirt, applies his fingers to my niples. He is teasing my chest with his cigarette. (Whispering to the queens, »he likes that alright«.) When he finishes burning me, he unbuckles my pants, has me bent. With a quick movement irresponsible of his wrist he pushes the cigarette-butt into my asshole. I fumbled getting it out. I tell him, you can't just burn my asshole up. He promises not to put any more cigarettes out on me. When I asked the darkhaired one to suck his ass, he said, »suck his ass first«. The guy shit in my mouth, it took three or four mouth-full, spitting it out between. Then I put my tongue up, when he told me to clean it out. It was the blond who pissed in my face. The black-haired man began to come, the juice streaming out into the cool air, falling onto my coat, onto my lops and mouth.
The two were talking as old friends. I guess they were.
Jäcki sieht Gieselher noch einmal kurz im Hauptbahnhof. Der hat sich Chromecken an den Kragen geschraubt. Die ganze Lederjacke soll nach und nach mit Metall besetzt werden.
Fiction.
Ich brauch es nur in diesem Zusammenhang nennen.
In der Wilfredo-Bar sitzen die Stricher und unterhalten sich über Foltern im Sachsenwald.
– Wie haust du ihn?
– Sehr vorsichtig. Du darfst ihm ja nicht die Rippen brechen. Wild muß es aussehen. Wild. Wild.
Fiction.
In der Wilfredo-Bar taucht das etwas närrische Gesicht vor mir auf, dies Zwergblütenkelchgesicht – Proust, der Rattenschinder.

Was hat das miteinander zu tun?
Hat das was miteinander zu tun?
Oder sollten wir ruhig im Eros-Center eine SS-Abteilung aufmachen?
Ihr, verehrte, bewunderte Berber!
Igor fährt nach Sesimbra, das ich bin – Fiction.
Meine Schulden bei Ledig-Rowohlt – Fiction, wenn ich sie in diesem Zusammenhang erwähne.
Der Autor selbst – eine Reihe von mit Präjudizien behafteten Wörtern.
Selbstmord als Fiction.
Fiction statt Gas oder Bohnerwachseimer.
Hepp! Der Autor ist auch weg.
Durch Wörter nichts.
Alles Wörter.
Alles stimmt.
Die Palette ist alles: Sesimbra und die Palette.
Alles sind meine Wörter.
Meine Palette soll nicht die Form eines Palais haben. Auf meiner Palette werden nicht die Farben um das Daumenloch angeordnet.
Verschieden sorgfältige Mischungen. Orange kleckert aus. Blaue Streifen.
Meine Palette soll die Form eines Tintenfisches haben. Das weiß ich jetzt zum Schluß. Deshalb kratze ich das schöne Descortmaterial von den Wänden und schmeiß es weg. Vorne ein gleichmäßiger Körper, an dem sich Fangarme entwickeln, die nach hinten ausfächern.
Die Palette ist ein Tintenfisch meine Wörter.
Ich habe Igor von Sesimbra erzählt. Jetzt ist er mit Dr. Rosenkreutzer im Volkswagenbus hingefahren.
Igor sitzt in Sesimbra am Strand.
In Sesimbra essen die Fischer morgens Butterbrot. Sonst Fisch.
Während sie auf Fang sind weniger.
Es gibt mehrere Arten von Polizei.
Man wird einfach stehen gelassen. Statue. Oder man darf nicht schlafen. Vierzehn Tage eventuell.

Die Hunde essen Fisch. Die Esel riechen nach Fisch.
Die Fischer harken den Strand und waschen die Boote.
Die Fische riechen nach Fischern.
Igor trägt die Locken bis auf die Schultern und törnt sich einen an mit Dr. Rosenkreutzer. In den gelockten Bart fällt der Schnee vom Gänsemarkt.
Da schlagen sie ihren Volkswagenbus auf, wo der Markt ist. Törnen sich einen, spritzen sich, wollen die Verkäuferin aus dem Papierladen haschen.
Die Fische, die neben dem maurischen Fort verkauft werden, heißen: Toninha, Espada, Chaputa, Enchova, Tamburil, Cabação, Taraco, Tramelga, Choupa, Sargo, Pampos, Pargo, Busso, Tintureira, Pragado, Burreilho, Massacotte, Peixão, Anequim, Gurvina, Lulas, Espardarte, Reia, Polvo.

Inhalt

Liebe Dich - ewig

Anja Saskia Beyer

Das Buch

Eine Villa am See, ein Bootshaus und der Duft von weißem Jasmin und Zimtschnecken – von #1-Bestsellerautorin Anja Saskia Beyer

Caro wurde von ihrem Freund zutiefst verletzt und will sich die nächsten Jahre auf keinen Mann mehr einlassen. Bei einer Familienfeier in der Villa ihrer Großmutter an einem Berliner See, sorgt sich die ganze Familie um sie. Ihr Vater glaubt, ein perfektes Rezept für das Glück gefunden zu haben. Sie muss etwas mit ihren eigenen Händen schaffen. Caro soll das alte Bootshaus im Garten ihrer Großmutter renovieren. Doch leider ist Caro handwerklich extrem unbegabt. Und dann soll auch noch ausgerechnet dieser Sascha, der mit einem kleinen Boot am Steg aufgetaucht ist, ihr Handwerks-Coach sein. Caro wehrt sich, auch weil sie sich zu Sascha hingezogen fühlt. Dieser Mann wirkt seltsam abweisend und geheimnisvoll.

Die beiden Bände der »Liebe-Dich«-Reihe können unabhängig voneinander gelesen werden.

ÜBER DIE AUTORIN

Anja Saskia Beyer studierte Theater-, Kommunikationswissenschaft und Werbepsychologie in München. Sie arbeitet erfolgreich als Drehbuchautorin und Dramaturgin für das Fernsehen. Seit 2013 schreibt sie Romane, darunter mehrere #1-Kindle-Bestseller und #1-BILD-Bestseller.
Anja Saskia Beyer lebt mit ihrer Familie und ihrem Hund in Berlin.

www.facebook.com/AnjaSaskiaBeyer
www.instagram.com/AnjaSaskiaBeyer
www.twitter.com/AnjaSaskiaBeyer
www.Anja-Saskia-Beyer.com

Anja Saskia Beyer

Liebe Dich - ewig

Roman

Impressum

Lektorat/Korrektorat: Carmen Kockler
Cover: Grit Bomhauer Coverdesign

ISBN Taschenbuch: 10-153523279X
ISBN 13 -978-1535232791

1. Kapitel

Es gibt Tage, die leuchten. Und Tage, an denen man sich am liebsten sofort wieder im warmen Bett verkriechen würde. Mit einer Tasse duftendem Kaffee, einem guten Buch und seiner Lieblingsmusik.

An diesem Morgen saß Caro in ihrem hellgrünen Schlafanzug mit den weißen Sternchen in ihrer kleinen Küche, nippte verschlafen an ihrem Kaffee und arbeitete Seminarunterlagen durch. Da hörte sie das Klappern des Briefkastendeckels an ihrer Wohnungstür. Ihre Altbauwohnung besaß einen Briefschlitz, wie man ihn aus amerikanischen Filmen kannte. Caro stand auf, schlurfte in ihren Flur und sah eine Postkarte auf dem Boden liegen. Sie hob sie auf. Wer schrieb denn heutzutage noch Postkarten? Ein Schaf stand auf einer Wiese und glotzte ihr entgegen. Darüber stand: New Zealand.

Caro fühlte sich augenblicklich, als habe sie einen Schlag in die Magengegend bekommen. Die Enttäuschung, der Schmerz, all das war mit einem Mal wieder da und tat verdammt weh. Seit sechs Monaten hatte sie nichts mehr von ihm gehört und jetzt diese nichtssagende Karte, ohne genauen Absender: »Hey Kleines, geht's Dir gut? Mir ja.

Mario.«
Wie sollte sie nur diesen Tag überstehen? Die Familienfeier, der 80. Geburtstag ihrer Großmutter, am Nachmittag stand bevor, und da sie ihre Großmutter liebte, konnte sie auf keinen Fall absagen.

So saß Caro also wenige Stunden später am edel gedeckten Kaffeetisch in der Villa ihrer Großmutter. Ihr gegenüber saß Tante Netti, die rundliche Schwester ihres Vaters und musterte sie: »Und, Caro, was macht die Liebe? Hast du wieder einen neuen Freund oder bist du etwa immer noch Single?«
Das Stimmengemurmel der Geburtstagsgäste am Tisch verstummte, alle Blicke richteten sich auf Caro, der augenblicklich der Bissen Zitronen-Tarte im Halse stecken blieb. Wie konnte ein Mensch nur so unsensibel sein? Wie sehr sie diese Frage liebte, die ihr von Tante Netti auf jeder Familienfeier gestellt wurde. Seitdem. Caro wollte etwas kontern, verschluckte sich, hustete, bekam für einen Moment keine Luft mehr. Verdammt, wieso tat es nach so langer Zeit immer noch so unendlich weh? Ihr Herz zog sich zusammen, bei jedem Versuch, zu Atem zu kommen, krampfte es, als wäre es eine Auster, die eine Perle herauswürgte.
»Ein Glas Wasser, schnell.« Ihr Vater, ein großer,

aristokratisch aussehender Mann mit dunklem, lockigem Haar, legte Caro seine Hand auf den Rücken. Er war Arzt, um genau zu sein, Herz-Chirurg, wie er selbst immer betonte, um nicht all die Wehwehchen der gesamten wehleidigen Verwandtschaft heilen zu müssen. Eduard, Nettis glatzköpfiger, hagerer Mann, reichte Caro rasch ein Glas Wasser. Sie trank es begierig aus, immer wieder hustend. Nach schier endlosen Sekunden rutschte der klumpige Bissen Zitronen-Tarte eine Etage tiefer.

»Geht schon wieder, danke«, röchelte Caro. Dann wandte sie sich an Netti, versuchte so schlagfertig zu sein wie sonst, doch ihre Stimme zitterte: »Ich habe sehr gute Freundinnen und auch gute Freunde, das reicht mir.« Sofort dachte sie an ihre neue Freundin Emma, die sie sofort in ihr Herz geschlossen hatte. Es hatte einfach Klick gemacht. Genau wie bei ihrer langjährigen Freundin Hannah, der sie im ersten Semester auf einem Uni-Ball begegnet war, die ihr damals und auch seitdem immer wieder aus der Patsche geholfen hatte. Schließlich dachte sie an ihren Kumpel Ben, die restliche Surfer-Clique, die zusammenhielt, und kurz durchströmte sie ein beruhigendes Gefühl im Bauch.

Sie war nicht allein.

Doch im nächsten Moment, als sie in Nettis

giftgrüne Augen blickte, wurde sie erneut an Mario erinnert. An den Mann, den sie so sehr geliebt, für den sie ihr ganzes Leben aufgegeben hatte. Der ihre Gefühle so dermaßen mit Füßen getreten hatte, auf ihnen herum getrampelt war, als wären sie flinke Ameisen, die es zu treffen galt.
Nichts anmerken lassen, dachte sich Caro aufgewühlt, sich ihr Gefühlschaos nur nicht anmerken lassen. Dies gelang ihr vor den Kommilitonen an der Uni, selbst vor Ben und Emma, bisher recht gut. Sie hatte ihnen nichts von Mario erzählt, weil es jedes Mal so unfassbar weh tat, wenn sie auch nur daran dachte. Und auch weil bisher nie der richtige Zeitpunkt zu sein schien. Einzig Hannah, ihre Großmutter und seit ein paar Wochen auch ihr Vater wussten, wie durcheinander und verletzt sich Caro in ihrem tiefsten Inneren seit Monaten fühlte. Ihr Vater, der sich Sorgen um sie machte seitdem. Seit er nicht mehr als Chefarzt, sondern nur noch als leitender Chirurg in einer Klinik arbeitete, hatte er plötzlich Zeit für sie. Zumindest ein wenig. Im Gegensatz zu früher. Er machte sich tatsächlich Gedanken um ihr Herz. Um ihr Glück. Denn er schrieb an einem Sachbuch über das Glück, forschte in seiner Freizeit nach der Formel des Glücks, behauptete von sich selbst, ein glücklicher Mann zu sein. Seine Mitmenschen betrachtete er als wissenschaftliche Forschungs-

objekte, wollte ihnen aber durchaus auch zum Glück verhelfen. Bei Caro war ihm das die letzten Wochen nicht geglückt und das spornte seinen Ehrgeiz, es zu schaffen, noch weiter an.

Streng wies er gerade seine Schwester Netti zurecht. »Netti, das war an Taktlosigkeit mal wieder nicht zu überbieten. Du bist doch nur sauer, weil Mutter dir nicht das alte Bootshaus vererben möchte, sondern mir.«

»So ein Unsinn, Friedrich«, verteidigte sich Netti schwach.

»Neid ist kein schöner Wesenszug«, schaltete sich nun Caros Großmutter Amalia, eine kleine, zierliche Person mit weißem kurzem Haar ein. Sie hörte etwas schwer, aber immer, wenn es darauf ankam, bekam sie alles, aber auch alles, mit.

»Ja, ja, das predigst du mir seit Jahren, Mutter«, entgegnete Netti. »Das alte Bootshaus ist mir egal, aber es ist so wunderschön gelegen, direkt am See, wir könnten dort so herrlich bauen.«

»Genau das möchte ich aber nicht, dass es abgerissen wird.« Amalia hatte zu ihrem 80. Geburtstag die Familie zusammengerufen, um allen ihr Erbe bereits jetzt zu verkünden. »Wer weiß schon, wie lange ich noch lebe«, hatte Amalia gesagt. Caro, die ihre Oma über alles liebte, wollte das nicht hören. Ihre halbe Kindheit hatte sie auf diesem Anwesen verbracht, in der Villa ihrer

Großeltern, dem wunderschönen Garten, am See. Denn ihre Eltern hatten beide sehr viel gearbeitet, sie taten es immer noch. Caros Mutter hatte sich vor zehn Jahren, als Caro vierzehn Jahre alt war, von ihrem Mann getrennt, reiste viel in der Welt herum, da sie als Auslandskorrespondentin arbeitete. Caro kannte ihre Mutter vor allem aus dem Fernsehen und litt sehr darunter, dass sie sich nach der Trennung kaum mehr für sie zu interessieren schien. Caro erinnerte sich noch wie heute an dieses Gefühl, keinen Halt mehr zu spüren, zu fallen, ohne Netz. Immer weiter. Ihr Vater stand nach der Trennung unter Schock, versuchte seine Enttäuschung und Verletzung zu verdrängen, flüchtete sich noch mehr in die Arbeit. Caro ging nach der Schule oft zu ihrer Großmutter, die sich rührend und liebevoll um sie kümmerte. Das Bootshaus diente Caro als Zufluchtsort, wenn sie allein sein wollte mit ihren Gedanken. Dort las sie auch viel, dachte an ihre Mutter, sah auf den See und träumte sich, wenn das Gefühl des Vermissens zu groß wurde, in die heilen Welten ihrer Liebesromanheldinnen.
Plötzlich vernahm Caro die vertraute Stimme ihres Vaters am Ohr, roch den Zitronenkuchen, wurde sich gewahr, dass sie sich immer noch auf der Familienfeier befand.
»Caro, ich habe mir in letzter Zeit Gedanken um

dich gemacht«, sagte er leise. »Ich weiß jetzt, wie du endlich wieder richtig glücklich werden wirst. Sogar ganz ohne Mann.« Er lächelte sie aufmunternd an.

»Ach Paps«, sagte Caro unbegeistert. Was hatte er sich jetzt wieder für sie ausgedacht? »Und wie?« Ohne Mann klang ja schon mal sehr gut. Denn die nächsten Jahre würde sie sich ganz sicher nicht mehr auf einen Mann einlassen, ihr Herz öffnen, um es dann wieder verletzen zu lassen. Das wusste ihr Pa genau.

»Es ist ein Glücksrezept, das für viele gilt.« Er sagte es, als habe er das Ei des Kolumbus erfunden.

»Aha.«

»Man muss etwas mit seiner eigenen Hände Arbeit tun.«

Sie starrte ihn verständnislos an.

»Sieh mich an. Ich als Chirurg tue das jeden Tag und ich bin einer der glücklichsten Menschen auf der Welt.« Er hatte die Trennung von Caros Mutter tatsächlich längst verwunden, war seit zwei Jahren mit Sandy zusammen, die nur fünf Jahre älter war als Caro.

»Du musst also etwas mit deiner Hände Arbeit schaffen.«

Zweifelnd betrachtete Caro ihren Paps. »Ich mit meinen zwei linken Händen? Was soll das denn sein? Nähen, häkeln, basteln? Ich hab noch nie

gern gebastelt.« Ihr handwerkliches Ungeschick hatte schon im Handarbeitsunterricht dazu geführt, dass ihre selbstgehäkelten Topflappen aussahen, wie bei einem Kampf zweier Hunde zerbissen. Nicht umsonst hatte sie Kommunikationswissenschaften als Studienfach gewählt. Reden konnte sie gut, schlagfertig war sie normalerweise auch und mit diesem Fach stand ihr vieles offen. Vielleicht wollte sie auch ihre Mutter damit beeindrucken.

»Du musst nicht häkeln oder basteln. Ich vermache dir das Bootshaus, wenn du es selbst wieder instand setzt. Mit deinen eigenen Händen«, fuhr er leise und strahlend fort. Ganz offensichtlich begeisterte ihn seine Idee. Mehr als sie.

Die Gespräche der anderen, die von ihrer Unterredung nichts mitbekommen hatten, summten an Caros Ohr wie ein Schwarm Bienen. Das Bootshaus? Sie sollte diesen alten Schuppen allein renovieren?!

Fassungslos sah sie ihn an. Das Bootshaus musste, als Großmutter ein junges Mädchen gewesen war, ganz bestimmt einmal pittoresk ausgesehen haben, aber der Zahn der Zeit hatte sehr daran genagt. Caro sah Sägen, Hämmer und spitze Nägel vor ihrem geistigen Auge, Blut und Blasen, und ihre Hände begannen zu zittern. Sie kannte ihren Paps. Wenn er von einer Idee so überzeugt war, brachte

ihn nichts mehr davon ab. Und er wollte nur eines, wie er versicherte: sie endlich wieder glücklich sehen.

»Und wenn du es schnell renoviert kriegst, kannst du dort mit deinen Kommilitonen bald eine Party feiern. Ihr habt doch nach einer besonderen Location gesucht«, fügte er schnell hinzu, bevor sie etwas entgegnen konnte.

Caro dachte sofort an die Semester-Party, die wie so oft gerade an der Strandbar der Surfschule stattfand. An ihre Freundin Emma, die sich dort sicherlich gerade sehr unwohl fühlte ohne sie. So viele Leute kannte Emma, die erst vor kurzem mit ihrer Mutter und ihrem kleinen Bruder nach Berlin gezogen war, noch nicht. Oder hatte sich mit Ben, für den Emma so viel empfand, etwas getan? Wenn ja, dann hoffte Caro so sehr für Emma, dass Ben, der oft sehr verschlossen wirkte und einen tiefen Schmerz mit sich herumtrug, Emmas Gefühle nicht genauso zertrampeln würde, wie Mario die von Caro vor sechs Monaten.

Man konnte in einen Menschen nicht hineinsehen. Ihr Magen zog sich bei dem Gedanken an Mario sofort wieder zusammen. Heute Morgen war alles erneut nach oben gespült worden. Ihr Vater hatte Recht. Glücklich fühlte sie sich wirklich nicht, auch wenn sie es oft genug verdrängte. Aber gab es wirklich ein Rezept, zum Glücklich-sein?

»Kann ich mir das noch überlegen?«, antwortete Caro unbehaglich. »Ich muss auch noch eine Seminararbeit fertig kriegen.«
Er schüttelte den Kopf, sah sie ernst an. »Nein, Caro. Du bist eine fleißige, zielstrebige Studentin, gehst gerne shoppen, triffst Freunde, aber glücklich macht dich das alles nicht.«
»Ich ... brauche frische Luft, Paps.« Abrupt stand sie auf. Dabei blieb sie mit ihren roten, neuen Spangenschuhen an ihrem Stuhl hängen, der polternd umfiel.
»Mist«, fluchte Caro leise, was musste sie nur immer so ungeschickt sein. Rasch stellte sie den Stuhl mit Hilfe ihres Vaters auf, glättete mit den Händen ihr rotes neues Vintage-Sommerkleid aus diesem Laden in Berlin Mitte. Das Baumwollkleid klebte an ihren Schenkeln. Ja, Caro liebte es, shoppen zu gehen, feine Stoffe zu tragen. Sie wollte den Sommer nicht in schmutzigen Handwerkerhosen und farbbekleckten T-Shirts verbringen. Eilig trat sie durch die Terrassentür hinaus, sog die Luft ein, die sie brauchte.
Der Garten ihrer Großmutter blühte um diese Jahreszeit wunderschön und verströmte einen betörenden Duft. Weißer Jasmin, rote Rosen, rosa Weigelien. Die alte Villa ihrer Großmutter lag am Rand von Berlin, direkt am Müggelsee, der funkelnd und still in der Nachmittagssonne vor ihr

lag. Caro entstammte einer gutsituierten Familie. Das Anwesen und auch das Bootshaus, das sich ein paar Kilometer weiter am See befand, an einer einsamen Stelle, gehörte schon seit Generationen zu ihrem Familienbesitz.
Caro nahm einen tiefen Atemzug, aber ihre Lunge fühlte sich an, als würde sie zusammengedrückt. Sie strich sich ihre naturblonden, langen Haare zurück, ihr Herz hämmerte. Erneut holte sie Luft, aber ihre Lungenflügel schienen seltsam zugeklebt zu sein. Es fiel ihr plötzlich unsagbar schwer zu atmen. Leichte Panik stieg in ihr auf. Ihr Asthma meldete sich doch nicht etwa nach Jahren zurück? Das durfte nicht wahr sein. Nach der Trennung ihrer Eltern hatte es begonnen, aber seit vier Jahren ungefähr hatte es Ruhe gegeben. Und jetzt ging es wieder von vorne los? Natürlich trug sie kein Spray mehr mit sich herum. Warum auch? Ruhig bleiben, redete sich Caro angespannt zu. Eine Hand auf der Brust ging sie weiter die Wiese entlang, atmete, schloss die Augen, versuchte, sich zu entspannen, atmete tiefer, doch nichts half. Ihr Atem ging jetzt flach und stoßweise. Ihre Beine fühlten sich wie Pudding an, sie spürte, sie würden sie nicht zurück zur Villa tragen. Wie durch einen Schleier registrierte Caro in ihrer Not, dass ein kleines Ruderboot hinter dem Schilf hervorkam und an Großmutters Steg anhielt. Ein junger Mann und ein

Hund saßen darin. Sie keuchte. Der Mann blickte siealarmiert an, merkte sofort , was los war. Und auch der Hund fiepte aufgeregt. Er sprang als Erster auf den Steg, sein Herrchen folgte ihm, eilte zu ihr. Caro spürte eine nasse Hundeschnauze an ihrem Bein, bekam jetzt kaum noch Luft, presste hervor: »Mein Vater, holen Sie meinen Vater, er ist Arzt, ich kann nicht mehr ... meine Beine...«

Seine türkisblauen Augen funkelten wie das Wasser um ihn herum, oder verschwamm nur gerade alles vor Caros Augen, weil sie inzwischen panisch nach Luft rang?

»Sam lass«, sagte er seinem Hund, packte sie kurzerhand, befahl dem Hund sitzen zu bleiben. Der bellte auf, aber gehorchte. Der Mann trug Caro in seinen Armen rasch zur Villa, als wöge sie nur so viel wie eine Elfe. Dabei redete er mit warmer Stimme auf sie ein: »Du musst versuchen, ruhig zu bleiben. Gaaanz ruhig.«

Caro nickte keuchend, versuchte, auf ihn zu hören, ihre Ausatmung war verlängert.

»Habt ihr ein Spray im Haus?«

Sie schüttelte den Kopf.

»Du brauchst zwei starke Espressi. Und bis dahin spitzt du die Lippen und atmest gepresst dadurch«.

Caro tat wie ihr befohlen, wieso hatte sie nicht selbst daran gedacht. Woher kannte sich der Typ so gut damit aus? Mit Druck atmete sie durch ihre

spitzen Lippen ein und aus, um den Blutdruck wieder herunterzuholen.
Es half. Jetzt erst registrierte sie, dass er ein hübsches Gesicht besaß, das dem ihren sehr nahe war. Dass er gut roch und dass sich an seinem rechten Unterarm ein Tatoo befand. Irgendein Schriftzug, den sie aus ihrer Perspektive nicht entziffern konnte.
Schon waren sie auf der Terrasse angelangt. Und mit einem lauten Rumms der Terrassen-Flügeltüren trat er mit ihr im Arm in Großmutters antikes Esszimmer und rief: »Schnell, sie braucht zwei Espressi! Das weitet die Blutbahnen.«
Die Verwandtschaft, allen voran ihr Paps und Großmutter, standen sofort alarmiert auf. Großmutter hastete in die Küche, gefolgt von Eduard, der ihr helfen wollte. Caros Paps kam zu ihr, fühlte ihren Puls. Tante Netti stieß aus: »Um Gottes willen, was macht dieser Kerl mit ihr?«
»Sie hat einen Asthma-Anfall, Netti, schnell, hol meinen Arztkoffer.« Er warf ihr seinen Autoschlüssel zu.
»Es geht schon wieder, Paps«, keuchte Caro.
»Hast du denn kein Spray dabei? Du weißt doch, dass du Asthmatikerin bist.« Tante Nettis Stimme klang rügend.
Caros Wut brach sich trotz ihrer Schwäche Bahn. »Nein, Tante ... Netti, kein Freund ... kein Spray.«

Der Typ, der sie immer noch in seinen Armen hielt, grinste. Was gab es da zu grinsen? Konnte er sie vielleicht mal runter lassen?
»Ich kann wieder alleine stehen«, presste Caro hervor.
Ihr Paps, der konzentriert erneut ihren Puls fühlte, nickte bestätigend.
»Lassen sie runter, sie kann ziemlich störrisch sein.«
Der Kerl lächelte sie an, seine Augen funkelten und er ließ sie sachte und vorsichtig zu Boden gleiten. Caros Herz pochte.
»Ich bin übrigens Sascha«, sagte er lächelnd, mit einer angenehmen, tiefen Stimme.
»Und ich Caro.«
Ihre Großmutter kam aufgeregt aus der Küche zurück. »Eduard bringt die Espressi gleich.« Sie nahm Caros eine Hand. »Himmel, und ich dachte, diese schreckliche Zeit ist für immer vorbei, Kind?«
»Nichts ist für ewig«, sagte Caro und fühlte die knöcherne, kalte Hand ihrer Großmutter. Wie warm und kräftig sich Saschas Hand an ihrer Schulter dagegen angefühlt hatte. Er schien gut trainiert zu sein, denn Caro war nicht gerade federleicht, eher sportlich gebaut.
Während sich ihr Paps bei ihrem Retter bedankte und Sascha betonte, dass das doch kein Ding gewesen sei, hatte sie Zeit, ihn sich genauer

anzusehen. Er trug eine lässige Jeans und ein weißes T-Shirt, das an seinen muskulösen Oberarmen ein wenig spannte. Ihre Freundin Hannah würde ihn vermutlich als »heiß« bezeichnen, aber Caro hatte kein Interesse mehr an Männern. Erst recht nicht an tätowierten, gutaussehenden. Wie viele Herzen er wohl schon gebrochen hatte?

Endlich kam Eduard mit den Espressi in weißen Porzellantässchen mit Goldrand zurück. Sascha nahm Eduard die Espressi ab und reichte Caro die Tässchen, blickte sie dabei mit seinen türkisblauen Augen an. Caro senkte den Blick sofort, nahm sie in je eine Hand, stürzte das heiße Getränk hinunter, um dieser seltsamen Situation rasch entfliehen zu können. Autsch. Ihre Kehle brannte. Sie verzog das Gesicht.

»Hast Du dir wehgetan?«, erkundigte er sich besorgt.

»Nein, geht schon.«

»Sie haben meiner Enkelin das Leben gerettet«, wandte sich Großmutter an Sascha. »Wie kann ich Ihnen nur danken?«

Jetzt übertreibt sie aber, dachte sich Caro. Ich wäre schon nicht gestorben.

»Sie wäre schon nicht gestorben«, sagte er, als könnte er ihre Gedanken lesen. Verblüfft sah Caro ihn an.

»Wer weiß das schon«, wandte ihre Großmutter ein. »Mit so einem Asthma-Anfall ist nicht zu spaßen. Setzen Sie sich, Sascha. Wollen Sie einen Kaffee und ein Stück Zitronen-Tarte auf den Schreck?«

»Amalia«, rügte Tante Netti unwillig. »Du kennst den jungen Mann doch gar nicht.« Abschätzig blickte sie ihn an. Caro folgte ihrem Blick. Er sah irgendwie verwegen aus. Und cool. Was dachte sie da überhaupt?!

»Aber, ich kenne ihn«, warf Caros Vater ein. »Zumindest hatten wir ein Date.«

»*Ihr* hattet ein Date?«, wiederholte Netti mit ihrer hohen Stimme verblüfft und auch Caro starrte ihn fragend an.

»Ja, na ja, eine Verabredung.«

Ihr Vater lächelte und Caro wunderte sich sehr. Wieso hatte er ihr nichts davon erzählt?

Aus den Augenwinkeln betrachtete Caro Sascha erneut. Er schien wirklich sportlich zu sein, zumindest hatte er gut definierte Muskeln am gesamten Oberkörper und an den Armen. Welche Worte er am Unterarm hatte eintätowieren lassen, konnte sie aus dieser Perspektive leider immer noch nicht sehen. Aber es interessierte sie.

»Darf ich vorstellen, das ist Sascha. Der Sohn ... einer Bekannten.«

Sascha lächelte ein sympathisches Lausbuben-

lächeln und blickte so in die Runde.
Caro versuchte, ihre Gedanken zu ordnen. Seltsam. Von was für einer Bekannten sprach Paps?
»Solange meine Familie sprachlos ist, nutzen Sie die Gunst der Stunde und schlagen Sie endlich ordentlich zu. So einen guten Kuchen bekommen Sie nicht alle Tage.« Amalia lächelte ihn an. Wie immer versuchte sie, alle zu mästen. Er zögerte, schien zu überlegen. Dabei blickte er Caro aufmerksam an.
Was sollte das? Was hatte er hier zu suchen?
Caro sah schnell wieder weg, registrierte, wie Tante Netti den gutgebauten jungen Mann misstrauisch musterte.
Warum hatte sich Paps mit ihm verabredet? Caro fühlte sich in Saschas Gegenwart irgendwie unentspannt. »Omi, jetzt lass ihn doch, du siehst doch, dass er keinen Kuchen will.«
»Wer sagt denn, dass ich keinen möchte?«, meldete sich Sascha amüsiert zu Wort.
Er blickte ihr provozierend in die Augen. Sie leuchteten, als strahle die Sonne aus ihnen heraus. Dann fügte er bedauernd hinzu: »Ich kann aber nicht. Ich hab nachher noch einen Gig und muss mich beeilen.«
Caro atmete innerlich erleichtert aus. Dieser Kerl machte sie nervös. Dass er gehen musste, kam ihr entgegen. Auch wenn sie ihm natürlich wirklich

dankbar für seine Rettungsaktion gerade eben war.
»Dann warte aber noch, Sascha«, meldete sich ihr Vater zu Wort. Er kramte in seiner Jackettasche, zog einen Briefumschlag hervor und reichte ihn ihm vielsagend lächelnd.
»Alles klar«, bedankte sich Sascha, warf Caro nochmal einen Blick zu und verschwand mit einem kurzen Gruß durch die Terrassentür hinaus. So plötzlich wie er aufgetaucht war, verschwand er wieder.
»Friedrich, was hast du diesem Wildfremden gegeben?«, hörte Caro auch schon die aufgebrachte Stimme von Tante Netti. Und sie selbst fragte sich das auch.
»Das geht dich überhaupt nichts an, Netti«, wehrte Paps ab und lächelte in Gedanken vor sich hin.
Caro sah irritiert hinaus in den Garten. Dort begrüßte ihn sein Hund gerade freudig und folgte diesem Sascha in das Ruderboot. Mit einem Paddel stieß er sich vom Steg ab, sah erneut zu ihr. Oder besser gesagt zur Villa. Schnell drehte sich Caro um, atmete angestrengt ein. Was sollte das? Wieso erwähnte er diesen »Gig«? Wollte er angeben, ein Musiker zu sein? Er sah aus wie ein Lebenskünstler und Träumer. Einer, der sich in Berlin, dieser Stadt, die nie schlief, so durchs Leben schlug. Was man in Berlin, im Vergleich zu anderen Großstädten, ganz gut konnte. Caro ging auch gerne in Bars und

Clubs, genoss das sehr, aber im Grunde ihres Herzens waren ihr diese meist tätowierten Nachtstreuner fremd. Sie war ehrgeizig, nahm ihr Studium ernst, kam aus einer Familie, in der Ordnung und Fleiß an oberster Stelle standen. Besonders ihr Vater legte großen Wert darauf. Was hatte er mit diesem Sascha zu tun?
Ganz offensichtlich wollte er es ihnen nicht sagen und so beschloss Caro, wieder an andere Dinge zu denken. Wie gerne würde sie sich jetzt von dieser Familienfeier davonstehlen und ein wenig surfen gehen. Sie liebte es, auf dem Wasser zu sein, den Wind in ihrem Gesicht zu spüren. Vor ein paar Jahren hatte sie hier am Müggelsee einen Surfschein absolviert, und seitdem ihre Leidenschaft fürs Windsurfen entdeckt. Einige Urlaube in Sylt folgten und sie verbesserte sich mit jedem Mal. Hier am See herrschten leider oft sehr schlechte Windbedingungen, aber sie jobbte auch ab und zu als Surflehrerin und mochte die Surfer-Clique einfach sehr. Durch sie lernte auch Hannah surfen und mit Ben und seinen Freunden Danny und Rob, verstanden sie sich richtig gut. Sie erzählten sich zwar mit den Jungs nicht ihre geheimsten Herzensangelegenheiten, aber es tat gut, in einer Clique zu sein, nicht allein.
Die ehrgeizige Caro übte fast jeden Tag surfen, und schon bald nahm sie an Windsurfwettbewerben teil.

Oft gewann sie, aber nicht immer, was ihren Ehrgeiz noch weiter anstachelte.
Caro liebte es, eins zu sein mit der Natur. Oft surfte sie von der Surfschule, die am gegenüberliegenden Ufer von Großmutters Villa lag, direkt hier her, um ihre Omi zu besuchen. Dann zog sich Caro hinter dem Haus ihren nassen Wetsuit aus, hüllte sich in den weißen, flauschigen Bademantel, den ihr Amalia brachte und trank mit ihr eine heiße Tasse Apfeltee. Dabei schüttete sie der alten Dame ihr Herz aus, denn mit ihr, die so viel Lebenserfahrung besaß und die Welt oft von einer anderen Perspektive sah, konnte Caro am besten über alles reden. Über die Sache mit Mario, über Männer überhaupt, über die Liebe und deren Vergänglichkeit.
Während Tante Netti immer noch versuchte, mehr aus ihrem Bruder herauszubekommen, wer dieser junge Mann war und was in dem Briefumschlag gewesen sein mochte, blockte dieser weiter ab.
Caro folgte ihrer Großmutter in die Küche, half ihr beim Abräumen. Amalia drehte sich lächelnd zu ihr um und nahm ihre Enkelin liebevoll in die Arme. Caro spürte diese kleine, zerbrechlich wirkende, alte Frau.
»Geht's dir gut, Omi? Findest du deinen Geburtstag schön?«
Ihre Oma Amalia löste sich und lächelte. »Oh ja.

Dass sich Netti und Friedrich streiten, bin ich ja gewohnt. Kind, ich möchte dir noch etwas sagen.«

»Ja, was denn?«

Ihre Miene wurde ernster. »Ich denke es wird dir wirklich helfen.«

»Was meinst du Omi?«

»Den Vorschlag deines Vaters. Du bist in der Uni so ein fleißiges Mädchen. Du hast einen klugen, schönen Kopf. Aber glaube mir, es fühlt sich gut an, etwas mit seinen eigenen Händen zu erschaffen. Es macht zufrieden und glücklich.«

Amalia sah sie mit ihren hellblauen, wässrigen Augen an. »Und mich würde es auch sehr freuen. Wenn du es wieder flott machst, unser altes Bootshaus. Wenn du selbst Hand anlegst, die Blanken erneuerst, es streichst, Löcher stopfst, all das. Nur so kann es zu deinem werden. Glaube an dich. Immer im Leben. Du kannst mehr als du denkst. Wage immer wieder Neues und anschließend wirst du sehr, sehr stolz auf dich sein.«

2. Kapitel

Die Sonne blendete Sascha, so dass er die Augen ein wenig zukneifen musste. Er ruderte in dem kleinen Ruderboot, das er in der Surfschule ausgeliehen hatte, gemächlich dahin, Sam Kopf lag auf seinem Bein und wurde durch die Ruderbewegung immer etwas hin und her geschaukelt, aber es störte ihn nicht. Sascha sah zur alten Villa, die, je weiter er sich entfernte, immer kleiner wurde. Das Wasser glitzerte, das leise Plätschern hörte sich an wie ein Sound auf Kitos Keyboard.

Dieses blonde Mädchen mit ihren traurigen, großen Augen, ging ihm nicht mehr aus dem Kopf. Dabei stand er nicht auf Blondinen, erst recht nicht auf reiche Töchterchen. Aber sie machte einen unglücklichen Eindruck auf ihn und er fragte sich warum? Ihr Vater und ihre Großmutter schienen ganz nett zu sein, aber wieso verhielt sie sich ihm gegenüber so abweisend? Er hatte ihr doch überhaupt nichts getan. Im Gegenteil. Wäre er nicht gewesen, hätte dieser Asthma-Anfall böse ausgehen können. Vielleicht hatte sie es einfach nie gelernt, dankbar zu sein. Dafür, dass er ihr beistand, dafür, dass sie eine große Familie hatte, dass dieser diese gigantische Villa gehörte, direkt am See. Frauen wie sie hatten nie gelernt, was es

bedeutete, sich eine Woche nur von Haferflocken zu ernähren, weil am Ende eines Monats kein Geld mehr da war. Frauen wie sie, wussten nicht, wie es sich anfühlte, von seiner eigenen Hände Arbeit leben zu müssen. Wie mühsam es sein konnte, an Jobs zu gelangen.
Nachdenklich ruderte Sascha weiter. Was machte er sich nur so viele Gedanken? Irgendetwas hatte sie in ihm ausgelöst. Aber das konnte er im Moment auf keinen Fall brauchen.
Kraftvoll ruderte er weiter, aber immer wieder ertappte er sich dabei, an diese Familie zu denken. Diese Caro musste sicher nicht jobben, um sich ihr Studium zu finanzieren. Ihren Klamotten nach zu urteilen, liebte sie es, angesagte Mode zu kaufen, immer etwas Außergewöhnliches zu tragen. Er kannte diesen Typ Frau, den es in Berlin zuhauf gab, gerade in Mitte. Immer den neuesten Look, immer ein extravagantes Accessoire oder ganz besondere Schuhe dazu.
Wenn er auf der Bühne stand und sang, dann himmelten ihn diese Frauen an. Wenn sie ihn dann zu einem Bier trafen und er mehr von sich erzählte, beeilten sie sich, ihn schnell wieder loszuwerden. Kaputte Typen wie er, egal wie sexy sie auf der Bühne aussahen, taugten nicht für die Familienplanung. Und genau auf diesem Trip befanden sich die meisten Mitte 20 bis Mitte 30-

jährigen.
Sascha ruderte weiter, gelangte zum Steg der Surfschule. Sam stand auf, streckte sich, gähnte, sprang auf den Steg. Sascha vertäute das Boot, zog dann rasch den Umschlag, den er von ihrem Vater bekommen hatte, aus seiner Hosentasche und steckte ihn in seinen Rucksack. Jetzt wurde es wirklich Zeit, die Jungs von seiner Band waren eh oft sauer auf ihn, weil er meist zu spät kam. Sam schnüffelte etwas abseits im Gras herum und bellte, als habe er etwas entdeckt. Bestimmt nur ein alter Knochen. Nicht schon wieder.
»Komm, Sam, die Jungs warten.« Er gab kurz Bescheid, dass er das Boot zurückgebracht hatte, drehte sich erneut zu Sam um. »Was ist denn da?«
Sam schien aufgeregt, stupste irgendetwas mit seiner Nase an. Sascha ging hin, suchte das Gras ab, da entdeckte er, was Sam da mit seiner Nase hin und herwarf. Eine kleine Babymaus. Nackt, ohne Fell, einsam und verletzlich. Und der gute Sam, der sie mit einem Happs hätte verspeisen können, hatte sie am Leben gelassen. »Aus, Sam, guter Junge.«
Sascha schob Sam liebevoll zur Seite, wuschelte ihm kurz über den Kopf, beugte sich zu dem verängstigten Mäuschen.
»Ja wo ist denn deine Ma?«, flüsterte er besorgt. Seine Augen scannten die Umgebung ab, doch weit und breit tauchte keine Mäusemama auf. Vielleicht

hatte Sam sie auch in die Flucht geschlagen. Aber dann würde sie bestimmt nicht mehr auftauchen. Sascha nahm die kleine Maus, die sofort an seiner Fingerkuppe nuckelte, vorsichtig in seine Hand, umschloss sie, um sie zu wärmen. So hungrig wie sie schien, war die Mäusemama wohl schon länger verschollen. Er schulterte seinen Rucksack, pfiff Sam, und rannte, mit der kleinen Maus in der Hand, gefolgt von Sam los. Er wusste, bei wem sie in guten Händen war, und dort wollte er eh noch vorbei.

***

Der Band-Raum, den sie in einem Keller in Neukölln gemietet hatten, roch wie immer nach Rauch, Marihuana und Bier, als Sascha zwei Stunden später eilig mit Sam die Treppen herunterkam. Es erklang der Sound einer E-Gitarre und das rhythmische Geräusch von Niks Schlagzeug. Sam legte sich sofort in seine Ecke auf ein altes Fell.

»Ist ja gut, ist ja gut, ich bin viel zu spät, ich gebe nachher einen aus.«

»Mal wieder zu spät, trifft es besser«, grummelte ein blonder, schlaksiger Mitte 20-jähriger, dessen lange Haare lässig zu einem Dutt

zusammengesteckt waren.
»Ja, sorry, Leute.«
Linus, ein Typ mit dunklen, kurzen Haaren und einem Tattoo am Unterarm, spielte einen Akkord auf seiner E-Gitarre, schloss dabei die Augen, krümmte sich ein wenig wie ein Rockstar, machte die Augen dann wieder auf und grinste.
»Sie war da, sie war da, sie war da«, sang er mit seiner tiefen, rockigen Stimme, die schon einige Mädchen zum Kreischen gebracht hatte.
»Cool für dich.« Sascha stellte das Mikro richtig ein. »Sollst du mir irgendwas ausrichten?«
»Sie will mich, sie will mich, sie will mich«, sang Linus weiter.
Nik verdrehte die Augen.
Sascha wunderte sehr, dass sich Silvi, seine Ex, auf Linus eingelassen hatte. Auf Linus, der nichts anbrennen ließ, bei dem klar war, dass es nichts Ernstes sein würde. Aber vielleicht gerade deshalb. Sie wohnte in Kreuzberg und nach Neukölln war es nur ein Katzensprung. Sascha betrachtete seine Gitarre, die einzige Liebe seines Lebens. Die Musik war für Sascha so wichtig, nur so konnte er alles überstehen.

3. Kapitel

Der Campus der Uni wurde an diesem Morgen in ein faszinierendes helles Licht getaucht, als habe ein Raumschiff Außerirdischer einen großen Spot angeworfen. Zahlreiche Studenten kamen mit ihren Fahrrädern an. Auch Caro schloss gerade ihr Rad ab, dabei lehnte sie sich etwas ungeschickt dagegen. Es kippte mit einem lauten Rumms um. Einige Studenten sahen herüber, kümmerten sich dann aber wieder um ihren eigenen Kram. Was musste sie nur immer so tollpatschig sein?

Dieser Tag heute Morgen hatte besser angefangen. Im Radiowecker ertönte beim Aufwachen ihr Lieblingssong von »Marc Forster«, die Karte von Mario steckte in einer Schublade ihrer Kommode unter den Socken. Sie versuchte, nicht mehr an diesen Mistkerl zu denken. Caro liebte ihre kleine Zwei-Raum-Altbauwohnung, ein Steuersparmodell ihres Vaters. Er selbst hatte sich vor ein paar Jahren ein Haus im Bauhausstil am Müggelsee gekauft. Da er als Chirurg um die Möglichkeiten der Kürze eines Lebens wusste, gab er sein Geld gerne aus. Für Caros Geschmack bestand sein Haus aus zu viel Beton. Sie selbst hatte sich ihre kleine Wohnung gemütlich eingerichtet, zahlreiche Tassen mit verschiedenen Sprüchen standen in ihrer kleinen Küche. Sie sammelte sie leidenschaftlich

gerne. Genauso wie Teelichthalter und Serviettenringe, Teedosen und Postkarten. Manche Postkarten, nicht alle. Ihren Kaffee trank sie heute aus einer Tasse, auf der stand: »Lebe wild und gefährlich«. Hannah hatte sie ihr voriges Jahr zum Geburtstag geschenkt.
Caro nestelte an ihrem Fahrradschloss herum. »Caro, da bist du ja endlich.« Caro schaute erfreut auf. Diese Stimme kannte sie doch. Sie gehörte ihrer neuen Freundin und Kommilitonin Emma. Caro entdeckte Emma, die vor dem Eingang des Instituts stand und aufgeregt winkte. Na, wenn das strahlende Gesicht nicht nach einer romantischen Strandparty gestern aussah.
»Hi, Emma, warte, ich will alles wissen, ich schließe nur noch fertig ab, bin gleich bei dir.«
Emma nickte und lächelte, als habe sie einen Glückskeks verschluckt. Seit gestern, seit der Geburtstagsfeier ihrer Großmutter hatte Caro nichts mehr von Emma gehört. Nur, dass sie auf die Unifete an der Strandbar gegangen war. Nicht, ob Ben dort auftauchte, nicht, wenn ja, ob sie sich nähergekommen waren. Caro hatte zwar per WhatsApp abends noch nachgefragt, aber keine Antwort erhalten.
»Ich wollte es dir persönlich erzählen«, sprudelte Emma auch schon los. Ihre braunen Haare trug sie zu einem Pferdeschwanz gebunden. »Ben und ich ...

also Ben ... «
Caro lächelte und freute sich riesig für sie. »Ihr seid zusammen?«
Emma zuckte grinsend die Schultern. »Das nennt man dann wohl so. Und nicht nur das. Er hat gesagt, er liebt mich. Caro, ich hätte das niemals gedacht, ich bin der glücklichste Mensch auf der Welt, aber gleichzeitig hab ich so eine Angst, dass er es sich anders überlegen könnte, dass er einen Rückzieher macht, dass ... er kennt mich doch kaum ...«
»Schschsch...«, machte Caro lächelnd. »Du kriegst ja gleich einen Herzinfarkt.«
»Das kann gut sein, so heftig, wie mein Herz poltert. Hör mal.«
Doch Caro hörte natürlich nichts.
»Er ist so toll. Wirklich. So einfühlsam, so verständnisvoll, ganz anders als ich anfangs dachte. Ich konnte ihm alles sagen. Alles.«
»Jetzt mal ganz langsam. Du klingst ja wie ein total verknallter Teenie. Hey, du bist Anfang 20. Was ist wann genau passiert, was hat er gesagt und was du?«
Emma erzählte von der gestrigen Strandparty en Detail. Wie ihre Mom nach einem Tipp von Caro Emma dieses wahnsinnig schöne blaue Kleid gekauft hatte, in dem sie sich fühlte wie Aschenputtel auf dem Ball mit dem Prinzen. Dass

dann Ben irgendwann plötzlich hinter ihr stand, sie so intensiv ansah, dass ihr Bauch kribbelte, und so fort.
Währenddessen gingen die beiden Freundinnen ins Unigebäude, Caro hörte aufmerksam zu. Doch sie hatte Mühe, der etwas wirren Erzählung zu folgen und als sie den Seminarraum betraten und dort Ben saß, hielt Emma abrupt inne. Sie wurde ganz blass und hielt sich an Caros Hand fest. Im nächsten Moment ließ sie diese rasch wieder los.
Caro wusste noch nicht, wie die beiden gestern auseinandergegangen waren, aber das würde sie nach dem Seminar sicher erfahren. Sie beobachtete die beiden immer wieder und der warme Blick von Ben, diese offensichtliche seelische Verbindung, diese Sehnsucht, diese Herzlichkeit, sprach Bände.
Emma ging schüchtern auf Ben zu. Der stand sofort gentlemanlike auf, richtete ihr den Stuhl und wortlos und noch ein wenig befangen setzten sie sich nebeneinander. Sie lächelten sich zaghaft an. Die Kommilitonen sahen fassungslos zu, vor allem die Mädchen, von denen viele auf Ben standen. Sie tuschelten, ein paar kicherten überfordert, aber insgeheim enttäuscht. Ben und Emma, Emma und Ben. Das hätte wohl keiner gedacht. Doch die beiden schien es nicht zu stören. Oder sie bekamen es schlichtweg nicht mit, befanden sich in ihrer eigenen Welt, auf ihrer gemeinsamen kleinen

Wolke. Caro freute sich wie irre für die bisher so zurückhaltende Emma, die schon einiges in ihrem Leben mitmachen musste.
Caro kramte ihre Uniunterlagen heraus. Dabei ertappte sie sich, einen Moment sehnsüchtig an den Beginn ihrer Beziehung mit Mario zu denken. An die Zeit, als sie sich auch so ansahen, als er ihr die Tür zu seinem Wagen aufhielt, im Restaurant den Mantel reichte und auf ein Frühstücksei verzichtete, wenn sie Hunger auf zwei Eier verspürte. Mario benahm sich anfangs genau so süß und romantisch wie Ben sich bestimmt Emma gegenüber verhalten würde. Wie sich wohl die meisten Männer verhielten, die einer Frau gefallen wollten, die bis über beide Ohren verliebt in sie waren. Wann war nur dieser Moment gewesen, den Caro nicht mitbekommen hatte, der Knacks, der Zeitpunkt an dem Marios Liebe erloschen war? Oder liebte er sie einfach nie genug? Und wenn ja, wieso nicht? Was stimmte nicht an ihr? Hatte sie sich irgendwann vielleicht falsch verhalten? Hatte sie Mundgeruch oder war nicht witzig genug? Caro zermarterte sich wie so oft die letzten Monate den Kopf, fühlte sich klein und verletzbar und zweifelte an sich selbst. Sie hasste das, wusste, dass sie nach außen hin stark wirkte und immer gut drauf. Doch in ihrem tiefsten Innersten fraßen sich die Zweifel in ihr Herz. Nicht jedem Menschen war es

vergönnt, die Liebe seines Lebens zu treffen. Nicht jeder konnte lieben, redete sie sich zu. Aber hieß das dann, dass die Chance, jemals über alles geliebt zu werden, wonach sie sich insbesondere nach dem Weggang ihrer Mutter so sehr sehnte, nicht verschwindend gering war?
Sie betrachtete Ben und Emma, wie sie sich immer wieder schüchtern und verliebt von der Seite ansahen, und atmete durch. Sie beneidete Emma um ihre wieder gewonnene Fähigkeit, erneut vertrauen zu können. Obwohl sie etwas Schlimmes erleben musste. Caro fühlte, sie selbst konnte es nicht mehr, zumindest die nächsten Jahre nicht. Mario hatte ihr Herz so sehr verletzt und diese Wunde, die schon mehrere Monate zurücklag, heilte einfach nicht. Um sich selbst zu schützen, durfte sie keinen Mann mehr in ihr Herz lassen, auf keinen Fall.

Nach der Uni setzten sich die beiden Freundinnen in ein Studentencafé in der Nähe der Fakultät, bestellten zwei Milchkaffee und zwei Blaubeer-Muffins. Emma erzählte Caro von den letzten aufregenden Stunden ihres Lebens, von der Strandfete und ihrem ersten Kuss mit Ben. Ihre Stimme zitterte dabei.
»Und dann, dann hat er sich vorgebeugt, seine Lippen haben meine berührt, erst ganz zart und

weich und dann hat er mich geküsst und ich hab gedacht, ich sterbe, oder werd gleich ohnmächtig oder platze vor Glück.« Sie strahlte versonnen. Caro lächelte die Freundin bewegt an. »Geplatzt bist du dann aber zum Glück nicht«, stellte sie kichernd fest.

Emma lachte. »Ja, seltsamerweise nicht, aber dann hat er noch geflüstert ›Liebe Dich - immer‹. Mein Gott Caro, so etwas Romantisches gibt's doch nur im Film, oder nicht? So eine wie Meg Ryan, der sagt man sowas, aber doch nicht mir?«

Caro schüttelte rügend den Kopf. »Also sag mal. Mach dich nicht immer so klein, Emma. Und wehe du sagst so etwas in der Art vor Ben. Willst *du* einen Mann, der sagt: Ich bin ja gar nicht so toll, seltsam, dass du mich liebst?«

Emma lachte. »Du hast vollkommen recht. Ziemlich idiotisch.«

»Das ist es. Und typisch Frau. Mir geht es ja auch oft so.«

»Dir? Machst du Witze?«

»Schön wär's.«

Emma sah ihre Freundin forschend an und hakte einfühlsam nach: »Caro, du bist wunderschön, herzlich, schlagfertig, ganz im Gegensatz zu mir, mir fällt ja nie ein toller Spruch ein, du bist beliebt ...«

»Jetzt hör aber auf.« Caro seufzte. Der Ober, ein

hipper, gepiercter Typ brachte zwei Milchkaffee und zwei Blaubeer-Muffins. Die Blaubeeren sahen köstlich aus.
»So bitteschön. Blueberry-Muffin die Damen.«
»Danke schön.«
Emma nahm ihren Löffel, rührte in ihrem Milchkaffee, so dass der Schaum tanzte. Vorsichtig hakte sie bei Caro nach. »Wirklich, Caro. Wieso machst *du* dich denn manchmal klein, das hast du doch echt nicht nötig?«
»Na ja.« Caro zögerte. Sollte sie es Emma wirklich erzählen? Mein Gott, warum auch nicht. Schließlich freundeten sie sich gerade immer mehr an und wem konnte man sonst sein Herz ausschütten, wenn nicht einer lieben, feinfühligen Freundin. »Wenn ich so toll wäre, wie du es empfindest, wieso hat mich mein Ex dann so mies sitzen lassen?«
Emma sah Caro an, dann auf ihr Blaubeer-Muffin, stocherte darin herum. Eine Blaubeere, die als Topping obenauf auf einem Klecks Sahne saß, kullerte herunter.
»Weil er ein Riesenidiot ist?«
»Ach Emma, dazu gehören immer zwei Idioten. Irgendwas scheint doch an mir nicht zu stimmen. ›Beziehungsunfähig‹, könnte man dazu auch sagen.«
Caro biss sich auf die Lippen. Hatte sie zu viel gesagt? Konnte sie die neue Freundin wirklich mit

all dem belasten, was ihr auf der Seele brannte?

»Freundinnen sind dazu da, dass man ihnen alles erzählen kann. Und sie dann seltsame Ratschläge geben, die man dann nicht befolgt, die einen aber zum Nachdenken bringen.« Emma lächelte.

»Du bist süß.«

»Geht so. Aber ich kann gut zuhören. V ielleicht, weil ich weiß, wie sich das anfühlt, wenn man was Heftiges erlebt hat. Deine Augen sehen so traurig aus.«

»Sieht man das?«

»Auf den ersten Blick nicht, keine Sorge. Also erzähl, wenn du magst.«

Caro spürte, wie ihr die Tränen in die Augen traten. Sie versuchte, sie tapfer weg zu schlucken und schaffte es.

»Also gut, es war so. Wir haben uns vor zwei Jahren vor der Uni kennengelernt. Also besser gesagt, Mario ist mit seinem Wagen in mein Fahrrad gefahren und hat mich umgeschmissen. Im wahrsten Sinne des Wortes. Er war genau mein Typ, hat mir sofort aufgeholfen und wir haben uns in die Augen geguckt und ich hab Sternchen gesehen, ohne Witz.«

Emma lächelte. »Das kenn ich.«

Caro fuhr aufgewühlt fort. Wir waren kaum ein paar Wochen zusammen, da hat er mich gefragt, ob ich mit ihm nach Neuseeland gehe.«

»Nach Neuseeland?«
»Ja, er studierte Investment-Banking und wollte ein paar Jahre im Ausland studieren. Ich war erst einmal total geschockt, weil Berlin meine Heimat ist, ich hier Freunde habe, meine Familie. Ich wollte meine Großmutter nicht alleine lassen, auch weil sie an der Hüfte operiert werden musste ...«
Caro hielt nachdenklich inne. »Aber ich konnte mir ein Leben ohne ihn nicht vorstellen. Das ging einfach nicht.«
»Das verstehe ich gut. Ich meine, Ben und ich, es ist zwar noch super frisch, aber ohne ihn ...«
»Siehst du. Er hat mir gesagt, dass ich die Liebe seines Lebens bin, die Mutter seiner Kinder. Dann hat er mich sogar gefragt, ob wir dort heiraten wollen.«
»Was? Wow.«
»Ja, wow«, erwiderte Caro trocken. »Naiv und verliebt, wie ich war, hab ich meine Sachen gepackt, also nicht nur so meine Koffer, sondern alles. Er wollte ganz neu anfangen und dort leben. Er hat alles aufgelöst in Deutschland, mit Containern hingeschickt und ist schon vorgeflogen. Ich hab meine Möbel auf eBay verkauft oder verschenkt, meine Wohnung, die ja meinem Pa gehört, vermietet, und das Schlimmste ist, meine Großmutter sitzen lassen, als sie mich brauchte.«
»Oh. Hatte sie sonst gar niemanden?«

»Nur meine Tante Netti und die ist anstrengend. Mein Pa war länger im Ausland auf einer Vortragsreise, gerade zu der Zeit.«

»Oh weh. Und hat sie es nicht verstanden, dass du gehen willst?«

»Doch, schon. Trotzdem. Natürlich hat sie gesagt, ich soll meinem Herzen folgen, die Liebe.« Caro nahm einen Schluck Milchkaffee und fuhr fort. »Tja, und dann kam der große Tag. Ich hab mich von allen verabschiedet, einen Tag zuvor noch eine riesen Abschiedsparty auf die Beine gestellt. Dann bin ich am nächsten Morgen müde und mit Kopfweh zum Flughafen gefahren. Dort kam, nachdem ich schon eingecheckt hatte, also der Flug offiziell angetreten und dadurch verfallen war, die SMS.«

»Eine SMS?«

Caro nickte aufgewühlt. Noch immer schnürte es ihr den Hals zu, wenn sie daran dachte. An diese Schmach, den Schmerz, von einem geliebten Menschen wie ein Stück Vieh von sich gestoßen zu werden. Ohne Vorwarnung, ohne einen einzigen Hinweis.

»Komm besser doch nicht, hab jemand kennengelernt«, stand da.

»Oh nein.« Emma fasste sich mit der Hand an den Mund. »Das gibt's doch nicht, das ist ja so gemein.«

»Mir hat es das Herz zerrissen, kannst du dir das

vorstellen?«
»Und ob ich das kann. Du Arme.« Emma beugte sich zu Caro und nahm ihre Freundin in den Arm. Caro spürte ihre Tränen erneut emporsteigen und diesmal konnte sie diese nicht zurückhalten. Emma roch herrlich nach Muffin und es tat so gut, eine liebe Freundin wie sie zu haben. Sie schniefte und löste sich wieder.
»Und das ist der Grund, warum ich einem Mann keinen Liebesschwur mehr abnehme. Keinem, keinen Einzigen.«
Caro merkte, dass Emma nun etwas verschreckt wirkte.
»Und was, wenn es mir mit Ben genauso geht?«, entfuhr es ihr.
»Was? Oh nein, das wollte ich nicht, tut mir leid, Emma. Das mit Ben und dir, das ist etwas ganz Besonderes, bitte, nur weil ich diese Erfahrung gemacht habe, musst du sie doch nicht machen.«
»Dann du aber auch nicht ein zweites Mal.«
Caro zögerte. »Doch, weil ich solche Männer anziehe. Mein Freund davor hat mich auch verlassen. Und meine Mutter auch.«
»Deine Mutter?«
»Sie hat sich vor Jahren von meinem Pa getrennt und emotional auch von mir.« Caro riss sich zusammen, denn die Gefühle von damals, krochen wieder empor. »Komm, die nächste Vorlesung geht

gleich los.«

»In Ordnung.« Emma wirkte immer noch sehr verunsichert.

Oh nein, dachte Caro, was hatte sie da nur angerichtet?

»Emma, ich kenne Ben seit Jahren. So wie dich hat er noch nie eine Frau angesehen, wirklich.«

Emma zuckte die Schultern. »Auch das sagt nichts.«

Es tat Caro so unendlich leid. Sie wollte Emma auf keinen Fall verunsichern. Aber sie hatte es getan, das sah sie ihrer Freundin an der Nasenspitze an.

4. Kapitel

Die letzte Vorlesung zog sich schier endlos in die Länge. Endlich war die Uni vorbei. Caro, die ein furchtbar schlechtes Gewissen wegen Emma hatte, beschloss, wegen der Hitze, eine Runde surfen zu gehen. Auch um auf andere Gedanken zu kommen. Emma war mit Ben verabredet, hoffentlich ging bei den beiden alles so romantisch weiter wie bisher.

Caro fuhr mit der S-Bahn mitsamt ihrem Fahrrad hinaus nach Friedrichshagen. Sie hatte vor, mit dem Surfboard zu dem alten Bootshaus zu fahren, um sich das Ganze in Ruhe anzuschauen. Letzten Sommer hatte sie es zuletzt gesehen, aber natürlich nicht auf Details geachtet. Der Winter war hart, und wie ihre Großmutter erzählte, brach durch den Schnee das Dach ein wenig ein. Repariert hatte das bisher keiner.

Ihr Vater akzeptierte kein »Nein«, das wusste Caro, sie musste diesen Sommer also handwerkern, ob sie wollte oder nicht. Dabei mutierte eine Bohrmaschine in ihren Händen zu einem gefährlichen Mordinstrument. Beim Nägel einhämmern würde sie sich ganz bestimmt verletzen und fürchterlich bluten, eine größere Fläche gleichmäßig zu streichen, gelang ihr sicher auch nicht. Caro hatte es schon in der Schule

hinbekommen, dass ihre Laubsägearbeit zum Gespött der ganzen Klasse wurde. Wieso nur verlangte Paps ausgerechnet das von ihr? Er mit seinen verschwurbelten Theorien über das Glück. Als ob alles auf jeden Menschen zutreffen würde. Caro fühlte, wie sie wütend und immer wütender wurde. Jetzt sollte sie den ganzen restlichen Sommer mit Nägeln zwischen ihren Lippen verbringen, nur weil ihr Pa meinte, er habe die Weisheit mit Löffeln gefressen? Was wäre, wenn sie sich einfach weigerte? Doch im nächsten Moment wurde ihr wieder klar, dass es auch der Wunsch ihrer geliebten Großmutter war und sie das Bootshaus immer an diese erinnern würde. Seufzend beschloss sie, sich das Bootshaus gleich mal in Ruhe anzusehen. Vielleicht war es ja doch nicht ganz so marode wie befürchtet.

***

Das war es tatsächlich nicht. Es war viel schlimmer. Das Bootshaus glich schon von Weitem einer Bruchbude, einem morschen Holzhaus, das durch einen kleinen Windhauch in sich zusammen fallen könnte. Das Dach schien nicht nur etwas eingefallen, sondern ein großes Loch klaffte darin, so dass die Sonne hinein strahlen konnte.

Fassungslos und leicht panisch stand Caro in ihrem nassen Wetsuit in einiger Entfernung davor. Sie war mit dem Surfboard hierher gesurft, hatte ihr Board an Land gezogen und wollte ihr Erbe nun inspizieren. Aber allein schon beim Anblick von außen sah sie sich wochen- oder gar monatelang hier herum werkeln. Den Tränen nahe, ging sie ein paar Schritte auf das Bootshaus zu. Sie würde das niemals schaffen, und sie hatte auch überhaupt keine Lust dazu, den kompletten Sommer hier hämmernd und schwitzend zu verbringen. Was sollte sie nur tun? Ihre Großmutter würde so enttäuscht sein, und ihr Vater sauer. Und dann würde es womöglich doch noch Tante Netti bekommen. Tante Netti, die keinen Sinn für diesen idyllischen Platz besaß, die es sofort abreißen lassen würde. Ihren Familienbesitz, der schon so lange ihrer Familie gehörte. Caro seufzte. Tante Netti würde hier ein geschmackloses Haus bauen lassen und nichts würde mehr an diesen wunderschönen Ort erinnern.

Bei näherer Betrachtung von außen wurde es leider nicht besser. Im Gegenteil. Das Bootshaus war in die Jahre gekommen, man sah dem Holz das Alter und die feuchte Lage am Wasser einfach an. Ewig hatte keiner mehr irgendetwas renoviert, lange schien keiner mehr hier gewesen zu sein.

Da plötzlich hörte Caro aus dem Inneren ein schepperndes Geräusch, ein rhythmisches Klopfen, das nicht nach einem Marder oder einem anderen Tier klang. Sie zuckte zusammen. Das Bootshaus lag einsam an diesem Seeabschnitt, umgeben von Schilf und Enten. Keine Menschenseele weit und breit. Großmutters Villa und auch das Haus ihres Vaters lagen zwar in ferner Sichtweite, aber hören würde sie hier niemand. Caro dachte an all die Krimis, die sie gesehen hatte, bei denen sie sich immer so gruselte. Was, wenn sich hier ein Verbrecher versteckte? Der ideale Unterschlupf wäre es. Sie spürte, wie sie Gänsehaut bekam und sich ihre Nackenhaare aufstellten. Ganz ruhig, redete sie sich gut zu, nahm einen herumliegenden, dicken Stock in die Hand, um sich im Notfall zu verteidigen. Es war bestimmt nur ein Obdachloser, der sich hier eine Notunterkunft erschaffen hatte. Caro hoffte sehr, hier keinen vorzufinden. Denn vertreiben würde sie ihn, da sie ein großes Herz besaß, bestimmt nicht können. Wieder hörte sie ein Geräusch, diesmal ein längeres rhythmisches Pochen. Ihre Hände zitterten. Ihre Fäuste schlossen sich enger um den dicken Stock. So ging sie langsam, Schritt für Schritt noch näher auf das alte Bootshaus zu. Nur noch ein paar Schritte, dann würde sie hineinsehen können.

Doch plötzlich ging alles blitzschnell. Sie sah einen

Schatten und der Kopf eines Mannes schnellte hinter der Türöffnung hervor. Caro stieß einen spitzen Schrei aus und schlug reflexartig mit dem dicken Stock auf den Mann ein. Der schrie getroffen auf, packte den Stock, entwand ihn ihr und erst jetzt erkannte sie den vermeintlichen Angreifer.

Sascha. Der Typ von der Geburtstagsfeier ihrer Großmutter, der ihr bei ihrem Asthma-Anfall geholfen und dann mit Vaters Briefumschlag einfach wieder weggerudert war.

Er blutete über dem Auge. Sie hatte ihn blutig geschlagen!

»Spinnst du, das tat weh«, fauchte er sie an.

»Ich ... es tut mir leid, ich wusste ja nicht, dass *du* das bist, ich dachte, da ist ein Fremder.«

»Das heißt, du schlägst immer erst einmal zu, bei jedem fremden Mann?«

Sie biss sich unwohl auf die Lippe, musste dann schmunzeln. »Nur bei manchen. Und immerhin kenne ich dich ja nicht.« Unwohl fügte sie hinzu: »Du blutest da oben.«

Er hatte es offenbar noch nicht bemerkt, fasste sich an die Stirn und sah seine blutverschmierte Hand an.

»Shit. Ist es eine große Platzwunde?«

Caro betrachtete sie schlechtgewissig. »Na ja, also ... ich fürchte schon. Es tut mir so leid.«

Er seufzte, strich durch die Haare.

Jetzt konnte sie sein Tattoo lesen: »Lucy«, stand da.
»Wo ist denn dein Hund, der hätte dich vor mir warnen können.«
»Stimmt. Aber Sam wurde heute woanders gebraucht.«
»Woanders gebraucht?« Was meinte er damit?
»Egal.«
»Was machst du überhaupt hier?«
»Ich hab gehört, du stellst dich etwas an beim Handwerkern.« Er grinste jetzt frech.
So eine Unverschämtheit. Selbst wenn es so war, woher hatte er das?
So langsam dämmerte es ihr. Es war kein Zufall, dass Sascha hier am Bootshaus herumlungerte. Sollte er ihr etwa beim Renovieren helfen?
»Mein Vater hat dich bezahlt, dass du mir hilfst?«, platzte es aus Caro hervor.
»Hat er.«
Caro konnte es nicht fassen, erwiderte spontan: »Ich will aber nicht, dass du mir hilfst.« Nicht er.
»Keine Sorge, den Großteil sollst du schon alleine machen. Ich bin sozusagen nur so eine Art Handwerks-Coach.«
»Mein wie bitte?«
Es wurde ja immer besser. Das konnte Paps ihr doch nicht antun? Diese Schmach. Außerdem, wenn er schon einen Handwerker bezahlte, dann

doch bitteschön einen, der dafür etwas tat und der ihr nicht nur Anweisungen gab und sich selbst zurücklehnte. Was sah er sie nur so an?
»Ich brauche keinen Handwerks-Coach. Wirklich. Ich sehe mir alles auf YouTube an, dann krieg ich das schon hin mit dem Hämmern und so.«
Er grinste. Was grinste er jetzt auch noch so unverschämt.
»Dein Vater sieht das aber anders. Er hat mich schon bezahlt und ich brauche ehrlich gesagt das Geld. Dringend.«
Was sollte sie darauf erwidern?
»Dann behalte es und du musst nichts dafür tun.«
»Das werde ich nicht. Das wäre gegen die Absprache. Weißt du was, du kannst mir ja mal zeigen, was du drauf hast.«
Das hätte er wohl gern.
Er fügte hinzu: »Schließlich sollst du es mit deiner Hände Arbeit herrichten. Sonst macht es ja keinen Sinn.«
Woher wusste er von der Glückstheorie ihres Vaters? Wieso erzählte Paps diesem Kerl davon? Sie musste dringend mit ihm reden.
Sein Blut tropfte vor ihre nackten Füße. Ach du jemineh. Erschrocken starrte sie darauf. Der Arme.
»Ich glaube, du solltest besser zu einem Arzt mit deiner Wunde.«
Er seufzte. »Ich bin aber in keiner Krankenkasse.«

Caro sah ihn verblüfft an. »Wie? Wieso das denn nicht? Ich meine, geht das denn überhaupt?«
»Das siehst du doch.«
Caro überlegte. Die Klinik, in der ihr Vater arbeitete, lag am anderen Ende der Stadt, das machte keinen Sinn.
»Dann zahle ich das eben als Selbstzahler. So teuer kann das ja nicht sein. Und schließlich habe ich dich geschlagen.«
»Oder ich tape es.«
»Quatsch. Das gibt eine hässliche Narbe.«
»Frauen stehen doch auf Männer mit Narben.«
»Ich nicht.« Für einen Moment sahen sie sich in die Augen. Caro blickte schnell auf den See. »Und wie kommen wir hier weg? Ich meine, hast Du auch ein Surfboard dabei?«
So langsam fror sie in ihrem feuchten Wetsuit.
»Nein. Aber ein kleines Boot von der Surfschule.«
»Gut, dann rudern wir zur Surfschule und dort soll uns jemand ein Auto leihen. Ich kenne da einige.«
»Okay. Kannst du rudern? Ich fühl mich im Moment ziemlich schwindelig.«
»Ja, klar kann ich rudern. Schwindelig? Oh je, nicht, dass es noch eine Gehirnerschütterung ist.« Sie näherte sich seinem Gesicht. »Zeig mal deine Pupillen, ob sie geweitet sind.«
Dabei kam sie ihm sehr nahe. Er roch so gut, wie gestern, als er sie in seinen Armen trug. Nach Zimt,

konnte das sein? Sie liebte Zimtschnecken über alles. Aber ganz sicher bildete sie sich das nur ein, weil sie Hunger hatte. Seine Haut sah rein, weich und braungebrannt aus.

»Und?«

Fast hätte Caro vergessen, auf seine Pupillen zu achten. »Ach so, ja, sie sehen gut aus. Also, ich meine, normal. Totaler Durchschnitt. Aber du ruhst dich trotzdem besser aus. Wo ist das Boot?«

Er lächelte frech. »Im Bootshaus.«

Caro ärgerte sich über sich selbst. Wo sollte das Boot auch sonst sein. Der Kerl machte sie ganz kirre.

***

So hatte ihn noch keine Frau umgehauen, dachte sich Sascha innerlich amüsiert während er Caro beobachtete, wie sie angestrengt ruderte und sich wirklich ins Zeug legte. Sie tat ja fast so, als handelte es sich bei seiner Platzwunde um einen Notfall. Der Schlag vorhin hatte ziemlich weh getan, sie schien mehr Kraft zu haben, als man dieser Frau zutraute. Sascha beugte sich etwas übers Wasser, betrachtete sein Gesicht im sich spiegelnden See. »Sieht doch gar nicht so schlimm aus.«

»Du willst dich ja nur vorm Arzt drücken, wie alle Männer.«
»Du scheinst dich ja mit Männern auszukennen.«
»Nein, eher im Gegenteil.«
»Im Gegenteil? Sie sind dir ein großes Rätsel?«
»Kann man so sagen. Zumindest mein letzter Freund.«
Er sah, wie sie sich auf die Lippen biss, als wäre ihr das herausgerutscht.
Es war offensichtlich, dass sie noch nicht über ihn hinweg war.
Seltsamerweise beschäftigte es ihn. Was hatte der Kerl dieser Frau nur angetan?
Ihre blonden Haare schimmerten in der Sonne. Sie sahen nicht gefärbt aus, wie die der meisten anderen Blondinen. An den feinen Härchen an ihren Wangen sah er, dass sie wirklich echt blond sein musste. Sie gab alles beim Rudern, aber so langsam schien ihr, obwohl sie ziemlich sportlich wirkte, die Puste auszugehen. Sascha bot an, weiter zu rudern, doch Caro lehnte störrisch ab. »Das schaffe ich schon, wenn es wirklich eine Gehirnerschütterung ist, darfst du das eh auf keinen Fall.«
Sascha insistierte noch ein wenig weiter, aber diese Frau schien wirklich ihren Dickkopf zu haben, wie ihr Vater schon sagte. Sascha mochte das ja an Frauen, wie er insgeheim zugeben musste, er

mochte keine Mäuschen.
Endlich kamen sie am Ufer der Surfschule an. Caro sprang aus dem Boot, vertäute es, half ihm heraus und begrüßte ein paar Leute, als kenne sie diese schon ewig.
Ein großer blonder Typ baute gerade sein Windsegel zusammen, als Caro ihn ansprach: »Hey Danny, er hier ist verletzt, wir müssen ins Krankenhaus, kann ich vielleicht deinen Wagen leihen?«
Der blonde Typ sah Sascha stirnrunzelnd an. »Wegen der Platzwunde? Sieht doch ganz okay aus.«
»Ich bin auch okay«, bestätigte Sascha. Dieser ganze Aufriss, nur wegen einer Platzwunde. »Ein Pflaster reicht vollkommen.«
»Er hat einen Schlag auf den Kopf bekommen«, widersprach Caro vehement. »Ihm war schwindelig und ich will ausschließen, dass er eine Gehirnerschütterung hat.«
»Ich rede immer Unsinn, das ist bei mir normal«, scherzte Sascha.
»Das ist mir schon klar, trotzdem fahren wir jetzt ins Krankenhaus.«
Sascha verdrehte die Augen. Die Frau ließ nicht locker. Dieser Danny sah sie beide irritiert an. Sie wirkten vermutlich wie ein altes, streitendes Ehepaar.

»Dir Chaotin soll ich mein Auto anvertrauen?«, wandte er sich an Caro.
»Ich gebe diesmal auch nicht so viel Gas«, entgegnete sie.
Doch Danny zögerte immer noch.
»Oder soll ich Ben fragen, ob ich seinen Bus haben kann?«
»Der ist nicht da. Ist ja gut. Hepp.« Er warf ihr seinen Autoschlüssel zu. »Aber fahr bitte wirklich nicht so schnell wie sonst immer.«
Na das konnte ja heiter werden, dachte sich Sascha.

5. Kapitel

»Hast du die rote Ampel nicht gesehen?« Es war der reinste Alptraum.

»Die war dunkelorange.«

»Immer noch eins drauf, was? Musst du immer kontern?«

»Ja.« Caro grinste, sie saß etwas vornüber gebeugt am Steuer und er wurde den Verdacht nicht los, dass sie im Grunde eine Brille brauchte. Natürlich bestritt sie das vehement, als Sascha sie darauf ansprach.

»Eine Brille, ich? So ein Unsinn.«

»Und warum kneifst du dann deine Augen so zusammen?«

»Weil mich die Sonne blendet.«

Er versuchte, sich zu entspannen, aber es gelang nicht. Mit der rechten Hand hielt er sich an dem Griff rechts oberhalb der Tür fest.

»Du musst dich nicht festklammern, ich hab alles im Griff.«

»Ich klammere nicht. Ich bin ja schließlich keine Frau,« scherzte er.

Sie sah ihn prüfend und wenig belustigt von der Seite an. »Sehr witzig. Frauen klammern normalerweise nicht, nur dann, wenn sie einem Mann nicht vertrauen können. Und das liegt dann am Mann, weil er nicht ehrlich ist, oder weil er

gerade dabei ist, ihnen das Herz zu brechen.« Sie biss sich erneut auf die Lippen, hatte offenbar wieder mehr gesagt, als sie wollte.
Sascha beobachtete sie von der Seite. Ihr Profil sah fast aus wie von dieser Schauspielerin, die ihm so gefiel. Grace Kelly. Sehr edel, irgendwie geheimnisvoll. Caro wirkte dazu sehr warmherzig, trotz ihrer ihm gegenüber forschen Art.
»Ich würde dir nicht das Herz brechen«, rutschte ihm heraus. Was hatte er da gerade gesagt?
Genauso irritiert sah sie ihn an. »Was? Wie kommst du auf sowas? Du sollst mir beibringen, wo der Hammer hängt, wie man sägt, bohrt und dübelt, mehr nicht.«
Sie fuhr schnittig um eine Kurve. Er musste lächeln, hielt sich diesmal nicht am Haltegriff fest.
»Wieso sagst du jetzt nichts mehr?«, wollte sie wissen.
»Weil ich Unsinn rede. Vermutlich habe ich doch eine Gehirnerschütterung.«
Sie seufzte. »Das klang gerade zumindest sehr danach.«
Mit ihren blauen Augen sah sie ihn einen Moment von der Seite an.
»Falls nicht. Also falls du gesund bist: wir reparieren zusammen das Bootshaus und dann sehen wir uns nie wieder, okay?«
»Okay. Ganz in meinem Sinne. Verdammt, sieh auf

die Straße!«
Vor ihnen scherte gerade ein Lastwagen aus, Caro sah nach vorn, trat auf die Bremse, so dass sie beide ein wenig nach vorne geschleudert wurden. Da der Lastwagen weiterfuhr, nur deutlich langsamer, musste sie keine Vollbremsung hinlegen, die sie auch nicht mehr geschafft hätte. Ein Wagen neben ihnen hupte.
»Mann, das war knapp.«
»Bevor du jetzt einen Spruch über Frauen am Steuer loslässt: Normalerweise, wenn keiner neben mir sitzt, der alles besser weiß, fahre ich sehr gut Auto.«
»Und sehr schnell. Und ich weiß nicht alles besser. Nur das Meiste.«
»Sehr witzig. Und ich fahre sehr schnell, weil ich es liebe. Was dagegen?«
»Nein, nein.« Er musste erneut grinsen.
Caro stellte das Radio an. Dass sie Kontra gab, gefiel ihm. Zumindest, wenn sie heil im Krankenhaus ankommen sollten, sonst nicht.

***

Caro lenkte den Wagen schwungvoll auf den riesigen Krankenhausparkplatz, so dass ein paar Kieselsteinchen spritzen. Sie fuhr langsamer, hielt

Ausschau nach einem Parkplatz. Dieser Sascha machte sie nervös. Allein diese kurze Autofahrt hatte ihr gereicht. Wie sollte sie mit ihm das Bootshaus reparieren? Was hatte sich Paps nur dabei gedacht? Sie musste an ihre Mutter denken, von der sie das Temperament geerbt hatte. Ihre Ma hatte auch immer allen etwas entgegenzusetzen. Und das gefiel ihrem Vater. Aber vielen anderen Männern bestimmt nicht. Mario zum Beispiel hasste es, wenn Caro immer »Ja, aber« sagte.
Endlich ergatterte sie einen Parkplatz.

Im Krankenhaus mussten sie lange warten, obwohl Caro der fülligen Krankenschwester am Empfang gesagt hatte, dass sie Selbstzahler seien. Aber ein Notfall, ein Verkehrsunfall, wurde eingeliefert und so mussten sie sich auf die harten, orangefarbenen Plastikschalensitze setzen und sich gedulden.
Caro spürte Saschas Anspannung. Hatte er etwa Angst davor, eventuell genäht werden zu müssen?
»Ich gehe mal davon aus, du kriegst genug Geld von deinem Pa, sonst würde ich das jetzt nicht annehmen, dass du die Arztkosten trägst.« Ach darum ging es ihm. Wie niedlich.
Caro blickte ihn an. »Ich bekomme die Wohnung von meinem Vater mietfrei gestellt und noch ein bisschen was dazu, damit ich in Ruhe studieren kann. Beruhigt dich das?.«

»Ein wenig.«
»Und ich jobbe als Surflehrerin«, fuhr Caro fort. Damit ich ab und zu auch shoppen gehen kann.«
»Als Surflehrerin?«
»Windsurfen.«
Er lächelte. Was lächelte er denn jetzt so? Auf seinen Wangen bildeten sich Grübchen, stellte Caro fest.
»Ich surfe auch«, sagte er und sah sie dabei so merkwürdig an. Diesen Blick konnte sie nicht einordnen. Dann verstand sie.
»Wellenreiten?«
»Genau.«
Wieso mussten diese Surfer nur immer denken, sie seien cooler?
»Ich surfe auch lieber im Meer, aber in Berlin ist nun mal kein Meer und ich finde es super, dass man in dieser Stadt windsurfen kann.«
»Das stimmt«, gab er zu.
»Berlin ist einfach eine Mega Stadt.«
Er nickte, ohne weiter etwas dazu zu sagen.
So saßen sie eine Weile da und ein jeder hing seinen Gedanken nach. Sie liebte ihren Nebenjob als Surflehrerin am Müggelsee. Wäre ihr Vater nicht der Ansicht gewesen, dass aus ihr ja kein verwöhntes Töchterchen werden dürfte, hätte sie nie angefangen, neben der Uni zu jobben. Im Endeffekt konnte sie ihrem Pa also dankbar sein.

Denn Anderen das Windsurfen beizubringen, deren strahlende Gesichter zu sehen, wenn sie es lernten, fühlte sich gut an. Vielleicht hatte ihr Vater ja mit seiner neuesten Glückstheorie, dass sie das Bootshaus selbst reparieren sollte, mit ihren eigenen Händen, auch recht?
Aus den Augenwinkeln sah sie, wie Sascha seine Finger knetete. Machte er sich solche Sorgen des Geldes wegen?
»Wieso bist du denn in keiner Krankenkasse?«, hakte sie vorsichtig nach.
»Na ja, ich bin selbständig, jobbe mal hier und da ...« Er lächelte. »Mal als Handwerks-Coach oder als Musiker. An Tokio Hotel komm ich mit meiner Band aber leider nicht ran.«
Er war zwar cool, aber auch verdammt sympathisch. Nicht so ein Angeber wie Mario. Der sich auf den Lorbeeren seiner wohlhabenden Eltern ausruhte. Sascha schien aus einer völlig anderen Welt zu kommen.
Sie fragte ihn, welche Musikrichtung er spielte und sie stellten überrascht fest, dass sie beide Indie-Grunge liebten.
Caro beobachtete eine Mitte 50-jährige Patientin im Morgenmantel, die sich von einem Mann mit einem zärtlichen Kuss verabschiedete. Wie lange die beiden wohl schon ein Paar waren?
»Und woher kennt mein Vater dich eigentlich? Ach

ja, deine Mutter ist eine Bekannte von Paps, hat er gesagt, richtig?«
Er zuckte etwas zusammen. »Mhm«, sagte er nur. Caro wunderte sich über diese merkwürdige Reaktion.
Da redete Sascha weiter: »Er ist zu einem meiner Konzerte gekommen.«
»Mein Pa?«
Soviel Caro wusste, ging er als junger Mann gerne auf Konzerte. Aber schon lange nicht mehr und wenn, dann in die Philharmonie und nicht auf Indie-Grunge-Konzerte.
»Jedenfalls ist er ganz schön abgegangen. Und am Schluss hat er mich angesprochen, dass er ein Bekannter meiner Mutter sei. Dass ihm die Musik gefallen hat und dann haben wir uns ein bisschen unterhalten. Irgendwie hat er mich dann gefragt, ob ich handwerklich begabt bin und ob ich mir was dazuverdienen möchte. Da hab ich ja gesagt.«
Caro wollte nachhaken, doch da wurden sie von einer Krankenschwester aufgerufen, ins Behandlungszimmer zu kommen. Endlich.

Sascha wurde auf eine Gehirnerschütterung untersucht, aber es sah nicht danach aus. Sicherheitshalber sollte er eine Nacht im Krankenhaus bleiben. Doch das lehnte Sascha kategorisch ab. Nur seine Platzwunde an der Stirn

ließ er sich nähen. Er verzog dabei keine Miene, als der Arzt die Nadel ohne Betäubung hineinstach. Caro zuckte zusammen und dachte: wie tapfer er war. Sie litt bei jedem Stich mit und ihr schlechtes Gewissen, dass sie ihm eins übergebraten hatte, wurde von Minute zu Minute größer.

»Keine Sorge, das tut Ihrer Schönheit keinen Abbruch, in ein paar Monaten wird man davon nichts mehr sehen«, konstatierte der junge Arzt.

Sascha nickte nur. Wie gelassen er sich gab, dachte Caro.

»So, dann können wir ja gehen, ich bin zusammengeflickt.«

»Ja, wenn sie noch unterschreiben, dass Sie das Krankenhaus auf eigene Verantwortung verlassen und sich die Risiken nochmal in Ruhe durchlesen, dann können sie das.«

Er hielt Sascha ein paar Papiere hin. Der atmete durch, las es und unterzeichnete.

»Auf Wiedersehen«, sagte der Arzt und wandte sich lächelnd an Caro. »Und schlagen Sie ihren Freund besser nicht mehr auf den Kopf.«

»Kommt drauf an, wie er sich benimmt«, konterte Caro schwach lächelnd. »Und er ist nicht mein Freund.«

Sascha blickte sie an. Caro sah weg und ging voran.

Auf der Fahrt zurück stellte Caro das Radio an.

Adele sang ihren Song »Someone like you«. Caro, die von Adeles Stimme immer sofort zutiefst ergriffen wurde, sang leise mit, wie sie es oft tat, wenn sie Auto fuhr. Doch normalerweise fuhr sie allein. Erst nach ein paar Minuten bemerkte sie, wie Sascha sie immer wieder ernst von der Seite ansah.

»Oh Shit, du bist ja Musiker«, fiel Caro ein. »Ich singe bestimmt krumm und schief.«

»Überhaupt nicht. Hattest du mal eine Gesangsausbildung oder sowas in der Art?«

»Nein. Und du?«

»Ich?« Sascha lachte auf. »Meine Eltern konnten sich sowas nicht leisten.«

Seine Miene wurde ernster.

Caro betrachtete ihn. »Und meine hatten nicht viel Zeit für mich. Weil sie viel gearbeitet haben. Wie hast du es dann gelernt?«

»Ich hab es mir selbst beigebracht.«

»Lass mal hören.«

»Zu Adele?«

»Wieso nicht?«

Sie sah ihn herausfordernd an.

***

Wieso nicht, dachte Sascha. Er kannte ihre Texte in

und auswendig, denn sie berührten ihn sehr und erinnerten ihn an sie. Verflucht. Er fing an, zu singen, um zu vergessen und an Caros Blick merkte er, dass er sie mit seinem Gesang mitten ins Herz traf. So wie die meisten Frauen, die ihn singen hörten. Seine dunkle Stimme klang nach Leidenschaft, hatte ihm seine Ex Silvi einmal gesagt.

Die Landschaft rauschte an ihnen vorbei.
Als der Song zu Ende ging, merkte Sascha erst, dass Caro an den Rand gefahren war, um ihm in Ruhe zuzuhören. Ihre Augen leuchteten und gaben ihrem Gesicht einen Ausdruck, den er bis dahin noch nicht bei ihr gesehen hatte.
»Das, das war … wunderschön«, flüsterte sie.
»Danke.« Er räusperte sich. Kannst du mich an unserem Band-Raum in Neukölln absetzen?«, unterbrach er die gefühlvolle Stimmung.
»Klar, kann ich.«
Die weitere Fahrt verbrachten sie schweigsam und Sascha fühlte sich schlecht. Er dirigierte Caro in die Straße, in der sich ihr Band-Raum befand.
»Da sind wir, danke.«
»Gerne.«
Am liebsten würde er sitzen bleiben, in ihrer Nähe, spürte er und es irritierte ihn sehr. »Also, dann sehen wir uns morgen im Bootshaus? Ich hab nicht

ewig Zeit für die Reparaturarbeiten eingeplant.«
Sie nickte. »Klar, ich habe auch nicht vor, den ganzen Sommer damit zu verbringen. Bis zwölf hab ich morgen Uni, danach fahr ich raus an den See, wäre das für dich in Ordnung?«
»Passt. Und bring Arbeitsklamotten mit, also irgendwelche alten Sachen, die kaputt gehen können.«
Sie seufzte. »Mach ich. Und dann hämmere ich, was das Zeug hält.«
Caro lächelte.
Was für ein hübscher Mund. Ihre Zähne sahen blendend weiß aus. Sascha verabschiedete sich schnell, sprang raus und ging eiligen Schrittes in den Hof, in dem sich der Eingang zum Band-Raum befand.
Irgendwie machte ihn diese Frau unruhig. Er wusste nicht, woran es lag. Sie wirkte auf ihn wie ein reiches Töchterchen, was sie definitiv auch war. Mit solchen Frauen konnte er normalerweise nichts anfangen und wollte es auch nicht. Auf der anderen Seite schien sie locker und warmherzig zu sein, ein guter Kumpel. Mal sehen, wie sie sich handwerklich anstellte. Er ahnte schon, dass es eine Katastrophe geben würde. Er durfte sich jetzt auf jeden Fall auf nichts einlassen. Zuviel stand auf dem Spiel. Es ging um Leben und Tod.

Als er den ersten Hof durchquerte und in den zweiten Hof gelangte, sah er Silvi und Linus. Sie unterhielten sich, hörten aber auf, als sie ihn kommen sahen.
Sascha grüßte. »Silvi, hi.«
»Hi.« Ihre Augen blickten sofort besorgt, als sie sein Pflaster sah. »Oh Gott, was hast du denn gemacht?«
»Ach, kleiner Zusammenprall mit einem Stock.«
Verwirrt sah Silvi ihn an. »Was? Wie denn das? Hat dich etwa jemand zusammengeschlagen?«
»Mmmhm. Eine Frau. Vermutlich hab ich es verdient«, scherzte er. »Nein, nein, Spaß.«
»Eine Frau?«
»Ich hab dir doch von dem Job erzählt. Die, mit der ich das Bootshaus renovieren soll. Es war ein Missverständnis. Es gibt viel Kohle.« Er räusperte sich.
»Ach so, ja. Na dann. Kann ich euch beim Proben zuhören?«, fragte sie.
Linus zuckte die Schultern. »Von mir aus. Ich liebe Groupies.«
Konnte er sich nicht einmal in Silvis Anwesenheit mit seinen Sprüchen zusammenreißen, dachte Sascha verärgert.
»Klar.« Sascha lächelte Silvi nett an, ging an ihr vorbei in den Probenraum hinunter. Sie folgte ihm und Linus.

»Hey, Alter, wo bleibst du denn?«, begrüßte ihn Kito. »Wir warten schon ewig ... was hast du denn gemacht? Bist du gegen 'ne Laterne gelaufen?« Er deutete auf Saschas Pflaster auf der Stirn.
»Ach, quatsch. Passt schon.« Er hatte keine Lust auf Erklärungen. Die Jungs würden ihn ja doch nur aufziehen.
Er holte seine E-Gitarre, packte sie aus, stöpselte sie an und stimmte sie, während die anderen den Soundcheck begannen.

***

Am nächsten Tag saß Caro mit Emma mit je einem Coffee-to-go-Becher in der Hand vor der Uni auf einer Wiese in der Sonne. Zwischen zwei Vorlesungen hatten sie noch etwas Zeit. Caro liebte Kaffee, war ein kleiner Kaffee-Junkie, trank eindeutig zu viel. Aber ein Laster musste schließlich auch sie haben. Sie dachte an Sascha, der bestimmt mehrere Laster hatte. Ein Typ wie er. Am liebsten würde sie Emma von ihm erzählen, aber Caro spürte, dass Emma etwas auf dem Herzen lag, das sie zuerst besprechen mussten. Emma sah traurig und verschlossen aus, so dass Caro einfühlsam nachfragte: »Es geht aber hoffentlich nicht um Ben?«

Emma seufzte leise, nippte an ihrem Coffee-to-go-Becher und starrte traurig vor sich hin. »Er verhält sich seit gestern irgendwie seltsam.«
Oh nein. »Inwiefern das denn?«
»Ich weiß es nicht. Erst wirkt er so verliebt, sagt gleich zu Anfang, dass es für immer ist, was er ja gar nicht wissen kann, ... und dann will er plötzlich seine Ruhe und zieht sich zurück.«
Alarmiert beobachtete Caro ihre Freundin, legte ihr ihren Arm um die Schulter. »Was? Er will seine Ruhe? Und hast du eine Ahnung wieso? Ich meine, vielleicht musste er ja nur irgendwas für seinen Dad erledigen oder so?«
Sie kannte Ben ja nun schon ein paar Jahre. Auf sie machte er stets den Eindruck, als brauchte er öfter mal Zeit für sich. Vielleicht überforderte ihn die plötzliche Nähe zu Emma ja? Auch wenn das nichts mit seinen Gefühlen zu ihr zu tun hatte, so hoffte Caro zumindest sehr.
Emma zuckte unglücklich die Schultern. »Aber dann hätte er mir das doch sagen können. Du kennst ihn besser, was meinst du denn, was das bedeutet?«
Caro überlegte. »Na ja, also ich kenne ihn schon als einen, der mal seine Auszeit braucht. Wie oft habt ihr euch denn gesehen seit der Party? Fast rund um die Uhr?«
»Nein, nein«, wehrte Emma vehement ab, zitterte

ein wenig, schob Caros Arm sanft zurück.
»Es lief auch noch nichts zwischen uns, also so richtig, meine ich. Wir haben uns nur ganz oft geküsst«, erklärte Emma aufgewühlt. »Und das, das war immer wunderschön.«
»Na also. Das klingt doch super. Es muss nicht immer schnell gehen.«
»Ich weiß. Und ich weiß auch, er hat Verständnis. Ben ist sehr sensibel, viel mehr als man von so einem Surfer-Typen denken würde. Allein wie zärtlich er meine Hand nimmt und mit dem Daumen über meinen Handrücken streichelt. Als wäre ich aus Samt, als reichte es ihm, meine Haut nur an dieser Stelle zu spüren.«
Caro seufzte ergriffen. »Hach. Das klingt doch traumhaft.«
Emma fuhr aufgewühlt fort. »Aber wenn er mir in die Augen sieht, spüre ich, dass ihn irgendetwas umtreibt. Dass er zwar echte Gefühle für mich hat, aber vielleicht auch andere Gefühle, die ich nicht einschätzen kann, die jetzt alle hochgekommen sind.«
Caro sah ihre Freundin einfühlsam an. »Das kann schon sein. Ihr habt nun einmal beide eure Vergangenheit.«
»Ich weiß.« Emma schnalzte mit der Zunge, nickte traurig. »Ich hab so eine Angst, dass er sich wieder in sich zurückzieht. Nicht aus Absicht, sondern weil

er selbst nicht anders kann.«

Betroffen sah Caro sie an und verstand sie so unendlich gut. Wie sehr fürchtete sie sich davor, sich wieder zu verlieben, zurückgestoßen zu werden, wie von Mario. Sie versuchte, sich erneut ganz auf Emmas Problem zu konzentrieren, nahm einen Schluck Kaffee. Er brannte auf ihren Lippen.

»Ich schätze Ben wirklich als sensibel ein, auch wenn er nach außen nicht so wirkt«, sagte sie beruhigend. »Manche Ängste sind einfach das eigene Kopfkino, meinst du nicht?«

Emma blickte sie sorgenvoll an. »Das kann schon sein.«

Caro drückte die Hand ihrer Freundin. Wie gut sie es nachvollziehen konnte, dass man einem Mann gerne vertrauen würde, es aber einfach nicht schaffte. So sehr man es in seinem tiefsten Inneren auch wollte, so sehr man die Geister der Vergangenheit vertrieb.

»Ben wird dir nicht wehtun. Da bin ich mir sicher.«

Konnte sie wirklich ihre Hand für ihn ins Feuer legen? Für einen Freund, den sie erst seit ein paar Jahren kannte? Viel hatte Ben ihr nie von sich erzählt.

»Aber vielleicht kann er nicht wirklich lieben, nach all dem, was ihm widerfahren ist. Und jetzt merkt er das gerade selbst, wer weiß das schon?«

»Ach Emma. Eine hundertprozentige Garantie

kann dir leider keiner geben.«
»Ich weiß«, seufzte Emma. »Ich weiß auch nicht, was mit mir los ist. Ich fühle mich auf einmal wieder so verletzbar. Dabei dachte ich, ich hab es geschafft. Heute bin ich wieder kurz davor, dass ich wegrenne. Nur damit es nicht passiert. Verstehst du, was ich meine?«
Caro nickte ergriffen, nahm erneut einen Schluck aus ihrem Coffee to go. »Ich weiß es ganz genau, Emma. Deshalb habe ich beschlossen, mich nicht mehr zu verlieben. Zumindest die nächsten Jahre.«
»Geht das denn überhaupt? Ich meine, ich hatte das auch nicht vor bei Ben. Überhaupt nicht. Ganz im Gegenteil. Aber dann habe ich gespürt, dass er selbst irgendwann ziemlich verletzt worden sein musste. Und er hat es mir ja auch später erzählt. Dass das Coole nur eine Fassade ist, dass er sich damit nur unbewusst schützen wollte. Ich hab ihm lange nicht vertraut, das weißt du ja. Aber mein Herz hat einfach nicht auf mich gehört. Ich konnte nichts gegen meine Gefühle tun. Und ihm ging es ähnlich.«
Caro seufzte. »Süße, Emma und Ben, Ben und Emma. Das ist etwas ganz Besonderes, glaube mir.«
»Wie gerne würde ich das tun. Aber ... ich hab ihm gesagt, dass ich auf Anton aufpassen muss, weil Mom mit seinem Pa bei einem von seinen Tennis-Freunden eingeladen ist. Daraufhin meinte er nur:

»Okay«, hat mir ein kleines Küsschen gegeben und ist gegangen.«
»Das ist doch nicht schlimm.«
»Nein, aber er war plötzlich so anders. So fremd.«
»Wie gesagt, es muss nichts bedeuten.«
»Ich hör ja schon auf. Werner hat übrigens gesagt, er will ein bisschen angeben mit Mom. Sie hat sich gefühlt wie eine Prinzessin, so wie es sein soll.«
Caro freute sich mit Emma. »Das ist so toll, dass deine Mom und Bens Vater jetzt auch zusammen sind. Total abgefahren.«
»Na ja, ehrlich gesagt ist es mehr als das. Ich glaube, Ben findet das strange. Aber ich freu mich riesig für Mom. Nun reden wir aber mal nicht mehr von mir. Du strahlst plötzlich so, was ist denn los?«
»Ich strahle?« Irritiert sah Caro Emma an.
»Was ist denn jetzt mit diesem Sascha?«
»Mit dem hat das ganz sicher nichts zu tun«, wehrte Caro sofort ab. Erzählte ihrer Freundin aber, wie sie ihn für einen Einbrecher gehalten, und ihm mit einem Stock auf den Kopf geschlagen hatte. Von ihrer Fahrt ins Krankenhaus, dass er ein Surfer war, dieselbe Musik hörte. Emma lächelte. »Dann habt ihr ja einiges gemeinsam.«
»Mehr aber auch nicht. Er sieht in mir das strebsame Töchterchen. Und er ist ein Tagträumer ohne Ziele.«
Caro fragte sich, warum ihr Vater ausgerechnet ihn

als ihren Handwerkscoach auserkoren hatte? Ihr Vater, der Wert auf Ehrgeiz und Ziele im Leben legte.
»Meinst du, dein Vater will dich mit ihm verkuppeln?«, brachte es Emma auf den Punkt.
»Mit einem schlechtverdienenden Handwerker und Musiker? Mein Pa? Das kann ich mir nicht vorstellen. Er weiß, dass ich mich die nächste Zeit auf keinen Mann einlassen werde. Dass ich mich auf mein Studium konzentrieren möchte. Und er wünscht sich hundert Pro eine finanziell bessere Partie für mich. Deshalb war Mario ja auch sein Traumschwiegersohn. Er hat nämlich sehr reiche Eltern.«
Caro erzählte Emma, dass sie selbst auch dachte, er passte perfekt zu ihr. Dass das nur der äußere Schein war, diese Erkenntnis musste sie bitter erfahren. Alles hatte sie für ihn aufgegeben. Ihre Wohnung, ihren Studienplatz, ihre Freunde. Diese fühlten sich vor den Kopf gestoßen, als Caro ihnen verkündete, für immer weg zu wollen aus Berlin. Ganz weit weg. Ans andere Ende der Welt. So dass jedem klar wurde, der Kontakt würde einschlafen. Obwohl es Facebook und Instagram gab. Manche warfen ihr vor, sie hätten das Gefühl, als seien sie ihr nichts wert. Weil sonst würde sie doch nicht für einen Mann ihre Freunde aufgeben. Für einen Mann, wo doch jeder wusste, wie lange

Beziehungen heutzutage hielten. Caro hatte diese Bedenken in ihrer Verliebtheit alle über Bord geworfen, fühlte sich so sicher mit Mario, dass sie sich für die vermeintlich große Liebe entschied.
Als sie dann nach dieser SMS am Flughafen wie ein heulendes Elend vor der Tür ihrer Freundinnen stand, fingen diese sie auf. Versorgten sie mit Schokolade und Keksen, nahmen sie in den Arm. Besonders Hannah aus ihrer Clique, ihr hatte Caro sehr viel zu verdanken. Bei ihr in ihrer WG konnte sie die nächsten Wochen wohnen, bis ihr Vater den neuen Mieter wieder aus ihrer kleinen Wohnung bugsiert hatte. Caro wusste es auch von den anderen Freundinnen und Freunden sehr zu schätzen, wie sie Caro wieder mit offenen Armen aufgenommen hatten. Ihre Großmutter ebenso. Sie hatte Pancakes mit Ahornsirup für Caro gebacken. Dazu eine Tasse Apfelblütentee. Stundenlang saßen sie so in der Küche und redeten über die Liebe, über die Schmerzen, die sie einem zufügen konnte, tief im Herzen. Granny verstand, wie elend sich Caro damals fühlte. Wie ein abgelegter Wintermantel, der nicht mehr wärmte, der keinen Wert mehr zu haben schien, voller Motten. Zum Glück konnte sie sich wieder immatrikulieren und stürzte sich in ihr Studium. Mehr als jemals zuvor.
Der restliche Kaffee war inzwischen kalt. Sascha entsprach so gar nicht ihrem Beuteschema, war

vom Typ her das Gegenteil von Mario und den zwei Ex-Freunden zuvor. Sein Rockstar-Charme, den er in seinen lässigen Klamotten und seinem ganzen Auftreten versprühte, tangierte sie nicht. Zum Glück.

Insofern würde es schon gehen, ein paar Wochen das Bootshaus mit ihm als Coach zu renovieren.

6. Kapitel

Caro schwitzte. Ihre Hände waren klitschnass, so dass der Schraubenzieher immer wieder heraus flutschte. Sie bemühte sich wirklich, vor Sascha nicht wie eine handwerkliche Vollidiotin da zu stehen – aber es gelang ihr nicht. Sie bekam diese dämliche Schraube mit diesen schwitzigen Fingern einfach nicht heraus und ärgerte sich maßlos über sich selbst.

»Kannst du nicht fester drücken? So kriegst du die Schraube da nie raus.«

»Doch kann ich, aber ich wollte dein Macho-Frauenbild nicht zerstören«, konterte sie sofort. Sascha saß mit einem grünen Apfel in der Hand auf einer Planke im Bootshaus, das Bein lässig angewinkelt, biss amüsiert in den Apfel, dass es krachte. Am liebsten hätte sie ihm den Apfel in den Mund gestopft, so dass er nichts mehr sagen konnte.

»Tust du schon nicht«, scherzte er. »Woher weißt du das eigentlich? Ich meine, dass ich ein Macho bin? Sieht man mir das an?«

»Nein, nein, keine Sorge. Aber du bist einer, da bin ich mir ganz sicher. Sonst hättest du dich niemals auf diesen dämlichen Job eingelassen. Mann sitzt dumm rum und gibt Frau Anweisung, wie sie einen Schraubenzieher halten soll.«

Er grinste. »Ich war jung und brauchte das Geld.«
»Und ich bin jung und brauch keinen, der dumm rumlabert, anstatt mit anzupacken.«
Er lachte. »Du sollst es selber machen. Strenge Anweisung deines Pas.«
»Das sieht ihm ähnlich«, grummelte sie und versuchte weiter, diese verflixte Schraube einen Millimeter zu bewegen. Normalerweise war sie nicht so schwächlich, aber diese Schraube hatte es sich über Jahrhunderte in diesem Holz gemütlich gemacht, ummantelt von Rost. Sie drehte sich keinen Millimeter. Erneut sammelte Caro all ihre Kraft und ihren Willen. Das wäre doch gelacht. Sie trocknete sich ihre Hände an ihrer alten, zu einer Hot Pant abgeschnittenen Jeans ab, versuchte weiter, an der Schraube zu drehen. Nichts tat sich.
Schnaubend sah sie zu Sascha auf. Der Geruch des Apfels, vermischt mit seinem feinen After-Shave-Geruch, wehte zu ihr herüber. So sauer sie auf ihn oder eher auf ihren Pa war, Sascha sah unverschämt gut aus, wie er da malerisch mit dem Apfel in der Hand saß. In einem schwarzen, engen T-Shirt, das seinen durchtrainierten Oberkörper umspannte. Die etwas zerrissene Jeans lässig auf der Hüfte, seine hellblauen Chucks halb offen, schlecht geschnürt. Seine Haare standen verwuschelt in alle Richtungen ab, als wäre er gerade so aus dem Bett gestiegen. In dem Moment

kam sein Hund Sam von draußen rein, ging zu ihm und ließ sich von ihm kraulen. Der hatte es gut. Caro hätte jetzt auch gerne jemanden, der sie einfach nur streichelte.
Sie atmete tief durch, versuchte es erneut, strengte sich so sehr an, dass ihr Kopf rot anlief, doch es half alles nichts. Ihre Hand tat weh, so fest hatte sie den Schraubenzieher gepackt. So fest, als wäre er schuld an allem. Den Tränen nahe starrte sie auf diese verdammte Schraube. Jetzt nur nicht losheulen vor diesem Typen. Bitte, bitte, reiß dich zusammen, nicht losheulen. Sam schien zu merken, wie es ihr ging, kam zu ihr und schmiegte sich an sie. Gerührt streichelte sie ihm über sein Fell, er schleckte ihre freie Hand ab. Wie gut das tat. Und anscheinend hatte es auch sein Besitzer gemerkt, wie sie sich fühlte. Sascha legte seinen Apfel beiseite, kam ernst zu ihr, legte seine Hand auf die Ihre, die den Schraubenzieher hielt. Sie spürte eine Wärme, die ihr half, sich wieder zu fangen. Dann nahm er ihr den Schraubenzieher vorsichtig aus der Hand, versuchte allein, die Schraube aufzudrehen. Doch auch bei ihm tat sich nichts. Caro biss sich auf die Lippe, um dies nicht frech zu kommentieren. Sie roch ihn ganz nah, spürte seinen Atem neben sich, seine Kraft. Es klappte. Lächelnd sah er sie an, was Caro sofort wieder wütend machte.
»Da hab ich ja gute Vorarbeit geleistet«, konnte sie

sich nun doch nicht verkneifen.
Er grinste. »Stimmt. Anscheinend sind wir ein gutes Team.«
Das hättest du wohl gern, dachte sie. »Das ist prima, dann kriegen wir das Bootshaus ganz schnell fertig.« Und sehen uns nie wieder, fügte sie in Gedanken an. Denn sie spürte, je länger sie mit ihm zusammenarbeitete, desto gefährlicher würde er ihr werden.
Diese Blicke, die sie immer wieder trafen, seine türkisblauen Augen, machten sie hochgradig nervös.

Die nächsten Tage lief es leider nicht besser. Der Hammer in ihrer Hand mutierte zu einem gefährlichen Instrument, ganz so wie sie es sich zuvor ausgemalt hatte. Die Nägel wollten partout nirgends elegant und gerade rein. Saschas Kommentare und Hilfestellungen brachten Caro auf die Palme, weil sie wütend auf sich selbst war. Sein Hund Sam spürte all ihr Gefühlschaos, denn immer dann, wenn es ihr schlecht ging, war er sofort an ihrer Seite, schleckte ihre Hand ab und versuchte, sie zu trösten. Caro merkte, wie schön es war, einen so sensiblen Hund zu haben. Wenn nur sein Herrchen auch so sensibel wäre. Aber der schien sich insgeheim zu amüsieren. Oder wirkte das nur so? Sie wollte das nicht, dieses Frauchen-

Klischee erfüllen, und eigentlich war sie sonst auch überhaupt kein Frauchen. Oder doch? Zum ersten Mal wurde ihr bewusst, wie sehr sie sich auf die Männer in ihrem Leben verlassen hatte. Denn irgendeiner war immer zur Stelle gewesen, wenn es darum ging, nach einem Umzug eine Gardinenstange anzubohren oder Ähnliches. Allein die Jungs aus ihrer Surfer-Clique hatten ihr beim letzten Umzug so viel geholfen und waren auch sonst immer für sie da. Natürlich stellte sich Caro dann nicht selbst hin, kletterte auf eine hohe Leiter und hantierte mit einer Bohrmaschine, die ihr Angst einflößte. Warum auch?
Warum eigentlich nicht?, durchfuhr es sie. Keine Frau sollte sich abhängig machen sondern ihr Leben selbst im Griff haben. Vermutlich verstärkte das enorm das Selbstwertgefühl. Caro ärgerte sich über sich selbst. Warum hatte sie sich für Handwerkstätigkeiten nie interessiert? Nie hatte sie ihrem Pa bei etwas zugeschaut. Denn wenn er mal zuhause war, liebte er es, selbst Hand anzulegen. Im Moment konnte Caro das überhaupt nicht nachempfinden. Nach zwei Tagen taten ihr die Hände furchtbar weh und fühlten sich so rissig, trocken und spröde an, wie wenn sie seit Wochen in einem Bergwerk geschuftet hätte. Caro rieb sie abends mit einer Melkfettcreme ein, zog Handschuhe darüber und ging so schlafen. Das

hatte sie mal in einer Frauenzeitschrift gelesen, als Trick gegen sehr trockene Hände. So lag sie im Bett mit ihren grünen Baumwollhandschuhen, spürte ihren schmerzenden Körper, starrte an die Decke und dachte an Sascha. Was er wohl von ihr hielt? Vermutlich hatte er genau das erwartet. Ein wohlbehütetes Töchterchen, dem bald die Hände weh taten, das noch nie körperlich hart gearbeitet hatte. Und genau diese Vorstellung machte sie wütend. Vielleicht hatte sie nie so schwer körperlich geschuftet wie er, aber dafür sehr viel und sehr intensiv für ihr Studium, monatelang. Allein die letzte Semesterarbeit. Zählte das nicht? War das keine Arbeit? Ehe sie einschlief, fasste sie einen Entschluss. Sie wollte ihm zeigen, was in ihr steckte. Auch wenn er ihr vollkommen egal war. Sie wollte es sich selbst zeigen. Und so schlummerte sie ein.

Wie die letzten Tage trafen sie sich nach der Uni am Bootshaus. Der Trick mit den Handschuhen und dem Melkfett funktionierte. Ihre Hände hatten sich ein wenig erholt.
»Also, was reparieren wir heute?« Sie sprühte extra vor Elan, lächelte ihn herausfordernd an.
»Was ist denn mit dir passiert? Hast du plötzlich Lust auf den Job bekommen?«
War es das? Weil sie keine wirkliche Lust darauf

hatte, klappte es auch nicht gut? Vermutlich hatte er Recht, aber das wollte sie nicht zugeben.
»Ich hab keine Lust mehr auf deine Sprüche und will es möglichst schnell hinter mich bringen«, entgegnete sie deshalb.
»Ich auch«, sagte er und sah sie dabei seltsam ernst an.
»Na dann sind wir uns ja einig.«
»Sind wir.«
Er trat zu ihr, roch wieder so verboten gut, erklärte ihr, wie sie gleich eine alte Planke herausreißen sollte, die zu morsch war. Sie nickte, packte die Planke, doch ihre Hände zitterten. War es die Erschöpfung der letzten Tage oder löste er das in ihr aus? Hoffentlich hatte er es nicht bemerkt, doch seinem Blick nach zu urteilen, hatte er es gesehen. Er sagte aber nichts dazu und dafür war sie ihm dankbar. Dafür kam Sam wieder angesprungen, wollte gekrault werden, was Caro auch gerne tat. Was für ein feinfühliger Hund. »So, Sam, schmusen können wir später, jetzt muss ich schuften.«
Sie packte die Planke an, versuchte, daran zu ziehen, so wie Sascha ihr geheißen, doch es ging nicht. Caro schloss für einen Moment die Augen, konzentrierte sich wie ein Karate-Kämpfer, der ein Brett durchschlagen wollte. Mit einem Ruck riss sie die Planke hoch. Oder besser gesagt, sie versuchte es. Denn nichts tat sich. Nicht schon wieder diese

Blamage. Sam winselte.
»Probier nochmal, du kannst das. Schscht, Sam.«
»Uuh, mein Coach glaubt endlich an mich«, lachte sie nervös.
»Das tu ich schon die ganze Zeit.«
Ihre Blicke trafen sich. In seinen türkisblauen Augen entdeckte sie eine Sommersprosse.
Caro fühlte sich plötzlich stärker, versuchte es erneut und endlich löste sich das alte Holz. Sam bellte, wie wenn er sich mitfreute. Sie knuddelte ihn, bog dann die Planke hoch und entdeckte, einen alten, vergilbten Briefumschlag in der Ritze. »Was ist das denn?!«
»Zeig her.«
Sascha schnappte ihn, bevor Caro danach fassen konnte, hielt den ziemlich verwittert aussehenden Umschlag gegen das Licht. Dem Aussehen nach lag er hier schon etliche Jahre. Sam stand schwanzwedelnd neben ihnen, wollte den Brief schnappen.
»Nein, Sam, das ist nichts für dich.«
»Und für dich ganz sicher auch nicht«, wandte sich Caro an Sascha.
»Schon klar. Aber für wen dann?«, rätselte Sascha. Er kniff seine Stirn zusammen, um die verschwommene Schrift entziffern zu können.
Dabei sah er aus wie ein zerknautschter Welpe, dachte Caro.

»Und? Jetzt sag schon, was steht da?«
»Sorry, kann ich nicht lesen.«
»Gib endlich her.«
Er reichte ihn ihr. Auch sie runzelte die Stirn. »Für Friedrich.« Erstaunt blickte sie ihn an. »Der Brief ist für meinen Vater. Vielleicht ist es ein Liebesbrief?«
»Ich glaube, du guckst zu viele Liebesfilme«, neckte er sie.
»Lass mal sehen.« Vorsichtig öffnete Caro den Brief, der unter der Witterung sichtlich gelitten hatte. Aufgeregt zog sie einen handschriftlichen Brief heraus, die Schrift konnte man auf den ersten Blick nicht entziffern. Sam hatte das Interesse verloren, trottete gelangweilt in eine Ecke und ließ sich dort nieder.
»Und, was steht da?«, wollte Sascha neugierig, wissen.
»Ich kann es nicht lesen, es ist zu dunkel hier, sieht aber nach einer Frauenschrift aus.«
Caro eilte mit dem Brief in der Hand aus dem Bootshaus in die Sonne. Sascha folgte ihr und gemeinsam beugten sie sich über das Blatt Papier. Sie roch ihn erneut, fühlte seinen Arm an ihrem. Ihre Härchen kribbelten. Sie las vor

»Friedrich, nie habe ich einen Mann kennengelernt, der so anders zu sein schien als ich,

der mich aber so sehr anzog, mich verwirrte. Anfangs sträubte ich mich dagegen, doch nun weiß ich: Ich liebe Dich. Aber du hast es geahnt, es soll nicht sein. Sieh es als Happy End eines crazy Filmes, das Leben in echt geht weiter. Auch für Dich. Unsere Verbindung ist einzigartig, wird es immer bleiben. Du weißt es. Ewig, Deine K.«

Aufgewühlt blickte Caro Sascha an. »Das ist ... ein Liebesbrief. Also beziehungsweise ein Abschiedsbrief. An meinen Vater.«
Auch Sascha wirkte berührt. »Puh. Dein armer Pa.«
Caro nickte durcheinander. »Ich dachte immer, meine Mutter war seine erste große Liebe, aber offensichtlich gab es davor noch eine andere Frau, die er sehr liebte.«
Sie sah auf das Datum. Danach zu urteilen, kannte er ihre Mutter damals noch nicht, es war vor ihrer Zeit. Caro spürte Mitleid in sich. Ihrem Vater wurde das Herz gebrochen von dieser Frau, ähnlich wie ihr mit Mario. Nur dass man sich damals noch Briefe und keine SMSe schrieb.
Sascha riss sie aus ihren Gedanken. »Der Brief war zugeklebt und ungelesen, er hat ihn wohl nie gefunden.«
Das stimmte. Erschüttert blickten sich die beiden an. Seine Augen funkelten im Sonnenlicht. Caro starrte wieder auf den Brief.

Saschas Nähe brachte ihren Puls zum Rasen.
Sie setzte sich mit dem Brief in der Hand auf die Wiese am Ufer des Sees. Sascha nahm neben ihr Platz, wirkte auch sehr in sich gekehrt, nahm einen Grashalm, steckte ihn in seinen Mund und kaute darauf herum.
Mit dem Arm streifte er erneut den ihren, als er sich seine Haare nach hinten strich. Dabei spürte sie wieder seine weiche Haut. Ein leichter Schauer durchlief sie. Was sollte das?
Eine Ente schwamm auf dem See und schaute zu Caro und Sascha herüber.
Entschlossen stand Caro auf, blickte Sascha an: »Ich bringe ihn meinem Pa.«
»Jetzt?«
»Ja jetzt.«
»Der Brief lag hier jahrelang. Du willst dich ja nur ums Renovieren drücken.«
Was für eine Unverschämtheit.
»Will ich nicht.«
»Willst du doch.«
Vielleicht hatte er Recht. Sie wollte weg hier, weg von ihm.

7. Kapitel

»Paps, Paps, gut, dass du da bist.«
Caro radelte mit ihrem Rad in den edel angelegten Garten, der zu dem modernen Haus im Bauhausstil passte.
»Du schon wieder?« Ihr Vater, der auf seiner Terrasse in einem Stuhl mit seinem Laptop saß, blickte Caro verwundert lächelnd an. »Woher wusstest du, dass ich heute frei habe?«
»Du hast es erwähnt.«
»Ah, so. Und? Hast du schon Schwielen an den Händen und brauchst ein Päuschen?«
»Nein, nein. Aber meine Hände tun tatsächlich schon etwas weh. Es geht um etwas anderes.« Caro stellte das Rad ab und sprang auf die Terrasse zu ihm.
»Wo ist Sandra?«
»Einkaufen glaube ich. Um was geht es denn?«
Caro setzte sich neben ihn, überlegte, wie anfangen.
»Wir haben etwas gefunden.«
»Wir?«
»Sascha und ich.«
»Jetzt spann mich nicht länger auf die Folter. Was habt ihr gefunden und wo?«
»Im Bootshaus, unter einer losen Planke, einen Brief. Einen alten Brief, an dich.«
Er sah verwundert auf. »Einen Brief ... an mich?

Von wem?«
Caro sah ihren Vater an und wusste mit einem Mal nicht mehr, ob sie ihm womöglich gleich furchtbar weh tun würde. Hätte sie die Info mit dem Brief besser für sich behalten?
»Nun sag schon.«
»Von einer Frau, einer gewissen K., die dich vor Mami einmal sehr geliebt hat.«
Sie beobachtete genau seine Reaktion. Seine Augenbraue zuckte. Er schloss für einen Moment die Augen. Dann sah er Caro an.
»Sie hat mir also doch noch einen Brief geschrieben. Ich nehme an, ihr habt ihn gelesen?«
»Na ja, ja.«
»Und was steht drin?«
Caro nestelte den Brief heraus und zeigte ihn ihrem Pa. Er las, sah aufgewühlt auf.
Eine Amsel pickte im Blumenbeet herum, zog einen Wurm heraus, flog damit auf und davon.
»Ich dachte damals wirklich, ich würde sterben.«
»Oh nein. Ich wollte keine schlimmen Erinnerungen wecken.«
»Nein, nein.« Er lächelte. »Wir lernten uns bei einer Vernissage kennen. Sie, die Lebenskünstlerin, ich, der ehrgeizige, brave Medizinstudent. Es schien so überhaupt nicht zu passen. Aber wir konnten nichts dagegen tun, da war so eine Anziehung zwischen uns beiden und dann haben wir auch

festgestellt, dass es ganz wunderbar passt. Dass die Liebe immer ihren Weg findet. Wir haben uns oft im Bootshaus getroffen...« Er hielt in Gedanken versunken inne. Dann wurde seine Miene ernster. »Dann, irgendwann ist sie nicht mehr erschienen. Ich hatte es schon geahnt, dachte aber damals, dass sie verdammt feige ist, es mir noch nicht einmal ins Gesicht zu sagen. Ich war so sauer.«

»Das kenne ich«, konnte sich Caro nicht verkneifen und dachte an Mario.

»Tja, immerhin hat sie mir diesen Brief geschrieben. Von einer ihrer Freundinnen musste ich es erfahren. Dass sie absolut keinen Kontakt mehr mochte. Damit es einfacher sei für uns.«

Caro nahm tröstend seine Hand in die ihre. »Und wieso? Weißt du denn, weshalb sie Schluss gemacht hat?«

Er sah sie an und nickte bedächtig. »Wir hatten uns ineinander verliebt, da war sie noch mit einem anderen zusammen. Als sie dann feststellte, dass sie von ihm schwanger war, wollte sie mit ihm eine Familie. Weil sie selbst nie eine hatte, wollte sie es für ihr Kind so unbedingt. Ich hab es irgendwie auch verstanden, es war zum Wohle des Kindes. Aber unsere Liebe war etwas ganz Großes, Einzigartiges, das hatten wir beide sofort gespürt. Und deshalb habe ich es auf der anderen Seite auch nicht verstanden. Überhaupt nicht.«

Seine Hand fühlte sich plötzlich eiskalt an. Die Sonne stach.

»Dir ging es damals ähnlich wie mir mit Mario. Es hätte mir vielleicht geholfen, wenn du es mir erzählt hättest, Paps. Dass es nicht nur mir so erging, meine ich.«

»Was?« Ihr Vater schien nicht anwesend zu sein. In seinen Gedanken in der Vergangenheit, bei ihr.

»Hast du denn nie wieder etwas von ihr gehört?«, erkundigte sich Caro vorsichtig.

»Nein, lange nicht. Ich habe deine Mutter kennengelernt und auch geliebt. Und ich liebe jetzt Sandra. Aber das mit Katharina damals, war etwas ganz Besonderes. Ich weiß nicht, wie ich es ausdrücken soll. Sie war eine Seelenverwandte, auch wenn sie anders war als ich. Verrückt, wild, crazy. Ich habe aber auch einen Fehler gemacht. Für mich stand damals mein Studium, meine Karriere, an erster Stelle und das habe ich ihr gesagt. Welche Frau will das schon hören.«

»Verstehe.«

»Aber als ich 50 wurde, hat es mich irgendwie nicht losgelassen. Ich kenne so viele aus meinem Bekanntenkreis, die in diesem Alter schon einen Herzinfarkt oder sonst was bekommen. Ich dachte, bevor es zu spät ist, will ich sie noch einmal sehen, nur erfahren, wie es ihr geht.«

Gespannt lauschte Caro seiner Erzählung. »Das

heißt, du hast nach ihr gesucht?«
»Ja.«
»Und? Hast du sie gefunden?«
Er nickte verhangen. »Aber zu spät.«
»Wie, zu spät?«
»Sie war ein paar Wochen zuvor ums Leben gekommen.«
»Was? Oh mein Gott.«
»Es war ein Unfall.«
Caro atmete tief durch. Das Schicksal schlug manchmal unbarmherzig zu. Und viel zu früh.
»Das tut mir so leid, Paps.«
»Ja. Mir auch. Ihr damaliger Mann sagte es mir. Sie hatte noch ein Kind von ihm bekommen. Ein Mädchen. Das Mädchen war zu dem Zeitpunkt gerade mal 14.«
Ihr Vater sah sie verzweifelt an. Dann starrte er auf einen roten Rosenbusch, der in einem grauen Beton-Topf auf seiner Terrasse stand.
Caro fröstelte. Sie stellte sich vor, wie es sein musste, in jungen Jahren seine Mutter zu verlieren, fühlte mit den Geschwistern mit.
Ihr Vater sah aus, als läge ihm noch etwas auf der Zunge. Aber er sagte nichts mehr, klappte seinen Laptop zu, nahm den Brief und stand auf.
»Du entschuldigst mich jetzt bitte? Ich muss einen Kongress vorbereiten.«
»Klar, Paps. Ich bin immer für dich da, das weißt

du ja. Du musst mich nur anrufen, dann komme ich.«
Er nickte dankbar, ging hinein und schob die gläserne Terrassentür zu.
Caro blieb nachdenklich zurück. Dann ging die Glastür wieder auf und ihr Paps trat erneut heraus.
»Caro, ich muss dir noch etwas sagen.«
»Was denn?«
Er ging ein paar Schritte auf der Terrasse auf und ab, setzte sich dann wieder zu ihr. »Du weißt, dass ich dich endlich wieder glücklich sehen will.«
Irritiert sah sie ihn an, wartete ab, was jetzt käme.
»Ja, das weiß ich.«
»Wie läuft es denn, mit der Renoviererei?«
»So wahnsinnig viel hat sich noch nicht getan. Besonders geschickt stelle ich mich leider, wie befürchtet, nicht an. Eher wie eine Naturkatastrophe.«
Er nickte angespannt und fuhr vorsichtig fort: »Und Sascha? Ich meine, hilft er dir?«
»Er sagt mir, was ich wie machen soll, ja. Mehr soll er ja nicht.«
»Richtig. Versteht ihr euch gut?«
Sie wunderte sich. »Ja, ist okay. Wieso?«
»Was meinst du damit?«
»Na ja, wir sind ja sehr unterschiedlich, aber er scheint ein guter Typ zu sein. Also sympathisch meine ich.«

Er lächelte, holte Atem, und platzte heraus: »Sascha ist ihr Sohn.«
»Was? Wessen Sohn?«
»Von Katharina. Meiner damaligen großen Liebe.«
Fassungslos sah Caro ihren Paps an. »Wie?«
Die Nachricht sickerte langsam zu ihr durch.
»Als sie mit Sascha schwanger war, hat sie mich verlassen. Um ihm eine intakte Familie zu bieten.«
»Und wieso hast du ausgerechnet ihn engagiert, mir beim Renovieren zu helfen?« Ihre Gedanken verknoteten sich.
Sie betrachtete sein Gesicht, dieses vertraute Gesicht, das immer ehrlich zu ihr gewesen war. Oder nicht? Sie begriff, sprang aufgebracht auf: »Du wolltest mich tatsächlich mit ihm verkuppeln?« Emma hatte Recht gehabt mit ihrer Vermutung.
Beschwichtigend hob ihr Vater seine Hände. »So würde ich das nicht ausdrücken. Aber ich habe gedacht, da es zwischen seiner Mutter und mir damals so etwas Magisches war, eine so besondere Liebe, vielleicht würde es zwischen euch beiden auch so sein. Auch wenn er eigentlich nicht in mein Schema eines Traumschwiegersohnes passt, wie du dir vermutlich denken kannst.«
Caro schüttelte aufgewühlt den Kopf. »Paps, weißt du, wie ich das finde?«
»Nein?«

»Total daneben. Du weißt doch genau, wie verletzt ich nach Mario war, dass ich mich auf keinen Mann so schnell wieder einlassen wollte. Und du hast nichts Besseres zu tun, als mich mit dem Sohn deiner alten Liebe zu verkuppeln?«

»Caro, bitte, es tut mir leid, ich wollte wirklich nur, dass ...«

»... ich glücklich werde, ja, ja!«, unterbrach sie ihn sauer. Aber weißt du was? Glück kann man nicht erzwingen. Und ich bin alt genug, um zu wissen, was gut für mich ist.«

Sie drehte sich aufgebracht um, rannte die Stufen von der Terrasse herunter, zu ihrem Fahrrad, schwang sich darauf, trat in die Pedale und radelte los. Ihr eigener Vater hatte ihr Vertrauen zutiefst missbraucht. Ihr Pa, der nichts verstanden hatte, rein gar nichts. Wem konnte sie nun überhaupt noch vertrauen, wem? Sie wollte in ihre kleine Wohnung und sich dort verkriechen. In ihrem Bett, zwischen ihren Kissen, am liebsten für immer.

8. Kapitel

Sobald Sie am nächsten Morgen die Augen aufschlug, fühlte Caro sofort die Wucht ihrer Gedanken, die sie zurückdrückten, in ihr Kissen, die ihr den Atem nahmen. Ihr Vater hatte sie verraten, ihr eigener Vater. Wieso nur meinte er, sich plötzlich so sehr in ihr Leben einmischen zu müssen, ihr Schicksal lenken zu können? Und das, wo sie schon Mitte 20 war. Von draußen hörte sie eine Katze miauen, als habe ihr jemand auf die Pfote getreten. Caro stand auf, tapste müde in ihre Küche, bereitete sich einen Kaffee zu.

Es setzte allem, was er bisher gebracht hatte, die Krone auf. Früher, mit 16, holte er sie immer in den Clubs ab, in die sie damals mit ihren Freundinnen gegangen war. Aber er wartete nicht wie andere Väter dezent davor im Auto, sondern kam grinsend herein. Suchte nach ihr und begutachtete die Typen, mit denen sie sich unterhielt. Nicht nur einmal nahm er sich einen von ihnen zur Brust und verscheuchte ihn. Er, der damalige Chefarzt und Herzchirurg, achtete sehr darauf, mit wem sich Caro einließ, und so gut wie keiner ihrer Verehrer entsprach seinen Ansprüchen.

Umso mehr wunderte es Caro, dass er nun Sascha auserkoren hatte. Der tatsächlich so gar nicht in das Schema passte, das ihr Paps für sein

Lieblingstöchterchen immer im Auge hatte. Was war nur in ihn gefahren, woher plötzlich dieser Glaube an die Magie zwischen zwei Menschen? Seine unwiederbringlich verlorene Liebe, die Nachricht, dass Saschas Mutter gestorben, dass er zu spät gekommen war, schien etwas in ihm ausgelöst zu haben. Endlich war der Kaffee fertig, der Duft der Bohnen stieg in ihre Nase.
Vielleicht hatte es auch mit dem Alter zu tun. Er steigerte sich die letzten Jahre immer mehr in seine verschwurbelten Theorien über das Glück hinein. Seine wissenschaftlichen Forschungen darüber, denen er viel Zeit widmete, ließen ihn irgendwie immer wunderlicher werden. Er wurde schon seit jeher »der Professor« genannt, obwohl er diesen Titel gar nicht inne hatte. Und je älter er wurde, desto besser passte er zu ihm.
Caro setzte sich an ihren kleinen Küchentisch, nippte an ihrem Kaffee und fühlte sich wieder wie ein Versuchskaninchen für eines seiner Sachbücher, mit denen der brillante Herzspezialist unter einem Pseudonym erstaunlichen Erfolg hatte. Genau das war es, was sie so aufwühlte, wurde ihr gerade bewusst. Sie fühlte sich wie ein Versuchskaninchen. Oder lag es gar daran, dass sie panische Angst davor hatte, sie könnte sich wirklich in Sascha verlieben? Obwohl sie sich innerlich mit aller Kraft dagegen wehrte? Gegen diese Magie, die

unweigerlich vom ersten Augenblick da war? Diese Erkenntnis traf sie wie ein überdimensionaler Schneeball mitten ins Gesicht. Ihr Magen zog sich zusammen. Sie trank erneut einen Schluck, dachte an ihre erste Begegnung, wie er sie in seinen Armen trug. An seinen Geruch, seine muskulösen Arme, seine angenehme Stimme. Ein Blick auf ihre Seminarunterlagen, die vor ihr auf dem Küchentischchen lagen, ließen sie aufschrecken. Ihre Vorlesung fing bald an und bis jetzt hatte sie noch nicht eine versäumt. Hektisch machte sich Caro zurecht, nahm den letzten wärmenden Schluck aus ihrer Tasse und ging los.

Das Stimmengemurmel der Kommilitonen rauschte in ihrem Kopf. Der Tageslichtprojektor verbreitete ein unwirkliches Licht im Vorlesungssaal. Die Worte ihres Profs, einer Koryphäe in Kommunikationswissenschaft, hallten an ihrem Ohr, drangen aber nicht zu ihr durch. Ihre Gedanken schweiften immer wieder zu Sascha ab. Und zu dem, was ihr Vater ihr gebeichtet hatte. Hatte er womöglich Recht? Gab es so etwas wie Chemie, Magie, wie auch immer man es nennen wollte, der sich zwei Menschen nicht entziehen konnten? Wählte das Schicksal den Richtigen für einen aus und man durfte sich dem nicht widersetzen, wenn man wirklich glücklich werden

wollte?
Saschas Mutter hatte sich ihrem Schicksal widersetzt. Sie hatte die Affäre mit Caros Vater beendet, obwohl es eine große, magische Liebe gewesen war. Ihrem Kind zuliebe. Vielleicht aber auch, weil sie nicht daran glaubte, weil sie beide so unterschiedlich waren? So wie Caro und Sascha? Caros Vater wollte sicher nur ihr Glück. Aber das gab ihm noch lange nicht das Recht, sich so sehr in ihr Leben einzumischen. Caro merkte, wie sie sich immer mehr dagegen sträubte. Gegen irgendwelche Gefühle für diesen Typen, den ihr Vater ihr auserkoren hatte. Aber was, wenn Sascha wirklich im Grunde perfekt zu ihr passte? Wenn sie es selbst nur nicht sah?
Was, wenn sich die Geschichte wiederholte, aber Caro nun die einzigartige Chance bekam, den Richtigen zu erkennen?
Irgendwann standen die Kommilitonen um sie herum auf und Caro registrierte erst jetzt, dass die Vorlesung zu Ende gegangen war. Eilig strömten die Studenten aus dem Saal, ein paar unterhielten sich noch oder tauschten Unterlagen aus.
Caro packte ihre Hefter und Stifte ein, stand auf, ging nachdenklich und in sich gekehrt die Stufen hinauf zur Tür des Vorlesungssaales. Dabei entdeckte sie Emma, die allein in einer der hintersten Reihen saß und gerade erst ihre Stifte

zusammenpackte.
»Hey, ich hatte dich gar nicht gesehen beim Reinkommen«, begrüßte Caro die Freundin etwas verhalten. Emma lächelte, strich sich eine Haarsträhne aus dem Gesicht. »Ich bin auch etwas zu spät gekommen. Ben und ich, wir sind noch zusammen einen Kaffee trinken gegangen. Wir haben so viel geredet und dabei komplett die Zeit vergessen.«
»Wie schön, das klingt richtig gut.«
Emma nickte verträumt. »Wenn ich bei ihm bin, fühle ich mich so sicher. Am liebsten würde ich ihn rund um die Uhr sehen, verrückt, oder? Gerade noch gab es nur mich und Mom und Anton und jetzt ... bin ich abhängig, wie ein Junkie.« Sie lachte. Ein Glück, dachte Caro erleichtert, Emma lachte wieder. Ihre Erzählung von Mario hatte nichts zerstört.
»Ich freue mich so für dich, Emma.«
Emma lächelte, sah sie forschend an. »Und was gibt es bei dir Neues? Irgendwas ist doch passiert, das sehe ich dir an?«
»Stimmt. Komm, wir gehen raus in die Sonne. Es ist ... irgendwie verrückt.«

***

Es war ein heißer Sommertag, bereits um diese Uhrzeit. Caro hatte das Gefühl, die Luft wurde von Tag zu Tag stickiger. Emma und Caro schlenderten über den Campus, vorbei an blühenden Büschen, Studenten, die auf der Wiese in der Sonne lagen, mit den Ohrstöpseln ihrer iPhones im Ohr oder mit einem Buch in der Hand. Caro erzählte Emma von dem im Bootshaus gefundenen Brief, der verlorenen Liebe ihres Vaters und seiner Idee, sie mit ihrem Handwerks-Coach Sascha, dem Sohn von Katharina, zusammenzubringen. Dabei zitterte ihre Stimme immer mehr.

Emma hörte aufmerksam zu, kommentierte, sah Caro immer wieder von der Seite an, hielt dann bei einer Bank inne und sagte: »Caro, kann es sein, dass dein Vater recht gehabt hat?« Sie setzte sich.

Caro tat es ihr gleich, sie seufzte. »Nein, es kann nicht sein. Es ist doch wirklich eine Schnapsidee, dass, nur weil mein Pa Saschas Mutter geliebt hat und sie ihn, das mit Sascha und mir etwas Ernstes werden könnte. Abgesehen davon, dass ich nicht will. Ich weiß auch gar nicht, was er in mir sieht? Bestimmt nur die verwöhnte Tochter irgendeines Oberarztes.«

»Weiß er denn nicht, wer dein Vater ist? Also, dass er seine Mutter so gut kannte?«

»Nein, weiß er laut Paps nicht.« Das hatte sie ihn noch gefragt. Caro überlegte, wie es wäre, wenn

Sascha das alles erfahren würde. Wie er wohl reagierte? Sie konnte es so schlecht einschätzen, was er über sie dachte. Was er in ihr sah. Was rätselte sie überhaupt? Sie, die die nächsten Jahre auf keinen Fall mehr ihr Herz öffnen würde. Es durfte nicht passieren.

Emmas Stimme riss sie aus ihren Gedanken. »Wenn dein Vater den Brief damals gefunden hätte, vielleicht hätte er gekämpft und wäre damals doch noch mit Saschas Mutter zusammengekommen?«

»Das kann sein. Dann hätte es mich nie gegeben. Aber nun ist es zu spät. Saschas Ma ist gestorben. Das Leben ist manchmal verrückt, oder nicht? Ich frage mich nur, was wir daraus lernen?«

Emma lächelte. »Packe den Kerl, den du gut findest, jetzt oder nie.«

Sie lachten.

»Ich finde ihn aber nicht gut!« Caro sah Emma rügend an. »Rede es mir ja nicht ein.«

»Mach ich nicht.«

Caro umarmte die Freundin in einem Überschwang an Gefühlen. »Komm her, so schön, dass du nach Berlin gezogen bist, dass wir jetzt Freundinnen sind.«

Sie hielten sich ganz fest. Emma roch nach einem blumigen Shampoo, Caro löste sich entschlossen.

»Also, dann werde ich mal schnell das Bootshaus

fertig renovieren, zumindest so weit, dass es einigermaßen passabel aussieht, und dann werde ich Sascha nie wiedersehen.«

»Willst du das wirklich?«

»Emma!«

»Ist ja schon gut. Ich sage nichts mehr.«

Caro grübelte. »Oder ich frage meinen Pa, ob er mir einen anderen Handwerks-Coach zur Seite stellt. Obwohl, besser nicht, ich habe grade überhaupt keine Lust, meinen Pa um etwas zu bitten. Ich sage Sascha, ich renoviere es ab jetzt alleine.«

»Wenn du eh nichts von ihm willst, kannst du es doch auch mit ihm durchziehen.«

Emma grinste Caro an. Die lächelte kopfschüttelnd.

»Stimmt auch wieder. Dann krieg ich ein paar weniger Schwielen an den Händen, weil ein bisschen hilft er mir ja schon.« Sie seufzte. »Wir sehen uns morgen im Seminar.«

»Machen wir. Ich bin gleich noch mit Mom und Anton zum Eis essen verabredet. Falls es was zu berichten gibt, melde dich.«

Die Freundinnen verabschiedeten sich lächelnd und Emma ging in Richtung ihres Fahrrades davon. Caro sah Emma nachdenklich nach. Seit Emma mit Ben zusammen war wirkte sie viel ausgeglichener und ihr Gang leichter, beschwingter.

Caro blickte auf ihre Armbanduhr, die sie von ihrer Großmutter zu ihrem letzten Geburtstag

bekommen hatte. Es blieb noch genug Zeit, bis sie sich mit Sascha am See verabredet hatte. Sie beschloss, noch ein wenig shoppen zu gehen, das beruhigte. Vielleicht würde sie ja coole Shorts finden. Denn ihre abgeschnittene Jeans, die sie für die Renovierungsarbeiten genommen hatte, saß am Hintern nicht besonders gut. Und heute wollten sie das Dach reparieren, da konnte es durchaus sein, dass ihr dieser Kerl auf den Hintern sah.

9. Kapitel

Sascha saß gemütlich mit Sam auf einer Planke des Bootshauses, kraulte ihn hinter den Ohren und beobachtete Caro, die gerade auf ihrem Surfbrett über den See zum Bootssteg surfte. Es sah klasse aus, und dass sie so gut surfte, beeindruckte ihn schon ziemlich. Caro trug einen wasserdichten Beutel um die Schulter, in dem sie vermutlich ihre Klamotten, ihr Handy etc. verstaut hatte. Sie legte das Segel im Wasser ab, sprang hinein und schob Board und Segel watend zum Bootshaus. Sie zog das Board an Land, so dass es nicht wegschwimmen konnte, nahm den Beutel und kam mit einem leichten Lächeln auf den Lippen aus dem Wasser auf ihn zu. Mit ihren nassen Haaren und in ihrem Wetsuit sah sie aus wie aus einer Duschgelwerbung. Sein Nacken kribbelte. Sie sah verdammt hübsch aus, aber das wusste sie sicher selbst. Ein guter Geruch, den er immer noch nicht ganz einordnen konnte, wehte zu ihm herüber. Sie roch nicht nach irgendeinem teuren Parfum, sondern nach Sonne und keine Ahnung was. Einfach sau gut.

»Hi. Und? Ich dachte schon, du drückst dich.«

»Wieso sollte ich mich drücken?«, konterte sie.

Die Wassertropfen in ihrem Gesicht verliehen ihr ein Glitzern und Leuchten. Ihr rechter oberer

Schneidezahn stand ganz leicht nach vorn, was ihrem fast perfekten Aussehen etwas ganz Besonderes gab. Er bemühte sich, nicht die ganze Zeit auf ihren Mund zu starren.
»Keine Ahnung. Weil ich dich nervös mache?«
»Du? Da muss schon mehr passieren.« Sie grinste forsch. »Wenn ich mir etwas vornehme, ziehe ich es durch. Also, ich zieh mich um und dann rücken wir diesem Loch im Dach zuleibe. Wäre doch gelacht, was Sam?« Sam bellte kurz und Sascha lachte.

»Mein Gott, wie soll ich das denn stopfen, das ist ja ein Monsterloch?« Sie trug jetzt knapp sitzende, weiße Shorts, die ihren Hintern ziemlich heiß aussehen ließen. Mit ihren großen, blauen Augen starrte sie das Loch im Dach des Bootshauses an. Sascha amüsierte sich innerlich, riss sich aber zusammen.
»Ich helfe dir.« Seine Stimme klang sanft, das hörte er selbst.
»Das darfst du nicht, du bist nur mein Coach«, erinnerte sie ihn lächelnd.
Ihre natürliche Schönheit flashte ihn. Und er merkte wieder, dass sie sich ihres Aussehens nicht bewusst zu sein schien.
»Was siehst du mich die ganze Zeit so an?«, wollte sie wissen und riss Sascha damit aus seinen Gedanken. Hatte er ihr etwa unbewusst auf den

Hintern gestarrt? Verdammt.
»Was?« Ertappt blickte er zu dem Loch im Dach hoch, in den strahlend blauen Himmel. »Ich überlege, ob ich dir sage, dass ich ein paar Holzplanken dafür gekauft hab, die du zurecht sägen musst.«
Sie schluckte, tat dann so, als tangiere sie das wenig. »Kein Problem.«
»Hast du schon einmal Holzplanken gesägt?«
»Nein, aber irgendwann ist immer das erste Mal.«
Er grinste.
»Dann denkst du nicht mehr, dass du es nicht alleine kannst?«
»Nein, stell dir vor, das denke ich nicht.«
»Sehr gut, hat mein Coaching schon was gebracht.«
»Bild dir ja nichts ein. Abgesehen von handwerklichen Dingen hab ich mir bisher alles zugetraut.«
»Dachte ich mir schon. Das merkt man. Toughe Frau eben.«
Verblüfft sah sie ihm in die Augen.
»Das denkst du über mich?«
Er grinste. »Interessiert dich, was ich über dich denke?«
»Nein!« Die Antwort kam etwas zu schnell.
Rasch ging sie zu den Holzplanken, hob zwei hoch, packte sie auf ihre Schulter und trat damit erwartungsvoll zu ihm. »Und wo liegt die Säge?«

»Da hinten. Ich hol sie. Aber pass bitte wirklich auf deine Finger auf.«
»Ich habe nicht vor, sie abzusägen.« Doch während sie das sagte, wurde ihr Gesichtsausdruck mulmig.
»Ich pass schon auf dich auf.«
»Ich brauch keinen Aufpasser.«
Sie sahen sich an und er sah wieder dieses Funkeln in ihren Augen, das ihn schon beim letzten Mal so flashte.
Rasch wandte er sich ab, holte die Säge, die in der Ecke lag, dabei wanderten seine Augen immer wieder zu ihr. Caro schien sich sehr zusammenreißen zu müssen, starrte die Säge nun etwas ängstlich an. Aber sie bemühte sich, ihre Sorge zu überspielen, legte die Planken über zwei Holzstämme. Er reichte ihr die Säge. Dabei berührten sich ihre Hände, Caro zog die Ihre mitsamt der Säge ruckartig zurück. Eine Ente schnatterte in diesem Moment aufgeregt und Sascha wurde sich bewusst, dass er sich genau so fühlte. Aufgeregt. Und durcheinander.
Caro blickte ihn mit ihren blauen Augen an, zögerte einen Moment, setzte die Säge dann an der Planke an und begann vorsichtig und mit leicht zittriger Hand zu sägen.
»Ein bisschen fester musst du schon drücken.«
»Ich weiß, Monsieur Neunmalklug.«
»Ich will nur, dass dir nichts passiert.«

Sie schnaubte durch. »Es passiert schon nichts.«
Doch so unsicher, wie sie die Säge hielt, konnte das nichts werden. In dem Moment kam Sam, der gerade noch auf der Wiese herumtobte, zu ihnen, ging sofort zu Caro und schmiegte sich an sie.
Kopfschüttelnd betrachtete Sascha seinen Hund. »Irgendwas hast du mit Sam angestellt.«
Caro lächelte. Sam blickte sie treuherzig an, ließ sich neben den beiden nieder, beobachtete alles ganz genau.
Caro zwinkerte Sam kurz zu, sah dann wieder ängstlich auf die Säge.
Wortlos sah Sascha sie fragend an. Und sie verstand, was er ihr sagen wollte, nickte ergeben.
Er trat hinter sie, wie ein Tennislehrer um seine Schülerin, zeigte ihr, wie sie die Säge besser halten sollte, um effektiver sägen zu können und sich dabei nicht weh zu tun.
Dabei berührten sich erneut ihre Hände und Sascha registrierte ihre zarte Haut. Verdammt, was machte diese Frau mit ihm. Er durfte sich jetzt auf nichts einlassen. Er musste frei sein, zu viel stand auf dem Spiel. Abrupt beendete er seine kleine Lehrveranstaltung, zog seine Hand zurück, als habe er sich verbrannt. Einen Moment wirkte sie irritiert, sägte dann aber tapfer alleine weiter. Mit der Zeit stellte sie sich gar nicht mal so schlecht an. Der Stolz und das Funkeln in ihren Augen zeigte

ihm, wie gut es ihr tat, etwas mit ihren Händen zu schaffen. Klar, als Student kannte man dieses Gefühl nicht, etwas zu erschaffen, was blieb. Er, der eine Schreinerausbildung hinter sich hatte, wusste es, wie glücklich ein fertiger Tisch einen machte. Was für ein geiles Gefühl das war. All das wissenschaftliche Gefasel in der Uni verschaffte einem nicht diese Genugtuung, etwas wirklich hinzukriegen. Schon recht clever von ihrem Vater, darauf zu bestehen, dass sie mit seiner Unterstützung das alte Bootshaus auf Vordermann bringen sollte. Wobei er sich immer noch fragte, warum er dafür ausgerechnet ihn engagiert hatte. Aber egal. Er brauchte das Geld so sehr, gerade jetzt, und allein das zählte.

Er beobachtete sie, wie energisch sie die letzte Planke sägte. Endlich fiel das Restholz herunter. Stolz lächelnd schnappte sie sich die abgesägten Bretter und ging damit hinaus in die Sonne. Er und Sam folgten ihr.

»Soll ich dir tragen helfen?«

»Quatsch. So, dann mach ich die Planke mal da oben fest.« Sie sah ehrfürchtig zum Dach hoch, wo das Loch aufklaffte.

»Und mit was willst du sie festmachen? Mit Kleber?«, neckte er sie.

»Nein, mit Spucke«, konterte sie amüsiert und bat ihn, ihr einen Hammer und zu bringen, den hatte

sie vergessen.
»Sam, holst du mal einen Hammer?«
Doch alles verstand der Gute leider doch nicht. Sam stand da, blickte ihn an und wedelte mit dem Schwanz.
»Also gut, ich mach schon.«
Er ging zurück ins Bootshaus, atmete erst einmal tief durch. Lange hielt er das nicht aus, ihre Nähe, die ihn wahnsinnig machte. Nachdem er sich gesammelt hatte, ging er wieder raus und reichte ihr den Hammer. Dabei bemühte er sich, ihre Hand auf keinen Fall zu berühren.
Wieder sah sie nach oben zum Dach. Er folgte ihrem Blick.
»Wie soll ich da bloß hochkommen?«, rutschte ihr heraus. Sofort schien ihr bewusst zu sein, wie mädchenhaft das gerade klang. »Ach na ja, ich schaff das schon«, fügte sie rasch hinzu und er fing ein Lächeln auf, das verdammt sweet aussah.
Sie drückte ihm wieder den Hammer in die Hand und kletterte behände hoch. Man merkte, wie sportlich sie war. Kein Wunder schien sie eine gute Surferin zu sein, denn zumindest beim Surfen auf dem Meer brauchte man Kraft. Sascha ertappte sich dabei, ihr schon wieder auf ihren Hintern zu starren, sah schnell weg, reichte ihr eine Planke und den Hammer hoch. » Hast du sie?«
»Ja.«

»Warte, dann komm ich zu dir hoch und geb dir Anweisungen.« Er nahm Anlauf, wollte mit einem Jump aufs Dach springen, doch der Sprung wurde alles andere als lässig, er rutschte ab. Sam kläffte, sprang auch etwas hoch, ganz aufgeregt, vermutlich weil sein Herrchen sich so peinlich benahm. Schnell versuchte Sascha, sich mit der Hand festzuhalten, griff jedoch ins Leere. Caro schnappte seine Hand und hielt sie fest, so dass er nicht vollends herunterrutschen konnte. Dabei sah sie ihn grinsend an. »Na, Coach, alles klar? Brauchst du Anweisungen?«

»Nicht frech werden, ja? Du kannst mich wieder loslassen.«

Sie tat es und er zog sich nach oben. Dabei beobachtete sie ihn von der Seite, das spürte er ganz genau. Er zwang sich, ihr nicht in die Augen zu sehen. So gern er es täte. Es durfte zwischen ihnen nichts passieren. Auf keinen Fall und je öfter er in ihre blauen Augen sah, um so eher war es um ihn geschehen.

»Also dann, fang doch an, wenn du es alleine kannst.«

Sie nickte entschlossen, doch dann fiel ihr offensichtlich etwas ein:

»Mist, hast du an Nägel gedacht?«, wollte sie wissen.

»An Nägel?« Viel zu viel an Caro hatte er gedacht

und Nägel dabei ganz vergessen. Die Frau machte ihn kirre.
Doch dann wurde klar, dass sie ihn gefoppt hatte. Grinsend zog sie ein paar Nägel aus ihrer Hosentasche. »Siehst du, so eine schlechte Handwerkerin bin ich gar nicht.«
Er lachte.
Während sie sehr eigenwillig die Holzplanke festnagelte, sogar ohne sich dabei auf die Finger zu hauen, fragte sie ihn nach seiner Band aus. »Wo habt ihr euch eigentlich kennengelernt und zusammengefunden?«
»Bei einem Musikfestival, einer dreitägigen Open-Air-Sache, bei der es so geschüttet hat, dass wir alle im Matsch mit unseren Zelten feststeckten.« Er erzählte von Linus, Kito und Nik und wie gut sie sich auf Anhieb verstanden hatten. Dass es zwischenzeitlich manchmal etwas anstrengend mit ihnen war, sparte er aus. Vermutlich war das eh normal für eine Band. Wie viele trennten sich, wegen unüberbrückbarer Differenzen?
Die Stimmung wurde immer lockerer. Caro erzählte, dass auch sie gerne auf Musikfestivals gehe, und tatsächlich kannte sie fast alle Festivals, auf denen er schon war. Vielleicht waren sie schon einmal aneinander vorbeigelaufen, dachte er, und hatten sich nicht gesehen.
Nachdem sie das Loch erfolgreich ausgebessert

hatte, kletterten sie wieder herunter. Er wollte ihr dabei helfen, hielt ihr gentlemanlike seine Hand hin, doch sie wehrte lachend ab und sprang einfach hinunter. Sascha kannte keine Frau, die sich das getraut hätte. Beeindruckt sprang er ihr hinterher.

»Wollen wir uns ein bisschen an den See setzen, Coach? Ich finde, ich hab eine kleine Pause mehr als verdient.«

Er strich sich dic Haare zurück und lächelte.

»Findest du?«

»Finde ich.«

»Also gut. Und weil ich ein klasse Coach bin, hab ich auch schon für kühle Limos gesorgt.«

»Na bei der Hitze sind die bestimmt nicht mehr kühl.«

»Wart's ab.«

Sie folgte ihm neugierig zum See. Dort hatte er die Limos, die er vorhin noch gekauft hatte, ins Wasser, ins Schilf gelegt, damit sie nicht wegschwimmen konnten.

»Cool.« Gespielt beeindruckt lächelte sie ihn an. Er mochte das, wenn sie ihn neckte.

Sascha angelte zwei Flaschen heraus, reichte ihr eine und gemeinsam ließen sie sich am Ufer nieder.

»Soll ich sie dir aufmachen?«

»Öhm. Mist. Das könnt ihr Jungs wirklich besser.«

Grinsend zog er einen Schraubenschlüssel aus der Hosentasche und ploppte die Flaschen auf. Das

prickelnde, kühle Getränk tat gut. Aber so richtig kühlte es ihn nicht ab. Dafür saß sie zu nah bei ihm, dafür irritierte ihn ihre Nähe zu sehr.
Sie unterhielten sich über ihre Uni und Sascha hörte interessiert zu. So ehrgeizig, wie sie war, hatte sie bestimmt ein Problem mit Männern, die nicht studiert hatten. Vielleicht hätte er doch noch studieren sollen nach seiner Schreinerlehre, dachte er. Aber damals war einfach kein Geld da. Was soll's, dachte er, er hatte andere Qualitäten. Sie redeten weiter und seit langem fühlte er sich wieder richtig wohl und für einen Moment vergaß er sogar seine Sorgen. Als ihm das bewusst wurde, dachte er sofort an Lucy und sein Magen zog sich krampfartig zusammen. Was auch immer das hier wurde, es durfte nicht sein.
Ernst nahm er ein paar Steinchen, die neben ihm am Boden lagen, zur Hand und ließ sie über das Wasser plätschern.
Caro schien zu merken, dass sich seine Stimmung geändert hatte. Keiner von ihnen sagte mehr ein Wort. Aber die Stille, die er sonst mit anderen Frauen schlecht aushielt, fühlte sich nicht unangenehm an, registrierte er. Ganz im Gegenteil.
Als er sich beim Steinchenschmeißen bewegte und sich ihre Knie aus Versehen einen Moment berührten, stand Caro abrupt auf. Herausfordernd sah sie ihn an: »Komm, wir, also ich, will das

Bootshaus so schnell wie möglich fertig renovieren. Also zumindest soweit man das alte Ding jemals fertig renovieren kann. Wir machen das Nötigste, das muss reichen. Ewig Zeit will ich mit dir, also ich meine, hier, auch nicht verbringen. Einverstanden?«

»Sehr sogar.« Das passte ihm sehr. Und irgendwie schien es ihr ähnlich zu gehen. Er stand ebenso auf, überragte sie um einen Kopf, merkte erst jetzt, wie klein sie eigentlich war. »Lass uns die restlichen morschen Holzbretter rausreißen und durch Neue ersetzen. Sonst bricht sich noch mal jemand ein Bein da drin. Dann streichen wir es noch und schon macht es wieder was her. Also nicht alles heute, aber die nächsten Tage eben.«

»Klingt nach einem guten Plan.«

Sie machten sich an die Arbeit und Sascha stellte insgeheim fest, dass Caro in der kurzen Zeit handwerklich einiges von ihm gelernt hatte. Auch wenn sie sich in ihrer Sturheit wenig sagen ließ. Gerade wollte sie ein altes Brett herausreißen, doch es saß so fest, dass er ihr helfen musste. Wieder kamen sie sich nahe. Mit einem Ruck löste sich das Brett schließlich und Caro fiel ihm rückwärts in die Arme. Reflexartig fing er sie auf, kippte mit ihr dabei aber nach hinten und sie landeten wie ein Maikäfer auf dem Boden. Sie lachten. Wie hübsch sie aussah, wenn sie lachte.

Sie fühlte sich gut an in seinen Armen. Zum Glück rappelte sie sich schnell wieder auf, sah ihn dabei von der Seite an, ihre Augen strahlten.
Plötzlich spürte er ein Ziehen in seinem Bauch, das ihm den Rest gab. Was sollte das, das durfte doch wohl nicht wahr sein? Einmal hatte er das bei einer Frau in dieser Stärke gefühlt, einmal, bei seiner ersten großen Liebe, mit 17. Und es endete in einer Katastrophe. Sascha wurde glasklar, er musste weg hier, und zwar sofort. »Du, ich hab das total vergessen, ich muss zu meiner Band, die warten schon«, sagte er deshalb rasch.
»Wie, jetzt? Wir wollten heute doch viel mehr schaffen.«
»Ja, sorry, ich hab das total vergessen, ich muss los. Sam? Kumpel, komm schon, lass die Enten in Ruhe.« Sam hatte sich zwischenzeitlich damit begnügt, Enten aufzuschrecken. Ernstlich ihnen etwas antun würde er nicht, das wusste Sascha. »Sam, jetzt komm schon! Wir gehen!«
»Willst du mich hier wirklich alleine weitermachen lassen, Coach? Dübeln, bohren oder was weiß ich was?«, scherzte sie und hielt ihre beiden Hände schräg hoch, wie um zu zeigen, dass sie zwei linke Hände habe.
Er schmunzelte. »Du sagst doch ständig, du kannst es auch ohne mich.«
Sie zögerte einen Moment. Ihre glasklaren Augen

blickten ihn an.
»Tut mir leid, ich muss«, flüsterte er.

10. Kapitel

Als wäre er auf der Flucht, stolperte Sascha, gefolgt von Sam, in den Band-Raum hinein. Obwohl es helllichter Tag war, wirkte es dunkel in diesem Keller. Der Raum besaß nur zwei kleine Fenster. Ein paar Sonnenstrahlen fielen herein, der Staub tanzte darauf. Sascha wollte jetzt einfach nur auf seiner Gitarre spielen, für sich allein. Sam rannte in eine dunkle Ecke. Plötzlich vernahm Sascha eine Stimme aus dieser Ecke des Raumes. »Hey, Sam, hey Alter, was machst du denn da um die Zeit?«

Sein Bandkumpel Nik schraubte wie so oft an den Verstärkern herum. Gerade saß er in der Hocke, deshalb hatte Sascha ihn wohl nicht gesehen. Insgeheim ärgerte sich Sascha, nicht für sich zu sein.

»Ich?« Er suchte nach einer plausiblen Antwort. »Brauch nur meine Gitarre«

»Wofür denn?«

»Für ... heute Abend.«

»Wieso, was ist denn heute Abend?«, wollte Nik natürlich sofort neugierig wissen. Nik war nur ein Meter siebzig groß, hatte aber eine umso größere Klappe und seine Neugierde war riesig. Er band seinen Dutt neu.

»Ach, für's Lagerfeuer, du weißt schon.« Etwas Dümmeres fiel Sascha nicht ein. Er schalt sich

innerlich selbst.
Nik grinste auch schon bis über beide Ohren. »Ah, hast du eine Schnecke aufgetan, die du rumkriegen willst?«
»Mmhm«, machte Sascha nur, ging zu seiner Gitarre.
»Ach, ich hab übrigens einen Gig aufgetan«, hielt Nik ihn auf und blinzelte. »Bezahlt. Nicht viel, aber immerhin.«
»Cool. Wo und wann?«
»An irgend so einer Surfer-Bar.«
Jetzt wurde Sascha hellwach. »Einer Surfer-Bar? In Berlin?«
»Ja, abgefahren, oder? Irgendwo an einem See. Warte, der hatte einen lustigen Namen. M ... irgendwas mit M.«
Tonlos schlug Sascha vor: »Müggelsee?«
»Bingo.« Nik, der sich bisher für das Umland von Berlin nicht sonderlich interessiert hatte, grinste. »Morgen Abend, da ist dort so ein bisschen Chill-out. Nichts Großes, aber wir können ja jeden Cent gebrauchen. Du ja erst recht. Von daher sollten wir heute nochmal proben.«
Unwillig sah Sascha ihn an. »Also ich kann meinen Text und ihr seid doch auch fit, das brauchen wir nicht.«
»Hey, was ist denn mit dir los?«
»Nichts.«

»Komisch, klingt aber nicht nach nichts. Wie heißt sie?«
Genervt funkelte Sascha ihn an. »Bei mir dreht sich nicht immer alles um Frauen, so wie bei dir.«
Nik war zwar nicht so ein Womanizer wie Linus. Aber er flirtete bei jedem Gig mit mindestens einem Mädel, was das Zeug hielt. Die Musik machte ihn für Frauen interessant. Ein Fakt, den er mit einem normalen Brotjob nie erreicht hätte, wie er oft sagte.
»Sag mal, was geht denn bei dir ab?«, hakte Nik nach.
»Nichts.« Sascha merkte selbst, dass er sich idiotisch verhielt. Versuchte, sich selbst runter zu kochen. Vielleicht sollten sie wirklich noch Mal proben vor morgen Abend, schließlich hatten sie einen Song ganz neu im Repertoire. Und blamieren wollte er sich vor Caro und ihrer Surfer-Clique gewiss nicht. Falls Caro da sein würde, wovon er ausging.
»Also gut, wir proben. Heute Abend?«
»Und was ist mit deinem heißen Lagerfeuer-Date?«
»Verschieb ich.«
»Okay, ich sag Kito Bescheid, der hat zu können.«
»Alles klar.« Sascha schnappte sich seine Gitarre und verließ den Band-Raum.
Sobald er wieder ans Tageslicht kam, strahlte ihm die Sonne ins Gesicht. Im selben Moment als Sam

ihm hinterher rannte, erblickte Sascha Silvi, die im Hof vor dem Band-Raum herumlungerte und auf ihr Handy starrte. Oh nein, war etwas passiert?
»Alles okay?«, fragte er schnell. Sie nickte.
»Ja. Hey, Sam.« Dieser begrüßte sie verhalten. Wie er es immer tat bei ihr.
»Ich war nur zufällig in der Gegend. Ist Linus da?«
»Nein, keine Ahnung, wo der ist.«
Sie zog lächelnd zwei Flaschen Bier aus ihrer Tasche. »Dann hast du Glück gehabt. Dann kriegst du seines.«
Er hatte jetzt nicht wirklich Lust darauf.
»Schreib ihm doch, wo er rumhängt, er freut sich sicher auf ein kühles Bier.«
»Du nicht?«
Er zuckte die Schultern.
»Komm, lass uns anstoßen.«
»Auf was?«
»Auf das Leben?«
Auf das Leben. Auf dieses verrückte, abgefahrene Leben. Das einem genau dann die tollsten Frauen vor die Füße warf, wenn man es am allerwenigsten gebrauchen konnte. Und damit meinte er nicht Silvi. Obwohl sie auch nicht schlecht war. Immerhin hatte er ein paar Jahre seines Lebens mit ihr verbracht. Es war eine gute Zeit gewesen. Aber irgendwann war ihm bewusst geworden, dass er sie nicht wirklich liebte. Zumindest nicht so sehr, wie

jede Frau es wert war, geliebt zu werden. Sascha wollte Silvi nicht weh tun, aber ihm wurde klar, je länger ihre Beziehung ging, desto schwieriger würde es werden, aus der Nummer wieder rauszukommen. Auch weil sie so viel für ihn tat. Dann wollte sie sich festlegen und er fühlte sich zu jung dazu. Wie es eben zwischen Mann und Frau oft so war. Silvi akzeptierte es lange nicht. Als er Schluss machte, flippte sie aus, schrie ihn an, dass er das vergessen könne, dass sie ihn liebe, über alles, dass er sie nicht einfach abschütteln könne, wie eine lästige Gewohnheit, dass er sie brauche. Sascha musste sie an den Schultern packen, sie ein wenig rütteln, sonst hätte sie sich festgeschrien. Dann warf sie sich wimmernd an seine Schulter, hielt sich an ihm fest, als würde sie jeden Moment ertrinken. Die nächsten Wochen wurden hart. Silvi suchte ihn jeden Tag auf, wollte reden, über ihre Beziehung, was sie falsch gemacht hatte, warum er sie nicht mehr liebte, was sie tun könnte, dass es wieder werden würde wie früher. Sascha fühlte sich erbärmlich, sie tat ihm unendlich leid. Und manchmal fragte er sich, ob er je wieder eine Frau kennenlernen würde, die ihn so sehr liebte wie Silvi.

Sascha atmete durch. Silvi öffnete das Bier für ihn, streckte es ihm lächelnd entgegen.

Er nahm es. »Ist alles gut bei ihr?«

»Ja, sonst hätte ich es dir schon gesagt. Können wir nicht mal über etwas anderes reden?«
»Okay. Über was?«
»Keine Ahnung, wo treibst du dich in letzter Zeit immer rum?«
»An diesem Bootshaus, ich hab dir von dem Job doch erzählt.«
»Und? Läuft es gut?«
»Ja, klar.«
Sie nickte. Nahm einen Schluck Bier.
Auch Sascha nahm einen Schluck. Der Alkohol ging ihm direkt ins Blut bei dieser Hitze.
»Sascha, du musst deine Schulden nicht sofort zurückzahlen, das hab ich dir doch gesagt. Mach dir nicht so einen Stress, so kurz davor.«
Er schuldete ihr noch Geld. Sie hatte es ihm geliehen. Vierhundert Euro, die er durch die Renovierungsarbeiten am Bootshaus verdienen wollte, um sie ihr baldmöglichst zurückzugeben. Eine Anzahlung hatte er von Caros Vater, in dem Umschlag bekommen, aber natürlich noch nicht alles.
»Mir ist lieber, wenn das bald vom Tisch ist. Hundert Euro kann ich dir schon geben. Den Rest, sobald der Job erledigt ist. Und ich hoffe, er ist bald vorbei.«

11. Kapitel

Caro hatte diese Nacht schlecht geschlafen, sich endlos hin und her gewälzt, die ganze Zeit über alles Mögliche nachgedacht. Das passierte ihr ab und zu, aber so lange wie heute Nacht selten. Stundenlang lag sie da, ärgerte sich, dass er ihr den Schlaf raubte, den sie dringend brauchte, um sich auf ihre Seminararbeit konzentrieren zu können, dass ihr Kopf ihr nicht mehr gehorchte.

Nun hatte sie sich in der Uni-Bib hinter dem PC-Monitor und verschiedenen Büchern verbarrikadiert, als könnte sie das schützen, vor ihm. Neben ihr standen zwei leere Coffee-to-go-Becher, die sie sich an dem Automaten in der Mensa geholt hatte. Sie schmeckten scheußlich, aber Caro brauchte einen wachen Kopf. Sie musste dringend mit ihrer Seminararbeit vorankommen. Durch die Renoviererei am Bootshaus lag sie weit hinter ihrem Zeitplan. Normalerweise machte sie sich vor Seminararbeiten immer einen ausgeklügelten Plan, an den sie sich auch hielt. Aber Sascha hatte alles durcheinandergebracht. Ihre Gedanken schweiften erneut zu ihm ab. Was sollte das? Sie sah sein Gesicht vor sich, seine vollen Lippen, seine tiefblauen Augen. Wieso hatte er so plötzlich zu seiner Band gemusst? Floh er vor ihr? Und wenn ja, warum? Er schien ein Geheimnis

zu haben, wirkte vielleicht auch deshalb oft sehr melancholisch.
Da stupste sie jemand an der Schulter an. Sascha?, schoss es Caro durch den Kopf? Sie drehte sich um und erblickte Emma.
»Huhu, ich hab dich durch die Fensterscheibe gesehen. Stör ich dich, oder hast du kurz Zeit?« Sie sah blass aus, oder bildete sich Caro das ein.
»Ja, hab ich, ich kann mich grade eh nicht konzentrieren.«
»Na dann komm, mein Seminar ist ausgefallen. Wollen wir zum Bäcker gehen?«
Dort gab es den eindeutig besseren Kaffee. Und so packte Caro ihre Sachen zusammen. Die Bücher durfte sie bei der Bibliotheksangestellten deponieren, damit sie diese nicht wieder erneut heraussuchen musste.
Die Sonne schien und vor der Bäckerei war zum Glück ein Stehtisch im Schatten frei. Die Freundinnen hatten sich jede ein Erdbeer-Himbeer-Törtchen mit Joghurtcreme gekauft, dazu einen köstlich duftenden Latte Macchiato. So konnte das Studentenleben jeden Tag sein.
Caro sah Emma an, dass sie sich schon wieder Gedanken um Ben machte und so stocherte sie so lange, bis Emma redete. »Also gut, es ist aber bestimmt Schwachsinn.«
»Bitte was?«

»Na ja, Ben ist so süß zu mir und so vorsichtig, wenn wir zusammen sind, er würde mich nie bedrängen oder sonst etwas. Wir kuscheln und alles ist wunderschön. Warum er so früh heimwollte, hat er mir erklärt. Er musste wirklich was für seinen Dad erledigen und dachte auch, dass es mir zu schnell gehen würde.«

»Siehst du.« Caro blickte ihre Freundin forschend an. »Und was ist dann Schwachsinn?«

Emma schlürfte ihren Latte Macchiato, so dass eine Schaumkrone ihre Oberlippe zierte. Sie spürte es offensichtlich, wischte sie weg und seufzte. »Na ja, ich weiß nicht...«

»Jetzt sag.« Caro verstand nicht, worauf sie hinauswollte.

»Emma.«

»Also gut. Wir haben meine Mom an der Surfer-Bar besucht, auch weil ich Anton von der Schule abholen musste.« Sie hielt inne.

Caro nickte. Sie musste also ihren kleinen Bruder abholen, und weiter?

»Und Ben kannte da jede Menge Leute.«

»Ja klar, er surft ja auch schon eine Weile und jobbt dort. Und weiter?«

»Da war so eine hübsche Dunkelhaarige, die ihn die ganze Zeit angelächelt hat. Er hat sich auch mit ihr unterhalten und ich kam mir neben ihr vor - wie unsichtbar.«

Ach daher wehte der Wind.
Mangelndes Selbstbewusstsein rief unsinnige Eifersucht hervor. Das kannte Caro selbst ja auch ganz gut. Sie konnte Emmas Gedankengänge sehr gut nachvollziehen.
»Mensch Emma. Das musst du nicht. Wie oft noch? Du bist hübsch, du bist lieb, du bist besonders. Ben hat sich für dich entschieden und klar, er hätte auch eine andere Frau haben können, die vielleicht längere Beine hat. Die wollte er aber nicht.«
Emma seufzte. »Ich weiß. Und auf der anderen Seite aber eben auch nicht. Ich bin mit ihm heute Abend an der Surfschule verabredet. Da ist so ein kleiner Chill-out an der Surfer-Bar. Hast du Lust mitzukommen? Vielleicht ist diese Frau auch wieder da und du kannst sehen, ob ich mir Sorgen machen muss oder nicht.«
Caro schaute Emma mitleidig an. »Eigentlich wollte ich heute nicht rausfahren. Sascha hat heute auch keine Zeit und ich muss zuhause noch an meiner Seminararbeit weiter schreiben.«
»Schade«, sagte Emma leise und nippte verhangen an ihrem Latte.
Caro gab sich einen Ruck, der Freundin zuliebe. »Ach was soll's. Ich komm heute Abend mit, okay?«
»Wirklich?« Emmas Augen strahlten dankbar. »Ich will aber nicht, dass du wegen mir deinen ganzen Zeitplan über den Haufen wirfst.« Caro hatte

Emma einmal von ihrem taffen Timetable erzählt.
»Du gehst jetzt vor. Außerdem hab ich die Clique die letzten Tage eh sträflich vernachlässigt. Hannah schickt mir schon die ganze Zeit SMSen, wo ich bleibe, wieso ich mich bei dem Wetter ständig im Bootshaus oder in der Bibliothek verkrieche. Gerade sie, die sich wegen ihrer Klausur auch bald wieder verkriecht.«
»Danke, ich freu mich. Und kommt ihr gut voran im Bootshaus?«
»Geht so. Dieser Sascha hat immerhin eine Schreinerausbildung, wie er mir erzählt hat. Kein Wunder, hat er es handwerklich so gut drauf. Aber ich bin lernfähig und mein fürchterlicher Ehrgeiz bringt mich bestimmt noch dazu, dass ich bald ganze Holzhäuser selbst bauen kann.« Sie lachten.
Sofort dachte Caro wieder an Sascha, der mit seiner Schreinerausbildung und seiner Musik zufrieden zu sein schien. Studiert hatte er nicht, anscheinend verdiente er hier und da ein bisschen Geld. Ein echter Lebemann, also das genaue Gegenteil von ihr.
Caro war schon in der Grundschule eine fleißige Schülerin gewesen. Sie wollte ihren Vater beeindrucken und das schaffte sie mit ihren vielen Einsen immer wieder. Mehr Zeit nahm er sich deshalb aber nicht für sie. Das Lernen fiel ihr leicht, es machte Spaß. Dies ging auf dem Gymnasium so

weiter. Nur die Anforderungen stiegen. So lernte Caro immer mehr und verpasste ein wenig ihre Teenie-Zeit, wie sie im Nachhinein feststellen musste. Während die anderen sich trafen, um Spaß zu haben, um am Lagerfeuer zu sitzen und zu chillen, lag Caro zuhause in ihrem Bett und vergrub sich in ihren Büchern. Sie las schon als Kind so viel, dass ihre Mutter nicht mehr nachkam, Bücher zu kaufen oder welche in einer Bibliothek zu leihen. Caro verschlang alles. Pferdegeschichten, Detektivgeschichten, am liebsten etwas mit Tieren. Irgendwann wurden es dann Liebesromane, die sie eintauchen ließen in eine Welt, die ihr so fremd schien. Denn so hübsch Caro mit ihren naturblonden Haaren auch war, in ihrer damaligen Klasse galt sie als Streberin, mit der keiner ausgehen wollte. Umso glücklicher fühlte sie sich dann, als sie in der Uni Hannah kennenlernte und kurz darauf die Surfer-Clique, die sie aufnahm, als wäre es das Selbstverständlichste der Welt. Bei ihren Freunden, Hannah, Ben und Danny, fühlte sich Caro angenommen. Sie stellten keine Fragen. Ein Jeder trug ein Päckchen mit sich herum, worüber sie aber niemals sprachen. Doch es verband sie.

»Weißt du was?«, riss Emma Caro aus ihren Gedanken.

»Was?«

»Ich fahr jetzt nach Hause. Ich muss noch mit Anton Multiplizieren üben. Muplitikation hat er es bis vor kurzem noch genannt. Dann treffen wir uns heute Abend an der Surfer-Bar?«
»Machen wir.« Caro steckte sich den letzten Bissen Erdbeer-Joghurt-Törtchen in den Mund und die Freundinnen verabschiedeten sich mit einer innigen Umarmung.
»Es wird alles gut«, flüsterte Caro.
Emma löste sich sanft und nickte. »Und bei dir auch.«

***

Nach einem völlig sinnlos verbrachten Tag in der Uni-Bib, an dem sie höchstens zwei Seiten geschrieben hatte, radelte Caro nach Hause. In ihre kleine gemütliche Zwei-Zimmer-Wohnung, um sich frisch zu machen und umzuziehen. Doch sobald sie in ihrem Wohnzimmer stand, zog sie das Sofa magisch an und rief: »Setz dich auf mich und mach es dir mit ein bisschen Schokolade gemütlich«. Wie gern hätte sie sich jetzt auf ihre kleine cognacfarbene Ledercouch gefläzt und den Abend mit Süßigkeiten vor dem Fernseher verbracht. Was tat man nicht alles für eine Freundin. Sie musste Emma jetzt beistehen und ihre eigenen

Gefühlswirren hinten anstellen. Während sie sich die Zähne putzte, wie sie es immer tat, bevor sie ausging, dachte sie schon wieder an Sascha und betrachtete sich dabei im Spiegel. Was war an ihr, das Männer immer wieder vor ihr flüchteten? Wieso hatte er sie am Bootshaus am Nachmittag einfach so stehen gelassen? Sie nahm es ihm irgendwie nicht ab, dass er einen Probentermin mit seiner Band vergessen hatte. So wichtig wie ihm die Musik war, hätte er den nicht vergessen. Caro spürte, wie sie wütend wurde. Was bildete dieser Kerl sich eigentlich ein? Sie einfach so stehen zu lassen? Sie spuckte die aufgeschäumte Zahnpasta aus. Dann sah sie wieder hoch in den Spiegel, betrachtete sich, atmete tief durch, nahm sich vor, heute Abend endlich nicht mehr an ihn zu denken.
Entschlossen trat sie vor ihren Kleiderschrank. Sie gähnte, aber sie konnte Emma unmöglich versetzen. Unschlüssig betrachtete sie ihre Klamotten. Was sollte sie nur anziehen? Wie immer stand sie minutenlang davor und ging im Geiste alle möglichen Kombinationen durch. Sie liebte es, schöne Sachen zu tragen, sie mit Accessoires aufzupeppen. Caro entschied sich für ein mintgrünes Sommerkleid, aus einem Laden in der Kastanienallee, dazu dunkelgrüne Wildleder-Sandalen mit Absatz. Sie dachte an Emma und Ben und konnte sich einfach nicht vorstellen, dass Ben

jetzt noch Augen für eine andere als Emma hatte. Caro kannte ihn zwar auch als Womanizer, aber seit Emma hier aufgetaucht war, sah er keine andere mehr an. Und auch schon zuvor hatte sie ihn eine ganze Weile nicht mehr mit einer Freundin oder Affäre gesehen. Wieso, darüber sprachen sie in der Clique nicht. Es war seine Sache, da mischte sie sich nicht ein. Einerseits klang das vielleicht oberflächlich. Auf der anderen Seite wollte sie auch nicht ständig von den Freunden darauf angesprochen werden, ob sie nicht endlich wieder einen Freund habe. Tante Netti auf den diversen Familienfesten reichte ihr zu dem Thema vollkommen.

12. Kapitel

Die S-Bahn fuhr ein. Um diese Zeit, wo so viele Feierabend hatten, war sie gut gefüllt. Allerlei Gerüche strömten ihr entgegen. Caro, hübsch zurechtgemacht, quetschte sich und ihr Rad hinein. Sie verspürte überhaupt keine Lust auf Menschen, aber sie musste Emma zur Seite stehen. Erst recht falls diese ominöse Dunkelhaarige, die ein Auge auf Ben geworfen haben sollte, wirklich anwesend wäre.

Caro stand da, hielt mit einer Hand ihr Fahrrad fest. Sie starrte aus dem Fenster und bemühte sich, nicht das knutschende Paar zu beobachten, das direkt neben ihr stand. Küssen in der Öffentlichkeit gehörte eindeutig verboten. Vor allem mit Zunge. Und besonders in der Nähe von Singles. Caro ertappte sich dabei, schon wieder an Sascha zu denken. An seine muskulöse Figur. An seinen wunderschönen leidenschaftlichen Gesang, als sie im Auto vom Krankenhaus zurückgefahren waren. Seine Stimme hörte sich schön tief und beruhigend an, irgendwie sexy. Was dachte sie da eigentlich, was war nur los mit ihr? Er ging ihr aus dem Weg und das war gut so. Sie musste ihr Herz schützen.

Endlich, nach gefühlten zehn Stunden, fuhr die S-Bahn am Bahnhof Friedrichshagen ein. Caro stieg mit ihrem Rad aus und radelte von der S-Bahn los.

Der frische Wind tat ihr gut.
Als sie nach ein paar Minuten an der Surfer-Bar ankam, fing die Sonne bereits an, unterzugehen. Sie tauchte das Wasser des Sees in ein fast mystisches Licht. Die bunten Lichterketten an der Surfer-Bar waren bereits angeknipst und Mary, Emmas quirlige Mutter, bediente wie immer fröhlich und charmant. Es lungerten schon einige in den bunten Sitzsäcken herum, nippten an ihren Mischgetränken oder Limos und chillten zur loungigen Musik.
Caro mochte diese Atmosphäre in der freien Natur sehr und sie war jetzt doch froh, nicht auf dem Sofa kleben geblieben zu sein. Sie sah sich nach Emma um, konnte sie aber nirgends entdecken.
»Hallo Mary, weißt Du zufällig, wo Emma ist?«
Mary, die gerade ein voll beladenes Tablett in Richtung der Sitzsäcke balancierte, hielt sofort inne. »Caro, schön Dich zu sehen. Nein, vorher stand sie noch dort drüben, aber im Moment weiß ich es nicht.« Sie zwinkerte ihr zu. »Das mit dem blauen Kleid für Emma hat wunderbar funktioniert, danke nochmal für den Tipp. Hier, das geht aufs Haus.« Sie reichte ihr spontan ein Biermixgetränk. »Magst du das?«
»Gerne, danke.«
Caro lächelte, nahm einen Schluck. Es schmeckte nach Grapefruit. Sie hatte Mary verraten, welches

Kleid sich Emma wünschte und diese hatte es ihr zur letzten Strand-Party gekauft. Für den Abend, an dem sie mit Ben zusammengekommen war.
Mary eilte mit ihren Drinks weiter. Sie wirkte so glücklich, seit sie mit Bens Vater zusammen war, dachte Caro. So glücklich wie frisch Verliebte eben aussahen. Caro seufzte innerlich. Sie beneidete Emma und ihre Mutter darum, sich wieder auf einen Mann einlassen zu können. Trotz schlecht verheilter Wunden.
In dem Moment erblickte sie ihn, seine Gitarre lässig um die Schulter gehängt. Verdammt, was machte Sascha denn hier? Caros Herz stolperte. Natürlich, das Chill-out war mit Band. Wieso hatte sie nicht gleich daran gedacht?
In seinen hellblauen, offen stehenden Chucks, einer ausgewaschenen Jeans und einem weißen T-Shirt, dazu seine verwuschelten Haare, sah er aus, als wäre er gerade einer Jeans-Werbung entsprungen. Er hatte Caro noch nicht gesehen. Sie überlegte sofort, ob sie schnell wieder unbemerkt verschwinden sollte.
Doch da hüpfte Emma bereits erfreut auf sie zu. »Caro, da bist du ja.« Sie sah hübsch aus in ihrem luftigen, gelben Sommerkleid. Dazu ihre braunen, glänzenden Haare.
»Schsch, nicht so laut«, flüsterte Caro aufgeregt.
Irritiert sah Emma sich um. »Wirst du von

irgendjemandem verfolgt?«
»Nein, es ist nur ...«
»Caro!«, hörte sie da schon seine tiefe, vibrierende Stimme. Emma kapierte, ihrem Blick nach zu urteilen. Caros Herz schlug so laut, dass sie sich sicherheitshalber räusperte, damit er es auf keinen Fall hören konnte.
»Bist du wegen mir extra nochmal rausgekommen?« Er sah sie ernst an. So richtig glücklich schien er über ihre Anwesenheit nicht zu sein.
»Nein, wegen Emma«, entgegnete sie forsch. »Dass das ein Gig wird, wusste ich nicht.« Es musste Schicksal sein.
Er sah sie die ganze Zeit unverwandt an, fuhr sich durch sein Haar, mit dieser gewohnten beiläufigen Geste, und an seinen Wangen bildeten sich Grübchen, als er zu lächeln begann. Caros erster Freund hatte Grübchen und sie hatte sich damals so in diese verliebt. Caro nahm all ihre Kraft zusammen, schaffte es, sich von seinen Augen loszureißen. Jetzt erst registrierte sie, dass Emma sie die ganze Zeit beobachtete. Mit diesem wissenden, amüsierten Blick.
Zum Glück trat in dem Moment Ben zu ihnen. Er legte seinen Arm liebevoll um Emma und wandte sich an Caro: »Kennst du Sascha, Caro?«
»Na ja kennen, ein bisschen, nicht wirklich.« Zu

wenig wusste sie bislang von ihm, irgendetwas verheimlichte er vor ihr, das spürte sie immer mehr.
Ben wandte sich an Sascha: »Danke nochmal für die Tipps.«
»Klar.«
Welche Tipps, fragte sich Caro insgeheim. Aber sie würde sich lieber auf die Zunge beißen, als nachzufragen.
»Sascha surft«, sagte Ben zu ihr.
»Ich weiß.«
Sascha wandte sich an sie. »Nik hat den Gig ausgemacht. Er kennt Ben vom Handball von ganz früher.«
Ben nickte, wandte sich Emma zu, die ihn mit ihren großen Augen ansah. Er blickte sie an wie einen Schatz, den er gerade mitten im Ozean in tiefer See entdeckt hatte. Caro wurde ganz warm ums Herz, als sie die beiden sah. Wie er ihr liebevoll eine Haarsträhne zurückstrich, ihr etwas ins Ohr flüsterte, wie Emma strahlte, sich an ihn schmiegte und wie die beiden eng umschlungen weitergingen. Von einer dunkelhaarigen Rivalin weit und breit keine Spur. Wieso machten sich Frauen nur immer selbst das Leben schwer? Caro sprach aus eigener Erfahrung. In Sachen Selbstsabotage konnte sie mitreden.
Ein Räuspern neben ihr machte Caro schlagartig

klar, dass sie nun alleine mit Sascha da stand, dass er sie die ganze Zeit unverwandt ansah. In seinem Blick lag eine Kraft, die ihr den Atem nahm. Sie suchte nach Worten, doch sie fand keine. Die chillige Musik aus der Anlage der Strandbar tönte herüber, ihr Herz raste. Angespannt trat sie von einem Bein aufs andere. Dabei trat sie so ungeschickt in eine Unebenheit im Sand, dass sie auf ihren hohen Absätzen umknickte und ihr die Biermixflasche aus der Hand fiel. Sascha hielt sie sofort fest. »Alles klar?«

Ihr Knöchel schmerzte. Das war wieder so typisch für sie. Was sollte Sascha nur von ihr denken.

»Ja, es geht schon, du bist einfach umwerfend«, entgegnete sie schlagfertig. Seine Hand fühlte sich warm an.

Er lächelte, beobachtete dann besorgt, wie sie sich den schmerzenden Knöchel rieb. Immer musste sie so tollpatschig sein, immer dann, wenn sie sich hochgradig unsicher fühlte.

Er roch so gut.

»Musst du nicht Gitarre spielen?«, entfuhr es ihr?

Er zuckte die Achseln. »Anscheinend noch nicht. Kito ruft mich dann schon. Komm, wir gehen solange zum See. Oder nein, warte einen Moment.«

Er eilte zur Strandbar, redete kurz mit Mary, worauf diese ihm ein paar Eiswürfel in einem Handtuch reichte. Caro beobachtete das und

musste lächeln. Wie fürsorglich er war.
Er kam zu ihr, legte ihr ohne ein weiteres Wort seine Hand um die Hüfte, nahm ihre andere Hand, um sie zu stützen So humpelte sie mit ihm zum See. Sie roch seinen Atem, sein Aftershave.
Der See lag dunkel und schimmernd vor ihnen. Einzig die Lichter der Strandbar funkelten ein wenig herüber, das Gemurmel der Gäste und die leise Musik drangen zu ihnen.
»Geht es? Lass uns uns hier her setzen.«
»Okay.«
Tapfer biss Caro die Zähne zusammen. Es tat jetzt sehr weh. Hoffentlich war keine Sehne gerissen oder Ähnliches. Ihr Knöchel machte ihr schon länger Probleme. Eigentlich hatte der Doc gesagt, sie solle keine High-Heels mehr tragen, da die Gefahr zu groß sei, umzuknicken. Denn das könnte einen Sehnenriss zur Folge haben. Als Kind sprang Caro nämlich für ihr Leben gern von Mäuerchen und je größer Caro wurde, desto höher wurden die Mauern. Irgendwann überschätzte sie sich dann selbst so, dass sie mit einer starken Bänderdehnung ins Krankenhaus eingeliefert werden musste. Seitdem knickte sie öfter um.
»Normal ist das aber nicht«, sagte er und legte ihr behutsam die Eiswürfel im Handtuch auf den Knöchel. Dabei hielt er mit der anderen Hand ihre Fesseln. Es fühlte sich gut an. Das Eis und seine

Hand.
Um die Situation nicht zu romantisch werden zu lassen, erzählte sie ihm schnell von ihrer Vorliebe, von Mauern zu springen, als Kind.
Er lachte, dabei bildeten sich wieder diese Grübchen.
»Wer hat dir das erzählt?.«
»Was denn?«
»Das habe ich als Kind auch immer getan. Meine Mutter ist fast wahnsinnig geworden mit mir. Auf jede Mauer musste ich klettern, von jeder springen, egal wie hoch.«
»Wirklich?« Ein warmes Gefühl, ein Gefühl der Verbundenheit durchströmte Caros Magen.
»Nur mit einem Unterschied«, sagte er.
»Und der wäre?«
»Dass ich es heute immer noch tue.« Er grinste frech und sah dabei so niedlich aus.
In dem Moment hörte sie eine männliche Stimme: »Sascha? Wo steckst du schon wieder?«
»Oh nein, das ist Kito. Unser Sklaventreiber.« Sascha drehte sich um und da kam Kito, bereits etwas genervt, auf sie zu. »Los komm, ich such dich die ganze Zeit. Wir sind dran. Die warten schon.«
»Ja, ja, ich komme gleich.«
Caro beobachtete Sascha von der Seite, wie er hin- und hergerissen wirkte, auf ihr Bein sah, dann in Richtung Strandbar.

»Lass mich ruhig hier sitzen, ich höre von hier zu.«

»Nein.« Seine Stimme klang fest. »Ich bring dich zu deiner Freundin. Du hier alleine im Dunkeln, das gefällt mir nicht.«

Noch ehe sich Caro versah, packte er sie einfach, wie vor ein paar Tagen, als sie sich das erste Mal in Großmutters Garten begegneten, und hob sie hoch.

»Hey, ich bin doch viel zu schwer!«, entfuhr es ihr diesmal. Aber Sascha schien das nichts auszumachen. Er wirkte, als trage er ständig Frauen mit sich herum.

»Als Handwerker hab ich zwar nicht viel, aber wenigstens eines: meine Muskeln.« Sein Gesicht so nah, sein warmer Körper an ihrem, Caro fühlte sich, als fiele sie gleich in Ohnmacht. Aber natürlich würde das nicht passieren, das geschah nur im Film. Ihr Herz flatterte.

Die anderen Leute, darunter einige Kommilitonen, sahen zu ihnen herüber, tuschelten und grinsten.

»Sascha, bitte, lass mich runter«, flüsterte sie an seinem Ohr, das so nah an ihrem Mund lag, so nah, dass sie sogar seinen weichen Flaum sehen konnte. Wie gerne hätte sie diesen mit der Fingerspitze berührt.

»Wieso? Ist dir das etwa unangenehm?«

»Nein überhaupt nicht«, entgegnete sie ironisch. Sie lächelten sich an. Wieso fühlte es sich nur so gut an, in seinen Armen zu liegen? Und eigentlich

konnten ihr die anderen doch wirklich herzlich egal sein.
Sie entdeckten Emma, die in einem zärtlichen Kuss mit Ben versunken, ein paar Schritte von der Strandbar entfernt stand.
»Oh, deine Freundin stören wir mal besser nicht. Da drüben, da ist noch ein Sitzsack frei.«
Er trug Caro zu einem roten Sitzsack, ließ sie vorsichtig und behutsam darin nieder und legte den Eisbeutel auf ihrem Knöchel zurecht. »Geht das so?«
»Ja, klar. Ich glaube, so schlimm ist es mit dem Knöchel doch nicht.«
»Das sagst du mir jetzt erst?«
Sie grinste frech. »Ich musste doch mal testen, wie gut die Muckies meines personal Coachs sind.« Sie lachte. Und er lachte mit.
Kito unterbrach den Moment, rief erneut nach ihm. »Sascha, jetzt komm endlich!«
»Ist ja gut, ist ja gut, ich bin schon da.« Es schien, als müsse er sich losreißen von ihr. »Schade, dass ich Sam heute nicht dabei habe, er könnte auf dich aufpassen.«
»Wo ist er denn?«
Er zögerte mit der Antwort, winkte ab, lächelte sie entschuldigend an und ging zur Bar.
Endlich konnte Caro wieder ein wenig atmen. In seiner Gegenwart fiel ihr das zunehmend schwer.

Von ihrem gemütlichen Sitzsack aus beobachtete sie Sascha. Wie er mit Kito und einem anderen aus seiner Band sich vor der Strandbar platzierte, wie sie ihre Instrumente stimmten, den Sound checkten, die Verstärker regelten, bis alles gut klang. Sascha blickte immer wieder zu ihr herüber, fast so, als könne er nicht anders, als zöge sie ihn magisch an. Dabei fuhr er sich mit dieser lässigen Geste immer wieder durch sein Haar. Caro seufzte innerlich.

Plötzlich tauchte Mary neben ihr auf, brachte ihr eine frische Limo mit Limetten und Minzblättern.

»Hier Caro, unser Sundowner, den soll ich dir bringen, von dem netten Gitarristen. Er kümmert sich ja rührend um dich.« Sie lächelte Caro herzlich an.

»Oh. Danke.« Wie süß von Sascha, durchfuhr es sie.

»Wie geht es denn deinem Fuß? Hat das Eis geholfen?«, erkundigte sich Mary besorgt.

»Ach das, ja, danke.«

»Sonst geh morgen früh besser zu einem Arzt.«

»Wenn es schlimmer wird, mach ich das, aber im Moment sieht es nicht so aus.«

Mary lächelte beruhigt, entschuldigte sich, sie musste weiter, zu einer Gruppe Studenten, die an der Bar Getränke bestellen wollten. Wie glücklich sie aussah, seit sie mit Bens Vater, ihrer

Jugendliebe, zusammen war. Wie schön, dass die Liebe in jedem Alter existierte, dachte Caro.
Endlich erklangen die ersten Akkorde. Caro nippte an ihrem Sundowner, schmeckte die Minze und den Rohrzucker, beobachtete Sascha an seiner Gitarre, wie er selbstbewusst vors Mikro trat und eintauchte in seine Musik. Als seine dunkle, schöne Stimme erklang, wurde sie zurückgedrückt in ihren Sitzsack, als presse sie eine geheime Macht hinein. Seine Stimme klang so sehnsüchtig und leidenschaftlich, dass Caro beinahe die Tränen kamen, dass sie schwer schlucken musste, ihr Herz raste. Diese Töne berührten sie tief in ihrem Inneren, ihr Magen vibrierte. Seine Finger flogen über die Saiten, trommelten auf die Gitarre, sein ganzer Körper wippte. Und dabei schloss er seine Augen, öffnete sie hin und wieder, sah dabei nur sie an, als existierte sonst keiner hier an der Strandbar. Saschas Leidenschaft für seine Musik schien auch die anderen ergriffen zu haben. Denn plötzlich tuschelte keiner mehr, alle lauschten der kleinen Band, als hätten sie hier draußen noch nie einen guten Live-Act gehört. Caro hatte schon viele coole Berliner Bands an der Surfer-Bar erlebt, aber diese plötzliche, andächtige Stille, diese Magie hatte es noch nie gegeben.
Sascha sang immer noch, so gefühlvoll, so emotional wie sie es ihm nie zugetraut hätte.

Diesem nach außen hin so cool wirkenden Typen, den sie als Handwerker zupackend und kraftvoll kennengelernt hatte. Er legte nun all seine Kraft, aber auch Sensibilität in seine Musik. So schade, dass er offenbar bisher noch nicht entdeckt worden war. Der Durchbruch als Musiker hing einfach auch viel mit einer ordentlichen Portion Glück zusammen. Sie dachte an ihren Vater, der dazu bestimmt wieder eine seiner Glückstheorien bereit halten würde. Zur richtigen Zeit die richtigen Leute treffen. Darauf kam es doch an. Also eher Schicksal als Glück? Was machte den Unterschied? Das Schicksal konnte auch hart und unbarmherzig sein. Glück dagegen war die positive Form des Schicksals, oder nicht? Aber heißt es nicht auch, jeder ist seines Glückes Schmied? Caro erinnerte sich an diesen Satz, den ihr Vater ihr schon oft gepredigt hatte. Sonst hatte sie sich nie besonders für seine Theorien und Abhandlungen interessiert. »Mach dein Studium zu Ende«, hatte er immer gesagt. Das liegt voll und ganz in deiner Hand. Außer du wirst sehr krank. Aber lass dich nicht von einem Mann ablenken in deinen Zielen, Caro.« Sie hatte ihn bei Mario ignoriert, den Rat ihres Vaters. Für Mario hatte sie ihr Studium Knall auf Fall abgebrochen, wollte zwar in Neuseeland etwas Neues studieren, aber was genau wusste sie damals nicht. Es hatte ihr kein Glück gebracht, ihre Ziele

für einen Mann aufzugeben.
Ihre Gedanken überschlugen sich und Saschas Gesang drang tief zu Caro vor, mitten ins Herz. So realisierte sie erst jetzt, dass sich Hannah mit einer Flasche Radler zu ihr kniete.
»Hey, was guckst du so verträumt?«, wollte sie lächelnd wissen. Ertappt sah Caro sie an und schmunzelte. »Ich weiß auch nicht, er singt einfach gut, findest du nicht?«
»Mmhm, und sieht richtig heiß aus.«
Hannah grinste, starrte Sascha an, der sein gefühlvolles Lied gerade beendete. Caro spürte einen kleinen Stich der Eifersucht, was sie wirklich erschreckte. Denn sie wusste ganz genau, dass ihr Hannah nie im Leben einen Typen ausspannen würde. Aber sie wusste nun auch, was vermutlich viele Frauen dachten, wenn sie Sascha singen hörten.
»Oh, ich glaube er kommt gleich zu dir, so schmachtend, wie er zu dir rüber sieht. Ich lass euch dann mal lieber alleine.«
Noch ehe Caro widersprechen konnte, stand Hannah auf und ging zu Danny aus der Surfer-Clique, der bei einer hübschen, Dunkelhaarigen stand. Caro starrte alarmiert und neugierig hin. War das etwa die ominöse Frau, die Emma so zu schaffen machte? Die es auf ihren Ben abgesehen haben sollte? Wo waren Ben und Emma

überhaupt?
»Und, wie hat dir unser Song gefallen?«, hörte sie in dem Moment Saschas tiefe Stimme neben sich. Ihr Atem stockte. Sie sah ihn an. Seine Augen glänzten noch mehr als zuvor, man sah ihm an, wie sehr ihn seine Musik erfüllte. Das war es. Man musste etwas finden, das einen so von Grund auf glücklich machte.
»Gut«, hörte sie sich sagen und verbesserte sich schnell: »Sehr gut sogar. Einfach wow. Du hast eine megatolle Stimme.«
»Ich meinte jetzt eher den Text.«
»Den Text?« Sie hatte dem Text nicht wirklich zugehört, so fasziniert war sie von seiner erotischen Stimme gewesen. Erotisch? Es war das passende Wort.
»Du hast dem Text nicht zugehört?« Verblüfft sah er sie an. »Du hast mich doch die ganze Zeit angeschaut?«
»Ja schon...« Verdammt, was sollte sie nur sagen?
Er grinste. »Schon gut. Ich hab ihn selbst getextet. Wollte nur hören, ob man alles versteht. Aber dem war wohl nicht so.«
Sie musste grinsen. »Na ja, ich glaube, du musst ihn mir nochmal vorsingen.«
»Ein andermal. Wie geht es deinem Knöchel?«
»Ich weiß nicht. Ich denke ganz gut. Das Eis hat geholfen.«

Er kniete sich zu ihr, betastete ihren Knöchel, sah ihn sich fachmännisch an.
»Jetzt tu nicht so, als ob du Arzt wärst«, neckte sie ihn.
Er sah zu ihr auf. »Ich hab eine Ausbildung als Rettungssanitäter.«
»Wirklich?« Was konnte er noch alles? Mehr und mehr wurde Caro klar, was es neben dem Studium noch alles gab, das es wert war, zu lernen. Das einen erfüllen konnte, das es einem ermöglichte, anderen zu helfen, das einen Sinn gab im Leben. Sie hatte Sascha offenbar sehr unterschätzt. In ihm nur den Typen gesehen, der nur an sich dachte, an seine Musik und ans Surfen.
»Und? Was sagt der Experte?«
Wieder lächelte er. Sein umwerfendes Lächeln mit Grübchen. »Der sagt, dass du deinen Fuß auf jeden Fall noch schonen solltest. Deshalb hab ich Kito auch gesagt, dass sie ohne mich weiter spielen sollen.«
»Was hast du?«
»Die Band kommt schon mal ohne mich aus – zwar schwer, aber Kito singt auch. Ein bisschen schräg, aber das hat was.«
Verblüfft sah sie zu Kito, der nun am Mikro stand und aussah, als ob er sich freute, endlich mal wieder im Mittelpunkt stehen zu können.
Sascha beugte sich plötzlich über sie, schnappte sie

wie zuvor, hob sie hoch. Wobei er diesmal, aus der Hocke heraus, mehr Probleme hatte und ein wenig ächzte, doch er schaffte es, sie hochzuheben. Sascha und Caro sahen sich in die Augen und so trug er sie zurück zum See.

»Was machst du denn da? Ich kann doch laufen?«, flüsterte Caro, genoss es aber, erneut seine Nähe zu spüren, seinen unwiderstehlichen Duft, seinen Atem in ihrem Gesicht.

»Klar kannst du das. Sollst du aber noch nicht.«

»Und seit wann bestimmst du über mich?«

»Seit heute.«

Ein Schwarm Schmetterlinge machte sich in Caros Bauch los, flatterte aufgeregt herum. Das durften sie nicht. Sie wollte es ihnen nach Mario nicht mehr so schnell erlauben. Doch Caro konnte es nicht verhindern. Ihr Herz klopfte.

Sascha trug sie zum See, hielt sie ganz fest, wie wenn er sie nie wieder loslassen wollte.

»Du kannst mich jetzt wieder absetzen«, sagte sie, obwohl ihr Körper bleiben wollte, in seinen Armen. Und auch Sascha schien es so zu gehen. Er schüttelte mit einem feinen Lächeln auf den Lippen den Kopf, schaute auf den See, der im Mondlicht wunderschön glitzerte.

Dann trug er sie weiter zu einem kleinen Boot und setzte sie vorsichtig hinein.

»Was hast du vor?«

»Das wirst du gleich sehen.«
Er täute es ab, setzte sich dazu, ihr gegenüber und ruderte, ohne den Blick von ihr zu wenden hinaus auf den See.
Die Luft wurde kühler, aber angenehm frisch, das Wasser plätscherte bei jedem Ruderschlag.
»Sie mal die Sterne.« Er deutete nach oben. »Ich war zwar noch nie gut darin, irgendwelche Sternbilder zu erkennen, aber …«
»Aber was?« Sie blickte nach oben und hier auf dem dunklen See sah der Sternenhimmel einfach überwältigend aus. Millionen von funkelnden, glitzernden Punkten, die Unendlichkeit.
»Ich würde dir einen Stern herunterholen, wenn ich es könnte.«
Caros Herz stand für einen Moment still. Wieso sagte er genau das Richtige? Sie mochte keine Männer, die ihr kitschig den großen Wagen erklärten. Aber es berührte sie zutiefst, wenn ihr ein Mann das Gefühl gab, die Einzige, die Richtige zu sein. Sie unterdrückte ihre Angst, die so unendlich tief saß, erneut verletzt zu werden. Nicht heute, nicht in diesem Moment wollte sie ihr Raum geben.
Sascha ruderte langsam weiter, das Wasser plätscherte sanft, und irgendwann wurde Caro klar, wohin er steuerte. Zum Bootshaus, diesem wunderschönen Ort.

Im Dunkeln sah es kleiner aus als bei Tag und die teils immer noch maroden Stellen sah man nicht.
Ein paar Grillen zirpten, der Mond tauchte das Bootshaus in ein fast unwirkliches Licht.
»Komm. Ich will dir was zeigen. Außerdem sieht man die Sterne hier am allerbesten, weil kein anderes Licht weit und breit scheint.«
Es stimmte, ihr Vater hatte es ihr gesagt. Dass er oft hier saß mit Katharina, Saschas Mutter, seiner großen Liebe.
Was wollte ihr Sascha zeigen?
»Komm, ich trag dich.«
»Nein, ich kann schon laufen. Es tut zum Glück nicht mehr sehr weh.«
»Sicher?«
»Ganz sicher.«
Er nahm ihre Hand, half ihr aus dem Boot und hielt die Hand fest in der Seinen, als wäre es das Natürlichste auf der Welt. So geleitete er sie ins Bootshaus.
Sie folgte ihm aufgeregt, spürte die Wärme seiner Hand.
Er blieb stehen, löste seine Finger, kniete sich nieder, vor eine Planke, bedeutete ihr, sich zu ihm zu knien, um etwas anzuschauen. Sie tat es.
»Da schau, hier hat sich eine kleine Mäusefamilie eingenistet.«
Er hob die Planke vorsichtig an und darunter kam

ein Mäusenest zum Vorschein, in dem vier nackte, quietschende Mäuschen lagen.«
»Oh wie niedlich!« Sie wollte hinein fassen, um sie zu streicheln, doch Sascha packte sofort ihren Arm.
»Nicht.«
»Wieso?«
»Wenn du sie berührst, riecht das die Mutter und würde sie vielleicht hier verhungern lassen.«
Sie sah ihn an, irritiert, wie bewegt er auf die kleinen Mäuse starrte. Was hatte er plötzlich? Was lösten sie in ihm aus? Caro spürte, dass Sascha eine Last mit sich herumtrug, über die er mit ihr noch nicht gesprochen hatte. Was konnte es sein? Wie konnte ein Mann beim Anblick so kleiner Mäuschen nur so sentimental schauen?, durchfuhr es Caro. Und die Angst, dass ihr Glück auf tönernen Beinen stand, kroch wieder für einen kurzen Moment in ihr hoch. Sie versuchte, diesen Gedanken zu verdrängen.
Sie liebte Tiere, besaß als Kind einen Hasen, ein Meerschweinchen, eine Katze. Und wünschte sich damals nicht nur einen Hund, sondern auch Mäuse. Was aus verständlichen Gründen, der Katze wegen, nicht ging. Wie winzig die kleinen Pfötchen aussahen, wirklich entzückend. Caro gefiel es, wie tierlieb Sascha zu sein schien, wie liebevoll er immer mit seinem Hund umging. Sie blickte ihn aufgewühlt an und eine Frage lag ihr auf der Zunge.

Er lächelte, legte die Planke wieder vorsichtig davor. »Dein Pa will ja, dass wir diese Planken erneuern. Meinst du, du kannst ihn überreden, dass wir diese hier lassen können? Damit die Babys ihr Nest nicht verlieren?«
»Natürlich.« Wie süß. Er machte sich Gedanken um eine Mäusefamilie. Caros Herz öffnete sich mehr und mehr.
Erleichtert lächelte Sascha sie an.
Dann schnappte er eine Decke, die sie für die Renovierungsarbeiten hier deponiert hatten. Er breitete sie an einer Stelle des Bootshauses aus, an der sich noch ein Loch in der Decke befand. »Leg dich hier mal auf den Rücken.« Er legte sich selbst hin. »Von hier aus siehst du den Sternenhimmel noch schöner als vom Boot aus auf dem See. Weil dort immer noch die Lichter der Strandbar in den Himmel strahlen.
Caro legte sich neben ihn, beobachtete diesen Kerl beeindruckt von der Seite, der hier mit ihr lag. Der plötzlich so sensibel und verletzlich wirkte und ihr Körper sehnte sich danach, von ihm berührt zu werden. Ihr Herz flog ihm entgegen.
Sie ahnte, morgen würde sie es vielleicht bereuen, aber einmal nur wollte sie den Augenblick mit ihm leben. Ein Zurück gab es längst nicht mehr.
›Nimm endlich meine Hand‹, dachte sie. Und als habe er sie gehört, sah er sie sehnsüchtig an,

berührte erst sanft ihre Fingerspitzen, spielte mit ihnen wie auf einem Klavier, ihre Finger verhakten sich.
Die Grillen hörten für einen Moment auf zu zirpen und auch Caros Herz setzte erneut aus. Diese Berührung fühlte sich so sanft, so liebevoll an, so nach mehr. Als er sich dann vorsichtig zu ihr beugte, sich sein Gesicht dem Ihren näherte und seine weichen Lippen die Ihren berührten, spürte Caro eine Leidenschaft, die sie überkam, die sie bis dahin nicht kannte. Seine Lippen fühlten sich warm und weich an. Er knabberte sanft an ihren, hielt inne, nahm sie fest in seine Arme und sie spürte seine Kraft und Liebe. Seine Hand wanderte unter ihr Kleid, schob den Stoff langsam nach oben, glitt an ihren Schenkeln entlang, zu ihrem Bauch. Sanft liebkoste er ihren Bauchnabel, was Caro zutiefst erregte. Sie unterdrückte ein Seufzen. Dann beugte er sich über ihren Bauch, küsste ihn sanft und spielte mit seiner Zunge auf ihrer Haut. Caros Mund entfuhr ein leises Stöhnen. Er liebkoste ihre Hüfte mit seinen Küssen, zog ihr das Kleid nun ganz aus und betrachtete sie fasziniert im Mondlicht. Langsam zog er sich sein T-Shirt vom Leib, sein muskulöser Oberkörper schimmerte bronzen. Caro sehnte sich danach, ihn zu berühren, ihn zu spüren, überall. Sie zog ihn zu sich und ergab sich ihrer Sehnsucht und Leidenschaft.

13. Kapitel

Das morgendliche Sonnenlicht, das durch das Loch im Dach des Bootshauses fiel, kitzelte Sascha an der Nase.
Für einen Moment, wusste er nicht, wo er sich befand, doch dann spürte er an seinem Bein diese unglaublich weiche Haut von Caros Schenkel. Sie lag direkt neben ihm, nackt und wunderschön. Wie oft sie miteinander geschlafen hatten, daran konnte er sich nicht mehr erinnern. Dreimal oder viermal? Sie beide hatte eine schier unwirkliche Sehnsucht gepackt, ein Gefühl, zusammenzugehören, vielleicht nur diese eine, letzte Nacht.
Wie toll sie aussah. Sie erinnerte ihn wieder an Grace Kelly mit langen Haaren und in jünger. Edel und aristokratisch. Was wollte sie nur mit einem Typen wie ihm? Sein Herz wummerte, als dresche Kito auf sein Schlagzeug ein. Er erinnerte sich an das, was sie heute Nacht gesagt hatte, nachdem sie sich das letzte Mal geliebt hatten. Was sie von ihrem Ex erzählte, für den sie ihr Leben in Berlin aufgegeben hatte, wie sehr sie von ihm enttäuscht worden war. Dass sie es nie wieder tun würde, nie wieder. Sascha erinnerte sich an sein zerrissenes Gefühl, konnte es gut nachvollziehen, wie es sich anfühlte, wenn man alles aufgab für einen geliebten Menschen.

Er hörte ein summendes Geräusch, angelte nach seinem Handy, das vibrierte. Er hatte es auf lautlos gestellt, das Vibrieren bisher nicht gehört. Sieben Anrufe in Abwesenheit. Erschrocken setzte er sich auf, hörte seine Mailbox ab und sprang sofort, leise wie ein Tiger auf, um sie nicht zu wecken. Das schon viel zu oft gespürte Gefühl der Panik durchzog seinen Magen. Ihm wurde übel. Rasch sammelte er seine Klamotten ein, sprang in seine Jeans, streifte sich sein T-Shirt über, schlüpfte in seine Turnschuhe. Eine Planke knarzte. Erschrocken hielt er inne. Aber Caro schlief weiter, engelsgleich.

Sein Puls raste. Für einen Moment überlegte er, ihr eine Nachricht zu hinterlassen, doch natürlich hatte er hier keinen Zettel oder Stift parat.

Ein letzter Blick zu ihr ins Bootshaus. Sascha krampfte es das Herz zusammen. Er drehte sich um, lief los und rannte, so schnell er nur konnte davon.

***

Verstört, aber noch voller Hoffnung, saß Caro neben Emma im Vorlesungssaal. Um sie herum gelangweilte, meist unkonzentrierte Kommilitonen, die mit Stiften oder Papieren raschelten. Ihr Prof

der Kommunikationswissenschaften erklärte gerade mit sonorer Stimme irgendetwas von der Schweigespirale, doch weder Caro noch Emma hörten ihm zu. Caro beendete flüsternd ihren Bericht. »Und als ich dann aufgewacht bin, war er weg und ich hab zuerst gedacht, er ist draußen und hat vielleicht ein kleines Frühstück organisiert oder irgendetwas Süßes in der Art. Aber dann hab ich ihn gerufen und er war weg, einfach weg. Ich hab mich so beschissen gefühlt, Emma. Aber dann hab ich diese Nachricht am Handy gesehen.«
Mit leicht zittrigen Fingern zog sie ihr Handy hervor und las: »Ich musste weg. Verzeih mir. Sascha.« Sie sah Emma verzweifelt an. »Ich hab ihm dann gleich geantwortet und gefragt, wann wir uns wieder sehen, aber es kam keine Antwort mehr seitdem.«
»Es ist ja erst ein paar Stunden her«, versuchte Emma, die Freundin zu beruhigen. Es war bereits fünf Stunden her.
Caro nickte tapfer. »Ja, das sage ich mir auch. Es kann heißen, dass er irgendeinen Termin hatte und sich nur dafür entschuldigt, dass wir nicht mehr zusammen frühstücken gehen. Und dass er sich bestimmt meldet, irgendwann, nicht wahr?«
Sie konnte es Emmas Miene ansehen, dass diese verunsichert worden war. Trotzdem überspielte Emma ihre Zweifel der Freundin zuliebe,

offensichtlich aber schlecht. »Ganz bestimmt.«
Caro seufzte bestätigt. »Ich bin eine blöde Nuss, hab ich Recht? Er hat gekriegt, was er wollte, und ist auf und davon. Zur Nächsten. Er ist genau so, wie ich ihn anfangs eingeschätzt habe. Ein unzuverlässiger Typ, ohne Plan. Musiker und Surfer eben.«
»Hey, du surfst doch selber. Und Ben auch.«
»Ich weiß, tut mir leid. Aber Ben und ich, wir wissen was wir wollen, wir surfen, weil es unsere Leidenschaft ist, auch unser Nebenjob, um unser Studium zu finanzieren. Ach, ich weiß überhaupt nichts mehr.«
»Mensch Caro. Irgendeinen triftigen Grund wird dein Sascha gehabt haben, ganz sicher. Denk dran, was für einen Kopf ich mir wegen Ben gemacht habe.«
Caro versuchte, sich zusammenzureißen und nickte tapfer. »Und welchen Grund?«
Emma presste ihre Lippen aufeinander, sagte aber nichts. Caro sah sie forschend an: »Was ist denn los, Emma? Weißt du etwas, was ich nicht weiß?«
»Wie? Nein. Es ist nur. Ben. Es erinnert mich so an Ben. Daran, dass es so furchtbar schwer ist, zu glauben, dass er nur mich will. Dabei will er das. Und ich hab so eine Angst, alles kaputt zu machen mit meinem Misstrauen, bevor es überhaupt richtig angefangen hat. Und ich finde es so schrecklich,

dass es dir genauso geht.«

Erschrocken sah Caro sie an.

Eine Kommilitonin drehte sich genervt zu ihnen um und zischte: »Könnt ihr euren Liebeskram nicht draußen bequatschen?«

Caro und Emma registrierten erst jetzt, dass nun sogar der Prof in ihre Richtung sah, mit diesem rügenden Blick.

»Doch können wir«, konterte Caro.

»Lass uns rausgehen«, flüsterte sie Emma zu, stand auf und ging, gefolgt von Emma, aus dem Vorlesungssaal hinaus.

Die alte Tür knarzte und fiel etwas zu laut ins Schloss. Normal hätten die Freundinnen jetzt losgeprustet, aber angesichts ihrer Gefühlswirren blickten sie sich nur betroffen an.

»Gestern ist diese Dunkelhaarige wieder aufgetaucht, hast du sie denn nicht gesehen?«

»Ich vermute mal schon. Hat Ben wieder mit ihr geredet? Hat er sie dir vorgestellt?«

Gemeinsam gingen sie den kahlen Uni-Flur entlang, ihre Schritte hallten auf dem Steinboden.

»Ben hat sich extra wegen mir nicht mehr mit ihr unterhalten. Damit ich mir keine Sorgen mache, hat er gesagt. Schlimm, oder? Und auch nicht gut für eine Beziehung. Mensch Caro, wir müssen unser Kopfkino abschalten, sonst nehmen noch die tollsten Typen vor uns Reißaus.«

Caro bestätigte lächelnd. Manchmal war es gut, den Spiegel vorgehalten zu bekommen. Sie riss sich zusammen, positiv zu bleiben, was ihre Beziehung mit Sascha betraf. Oder wie auch immer man es nach einer Nacht definieren konnte.

Sie traten hinaus in die Sonne, setzten sich auf dem Campus auf eine Wiese. »Du hast vollkommen Recht. Nach außen wirken wir Frauen oft stark, aber insgeheim machen wir uns selbst fertig. Das muss aufhören. Da war so viel zwischen uns, selbst wenn er einen Rückzieher machen sollte, liegt es nicht an mir, sondern an irgendetwas anderem in seinem Leben.«

Emma bestätigte. »Wieso reden sich Frauen eigentlich immer ein, nicht gut genug zu sein? Egal wie toll sie sind.?«

Caro seufzte. »Vermutlich weil jede von uns schon so ihre Enttäuschungen hinter sich hat.«

Die beiden Freundinnen schworen sich, keine Kletten zu werden, keine jammernden Frauen ohne Selbstbewusstsein. Sie sahen beide gut aus, von den paar Schwachstellen, die jede Frau an sich fand, die sie nicht an sich mochte, einmal abgesehen.

»Ich werde nochmal mit Ben reden. Natürlich darf er sich mit gutaussehenden Frauen unterhalten.«

»Und natürlich darf Sascha mal eilig wo hin müssen.«

Sie lächelten sich an.

»Er wird sich schon melden.« Sie scherzte: »Und wehe, seine Ausrede ist nicht gut.«

14. Kapitel

Doch Sascha meldete sich nicht. Nicht am späten Nachmittag. Nicht am Abend. Nicht in der Nacht. Caro umarmte ihr Kissen, kuschelte sich hinein. Sie musste jetzt positiv denken. Sich nicht in etwas hineinsteigern, solange es keine Gewissheit gab.
Am nächsten Morgen wachte Caro gerädert auf. Offenbar war sie doch noch für ein paar Minuten eingeschlafen. Ihr Blick wanderte sofort erneut zu ihrem Handy. Keine Nachricht von ihm. Nur eine von Emma, die wissen wollte, ob es etwas Neues gäbe.
Caro fröstelte unter ihrer Bettdecke. Was konnte das bedeuten? Hatte sie sich schon wieder so sehr in einem Mann getäuscht? Das durchsickernde Gefühl, nicht liebenswert genug zu sein, das ihr ihre Mutter vermittelte, machte sich erneut in ihr breit. Wann hatte sich ihre Ma eigentlich zuletzt gemeldet? Zuletzt weilte sie in Dubai, drehte dort eine Dokumentarreihe. Vor einer Woche hatte sie die letzte Email geschickt. Mit wenig persönlichen Worten, aber mit ein paar Fotos vom Drehort, auf denen ein paar Kinder zu sehen waren, die sich an sie hingen.
Caro erinnerte sich, nicht geantwortet zu haben.
Sie machte sich zurecht, sah dabei immer wieder auf ihr Handy, aber ihr Smartphone piepte nicht.

Schlagartig wurde ihr bewusst, wie wenig sie über den Mann wusste, mit dem sie eine Nacht verbracht hatte. Nicht einmal seine Adresse kannte sie.
Ihr Vater, der müsste doch mehr über ihn wissen, fiel ihr ein. Schließlich hatte er den Sohn von Katharina ausfindig gemacht und ihr das alles eingebrockt.
Caro spürte wieder ihre Wut auf ihren Pa, hatte eigentlich gar keine Lust, ihn zu sehen, aber es musste sein. Sie zog sich an, ohne darüber nachzudenken, was besonders gut zusammenpasste. Dann machte sich einen Cappuccino, aß ein Knäckebrot mit Käse dazu, starrte beim Hineinbeißen in das trockene Brot vor sich hin. Angespannt trank sie ihren Cappuccino aus, räumte alles in die Single-Spülmaschine, zog ihre Schuhe wie in Trance an und verließ ihre Wohnung.

***

»Paps? Bist du in der Garage?«, rief Caro, während sie durch den Garten der Bauhaus-Villa ihres Vaters schritt. Die Beete sahen akkurat angelegt aus, sogar farblich harmonisch angepflanzt.
»Er ist vorne am See«, hörte sie die rauchige Stimme von Sandra, der Lebensgefährtin ihres

Vaters. Auch das noch. Caro mochte Sandra nicht besonders. Und das lag nicht nur daran, dass ihr Vater mehr Zeit mit ihr verbrachte, als er es je mit Caro als Kind tat.

Erst kürzlich hatte er zu Caro gesagt: »Endlich habe ich verstanden, dass es mehr gibt im Leben als die Arbeit.« Was für eine Erkenntnis, dachte Caro wütend. Dafür musste der Herr Herzspezialist 50 Jahre werden. Dann hatte er sogar hinzugefügt, dass es ihm leid tue, dass er jede Schultheateraufführung von Caro damals verpasst habe. Oder dass er wenn, dann immer nur noch die letzten fünf Minuten erlebt hatte. Dass er jetzt wisse, was für ein Glück es sei, sein eigenes Kind aufwachsen zu sehen, dass er viel zu wenig von ihr mitbekommen hatte. Caro erinnerte sich, wie schmerzlich sie ihren Paps so oft vermisste. Nicht einmal zu ihrer Abifeier konnte er sich von der Klinik loseisen. Sie versuchte immer, Verständnis zu haben, da er ja Menschenleben retten musste, etwas Gutes tat. Schon früh lernte sie, sich sehr zurückzunehmen. Das sollte sich endlich ändern. Ihr Vater hatte oft nicht einmal die Zeit gehabt, oder sie sich genommen, ihr genau zu erklären, warum er nun wieder nicht kommen konnte. Und das verletzte. Heute, mit Mitte 20 würde sie sich nicht mehr so behandeln lassen. Von keinem Mann. Weder von ihrem Vater, noch von Sascha. Nach

dieser Nacht war er ihr eine Erklärung schuldig und sie würde sie einfordern, dachte sie wild entschlossen.
Sandra kam auf Caro zu, sah in ihren weißen Klamotten heute mal wieder aus, als käme sie gerade vom Shoppen aus irgendwelchen Designerboutiquen. Sie trug immer teure Kleidung, weshalb Caros Vater alles im Garten machen musste. Sandra kommandierte ihn in Caros Augen gerne mal rum und er schien es nicht einmal zu bemerken. In der Klinik war er der Boss, zuhause eher das Gegenteil.
»Was möchtest du denn von ihm?«
»Das möchte ich ihm gerne selber sagen.«
»Verstehe. Es ist nur, weil wir gleich in Ruhe Kaffee trinken wollten.«
»Kein Problem, es dauert nicht lange.«
Caro ließ Sandra einfach stehen, ging aufgewühlt zum See hinunter. Dort am Steg stand ihr Vater und wechselte eine Planke aus, hämmerte sie fest. Sofort dachte Caro an die Planke im Bootshaus, die sie mit Sascha zusammen repariert hatte, als sie sich so nahe gekommen waren, als sie ihn roch. Ihr Herz zog sich vor Sehnsucht zusammen. Wie konnte er sie nach dieser Nacht nur einfach so sitzen lassen?
»Paps?« Ihre Stimme zitterte. Caro versuchte, ihre Wut auf ihn, dass er sie hatte verkuppeln wollen,

herunterzuschlucken. Sie brauchte jetzt Informationen von ihm, bemühte sich, sich zusammenzureißen.
»Hier bin ich. Schön, dass du gekommen bist.«
»Kann ich dich sprechen?«
»Gerne. Sandra wollte gleich Kaffee machen.«
»Bitte ohne Sandra, wenn es geht.«
Er sah zu ihr, musterte sie besorgt.
»Und wie soll ich ihr das klarmachen?«
»Ich brauch nur kurz eine Info von dir, ich weiß einfach nicht weiter«, brach es aus ihr heraus.
Sie fühlte sich benutzt, verraten, ungeliebt und weggeworfen. Wie eine leere, ausgediente Pizzaschachtel. Die Tränen stiegen ihr in die Augen.
»Ach komm her, mein Mäuschen.«
Mein Mäuschen. So hatte er sie schon so lange nicht mehr genannt. Caro wurde unwillkürlich ganz warm im Magen. Er winkte sie zu sich auf den Steg, bedeutete ihr, sich zu ihm zu setzten. Caro zog ihre Sandalen aus, ließ ihre Füße ins Wasser baumeln, spürte das erfrischende Nass.
Es fiel ihr schwer zu beginnen. Doch als sie anfing, von Sascha zu erzählen, von ihrer gemeinsamen Arbeit am Bootshaus, wie unterschiedlich sie eigentlich waren, was letztlich aber gar nicht stimmte, sprudelte immer mehr aus ihr heraus. Vielleicht hatte er Recht gehabt, und diese Magie, die es zwischen ihm und Katharina damals gab,

existierte auch zwischen Sascha und ihr. Verzweifelt erzählte Caro von ihm, von seiner fürsorglichen Art. Noch nie hatte sie ihren Vater so tief in ihr Herz blicken lassen. Noch nie hatte er sich so viel Zeit für sie genommen. Zeit, die er seinen Patienten im Krankenhaus immer gewährte. Dafür war er bekannt und beliebt, dass er sich für das seelische Wohl seiner Patienten interessierte. Mehr als für das seiner Töchter und seiner damaligen Ehefrau. Caros Schwester Laura lebte in München, ihr war es nicht anders ergangen als Caro.

Caro beendete ihren Bericht aufgewühlt, wie Sascha sie hatte sitzen lassen nach dieser unglaublich intensiven Nacht, dass sie sich ähnlich fühlte wie am Flughafen nach dieser gemeinen SMS von Mario. Noch schlimmer, denn für Sascha empfand sie so unendlich mehr, wie ihr in dieser Sekunde bewusst wurde. Sie hatte es nicht verhindern können, so sehr sie sich dagegen sträubte, hatte sich erbarmungslos in diesen Träumer verliebt. Ihre Stimmung schlug um.

Von wegen, »lebe deine Träume«, dachte sie verletzt. Was sollte dieses ganze Geschwätz, wenn er doch nur ein oberflächlicher Frauenflachleger war.

»Ach Kind«, sagte ihr Vater, legte jetzt seinen Arm um ihre Schultern und zog sie zu sich. Wie vertraut

er roch, wie gut das tat, wie selten es diese Momente der Nähe mit ihm gegeben hatte.
»Es tut mir alles so unendlich leid. Du denkst, dass ich schuld bin, richtig?«
»Na ja«, schnaubte sie auf. »Wenn du mich nicht mit ihm hättest zusammen bringen wollen, säße ich jetzt nicht so da. Tolle Glückstheorie, sag ich nur. Daran musst du noch ein bisschen arbeiten.«
Er schluckte betreten, dabei hüpfte sein Adamsapfel auf und ab. »Das stimmt wohl«, räusperte er sich unwohl.« Und fügte bemüht humorig hinzu. »Auch dein Paps ist nicht perfekt.« Er seufzte. »Aber ich hatte wirklich gehofft, dass du sie endlich findest, die große Liebe. Dass ihr zueinander passt, euch ineinander verliebt. Unsterblich. Wie wir damals.«
»Das haben wir ja auch.«
»Er auch, meinst du?«, fragte er vorsichtig.
Caro dachte einen Moment nach, nickte dann überzeugt. So sehr konnte sie sich in einem Menschen nicht täuschen. »Ich bin mir sicher. Es muss irgendetwas anderes sein, das ihn glauben lässt, dass es mit uns nicht geht.«
»Und was könnte das sein?«
»Ich hatte gehofft, dass du es mir sagen kannst.«
»Tut mir leid, ich fürchte, ich muss passen.«
Er knetete nachdenklich seine Hände. Diese Hände, mit denen er schon so viele Herzen repariert hatte.

Nur das seiner Tochter nicht.

»Mehr weiß ich über ihn oder seine Familie leider nicht, als das, was ich dir letztens gesagt habe.«

Da schallte Sandras Stimme zu ihnen. »Der Kaffee ist fertig.«

Enttäuscht stand Caro auf, wollte gehen. Ihr Vater bat sie, zu bleiben.

»Ich weiß, du magst Sandra nicht besonders. Aber sie hat auch einiges erleiden müssen in ihrem Leben.«

»Ach ja?«

»Sie hat sich Kinder gewünscht. Sehr sogar. Aber durch eine notwendige Gebärmutter-OP musste sie ihren Traum begraben. Sie leidet heute noch darunter, auch wenn sie es sich nach außen hin nicht anmerken lässt und ihren Frust durch Shoppen kompensiert. Caro, sie hat mir klar gemacht, dass ich die Zeit mit dir als Kind viel mehr hätte genießen müssen. Dass ich viel mehr hätte auf dich eingehen sollen, gerade die letzten Monate, nach deiner Enttäuschung mit Mario. Das mit Sascha war ein Versuch. Vermutlich ein ziemlich dilettantischer Versuch, dass du endlich wieder glücklich werden sollst. Es tut mir leid. Ich dachte für einen Moment, es war vielleicht so eine Art Wink des Schicksals, dass ich durch meinen jüngeren Kollegen auf Saschas Konzert geriet. Auch wenn ich als Naturwissenschaftler nicht an

Schicksal glaube. Es hat sich ja auch wieder bewahrheitet, dass es Unsinn ist.«
Caro starrte ihren Vater an, den sie noch nie so emotional und besorgt gesehen hatte. Und augenblicklich tat er ihr leid. Wenn man einsehen musste, dass der Großteil seines Lebens vorbei war, wenn man merkte, dass man die Menschen, die man liebte, nicht gut genug behandelt hatte, wie schlimm musste das sein? Caro schwor sich, dass ihr das nie passieren würde, sollte sie jemals Kinder bekommen. Und vielleicht aus diesem Impuls heraus, ging sie zu ihm und drückte ihm einen Kuss auf die Wange.
»Weißt du was, Paps?«
»Nein?«
»Ich hab dich lieb.«
Sie sah ihn von der Seite an, diesen Mann, der schon so viele Leben gerettet hatte. Er hatte versucht, ihres zu retten, aber es war ihm nicht geglückt.
Seine Miene hellte sich auf, er wirkte gleich ein paar Jahre jünger.
»Ich dich auch, Mäuschen«, flüsterte er.
Sie lächelte ihn an. »Weiß Sascha eigentlich wirklich nicht, dass du und seine Mutter, also dass ihr früher ein Liebespaar gewesen seid?«
»Nein, also von mir nicht.«
Sie hatte es Sascha bisher auch nicht gesagt, hatte

auch nicht den Eindruck gehabt, dass er es wusste.
»Ich habe es vermieden, ihm meinen Nachnamen zu nennen, als ich ihn als deinen Handwerkscoach engagierte. Ich habe bei der ganzen Sache nur an dich gedacht, Caro, das musst du mir glauben. Ich konnte es nicht ertragen, wie traurig du immer aussahst, wenn dich Tante Netti bei einer unserer Familienfeiern auf dein Single-Leben ansprach.«
Erschüttert dachte Caro: So erbärmlich habe ich gewirkt? Dabei glaubte sie, dass sie ihren Gefühlszustand ganz gut überspielen konnte.
»Sandra wartet. Kommst du?«
»Nein, danke. Mir ist jetzt echt nicht danach. Ein andermal gern. Ich geh weiter das Bootshaus reparieren. Denn ...«, sie lächelte ihren Vater an. »Es tut wirklich gut, mal etwas mit seinen Händen zu machen, zu sehen, wie etwas entsteht.«
Er lächelte zurück. »Sag ich doch. Was meinst du, warum ich so viel hier im Garten herum werkele.«
»Ach so? Ich dachte, du machst das, weil Sandra keine Lust dazu hat.«
»So ein Unsinn. Ich habe es ihr verboten. Der Garten ist mein Reich. Im Haus kann sie dekorieren so viel sie möchte. Siehst du, Caro, man muss manchmal hinter die Fassade schauen, um einen Menschen kennenzulernen. Und ich bin mir sicher, Sascha ist ein Guter und er hat irgendeinen wichtigen Grund, warum er ohne eine Erklärung

gegangen ist. Auch wenn ich das natürlich sehr missbillige, dass er meine Lieblingstochter so behandelt.«

Dann fügte er noch hinzu. »Der kriegt es mit mir zu tun, sag ihm das, wenn du ihn siehst.«

»Mach ich, Paps.«

Etwas aufgefangen ging Caro zu ihrem Fahrrad, winkte Sandra noch zum Abschied nett zu.

Man musste hinter die Fassade eines Menschen schauen, darin hatte ihr weiser Paps eindeutig recht. Und genau das würde sie bei Sascha tun. Aber zunächst mal musste sie sich abreagieren und was eignete sich dazu besser, als ein paar Planken im Bootshaus an zu hämmern.

15. Kapitel

Angespannt und mit bangem Herzen radelte Caro vom Haus ihres Vaters am See entlang zum Bootshaus. Vielleicht holte er dort ja gerade seine Sachen, denn er hatte einige Werkzeuge von sich mitgebracht. Doch Caro ahnte es schon von Weitem, kein Sascha weit und breit, kein Hämmern oder Sägen war am See zu hören.
Sie stellte ihr Rad an einem Baum ab und betrachtete das Bootshaus einen Moment von außen. Diesen Ort der Liebe, an dem ihre Gefühle für Sascha erweckt wurden, gegen ihren festen Willen, sich auf einen Mann einzulassen. Nach dieser Nacht mit ihm spürte sie so eindeutig wie in ihrem Bauch die Schmetterlinge herumflatterten, irritiert, aber sehr lebendig. Vielleicht gab es ja doch noch eine Chance für sie beide? Wenn sie Antworten bekäme auf ihre Fragen. Sie dachte an Mario, der ihr nie wirklich gesagt hatte, wann und warum er sich entliebte. Und plötzlich merkte sie, dass ihr Zorn auf ihn gerade schwand, dafür der auf Sascha stärker wurde.
Während sie auf das Bootshaus zuging, dachte Caro an Sascha, der seine Träume lebte, ungeachtet dessen, was das für andere bedeutete. Vermutlich liebte er seine Freiheit einfach noch mehr als sie.
Als ihr Blick auf eine Planke auf dem Dach fiel, die

sie selbst da hingezimmert hatte, wurde ihr bewusst, dass ihr Vater wirklich Recht gehabt hatte. Etwas mit seinen eigenen Händen zu schaffen, etwas, was man sich zuvor nicht zugetraut hatte, verursachte ein richtig gutes Gefühl. Danke Paps, flüsterte sie leise, was brauch ich schon andere Männer, wenn ich doch einen großartigen in meinem Leben habe.
Sie ging weiter auf das Bootshaus zu, um hier auf Sascha zu warten, um ihn zur Rede zu stellen. Denn so einfach abservieren würde sie sich nicht lassen. Da hörte sie plötzlich ein Rascheln aus dem Inneren des Bootshauses.
Ihr Herz hüpfte augenblicklich, auch wenn sie es ihm im nächsten Moment verbat. Er war doch gekommen. Jetzt würde sie ihm den Kopf waschen, ihn fragen, warum er nach dieser wunderschönen Nacht einfach abgehauen war.
Ihre Beine fingen an, zu rennen, sie stürmte hinein. Doch im Bootshaus blieb sie wie angewurzelt stehen. Vor ihr stand nicht Sascha, sondern eine Frau in ihrem Alter. Sie zuckte zusammen, als Caro plötzlich vor ihr stand, blickte sie mit großen, grünen Augen an.
»Was machst du hier?«, entfuhr es Caro angespannt. »Das Bootshaus ist Privatbesitz.«
»Du bist Caro, hab ich Recht?«
»Äh ja.« Woher kannte sie ihren Namen?

»Ich bin Silvi. Eine Freundin von Sascha. Ich war grade in der Nähe.«
Irritiert blickte Caro sie an. Lud er sich jetzt schon andere Frauen hierher ein?
»Ich dachte, vielleicht ist er ja da.«
»Nein, ist er nicht.«
»Schade. Wird nett, was ihr hier so baut.«
»Ja, es ist das alte Bootshaus meiner Großmutter.«
Silvi nickte, sah sich um.
»Weißt du zufällig, wo Sascha wohnt?«, hakte Caro nach.
Silvi schien zu zögern, schüttelte den Kopf. »Ich weiß nicht, ob ich dir das sagen darf. Er sagt es irgendwelchen Frauen normalerweise nicht.«
Irgendwelchen Frauen? Caro konnte es nicht fassen. Aber woher auch sollte diese Silvi wissen, was zwischen ihnen entstanden war. Welche Nähe, welche Verbindung.
»Ich war mal mit ihm zusammen«, erzählte Silvi weiter.
Eine Ex. Eindeutig zu viel Information, dachte sich Caro und machte nur: »Ah.«
»Und jetzt sind wir supergut befreundet.«
»Schön. Das klappt ja selten.«
»Bei uns schon.« Silvi sah sich um. Ihr Blick blieb an der Wolldecke hängen, die noch auf dem Boden lag. Zerwühlt.
Sie sah auf, verstand. »Tut mir leid, wenn er dich

enttäuscht hat.«
»Wie kommst du darauf?«
»Nur so. Das hat nichts mit dir zu tun. Er ... braucht seine Freiheit.«
Caros Magen rumorte. Sie bemühte sich, sich ihre innere Unruhe nicht anmerken zu lassen.
»Ich habe ihm seine Freiheit damals auch nicht geben können«, fuhr Silvi fort. »Das war's dann.«
»Verstehe.« Caro fühlte sich, als bekäme sie gleich keine Luft mehr, atmete flach. Ihr Atem ging stoßweise. Nicht schon wieder.
Silvi merkte auf, sah sie besorgt an. »Alles klar bei dir? Bekommst du schlecht Luft?«
»Ich ... hatte vor Jahren Asthma, und vor ein paar Tagen ging es wieder los. Aber es geht schon wieder.« Tapfer versuchte Caro, ruhig zu atmen, die Lippen zu spitzen, wie es Sascha ihr gezeigt hatte.
»Er ist kein schlechter Typ, weißt du?«, fuhr Sivli fort. »Er ist sehr für andere da. Denkt dabei oft nicht an sich.«
Caro dachte sofort daran, wie rührend er sich um sie gekümmert hatte, als sie ihren Asthma-Anfall bekam, wie zuvorkommend, einfühlsam er die ganze Zeit zu ihr war. Verdammt, wieso hatte er sich einfach so aus dem Staub gemacht nach dieser Nacht, wenn er doch so sehr an andere dachte? Das konnte und wollte sie diese Silvi aber nicht fragen.
»Und warum erzählst du mir das?«, fragte Caro nur

tonlos.
»Ich will einfach nicht, dass du schlecht von ihm denkst.«
Silvi drehte mit dem Finger eine ihrer kurzen Locken auf. »Soll ich ihm etwas ausrichten, wenn ich ihn sehe?«
Caro schüttelte den Kopf. Sie sollte all ihre Wut, ihre Fragen einfach herunterschlucken, so wie bei Mario? Und ihm nur etwas ausrichten? Nach Neuseeland konnte und wollte sie damals nicht reisen, um diesen Mistkerl zur Rede zu stellen. Aber Sascha befand sich in Berlin.
Caro spürte, dass sie diesmal Antworten brauchte. Sie durfte nicht wieder alles in sich hineinfressen, um ihres eigenen Wohles willen. Es machte ihre Seele krank und das durfte nicht passieren. Außerdem, so wurde Caro bewusst, würde sie es nicht aushalten, ihn einfach nie wieder zu sehen. Sie sehnte sich so sehr nach ihm, nach seinen Armen, seinem Geruch, seinem Lächeln, seiner Nähe. Und die Hoffnung, dass es eine verzeihbare Erklärung gebe, und dass er sich für sie entscheiden würde, gab ihr Kraft.
»Oder doch. Sag ihm, dass er hier einen Job zu erledigen hat. Mein Vater hat ihn bereits angezahlt. Er soll also kommen und mir weiter Tipps geben, bis wir hier fertig sind.«
Silvi blickte sie unschlüssig an, öffnete erneut ihren

Mund, um etwas zu sagen, klappte ihn dann aber wieder zu.
»Okay, mach ich.« Sie drehte sich um, nuschelte noch ein »Tschüss dann« und verschwand.
Durcheinander und aufgewühlt blieb Caro zurück. Er hatte eine Ex-Freundin, mit der er noch gut befreundet war. Oder lief zwischen den beiden ab und zu noch was? Eine dieser On-Off-Beziehungen, die so viele hatten? Caro konnte sich so etwas für sich nie vorstellen und würde es auch nicht haben wollen, da war sie sich sicher.
Und eigentlich konnte sie es sich bei Sascha, so gefühlvoll wie sie ihn kennengelernt hatte, auch nicht vorstellen.
Wollte sie überhaupt einen Mann, der nicht wirklich offen zu ihr sein konnte? Selbst wenn er sich für sie entscheiden würde? Nein, ihr Verstand sagte: Sie wollte so einen Mann nicht. Doch wie sie das dachte, spürte sie ein Ziehen im Magen, ein Verlangen nach ihm. Nach seinen Lippen, seiner weichen Haut, seiner Leidenschaft.
Verdammt, ihr Körper, ihr Herz folgten nicht ihrem Verstand. Wütend auf sich selbst nahm sie den herumliegenden Hammer in die Hand, suchte sich einen Nagel und hämmerte ihn irgendwo in ein Stück Holz. Mit aller Kraft hämmerte sie ihre Wut heraus, mit jedem Schlag fühlte es sich leichter an, bis der Nagel tief im Holz steckte. Ein wenig schief

zwar, aber es hatte gut getan. Und so nahm sie noch eine der von Sascha neu gekauften Planken zur Hand. In die andere nahm sie die Säge, setzte das Sägeblatt an und sägte voller Kraft und Emotionen. Sie war keine Frau, die man einfach so abservierte, nicht mehr und nie wieder. Mit ihr sprang kein Mann mehr so um. Sie spürte, dass sie ihren Stolz, ihr Selbstbewusstsein nach und nach wieder erlangte. Ihr Selbstbewusstsein, das Mario so in Grund und Boden getrampelt hatte.

Caro sägte das Holzstück ab, sah sich im Bootshaus um und beschloss, es wirklich fertig zu renovieren, selbst wenn sie es ganz alleine und ohne seine Hilfe schaffen musste. Auf YouTube gab es genug Videos, wie man was handwerklich hinbekam, irgendwie würde sie es schon hinkriegen. Für ihre Großmutter, die es sich so wünschte, für ihren Paps, aber vor allem für sich selbst. Alles hier drin erinnerte an Sascha, an die Stunden, in denen sie sich unbemerkt in ihn verliebte, an die Nacht, in der sie ihn in ihr Herz ließ. Das Handwerkszeug, das in der Ecke lag, die Farbeimer, die Pinsel, all das erinnerte sie an ihn. Sie checkte ihr Handy, aber er hatte sich nicht gemeldet.

Caro schnappte sich einen Pinsel, öffnete den Farbeimer mit der hellblauen Farbe und begann zu malern.

Die Stunden vergingen und nach und nach

erstrahlte das Bootshaus in einem wunderschönen Taubenblaugrau. Immer wieder spähte sie unruhig auf ihr Handy, doch der Kerl meldete sich nicht.
Traurig legte sie schließlich den Pinsel in das Glas mit dem Pinselreiniger, räumte die restlichen Werkzeuge auf, ging zu ihrem Fahrrad und radelte los zur S-Bahn.
Dann wartete sie eben in seinem Band-Raum auf ihn, egal wie lange es dauern würde. Irgendwann musste er dort auftauchen. Caro fühlte sich wild entschlossen, sie wollte ihre wirren Gefühle ordnen. Dass Sascha nichts für sie empfand, das glaubte sie nach dieser zärtlichen, leidenschaftlichen Nacht einfach nicht. Sie musste es herausfinden, was ihn so hart agieren ließ.

16. Kapitel

Ein Sonnenstrahl drang durch das Kellerfenster in den Band-Raum hinein. Der Staub tanzte flirrend auf ihm. Sascha saß auf einem Hocker, seine Gitarre in der Hand, leicht vornübergebeugt. Er schloss die Augen. So spielte er ein melancholisches Stück, wie er es damals oft tat, wenn er nicht wusste, wohin mit seinen Gefühlen. Sam lag auf seiner Decke in einer Ecke und beobachtete ihn.

Verdammt, diese Nacht mit Caro im Bootshaus hätte nicht passieren dürfen. Aber sein Verstand hatte ausgesetzt, sein Herz das Zepter übernommen. Die Frau hatte ihm den Verstand geraubt. Noch nie empfand er für ein Mädchen diese hammer-tiefen Gefühle. Noch nie diese Nähe, noch nie hatte er so intensiven, zärtlichen, aber auch leidenschaftlichen Sex. Doch es durfte nicht noch einmal geschehen. Er wollte ihr nicht weh tun. Und Sascha spürte, dass er selbst hoffnungslos verloren wäre, wenn er sich auf sie einließe. Nie hätte er geglaubt, dass dieses Töchterchen ihn je so flashen könnte. Niemals. Aber sie hatte sich mit ihrer doch sehr natürlichen, tollpatschigen Art in sein Herz geschlichen, er konnte nichts dagegen tun. Erneut spielte er einen Akkord, schloss dabei die Augen, hörte den Klängen zu und versuchte, sich wegzubeamen.

***

Nervös betrat Caro den Neuköllner Innenhof, von dem die Tür zu Saschas Band-Raum abging. Es war heiß und sie sehnte sich nach einer Dusche. Caro spürte Farbkleckse an ihren Händen, knibbelte sie mit ihren Fingern ab. Sie schritt weiter zur Tür, hörte Musik durch diese hindurch dringen. Gitarrenmusik. Ihr Atem stockte. War er da?
Caro öffnete die Tür einen Spalt, sie knarzte. Caro hielt inne, hoffte inständig, dass es Sascha sei und er alleine wäre. Sie hörte die Klänge der Gitarre lauter, aber sie kannte sein Spiel nicht gut genug, es könnte auch ein Bandkollege sein. Da vernahm sie seine tiefe Stimme, die erst leise, dann immer lauter in Englisch dazu sang. Caro kannte das Lied nicht, lehnte ihren Kopf gegen die Tür, wagte, kaum zu atmen, ihr Herz pochte. Wie emotional Sascha sang, wie sehr sie diese Stimme in ihrem tiefsten Inneren berührte. Er sang über die Liebe, über die Freiheit, über eine Frau, die er so sehr liebte.
Sie blieb genau so, wagte es nicht, sich zu bewegen, lauschte ergriffen, bis die letzten Töne erklangen. Plötzlich drängte sich ein Fellbündel durch die Tür und Sam begrüßte sie freudig. »Hey, Süßer.« Sie gab sich einen Ruck, öffnete knarzend die Tür noch

weiter und ging die Kellertreppe hinunter, gefolgt von Sam. Sofort musste sie die Augen sehr anstrengen, denn das Sonnenlicht fiel nur durch einen einzigen Lichtstrahl in diesen dunklen Kellerraum hinein. Sie blinzelte, dann sah sie ihn. Seine muskulösen Konturen, seine Gitarre in der Hand. Sein längeres Deckhaar verstrubbelt. Sie ging näher, erkannte im Dämmerlicht seine Augen, sie blickten sie an. Sie sah die Trauer in ihnen, den Verlust.

»Sascha, wieso ... wieso rennst du vor mir davon?«, brach es aus ihr heraus. Sie hatte sich nicht überlegt, was sie sagen wollte.

»Es geht einfach nicht.« Seine Stimme klang müde. Er pfiff seinen Hund zu sich. Der zögerte kurz, gehorchte dann aber.

»Aber wieso?« Sie ging noch näher auf ihn zu. Berührte ihn fast. Hätte ihn so gerne richtig berührt. Er wandte sich ab, stand auf, räumte seine Gitarre weg, vermutlich, um ihr nicht in die Augen sehen zu müssen.

»Bitte, erkläre es mir.«

Doch er schüttelte nur den Kopf und flüsterte: »Es tut mir so leid. Es hätte nicht soweit kommen dürfen.«

Caro atmete durch. »Hat es mit dieser Silvi zu tun?«

Überrascht sah er auf. Dachte nach.

Aufgewühlt blickte er sie an. »Irgendwie ja.«
»Was meinst du mit »irgendwie ja«?« Sie vergaß zu atmen. Am liebsten hätte sie sich in seine Arme geworfen, aber sie riss sich zusammen. Es lief also doch noch was mit seiner Ex?
Doch mehr sagte er nicht. Dieser Mann, in dem sie sich so getäuscht hatte. Mal wieder. Fassungslos und wütend starrte Caro ihn an.
»Mehr sagst du einfach nicht? Und wie es mir jetzt geht, ist dir vollkommen egal?« Ihre Stimme zitterte. »Ich habe dir erzählt, wie beschissen sich mein Ex verhalten hat. Und du willst das Ganze jetzt noch toppen?«
Er blickte auf und sein Gesicht wirkte schmerzverzerrt. Aber er sagte nichts dazu. Überlegte offenbar einen Moment, ging dann einfach an ihr vorbei, in Richtung Treppe, in Richtung Kellerausgang. Doch Caro schnappte ihn sich, bekam ihn gerade noch am Arm zu fassen, hielt ihn auf. Sie spürte seinen Atem in ihrem Gesicht, er roch so gut, ihr Herz flatterte.
»Sascha, bist du mit Silvi noch so halb zusammen. Liebst du sie noch, weil, wenn ja, dann ...?«
»Nein!«, unterbrach er sie barsch. Caro zuckte zusammen. Erleichterung machte sich in ihr breit. Hoffnung.
»Woher kennst du sie?«
»Sie hat dich gesucht, im Bootshaus.«

Er runzelte die Stirn. »Und was hat sie noch gesagt?«
»Wie was noch? Was gibt es denn noch zu sagen?«
Er ließ sich auf die Kellertreppe sinken, verbarg sein Gesicht in seinen Händen. Caro wollte sich vorsichtig neben ihn setzen, doch er wehrte sie ab.
»Geh. Geh jetzt bitte.«
Sollte sie jetzt einfach so gehen? Auf keinen Fall.
Sie blieb stehen. Doch da stand Sascha auf, hastete an ihr vorbei und ließ sie zurück. Sam rannte seinem Herrchen sofort alarmiert hinterher. Getroffen blickte Caro den beiden nach. Aber hinterherrennen würde sie diesem Kerl nicht.

17. Kapitel

Caro ließ sich auf die Kellerstufen sinken, schlug die Hände vors Gesicht, Tränen schossen hervor. All der Schmerz, den sie schon einmal erlebt hatte, traf sie mit so einer Wucht, die sie fast gegen die Wand gedrückt hätte. Wieso hatte er das getan? Wieso hatte er so mit ihr geschlafen, sie so berührt, ihr so schöne Dinge gesagt? »Liebe Dich - ewig«, hatte er gesagt und ihr dabei sehnsuchtsvoll in die Augen geschaut. Wie konnte ein Typ nur so gemein und fies sein, wieso war sie erneut auf so einen Kerl hereingefallen?

Sie spürte, sie fühlte sich Sascha um vieles näher als Mario jemals. Und das in der kurzen Zeit. Ihre Gedanken rasten. Verblasste das, was sie für Mario empfand, nur von Tag zu Tag mehr? Konnte man die Intensität von Liebe überhaupt messen? Und konnte man Männer lieben, die so respektlos mit einem umgingen? Man konnte, das taten leider einige Frauen.

Woher wusste ihre Seele, wie viel ihr Sascha bedeutete? Dieser Kerl, den sie kaum kannte? Oder war es genau das? Dass sie ihn so wenig kannte, ließ ihn verführerischer, geheimnisvoller, interessanter erscheinen als einen Mann, den man jahrelang im Alltag erlebte? Caro war nicht naiv. Natürlich war es schwer, eine Liebe im Alltag zu

bewahren. Einen Mann zu lieben, der irgendwann wortkarg ständig nur noch abends fernsehen wollte. Aber durch ihre Zeit als Single wusste sie auch, dass es ebenso extrem schwer war, einen Mann zu finden, der einen faszinierte, der einen magisch anzog, der einem doch so ähnlich war, obwohl er aus einer anderen Welt zu kommen schien. Der einem die Luft zum Atmen nahm.
Bei diesem Gedanken musste Caro unwillkürlich lächeln. Sie dachte an ihr erstes Zusammentreffen, an ihre Atemnot. Vielleicht hatte ihr Körper nur wegen ihm so überreagiert? Wer wusste es schon, was der Richtige in einem auslösen konnte. Welche Initialzündung für die Liebe galt?

Caro stand mit wackeligen Beinen auf. Es hätte keinen Sinn gemacht, ihm zu folgen. Außerdem rannte sie keinem Mann mehr nach. Traurig strich sie sich die Tränen aus dem Gesicht. Konnte er überhaupt der Richtige sein, wenn er sich so mies ihr gegenüber verhielt? Eigentlich nicht und diese Erkenntnis traf sie erneut wie ein Schlag in die Magengegend. Sie liebte einen Menschen, obwohl er nicht der Mann ihres Lebens zu sein schien? Wie absurd war das denn? Aber sie konnte nichts gegen ihre Gefühle tun. Sie nicht mehr einfangen, die vielen Schmetterlinge, die aufgescheucht und hektisch herumflatterten, auch wenn das Objekt

der Begierde ein Idiot zu sein schien.
Caro stolperte durch den Innenhof, hinaus auf die Straße. Dort stand ihr Rad. Sie setzte sich zittrig darauf. Wie konnte sie nur erneut so dämlich sein, sich in einen Mann zu verlieben, der ihre Gefühle nicht erwiderte? Hatte sie denn gar nichts gelernt?
Ihr Ärger auf sich selbst wurde immer stärker, sie wusste nicht wohin damit. Wie gerne hätte sie jetzt gehämmert, gebohrt, gesägt. Bis es besser wurde. Aber sie wollte nicht an den Ort, der sie an ihn erinnerte. Sie versuchte ihre Freundin Emma anzurufen, doch die ging nicht ran. Vermutlich traf sie gerade Ben. Hoffentlich ging wenigstens bei den beiden alles gut weiter. Caro versuchte, Hannah anzurufen, aber auch dort nur die Mailbox. Und plötzlich wusste sie, wer jetzt genau die Richtige wäre. Ihre Großmutter, bei der sie eine Tasse Apfeltee trinken und über ihren Kummer reden konnte. Auch wenn sie dann doch wieder raus zum See fahren musste. Hoffentlich war Großmutter zuhause und hatte einen weisen Rat für sie.

18. Kapitel

Der heiße Apfeltee schmeckte wunderbar und war genau das, was Caro jetzt brauchte. Ihre Großmutter hatte ihr noch ein Stück Torte, einen Frankfurter Kranz, gereicht, den sie bei ihrem Lieblingskonditor für sich gekauft hatte. So saßen sie auf der Veranda und sahen auf den rot-weiß-rosa blühenden Garten und den See, der in der Abendsonne glitzerte. Ihre Großmutter dachte lange darüber nach, was Caro ihr eben alles erzählt hatte, streichelte ihr dabei lieb über den Arm.

»Kind, *du* musst dein Leben lang dafür sorgen, dass es dir gutgeht. Weil, wenn es dir gut geht, geht es den Menschen um dich herum auch besser. So wie es klingt, bedrückt diesen Sascha etwas sehr stark. Was nichts mit dir zu tun hat.«

Wie wahr. Das spürte Caro auch, das machte sie ja so verrückt. Caro nahm sich fest vor, ihre Großmutter als ihr großes Vorbild zu nehmen. Natürlich wollte sie jetzt nicht jeden Tag irgendein Stück Torte in sich hineinstopfen, damit es ihr gut ging. Obwohl ihr gerade wirklich danach war, aber sie wollte mehr für sich tun.

Caro galt als Mensch, der viel gab und wenig nahm. Darum vermutlich konnte sie sich auch gut vorstellen, in die Entwicklungshilfe zu gehen. Nach ihrem Studium, wenn ihre Oma mal nicht mehr am

Leben wäre. Auch wenn sie sich diesen Zeitpunkt nicht vorstellen vermochte. Solange würde sie auf jeden Fall in Berlin bleiben. Bei ihrer Oma, ihrem Paps, ihren Freunden. Nie wieder würde sie für einen Mann all das verlassen, das hatte sie sich geschworen.

Ihre Großmutter spürte es also auch. Sascha bedrückte etwas, ihn belastete irgendetwas, das er ihr nicht offenbaren wollte oder konnte.

Die verwirrten Schmetterlinge in ihrem Bauch flatterten erneut empor. Es hatte nichts mit ihr zu tun. Dann hatte ihre Liebe also vielleicht doch noch eine Chance? Was nur, was konnte es sein, das Sascha nach dieser magischen, sinnlichen, zärtlichen Nacht so drastisch hatte handeln lassen? Er musste doch genauso leiden wie sie selbst? Oder waren Männer da anders gestrickt? Caro hatte das Gefühl, sie hatte den Code für das männliche Wesen noch nicht geknackt. All die Bücher über »Männer sind vom Mars und Frauen von einem anderen Stern«, die sie in ihrer Single-Zeit gelesen hatte, enthielten sicher einen Funken Wahrheit. Aber auch wenn Sascha und sie nach außen hin genau so gewirkt hatten, wie zwei von weit entfernten Planeten, so fühlte Caro, dass sie sich dennoch auf demselben befanden, dass sie die gleiche Luft atmeten. Bei diesem Gedanken bekam sie erneut ein bisschen Atemnot. Ihre Großmutter

registrierte es sofort, stand eilig auf, so eilig wie eine 80-jährige eben aufstehen konnte, ging hinein in die Villa und kam kurz darauf mit einem Asthma-Spray in der Hand wieder.
Es half sofort.
»Oma, seit wann hast du denn wieder ein Spray zuhause?«
»Seit deinem Anfall an meinem Geburtstag, Kind.«
Caro lächelte überwältigt, stand auf, drückte ihre Oma, die ihr gerade mal bis zum Kinn ging. Wie klein und zerbrechlich sie wirkte, wie groß und tapfer sie innerlich aber war. Sie selbst hatte mit ihrem Mann, Caros Großvater, auch einiges mitgemacht. Er war lange krank, hatte im Krieg Schlimmes erlebt, über das er nie reden wollte. Er war wohl oft abweisend zu ihr, wirkte in manchen Momenten geradezu lieblos, konnte sie nicht ganz so lieben wie Amalia ihn. Aber ihre Großmutter hatte diesen Mann gewollt, sagte sie einmal, sie respektierte ihn, ehrte und liebte ihn. Und sie lebten zusammen ein meist glückliches Leben. Jeder Mensch hatte ein Päckchen zu tragen. Die einen mehr, die anderen weniger.
Caro dachte darüber nach. Sie wollte Sascha. Aber bekam sie ihn auch? Wie gerne hätte sie jetzt eine Glaskugel in der Hand, in der man in die Zukunft sehen konnte.
Eines wurde ihr klar. Sie durfte nicht verletzt den

Kopf einziehen. Sie hatte gespürt, auch vorhin in seinem Band-Raum, dass er sehr viel für sie empfand, und deshalb musste sie kämpfen.
»Nur eines musst du mir versprechen, Caro«, hörte sie ihre Großmutter sagen.
»Was denn?«
»Dass du dein Studium wegen ihm nicht schleifen lässt. Es ist heutzutage für eine Frau so wichtig, unabhängig zu sein. Finanziell unabhängig meine ich.«
Ihre Großmutter hatte ja so Recht. »Ich weiß, das werde ich nicht. Auch wenn es schwer ist, sich im Moment zu konzentrieren.«
Schlechtgewissig fiel ihr ihre Seminararbeit ein, an der sie dringend weiterarbeiten musste.
Nachdem sie noch eine Weile geredet hatten, verabschiedete sich Caro von ihrer Großmutter, wollte nach Hause. Sie hatte vor, heute Abend noch an ihrer Seminararbeit weiterzuarbeiten und morgen in der Bibliothek. Hoffentlich würde sie nicht wieder abschweifen, an Sascha denken, grübeln. Zuhause war die Gefahr größer, sogar der ungeliebte Haushalt lenkte sie hier oft ab. Aber in der Bibliothek sah jeder sofort, wenn sie tagträumerisch Löcher in die Wand starrte.
Caro umarmte ihre Großmutter erneut. »Danke, dass du immer für mich da bist, wenn es mir nicht so gut geht.«

»Das bist du doch auch für mich. Aber selbst wenn ich einmal nicht mehr hier sein werde, bin ich es für dich von da oben immer.« Sie lächelte und deutete in den Himmel, der so blau schien, wie selten zuvor. »Aber jetzt geh schön lernen und dann hol dir diesen Mann. Ich fand ihn sehr sympathisch«, fügte sie mit einem Augenzwinkern hinzu.

19. Kapitel

Bis nachts um drei hatte Caro an ihrer Arbeit geschrieben, hatte dabei eine Tafel Schokolade und eine halbe Packung Nüsse verspeist. Glücklicherweise war sie ein gutes Stück weitergekommen. Die Gespräche mit ihrer Großmutter taten ihr immer so gut. Sie schob ihr Rad gerade über den Alexanderplatz, denn hier musste sie in die U-Bahn zur Fakultäts-Bibliothek in der Garystraße umsteigen. Sie freute sich über die warme Sonne und auf einen Coffee to go. Wie immer strömten unzählige Berlin-Touristen über den Platz, der so gar nichts Charmantes an sich hatte. Doch die Weltzeituhr und die Tatsache, dass hier viele Bahnen, S- und U-Bahnen einfuhren, außerdem die vielen Shopping-Möglichkeiten und das alte DDR-Flair, das immer noch zu erahnen war, zogen die Leute magisch an. Caro sehnte sich nach dem ruhig gelegenen Bibliotheks-Garten in der Garystraße, der an der frischen Luft die Möglichkeit bot, im Freien in Ruhe zu arbeiten. Es gab WLAN und sie wollte an ihrer Seminararbeit auf jeden Fall das Kapitel fertig schreiben. Ihre Gedanken an Sascha, die auch heute Nacht natürlich immer wieder kamen, musste sie weiter tapfer verdrängen. Es zumindest versuchen. Die Frage, wieso er sich nicht meldete, wieso er sie

ohne Erklärung zurückgelassen hatte, zermarterte sie in ihrem tiefsten Inneren. Aber sie wollte es nicht zulassen.
Gerade als sie ihr Rad zu dem Laden schob, in dem es den besten Kaffee der Gegend gab, hielt sie inne. An einem der Stehtischchen stand Sascha, mit Sam an der Leine, bei einer sehr jungen Frau bei einem Kaffee in ein Gespräch vertieft. Sascha hatte sie noch nicht bemerkt und so schob Caro schnell ihr Rad auf die Seite, hinter eine Litfaßsäule. Von dort konnte sie die beiden unbemerkt beobachten. Sam schien sie gerochen zu haben, wollte in ihre Richtung, doch Sascha fasste die Leine kürzer, befahl ihm, Platz zu machen. Das Mädchen sah aus wie 16 oder 17. Wer war sie? Interessierte er sich etwa für sie? Caro konnte es nicht glauben. Nicht nachdem Sascha sie so angesehen, so berührt, so liebevoll und unendlich zärtlich gestreichelt hatte. Sie rief sich selbst zur Räson. Nur weil er sich mit einem jungen Mädchen unterhielt, musste das nichts heißen. Der Kaffeeduft aus dem Kiosk strömte zu ihr herüber, aber sie wollte jetzt nicht an den beiden vorbei gehen. Hatte das Mädchen etwas mit dem zu tun, was er vor ihr verheimlichte? Sie hatte langes, glattes, aschblondes Haar, trug eine Röhrenjeans und ein langärmeliges Top. Und das bei dieser Hitze. Seltsam. Sie sah hübsch aus.
Caro erkannte, dass sie eine kleine Maus in der

Hand hielt, die nun ein wenig über ihren Arm krabbelte. Eine Maus? Was machte sie mit einer Maus? Ratten kannte Caro als Haustiere, aber Mäuse? Sascha streichelte die kleine Maus und Caro erinnerte sich voller Schmerz an das Mäusenest, das er ihr im Bootshaus gezeigt hatte. Wie liebevoll und besorgt er damals wirkte, wie liebenswert. Im Nachhinein war es definitiv ein Moment, in dem sie sich in ihn verliebt hatte, wurde ihr gerade klar.

Plötzlich nahm Sascha das Gesicht des Mädchens zwischen seine Hände. Caros Magen fühlte sich an, als habe sie einen Kloß aus Lehm verschluckt. Wie er dieses Mädchen ansah, genauso liebevoll wie sie, bevor er mit ihr geschlafen hatte. Caros Atem stockte, das durfte nicht wahr sein. Konnte er wirklich so hinterhältig und skrupellos sein? Wenn ja, dann musste sie das Mädchen vor ihm warnen.

Doch da ließ er mit seinen Händen das Gesicht dieser jungen Frau wieder los.

Caro merkte, wie sie unwillkürlich die angehaltene Luft ausatmete. Der wenige Schlaf ließ sie offenbar etwas überreagieren. Sollte sie sich bemerkbar machen? Immerhin war er ihr eine Erklärung schuldig? Aber würde er ihr jetzt mehr sagen, als vorhin im Band-Raum? Wohl nicht. Caros Gedanken rasten. Was sollte sie tun? Sie musste wissen, was ihn so reagieren ließ. Wieso er sie

wissentlich so verletzte?
Da verabschiedete sich Sascha mit einem Küsschen auf die Wange des Mädchens. Er legte ihr noch einen Zwanzig-Euro-Schein auf den Tisch. Das Mädchen streichelte Sam liebevoll und Sascha ging mit Sam an der Leine eilig los in Richtung U-Bahn. Das Mädchen trank seinen Kaffee aus, und ehe Caro überlegen konnte, was sie sagen wollte, schob sie ihr Rad zu den Stehtischen hin.
»Hi«, begann sie etwas ungeschickt.
Das Mädchen sah sie irritiert an. »Hi.«
»Wir kennen uns nicht, aber ich kenne Sascha«, fuhr Caro mit zittriger Stimme fort.
»Ah. Der ist grade weg.« Sie steckte den Zwanziger ein, packte die kleine Maus und steckte sie sich in ihre Tasche. Sie wollte gehen. Fieberhaft überlegte Caro, wie sie sie aufhalten könnte.
»Ich weiß. Ich meine, kann ich dich ganz kurz etwas fragen?«
Das Mädchen blieb stehen. Sie sah sie an, mit genau dem gleichen traurigen Blick, mit dem Sascha vorhin sie angesehen hatte. Von nahem betrachtet sah sie noch jünger aus. 15 oder gar 14?
Himmel, was frage ich denn jetzt?, dachte Caro aufgeregt. Sie durfte es nicht vermasseln. Denn Sascha würde ganz sicher von dieser Unterhaltung erfahren.
»Ich bin eine ... eine Freundin von Sascha, mit der

er das Bootshaus renoviert. Ich heiße Caro.«
Das Mädchen nickte nur. Hatte sie von Caros Namen bereits gehört?
Es platzte aus Caro heraus: »Ich ... ich dachte, er empfindet etwas für mich, aber da habe ich mich wohl getäuscht.« Was redete sie für einen Unsinn, schalt sie sich innerlich selbst, zwirbelte an einer Haarsträhne.
Das Mädchen sah auf. Wieder mit diesem traurigen, leeren Blick. »Nein, hast du nicht«, hauchte sie. Und ihm selben Moment schien dem Mädchen klar zu werden, dass sie das nicht hätte sagen sollen.
Sie presste die Lippen zusammen, machte sich auf, zu gehen.
Verblüfft starrte Caro sie an. »Ich habe mich nicht getäuscht? Hat er also etwas von mir erzählt?«
»Ja, hat er.«
Caros Herz machte unwillkürlich Hüpfer, schlug Purzelbäume und Salti. Doch die Landung, sobald ihr Verstand einsetzte, fühlte sich hart an. Denn, dass er von ihr redete, half schließlich nichts, wenn er sich ihr gegenüber so herzlos benahm. Vor allem, was hatte er von ihr erzählt? Allein die Tatsache, dass er sie erwähnte, hieß auf der anderen Seite aber doch: Er hatte Gefühle für sie, irgendwelcher Art. Wie sie für ihn.
»Ich muss gehen«, nuschelte das Mädchen.

»Warte, bitte warte. Dann weißt du vielleicht auch, warum er sich plötzlich so seltsam verhält?«
Das Mädchen hielt inne, schien hin- und hergerissen zu sein, ob sie es sagen sollte. »Muss er dir selber sagen.«
Caros Hoffnung, von ihr etwas zu erfahren, zerbarst wie ein Ballon.
»Verstehe«, sagte sie leise. Dabei verstand sie nichts. Rein gar nichts. »Weißt du zufällig, wo er gerade hingegangen ist?«
Das Mädchen zuckte nur apathisch die Schultern.
Caro schluckte. Ihr Hals kratzte. Sie wusste es offensichtlich, wollte es Caro aber nicht sagen.
»Wie heißt du?«, wollte Caro noch wissen. Mehr fiel ihr nicht mehr ein.
Das Mädchen sah sie an, mit diesen traurigen, blauen Augen. »Ich? Ich bin Lucy.«

20. Kapitel

Caro war Lucy heimlich gefolgt, hatte ihr Fahrrad einfach stehen lassen. Sie fühlte sich wie ein Privatdetektiv, huschte von einem Sichtschutz zum nächsten, betete, dass Lucy sie nicht bemerkte. Es war so ein Bauchgefühl, dass sie mehr über diese Lucy wissen musste, um hinter Saschas Geheimnis zu kommen. All die Leute um sie herum strömten eilig an ihr vorbei und dennoch fühlte sie sich einsam und allein. Warum benahm sich diese Lucy ihr gegenüber nur so seltsam? Caros Kopf schwirrte, sie musste mit irgendjemandem reden. Gemeinsam durchdenken, was es bedeuten könnte. Sie stand in einiger Entfernung zu Lucy, die gerade in einem Klamottenladen gelangweilt T-Shirts durchforstete. Caro versuchte erneut, Emma anzurufen und diesmal ging sie zum Glück ran.

»Hier ist Emma.«

»Endlich, hier ist Caro«, flüsterte sie. »Wo steckst du?«

»Wieso flüsterst du?«

»Weil ich jemanden beschatte. Erklär ich dir gleich. Kannst du reden?«

»Ja, ich bin mit Ben im VW-Bus unterwegs. Er will surfen gehen und es mir beibringen.«

»Oh. Das klingt gut. Ist wieder alles okay zwischen euch? Du musst jetzt nur ja oder nein sagen, da er

ja zuhört.« Caro flüsterte die ganze Zeit.
»Ja«, kam es mit fröhlicher Stimme zurück.
Wie schön, dann hatten sich die beiden wenigstens wieder gefunden. Caro dachte erleichtert, dass es also möglich zu sein schien, sich wieder auf einen Mann einzulassen, auch wenn man wie Emma in der Vergangenheit sehr verletzt worden war.
»Ich brauche unbedingt deinen Rat, Emma. Ich kann irgendwie nicht mehr klar denken«, sprudelte es aus Caro leise heraus. »Geht es gerade oder stör ich total?«
»Quatsch, natürlich geht es. Erzähl schon.«
Und so berichtete Caro von dem eben Erlebten, während sie Lucy nicht aus den Augen ließ. Von der kleinen Maus, davon, wie Sascha Lucys Gesicht in seine Hände genommen hatte. Davon, dass Lucy herausgerutscht war, dass er von Caro erzählt hatte. Ihr Herz flatterte, als sie davon berichtete.
»Bist du sicher, dass sie so jung ist?«, hakte Emma nach.
»Also sie ist auf keinen Fall 18. Irgendwas drunter.«
»Mmhm«, machte Emma. »Denkst du denn, er hat Interesse an ihr?«
»Nein, ich glaube nicht.«
»Du musst ihn finden und fragen.«
»Ich weiß noch nicht mal, wo er wohnt.«
»Weiß das nicht dein Pa? Schließlich hat er Sascha

für dich engagiert.«
»Nein, ich hab ihn schon gefragt.«
»Mist.«
»Ja, das kannst du laut sagen. Ich beschatte diese Lucy einfach weiter. Dir gleich viel Spaß beim Surfen.«
»Danke. Den wird Ben auf jeden Fall haben, wenn ich gleich ständig ins Wasser falle.«
»Du schaffst das. Sonst gebe ich dir demnächst auch noch ein paar Stunden. Selbst ist die Frau.«
»Genau. Dir ganz viel Glück, Caro.«
»Hör mir bloß auf mit dem Glück.«
»Oh sorry, ja.«
»Also tschüss, Süße, da tut sich was, ich muss auflegen.« Sie beendete das Telefonat, beobachtete erstaunt, wie Lucy, die wartend an der Weltzeituhr stehengeblieben war, auf die Uhr sah, sich einen Kaugummi in den Mund stopfte und zeitgleich Silvi dazutrat. Saschas Ex! Mit großen Augen verfolgte Caro, wie sich die beiden nett begrüßten und gemeinsam weiterschlenderten.
Was war das denn? Was hatte Silvi mit dieser jungen Lucy zu tun? Woher kannten sie sich?
Der Fall wurde immer mysteriöser. Caro huschte ihnen nach.

***

Am Hackeschen Markt setzten sich die beiden in ein Straßencafé, bestellten sich ein Eis. Caro überlegte fieberhaft, ob sie einfach zu den beiden gehen sollte. Aber was könnte sie fragen? Wie sollte sie die Frauen dazu bringen, dass sie mehr über Saschas Gefühlswelt erführe?

In dem Moment blieb ein Straßenmusikant, der auf einer Balaleika spielte, direkt neben ihr stehen und grinste sie an.

Caro, die hinter einem Strandkorb eines anderen Cafés stand, von diesem aber nicht ganz verdeckt wurde, bedeutete ihm wild gestikulierend, bitte weiterzugehen. Doch der Musikant blieb penetrant stehen und zog schließlich die Blicke von Silvi auf sich, wie Caro mit Erschrecken feststellen musste. Caro machte geduckt einen Sprung zur Seite, blieb dabei aber mit dem Fuß an einer Schlaufe hängen und fiel mit Karacho zu Boden.

Autsch, tat das weh. Die Passanten sahen nur amüsiert zu. Ihre Knie waren mit Sicherheit aufgeschürft wie bei einem Kleinkind. Sie rappelte sich auf. Caro pampte einen Umstehenden an, der grinste, doch er schien ein Tourist zu sein, verstand kein Wort.

Da fasste eine Hand nach Caros Hand, zog sie hoch. Es war Silvi, die sie besorgt ansah. »Geht es wieder?«

»Äh ja, danke. Silvi. Das ist ja ein Zufall«, preschte Caro vor.
»Ja, ich wollte mit Saschas Schwester gerade ein Eis essen.«
Mit Saschas Schwester. Caros Magen durchflutete ein warmes Gefühl. Natürlich, warum war sie nicht gleich darauf gekommen. Ihr Vater hatte doch etwas von einer kleinen Schwester erzählt. Es musste der Schlafmangel sein.
»Dann ist Lucy…« Caro biss sich auf die Lippe.
Silvi sah sie erstaunt an. »Du kennst Lucy?«
»Nein. Also ich meine, ich bin ihr vorhin kurz begegnet, wusste aber gar nicht wer sie ist.«
Silvis Blick wurde angespannt.
»Dann weißt du sonst nichts über sie?«
Caro schüttelte den Kopf. Bitte rede weiter, flehte sie insgeheim. »Was meinst du denn damit?«, wagte sie sich vorsichtig vor.
Silvi atmete durch, blickte zu Lucy. Caro folgte ihrem Blick. Lucy schien verschwunden zu sein. »Na toll. Lucy hat dich gesehen und ist gegangen.«
»Wegen mir?« Wieso das denn?
»Sie ist ziemlich menschenscheu. Willst du ihr bestelltes Eis essen?«
»Äh ja, klar.«
Lucy war wegen ihr abgehauen? Warum? Was verbarg das Mädchen vor ihr?

21. Kapitel

Caro rührte in ihrem Eisbecher, beobachtete die Schokosplitter, die sich mit der Vanille vermischten. Sie versuchte, zu verdauen, was sie von Silvi erfahren hatte. Nun verstand sie um so vieles mehr. Ihr Herz zog sich zusammen. Caro wäre am liebsten aufgestanden und davon gelaufen, wie Lucy vorhin. Ganz weit weg, immer weiter. Aber sie riss sich zusammen. Es gab keine Zukunft für Sascha und sie, das war nun klar. Und das sah Sascha genauso. Hatte er sich deshalb von ihr zurückgezogen? Wieso nur hatten sie nicht eher darüber gesprochen? Vor dieser magischen, bewegenden, leidenschaftlichen Nacht? Wieso nur hatte sie wieder einmal so großes Pech mit Männern? Ihr Vater mit seinen albernen Glückstheorien. Man konnte das Glück nicht erzwingen, soviel stand nun für Caro unwiderruflich fest. Das Leben ordnete sich diesem nicht unter.

Glück war kein Dauerzustand, das wusste sie selbst. Aber ein paar schöne Jahre mit Sascha, vielleicht sogar viele schöne Jahre, hätten doch einfach drin sein können?

Sie versuchte, ihren Schmerz herunterzuschlucken, sich selbst zu trösten. Immerhin hatte sie ein paar wunderbare, glückliche Momente mit Sascha

erleben dürfen. Vielleicht mussten diese reichen, vielleicht konnte sie nicht mehr erwarten von der Liebe, von ihrem Leben?
Es tat so unendlich weh. Und Caro verstand Sascha nun gut. Wie sehr musste auch er leiden, wie sehr musste er gelitten haben, als sie ihm in dieser Nacht erzählte, nie wieder ihr Leben in Berlin aufzugeben für einen Mann. Auch keine Distanzbeziehung führen zu wollen. Auf keinen Fall. Nicht nach der Sache mit Mario.
Wieso nur musste sie sich schon wieder in einen Kerl verlieben, der auswandern wollte. Nur diesmal nach Portugal.
Portugal. Das Surfer-Paradies. Es passte zu ihm.
Deshalb hatte er diesen Job als Handwerks-Coach angenommen. Er brauchte dringend Geld für seine Auswanderungspläne. Deshalb hatte er es mit der Renoviererei so eilig. Wollte es durchziehen, des Geldes wegen.
Caros Gedanken rasten. Sie kannte diesen Mann zu kurz, um ihre Familie und ihre Freunde erneut aufzugeben. Zu verschlossen war dieser Kerl, zu geheimnisvoll. Und abgesehen davon: ständig nach Portugal oder er nach Berlin fliegen, konnten sie sich beide beim besten Willen nicht leisten. Sie war Studentin, er notorisch pleite.
Außerdem zog er ja nicht nur des Surfens willen dorthin, sondern hatte einen wirklich triftigen

Grund. Und dieser war so schrecklich und hart. Es wäre gemein von ihr, zu versuchen, ihn zu überreden, in Berlin zu bleiben. Bei ihr. Ihre Liebe zu leben. Die gerade erst begonnen hatte. Und genauso jäh enden musste.
Caro seufzte aus Versehen hörbar.
Silvi sah sie mitleidig an.
»Er liebt Lucy über alles.«
»Das ist ja auch gut so. Sie ist seine Schwester.«
»Und wenn sie das nicht hätte erleben müssen, hätte er sich bestimmt für dich entschieden.«
»Ja, das denke ich auch.«
Es machte die Sache nicht leichter.
Silvi drehte an ihrer Locke, beobachtete eine Taube, die Krümel aufpickte.
Caro dachte voll Mitleid an Sascha. Diesen unwiderstehlichen Kerl. Ihre Schmetterlinge weinten. Sie konnte die Tränen gerade noch zurückhalten.
»Und Lucy hat damals wirklich alles mit ansehen müssen?« Ihre Stimme holperte.
»Ja. Alles.«
»Dann ist es wirklich kein Wunder, dass Lucy so traumatisiert ist.«
Caro mochte es sich nicht vorstellen. Wie schrecklich es sein musste, die eigene Mutter sterben zu sehen. Nichts tun, ihr nicht helfen zu können. Und das mit 14 Jahren. Silvi hatte erzählt,

dass Saschas und Lucys Mutter Katharina vor einem Jahr bei einem Motorbootausflug mit Lucy ums Leben gekommen war. Sascha hatte ihnen wohl zugeredet, diese Bootstour am Wannsee zu machen. Wer konnte auch ahnen, dass dieses Unglück geschehen würde? Seine Mutter fiel bei laufendem Motor ins Wasser, versuchte, wieder ins Boot zu klettern, rutschte ab, kam unter das Boot, mit dem Kopf an den Motor. Caro zog es den Magen zusammen bei der Vorstellung. Lucy schaffte es wohl, den Motor auszustellen, ihre blutende Mutter aus dem Wasser zu ziehen. Sie blutete schrecklich, verstarb erst nach mehreren Minuten in Lucys Armen. Das Mädchen musste hilflos mit ansehen, wie ihre Mutter starb.
Seitdem litt sie an posttraumatischen Störungen, redete anfangs lange nicht, fing an, sich an den Unterarmen zu ritzen.
Deshalb das langärmelige T-Shirt, fiel Caro bedrückt ein.
Silvis Stimme riss sie aus ihren Gedanken. »Verstehst du jetzt, dass Sascha mit ihr nach Portugal ziehen muss?«
»Natürlich verstehe ich das.«
Saschas Vater kam mit dem Mädchen nicht mehr zurecht. Umso mehr musste sich Sascha kümmern. In Portugal gab es eine Surfschule, die eine Surftherapie für Kinder mit posttraumatischen

Störungen anbot. Auch für Autisten, oder psychisch Behinderte. Eine richtig tolle Sache.
Sascha hatte dort einen Job bekommen, als Surflehrer. Wollte sich ausbilden lassen, als Surftherapeut. Von wegen, dieser Kerl hatte keine Ziele.
Mit einem Mal wurde Caro klar, wie sehr sie sich in diesem vermeintlichen Träumer getäuscht hatte.
Er war viel zielstrebiger als sie es ihm zugetraut hätte. Er war viel einfühlsamer, sensibler, verletzlicher, als sein Äußeres vermuten ließ.
Es gab keine Chance, dass er hier in Berlin blieb, für sie.
Jetzt wusste sie, warum er sich nach ihrer gemeinsamen Nacht aus dem Staub gemacht hatte. Um ihr nicht noch mehr weh zu tun, um ihre Gefühle nicht noch stärker werden zu lassen. Wieso nur hatte sie ihm nicht früher von Mario erzählt? Dann wäre es nie dazu gekommen, dass sie sich beide so unsterblich ineinander verliebten. Wie musste er sich gefühlt haben in dieser Nacht?
Vermutlich dachte, er, ein Ende mit Schrecken wäre für sie beide das Beste. Und das war es auch.
Silvi kratzte geräuschvoll das restliche Eis aus ihrem Eisbecher. Das von Caro sah inzwischen aus, wie eine braunweiße Pampe aus Schoko und Vanilleeis. Diese Geschichte über Lucy und ihre Mutter war einfach zu schrecklich. Caro stellte sich

vor, wie es sein musste, einen geliebten Menschen in seinen Armen sterben zu sehen. Noch dazu die eigene Mutter. Ein eisiges Gefühl machte sich in ihr breit. Und auch die Tatsache, dass dieses Mädchen sich seitdem ritzte, um sich selbst zu spüren, tat Caro in der Seele weh. Wie toll von Sascha, dass er sich so sehr um seine jüngere Schwester sorgte. Sein ganzes Leben auf den Kopf stellen wollte, seine Gefühle zurückstellte, für Lucy.

Von einer Surftherapie hatte Caro noch nie gehört. Aber es klang großartig. Wellenreiten konnte man in Berlin leider nicht. Und vermutlich war es genau das, das Schaukeln der Wellen, das diese Kinder und Jugendlichen beruhigte.

Vielleicht gab es ja auch andere Surfschulen, die diese Art Surftherapien anboten?, keimte in Caro gerade ein Hoffnungsschimmer auf. Vielleicht an der Ostsee, nicht ganz so weit weg? Der Gedanke gab Hoffnung.

Sie wandte sich aufgeregt an Silvi: »Gibt es denn nicht auch diese Surftherapien in Surfschulen in Deutschland, in der Nähe? An der Ostsee zum Beispiel?«

»Nicht, dass ich wüsste. Und selbst wenn, Sascha und ich haben dort einen Job bekommen. Das war riesiges Glück. Sonst könnten wir das Ganze nicht finanzieren.«

Fassungslos sah Caro sie an. »Du auch? Ich meine,

du gehst mit nach Portugal?«
»Ja, habe ich das nicht erwähnt?«
Zumindest hatte es Caro so nicht verstanden. Weil sie es nicht verstehen wollte?
»Lucy braucht mich, ich bin sowas wie ihre beste Freundin, aber irgendwie auch mehr. Ich bin ja auch älter. Vielleicht sowas wie ihre mütterliche Freundin. Obwohl das wieder so alt klingt. Na ja, jedenfalls nach dem Tod ihrer Mutter hat sie sich anfangs nur mir gegenüber geöffnet. Ich kann und will sie nicht im Stich lassen und Sascha auch nicht.«
»Verstehe.«
»Ich kann dort kellnern in einer Surfer-Bar. Und bin immer für die beiden da.«
Caro verstand. Es gab keinen Platz in Saschas Leben für sie. Selbst wenn sie sich durchringen würde, erneut ihr Leben hier in Berlin für einen Mann aufzugeben, den sie gerade einmal ein paar Tage kannte. Mit dem sie gerade einmal eine Nacht verbracht hatte. Was absurd genug wäre. Wenn sie ihre Großmutter und ihre Freunde noch einmal zurückließe, Silvi wäre immer dabei. Und Caro hatte ein schlechtes Gefühl bei dieser Vorstellung. Die Ex war einfach immer die Ex. Und Lucy brauchte Silvi.«
Caro starrte ein Liebespaar an, das vor dem Straßencafé Arm in Arm vorbei ging, sich dabei in

die Augen schaute und glücklich anlächelte. Sie sehnte sich so sehr danach, mit Sascha genau so durch die Straßen Berlins schlendern zu können, völlig unbeschwert, doch sie durfte es nicht. Das Schicksal wollte es nicht. Das Glück war mal wieder nicht auf ihrer Seite.
»Wir fliegen in zwei Tagen.«
»Was, schon?«, hauchte Caro.
Caro wurde übel. Sie fühlte sich wie Pech-Marie in diesem Märchen. Irgendwie schien sie das Pech mit Männern anzuziehen, da vermochte auch jegliche Anstrengung ihres Vaters nichts daran zu ändern. Man konnte Glück nicht erzwingen.
Oder doch?

22. Kapitel

»Lucy?« Besorgt betrat Sascha das Behandlungszimmer ihres Hausarztes. Die Sprechstundenhilfe hatte ihn vor einer halben Stunde angerufen. Lucy war stark blutend vor ihr gestanden, ihre Wunde am Arm musste sofort versorgt werden. Ob Sascha sie abholen könne oder ob sie Lucy in eine Klinik einweisen sollten?

Er atmete gepresst, er hasste den Geruch beim Arzt, der ihn umwölkte, als wäre er in einer Dunstglocke gefangen.

Seine Schwester saß mit einem weißen Mullverband am Arm auf einer Krankenliege, sah blass aus, lächelte ihn entschuldigend an.

Der Arzt, ein älterer Mann mit schütterem Haarkranz und mildem Gesichtsausdruck kam dazu. »Sie hat mir geschworen, dass sie sich nichts antun wollte.«

»Wollte ich auch nicht.« Ihre Stimme klang vehement. »Echt nicht, Sascha. Ich schwöre. Ich lass dich nicht allein.«

Sascha atmete erleichtert aus, glaubte ihr, ging zu ihr, nahm sie in den Arm.

Der Arzt redete weiter: »Aber sie hat sich wieder geritzt. Ziemlich stark sogar. Und dabei eine Ader verletzt.«

Lucy flüsterte kleinlaut: »Es hat geblutet wie

Schwein. Und du bist nicht an dein Handy gegangen, Paps und Silvi auch nicht. Dann bin ich zu Dr. Thieme. Ich war eh grad in der Nähe.«

Sascha nickte beruhigend. »Das hast du gut gemacht.«

»Hat das geklappt mit dieser Surftherapie in Portugal, von der Sie mir erzählt haben?«

»Ja, hat es.«

»Und wann geht es los?«

»Übermorgen früh fliegen wir, die Surftherapie fängt dann am nächsten Tag an.«

»Sehr schön. Ich denke auch, dass ihr das gut tun wird. Die anderen Therapieversuche haben ja leider nicht wirklich angeschlagen. Entschuldigen Sie mich, ich muss zu einem anderen Patienten. Wir können aber gerne einen Termin machen und alles nochmal in Ruhe besprechen.«

»Natürlich. Vielen Dank, Dr. Thieme.«

»Da nicht für. Lassen Sie sie ruhig noch ein paar Minuten hier sitzen, sonst klappt ihr noch der Kreislauf weg.«

Er ging mit einem bemüht aufmunternden Lächeln auf den Lippen hinaus.

Sascha wandte sich streng an seine Schwester. »Du hast mir gestern erst wieder versprochen, dass du es nicht mehr tun wirst.«

»Ich weiß. Ich wollte auch nicht.«

Er seufzte. Drückte sie noch einmal fest.

Lucy machte sich störrisch los.
»Du willst gar nicht mehr nach Portugal, hab ich Recht?«
»Was, wie kommst du denn darauf?«
»Wegen dieser Caro.«
Sie schniefte.
»Woher kennst du ihren Namen?« Er hatte ihr nur von einer Frau erzählt, mit der er ein Bootshaus reparierte.
»Hab sie eben kennengelernt.«
»Du hast was? Wo, wann?«
»Sie hat uns zusammen am Alex gesehen und hat mich dann angequatscht.«
Das hatte Caro getan? Sein schlechtes Gewissen, seine Sehnsucht, sein Verlangen, all das rumorte in ihm.
»Und was hat sie gesagt?«
»Nicht viel.«
Er wusste, wie sehr er Caro weh getan hatte. Wie sehr er ihr eine Erklärung schuldete. Aber er wusste auch, dass er wieder schwach werden würde, sobald er ihr gegenüberstand, und das durfte nicht geschehen. Lucy brauchte ihn, mehr denn je, wie sich gerade wieder gezeigt hatte.
Und in einer schnöden SMS konnte er es Caro auf keinen Fall erklären. Er wusste, dass er sich so fies wie ihr Ex-Freund Mario verhielt, vielleicht noch gemeiner. Aber er hoffte, dass es so für sie leichter

werden würde, ihn möglichst schnell zu vergessen. Sascha musste weg hier mit Lucy. Auch weg von ihrem alten Herrn. Der sich nach dem Tod ihrer Mutter als emotionales Arschloch entpuppt hatte, der Lucys Ritzversuche nicht ernst nahm, als Teenie-Kram abtat. Weil er sich nicht damit beschäftigen wollte, weil er merkte, dass er überfordert war.

Überfordert, so fühlte sich Sascha auch. Aber als er von dieser Surftherapie von einem Surfer-Kumpel erfahren hatte, hatte er sofort intuitiv gespürt, dass das Lucy helfen könnte. Nachdem sie zuvor schon alle möglichen Therapien probiert hatte. Es gab keine Garantie. Aber die Hoffnung. Dass aus ihr doch noch eine psychisch gesunde junge Frau werden könnte, kein seelischer Nerd.

Er erinnerte sich an ihre Kindheit, wie sie früher zusammen oft auf der Couch saßen, er ihr eine heiße Tasse Schokolade brachte und Lucy ihm von ihrem Tag in der Schule erzählte. Sascha glaubte, den Geruch der heißen Schokolade zu riechen. Lucy hatte nie viele Freundinnen gehabt, fühlte sich oft außen vor. Nun nannte sie Silvi, seine Ex, ihre beste Freundin. Dass das, allein schon wegen des Altersunterschieds, merkwürdig anmutete, war ihm bewusst. Trotzdem freute er sich, dass sich Silvi so um Lucy kümmerte. Er war ihr so dankbar.

»Meinst du, dein Kreislauf ist jetzt okay? Sollen wir

gehen? Sam wartet draußen.«
»Mhm. Und wenn ich umkippe, fängst du mich auf, ja?«
»Aber nur, wenn du das da nicht mehr machst.« Er deutete auf ihren Verband am Arm. »Deal?«

***

Sicherheitshalber hatte Sascha seine Schwester Lucy mit sich in den Band-Raum mitgenommen. Nicht dass sie doch noch umklappte, zuhause, allein. Sein Vater arbeitete. Sie führte Sam an der Leine, ihren Liebling. Wie viel Hoffnung hatte er in diesen Hund als Therapiehund gesteckt. Das Tier tat ihr gut, aber es heilte sie nicht ganz.
Kito stand am Keyboard, spielte einen Akkord, begrüßte sie lautstark, deutete auf ihren Verband. »Hey, Lucy, was hast du denn gemacht?«
»Lass sie in Ruhe«, ging Sascha dazwischen. Kito hob beschwichtigend die Hände, klimperte weiter.
Seine Bandkumpels wussten es nicht, so wie es keiner wissen durfte, dass Lucy sich das antat. Er hatte es Lucy hoch und heilig versprechen müssen.
Dass er auswandern wollte, wegen eines Surflehrerjobs, wussten sie seit ein paar Wochen. Sie hatten es bedauert, an einem bierseligen Abend zutiefst bedauert, aber dann ganz schnell einen

Ersatz gefunden für ihn als Sänger. Es gab genug, die singen konnten in Berlin.
Wie schnell diese Lücke gefüllt wurde, machte ihm bitter klar, wie austauschbar alles im Leben zu sein schien. Bis auf Caro, durchfuhr es ihn. Eine Frau wie sie, die sein Herz so tief berührte, eine echte Seelenverwandte, würde er nie wieder finden. Sicher würde es Bettgeschichten mit Touristinnen in Portugal geben. Oder die ein oder andere Portugiesin, die ein oder andere Geschichte. Es würde aber nie so sein wie mit ihr. Er konnte es nicht erklären, was diese Anziehung ausmachte. Er wusste nur, er hatte diese Nähe so noch nie erlebt.
Lucy setzte sich auf das alte, ausrangierte Sofa in der Ecke, machte es sich mit Sam dort bequem, hörte den Jungs bei ihrer Musik zu.
Es tat gut, zu spielen, wie immer konnte sich Sascha so wegbeamen aus der Realität. Wenn er sang, fühlte es sich an, als käme er seiner Seele ein Stück näher. Das hatte ihm einmal ein Priester gesagt. Wenn du singst, das ist der direkteste Zugang zu deiner Seele. Und zu Caros Seele?, dachte er in dem Moment? Dann wohl auch.
Da kamen zwei Frauenbeine die Kellertreppe herunter. Für einen Moment setzte sein Herzschlag aus. Er hielt inne und damit die ganze Band. Doch es war nur Silvi. Sie sah ihn besorgt an.
»Lucy hat versucht, mich anzurufen, ich hab's

leider viel zu spät gesehen, geht es ihr gut?«
»Ja«, meldete sich Lucy aus ihrem Sessel in der dunklen Ecke. Silvi blickte auf den Verband, atmete durch, kam vollends herein. »Ein Glück.«
Sie setzte sich zu Lucy auf die Armlehne des alten Sessels, schmiegte sich an sie. Sam knurrte ein wenig.
»Können wir denn jetzt übermorgen überhaupt fliegen?«
»Natürlich. Mit Verband kann man ja wohl fliegen, also hallo?«
Sascha nickte nur ernst, sang weiter. Und auch seine Bandkumpels stimmten mit ihren Instrumenten wieder mit ein.
Sie spielten das Lied zu Ende, ließen es ausklingen, bis auf die letzten Töne.
»Kleine Pause«, sagte Kito in die Stille. »Ich geh eine rauchen.«
Er ging raus, die anderen Bandmitglieder folgten.
Silvi stand von der Armlehne des Sessels auf, kramte etwas aus ihrer Umhängetasche und wandte sich an Lucy und Sascha. »Ich hab euch was mitgebracht.«
»Ach ja und was?«, fragte Lucy sofort neugierig.
Silvi zog drei Muffins in je einer grünen Manschette heraus. Sie sahen selbstgebacken aus. Die hab ich für uns gebacken. Kleiner Reiseproviant«, lächelte sie. Auf zwei Muffins stand je ein S, für Silvi und

Sascha, wie sie erläuterte, und auf dem dritten ein L.
Sascha bekam plötzlich ein ungutes Gefühl, beschäftigte sich mit seiner Gitarre.
»Findest du nicht, dass sie köstlich aussehen, Sascha?«
»Was? Ja, klar.«
Silvi freute sich sichtlich.
Sie buk gerne, hatte das in der Pflegefamilie, in der sie aufgewachsen war, lieben gelernt. Ihre Mutter hatte Drogen genommen und sich nicht um Silvi gekümmert. Vermutlich deshalb fiel es ihr so leicht, hier alles zurückzulassen und mit ihm und Lucy mitzukommen nach Portugal.
Als Saschas und Lucys Mutter starb, war Silvi bedingungslos da, vor allem für Lucy, und er fühlte sich deshalb Silvi gegenüber zu großem Dank verpflichtet. Sie hatten zwar mal eine kurze Beziehung, aber inzwischen lebten sie ein richtig gutes Kumpel-Verhältnis, mit dem beide prima leben konnten.
Seine Ma, seine wunderschöne, witzige, schlagfertige Ma, die er so sehr geliebt hatte, durchfuhr es ihn wie so oft. Wieso nur hatte er ihr an diesem Tag dazu geraten, diese verdammte Bootstour zu machen? Sascha fühlte sich irgendwie mitverantwortlich für ihren Tod, auch wenn er wusste, dass es Schwachsinn war. Seine Welt stand

damals still, nicht einmal die Musik oder das Surfen retteten ihn. »Only the good die young«, sagte sein Pa. Sein Pa, der verzweifelt versuchte, sein eigenes Leben in den Griff zu bekommen. Er, der labile Künstler, schaffte es in seiner Trauer nicht, seine Kinder zu versorgen. Und so musste Sascha mit 23 Jahren sich um seine jüngere Schwester kümmern, während sein Alter unterwegs war, als Kabarettist in irgendwelchen piefigen Hinterhof-Theatern.
Sascha fiel nach dem Tod seiner Mutter in ein riesiges Loch, das ihn hineinzog wie in einen Strudel. Hinab in die Hölle. Einzig Silvi und die Sorge um Lucy zogen ihn wieder heraus.
Silvi rettete das Leben der Geschwister. Das würde er ihr nie vergessen. Damals dachte er irgendwann, dass sie das alles nur für ihn tat, in der Hoffnung, wieder mit ihm zusammen zu kommen. Aber so sehr er sich auch bemühte, er konnte sie nicht so lieben wie sie es verdient hätte. Und er sagte es ihr offen und ehrlich.
Silvi litt damals sehr, aber sie kam drüber weg, war ein Stehaufmännchen, schon immer im Leben. Er sollte sich an ihr ein Beispiel nehmen. Denn er litt fürchterlich, sobald er an Caro dachte. Also jede Minute, jede Sekunde, jede Millisekunde.
Sascha beobachtete Silvi mit ihren drei Muffins und sein Verdacht, der die letzten Tage aufkeimte, wurde stärker. Seit er Caro kennengelernt hatte,

schien es ihm, als erhoffte sich Silvi doch noch etwas von ihm. Als wäre sie eifersüchtig auf Caro. Als kämpfte sie plötzlich um ihn. Auch ein Grund, warum es keinen Sinn machte, von Caro eine Entscheidung einzufordern, mit ihm zu kommen. Denn Auswandern mit der neuen großen Liebe und einer insgeheim eifersüchtigen Ex stand unter keinem guten Stern. Das durfte er Caro nicht antun. Sascha gefiel das nicht. Er hätte Silvi nie im Leben mitgenommen, wenn er gewusst hätte, dass sie noch etwas für ihn empfand, sich noch etwas von ihm erhoffte. Herrgott, musste denn immer alles so kompliziert sein? Lucy brauchte Silvi, er musste sie mitnehmen. Musste jetzt in erster Linie an seine Schwester denken, nicht an sich, an seine Gefühle. Auch wenn er sich noch so sehr nach Caro sehnte.

Dass sie genauso viel für ihn empfand, daran hegte er keinen Zweifel. Denn das hatte er an jeder Pore ihres Körpers in dieser Nacht gespürt. Schlagartig erinnerte er sich an ihre samtweiche Haut, verzehrte sich nach ihr. Erinnerte sich an ihre Hände, die ihn überall berührten. Wenn er nur daran dachte, wurde ihm heiß. Verdammt heiß. Es durfte nie wieder geschehen. Er musste sie sich aus dem Hirn reißen. Die Erinnerung löschen. Delete.

Ihre Liebe hatte keine Zukunft, soviel war sicher, egal wie er es drehte und wendete. Lucy würde ganz bestimmt nicht in zwei, drei Monaten heilen, so

große Wunder konnte diese Surftherapie auch nicht vollbringen. Und eine längere Long-Distance-Beziehung kam für Caro nicht in Frage, das hatte sie ihm klipp und klar gesagt. Er musste sie sich aus dem Herz reißen, auch wenn sich allein der Gedanke anfühlte, als platze ein mit Nägeln gefüllter Ballon in seinem Brustkorb. Es stach, tat verdammt weh.

»Ist irgendwas?«, riss ihn Silvi jäh aus seinen düsteren Gedanken.

»Was? Nein, nein. Hast du deinen Pass gefunden?«, lenkte er ab.

»Ja, hab ich.«

Forschend sah sie ihn an.

»Jetzt rede endlich«, forderte sie.

Doch er sagte nichts.

»Typisch Mann«, scherzte Silvi bemüht locker. »Dabei brauchen wir Frauen das so sehr, dass ihr mit uns redet. Sonst leiden wir uns nämlich zu Tode.«

Da wurde es ihm klar.

Dass er mit Caro reden musste, ihr alles erklären, das war er ihr schuldig. Er hatte sich verhalten wie ein Idiot, ein mieses Schwein. »Ich fahr nochmal raus zum See«, verkündete er Lucy und Silvi. »Silvi, bleibst du bitte noch ein bisschen bei Lucy? Einfach sicherheitshalber?«

»Du fährst zum See? Da kommen wir doch mit, was

Lucy?«, entgegnete Silvi etwas angespannt. »Du hattest mir versprochen, mit mir noch am See surfen zu üben. Und du hast dich die ganze Zeit gedrückt.«

»Ich hab mich nicht gedrückt, ich hatte viel zu tun.«

»Von mir aus. Aber versprochen ist versprochen.«

Das hatte er ihr wirklich. Denn Silvi konnte nicht gut surfen und bevor es in Portugal mit den Wellen losging, hatte er ihr vor ein paar Wochen angeboten, hier am ruhigen See mit ihr das Auf-dem-Brett-stehen nochmal zu üben. Er hatte es immer wieder verschoben, zu viel war passiert, zu viel Zeit hatte er im Bootshaus verbracht, mit ihr.

»Ich kann heute leider echt nicht mehr mit dir üben, Silvi. Das holen wir in Portugal im Pool oder so nach. Sorry, ich will nur ganz kurz zur Surfschule, ein paar Dinge besprechen, mit Ben.«

»Eine halbe Stunde wirst du ja wohl mit mir üben können. Komm, bitte.«

Lucy stimmte zu. »Echt, Sascha. Ne halbe Stunde. Und ich hab auch Lust, ein bisschen am See abzuhängen und mit Sam zuzugucken. Es ist so schönes Wetter.«

»Na also.« Silvi lächelte. »Dann lasst uns gehen. Gepackt haben wir ja schon das meiste und danach trinken wir zusammen einen kleinen Abschieds-Sundowner an der Bar. Bye, bye, Berlin.«

Sascha zog es den Magen zusammen. Er wollte mit Caro reden. Allein. Er musste mit ihr reden, vor seinem Abflug. Der Flieger ging übermorgen in aller Herrgottsfrühe.

23. Kapitel

Der Apfeltee in ihren Händen roch vertraut, aber er beruhigte diesmal nicht. Caro war aufgelöst und verwirrt erneut zu ihrer Großmutter gefahren, zu der Frau, die sie am besten verstand. Gemeinsam saßen sie auf der Veranda der Villa ihrer Großmutter am See, das Wasser glitzerte in der Sonne. Ein beigefarbener Ampelschirm spendete Schatten.

»Das arme Mädchen«, sagte ihre Großmutter erschüttert. »Ich verstehe nicht, wieso sich so viele junge Frauen selbst wehtun. Sei es so, oder mit Essensentzug.«

»Gab es das zu deiner Zeit nicht? Ritzen und Magersucht und so?«

»Nicht dass ich wüsste.«

»Und warum nicht?«

Sie überlegte. »Vielleicht, weil wir mehr Zusammenhalt in den Familien hatten? Ich meine, dieses Mädchen hat ihren Bruder. Das ist Gold wert. Aber ihr Vater kümmert sich nicht wirklich, Großeltern oder Onkel und Tanten scheint es nicht zu geben ... Bei uns waren damals alle füreinander da.«

»Ich hätte eher gedacht, ihr habt über Herzenssachen kaum geredet?«

»Haben wir auch nicht so wie heute. Aber wir, also

zumindest viele, haben uns geliebt gefühlt. Das ist immer noch das Wichtigste, das einem Menschen Selbstvertrauen gibt. Ein Urvertrauen in sich selbst.«

»Das stimmt.« Caro sah traurig vor sich hin und dachte an ihre Mutter.

Ihre Großmutter schob ihr den Teller mit den Keksen hin. »Deine Mutter liebt dich auch. Sie hat nur selbst nicht so das Bedürfnis nach Nähe.« Wie gut Großmutter sie kannte.

»Mmhm. Ziemlich egoistisch von ihr, oder? Sie könnte ja auch mal drüber nachdenken, was mir gut tut?«

Sie hatten schon oft und viel über Caros Verhältnis zu ihrer Mutter gesprochen. Darüber, wie weh es tat, von der eigenen Mutter so gut wie nie besucht zu werden. Darüber, dass es schmerzte, dass ihre Mutter sich nicht wirklich für sie interessierte.

»Dafür hast du mich und einen Vater, der auch immer mehr versteht, wie viel er verpasst hat im Leben. Dass er vor lauter Karriere seine Töchter kaum hat aufwachsen sehen.«

Caro lächelte etwas aufgefangen. »Paps, ja, er gibt sich inzwischen Mühe.«

»Endlich«, lächelte ihre Großmutter. »Dann war das mit dem Renovieren des Bootshauses also eine gute Idee?«

Caro nickte lächelnd. »Das war es. Jetzt weiß ich

wenigstens immer, was ich tun muss, wenn ich zornig bin«, scherzte sie. »Nägel irgendwo rein hämmern oder ein Brett durchsägen.«
Amalia lächelte, schenkte Tee nach.
»Und du hast die Liebe gefunden«, sagte sie ernst. »Auch wenn es scheint, als ob es keine Zukunft für euch gäbe.«
Caro seufzte. »Dann siehst du das auch so?« Sie hatte sehr gehofft, dass ihrer weisen Großmutter noch irgendetwas einfiele, eine Lösung, wie es doch noch eine Chance gäbe für Sascha und sie.
»Liebst du ihn denn wirklich?«
»Du findest, es kann nicht sein, weil ich ihn erst ein paar Tage kenne, richtig?«
»Nein. Das hat nichts zu bedeuten. Ich habe mich in deinen Großvater auch sofort verliebt. Als er vor mir stand auf dieser Bauernhochzeit, mit seinen blonden Haaren und diesen funkelnden, blauen Augen. In seiner Lederhose. Und als wir dann getanzt haben, wusste ich, dass ich ihn heiraten werde.«
»Wirklich? Aber das ist doch total irrsinnig, wenn man einen Menschen noch gar nicht richtig kennt.«
»Liebe hat nichts mit Vernunft zu tun.«
Caro trank einen Schluck Tee, überlegte fieberhaft. »Ich kann nicht von ihm verlangen, dass er da bleibt. Lucy muss diese Surftherapie machen und die ist nun mal in Portugal und nur dort für ihn

finanzierbar durch diesen Job.«
»Ja, das muss das Kind wirklich.«
»Und ich habe mir geschworen, dass ich nie wieder alles hier für einen Typen stehen und liegen lasse.«
»Dann ist die Entscheidung ja schon gefallen.«
»Ich will auch Paps und dich nicht allein lassen. Und so weit weg ziehen.«
Amalia sah Caro prüfend an, steckte sich einen Keks in den Mund und kaute.
»Und dann ist da noch seine Ex, die mitgeht. Das könnte eh nicht gut gehen. Und mein Studium. Wenn ich es jetzt wieder abbreche, werde ich ja nie fertig. Oder ewig spät. Und das alles wegen eines Typen, der aus einer ganz anderen Welt kommt, der total klasse aussieht, so dass er Jede haben könnte. Wegen eines Mannes, den ich gerade mal ein paar Tage kenne. Absurd.«
»Da hast du natürlich vollkommen Recht, Kind.«
Caro sah ihre Großmutter forschend an. »Du findest also auch, dass es absolut keine Chance für uns gibt? Dass ich hierbleiben und ihn übermorgen früh in diesen Flieger steigen lassen sollte?«
Amalia stand umständlich und langsam auf, nahm eine kleine Zinngießkanne und fing an, die weißen Petunien auf der Veranda zu gießen. Ein Sperling flog zu der Wassertränke am Boden und badete darin.
Sie wählte ihre Worte mit Bedacht. »Du sagst es

doch selbst. Es ist das Vernünftigste.«
Perplex entgegnete Caro: »Ich hätte ehrlich gesagt eher gedacht, du sagst: Folge deinem Herzen.«
Amalia lächelte. »Also auf mich musst du keine Rücksicht nehmen. Ich könnte dich auch in Portugal besuchen. Oder dort überwintern, wie so viele in meinem Alter. Es wäre gut für meine Arthritis. Aber was das Studium und das mit dieser Ex-Freundin betrifft: Ich finde, Sicherheit geht vor. Und kämpfen lohnt sich nicht immer.«
Caro verstand mit einem Mal, dass ihre Großmutter das alles extra sagte. Um sie aufzurütteln, da sie wusste, Caro würde sowieso genau das Gegenteil tun. »Omi«, sagte sie lächelnd. »Ich hab dich durchschaut!«
Amalia grinste schelmisch und goss weiter ihre Petunien. Kopfschüttelnd steckte sich Caro einen Keks in den Mund, kaute und dachte über all das nach. Dieser Kerl hatte sie nach dieser Nacht ohne ein Wort sitzen lassen, nicht mit ihr geredet. Konnte sie ihm das wirklich verzeihen? Und selbst wenn sie sich für diese verrückte Liebe entscheiden würde, wollte er überhaupt, dass sie mitkäme?
»Omi? Hast du noch dieses eine weiße Sommerkleid von mir hier?«
Ihre Großmutter lächelte.

24. Kapitel

Sascha stand angespannt am See, direkt an der Surfschule, blickte sich immer wieder mit klopfendem Herzen um. Nach ihr, nach Caro.

Dabei sah er hin und wieder zu Silvi, die so wackelig auf dem Windsurfbrett stand, als tobe am Müggelsee ein Orkan. Es herrschte so gut wie gar kein Wind. Wieder platschte sie hinein. Er schloss für einen Moment die Augen.

Silvi hatte vor ein paar Jahren einmal versucht, das Surfen zu lernen. Nur für ihn. Aber geliebt, so wie er oder Caro es taten, hatte sie es nie. Das sah man ihr an. Sie machte auf dem Wasser eine komische Figur.

Sascha drehte sich zur Surfschule, zur Anmeldung, um. Aber dort entdeckte er nur Ben, der gerade seinen Hund Sheila knuddelte. Sascha grüßte bemüht lässig, blickte zur Strandbar, aber auch dort keine Caro weit und breit.

Sein Blick wanderte zu Lucy. Sie saß mit geschlossenen Augen in einem Liegestuhl, Sam zu ihren Füßen, und genoss die Sonne. Es würde ihr guttun, die Wellen zu spüren. Sich selbst wieder zu spüren. Da war sich Sascha ganz sicher. Sie hatte sich zwar bisher nicht wirklich fürs Surfen interessiert, das lag aber vielmehr daran, dass er seine kleine Schwester nicht überall hin mitnehmen

wollte. Das Surfen, das sollte sein Rückzugsfeld bleiben, er kümmerte sich schon genug um sie. Und das hatte sie verstanden und nie gedrängelt.
Die kleine Maus krabbelte auf ihrer Hand herum, blieb dann einfach in der Sonne stehen und es sah aus, als schaute sie genüsslich auf den See. Sam hatte das Interesse an diesem winzigen Tier verloren. Lucy wusste, dass sie die Maus freilassen musste. Bis zum Abflug hatte ihr Sascha Schonfrist gewährt.
Plötzlich stand Ben neben ihm und deutete auf Silvi. »Hat sie wirklich einen Schein?«
»Äh ja, hat sie«, log er. »Aber surfen ist einfach nicht so ihr Ding.«
»Und wieso lässt sie es dann nicht sein?«
Sascha zuckte mit den Schultern. Dass er fürchtete, dass sie nur wieder versuchte, ihm zu imponieren, konnte er ja schlecht sagen. Stattdessen fragte er nach: »Weißt du zufällig, ob Caro heute hier her kommen wollte?«
»Ja, sie hat nachher Surfschüler. Und, wahrscheinlich sollte ich dir das gar nicht sagen, aber sie hat sich erkundigt, ob du da bist.«
»Ah«, machte Sascha nur und hoffte, dass Ben nicht nachfragte.
»Wo hast du eigentlich so gut surfen gelernt?«, wollte der von Sascha wissen. »Also ich meine jetzt Wellenreiten. Weil du doch in Portugal als

Surflehrer arbeiten wirst.« Er hatte es ihm erzählt. »In Andalusien, in Tarifa«, erwiderte Sascha. »Meine Ma war da oft mit mir im Urlaub früher. Sie surfte auch und hat es mir beigebracht, da war ich zehn.«

»Cool. Und jetzt surft sie nicht mehr?«

Sascha versteinerte, schluckte und schüttelte den Kopf. »Vielleicht da oben irgendwo, keine Ahnung.« Er lachte bitter auf.

Ben kratzte sich verlegen am Kopf. »Das, das tut mir leid.«

Sascha nickte, holte Luft und deutete auf Silvi, die gerade wieder vom Brett ins Wasser plumpste. »Wenn ich mir da noch ein paar Wellen vorstelle... Das wird harter Tobak für einen Surflehrer.«

Ben grinste. »Manche Frauen haben es drauf und manche einfach nicht.«

Er klopfte Sascha aufmunternd auf die Schulter, ging weiter zu einer hübschen Surfschülerin im Wetsuit, die bezahlen wollte.

Sascha sah ihm nach. Caro hatte sich erkundigt, ob er da sei. Dieser Ben schien ganz schön offen zu sein. Sascha wunderte sich aber auch über sich selbst. Wieso hatte er Ben von seiner Ma erzählt? Er kannte ihn kaum, aber vielleicht gerade deshalb? Mit Fremden konnte er oft besser über Dinge reden, die ihn belasteten. Immer noch.. Wie musste es erst Lucy ergehen, die dabei gewesen war, sie

blutüberströmt in Erinnerung hatte. Auf diesem Motorboot, diesem verflixten Motorboot. Das Bild seiner Mutter auf einem Motorboot brannte sich in sein Gehirn ein. Verfolgte ihn in seinen Träumen.
Er sah die Motorboote am Ufer an, die da vertäut im Hafen lagen. Nie wieder hatte er ein Motorboot betreten seitdem und würde es auch nie wieder können, soviel war sicher. Nie wieder. Er hatte es danach einmal versucht, doch es schnürte ihm die Brust zusammen, richtige Panik machte sich damals in ihm breit. Ein hässliches, fratzenhaftes Gefühl, das er so nicht kannte.
Schmerzvoll erinnerte er sich an seine Mutter, diese schöne Frau. Sah sie vor sich, in Tarifa, wie sie damals glücklich auf einem Surfbrett stand, eine gigantische Welle meisterte. Wie stolz er damals auf sie war.
Sascha dachte erneut an Caro und ihm wurde bewusst, dass sie seiner Mutter in jungen Jahren ähnelte. Sehr sogar. Ihr Haar sah genauso natürlich blond aus, ihr Gesicht, ihre Nase, ähnlich fein.
»Huhu, Sascha, guck mal«, kreischte Silvi, als sie wieder auf dem Brett stand und das Segel gerade mühevoll aus dem Wasser zerrte. Doch noch ehe sie ihren Satz beenden konnte, plumpste sie erneut hinein.
Sascha seufzte. Wie sicher und natürlich Caro auf einem Board stand, wie sie eins mit der Natur zu

sein schien. Er hasste sich so sehr dafür, dieser Klasse-Frau so weh zu tun.
Silvi gab endlich auf, schob das Surfbrett mitsamt Segel im Wasser an den Steg, lächelte ihn dabei unsicher an.
»Ich glaube, ich guck dir in Portugal dann lieber beim Surfen zu, du kannst das besser.«
»Na, ja, ich hab's ja auch schon viel öfter geübt.«
Er ging ihr entgegen, half ihr, das Segel abzumachen, das Board samt nassem Segel an Land zu hieven.
Lucy schien eingeschlafen zu sein in ihrem Liegestuhl. Ihr Kopf war zur Seite gerutscht, ihr verbundener Arm hing etwas herunter.
Silvi strich ihm mit einem Finger über seinen nackten Rücken, er trug nur Badeshorts. Unwillkürlich zuckte er etwas zusammen. Empfand es als unangenehm, ihren Finger auf seiner nackten Haut. Sie lächelte ihn entschuldigend an. »Spendierst du mir an der Bar eine Cola?«, fragte sie. »Ich brauch jetzt dringend eine Aufmunterung.«
Sascha zögerte unwohl. Eigentlich würde er jetzt am liebsten gehen. Sein Mut, mit Caro reden zu wollen, schwand gerade extrem. Jeden Moment könnte sie auftauchen. Am besten er weckte Lucy und lud Silvi und sie auf eine Cola in der Stadt ein. Im Biergarten, im Prater, oder sonst wo.

Zu spät. Da kam sie. In einem fast durchsichtigen, weißen Sommerkleid, in dem sie aussah wie eine Elfe. Sam fiepte freudig und Sascha kniete sich rasch zu ihm, flüsterte ihm zu, sofort still zu sein. Hatte sie sich extra hübsch gemacht, für ihn? Caro hatte ihn und Sam offenbar noch nicht gesehen, da er von einem Baum etwas verdeckt wurde. Sie wirkte angespannt, ging mit ihrer Freundin in Richtung Bar.
Saschas Magen zog sich zusammen. Sein schlechtes Gewissen machte ihm zu schaffen. Ihm war bewusst, dass er dieser Frau unendlich weh tat, und das obwohl er sich so nach ihr sehnte. Er war verrückt nach ihr und diese Erkenntnis brachte ihn fast um den Verstand. Dieses Gefühl, innerlich zu torkeln, innerlich zu schweben, nicht mehr Herr seiner Sinne zu sein, das war es, wonach er sich unbewusst sein Leben lang gesehnt hatte. Wonach sich vermutlich jeder Mensch sehnte.
Caro trat mit Emma an die Bar zu Emmas Mutter Mary. Dass diese Mary dort bediente, soviel hatte er schon mitbekommen. Caro redete etwas, aber sie lächelte dabei nicht. Nicht wie sonst. Das war es, fiel ihm auf, was ihm so wahnsinnig gut gefiel. Ihr Lächeln. Ihr strahlendes, offenes, herzliches Lächeln. Doch nun war es weg. Wie ausgelöscht.
Sein Blick blieb an ihr haften, sein Herz raste.

Silvi, die sich aus ihrem Wetsuit schälte, schien etwas gemerkt zu haben, folgte seinem Blick. Ihre Lippen wurden schmal. »Da ist ja Caro. Weiß sie eigentlich von dir, dass wir übermorgen früh fliegen?«

Sascha räusperte sich, ein Kloß hatte sich in seiner Luftröhre breitgemacht. »Mmmh.«

Dass es schon übermorgen war, wusste sie von ihm nicht. Nicht einmal das. Er durfte sich nicht ohne einen einzigen Ton aus dem Staub machen, er war kein Arsch.

Silvi kräuselte die Stirn, schlüpfte weiter aus ihrem Wetsuit. Darunter trug sie einen knappen, roten Bikini.

Da kam Lucy mit ihrer Maus in der Hand zu den beiden. Sie wirkte verschlafen, ihre schwarze Schminke unter den Augen sah etwas zerlaufen aus.

Er riss sich zusammen.

»Sascha, hast du Geld dabei? Ich hab tierischen Durst.«

»Er wollte mir eh grad eine Cola an der Bar ausgeben«, mischte sich Silvi ein und sah ihn herausfordernd an.

Sascha blickte unwohl zwischen Silvi und Caro hin und her. Noch hatte ihn Caro, die mit dem Rücken zu ihm an der Bar stand, nicht gesehen.

***

Caro brauchte jetzt dringend einen Espresso, auch wenn ihr Magen schon ziemlich rumorte. Sie bestellte ihn bei Mary, Emma tat es ihr gleich. Bevor ihr Surf-Kurs begann, trank Caro fast immer noch einen Kaffee an der Bar, er schmeckte hier köstlich. Sie hatte Emma vorhin von ihrem Gefühlschaos berichtet. Doch vor Emmas Mutter, redeten sie nicht darüber. Mary bereitete den Espresso zu und reichte ihnen je einen.

»Bitte schön ihr beiden Hübschen. Was seid ihr denn heute so ruhig?«

»Danke, ach keine Ahnung, mhm, der riecht gut. Schreibst du ihn an?«

»Mach ich.« Sie wandte sich an Emma. »Kannst du Anton nachher vom Fußball abholen? Und Katzenstreu für Bijoux kaufen?«

»Klar, Mom.«

Mary nahm ein angerichtetes Tablett voller Getränke, ging zu ein paar Surfern in den bunten Sitzsäcken, servierte dort.

Caros Blick folgte ihr und in dem Moment sah sie Sam, der mit Bens Hund Sheila auf der Wiese herumtollte. Dann sah sie ihn, Sascha. Wie dieser mit seiner Ex Silvi und seiner Schwester Lucy, die einen Verband am Arm trug, direkt auf sie zu kam.

Seine Augen blickten sie an. Voller Verzweiflung,

Enttäuschung, Liebe und Zorn. Ihr Herz schlug wild und hämmerte.
Da hakte sich Silvi auch noch bei ihm unter. Caro sah ihm an, wie unangenehm ihm das war. Er entzog seinen Arm, blickte Caro sehnsüchtig an.
Caros Mund fühlte sich trocken an.
Er kam mit den beiden näher, direkt auf sie zu.
Silvi grüßte Caro freundlich, Lucy lächelte sie nur kurz schüchtern an. Die beiden traten zu Mary, die wieder auf die Bar zukam, bestellten sich je eine Cola.
Er stand nun direkt neben Caro. Sie roch seinen sinnlichen Duft. Am liebsten wäre sie ihm um den Hals gefallen. Doch ihr Verstand setzte glücklicherweise ein.
»Hi.« Seine Stimme löste Erinnerungen aus. Gefühle, Explosionen.
»Komm mit, wir müssen sprechen«, platzte Caro forsch heraus. Emma, die die ganze Zeit still neben ihr stand, sah sie beeindruckt an. Silvi blickte eher erschrocken. Noch ehe Sascha reagieren konnte, packte Caro ihn am Arm und zog ihn mit sich. Wohin nur? Am besten zum Schuppen der Surfschule, dort konnte man in Ruhe reden.
Caros Herz raste. Was tat sie da nur? Sie hielt seinen Arm immer noch fest, erreichte den Schuppen, Sascha im Schlepptau. Caro machte die Tür auf, trat ein in diesen dunklen Holzschuppen.

Sie ließ ihn los, blickte ihn an, sah ihm in seine Augen, die hier im Halbdunkel noch trauriger aussahen. Es roch modrig hier drin.
»Wieso hast du es mir nicht gesagt? Das mit Lucy, mit Silvi mit allem?«
Sein Atem ging stoßweise. Er fuhr sich mit der Hand übers Gesicht, schüttelte den Kopf. »Ganz ehrlich?«
»Ja natürlich.«
»Ich ... ich dachte, dass es so für dich am einfachsten ist. Wenn ich ein Schwein bin, wie dein Ex, oder noch ein viel größeres Arschloch.«
Fassungslos sah sie ihn an. »Was für eine bescheuerte Männerlogik.«
»Caro, du hast mir erst nach dieser Wahnsinns Nacht von deinem Ex erzählt, wie mies er dich abserviert hat. Und dass du nie, nie wieder dein Leben hier bei deiner Familie und deinen Freunden für einen Mann aufgeben wirst. Ich hatte es bis dahin irgendwie gehofft. Hatte dich so eingeschätzt, dass du verrückte Dinge tust. Auch wenn wir uns nur ein paar Tage kennen. Aber dann ... Hast du eigentlich eine Ahnung, wie es mir ging, als du mir das erzählt hast?«
Sie starrte ihn an. »Hast du eine Ahnung wie es mir ging?! Wieso hast du mir nicht früher von Portugal erzählt?«
»Weil ich dann darüber hätte reden müssen,

warum ich gehe. Und das konnte ich ... durfte ich nicht.«
Sie verstand. »Das mit deiner Mutter und mit Lucy, das tut mir unendlich leid.«
»Silvi hat dir alles erzählt.« Es war eine Feststellung. »Lucy will nicht, dass andere es wissen. Also, das mit ihr.«
»Oh. Ich werde niemandem davon erzählen.«
Deshalb hatte er dieses Geheimnis so sehr gehütet. Ein warmes Gefühl machte sich in ihrer Bauchgegend breit. »Auf ihn schien Verlass zu sein.«
Da wäre aber immer noch die Sache mit Silvi, die sie aus der Welt schaffen musste. Nur wie?
»Meinst du nicht, Silvi erhofft sich noch etwas von dir?«, platzte es aus ihr heraus.
Er zuckte nachdenklich die Schultern. »Das habe ich mich die letzten Tage auch gefragt. Vorher hatte ich nicht das Gefühl. Sonst hätte ich doch nicht eingewilligt, dass sie mitkommt.«
Er starrte auf seine Füße. »Keine Ahnung. Ich habe jedenfalls immer mit offenen Karten gespielt.«
»Nicht so wie bei mir also«, konnte sie sich nicht verkneifen.«
»Es tut mir leid.«
»Wieso hast du nicht mit mir geredet? Du hättest doch sagen können, du wanderst aus nach Portugal, weil man da so cool surfen kann.«

»Ich denke, weil ich anfangs nichts von dir wollte, oder es mir zumindest nicht eingestanden habe.«
»Ich wollte auch nichts von dir.«
Er lächelte. »Irgendwann hab ich dann gemerkt, dass du gar kein so ein verzogenes Töchterchen bist, wie ich dachte.«
»Und du kein so ein verantwortungsloser Träumer.«
Sehnsüchtig sahen sie sich an.
»Caro, ich muss nach Portugal. Diese Surftherapie ist Lucys Chance wieder ganz gesund zu werden. Sie soll am Meer leben, das heilt. Meine kleine Schwester hat schon so viele Therapien durch, manche angefangen und wieder abgebrochen. Und das mit dem Surfen, das klingt für sie richtig, richtig Mega. Ich geb sogar meine Musik auf, für sie.« Er atmete durch. »Weißt du, wie es sich anfühlt, wenn die kleine Schwester sich so etwas antut? Wenn sie sich ritzt und du nichts dagegen tun kannst?«
Caro schüttelte betreten den Kopf. Sie hatte zwar ihre ein Jahr ältere Schwester Laura, aber die lebte in München und kam nur an Weihnachten und Ostern zu Besuch. Und es ging ihr blendend, wie sie immer wieder versicherte. Laura schien es nicht so sehr zu belasten, dass sich ihre Mutter nicht für ihre Töchter interessierte. Caro dachte daran, wie es wäre, wenn sich Laura so etwas zufügte. Sie

liebte ihre Schwester und verstand Sascha sehr gut.
»Ich habe nie von dir verlangt, nicht zu gehen.«
Er nickte, starrte dabei immer noch auf seine Füße. Schöne Füße, wie Caro feststellen musste. Alles an diesem Mann war schön. Zu schön. Ihr Herz raste. Was sollte sie nur tun? Alles auf eine Karte setzen? Auf die Karte der Liebe? Schon wieder? Es fühlte sich an wie ein Déjà-vu.
Die Tür ging auf und ein Surfschüler im Wetsuit wollte herein.
»Nicht jetzt«, raunzte Caro ihn an.
Er hob sofort entschuldigend die Hände und zog sich zurück.
Leise fuhr Sascha fort: »Lucy hat mich angerufen in dieser Nacht im Bootshaus. Ich habe ihre Anrufe nicht gehört, aber als ich es auf dem Handy gesehen habe, musste ich sofort zu ihr. Es ging ihr nicht gut. Deshalb bin ich einfach so davon, als du noch geschlafen hast. Und dann hab ich dir diese eine Nachricht geschickt, zu mehr, war ich zu feige.«
Sie sahen sich lange an. Caro nickte und plötzlich wagte sie es nicht mehr, einfach so mitzukommen.
»Das genau ist das Problem. Selbst wenn ich noch einmal mutig wäre, du warst so feige. Und wer sagt mir, dass du es nicht wieder sein wirst?« Sie wollte das eigentlich nicht sagen. Aber ihr tiefstes Inneres hatte es ausgesprochen. Ihre Angst. Ihre tiefsitzende Angst, erneut verletzt zu werden.

Da ging erneut die Tür auf und Ben stand da. »Caro, dein Surf-Kurs fängt an, die Leute warten schon.«
»Ich komme.«
»Caro, warte. Wollen wir, wollen wir trotzdem nach deinem Kurs nachher das Bootshaus weiter renovieren? Und morgen. Ich meine, ich hab diesen Job angenommen und will ihn wenigstens so einigermaßen zu Ende bringen. Übermorgen früh fliegen wir.
Caro schluckte. »Ich weiß. Aber das brauchst du nicht. Viel schaffen wir bis zu deinem Flug eh nicht mehr. Ich krieg das alleine hin.«
»Ich will es aber. Pass auf. Ich warte auf dich im Bootshaus. Komm bitte nach deinem Surf-Kurs vorbei.« Er klang so sanft, so liebevoll.
Sie sah ihn unsicher an, schob ihn hinaus. Sie musste noch ihren Wetsuit anziehen, schloss die Tür. Im Halbdunkel des Schuppens starrte sie vor sich hin. Ihre Beine zitterten. Wie sollte sie in diesem Zustand einen Surf-Kurs abhalten? Sie musste sich zusammenreißen.

Caro, nun im Wetsuit, trat zu ihren Surfschülern, begrüßte sie bemüht fröhlich. Sie waren da, um Spaß zu haben und den musste sie ihnen verkaufen. Aus den Augenwinkeln sah sie, wie Sascha an der Bar stand, wo Silvi und Lucy an je einem Getränk

nippten. Emma war nicht mehr zu sehen.
Sascha bezahlte gerade, drehte den Rücken zu ihr. Caros Blick blieb auf seinem nackten Rücken hängen. Man sah seine Muskeln, seine Kraft und eine schier unbändige Sehnsucht überkam sie.

25. Kapitel

Die Sonne versank bereits wie ein orangefarbener Ball hinterm See. Den Surf-Kurs hatte Caro irgendwie über die Bühne gebracht. Sie fühlte sich ausgelaugt und hungrig. Doch Mary hatte die Surfer-Bar heute früher geschlossen, es gab nichts mehr zu essen. Mary hatte noch eine Verabredung mit Werner, Bens Vater, wie sie vorhin sagte. Auch sonst war so gut wie nichts mehr los. Kein Wunder, wenn es keine Getränke und Snacks mehr gab. Aus der Clique hielt nur noch Ben die Stellung am Tresen der Surfschule, sonst verabschiedeten sich gerade die Letzten mit Handschlag von ihm.

»Hey, Caro, na? Wie lief der Kurs?«

»Ganz gut.«

»Was schaust du dann so? Alles okay?«

Emma hatte ihm wohl nichts gesagt. Die treue Seele. Caro hatte sie darum gebeten, das alles für sich zu behalten.

»Passt schon. Wo ist denn Emma?« Sie würde jetzt so gerne mit der Freundin reden.

»Sie musste Anton holen und Katzenstreu kaufen oder sowas.«

»Ach ja.«

»Ich mach mich dann auch vom Acker. Ich treffe sie gleich, wir wollen noch ins Kino. Schließt du hier ab, wenn du umgezogen bist?«

»Kann ich machen.«

Ins Kino wollten sie. Da konnte sie Emma jetzt schlecht stören. Und Hannah? Irgendwie hatte sich diese ganz schön zurückgezogen. Caro fiel es wieder ein. Sie musste lernen, hatte eine Prüfung und da sie immer auf den letzten Drücker lernte, verschanzte sie sich die Tage vor der Prüfung in ihrer WG. Mit einer Tonne Schokolade. Caro dachte unwillkürlich an ihre Seminararbeit, die sie so dringend fertig schreiben musste. Vielleicht sollte sie das auch einmal probieren. Sich in ihrer Wohnung verbarrikadieren, mit Schokolade und Tee und nur noch schreiben, schreiben, schreiben. Ohne dabei eine Sekunde an Sascha zu denken. Eine schöne Wunschvorstellung. Caro wusste, es ginge nicht. Es würde wieder Monate oder gar Jahre dauern, bis sie diesen Kerl überwunden hatte Aber sie würde es schaffen. Das hatte ihr die Sache mit Mario gezeigt. Ein Gutes hatte es.

Sie schloss die Anmeldung der Surfschule ab, ging zum Schuppen, um sich ihres Wetsuits zu entledigen, um sich umzuziehen und mit dem Fahrrad nach Hause zu fahren. Ins Bootshaus zu Sascha würde sie nicht fahren. Sie musste ihr Herz schützen. Sollte er es doch alleine weiter reparieren. Sie waren schon recht weit gekommen. Und durch den hellblauen Anstrich von Caro sah es wirklich schon passabel aus.

Caro betrat den Schuppen, tastete nach dem Licht, denn inzwischen war es ziemlich dunkel.
Da wurde plötzlich die Tür von außen zugestoßen und Caro hörte entsetzt, wie der Schlüssel, der von außen steckte, herumgedreht wurde.
»Hey, hallo, was soll das, aufmachen?«, rief sie sofort.
Doch keiner antwortete. Stattdessen hörte sie Schritte, die wegrannten, und dann nichts mehr. Sie ahnte sofort, dass das kein Lausbubenstreich war. Tastete panisch nach dem Lichtschalter, fand ihn, knipste ihn an, doch das Licht ging nicht an. Silvi? Konnte diese Frau wirklich so gemein sein?
Es war ziemlich dunkel in diesem Schuppen. Caro sah zwar noch schemenhaft die Einrichtung, mehr aber auch nicht. Ihr Atem ging schnell. Sie spürte, die Panik in ihr hochkriechen. Denn keiner war mehr an der Surfschule und vor morgen elf Uhr würde auch keiner kommen. Wenn Silvi oder wer auch immer kein Einsehen hätte, müsste sie hier die ganze Nacht im Finsteren verbringen.
Ihre Angst vor Dunkelheit, die sie schon als kleines Mädchen panisch werden ließ, kroch hervor und schnürte ihr den Hals zu. Ihr Herz hämmerte, ihr Atem ging stoßweise. Als Kind konnte sie nur mit einem Nachtlicht schlafen, denn sie hatte immer Angst vor der weißen Frau, die sie holen würde. Und auch später malte sie sich des Nachts in ihrer

blühenden Phantasie oft aus, dass sich ein Einbrecher auf leisen Sohlen zu ihr schleichen könnte.
Caro spürte, dass ihre Atemnot immer mehr zunahm, dass ihr Asthma sich wieder unbarmherzig zu Wort meldete, wie vor ein paar Tagen schon. Dass sie immer weniger Luft bekam. Caro erinnerte sich panisch an eine Geschichte einer Asthmatikerin, die ihr Paps kannte, die bei einem Asthmaanfall tatsächlich gestorben war. Sie fasste sich an den Hals, versuchte an der Tür zu rütteln, doch sie wusste, das Schloss war erst kürzlich gegen ein Sicherheitsschloss ausgetauscht worden, nachdem es einen Einbruchversuch gegeben hatte. Verdammt. Ihr Handy lag draußen, ein Fenster gab es in diesem Schuppen auch nicht, was sollte sie nur tun? Ihre Gedanken rasten. Sie spitzte die Lippen, wie Sascha ihr kürzlich empfohlen hatte, doch ihre Angst, ihre Panik wurde größer, ihre Atemnot nahm zu. Sie wollte nicht sterben, jetzt noch nicht, bitte nicht!

***

Sascha saß mit einem Grashalm im Mund, mit Sams Kopf auf seinen Knien, vor dem Bootshaus und starrte auf den See, der im Mondschein im

Dunkeln schimmerte.
»Sie kommt nicht, alter Junge«, flüsterte er Sam zu. Der schaute kurz auf, blickte ihn mit seinen treuen Augen an, legte seinen Kopf wieder ab.
Er hätte es sich denken können. Saschas Enttäuschung war dennoch riesig, fühlte sich an, als packte ihn jemand und drückte ihn zu Boden. Natürlich hatte er sich wie ein Idiot benommen. Wie ein Feigling, ein Arschloch. Aber Lucy stand einfach an erster Stelle. War das denn so falsch?
Verzweifelt grübelte er, ob es noch eine winzige Chance für ihn und Caro gab? Vielleicht ein Hintertürchen, das er übersehen hatte? Täuschte er sich, oder war sie vorhin kurz davor gewesen, ja zu sagen? Mitzukommen mit ihm.
Er dachte an Silvi, die in Caro eine Konkurrentin sah, dieses Gefühl verdichtete sich immer mehr.
Wenn sie ihn wirklich liebte, musste sie doch wollen, dass er glücklich wurde, mit Caro. Aber so selbstlos war vermutlich kein Mensch, gestand er sich ein. So selbstlos wäre nicht einmal er. Er, der alles gab für andere, der auf seine Musikkarriere verzichtete, für Lucy.
Wehmütig dachte er an die lustigen Zeiten mit seiner Band. Die Band hatte sich in Berlin etabliert. Was nicht leicht war anfangs, in dieser Musikmetropole. Dass er jetzt ausstieg für immer, bedeutete sein musikalisches Aus. Denn in Portugal

würde er sicher nicht in irgendwelchen Touri-Bars spielen oder als Animations-Clown sich selbst zum Narren machen. Niemals.
Immer wieder schielte er auf sein Handy. Keine Nachricht von ihr. Dabei sehnte er sich so nach dieser Frau, so sehr. Er verliebte sich selten und wenn, dann machte es BAMMM, so wie mit Caro, dann richtig.
Ein Blick auf die Uhr. Ihr Surf-Kurs musste längst zu Ende sein. Vermutlich war sie auf dem Weg nach Hause, schnitzte ihn sich aus dem Hirn.
Sascha spuckte bitter den Grashalm aus, überlegte, ob er weiter allein am Bootshaus arbeiten sollte, wie gerade schon. Schließlich hatte er den Job angenommen. Viel konnte er an diesem Abend nicht mehr schaffen, aber wenigstens alles ordentlich zusammenräumen, das schon.
Ein leises Rufen ließ ihn aufhorchen. Es klang seltsam, nach einem Käuzchen?

***

Caro saß inzwischen zitternd und ängstlich mit dem Rücken an die Wand gelehnt am Boden, atmete schnappend, versuchte dennoch Ruhe zu bewahren, doch ihre Panik wurde von Sekunde zu Sekunde größer. Sie konnte bald nicht mehr. Ein letzte Mal

rief sie »Hiiiilfe!«. Ihr Herz raste. Das sollte es also gewesen sein, ihr kurzes Leben. Zu Ende mit 24, als Single, unglücklich, ohne Studienabschluss, allein. Sie stellte sich ihren Paps vor, ihre Großmutter, wie sie schluchzend am Grab stehen würden. Sie sah die Szenerie bereits von oben, oder bildete sie sich das ein? Wie gern hätte sie die Chance, ihr Leben weiter zu leben, durchfuhr es sie. Anders zu leben, mehr auf sich selbst zu achten, aber auch auf andere. Sich nicht von einem Mann abhängig zu machen, selbst wenn sie ihn noch so sehr liebte.
Ein allerletztes Mal nahm sie all ihre Kraft zusammen, schrie mit hoher Stimme um Hilfe. »Hiiilfeeee!! Ich ... bin ... im Schuuppen!!«

***

Sascha und Sam standen horchend am Ufer. Sam spitzte hellwach die Ohren, fiepte. Sascha lauschte. »Das Käuzchen klang seltsam, fast wie ein Mensch.«
Er wandte sich ab, dachte nach. Oder rief da gerade ein Mensch? Sam bellte jetzt aufgeregt. »Was hast du, Junge?«
Sein Hund packte ihn an den Shorts, wollte ihn mit sich zerren, als ob er ihm etwas sagen wollte. Da verstand Sascha. Caro, es klang wie Caros Stimme,

nur etwas verzerrt. Sein Herz stolperte. Er spürte es im Bauch. Sie war in Gefahr. In höchster Gefahr. Genau so hatte ihre Stimme geklungen! Seine Gedanken rasten, alarmiert tätschelte er Sam, der immer lauter bellte. Der Schall musste vom Ufer der Surfschule über den See getragen worden sein. Doch die Surfschule lag von hier kilometerweit von ihm entfernt. »Zu Fuß oder mit dem Fahrrad brauchen wir ewig.« Und so wie dieser Ruf gerade klang, handelte es sich um eine lebensbedrohliche Situation. Vielleicht war sie dabei unterzugehen, warum auch immer? Vielleicht ein Krampf? Hektisch überlegte er, was er tun könnte. Sein Blick fiel auf das Motorboot ihres Vaters, das hier am Bootshaus lag. Mit ihm wäre er schnell an der Surfschule. Als habe Sam das verstanden, sprang er bereits an Bord, laut winselnd. Doch sofort spürte Sascha seine aufsteigende Panik, die ihn lähmte. Die Bilder seiner Mutter auf einem Motorboot, die Lucy ihm immer wieder geschildert hatte, schossen in sein Hirn. Die Bilder einer blutenden Mutter. Doch er musste Caro retten, seine Angst überwinden, verdammt. Er schloss für ein paar Sekunden seine Augen, wie um seine tief verborgenen Kraftreserven zu aktivieren. Sam kläffte immer lauter, rannte auf dem Motorboot hin und her. Sascha schaffte es, sprang zu seinem Hund in das Motorboot, das wackelte, versuchte, es

hektisch kurzzuschließen. Verflixte neue Technik. Schweiß stand ihm auf der Stirn. Es klappte nicht. Sascha probierte es anders und endlich heulte der Motor auf. Sascha gab Gas und raste mit dem Motorboot über den See. »Bitte halte durch«, flüsterte er verzweifelt.

***

Plötzlich hörte Caro, die immer mehr japste, ein Geräusch. Ein Motorboot näherte sich dem Ufer. Kurz darauf Schritte, das aufgeregte Bellen von Sam, Saschas zutiefst besorgte Stimme, die nach ihr rief. Caro versuchte, zu antworten, doch in ihrer Atemnot, schaffte sie es nicht mehr. Mit letzter Kraft nahm sie einen Turnschuh, der im Schuppen lag, und klopfte damit gegen das Holz, um auf sich aufmerksam zu machen.
Hatte er sie gehört? Der Hund musste sie doch hören.
Kurz darauf wurde das Bellen lauter, ein Fiepen und Scharren, Schritte, ein Geräusch, dass sich ein Schlüssel drehte im Schloss. Die Tür wurde aufgerissen. Sam rannte sofort zu ihr, winselte, schleckte sie ab. Sascha stand da, blass, erkannte sofort die Situation. »Habt ihr hier ein Notfallset? Sowas muss doch jede Surfschule haben!«

Natürlich, das stimmte. Darin befand sich eine Cortison-Tablette. Die würde helfen. Doch Caro konnte nicht mehr sprechen, japste, deutete panisch mit dem Finger in Richtung Tür. Das Set befand sich am Empfang der Surfschule, war am Dach außen befestigt.

»Wo da draußen? Sag wo?«

Sie konnte nicht, schüttelte nur den Kopf, bekam immer weniger Luft, sah auf ihre Fingerkuppen, die bereits blau anliefen. »Dach ...«, presste sie gerade noch hervor.

Sascha drehte sich um, rannte weg. Bitte nicht, lass mich nicht allein sterben, durchfuhr es sie. Ich liebe dich, ich liebe dich so sehr. Die Körperwärme von Sam gab ihr Kraft, sie krallte ihre Hand in sein Fell.

Zwei Sekunden später, stand Sascha mit dem Notfallset vor dem Schuppen, warf es zu Boden, wo es etwas heller war, öffnete es. Fieberhaft durchwühlte er das Set.

Bitte, lass ihn kapieren, dass Cortison hilft, flehte sie innerlich. Sie erstickte, sie erstickte jämmerlich, vor seinen Augen. Sam stupste sie immer wieder an.

Endlich hatte er es gefunden, knipste die Tablette heraus, raste zu ihr. Er öffnete ihre Lippen, steckte sie ihr in den Mund, doch ihr Mund war so trocken, dass sie die Tablette nicht schlucken konnte. Er verstand, raste wieder raus, kam mit einer

angebrochenen Sprudelflasche, die vermutlich irgendeiner stehen lassen hatte, zurück, packte ihren Kopf, spülte nach.

Er hielt sie in seinen Armen, hielt sie fest, und zum Glück setzte die Wirkung der Tablette rasch ein.

Immer langsamer atmend kam Caro wieder zu sich, fühlte sich in seinen Armen gehalten, am Leben. Wurde von Sam abgeschleckt. »Lass Sam«, sagte Sascha leise und traurig. Geht es wieder?«, flüsterte er.

Sie nickte, lächelte ihn an. »Danke«, hauchte sie. »Hast du mich gehört?«

»Ich hab erst gedacht, da ruft ein Käuzchen, aber dann hat Sam es kapiert und ich hab dann auch deine Stimme erkannt. Ich war am Bootshaus.«

Caro kraulte Sam überwältigt, der genoss es, drehte sich auf den Rücken und ließ sich den Bauch massieren.

»Guter Hund, du bist der Beste.« Sie wandte sich wieder an Sascha. »Wie bist du so schnell...?«

»Mit dem Motorboot deines Vaters.«

»Du?«

Sie lächelten sich an. Er hatte für sie sein Trauma überwunden, war für sie in ein Motorboot gestiegen. Wer so etwas tat, konnte kein Feigling sein.

»Danke, wenn du nicht gekommen wärst ...«

»Daran darfst du nicht denken.«

Er drückte sie an sich, sichtlich überwältigt, schockiert. Jetzt spürte sie, wie er selbst zitterte.
»Meine Ma hatte auch Asthma. Deshalb weiß ich zum Glück, dass eine Cortison-Tablette im Notfall hilft.«
Ach deshalb, dachte sie. Deshalb kannte er sich auch bei ihrer ersten Begegnung so gut damit aus. Sie betrachtete sein Gesicht, seine ebenmäßige Haut, seine feinen Bartstoppeln.
In ihrem Magen zog es.
Er sah sie liebevoll an, wirkte, als würde er sie gleich küssen wollen, hielt sich aber zurück.
»Wo soll ich dich denn über Nacht hinbringen? Nach so einem heftigen Anfall solltest du dich untersuchen lassen. Dein Pa, der ist doch Arzt?«
»Ja. Er wohnt ja auch nicht so weit von hier.«
»Obwohl...«
»Obwohl was?«
»Ach nichts.« Er stand auf, hielt ihr die Hand hin, um ihr aufzuhelfen. »Geht es?« Schelmisch fügte er hinzu: »Ich kann dich auch wieder tragen.«
Sie lachte. »Nein, nein. Selbst ist die Frau.«
Fast hätte sie zu viel gesagt, denn ihre Beine schienen sie doch noch nicht so recht tragen zu wollen. Sie riss sich zusammen. Diesmal hatte er wirklich ihr Leben gerettet. Wenn er nicht in letzter Sekunde gekommen wäre ... Sie atmete durch. Menschen, die nie Atemprobleme hatten, wussten

nicht, wie schrecklich sich das anfühlte. Die Angst, zu ersticken, war nun noch größer geworden als jemals zuvor. Sie musste ihr Asthma unbedingt wieder behandeln lassen. Auf sich, auf ihren Körper achten.

Gemeinsam, mit Sam dicht auf den Fersen, traten sie ans Ufer, zum Motorboot.

»Wenn dein Vater sieht, dass ich in seinem Boot vorfahre, killt er mich.«

Sie grinste. »Traust du dich also nicht?«

Er lachte. Führte sie auf das Boot, half ihr, sich behutsam auf den Platz neben sich zu setzen. Wie fürsorglich er war, wie unglaublich süß.

Sam sprang zu ihnen, machte es sich zu ihren Füßen bequem. Sascha startete das Boot erneut, drehte sich zu ihr und lächelte sie an. Sein Duft wehte zu ihr herüber. Sam schmiegte sich an Caro, er gab eine perfekte Wärmedecke ab. So fuhren sie in die Nacht hinein.

***

Caro beobachtete den Mann, der ihr gerade das Leben gerettet hatte. Wie er am Steuer des Bootes saß und wie ein Kapitän auf den dunklen See blickte. Wie sehr hatte sie sich in ihm getäuscht. Dabei hätte sie es doch stutzig machen müssen, wie

liebevoll er allein mit Tieren umging. Mit seinem tollen Hund Sam, oder mit den Mäusen. Welcher Macho würde sich so verhalten? Oder wie sehr er sich für seine kleine Schwester einsetzte. Caro wurde bewusst, dass sie einen ganz sensiblen Menschen kennengelernt hatte, der für andere da war, der ein großes Herz besaß, und bereit war, es für ein paar wenige zu öffnen. Ob sie wirklich dazu gehörte, daran wagte sie nicht zu denken. Zu verworren, zu verzwickt schien ihre Situation. Zu ausweglos und ohne Zukunft ihre Liebe. Denn dass er sie liebte, daran zweifelte sie nun nicht mehr.

Das Boot fuhr plötzlich langsamer und Caro registrierte, dass er vom Gas runter ging, so dass das Boot alsbald zum Stehen kam. »Was ist los?«, fragte sie spontan.

»Ich weiß nicht. Ich will dich jetzt einfach noch nicht hergeben.«

Seine Worte trafen sie ins Herz. Du musst mich nicht mehr hergeben, hätte sie am liebsten geschrien, doch sie hielt sich zurück, schluckte. »Ich weiß, mir geht es genauso.«

Sie blickten sich lächelnd an und der Mond spiegelte sich in seinen Pupillen. Das leise Zirpen von ein paar Grillen am Ufer konnte man hören. Er fuhr sich durchs Haar, schien genauso zerrissen wie sie. »Vorhin«, fing er an, »als ich dachte, dass ich dich nicht retten kann ...«

Er brach ab.
Sie starrte ihn an. »Was hast du da gedacht?«
Wieder sah er ihr in die Augen, rang mit sich, doch er sagte nichts mehr. Stattdessen jaulte Sam ein wenig, wie wenn er zwischen ihnen vermitteln wollte. Die beiden grinsten und Caro fühlte sich plötzlich gelöst. »Magst du nicht kurz rüber rutschen und mich in den Arm nehmen? Mir ist saukalt«, fügte sie schnell noch hinzu. Sie hatte es einfach gesagt, weil sie es fühlte.
Überrascht sah er auf, strahlte, lehnte sich zu ihr, legte seinen Arm um sie und zog sie ganz fest an sich. Wie wenn er sie nie wieder loslassen wollte. Ihr Herz pochte und Sam zu ihren Füßen entfuhr ein tiefer Seufzer. Die beiden lachten.

***

Sandra öffnete ihnen erstaunt die Tür. »Caro? Du hast dich ja gar nicht angemeldet.«
»Darf ich trotzdem reinkommen, ist Paps da?«
»Ja ist er, natürlich, komm rein. Er ist im Arbeitszimmer.«
»Das sind übrigens Sascha und sein Hund Sam. Und das ist Sandra, die Freundin meines Vaters.«
»Lebensgefährtin.« Sie sah etwas irritiert auf den Hund.

»Er kann auch draußen warten.«
»Geht das? Ich bin allergisch gegen Tierhaare.«
»Wirklich? Das wusste ich gar nicht.« Caro nickte verständnisvoll. Seit sie auch von Sandras unerfülltem Kinderwunsch wusste, fand sie Sandra viel sympathischer. Die allerbesten Freundinnen würden sie zwar nicht werden. Aber das mussten sie auch nicht.
Sascha befahl Sam draußen zu warten und folgte Caro in den stylischen Bungalow mit großen Augen, wie Caro aus den Augenwinkeln sah.
»Paps«, rief sie. »Kannst du mal bitte kommen?«
Zwei Sekunden später kam ihr Vater aus einem der Zimmer. Verwundert musterte er die beiden. »Caro? Und Sascha? Was gibt es?«
»Sie hatte einen heftigen Asthmaanfall. Sie wäre beinahe erstickt. Ich dachte, ein Arzt sollte sie vielleicht besser untersuchen.«
Sandra schlug erschrocken die Hand vor den Mund.
»Erstickt?«, wiederholte ihr Paps tonlos, ging sofort zu ihr und schloss sie fest in seine Arme. Es fühlte sich gut an. Wie lange war es her, dass er sie so gedrückt hatte. Dann hielt er sie mit ausgestreckten Armen von sich. »Wie fühlst du dich? Komm, ich untersuche dich gleich mal. Und dabei kannst du mir alles erzählen.«
»Sascha hat mir das Leben gerettet, Paps.«

Überwältigt sah ihr Vater Sascha an. »Danke. Ich danke dir.«
Sascha nickte nur bescheiden. »Es war Glück, dass das Wasser des Sees ihre Rufe zu mir getragen hat. Und ihr Motorboot vor mir stand.«
Ihr Vater verstand, lächelte und sah Caro bestätigt an. »Siehst du, es war Glück.«
Sie musste grinsen. »Ja, Glück, Paps.«
»So, ich untersuche dich jetzt Caro, und Sandra, bist du so lieb und machst ihm einen Tee, ach was red ich denn da. Bestimmt eher ein Bier, oder einen Schnaps auf den Schreck. Was immer du willst.«

***

Während Sascha an seinem Bier nippte, trieb ihn eine Frage um: Wer hatte Caro das angetan? Wer hatte sie des Nachts im Schuppen eingesperrt? Er sprang auf. »Sorry, ich muss los, noch was erledigen.«
»Kein Problem, ich sage es Caro.« Sandra stand ebenso auf.
»Danke.« Sascha verabschiedete sich von Sandra mit seinem Bier in der Hand, noch ehe Caro und ihr Vater aus dessen Büro zurück kamen. Er ließ einen Gruß ausrichten, dass er sich morgen bei Caro melden würde.

War es wirklich Silvi, wie er vermutete? War sie dazu fähig, einen Menschen in so große Gefahr zu bringen in ihrer Verliebtheit? Wusste sie, dass Caro Asthmatikerin war? Allein der Gedanke, machte ihn verrückt. Er musste herausfinden, ob sie so weit gehen würde, so weit gegangen war.
Er schrieb Lucy eine Nachricht, dass er, auch wenn es spät sei, noch kurz bei ihr vorbeischauen würde. Ihr Vater war mal wieder auf Tournee und Lucy allein in der Wohnung.

Sascha saß mit Sam in der S-Bahn, nippte an seinem Bier, kraulte seinen Hund, und starrte hinaus in die Landschaft, die rasant an ihm vorbeizog. Die Dunkelheit erinnerte ihn an den Schuppen, daran, dass Caro um ein Haar gestorben wäre. Mit einem Mal wurde ihm klar, dass er sie nicht verlieren durfte, dass er nicht nach Portugal gehen konnte, ohne sie. Er wusste nun noch mehr, wie viel sie ihm bedeutete, wie unersetzbar dieser Mensch für ihn war. Lucy musste heilen, aber er selbst durfte sein Leben dabei nicht ganz vergessen. Es musste auch einen Weg für ihre Liebe geben. Irgendwie. Er würde um Caro kämpfen.

***

»Hey, da bist du ja.« Lucy freute sich, ihren Bruder und Sam zu sehen. »Mir ist eh total langweilig, kommt rein.« Sam begrüßte sie freudig und Lucy war anzusehen, wie gut ihr seine Liebe tat.
Sascha lächelte bemüht, folgte ihr in den beengten Flur der kleinen Drei-Zimmer-Wohnung, in der sie lebten, seit dem Tod ihrer Mutter.
Lucy spürte sofort, dass etwas geschehen war. Die Geschwister setzten sich in die kleine Wohnküche. Sascha erzählte ihr aufgewühlt von dem eben Erlebten.
Schockiert lauschte Lucy seinen Ausführungen. »Und du glaubst wirklich, dass es Silvi war?«
»Ich weiß es nicht. Aber wer sonst? Wenn, dann hat sie bestimmt nicht gewusst, dass Caro Asthma hat.«
Lucy schüttelte betroffen den Kopf, knabberte an ihrer Lippe. »Doch hat sie.«
»Wie, hat sie?«
»Sie hat es gewusst. Sie hat es mir erzählt. Caro hat es ihr bei ihrem Treffen erzählt, frag mich nicht warum.«
Fassungslos starrte Sascha Lucy an. Sie kratzte sich an ihrem Verband am Arm. »Nicht.« Er nahm ihre Hand in die Seine. »Lucy, wenn das stimmt ...«
Lucy nickte nur aschfahl. »Und wie willst du das rauskriegen?«
Er überlegte. Rieb sich übers Gesicht.
Lucy legte Musik auf.

Er musste Silvi überführen, nur wie?
Es verging einige Zeit, aber dann hatte er eine Idee.
»Ich weiß was.«
Er zog sein Handy aus der Tasche, wählte Silvis Nummer. Ein langes Tuten unterbrach die Stille. Der Wasserhahn tropfte auf eine nicht gespülte Müslischüssel. Lucy fütterte Sam mit Leckerlis.
»Hi Sascha.« Silvis Stimme klang aus dem Apparat. Sie klang unsicher oder bildete er sich das ein?
Sascha holte Luft. »Hi. Hast du schon geschlafen?«
»Nein.«
»Wie geht's dir?«
»Gut. Und dir?«
»Ich sitz hier grad mit Caro bei einem Bier.«
»Mit Caro?«, platzte Silvi baff heraus.
»Ja, sie hat dich übrigens gesehen, durch einen Spalt im Schuppen. Dass du sie eingeschlossen hast. Wieso hast du das getan?«
Lucy bedeutete ihm gestisch mit dem Daumen hoch, gut zu bluffen.
Stille am anderen Ende der Leitung. Dann hörte man ein leises. »Shit.« Sie legte auf.
Erschüttert sahen sich die Geschwister an. Lucy fing an zu zittern, dann zu weinen. Sam sprang sofort zu ihr, schleckte sie tröstend ab. Sascha, der sich innerlich genauso fühlte wie seine Schwester, ging zu ihr, nahm sie fest in seine Arme. Trocknete

ihre Tränen, streichelte ihr übers Gesicht.

26. Kapitel

Als Caro an diesem Morgen im Gästezimmer ihres Vaters aufwachte, begann der erste Tag in ihrem neuen Leben. Wohlig räkelte sie sich in ihrem Bett, das Sandra für sie bezogen hatte. Sandra hatte sich auch sonst ganz rührend um sie gekümmert, vermutlich hatte ihr Vater mit ihr doch wirklich Glück.

Ab jetzt würde Caro immer ein Asthma-Spray dabei haben, soviel war sicher. Sie dachte an Sascha, der sie gestern Nacht noch angerufen hatte. Er hatte ihr von seinem Bluff Silvi gegenüber erzählt, von ihrem Schuldeingeständnis, und wollte von Caro wissen, ob sie zusammen zur Polizei gehen wollten. Doch Caro hatte sofort abgelehnt und ihn auch gebeten, es sein zu lassen. Sie war schockiert, traurig und fassungslos, wie ein Mensch so etwas tun konnte. Aus Eifersucht. Caro hoffte, dass Silvi ihr nur einen Denkzettel verpassen wollte. Sie konnte ja nicht wissen, dass Caro in dem Schuppen wirklich einen Asthmaanfall erleiden würde. Vermutlich wollte sie ihr nur einen gehörigen Schrecken einjagen, ihr klar machen, dass sie die Finger von Sascha lassen sollte. Silvi hatte die Gelegenheit genutzt.

Dabei hatte Caro doch die Finger von ihm gelassen, obwohl es ihr so unendlich schwer fiel.

Was im Hirn eines Menschen ablief, wusste man

manchmal wirklich nicht. Wahrscheinlich hatte sich Silvi so sehr in ihre Eifersucht hineingesteigert, dass sie nur noch Rot sah.
Sascha klang gestern Abend am Telefon so sehnsüchtig, dass Caro von ihm geträumt hatte. Ein sinnlicher, erotischer, leidenschaftlicher Traum, aus dem sie am liebsten nicht aufgewacht wäre. Es fühlte sich so echt an, als spüre sie seinen heißen Körper auf ihrer Haut, als sei er über ihr, benetze sie mit seinen Küssen überall. Er drehte sie auf den Bauch und seine vollen Lippen streiften über ihren Rücken, benetzten ihn mit Küssen, knabberten in ihrem Nacken. Sie liebten sich voller Verlangen, mehrere Male, hielten sich in den Armen, ganz fest.
Leider entsprach es nicht der Realität. Caro dachte lächelnd an ihren Traum, schälte sich aus dem Gästebett heraus. Sie trug einen edlen, braunen Seidenschlafanzug von Sandra, der sich weich anfühlte. Er erinnerte sie an Saschas Haut und ein wohliger Schauer durchlief sie.

Sie freute sich auf ihn. Sascha hatte sich mit ihr und Lucy zum Frühstück verabredet. Wo es stattfinden sollte, wollte er ihr noch per SMS verraten. Caro fragte sich, was er vorhatte, wie es nun weiterginge mit ihnen? Sie wusste, sie wollte ihn, wollte mitkommen nach Portugal. Aber wollte es dieser freiheitsliebende Mann wirklich auch?

Aufgeregt zog sich Caro an. Da sie gestern den Wetsuit getragen hatte, hatte ihr Sandra ein paar Klamotten von sich geliehen und herausgelegt. Caro zog die weiße Jeans und das schwarze T-Shirt an. Sie merkte, dass ihr Klamotten und shoppen nicht mehr so viel bedeuteten, wie noch vor Kurzem. Es gab wichtigere Dinge im Leben, das war ihr jetzt wieder bewusst geworden. Atmen zu können, liebe Menschen um sich zu haben. Sie kämmte sich ihr blondes Haar, dachte an Lucy, wie enttäuscht diese sein musste von ihrer Freundin Silvi. Das arme Mädchen. Wieder ein tragischer Verlust.

Das Summen ihres Handys meldete eine Nachricht. Sofort ging Caro hin und las: »Treffen uns bei deiner Großmutter. Sascha. Ich freu mich.«

Ihr Herz hüpfte. Bei Großmutter? Was hatte er wohl mit ihr ausgeheckt?

***

Ihr Vater und Sandra schienen eingeweiht zu sein. Zumindest wollten sie unbedingt mitkommen, behaupteten, eingeladen worden zu sein. Hoffentlich war Tante Netti nicht auch wieder mit dabei, dachte sich Caro. Die ertrug sie am frühen Morgen auf keinen Fall.

Im Motorboot ihres Vaters flitzten sie über den See, dass das Wasser seitlich hochspritzte. Caro hielt ihre Sonnenbrille fest, die ihr Sandra noch geliehen hatte. Wie schön konnte das Leben sein. Sie nahm jeden Atemzug bewusst wahr, spürte die gute Luft hier draußen am See. Wie viel besser sie erst am Meer sein würde.

Ihr Paps legte am Steg von Großmutters Villa an und schon von Weitem sah Caro, dass der Tisch auf der Veranda zum Frühstücken eingedeckt war. Köstliches Obst stand bereit, Erdbeeren, grüne Trauben, Himbeeren. Oma Amalia hatte ihr festlichstes Porzellan herausgeholt.

Sascha trat aus der Flügeltür der Villa, hielt einen Brötchenkorb in der Hand und lächelte ihnen entgegen. In seiner lässigen schwarzen Lederjacke und Jeans sah er wieder einmal umwerfend aus.

Mit klopfendem Herzen ging Caro auf ihn zu, gefolgt von ihrem Paps und Sandra, die sich aber dezent im Hintergrund hielten.

»Guten Morgen. Deine Familie hat das vorgeschlagen. Ich hoffe, es ist dir Recht?«

Caro grinste. »Du meinst, meine Familie hat dich dazu gezwungen?«

Er lachte. »Oh ja.« Ernster fuhr er fort. »Hast du gut geschlafen?«

»Sehr gut, danke.« Sie lächelten sich etwas

schüchtern an.
In dem Moment erschien Caros Großmutter hinter Sascha und strahlte. »Guten Morgen, mein Kind. Meine Güte machst du Sachen. Dein Vater hat uns alle gestern noch informiert.«
Uns alle?, fragte sich Caro. Wen meinte sie denn noch damit?
Da trat eine Frau von hinten dazu. Ihre Mutter. In einem weißen Hosenanzug, ihre blonden Haare zu einem lockeren Dutt hochgesteckt. Sie sah braungebrannt und phantastisch aus.
»Mama!«, entfuhr es Caro. Sie arbeitete doch gerade noch in Dubai?
»Caro! Ich hab mir solche Sorgen gemacht.« Caros Mutter kam auf sie zu, hielt aber vor ihr an, ohne sie zu umarmen. »Dein Vater hat mich gestern Nacht noch kontaktiert, dass du beinahe ..., ich will es mir gar nicht ausmalen. Ich war gerade auf einem Zwischenstopp in Frankfurt, habe mich in den nächsten Flieger gesetzt, um dich zu sehen.« Sie ging unsicher einen Schritt auf Caro zu, lächelte und umarmte sie dann. Auch wenn es sich etwas fremd anfühlte, tat es gut und freute Caro unendlich.
Ihre ganze Familie strahlte sie liebevoll an, nur Sascha wirkte etwas angespannt.
Er zog sie beiseite. »Können wir uns kurz abseilen?«

»Klar.« Sie drehte sich zu den anderen: »Ihr könnt schon mal anfangen, wir kommen gleich.«
Sie gingen ein paar Schritte in den Garten, so dass sie ungestört reden konnten, während sich die anderen schon am Frühstückstisch niederließen.
»Das Atmen fällt dir wieder leicht?«
Sie lächelte. »Nein, gerade nicht.«
Alarmiert sah er sie an.
Sie schmunzelte. »Weil ich dich sehe.«
Er lächelte nun auch. Dann zögerte er. Caros Herz schlug schnell. Was würde er ihr jetzt sagen? »Caro, ich weiß, du wolltest das nie wieder tun. Für einen Typen dein Leben auf den Kopf stellen. Erst recht nicht für einen Typen wie mich. Aber ... ich will nicht mehr ohne dich sein und Lucy muss zu dieser Surftherapie.«
Caros Puls raste. Sie lächelte ihn frech an. »Dann frag mich halt endlich, ob ich mitkomme.«
Er grinste erleichtert, fuhr sich durchs Haar. »Kommst du mit mir mit? Wenigstens für ein Semester, oder zwei. Und dann sehen wir weiter, wo wir beide landen?«
»Ja«, lachte sie. »Oh ja.«
Er nahm sie in seine Arme, drückte sie sanft an seine Brust. Sie fühlte sich gehalten, angekommen, geliebt, lächelte über seine Schulter ihre Mutter an, die gelöst wirkte. Obwohl sie gegenüber von Sandra saß. Caro machte sich von Sascha los, zog ihn zu

den anderen zurück.
Ihre Großmutter zwinkerte ihr entgegen. Sie sahen es den beiden an. »Ich werde den Winter bei euch verbringen«, verkündete Amalia. »Diese kalten Winter in Berlin, das ist sowieso nichts für meine Knochen. Und ein bisschen Abenteuer, dafür ist man nie zu alt, finde ich.«
Alle lachten. In dem Moment kam Lucy aus der Küche dazu, gefolgt von Sam, der zwischen ihre Beine geriet. Sie balancierte ein Tablett mit Sektgläsern, ein paar schwappten über.
»Auweia, Sam. Also Bedienung kann ich schon mal nicht werden.«
»Das lässt sich alles lernen. Wenn man nur will«, grinste Caros Paps und verteilte dankend die Gläser. Alle stießen an.
»Auf Caro und Sascha. Auf das Leben. Auf dass wir uns alle ganz oft besuchen kommen.«
»Und auf die Liebe«, setzte Großmutter hinzu.
Sie begannen, fröhlich zu frühstücken.
»Lucy, wo hast du denn deine Maus gelassen?«, erkundigte sich Caro.
»Ich hab sie frei gelassen.«
»Wirklich?«
»Sam hat zu wild mit ihr gespielt. Und Mäuse leben eh nicht gern allein. Wer mag das schon. Und fliegen tun sie auch nicht gerne. So wie Sam.«
»Ach ja, wie kommt er denn dann nach Portugal?

In einer Kiste im Flugzeug?«
»Nein. Ein Surfkumpel von Sascha nimmt ihn im Bus mit. Ganz gemütlich, mit vielen Pausen. Das ist mir auch lieber so. Es soll ihm ja gut gehen. Dann geht es mir auch gut.«
Was für ein tolles Mädchen, dachte Caro. Auch wenn sie Lucys Verband am Arm daran erinnerte, wie es eigentlich in ihr aussah, so wusste sie, Lucy hatte noch eine Chance. Zu heilen, eine gesunde, junge Frau zu werden, die dieses schwere Trauma verarbeiten würde. Sam war so eine Art Therapiehund für sie, hatte ihr Sascha verraten. Kein Wunder, so sensibel, wie er war.
Lucy, die neben Caro saß, öffnete sich Caro immer mehr. Sie gestand, wie schlimm sie es fand, was Silvi getan hatte, wie enttäuscht sie von ihr war. Aber sie gab auch zu, dass sie immer gespürt hatte, dass Silvi nicht echt an ihr interessiert war, sondern eigentlich immer nur an ihrem Bruder. Das hatte sie schon öfter sehr traurig gemacht, sie hatte es aber immer wieder verdrängt.
Die beiden verstanden sich auf eine ganz besondere Weise. Und gerade, als sie wieder zusammen lachten, mischte sich Sascha ein, beugte sich zu Caro, gab ihr ein sanftes Küsschen.
»Wollen wir gleich nochmal zum Bootshaus fahren? Immerhin ist heute mein letzter Tag, morgen früh geht mein Flieger.«

Erschrocken dachte Caro daran. Sie musste unbedingt ganz schnell nach einem Flug suchen, ihre Wohnung untervermieten, der Uni Bescheid sagen, dass sie ein Urlaubssemester einlegen würde, oder zwei ...
»Dein Pa hat dir nächste Woche einen Flug gebucht. Deine Wohnung brauchst du nicht untervermieten für das halbe Jahr, sagt er. Und wenn du länger in Portugal bleiben wirst, kümmert sich Sandra um einen Nachmieter. Das macht ihr wohl Spaß und sie tut es gerne.«
Caro fühlte sich geliebt, glücklich, überwältigt. »Das ist ja Wahnsinn.«
»Du scheinst eine coole Family zu haben.«
Caro nickte glücklich. »Allerdings.«
»Nicht jeder hat so einen großzügigen Dad.«
Sie lächelten, ihre Gesichter näherten sich an, bis sich die Nasenspitzen berührten. Caro sah in seine tiefblauen Augen und versank darin.
»Ich hab übrigens noch eine Überraschung für dich«, flüsterte er sanft.
»Für mich?«
Was konnte das sein?
Sam kam schwanzwedelnd zu ihm, doch Sascha wuschelte ihm bedauernd über den Kopf. »Du bleibst hier und passt auf Lucy auf.«

27. Kapitel

Das Motorboot flitzte über den See, das Wasser spritzte seitlich auf. Schon von Weitem sah man das Hellblau des frisch gemalerten Bootshauses, wie es in der Sonne leuchtete.
Wie viele Erinnerungen steckten hier drin. An diesem Ort der Liebe.
Caros Großmutter hatte ihr erzählt, dass sie sich damals auch mit ihrem Liebsten, Caros Großvater, hier anfangs heimlich getroffen hatte. Dann liebten sich ihr Vater und Saschas Mutter hier und schließlich Caro und Sascha. Irgendeine Magie schien dieses Bootshaus auszustrahlen.
Obwohl Caro sich so dagegen gewehrt hatte, gegen ihre Gefühle, hatte sie der Ort, aber vor allem der Mensch, Sascha, verzaubert. Oder war es einfach nur Glück gewesen? Caro musste unwillkürlich lächeln. Sie wusste es nicht, sie wusste nur eines: Sie fühlte sich unendlich glücklich. Sascha stoppte das Boot am Steg.
Hand in Hand stiegen sie aus dem Motorboot, das ihnen ihr Vater nochmal geliehen hatte. Morgen musste Sascha fliegen und allein die Vorstellung, eine ganze Woche von ihm getrennt zu sein, fühlte sich schrecklich an.
Die paar Renovierungsarbeiten, die noch ausstanden, wollte Caro mit Hilfe von Emma und

Ben in ihrer letzten Woche erledigen. Sie hatte Emma gerade am Telefon kurz die neuesten Entwicklungen erzählt. Emmas freudigen Juchzer durch den Telefonhörer konnte man bestimmt bis Berlin Mitte hören. Der Rest der Surfer-Clique hatte sich im Hintergrund auch gleich angeboten, zu helfen. Caro freute sich sogar auf die bevorstehenden Handwerksarbeiten, inzwischen machte es ihr richtigen Spaß. Und zusammen mit ihren Freunden den Rest zu werkeln, würde bestimmt eine lustige Angelegenheit werden. Wieder einmal wurde Caro bewusst, was für tolle Freunde sie hatte. Sie gönnten Caro ihr Glück, wie Emma und Ben versicherten, freuten sich mit ihr, auch wenn sie natürlich traurig waren, dass sie ein halbes Jahr fortginge. Aber sie wollten sie auch besuchen. In Portugal, dem Surfer-Paradies.
Sascha legte seinen Arm um Caro und die beiden betrachteten versonnen das Bootshaus. Die ein oder andere Planke sah ziemlich windschief hingehämmert aus, aber ein paar andere dagegen wirkten richtig professionell. Sascha drehte sich zu Caro, strich ihr voller Liebe eine Haarsträhne aus dem Gesicht, sah sie dabei an und lächelte vorfreudig. Was hatte er nur vor?
Da schnappte er sie, hob sie hoch, und trug sie hinein ins Bootshaus. Die Sonne drang durch die Ritzen der Hölzer.

Caro wusste nun, was er vorhatte, ihr Herz schlug schneller, in ihrem Bauch flatterte es. Er wollte sie spüren und sie ihn. Vorsichtig, als bestehe sie aus Porzellan, setzte er sie ab, breitete rasch die Decke am Boden aus, wie in ihrer ersten Nacht. Dann zog er sein T-Shirt aus, half ihr dabei, ihr T-Shirt auszuziehen. So saßen sie sich gegenüber, betrachteten sich, streichelten sich, voller Sehnsucht und Liebe. Sein muskulöser braungebrannter Oberkörper schimmerte im Licht. Caros Verlangen nach ihm wurde größer, sie zog ihn zu sich, ganz dicht an ihren Körper, atmete seinen Geruch ein, wollte ihn küssen, doch er hielt sie lächelnd zurück.

»Willst du nicht wissen, was ich für eine Überraschung für dich habe?«

Irritiert lächelte sie. »Diese hier reicht mir eigentlich völlig.«

»Na dann kann ich den Song ja wieder löschen.«

»Welchen Song?«

»Ich habe einen Song für dich geschrieben. Heute Nacht, so zwischen drei und fünf Uhr.«

Überwältigt sah sie ihm zu, wie er aus seiner Hosentasche sein Handy nestelte, darin etwas suchte. »Mir ist nämlich noch etwas klar geworden, gestern Abend, als ich dich gerettet hab. Dass ich das Wichtigste in meinem Leben nicht aufgeben darf. Und es gibt außer dir noch was. Also, außer

dir und Lucy.«
»Deine Musik, stimmt's?«
Er nickte, schien sich verstanden zu fühlen.
Begeistert gab Caro ihm Recht. »Das finde ich so gut, Sascha. Ich wollte dir den Kopf waschen, dass du das nicht machen darfst. Deine Musik aufgeben. Ich meine, heutzutage kann man doch überall auf der Welt Musik aufnehmen und an Musikproduzenten verschicken, oder selbst auf YouTube hochladen. Auch in Portugal.«
Er sah sie fasziniert an. »Wieso habe ich eigentlich immer das Gefühl, dass du mich verstehst?«
Sie grinste. »Weil ich dich verstehe?«
Er gab ihr einen zärtlichen Kuss. Seine Lippen fühlten sich so gut an. »Warte.« Er zog sein Handy heraus, suchte etwas und drückte darauf. Da erklang seine Stimme, tief, warm und sinnlich. So voller Leidenschaft, ganz ohne instrumentale Begleitung, echt und rein. Er sang so liebevoll, dass Caros Innerstes berührt wurde, ihr Herz vibrierte. Ihre Hand suchte die Seine, die sich warm anfühlte und stark. Ihre Finger verhakten sich. Und plötzlich wusste Caro, dass sie so unendlich glücklich war, dass dieser Mann sie liebte. So glücklich, dass es in ihrem Bauch zog und ziepte. Dieser Kerl hatte einen Song für sie geschrieben, so voller Gefühl. Überwältigt wurde ihr bewusst, dass man das Glück zwar nicht festhalten, dass man aber im Hier

und Jetzt leben konnte, so wie jetzt. Und so schloss sie die Augen, schmiegte sich an ihn und lauschte seiner Stimme.

ENDE

Liebe Leserinnen, liebe Leser,

ich hoffe, Caros Geschichte hat Ihnen gut gefallen, sie berührt und unterhalten, und wir lesen uns bald wieder.

Mehr über meine anderen Romane erfahren Sie zum Beispiel auf meiner Homepage, dort können Sie sich gerne in meinen Newsletter eintragen, und mir auch gerne auf Facebook und Instagram folgen.

Ich wünschen Ihnen alles Gute und Liebe,

herzlich, Anja Saskia Beyer

Homepage www.Anja-Saskia-Beyer.com
www.facebook.com/AnjaSaskiaBeyer
www.instagram.com/AnjaSaskiaBeyer

Printed in Poland
by Amazon Fulfillment
Poland Sp. z o.o., Wrocław

33130723R00163

»... Diskretion gegenüber den eigenen artistischen Fähigkeiten läßt Fichtes ›Waisenhaus‹-Buch zu mehr als einem angestrengten (und überanstrengten) Produkt zeitgenössischen Erzählens werden, zu mehr als zu einem Stück Analyse, psychologisierender und reflektierender Prosa, eher zu einer Summe erinnerter Einzelheit, mit dem Glanz des genau wiedergegebenen Partikulären. Dieses hier von einem Achtjährigen im Moment des Verlassens des Waisenhauses, das ihn eine Zeitlang aufgenommen hatte, in einem Zustand benommener Hellwachheit halluzinativ erinnerte Detail von Begebenheiten aus der Kinderwelt seiner Umgebung ist ganz in den Hintergrund der Zeit projiziert: einer mörderischen, unmenschlichen Kriegszeit.«

Karl Krolow